Susanna Kearsley

Rosehill

Susanna Kearsley

Rosehill

Roman

Aus dem Englischen von
Karin Diemerling

Weltbild

Die Originalausgabe erschien 1997 unter dem Titel
The Shadowy Horses
bei Victor Gollancz in London.

Genehmigte Lizenzausgabe
für Weltbild Verlag GmbH, Augsburg 2001

Aus dem Englischen übersetzt von Karin Diemerling
Bildredaktion: Patricia Büdinger
Umschlaggestaltung: Lydia Koch, Augsburg
Umschlagfoto: IMAGE BANK Bildagentur GmbH, München
Autorenfoto: John Peevers
Gesamtherstellung: fgb · freiburger graphische betriebe
www.fgb.de

Gedruckt auf chlor- und säurefreiem Papier

Printed in Germany

ISBN 3-8289-6870-8

An die Einwohner von Eyemouth

Ihr seid so zahlreich an der Entstehung dieses Buches beteiligt gewesen, und ich habe so viele Stunden in Eurer Gesellschaft verbracht, daß die Straßen, Häuser und der Hafen von Eyemouth mir lieb und vertraut geworden sind und ich mich in Eurer Stadt nicht mehr als Fremde fühle. Dennoch bin ich keine Einheimische. Auch wenn ich mir große Mühe gegeben habe, alles richtig wiederzugeben, werdet Ihr bestimmt auf Stellen stoßen, an denen ein Detail nicht stimmt oder jemand sich in einer Weise ausdrückt, wie Ihr es niemals tun würdet. Ich kann nur hoffen, daß Ihr mir diese Fehler verzeiht. Vor allem aber hoffe ich, daß Ihr diesen Roman als Dankeschön annehmt für die große Freundlichkeit, mit der Ihr mir stets begegnet seid.

I hear the Shadowy Horses,
their long manes a-shake,

Their hoofs heavy with tumult,
their eyes glimmering white; …

O vanity of Sleep, Hope, Dream,
endless Desire,

The Horses of Disaster plunge in the heavy clay:

Beloved, let your eyes half close,
and your heart beat

Over my heart, and your hair fall
over my breast,

Drowning love's lonely hour
in deep twilight of rest,

And hiding their tossing manes
and their tumultuous feet.

W. B. Yeats,
»He Bids His Beloved Be At Peace«

ERSTES PFERD

... that delirious man
Whose fancy fuses old and new,
And flashes into false and true,
And mingles all ...

Tennyson, »In Memoriam«, XVI

I

Es gab keinen ersichtlichen Grund, weshalb der Bus plötzlich hielt. Wir hätten geradewegs das Coldingham Moor durchqueren sollen, nachdem wir Dunbar hinter uns gelassen und die englisch-schottische Grenze schon fast erreicht hatten, doch statt dessen blieben wir mitten in der Landschaft stehen. Die zotteligen Rinder, die ihre Köpfe auf der anderen Seite des Weidezauns hoben, schienen mein Erstaunen zu teilen, als der Fahrer den Leerlauf einlegte.

Ein heftiger Windstoß schüttelte den kleinen Zehnsitzerbus und jagte den kalten Frühlingsregen klatschend gegen die Windschutzscheibe, aber der Fahrer ließ sich davon nicht aus der Ruhe bringen. Er faltete eine schon recht zerlesene Zeitung auseinander, lehnte sich zurück und summte unmelodisch vor sich hin. Neugierig drehte ich mich auf meinem Sitz um und versuchte, durch das beschlagene Fenster nach draußen zu sehen.

Auf den ersten Blick war wirklich nichts zu erkennen, was den Halt erklärte, abgesehen von den Rindern und ein paar desinteressiert wirkenden Schafen, die sich langsam durch eine rauhe, sehr zaghaft grünende Landschaft bewegten, als ob hier erst gestern der Frühling ausgerufen worden wäre. Jenseits des Moors erhoben sich im undurchdringlichen Nebel die wildromantischen Lammermuir Hills, über die ich als Kind gelesen hatte, und in der entgegengesetzten Richtung fraß sich die kalte Nordsee in die klippengesäumte

Küste, auch wenn ich sie von meinem Platz aus noch nicht sehen konnte.

Eine neue Windbö erfaßte die Längsseite des kleinen Busses und ließ ihn beben. Ich seufzte und beobachtete, wie mein Atem sich auf der klappernden Fensterscheibe niederschlug.

Meine Impulsivität, pflegte meine Mutter immer zu sagen, sei einer meiner größten Fehler und komme gleich nach meiner Angewohnheit, mich bedenkenlos mit wildfremden Leuten zu unterhalten. Mit neunundzwanzig Jahren hatte ich mich allerdings an ihr besorgtes Seufzen, ihr Kopfschütteln und ihre Überzeugung, daß ich einmal als Teil einer traurigen Statistik in den Abendnachrichten enden würde, gewöhnt. Doch als ich jetzt in die trostlose, wenig einladend wirkende Umgebung hinausblinzelte, mußte ich wohl oder übel zugeben, daß meine Mutter manchmal gar nicht so unrecht hatte.

Schließlich war es meine Impulsivität gewesen, die mich aus meiner Londoner Wohnung nach Schottland gebracht hatte. Meine Impulsivität und der aalglatte, überzeugende Schreibstil von Adrian Sutton-Clarke. Er kannte mich einfach zu genau, der gute Adrian, und er hatte seinen Lockruf sehr geschickt formuliert. Mitten in einem langen Brief voller geheimnisvoller Andeutungen und Versprechen von großartigen Abenteuern hatte er wie ein Juwel das Wort »Traumjob« plaziert, so daß ich dem Angebot unmöglich widerstehen konnte. Denn Adrian hatte mir, trotz all seiner Fehler, noch selten einen schlechten Tip gegeben. Und zumindest der Punkt mit dem Abenteuer war, falls man nach dem heutigen Tag gehen konnte, nicht gelogen.

Nicht, daß man ernsthaft die britische Eisenbahngesellschaft für meine Lage hätte verantwortlich machen können. Mein Zug war pünktlich vom Bahnhof King's Cross abgefahren, und nachdem wir zwanzig Minuten auf einem Abstellgleis hatten warten müssen, bis ein Fehler bei der Weichenstellung behoben war, hatte die Lok ordentlich Tempo gemacht – offenbar entschlossen, die verlorene Zeit wieder aufzuholen. Erst nach dem zweiten außerplanmäßigen Halt nördlich von Darlington, der von Schafen auf den Gleisen verursacht worden war, hatte der Zug Ermüdungserscheinungen gezeigt, sich nur noch quietschend und schaukelnd fortbewegt und mich unverzüglich in den Schlaf gewiegt.

Ich hatte die Stationen Durham, Newcastle und schließlich Berwick upon Tweed verschlafen, wo ich eigentlich hätte aussteigen müssen. Als der Zug mit einem Ruck in Dunbar zum Halten gekommen war, war ich mit diesem vertrauten, resignierten Gefühl auf den Bahnsteig hinausgetaumelt, das sich immer dann einstellt, wenn ich am falschen Ort gelandet bin. Und der Umstand, daß mein Zug mit einer Stunde Verspätung in Dunbar angekommen war, machte alles noch komplizierter.

»Sie hätten den 5.24 Uhr nehmen können«, hatte der hilfsbereite Stationsvorsteher mich informiert, »oder den 5.51 Uhr. Aber die sind beide schon weg. Der nächste Zug nach Berwick fährt erst wieder um 7.23 Uhr.«

»Aha.« Fast anderthalb Stunden später, und ich haßte es zu warten.

»Einen Bus gibt es wohl nicht?«

»Nach Berwick? Doch, es gibt einen um …« – er durchforschte sein exaktes Fahrplangedächtnis nach der Abfahrtszeit – »6.25 Uhr. Sie gehen hier um die Ecke und dann ein Stück die Straße hinauf – dort ist die Haltestelle.«

Und so hatte ich also meinen Koffer in das kleine Wartehäuschen der Bushaltestelle geschleppt, wo meine Stimmung allmählich wieder stieg, als ich dem dort angeschlagenen Fahrplan entnahm, daß der Bus nach Berwick über Cockburnspath, Coldingham und Eyemouth fuhr.

Eyemouth, hatte Adrian in seinem Brief geschrieben, *wird so ausgesprochen, wie man es schreibt, und keinesfalls wie Plymouth, bitte schön. Es wird Dir hier sehr gefallen, glaube ich – ich weiß noch, wie Du immer von der Nordküste Cornwalls geschwärmt hast, und das hier ist noch besser, ein richtiges altes Fischernest mit den Geistern von Schmugglern, die hinter jeder Ecke lauern, und dem zusätzlichen Reiz eines … Aber nein, ich werde Dir das Geheimnis jetzt nicht verraten. Du mußt einfach herkommen und es selbst herausfinden.*

Nun, das würde ich ja gerne tun, dachte ich mit einem Anflug von Sarkasmus, nur daß ich hier leider mitten im Coldingham Moor festsitze, der Motor immer noch im Leerlauf läuft und der Fahrer in aller Ruhe seine Zeitung liest.

Es schien wenig angebracht, zur Weiterfahrt zu drängen, denn außer zwei verliebten Teenagern, die auf der Rückbank schmusten, war ich der einzige Fahrgast. Und der Fahrer war stärker als ich. Trotzdem hatten meine Ungeduld und meine Neugier fast ihren Höhepunkt erreicht, als er sich plötzlich aufrichtete und an einem Hebel zog, mit dem er die Tür öffnete.

Ein Mann kam über das Moor auf uns zu.

Vielleicht lag es an dem beschlagenen Fenster oder dem stürmischen Wetter oder an der rauhen, hügeligen Landschaft, die, wie das gesamte schottische Grenzland, Spuren einer kriegerischen Vergangenheit trug: Man glaubte, das Echo donnernder Hufe, furchterregenden Kriegsgeschreis und aufeinanderschlagender Schwerter zu hören. Was es auch war, es führte dazu, daß mir meine Phantasie einen Streich spielte. Der herannahende Mann wirkte in meinen Augen riesenhaft, ein dunkelhaariger Gigant, der mit mühelosen, weit ausholenden Schritten Farnkraut und Dorngestrüpp überwand. Er hätte eine Erscheinung aus einem anderen Jahrhundert sein können, ein furchtloser Gutsherr, der herbeieilte, um unser unverschämtes Eindringen in seine Ländereien zu bestrafen. Doch der Eindruck währte nur einen Moment.

Der Fremde faßte den Kragen seiner Jacke enger gegen einen neuen Ansturm von Wind und Regen zusammen und trabte die letzten Meter bis zur Bustür. Kein Gutsherr, nur ein ganz gewöhnlich aussehender Mann Mitte Dreißig, durchtrainiert, mit breiten Schultern und völlig neuzeitlich in Jeans und Lederjacke gekleidet. Nun ja, korrigierte ich mich, als er seine schwarzen, lockigen Haare zurückstrich und den

Busfahrer angrinste, vielleicht sah er doch nicht *ganz* so gewöhnlich aus ...

»Hey«, begrüßte er den Fahrer und schwang sich die letzte Stufe hinauf. »Hast mich kommen sehen, was?«

»Ja, mein Junge, du bist nicht leicht zu übersehen. Dachte, ich wart auf dich und erspar dir den Rückweg.« Die Tür schloß sich, und zu meiner unsagbaren Freude setzte sich der Bus wieder in Bewegung, während der neue Fahrgast sich auf den Sitz neben mir fallen ließ und seine Beine dabei weit auseinander stellte, um Halt zu finden.

Er und der Busfahrer plauderten wie alte Bekannte miteinander. Sie redeten über das Wetter, die neueste Protestphase der Tochter des Fahrers und über den Gesundheitszustand der Mutter des jüngeren Mannes. Mein letzter Besuch in Schottland war schon eine Weile her, und ich hatte ganz vergessen, wie melodisch der Akzent klang. Dieser hier war schwerer zu verstehen als der, den ich kannte, so daß ich nicht jedes Wort mitbekam, aber ich tat mein Bestes, um dem Gespräch folgen zu können. Nur zu Übungszwecken, sagte ich mir, und nicht, weil es mich wirklich interessierte.

Der Bus rumpelte geräuschvoll über das Moor und fuhr dann in das Städtchen Coldingham, wo er einen Augenblick anhielt, um das junge Pärchen aussteigen zu lassen. Der Fahrer drehte sich halb auf seinem Sitz um und warf mir einen freundlichen Blick zu. »Sie wollen nach Eyemouth, Mädchen, stimmt's?«

»Ja, stimmt.«

Der Mann aus dem Moor hob eine Augenbraue, als er meinen Akzent hörte, und betrachtete mich flüchtig von der Seite. Einen kurzen Moment lang tauchte das strenge Gesicht meiner Mutter vor mir auf. »Sprich nie mit Fremden ...« Aber ich verscheuchte das Bild und lächelte ihn liebenswürdig an.

Der Busfahrer sprach über seine Schulter hinweg mit mir, während er weiterfuhr. »Sind Sie auf Urlaub hier?«

Da von dem Mann neben mir keine weitere Reaktion kam,

schenkte ich mein Lächeln dem Fahrer. »Eher im Gegenteil. Ich bin unterwegs zu einem Vorstellungsgespräch.«

»Oh, tatsächlich?« Er hatte seine Sprechweise höflich dem Englischen angepaßt, wie die meisten Schotten, wenn sie mit Nicht-Schotten reden, und obwohl der Akzent immer noch deutlich zu hören war, konnte ich jetzt besser verstehen. »Was ist das für ein Job, um den Sie sich bewerben?«

Tja, das war die große Frage. Ich wußte es selbst nicht so genau. »Irgendeine Museumsarbeit«, antwortete ich ausweichend. »Ich soll mich bei einem Mann vorstellen, der etwas außerhalb von Eyemouth wohnt ...«

Der dunkelhaarige Mann aus dem Moor unterbrach mich. »Doch nicht etwa bei Peter Quinnell?«

»So heißt er, ja, aber woher ...«

»Lieber Himmel, nun sagen Sie bloß, Sie sind Adrians Freundin aus London?« Endlich lächelte er, und das veränderte seinen finsteren Gesichtsausdruck völlig. »Wir hatten Sie erst für morgen erwartet. David Fortune«, sagte er und streckte mir seine Hand zur Begrüßung hin. »Ich arbeite auch mit Quinnell zusammen.«

Ich schüttelte die dargebotene Hand. »Verity Grey.«

»Ich weiß, ich kenne Ihren Namen schon. Ich muß sagen«, gestand er und lehnte sich wieder zurück, »Sie sind überhaupt nicht so, wie ich Sie mir vorgestellt habe.«

Das sagten alle. Museumsangestellte, hatte ich mit der Zeit erfahren, stellte man sich als alte Damen mit Nickelbrille vor und nicht als Neunundzwanzigjährige mit kurzem Rock. Ich nickte geduldig. »Ich bin jünger, meinen Sie das?«

»Nein. Aber weil Adrian Sie empfohlen hat, habe ich gedacht, daß Sie, na ja ...«

»Daß ich groß, blond und sexy bin?«

»So ungefähr, ja.«

Ich konnte mir ein Grinsen nicht verkneifen. Meines Wissens war ich die einzige dunkelhaarige Frau, die jemals auch nur eine Einladung zum Abendessen von Adrian Sutton-Clarke erhalten hatte, und sein Interesse an mir hatte gerade mal so lange vorgehalten, bis die nächste Blondine des Wegs gekommen war. Doch obwohl unsere Romanze nur von kurzer Dauer gewesen war, kreuzten sich unsere Wege berufsbedingt immer wieder und bildeten eine Art schicksalhaftes Geflecht. Wahrscheinlich sah ich Adrian jetzt sogar öfter als zu der Zeit, als wir unsere Affäre hatten. Wenn man nicht gerade in diesen Mann verliebt war, konnte er ein angenehmer und unterhaltsamer Kollege sein. Adrian zeigte außerdem als einer der wenigen Verständnis für meinen Drang nach Abwechslung und Unabhängigkeit, der mich dazu verleitet hatte, meine feste Anstellung am Britischen Museum aufzugeben und freiberuflich mein Glück zu versuchen. Und er wußte, daß ich keiner Herausforderung widerstehen konnte.

Interessiert betrachtete ich den Mann neben mir und versuchte, aus dem wenigen, was ich wußte, abzuleiten, was mich erwartete. Da Adrian an dem Projekt beteiligt war, ging ich davon aus, daß die Arbeit, für die ich mich vorstellen sollte, etwas mit einer archäologischen Ausgrabung zu tun hatte. Adrian war einer der besten Vermessungsingenieure unseres Fachs. Ich warf einen Blick auf David Fortunes Hände und unternahm einen Vorstoß, um meine Theorie zu testen. »Wie groß ist die Ausgrabungsstätte denn?« fragte ich ihn. »Wie viele Leute gehören zum Ausgrabungsteam?«

»Bis jetzt nur wir vier.«

»Oh.« Einen Augenblick lang war ich versucht zu fragen, wonach sie denn gruben, aber ich hielt meinen Mund, um nicht preiszugeben, daß ich die weite Reise unternommen hatte, ohne überhaupt zu wissen, worum es eigentlich ging.

Er schielte zu meinem kleinen Koffer hinunter. »Sie kommen also direkt aus London?«

»Ja. Ich bin einen Tag zu früh, ich weiß, aber die Stelle klang sehr interessant, und ich sah nicht ein, weshalb ich in London herumsitzen sollte, wenn ich auch hier an Ort und Stelle warten kann, verstehen Sie …«

Er nickte. »Klar. Ich würde mir deshalb keine Sorgen machen. Quinnell ist selbst ein ungeduldiger Mensch.«

Wir fuhren jetzt dicht am Meer entlang. Ich konnte schaumgekrönte Wellen durch die sich lichtende Nebelwand sehen und die vorspringenden Silhouetten zerklüfteter Felsen. Der Regen hatte aufgehört. Zwischen den dahinjagenden Wolken brach ein plötzlicher Sonnenstrahl hervor, verschwand wieder, blitzte wieder auf und berührte schließlich wie ein suchender Finger die dicht beieinander stehenden Häuser, die sich an den vor uns liegenden Küstenstreifen schmiegten.

Das Städtchen Eyemouth wirkte auf mich wie die malerische Postkartenansicht eines Fischerdorfes. Die weißen Häuser drängten sich terrassenartig bis zum Meer, Möwen kreisten über den Dächern und stießen hin und wieder über der Stelle hinab, an der ein Einschnitt in den grün gesprenkelten Klippen den noch außer Sichtweite liegenden Hafen bilden mußte.

Der Sonnenstrahl, entschied ich, war ein gutes Vorzeichen, er versprach etwas Schönes. Und irgendwo, nicht allzuweit von hier, freute sich der geheimnisvolle Peter Quinnell darauf, meine Bekanntschaft zu machen. Ich hielt mich fest, als der Bus in die steile Straße zwischen den Häusern hinabtauchte, und fragte meinen Nebenmann: »Können Sie mir ein Quartier empfehlen? Gibt es hier eine Pension oder ein nettes kleines Hotel?«

»Sie werden doch nicht in der Stadt wohnen wollen?« Er sah mich schockiert an. »Lieber Himmel, Quinnell würde das niemals zulassen. Er hat ein Zimmer oben auf Rosehill für Sie herrichten lassen, im Herrenhaus.«

Ich starrte zurück. »Aber ich kann doch nicht ...«

»Wollen Sie den Job?«

»Ja.«

»Dann sollten Sie das Management nicht brüskieren«, lautete sein Ratschlag, den er gleich darauf mit einem Lächeln abmilderte. »Machen Sie sich keine Sorgen. Sie sind alle sehr nett dort draußen auf Rosehill. Sie werden sich bestimmt wie zu Hause fühlen.«

Der Blick des Busfahrers begegnete mir im Rückspiegel, aber er sagte nichts.

Ich runzelte die Stirn. »Ich würde trotzdem lieber irgendwo allein wohnen. Ich möchte mich nicht aufdrängen ...«

»Sie drängen sich nicht auf. Quinnell liebt Gesellschaft.«

»Das mag ja sein. Nur falls er mich nicht einstellt, könnte die Situation ein wenig unangenehm werden.«

»Oh, er wird Sie einstellen«, sagte David Fortune mit einem bekräftigenden Nicken. »Das heißt, er wird Ihnen die Stelle jedenfalls anbieten. Ob Sie sie annehmen oder nicht ... nun, das müssen Sie entscheiden.«

Irgend etwas an seiner wie beiläufig geäußerten letzten Bemerkung ließ mich mißtrauisch werden. »Warum sollte ich sie nicht annehmen?«

»Haben Sie schon etwas gegessen?« sagte er, als hätte er meine Frage nicht gehört. »Nein, nicht wahr? Und heute ist Donnerstag, Jeannies freier Abend. Es wird kein Abendessen im Haus geben.« Er wandte sich an den Busfahrer, der unserer Unterhaltung mit Interesse gefolgt war. »Danny, tust du mir einen Gefallen und läßt uns an der Hafenstraße raus?«

»Beim Ship Hotel?« fragte der Fahrer mit einem neuen Blick auf mich. »Klar, kein Problem. Das Mädchen sollte dem alten Quinnell wirklich nicht mit leerem Magen gegenübertreten müssen.«

Mein Mißtrauen wuchs, und ich sah David Fortune prüfend an, aber sein sympathisches Gesicht blieb gleichmütig. Ich verlor mich ein wenig darin, so daß ich kaum bemerkte, wie der Bus anhielt. Erst als ich plötzlich den kalten Luftzug von der offenen Tür her spürte, erhob ich mich schließlich von meinem Sitz und nahm meinen Koffer. Ich warf dem Fahrer ein Dankeschön zu, kletterte die Stufen hinunter und betrat festen Boden.

Der Wind hatte weiter aufgefrischt. Er traf mich wie ein Stoß und hätte mich beinahe umgeworfen, wenn mein neuer Bekannter mir nicht den Koffer aus der Hand genommen und mir seine große Hand auf den Rücken gelegt hätte, um mich an der Hafenmauer entlangzugeleiten. Die Flut stand hoch, und die Fischerboote zerrten knarrend an ihren Vertäuungen, Maste und Taue schwankten mit jeder Bewegung der Wellen hin und her.

Wenn meine Mutter mich jetzt sehen könnte, dachte ich, würde sie einen Herzanfall bekommen. Sie hatte so ihre eigenen Vorstellungen von der gefährlichen Halbwelt eines Hafenviertels, die auf weitgehend zusammenphantasierten Geschichten von Schmugglern, gedungenen Mördern, Piraten und Mädchenhändlern basierten. Erneut betrachtete ich die große, dunkle Gestalt an meiner Seite.

David Fortune sah selbst ein wenig wie ein Pirat aus, fand ich, mit seinen schwarzen Locken, an denen der Wind zerrte, und der eigensinnigen Kinnlinie, die sich scharf im trüben grauen Abendlicht abzeichnete. Seine Nase war im Profil betrachtet nicht ganz gerade, als wäre sie einmal bei einer Schlägerei gebrochen worden. Und schließlich wußte ich nur von ihm selbst, daß er etwas mit Peter Quinnell oder Adrian Sutton-Clarke zu tun hatte, oder mit ...

»Da wären wir«, sagte er, als an der nächsten Ecke das langgezogene weiße Gebäude eines Pubs auftauchte und uns mit seinen hell erleuchteten Fenstern willkommen hieß. Er hatte sich zu mir heruntergebeugt, damit ich ihn bei dem starken Wind hören konnte, und ich spürte kurz die Wärme seiner Wange an meinem Gesicht. Was soll's, dachte ich. Pirat oder nicht, er sah ziemlich gut aus, und ich konnte wirklich ein Gläschen und eine warme Mahlzeit gebrauchen.

Das Ship Hotel besaß zwei Eingänge – einer führte in die Bar des Pubs, der andere in den Speiseraum. Mein Begleiter dirigierte mich zu letzterem.

Mir wurde sofort wärmer, als ich aus dem Wind in einen freundlichen Raum trat, in dem roséfarben getönte Leuchter an elfenbeinfarbenen, stuckverzierten Wänden ein sanftes Licht verbreiteten. Runde Holztische standen an den getäfelten Wänden und in gemütlichen Fensternischen mit gepolsterten Sitzbänken, die dazu einluden, sich niederzulassen und auszuruhen. Durch eine offenstehende Tür konnte ich einen größeren, rustikaler eingerichteten Raum sehen, in dem rauhe, fröhliche Stimmen mit der Lautstärke der Musik wetteiferten, während in unserem Teil des Pubs sogar die Bar mit ihren indirekt beleuchteten Flaschenreihen einen Hauch von Eleganz verströmte.

Ein paar der Tische waren bereits besetzt. David Fortune schnappte sich eine Speisekarte vom Tresen und wählte einen Tisch in einer Nische. Als wir saßen, lehnte er sich behaglich zurück und streckte die Beine aus, so daß seine Füße unter meiner Seite der Sitzbank verschwanden. »Hier, suchen Sie sich etwas aus«, forderte er mich auf und reichte mir die Karte. »Und bestellen Sie, was Sie möchten, die Rechnung geht auf Quinnell. Er will bestimmt nicht, daß Sie Hunger leiden.«

Als er den Namen von Peter Quinnell erwähnte, erinnerte mich das wieder an meine Befürchtungen von vorhin. »Hören Sie«, begann ich zögernd, »da ist doch kein Haken an diesem Job, oder?«

Er hob erstaunt die Augenbrauen, doch bevor er antworten konnte, kam die Kellnerin aus dem anderen Raum herüber und begrüßte uns mit einem Lächeln. »Hey, Davy. Wie geht's deiner Mam?«

»Sie ist immer noch dieselbe alte Hexe.« Sein Tonfall war nachsichtig. »Ist Adrian irgendwo in der Nähe?«

»Er ist oben, glaube ich. Soll ich ihn holen?«

»Ja, das wäre nett. Aber zuerst bring uns ...« Er unterbrach sich und sah mich fragend an. »Was möchten Sie?«

»Einen trockenen Weißwein, bitte.«

»Und ein Pint Deuchers für mich, danke dir.«

Als die Kellnerin wieder gegangen war, konnte ich meine Neugier nicht länger verbergen. »Adrian ist oben?«

»Ach so, ja. Wir haben beide ein Zimmer hier. Es gibt nur ein Gästezimmer auf Rosehill, und Quinnell wollte es Ihnen anbieten, deshalb hat er uns beide hier untergebracht.«

Unsere Getränke kamen. Ich sah zu, wie er einen Schluck

von dem dunklen, schäumenden Bier nahm und sagte stirnrunzelnd: »Ist das nicht ziemlich unpraktisch?«

Er schüttelte den Kopf. »Es ist nur eine Meile bis zum Haus. Mir macht der kleine Spaziergang nichts aus, im Gegenteil.«

Ich versuchte mir Adrian Sutton-Clarke vorzustellen, wie er jeden Morgen eine Meile über Land zu Fuß zur Arbeit ging, aber es gelang mir nicht. Adrian fuhr bestimmt mit dem Auto, darauf konnte ich wetten.

Eine Tür zum Korridor öffnete sich, und ein hochgewachsener Mann mit schmalem Gesicht und braunem Haar kam lächelnd und kopfschüttelnd auf uns zu. »Verity, meine Liebe, du solltest wirklich etwas mehr Respekt vor Terminabsprachen zeigen«, neckte er mich und beugte sich herunter, um einen zärtlichen Begrüßungskuß auf meine Wange zu hauchen. »Soweit ich weiß, kommt Freitag nach Donnerstag, und du sagtest Freitag.«

»Hallo, Adrian.« Ich brauchte immer einen kleinen Moment, um mich wieder an den Anblick seines unverschämt hübschen Gesichts zu gewöhnen, selbst jetzt noch, nach all dieser Zeit. Jedesmal, bevor ich ihn wiedertraf, hoffte ich törichterweise, daß er sich in der Zwischenzeit einen Zahn ausgeschlagen hätte oder daß seine dunklen Augen mit den langen Wimpern geschwollen und blutunterlaufen wären, aber er war stets perfekt, eine wandelnde Versuchung von einem Meter neunzig, die mich unweigerlich aus dem Gleichgewicht brachte. Aber nur für einen Augenblick, denn dann setzte die Erinnerung ein, und ich war kuriert.

David Fortune hatte die unwillkürliche Veränderung in meiner Haltung falsch gedeutet. Er trank sein Glas aus und stand taktvoll auf. »Gut, dann laß ich euch beide jetzt allein. Könnte eine Dusche und ein Nickerchen vertragen. Ich sehe euch dann morgen früh.« Er warf mir noch einen kurzen Blick zu und tippte mit Kennermiene auf die Speisekarte. »Versuchen Sie die Seezunge, die ist ausgezeichnet.«

Adrian glitt auf den freigewordenen Platz mir gegenüber und bedachte mich mit einem neugierigen Blick. »Wie hast du denn bloß Fortune schon kennengelernt?« fragte er, als wir allein waren. »Oder sollte ich das lieber nicht wissen?«

»Wir sind im Bus ins Gespräch gekommen.«

»Ach so.« Er nickte. »Der Bus aus Berwick.«

»Aus Dunbar, um genau zu sein.«

Die Kellnerin kam. Ich klappte die Karte zu und bestellte die Seezunge.

Adrian ließ nicht locker. »Ich weiß, ich werde die Frage gleich bereuen«, sagte er. »Aber wie bist du in dem Bus aus Dunbar gelandet, wenn du, wie ich annehme, von London mit dem Zug angereist bist?«

Ich erklärte es ihm, was eine Weile dauerte. Meine Mahlzeit war fast beendet, als ich ihm, angefangen bei den Schafen auf den Gleisen bei Darlington, schließlich alles erzählt hatte. Adrian schüttelte ungläubig den Kopf und griff nach seiner Kaffeetasse. »Siehst du? Wenn du wie abgemacht bis morgen gewartet hättest, wäre dir das alles nicht passiert.«

Ich zuckte die Achseln. »Dafür hätte mir etwas Schlimmeres passieren können. Man kann nie wissen.«

»Stimmt. Das Chaos scheint sich dir irgendwie immer an die Fersen zu heften, findest du nicht?«

»Jetzt erzähl mir doch mal«, wechselte ich das Thema und legte Messer und Gabel auf dem leeren Teller ab, »was das genau für eine Stelle ist, für die du mich empfohlen hast.«

Adrian verschränkte die Arme und grinste teuflisch. »Soweit ich mich erinnere, sagte ich, daß ich es dir Freitag erklären würde.«

»Nach meiner Ankunft, hast du gesagt.«

»Am Freitag. Und heute ist erst Donnerstag.«

»Ach, komm schon ...«

»Ich bin sicher, Quinnell wird dir gern alles sagen, was du wissen möchtest, wenn du mit ihm sprichst.«

»Das ist nicht fair, Adrian«, protestierte ich. »Ich treffe ihn doch noch heute abend.«

»Stimmt. Bist du fertig? Gut. Dann wollen wir dich mal nach Rosehill bringen, damit du dich einrichten kannst.«

»Ratte«, beschimpfte ich ihn und versuchte, ernst zu bleiben.

Zehn Minuten später, als ich in seinem Wagen saß und wir vom Hafen aus ins Landesinnere fuhren, versuchte ich es noch einmal. »Du könntest mir wenigstens verraten«, sagte ich betont ruhig, »was mit dem Job nicht stimmt.«

»Mit dem Job nicht stimmt?« Er warf mir einen schnellen Blick von der Seite zu. »Mit dem Job stimmt alles. Er bietet großartige Möglichkeiten und eine Menge Vergünstigungen – Quinnell ist unverschämt reich und seine Bezahlung fast schon obszön. Obendrein erhältst du freie Kost und Logis, bezahlten Urlaub, Reisekostenerstattung ... es ist eine phantastische Stelle.«

»Ganz sicher?«

»Gott, ja. Sonst hätte ich dich doch nicht hierhergelockt, oder?« Wieder dieser kurze Blick aus dem Augenwinkel. »Woher auf einmal dieser Mangel an Vertrauen?«

Ich zuckte die Achseln. »Dein Mister Fortune hat so eine Bemerkung fallenlassen.«

»Ach ja?«

»Er war sicher, daß ich die Stelle angeboten bekomme«, erklärte ich. »Aber er war sich weniger sicher, ob ich sie auch annehmen würde.«

Adrian schien dies nachdenklich zu verdauen. Wir waren jetzt ein ganzes Stück außerhalb des Städtchens, und die Straße war dunkel, so daß ich seine Augen nicht sehen konnte. »Ich vermute«, sagte er schließlich, »daß er damit auf Quinnell selbst angespielt hat. Und darauf, wie du reagieren könntest.«

»Auf was reagieren?«

»Auf Quinnell.«

Ich seufzte entnervt. »Adrian ...«

»Peter Quinnell«, sagte er, »ist ein faszinierender alter Herr – belesen, intelligent, eine außergewöhnliche Persönlichkeit.« Er wandte mir sein Gesicht zu, so daß ich sein beinahe entschuldigendes Lächeln sehen konnte. »Aber ich fürchte, er ist auch ganz schön verrückt.«

II

»Wie bitte?«

»Darling, du kannst manchmal wirklich wie eine strenge viktorianische Dame aussehen«, war Adrians Antwort. Er grinste breit. »Dieser Blick ... aber es ist nicht, wie du denkst. Er ist kein Wahnsinniger von der mordlustigen Sorte, die einem auf der Hintertreppe auflauert.«

Ich bemühte mich um eine gelassene Haltung. »Zu welcher Sorte gehört er dann?«

»Du wirst dir gleich selbst ein Urteil bilden können. Das dort ist Rosehill.«

Ich sah nach vorn, entdeckte aber nur ein kleines, niedriges Cottage, das dicht am Straßenrand stand und Licht und Wärme durch seine Fenster ausströmte. »Was, *das* dort?«

»Nein. Das«, erklärte er mit der Geduld eines Nachhilfelehrers, »ist das Cottage des Verwalters. Dort geht die Auffahrt ab, siehst du? Sie führt den Hügel hinauf bis zu dem *großen* Haus zwischen den Bäumen ...«

»Rosehill«, riet ich.

»Richtig.«

Auf dem Hügel konnte ich zunächst überhaupt kein Haus erkennen, sondern nur einen bedrohlich aufragenden Block aus Dunkelheit, umgeben von noch dunkleren, nur schemenhaft wahrnehmbaren Bäumen. Doch dann fuhr der Wind in die Bäume und bewegte die Äste, und ich sah einen Schimmer gelblichen Lichts zwischen ihnen aufblitzen. Es wirkte längst nicht so anheimelnd wie das Licht in dem kleinen Cottage. Dort wohnt bestimmt eine Familie, dachte ich, als Adrian in die Auffahrt einbog und wir an den leuchtenden Fenstern vorbeiglitten. Eine junge Familie, die gemütlich zusammen vor dem Fernseher sitzt.

Das Licht im Herrenhaus war ganz anders. Es sah nach geistiger Arbeit und Intellekt aus, nach Zurückgezogenheit – es erinnerte mich an die Kerze eines Studenten, die nachts in einem einsamen Dachzimmer brennt. Wer dort wohnte, wollte keine Gesellschaft. Er wollte ungestört sein.

Der seltsame Eindruck wurde noch dadurch verstärkt, daß in der ganzen riesigen Festung von einem Haus nur dieses eine Fenster im Erdgeschoß erleuchtet war. Ich runzelte die Stirn. »Sieht aus, als wäre er schon zu Bett gegangen.«

»Um neun Uhr abends? Sehr unwahrscheinlich. Nein, da heute Donnerstag ist und die Köchin frei hat, wette ich, daß unsere Fabia zum Essen ausgegangen ist und der alte Herr sich mit ein paar Eiern und Pommes frites in sein Arbeitszimmer zurückgezogen hat.«

»Fabia?«

»Quinnells Enkelin. Ein ziemlich attraktives junges Ding. Blond. Jedenfalls sagt Quinnell, sie sei seine Enkelin«, korrigierte er sich. Dann sah er mein Gesicht und grinste, als er den Wagen das letzte steile Stück der Auffahrt hinaufjagte. »Keine Sorge, Darling, der alte Knabe ist genauso harmlos wie ich.«

»Aha.«

»Sag nicht immer ›aha‹ in diesem überlegenen, spitzen Tonfall.« Er schaltete den Motor aus und drehte sich zu mir herüber. »Wirklich, Verity, dein Mangel an Vertrauen zu mir ist erschreckend. Womit habe ich das nur verdient?«

Jetzt war ich an der Reihe zu grinsen. »Möchtest du eine Liste?«

»Uuh«, schnaufte er, als hätte er Schmerzen, »der Todesstoß. Mein Ego hat nicht die geringste Chance, wenn du in meiner Nähe bist, stimmt's? Trotzdem«, lenkte er ein, während er sich an mir vorbeilehnte, um die Beifahrertür zu öffnen und dabei die Wirkung seiner Berührung zu testen, »freue ich mich, daß wir wieder zusammenarbeiten werden. Wir waren wirklich ein tolles Team.« Das verwegene Lächeln kam meinem Mund im Halbdunkeln sehr nahe. Vor drei Jahren wäre ich vielleicht noch darauf hereingefallen, aber jetzt war ich glücklicherweise immun dagegen.

»Nun«, sagte ich, »noch habe ich die Stelle ja nicht.« Ich stieß meine Tür auf, und die kalte Nachtluft wirbelte herein und vertrieb die intime Stimmung. Er lachte und machte eine Bemerkung, die ich nicht hörte, weil der Wind sie fortriß. Dann schlug die Fahrertür zu, und er kam um den Wagen herum, um mich über eine ebene Kiesfläche zum Haus zu begleiten.

Ich war froh, daß ich nicht stolperte, während wir auf den riesigen, kompakten Schatten vor uns zugingen. Ohne Licht konnte ich keinerlei Einzelheiten der Hausfront ausmachen und mußte mich auf Adrian verlassen, der mich eine seitlich angebrachte, steinerne Treppe hinauf zur Eingangstür führte. Wenigstens nahm ich an, daß es sich um die Eingangstür handelte, denn er klopfte mit einem Türklopfer daran, und nach einer scheinbar endlosen Weile hörte ich, wie ein Riegel zurückgeschoben wurde, und sah die Tür schwerfällig nach innen aufschwingen. Ein gedämpfter Fluch, ein scharfes Klicken, und der Flur dahinter wurde in strahlende Helligkeit getaucht.

Ich fand es später sehr bezeichnend, daß meine Augen geblendet waren, als ich Peter Quinnell zum erstenmal sah.

Ich versuchte verzweifelt, in dem plötzlichen grellen Licht etwas zu erkennen, während vor meinem Blick lauter kleine Punkte herumtanzten und die große schwarze Gestalt an der Tür näher trat und etwas sagte. Sie sprach ein gepflegtes Englisch, mit melodiöser und poetischer Stimme, die mich an die Theater im Londoner West End erinnerte, an Worte, die von einer gedämpft beleuchteten Bühne aus in den Raum schwebten und allein durch ihren Wohlklang Bilder hervorzaubern konnte.

»Wer ... Adrian, mein Junge«, sagte die Stimme in hocherfreutem Ton. »Kommen Sie schnell herein. Der Wind ist stürmisch heute nacht, und Sie werden mir noch beide weggeweht, wenn Sie nicht aufpassen. Bitte.« Die Gestalt trat einladend zur Seite. »Darf ich zu hoffen wagen, daß diese reizende junge Dame die ist, für die ich sie halte?«

»Verity Grey«, bestätigte Adrian und schloß die Haustür gegen den stürmischen Wind, als wir aus dem Dunkel ins Licht getreten waren.

Endlich konnte ich meinen Gastgeber sehen, der lächelnd meine Hand nahm. »Ich bin sehr erfreut, Sie kennenzulernen, meine Liebe. Ich bin Peter Quinnell.«

Schon draußen auf der Treppe war mein erster Eindruck gewesen, daß man mich irgendwie falsch informiert hatte – daß Peter Quinnell überhaupt nicht alt war. Er überragte mich um einige Hauptеslängen, war überschlank und langgliedrig und ging kein bißchen gebeugt. Auch seine Stimme und seine Bewegungen waren die eines sehr viel jüngeren Mannes, als ich nach den oberflächlichen Schilderungen Adrians erwartet hatte. Erst jetzt, im hellerleuchteten Flur, konnte ich die Falten erkennen, die das Leben in sein länglich geschnittenes, immer noch gutaussehendes Gesicht gegraben hatte. Ich sah das weißliche Haar, das einmal blond gewesen sein mußte, und die Spuren des Alters auf seiner schön geformten Hand, die meine eigene Hand umfaßt hielt. Auch seine Augen waren die eines Mannes, der viele Jahre gelebt hatte. Sie waren schmal, wie alles an ihm, und sein Blick wirkte träge unter den schweren Lidern, die offenzuhalten ihn einige Anstrengung zu kosten schien.

Aber ich ließ mich nicht täuschen. Hinter der schläfrigen Fassade lauerte unverkennbar ein wacher Geist, und die klaren Augen, die mich unverwandt ansahen, blickten tief. Augen wie diesen entging gewiß nicht viel.

Ich lächelte ebenfalls. »Wie geht es Ihnen?«

»Das wollte ich Sie auch gerade fragen«, antwortete Quinnell. »Sie müssen müde sein, wenn Sie heute den ganzen Weg von London heraufgekommen sind. Wir haben Sie eigentlich erst morgen erwartet.«

Ich wurde ein wenig rot. »Ich weiß. Es tut mir leid. Ich wollte nur ... also, die Wahrheit ist, ich bin nicht sehr gut im Warten. Ich hatte meine Sachen schon gepackt und war seit Montag bereit abzureisen, und als ich heute morgen aufwachte, schien es so ein guter Tag zum Reisen zu sein und ...« Ich brach ab, weil ich merkte, daß ich ins Plappern geriet. »Ich dachte nämlich, daß ich in einer Pension, einem Bed and Breakfast oder so etwas absteigen würde, wissen Sie ...«

»Was?« Sein Entsetzen schien echt. »Aber meine Liebe, das kommt gar nicht in Frage. Nein, nein, Ihr Zimmer wartet schon auf Sie, und meine Enkelin war tagelang damit beschäftigt, es herzurichten, die passenden Vorhänge zur Tagesdecke zu finden, und dergleichen mehr. Sie wollen sie doch sicher nicht enttäuschen? Außerdem«, fügte er hinzu, »hoffe ich, Sie hier so lange festhalten zu können, bis es mir gelungen ist, Sie zu überreden, unserem bunt zusammengewürfelten kleinen Team beizutreten.« Die schwerlidrigen Augen zwinkerten charmant. »Haben Sie Ihr Gepäck bei sich?«

»Nur einen Koffer. Er ist im Auto.«

»Gut.« Mit ungebrochenem Charme richtete sich sein Lächeln auf Adrian. »Würden Sie ihn bitte hereinholen? Danke, mein Junge. Sie können ihn in das Gästezimmer gleich neben der Treppe bringen – wissen Sie, welches ich meine? Und dann kommen Sie ins Wohnzimmer und nehmen einen Drink mit uns, ja?«

Adrian hatte nicht vorgehabt zu bleiben, das konnte ich an der winzigen Falte erkennen, die sich einen Augenblick lang zwischen seinen Augenbrauen bildete. Er hatte mich nur abliefern, das notwendige Vorstellungsritual hinter sich bringen und wieder zu dem zurückkehren wollen, wobei ich ihn unterbrochen hatte – was immer das war. Ritterlichkeit, dachte ich sarkastisch, war ein Wort, das in Adrian Sutton-

Clarkes Wortschatz nicht vorkam. Als wir noch ein Paar waren, hatte er sich genauso verhalten, war ständig von Partys verschwunden, wenn ihm der Sinn danach stand, und hatte mich allein nach Hause gehen lassen.

Jetzt zögerte er kurz, blickte von Quinnell zu mir und wandte sich dann folgsam zur Tür. »In Ordnung. Bin gleich wieder da.«

Als die Haustür hinter ihm zugefallen war, trat Peter Quinnell einen Schritt zurück, um mich genauer in Augenschein zu nehmen. Ich tat so, als würde ich sein Taxieren nicht bemerken, und sah mich in dem kleinen Flur um. Allerdings gab es außer einem Haufen durcheinanderliegender Stiefel und Schuhe und einem wackeligen Stapel leerer Blumentöpfe nicht viel zu sehen. Ich vermutete, daß die eigentliche Eingangshalle irgendwo im Dunkeln hinter meinem Gastgeber lag, hinter den französischen Glastüren, in denen ich mein Spiegelbild erkennen konnte. Zu meiner Erleichterung stellte ich fest, daß ich überhaupt nicht nervös aussah.

Peter Quinnell hatte seine Musterung beendet und bemerkte mit seitlich geneigtem Kopf: »Ich muß sagen, ich bin überrascht. Sie sehen ganz anders aus, als ich erwartet hatte.«

»Ja, das hat Mister Fortune auch gesagt. Ich habe ihn im Bus getroffen«, fügte ich erklärend hinzu, als Quinnell fragend eine Augenbraue hob. »Ich schätze, alle dachten, ich sei groß und blond und mehr … na ja, eher …«

»Genau. Unser Mister Sutton-Clarke hat da so seinen Ruf«, stimmte er mir zu. »Und er sagte, er kenne sie recht gut, so daß man sich natürlich ein gewisses Bild macht …« Er lächelte und zuckte die Achseln.

»Tut mir leid, Sie zu enttäuschen.«

»Um Himmels willen, ich bin überhaupt nicht enttäuscht. Und David Fortune ist es bestimmt ebensowenig, wie ich ihn kenne. Sie haben ihn im Bus getroffen, sagen Sie? Er hat seine Mutter besucht, nicht wahr?«

Ich gestand, daß ich keine Ahnung hatte, wo er gewesen war. »Er stammt wohl von hier?«

»David? O ja. Geboren und aufgewachsen in Eyemouth, unser David. Er wohnt zwar schon seit einigen Jahren nicht mehr hier, aber seine Mutter hat ein Cottage direkt an der Küste, nördlich von Saint Abb's.« Er wandte sich um, um eine der Glastüren zu öffnen, hinter der sich tatsächlich eine größere Eingangshalle befand. »Bitte kommen Sie hier herein. Ich werde das Licht anmachen, so.« Ich hörte das Klicken eines Schalters, und wie von Zauberhand verbreitete eine Lampe auf einer spanischen Truhe ihr warmes Licht, das von einem großen Spiegel und den Glasrahmen zahlreicher Drucke und Zeichnungen an den Wänden der quadratischen Halle reflektiert wurde.

Man konnte tatsächlich vor lauter Bildern kaum die Tapete erkennen, und zusammen mit dem alten Orientteppich auf dem Fußboden ergab sich der Eindruck kultivierter und geschmackvoller Üppigkeit.

Vor mir sah ich ein Fenster schimmern und eine dunkle Öffnung gähnen, bei der es sich wahrscheinlich um eine Kellertreppe handelte. An einer anderen Ecke schien ein Korridor abzuzweigen, aber mein Gastgeber zwang mir zum Glück keine Hausbesichtigung auf. Von den drei geschlossenen Türen, die von der Eingangshalle abgingen, wählte er die nächstgelegene zu meiner Linken. »Das Wohnzimmer«, sagte er, als er erneut nach einem Lichtschalter tastete. »Nicht das feine, fürchte ich, das liegt dort drüben« – er deutete mit dem Kinn auf die andere Seite der Halle –, »ist aber nicht sehr gemütlich. Ich ziehe dieses hier bei weitem vor.«

Als das Licht anging, verstand ich, weshalb er den Raum mochte. Dunkelrot tapezierte Wände bildeten den passenden Rahmen für weitere Orientteppiche und ein zerknautschtes, abgenutztes Ledersofa, auf dem zwei ineinander verknäuelte Katzen schliefen. Ein zum Sofa passender Sessel stand in einer Ecke vor einigen schweren Bücherregalen, die mit alten und neuen Bänden vollgestopft waren, und noch mehr Drucke und Zeichnungen hingen unregelmäßig über das ganze Zimmer verteilt. Zwei schlichte Bahnen eines blumengemusterten Chintzstoffes, der an manchen Stellen ganz abgegriffen und von der Sonne ausgebleicht war, verdeckten ein hohes, breites Fenster. Wenn die Vorhänge zurückgezogen waren, überlegte ich, würde man von diesem Zimmer aus die Auffahrt überblicken können.

Kaum hatte ich das gedacht, als die Haustür zuschlug und Adrian mit meinem Koffer vorbeiächzte. Seine Schritte verklangen auf einer Treppe, die ich von meinem Platz aus nicht sehen konnte.

»Bitte, setzen Sie sich doch.« Peter Quinnell wartete, bis ich auf dem Sofa neben den Katzen Platz genommen hatte, bevor er seine lange Gestalt in den Sessel senkte, ein Bein geschmeidig über das andere schlug und seinen Kopf an das weiche Leder lehnte.

Das war sein Zimmer, dachte ich – er hatte ihm bis in den letzten Winkel seinen Stempel aufgedrückt. Es wirkte nicht unberührt und aufgeräumt, sondern strahlte eine maskuline Gemütlichkeit aus. Es war die Sorte Zimmer, in die sich Männer früher zurückzuziehen pflegten, wenn ihre Frauen sie durch den Hausputz aufgescheucht hatten. Hier konnte ein Mann bedenkenlos Zeitungen auf Sesseln und Stühlen verteilen, konnte ungestört rauchen und Kekskrümel auf den Teppich fallen lassen.

»Stören Sie sich nicht an den Katzen«, sagte Quinnell, »sie sind ganz harmlos. Dumme Tiere eigentlich, aber ich hänge an ihnen. Murphy – das ist der große schwarze Kater – ist schon seit sieben Jahren bei mir, und seine Freundin Charlie kam letzten Winter zu uns, als ich dieses Haus kaufte.« Plötzlich schien ihm etwas einzufallen, und er runzelte die Stirn. »Sie sind doch hoffentlich nicht allergisch gegen Katzen, oder?«

Ich versicherte ihm, daß das nicht der Fall war.

»Ein Glück. Ich hatte einmal eine Tante, die allergisch gegen Katzen war. Sehr unangenehm für die Ärmste. Nun«, sagte er, als Adrian in der Tür auftauchte, »alles erledigt? Ob Sie wohl so freundlich wären, uns dreien etwas zu trinken zu holen? Ich fürchte, ich habe meine guten Manieren vergessen und Miss Grey noch gar nichts angeboten.«

Ich bemerkte, wie sich Adrians Schultern leicht versteiften, aber wieder überraschte er mich, indem er der Aufforderung ohne Protest nachkam. Peter Quinnells Bezahlung mußte wirklich gut sein, überlegte ich, denn Adrian haßte es, den Butler zu spielen. Jetzt aber schenkte er mir ein gewinnendes Lächeln. »Gin mit ein bißchen Wermut für dich, Darling? Und Sie, Peter? Wodka?«

»Ja, bitte. Und vielleicht etwas Käsegebäck?« Er wartete, bis Adrian sich wieder entfernt hatte, ehe seine schmalen Augen langsam zu mir zurückwanderten. Wieder wurde ich an einen Schauspieler im Theater erinnert, nicht nur wegen der bühnenartigen Umgebung, der elegant plazierten Gestalt im Sessel und ihrer wohlmodulierten, kultivierten Stimme, sondern weil ich den deutlichen Eindruck hatte, daß hinter diesen Augen mehr vorging, als man vermuten sollte.

»Adrian erwähnte, daß Sie und er früher ein Paar gewesen seien«, bemerkte er.

Adrian, dachte ich, verdiente manchmal einen Tritt in den Hintern. Ich zwang mich zu einem Lächeln. »Ja, mehr oder weniger.«

»Aber jetzt nicht mehr?«

»Nein.«

»Das habe ich mir gedacht. Aber Sie sind noch Freunde?«

»O ja, gute Freunde.«

Er schwieg einen Moment und kniff leicht die Augen zusammen, als versuchte er, sich an etwas zu erinnern. »Sie haben sich in Suffolk kennengelernt, nicht wahr? Bei einer von Lazenbys Ausgrabungen?«

»Ja. Obwohl ich gestehen muß, daß ich selbst nicht viel Zeit auf der Ausgrabungsstätte verbracht habe. Ich hatte gerade erst angefangen, für Doktor Lazenby am Britischen Museum zu arbeiten, und war noch ziemlich unerfahren, was die praktische Außenarbeit betraf.«

»Suffolk«, wiederholte er nachdenklich. »War das das römische Fort?«

»Genau. Sie haben jetzt eine Überführung darüber gebaut.«

»Ah ja.« Der große schwarze Kater hob den Kopf, streckte sich und machte gähnend einen Buckel. Mit einem kurzen Blick in meine Richtung sprang er elegant auf den Teppich und stolzierte ein wenig steif auf Peter Quinnells Ecke zu. Quinnell nahm seine Hand vom Knie, damit der Kater auf seinen Schoß springen konnte, wandte aber seinen ruhigen Blick nicht von meinem Gesicht ab.

»Was hat man Ihnen über die Stelle erzählt?« fragte er.

Ich antwortete ehrlich. »Nicht viel.«

»Und über mich?«

»Noch weniger.«

Die klugen Augen lächelten. »Sie brauchen keine Rücksicht auf meine Gefühle zu nehmen, meine Liebe. Bestimmt hat Ihnen jemand erzählt, daß ich verrückt bin?«

Was sollte ich darauf sagen? Glücklicherweise schien er keine Antwort zu erwarten, denn er fuhr fort, den schwarzen Kater zu streicheln und mich freundlich anzusehen.

»Ihre Arbeit für Lazenby war es, die mich zuerst auf Sie aufmerksam gemacht hat, wissen Sie. Er bildet nur die Besten aus. Adrian sagte mir, Sie hätten den Hauptteil der Katalogisierungsarbeiten für die Suffolk-Ausgrabung geleistet – und auch die Zeichnungen angefertigt. Stimmt das? Beeindruckend«, sagte er, als ich nickte. »Sehr beeindruckend. Ich wäre entzückt, wenn Sie diese Aufgabe auch für uns hier auf Rosehill übernehmen könnten. Natürlich werden wir nicht ganz so viele Fundstücke wie Lazenby zutage fördern – die Römer waren hier nicht so lange –, aber wir müßten eigentlich ein paar wirklich gute Stücke unter den alltäglichen Sachen finden, und ein Schlachtfeld ist ja an sich schon von einigem Interesse, finden Sie nicht?«

Ich antwortete nicht sofort, weil ich zu sehr damit beschäftigt war, meine durcheinanderwirbelnden Gedanken zu ordnen. Ein Schlachtfeld? Ein … großer Gott, doch kein *römisches* Schlachtfeld? Hier in Eyemouth? Kaum zu glauben, und doch … Mein Magen zog sich vor Aufregung zusammen. Ich holte tief Luft. »Ich hoffe, meine Frage ist nicht zu forsch«, begann ich, »aber was genau soll Ihr Team eigentlich ausgraben?«

Die streichelnde Hand auf dem Kater hielt überrascht inne. »Oh, ich bitte vielmals um Verzeihung«, sagte Peter Quinnell. »Ich dachte, Sie wüßten es. Es handelt sich um ein Marschlager, meine Liebe. Ein römisches Marschlager. Frühes zweites Jahrhundert. Obwohl es im Grunde wahrscheinlich eher ein Friedhof ist.« Er sah mich mit durchdringendem Blick an, und zum erstenmal glaubte ich, daß er möglicherweise wirklich verrückt war. »Wir haben die letzte Ruhestätte der *Legio IX Hispana* gefunden.«

III

Wenn er gesagt hätte, er habe den Heiligen Gral gefunden, wäre ich nicht verblüffter gewesen. Die Neunte Legion – die *Hispana* –, hier, an diesem Ort! Das schien wirklich unglaublich. Vor allem, nachdem so viele Archäologen so lange nach ihr gesucht hatten, und alle vergeblich. Ich selbst war mittlerweile zu der Überzeugung gelangt, daß das Schicksal der verschwundenen Legion eines der großen ungelösten Rätsel der Geschichte bleiben würde.

Historiker auf der ganzen Welt hatten schon Dutzende von Theorien aufgestellt und erschöpfend darüber debattiert, hielten aber nur wenige konkrete Fakten in den Händen. Alles, was man mit einiger Sicherheit sagen konnte, war, daß die *Legio IX Hispana* unter der Herrschaft Kaiser Hadrians irgendwann von ihrem befestigten Lager in York nach Norden beordert worden war.

Die Soldaten der Neunten Legion, die schon Veteranen der langen Feldzüge in Wales und des brutalen Kriegs mit Königin Boudicca waren, hatten eine Elitetruppe dargestellt, die normalerweise nicht für kleinere Geplänkel eingesetzt wurde – die Aufgabe der alltäglichen Verteidigung der Frontlinie wurde den Hilfstruppen überlassen. Es bedurfte schon eines wirklichen Notstands, um eine Legion in Marsch zu setzen.

Und es mußte ein beeindruckendes Schauspiel gewesen sein, wenn diese vielen tausend Männer in den Kampf zogen. Im Morgengrauen trafen die Hilfstruppen, bestehend aus Bogenschützen und Kavallerie, ein, die die Vorhut und den Schutzschild für die nachfolgende Legion bildeten. Dann kam der Standartenträger, der den heiligen goldenen Adler des Reiches emporhielt, das Symbol der Ehre und des Sieges. Wenn ein Feind den Adler berührte, brachte er Schande über die Legion; wenn eine Legion ihren Adler verlor, brachte sie Schande über Rom. Dicht beim Adler marschierten die anderen Standartenträger, gefolgt von den Trompetern. Und dann kamen in geschlossener Formation, immer sechs Mann nebeneinander, die Legionäre, bereit für die Schlacht.

Sie waren darauf trainiert, vierundzwanzig römische Meilen in fünf Stunden zu marschieren, und zwar in voller Rüstung, beladen mit Waffen, Werkzeugen und sonstigem schweren Gepäck, und dann am Ende des Tagesmarsches das Nachtlager zu bauen – was keine geringe Aufgabe war, da ein Lager Gräben, Schutzwälle und Palisaden brauchte, um den ledernen Zelten im Inneren ausreichend Schutz zu bieten.

Es waren harte Männer, kampfgestählte Krieger, und eine Legion auf dem Marsch mit ihrem ganzen Gepäcktroß und ihren schimmernden Helmen und Brustpanzern mußte einen Anblick geboten haben, den man nicht so leicht vergaß.

Was das Verschwinden der Neunten Legion um so rätselhafter machte, fand ich. Denn niemand konnte sich an sie erinnern. Oder zumindest hatte niemand sich die Mühe gemacht, Aufzeichnungen darüber zu führen, was mit der Neunten Legion bei ihrer Schlacht im Norden geschehen war, und die Legion selbst war aus den Verzeichnissen des Heeres gestrichen worden. Neuzeitliche Historiker boten verschiedene Theorien als Erklärung an – die Männer der *Hispana* hatten möglicherweise gemeutert, oder sie waren in Ungnade gefallen, weil sie den Adler verloren hatten ... oder sie hatten in der Wildnis dieses barbarischen Landes ein so schreckliches Ende gefunden, daß die Überlebenden nicht in der Lage gewesen waren, darüber zu sprechen.

Die wenigen Überlebenden – ein armseliges, versprengtes Häuflein, das man durch vereinzelte zerfallene Grabsteine in den entferntesten Winkeln des untergegangenen Reiches identifiziert hatte, – hatten ihr Geheimnis gut bewahrt. So gut, daß das endgültige Schicksal der *Legio IX Hispana* mit ihren mehreren tausend Mann sich den Historikern fast zweitausend Jahre später immer noch entzog wie ein Geist in den Nebeln einer öden Moorlandschaft.

Ich sah Peter Quinnell zweifelnd an und räusperte mich. »Die *Hispana*? Sind Sie sicher?«

»O ja. Ziemlich sicher. Adrian kann Ihnen die Ergebnisse seiner ersten Bodenuntersuchung zeigen, nicht wahr, mein Junge?«

»Wie?« Adrian, der gerade mit unseren Drinks zur Tür hereinkam, blickte fragend vom einen zum anderen.

»Ihre Radaruntersuchung«, erklärte Quinnell, »unten in der Südwestecke.«

»Ach so.« Adrian warf mir einen forschenden Blick zu und versuchte, meine Reaktion einzuschätzen. »Sie haben es ihr also erzählt.«

»Selbstverständlich. Unverzeihlich von Ihnen, sie so lange im dunkeln darüber zu lassen. Ich habe gerade gesagt, daß Sie ihr zeigen könnten, was Sie gefunden haben.«

»Sicher«, sagte Adrian. »Es ist alles im Computer gespeichert. Ich zeige es dir morgen«, versprach er und drückte mir ein Glas in die Hand.

Er mußte gewußt haben, daß ich von der *Hispana* hören würde, während er nicht im Zimmer war – er hatte mir einen doppelten Martini Cocktail gemixt. Ich lehnte mich auf dem Sofa zurück, nahm einen langen Schluck des kalten Gins mit wenig Wermut und fragte Peter Quinnell: »Sie haben also ein Labor aufgebaut, hier an der Ausgrabungsstätte?«

»Ja. Ich habe die alten Ställe hinter dem Haus umfunktionieren lassen. Sie bieten eine Menge Platz.«

»Es wird dich umhauen«, warnte mich Adrian. »Es gibt nicht nur ein Mikroskop, sondern zwei, *und* eine Computeranlage – so etwas habe ich auf einer Feldausgrabung noch nie gesehen.«

Quinnell schielte kurz zu Adrian hinüber, und wieder erhaschte ich dieses wache Aufblitzen in dem nachsichtigen Blick des alten Mannes. Er wußte genau, womit man Adrian köderte, dachte ich – mit klingender Münze, dem Geruch des Geldes, der Aussicht auf eine gute Position und hervorragenden Arbeitsbedingungen. »Nun ja«, sagte er mit milder Stimme, »ich habe ein Faible für diese technischen Spielereien. Jetzt setzen Sie sich aber, mein Junge, ich bekomme ihretwegen noch einen steifen Hals. Und achten Sie auf die Katze«, fügte er hinzu, als Adrian sich beinahe auf dem immer noch schlafenden grauen Kätzchen niederließ. Ich rückte ein Stück zur Seite, um ihm mehr Platz auf dem Sofa zu machen.

»Dir ist hoffentlich klar«, informierte mich Adrian, »daß wir dich jetzt erschießen müssen, falls du unserem kleinen Team nicht beitreten willst. Wir können nicht riskieren, daß du unser Geheimnis ausplauderst.«

Sie hatten das Geheimnis bisher erstaunlich gut für sich behalten, dachte ich, und äußerte den Gedanken laut. »Ich habe in London noch nicht einmal die Andeutung eines Gerüchts gehört, und ich kann mich nicht erinnern, irgend etwas in den Fachzeitschriften gelesen zu haben.«

»Die Fachzeitschriften, meine Liebe, zeigen ein einzigartiges Desinteresse, was meine Ausgrabungen betrifft.« Peter Quinnell kraulte lächelnd die Ohren des schwarzen Katers. »Vor vierzig Jahren fanden sie meine Theorien höchst faszinierend, aber jetzt ignorieren mich die meisten meiner Kollegen. Die wenigen, die meine Überzeugungen teilten, sind tot, und die Jüngeren, fürchte ich, sind allesamt Sklaven der modernen Wissenschaftsgläubigkeit. Es gibt keinen Platz für Intuition in ihren Büchern, keinen Platz für Ahnungen oder so etwas wie einen sechsten Sinn.« Sein träger Blick vergab meiner jugendlichen Unwissenheit, und er prostete mit seinem Wodkaglas in meine Richtung. »Heutzutage werde ich als eine Art erfolgloser Schliemann angesehen, der Märchen und Träumen hinterherjagt. Nur daß Schliemann wenigstens seinen Homer hatte, während ich gar nichts habe.« Er schwieg und nahm einen Schluck, sein Kinn senkte sich nachdenklich auf seine Brust. »Nein, das stimmt nicht ganz«, sagte er schließlich. »Ich habe immerhin Robbie.«

Adrian streifte mich mit einem warnenden Blick und lehnte sich gegen das Rückenpolster des Sofas, wobei er beinahe die dösende Katze zerquetschte. Ungehalten erhob sich die kleine Graue, streckte sich und marschierte geradewegs über Adrian hinweg auf meine Knie, wo sie sich mit einem verärgerten Plumps niederließ.

Adrian sah übertrieben deutlich von meinem Gesicht auf die Katze und bemerkte: »Ich weiß nicht, wer von euch beiden hier müder aussieht.« Ich hatte den Eindruck, daß er mit dem Kommentar etwas bezwecken wollte, und als Quinnell daraufhin in pflichtbewußt-besorgtem Ton »oh, natürlich« murmelte, erhärtete sich mein Verdacht. Adrian versuchte auf seine geschickt manipulierende Art, das Zusammensein zu beenden.

Zweifellos hatte er aufregendere Pläne für diesen Abend gehabt, und da Quinnell offenbar geneigt war, noch stundenlang weiterzuplaudern, hatte Adrian kühn entschlossen eingegriffen.

Ich schenkte ihm ein unschuldiges Lächeln. »Ich bin kein bißchen müde.«

Unverzagt versuchte er eine neue Taktik. »Du willst doch sicher für dein Vorstellungsgespräch morgen gut ausgeschlafen sein, oder?«

Quinnell schien diese Bemerkung zu schockieren. »Mein lieber Junge«, unterbrach er Adrian mit hochgezogenen Augenbrauen, »es wird kein Vorstellungsgespräch geben. Meine Güte, nein. Nein«, wiederholte er mit Nachdruck, als ich ihn erstaunt ansah, »die Stelle gehört Ihnen, wenn Sie sie möchten. Aber ich nehme an, daß Sie sich noch ein, zwei Tage umsehen und die Sache überdenken wollen. Sie können mir Ihre Antwort am Wochenende geben, einverstanden?«

Ich habe die Stelle, dachte ich fassungslos. Ein legendäres Schlachtfeld und ein gutes, regelmäßiges Einkommen dazu. Ich wußte bereits, wie meine Antwort lauten würde, aber ich versuchte trotzdem, professionell zu reagieren. »In Ordnung«, sagte ich und nickte.

»Gut. Und nun werde ich Ihnen Ihr Zimmer zeigen. Es war furchtbar höflich von Ihnen, hier zu sitzen und mir zuzuhören, aber ich bin sicher, Sie sind rechtschaffen müde von der langen Reise.«

»Ich bringe sie nach oben«, erbot sich Adrian.

»O nein, das werden Sie nicht«, sagte Quinnell mit fester Stimme. »Ich wäre ein gewissenloser Schuft, wenn ich eine Dame Ihren Fängen überlassen würde, selbst eine, die sich mit Ihren Casanovamethoden auskennt. Nein, Sie können ihr jetzt gute Nacht sagen, und *ich* werde sie hinaufbringen, wenn sie soweit ist.«

Ein paar Minuten darauf grinste Adrian immer noch, als er in der Vorhalle seinen Mantel überzog und meine Wange mit einem keuschen Kuß streifte. »Also«, murmelte er mit einem schnellen Blick über meine Schulter auf Quinnell, der in der großen Eingangshalle wartete, »was hältst du von ihm?«

»Ich finde ihn ganz wunderbar.«

»Das freut mich. Verity ...«

»Ja?«

»Nichts.« Er warf seinen dunklen Schopf zurück und schloß den untersten Knopf seines Mantels. »Schon gut. Ich sehe dich dann morgen früh.«

Ich wartete, bis er gegangen war, und folgte dann Peter Quinnell durch die Halle zu einer gewundenen Steintreppe, die hinauf in den ersten Stock führte. Meine Schritte waren etwas schleppend auf den harten Stufen, und ich merkte, daß ich wirklich müde war. Als Quinnell mir das Badezimmer zeigte und mir die sanitären Anlagen erklärte, mußte ich dauernd ein Gähnen unterdrücken. Und obwohl seine

Enkelin sich bestimmt große Mühe gegeben hatte, die passenden Vorhänge zu finden, galt mein Blick doch nur den beiden identischen, altmodisch schweren Betten, als sich schließlich die Tür zu einem geräumigen Schlafzimmer öffnete.

Quinnell hielt sich noch ein paar Minuten damit auf, mir alles zu zeigen, Schubladen und Schranktüren zu öffnen und sich davon zu überzeugen, daß ich alles hatte, was ich für die Nacht brauchte, bevor er sich mit einem letzten galanten Lächeln zurückzog und mich allein ließ.

Das heißt, nicht ganz allein.

Eine der Katzen war mit uns hinaufgekommen, und als ich aus dem Bad zurückkam, entdeckte ich sie auf der Fensterbank, wo sie mit zuckendem langem Schwanz wie gebannt in die kohlrabenschwarze Nacht hinausstarrte. Es war der große schwarze Kater, nicht die zierliche graue Katze, die vorhin auf meinem Schoß geschlafen hatte. Die graue hieß Charlie, erinnerte ich mich, aber wie war doch gleich der Name des Katers? Irgendwas Irisches, überlegte ich. Mickey? Mooney? »Murphy«, sagte ich schließlich befriedigt, und der Kater drehte mir zur Antwort ein Ohr zu.

»Du magst dieses Fenster wohl, Murphy? Was siehst du denn dort draußen?«

Ich selbst konnte nur mein Spiegelbild und das der Katze sehen, bevor ich die Lampe ausschaltete. Auch dann war nichts Ungewöhnliches zu erkennen. Nahe beim Haus schwankten die Äste eines großen Baumes über einem Meer von geisterhaft bleichen Narzissen, die ihre Köpfe im Wind neigten. Und dahinter beschien das unstete Mondlicht ein Feld, das sanft zum dunklen Kamm eines Hügels anstieg. »Siehst du?« sagte ich. »Da ist nichts ...«

Plötzlich stellten sich die Haare des Katers auf. Er machte einen Buckel auf der Fensterbank, entblößte mit funkelnden Augen seine Fangzähne und fauchte bösartig.

Ich fuhr erschrocken zurück. Und obwohl sein Fauchen nicht mir galt, merkte ich, wie ich eine Gänsehaut bekam, und ich bemühte mich, mein wild klopfendes Herz zu beruhigen. »Murphy«, sagte ich streng, »hör auf damit.«

Er starrte mich kurz mit seinen leuchtenden Augen an und wandte sich dann wieder ab, um in die Nacht zu spähen. Das zweite Fauchen klang noch bösartiger als das erste und erschreckte mich derart, daß ich ruckartig das Rollo herunterzog und den schwarzen Kater mit zitternder Hand von der Fensterbank schob.

Murphy ließ sich gutmütig am Fußende meines Betts nieder und blinzelte ausdruckslos. Dummes Tier, dachte ich. Dort draußen war nichts, überhaupt nichts. Nur der Baum und die Narzissen und das dunkle, verlassene Feld.

Trotzdem war ich froh über die Gesellschaft des Katers, als ich unter die Decke des weiter vom Fenster entfernt stehenden Bettes kroch. Und zum erstenmal seit meinen Kindertagen ließ ich die Nachttischlampe brennen.

»Schläfst du immer bei eingeschaltetem Licht?« fragte mich Fabia Quinnell am nächsten Morgen beim Frühstück. Sie lehnte lässig mit einem Ellbogen am Küchenschrank, knabberte an einer getrockneten Aprikose und wartete darauf, daß ich mit meinem Kaffee und meinem Toast fertig wurde.

Ich hatte mir noch kein klares Bild von Fabia gemacht. Sie war im gleichen Alter wie meine Schwester Alison, noch nicht ganz zwanzig, aber während Alison schon sehr erwachsen war und sich völlig ungezwungen benahm, trug Fabia Quinnell den betont gelangweilten Gesichtsausdruck einer Heranwachsenden zur Schau und nannte ihren Großvater »Peter«.

Sie war, wie Adrian gesagt hatte, eine attraktive junge Frau – sehr attraktiv sogar. Und sehr blond. Ihr helles, flaumweiches Haar streifte mit einem kunstvollen Schwung ihre weiche Kinnlinie und ließ ihren schmalen, zerbrechlich aussehenden Nacken frei. Zierlich und kulleräugig sah sie ihrem Großvater weder ähnlich, noch schien sie dessen gastfreundliches Wesen geerbt zu haben, denn ihre Begrüßung war alles andere als herzlich gewesen.

Ich bezweifelte stark, daß sie etwas mit der Dekoration meines Zimmers zu tun gehabt hatte, egal, was Quinnell mir am Abend zuvor erzählt hatte. Wahrscheinlicher war es, daß der alte Herr selbst Vorhänge und Tagesdecke ausgesucht und für ein gemütliches Ambiente gesorgt hatte. Fabia, schätzte ich, gehörte nicht zu der Sorte junger Frauen, die sich um das Wohlergehen anderer sorgten.

Es überraschte mich daher, daß ihr in der vergangenen Nacht das Licht in meinem Zimmer aufgefallen war.

Den Mund voll mit kalt gewordenem Toast antwortete ich ihr, daß ich normalerweise wie alle anderen im Dunkeln zu schlafen pflegte. »Nur manchmal geht meine Phantasie ein wenig mit mir durch – wenn ich nachts ein polterndes Geräusch höre oder so etwas. Besonders in fremden Häusern. Dann hilft es mir, wenn ich das Licht anlasse.«

»Na, jedenfalls hast du mir einen schönen Schrecken eingejagt«, sagte sie. »Ich dachte, es sei Peter, der auf mich wartet. Er trinkt, weißt du, und dann will er immer reden.« Sie verdrehte entnervt die Augen. »Typisch Ire.«

Ich hätte Peter Quinnell nie für einen Iren gehalten. Seine geschliffene, elegante Sprache ließ keine Spur eines irischen Akzents erkennen. Doch jetzt, da ich darauf gestoßen worden war, konnte ich dieses undefinierbare Etwas ausmachen, diesen Beigeschmack von Pferden und Jagdhunden, der einen bestimmten Teil der anglo-irischen Oberschicht kennzeichnete.

Ich nahm noch einen Schluck Kaffee und drehte mich auf meinem Stuhl um, so daß ich aus dem schmalen Küchenfenster nach draußen sehen konnte. Von dem baumlosen Hügel hinter dem Haus erstreckte sich ein unbebautes Feld in saftigem Grün bis hinunter zu den dicht verzweigten Weißdorn- und Heckenrosenbüschen, die den Blick auf die Straße verdeckten. Zwei Männer standen mitten auf dem Feld, ihre Augen fest auf den Hügelkamm gerichtet. Einer der beiden war Peter Quinnell. Der andere war kräftiger gebaut, breitschultriger und hatte pechschwarze, lockige Haare. »Sie haben früh angefangen«, bemerkte ich.

»Wer?« Sie sah gleichgültig zum Fenster. »Ach so, Peter und Davy. Ja, sie treiben sich ständig dort draußen herum.«

»Was ist David Fortune eigentlich genau von Beruf?«

»Er ist Archäologe, wie Peter. Er lehrt an der Universität von Edinburgh.«

»Aber ...«, sagte ich stirnrunzelnd, »würde dein Großvater die Ausgrabung nicht lieber alleine leiten?«

»Das bezweifle ich«, antwortete sie lakonisch. »Außerdem braucht er Davy. Oder vielmehr braucht er Davys Namen auf seinen Veröffentlichungen, um die Ausgrabung zu legitimieren. Peters Name beeindruckt heutzutage niemanden mehr«, erklärte sie leichthin. »Die meisten halten ihn für zu alt.« Sie stieß sich vom Schrank ab und deutete auf meinen leeren Teller. »Bist du fertig? Gut. Dann komm mit – ich habe den Auftrag, dich überall herumzuführen.«

Ich schlüpfte in meinen zerknitterten Anorak und folgte Fabia nach draußen. Der Morgen war kühl für Ende April, aber klar und sonnig mit einem frischen Lüftchen, das von Südwesten her wehte.

Ich drehte mich für einen Moment mit dem Rücken zum Wind, um Rosehill genauer in Augenschein zu nehmen, und stellte beruhigt fest, daß es bei Tag viel weniger unheimlich wirkte. Der rosa-graue Verputz, der die rötlichen Ziegelsteine nicht mehr an allen Stellen bedeckte, ließ das schmucklose Haus hübscher erscheinen. Eine elegant geschwungene Treppe wand sich seitlich zum Vordereingang hinauf und wurde von einem zierlichen Geländer begrenzt, das ihr eine gewisse Leichtigkeit verlieh. Die hohen, schmalen Fenster in ihren weißen Rahmen waren in eine Vielzahl kleiner quadratischer Scheiben unterteilt, die das Sonnenlicht wie funkelnde Edelsteine zurückwarfen.

»Warum heißt es Rosehill?« fragte ich.

Fabia zuckte die Achseln. »Da mußt du Peter fragen, er hat

da so seine eigenen Theorien. Jedenfalls gibt es hier keine Rosen. Dafür jede Menge Narzissen.« Sie deutete hinter uns auf den sanft abfallenden Hang, auf dem sich die Auffahrt heraufschlängelte. Er war gelb vor Narzissen, Hunderten davon, die alle einhellig mit den Köpfen nickten. Wie die Narzissen unter dem Fenster meines Zimmers wurden auch diese von einer Kastanie mit weit ausladenden Ästen beschirmt, deren flaumige, zusammengerollte Blätter in einem zarten Grün leuchteten.

Fabia pflückte nachlässig im Vorbeigehen ein Blatt ab und glättete es zwischen ihren Fingern, während sie sich umdrehte und am Haus vorbei auf eine sonnenbeschienene Ecke des Feldes blickte, die gerade in Sicht kam.

»Hast du wirklich etwas poltern gehört – letzte Nacht?« fragte sie zögernd.

Ich sah sie verwundert an. »Nur die Katzen. Warum?«

»Nur so, aus Neugier.« Sie wandte sich achselzuckend von dem Feld ab und ließ das geglättete Blatt zu Boden fallen. »Hier entlang«, sagte sie und begann, den Hügel hinauf auf die Ställe zuzugehen.

IV

Die aus dunklem Holz gebauten Stallungen schmiegten sich langgestreckt und flach an den Hügelkamm hinter dem Haus. Von dem weiten Torbogen aus, der den Eingang bildete, hatte man einen unbegrenzten Blick über Rosehill und das kleine Cottage hinweg auf die hügeligen Felder, die schmale Straße und den Fluß, der sich durch einen purpurnen Schleier von Bäumen bis zu den Schornsteinen von Eyemouth und der eisblauen Nordsee in der Ferne wand.

»Keine Pferde mehr«, sagte Fabia neben mir düster.

Ich riß mich von dem wunderbaren Anblick los und folgte ihr hinein. Hier hatte es schon länger keine Pferde mehr gegeben, dachte ich. Ihr typischer Geruch hing nicht mehr in der Luft.

Doch ich verzieh Quinnell die fehlenden Pferde sofort, als sich meine Augen an das Licht im Innern gewöhnt hatten. »Mein Gott«, sagte ich ehrfürchtig.

Er hatte wahre Wunder in dem Gebäude vollbracht.

Ich war es gewohnt, bei Ausgrabungen in improvisierten Zeltlabors zu arbeiten, das Wasser zum Abwaschen der Fundstücke von irgendwo herbeizuschleppen und mich mit meinen Kollegen um einen der Plätze an den wenigen Tischen zu streiten. Als ich mich dagegen jetzt in diesen Räumen umsah, wurde mir mit einemmal klar, wieviel Geld hinter der Rosehill-Ausgrabung steckte. Die Säuberung und der Umbau der Stallungen allein mußten ein Vermögen gekostet haben.

Links von mir war die Doppelreihe hölzerner Boxen von den Verschlägen befreit, ausgeräumt und neu gestrichen worden, die Lehmböden hatte man sorgfältig geebnet und blank gefegt. Eine rundum mit freistehenden Metallregalen ausgestattete Box enthielt die Mikroskope, von denen Adrian geschwärmt hatte – nicht bloß die Standardmodelle, sondern auch ein Zergliederungsmikroskop inklusive Kamerazubehör. Eine weitere Box enthielt nur Verpackungsmaterial – Kartons in allen Formen und Größen, selbstschließende Plastikbeutel, Ballonverpackungen und sogar Siliziumgel für das Verpacken von Metallteilen. Ich war ausgesprochen beeindruckt.

»Ja, nicht schlecht«, räumte Fabia ein. »Aber wir haben immer noch Ärger mit den Computern. Die Programme stürzen dauernd ab. Und die ...«

»Phantastisch«, unterbrach ich sie, als ich meinen Kopf zu einer halb offenstehenden Tür hineinsteckte, die von dem breiten Mittelgang abging. »Es gibt fließend Wasser!«

»Warmes und kaltes«, bestätigte Fabia. »Das war einmal die Sattelkammer, und es gab schon ein Waschbecken darin, aber Peter mußte natürlich ein größeres haben.«

Meine Bewunderung für Peter Quinnell wuchs und wuchs. Bei dieser Ausgrabung würde es kein Herumzerren von Schläuchen und Eimern geben, dachte ich. Wenn das warme Wasser auch schon ans Frivole grenzte, so war der Rest des Raums im höchstem Maß funktional ausgestattet – der ideale Ort, um Fundstücke zu waschen und zu sortieren. Quinnell hatte ihn mit Dutzenden von Gittersieben zum Trocknen von Teilen und mit Bürsten aller Sorten und Größen bis hin zur kleinsten Zahnbürste ausgestattet. An einer Längswand waren lange Tische aufgestellt, unter denen Stapel von Tabletts und flachen Sortierkisten auf ihren Einsatz warteten.

»Der Lagerraum für Fundstücke«, erklärte Fabia überflüssigerweise. »Obwohl es nicht sehr wahrscheinlich ist, daß wir viel finden werden. Ich hätte diesen Raum gern als Dunkelkammer genutzt, aber Peter fand den Keller im Haus besser geeignet. Mehr Platz, meinte er, und nicht so staubig.«

Ich horchte interessiert auf. »Als Dunkelkammer? Bist du etwa die Fotografin der Ausgrabung? Für die Dokumentation?«

»Peter mußte mir schließlich auch eine Funktion zuweisen, oder?« Sie drehte sich um und führte mich zu dem im Dunkeln liegenden Ende des Stallgebäudes, weg von den umgebauten Boxen. »Und das ist der Gemeinschaftsraum«, sagte sie und knipste einen Schalter an, worauf mehrere Deckenstrahler den Raum mit Licht durchfluteten.

Ich starrte verwirrt hinein. »Der Gemeinschaftsraum?«

»Für die Studenten.«

Die Stallboxen waren hier ganz abgerissen worden, auf dem Boden lag, wie in einem Pub, ein grüner Teppichboden, und die Wände schimmerten in einem hellen Elfenbeinton. In einer Ecke stand ein großer Fernseher samt Videogerät vor zwei winkelförmig angeordneten Sofas. Ein schmales Bücherregal enthielt diverse Taschenbücher, Gesellschaftsspiele und Puzzles, und an der Wand daneben prangte eine professionell aussehende Dartscheibe. Mitten im Raum stand ein massiver, selbstgefällig wirkender Billardtisch, der sich für das wichtigste Inventar zu halten schien.

Fabia verschränkte die Arme. »Die Duschen und die Toiletten befinden sich im Gang dahinter.«

»Duschen?« echote ich ungläubig.

»Aber ja. Für die Studenten ist nichts gut genug, mußt du wissen.« Ihr Mund verzog sich spöttisch. »Nicht, daß hier schon irgendwelche Studenten arbeiten würden. Das ist auch so eine von Peters kleinen Phantastereien. Er glaubt, er kann die Universität davon überzeugen, seine Ausgrabung zu unterstützen.«

Ihrem Ton nach zu urteilen, hätte er genausogut gegen Windmühlen kämpfen können. Ich sah sie neugierig an. »Aber du hast doch gesagt, David Fortune sei von der Universität.«

»Ja, schon. Aber Davy kennt Peter schon seit einer Ewigkeit, er ist nicht unparteiisch. Daß er bei der Ausgrabung mitwirkt, macht uns vielleicht respektabler, aber es löst noch lange nicht Peters Problem. Um den Sommer über Archäologiestudenten beschäftigen zu können«, erklärte sie, »braucht er die Zustimmung des Fachbereichsleiters. Und nach allem, was ich gehört habe, sind der und Peter sich nicht gerade grün.«

»Verstehe. Aber trotzdem ist das doch kein unüberwindliches Hindernis, oder? Wenn dein Großvater fest entschlossen ist zu graben, kann er doch jederzeit andere Leute einstellen, die bei den Arbeiten helfen. Sie müssen doch nicht unbedingt von der Universität kommen.«

»Schon. Aber das würde bedeuten«, sagte sie in belehrendem Ton, »daß er nicht seine verdiente Anerkennung bekäme. Es liegt ihm sehr viel an diesen Studenten.«

Sie hatte mittlerweile das Interesse am Gemeinschaftsraum verloren.

»Dein Büro ist hier drüben bei den anderen.«

Ich folgte ihr zurück zu den renovierten Boxen am anderen Ende der Stallungen, vorbei am Raum für die Fundstücke, vorbei an den Regalen und Mikroskopen und Verpackungen bis zu der vorletzten Box. Sie erinnerte mich an eine Mönchszelle und war spartanisch, aber bis ins kleinste Detail funktional eingerichtet.

Der graue Ablageschrank und der Schreibtisch mit der Metallplatte glänzten und waren ganz neu, ebenso der Computer, ein Modell der jüngsten Generation, und der ergonomisch geformte Bürostuhl, der mit seinem hellgrünen Bezug perfekt zu den Schreibtischutensilien und dem Papierkorb paßte. Der Fotokalender über dem Schreibtisch zeigte eine gelbe Wiese voller Osterglocken.

»Es ist toll«, urteilte ich mit ehrlicher Begeisterung. »Wirklich großartig. Alles hier.«

»Adrians Büro ist direkt gegenüber«, erklärte Fabia weiter. »Und Davys Platz ist in der Ecke dort, aber er ist immer nur ein paar Tage die Woche da.«

David Fortunes Büro wirkte in der Tat verlassen und verriet nichts von der Persönlichkeit des Mannes, der dort arbeitete. Adrians Arbeitsplatz dagegen trug deutlich den Stempel seines Besitzers, der noch nie zu den ordentlichsten gehört hatte.

Ich schob eine benutzte, fleckige Kaffeetasse von einem Papierstapel und betrachtete interessiert eine Computergraphik, die obenauf lag. Sie sah aus wie eine Zeichnung, die ein Kind gemacht hatte, indem es ein Stück Kohle über die Rillen eines Granitblocks gerieben hatte, aber ich wußte, daß es sich nicht um eine amateurhafte Spielerei handelte. Es war die mit Kurvenzeichner angefertigte graphische Darstellung einer Bodenradaruntersuchung.

Adrian war schon seit einigen Wochen vor Ort, wie ich wußte. Offenbar hatte er bereits eine erste topographische Vermessung der Ausgrabungsstätte abgeschlossen und mit Hilfe der Vermessungsergebnisse eine genaue Höhenlinienkarte des Feldes, wo Quinnell graben wollte, angefertigt. Das Graben selbst hatte naturgemäß etwas Zerstörerisches, und Archäologen taten es nie blindlings. Es gab andere Methoden, den Boden unterhalb der Oberfläche zu untersuchen.

Die geophysikalischen Untersuchungen, die Adrians Spezialgebiet waren, wurden mit hochempfindlichen Meßinstrumenten durchgeführt, mit deren Hilfe man winzige Veränderungen und Unregelmäßigkeiten im Erdreich feststellen konnte. Bei einer Messung der Bodenwiderstandskraft zum Beispiel wurde ein elektrischer Strom durch die Bodenschichten gejagt, um deren Widerstand zu prüfen: Mauern und Straßen, die gewöhnlich viel trockener sind als das umliegende Erdreich, zeichneten sich auf einer graphischen Darstellung deutlich ab. Wenn der Boden ziemlich feucht war, was meiner Vermutung nach hier auf Rosehill der Fall sein konnte, entschied sich Adrian meist für eine Magnetfelduntersuchung.

Am liebsten jedoch führte er die Untersuchung mit dem Bodenradar durch. Oft war sie wegen der hohen Kosten tabu, aber Adrian liebte es, anderer Leute Geld auszugeben, wenn er die Gelegenheit dazu bekam. Und er hatte eine Schwäche für hochentwickelte Technologien und die präzisen Ergebnisse, die damit erzielt werden konnten. Ich hatte gesehen, wie er ganze Tage allein auf einem Ausgrabungsfeld zubrachte, das kleine Radargerät auf Rädern hinter sich herzog wie ein Kind ein Spielzeugauto und dabei immer wieder denselben Feldabschnitt mit einer Gründlichkeit ablief, die die meisten Menschen zu Tode gelangweilt hätte.

Meistens rechtfertigten die Ergebnisse Kosten und Mühen. Adrians Auswertungen konnten die faszinierendsten Dinge unter den härtesten Bodenkrusten zutage bringen. Und wenn man die Ergebnisse mit Hilfe des Computers graphisch umsetzte, erhielt man eine Art Schichtenmodell aus schwarzen, grauen und weißen Linien wie das, das ich gerade betrachtete.

Es handelte sich zwar nur um einen Ausschnitt, aber die Graphik zeigte eine deutliche Anomalie, eine scharfe Einkerbung, die wie eine Speerspitze die schwarzen und grauen Linien durchteilte. Es könnte sich tatsächlich um den Graben einer Befestigungsanlage handeln, überlegte ich, und diese kleineren, auffälligen Leuchtflecke rechts könnten verschüttete bauliche Strukturen darstellen. Ich nahm das Blatt zur Hand, um es besser betrachten zu können. Schon seltsam, dachte ich, wie diese Graphiken einander mit der Zeit alle ähnelten. Diese erinnerte mich stark an eine, die ich im vergangenen Jahr gesehen hatte, sie waren sich wirklich ähnlich … sehr ähnlich …, und dann sah ich den winzigen schwarzen Fingerabdruck auf der einen Seite und konnte meinen Augen kaum trauen.

Sie waren einander nicht ähnlich, es handelte sich um exakt dieselbe Graphik. Ich hatte diesen Fingerabdruck selbst hinterlassen und wußte noch, wie Adrian mich deswegen gescholten hatte. Was ich hier vor mir hatte, war überhaupt kein Originalausdruck. Es war eine Fotokopie, bei der nur die Beschriftung am oberen Rand geändert worden war und jetzt lautete: ROSEHILL, EYEMOUTH, BERWICKSHIRE.

»Was zum Teufel treibt Adrian da für ein Spiel?« fragte ich Fabia stirnrunzelnd. »Weißt du etwas hierüber?«

Ihr Blick glitt wachsam über mein Gesicht und das Blatt Papier in meiner Hand.

»Ja, wir glauben, daß das eine Art Befestigungsgraben sein könnte. Adrian hat ihn letzte Woche in der südwestlichen Ecke des Felds entdeckt.«

David Fortunes Stimme überraschte uns beide.

»Es hat keinen Zweck, Mädchen«, riet er Fabia. »Sie war im vergangenen Jahr selbst in Wales, zusammen mit Sutton-Clarke. Sie wird sich nicht täuschen lassen.«

Wir drehten uns um und sahen ihn breitbeinig unter dem Torbogen des Eingangs stehen, die Arme selbstzufrieden vor der Brust verschränkt.

Fabia warf ihm einen wütenden Blick zu und versuchte, sich zu verteidigen. »Es ist nicht so ... ich meine, wir wollten nicht ...«

»Ich werd's ihr erklären, wenn du nichts dagegen hast«, unterbrach er sie. »Warum gehst du nicht zu deinem Großvater und leistest ihm ein wenig Gesellschaft? Er ist irgendwo im Haus.«

Sein entschiedener Ton ließ Fabia keine Wahl, und sie stolzierte mit hoch erhobenem Kopf an ihm vorbei. David Fortune ignorierte sie, wie sie trotzig ihr blondes Haar zurückwarf; seine Augen waren fest auf mein Gesicht gerichtet.

Ich sah enttäuscht zu Boden und fühlte mich betrogen. »Deswegen wohl Ihre Andeutung, daß ich Quinnells Angebot vielleicht nicht annehmen würde. Es gibt kein römisches Marschlager hier auf Rosehill, stimmt's?«

»Das habe ich nicht gesagt.«

»Aber das hier«, sagte ich herausfordernd und hielt die belastende Graphik in die Höhe, »ist eine Fälschung.«

»Stimmt.«

Es machte mich wütend, daß er sich überhaupt nicht aus der Ruhe bringen ließ, und ich streckte ihm das Blatt anklagend unter die Nase. »War das Ihre Idee?«

»Fabias, glaube ich.« Er lächelte zaghaft. »Adrian hat die Schuld auf sich genommen, als ich dahinterkam, aber er würde sich so etwas nicht allein ausdenken. Es fällt ihm allerdings schwer, Fabia etwas abzuschlagen.«

Ich seufzte und ließ das Blatt auf den Schreibtisch fallen. »Sie wußten davon«, sagte ich langsam, »und haben Quinnell trotzdem nichts gesagt?«

»Ich sah nicht ein, wozu. Er hatte die Graphik schon gesehen, als ich von Adrians Schwindel erfuhr. Die Sache hat mir nicht gefallen, aber da kein großer Schaden angerichtet wurde ...«

»Kein Schaden angerichtet wurde?« wiederholte ich ungläubig. »Wie können Sie das sagen? Quinnell ist dabei, nach etwas zu graben, das er niemals finden wird.«

»Sie verstehen das nicht.« Er schüttelte den Kopf und sah seufzend und mit zusammengepreßten Lippen zur Seite. »Sie kennen Quinnell nicht. Er würde in jedem Fall graben.«

»Warum?«

»Wegen Robbie.«

Diesen Namen hörte ich nicht zum erstenmal. Quinnell selbst hatte ihn am Vorabend erwähnt, und ich versuchte, mich an den Zusammenhang zu erinnern. Irgend etwas mit Schliemann, der seinen Homer hatte, um ihn zu den Ruinen von Troja zu führen, wohingegen Quinnell ...

»Robbie«, wiederholte ich und schüttelte langsam den Kopf in dem vergeblichen Versuch zu verstehen. »Aber wer ist Robbie? Und was hat er mit der Ausgrabung zu tun?«

David Fortune ließ mich lange auf eine Antwort warten. Er schien in Gedanken etwas abzuwägen. »Am besten kommen Sie mit und sehen selbst«, sagte er schließlich, und mit dieser Aufforderung drehte er sich um und ging hinaus.

Offenbar erwartete er, daß ich ihm folgte, auch wenn ich kaum mit seinen langen, geschmeidigen Schritten mithalten konnte. Als wir am Herrenhaus vorbei auf die Auffahrt zugingen, hatte ich wieder genug Atem, um zu fragen: »Wohin gehen wir?«

»Rose Cottage«, antwortete er. »Sie werden gestern abend daran vorbeigekommen sein, es ist das kleine Haus unten an der Straße.«

Auch bei Tageslicht sah das niedrige Häuschen, das aus dunkelrotem Stein gebaut war, freundlich und einladend aus. Der Pfad, der von der Auffahrt um das Häuschen herum zur Hintertür führte, war von hübschen Rabatten eingefaßt und fein säuberlich gejätet. Auch hier wuchsen die Narzissen, sattgelbe Flecken, die über das dunklere Grün des Grases verstreut waren, und David Fortune achtete darauf, sie nicht niederzutrampeln, als er sich zu der weiß gestrichenen Tür hinunterbeugte und anklopfte.

Die Frau, die uns öffnete, war in meinem Alter, hatte kurze, kastanienbraune Haare und ein frisches, fröhliches Gesicht, das durch zahlreiche Sommersprossen noch sympathischer wirkte. Ihre großen braunen Augen weiteten sich vor Überraschung bei seinem Anblick.

»Davy!« rief sie in dem gleichen singenden Tonfall aus, den ich von ihm kannte. »Ist etwas passiert? Ist Peter …«

»Nichts ist passiert. Ist Robbie da?«

»Ja.« Dann entdeckte sie mich, und ihre Überraschung verwandelte sich in Interesse. »Sie sind Miss Grey, nicht wahr?« begrüßte sie mich und schüttelte mir fest die Hand. »Ich habe schon gehört, daß Sie angekommen sind. Ich bin Jeannie. Jeannie McMorran. Ich führe Peter den Haushalt.« Ehe ich etwas sagen konnte, trat sie einen Schritt zurück und schüttelte den Kopf über sich. »Och, ich bin wirklich unhöflich. Kommt herein, ihr beiden.«

David Fortune mußte sich bücken, um durch die niedrige, handtuchschmale Tür in die gleichfalls schmale Küche treten zu können. Obwohl die Sonne nicht ganz durch die kleinen, altmodischen Fenster hineindrang, machten die Spitzenvorhängchen – so weiß, daß der Anblick fast in den Augen weh tat, – und die fröhlich gemusterten Porzellanteller, die auf einer alten Anrichte aus Eichenholz aufgestellt waren, den Raum hell und gemütlich.

David Fortune sah sich um und schnupperte. »Du bist gerade am Backen, hab ich recht?«

»Apfelkuchen für Brians Nachmittagstee.«

Seine Augen schnellten kurz zu der geschlossenen Tür am anderen Ende der Küche. »Dann ist er also zurück?«

»Ja. Ist letzte Nacht nach Hause gekommen. Aber ihr müßt nicht leise sein«, fügte sie hinzu. »Er wird noch ein paar Stunden tief und fest schlafen.«

Jeannie führte uns an der geschlossenen Tür vorbei durch einen kleinen Flur zur Vorderseite des Cottages. »Robbie wird sich freuen, euch zu sehen. Er braucht heute nicht zur Schule zu gehen, weil's ihn gepackt hat.« Dann fiel ihr plötzlich ein, daß ich keine Schottin war, und sie verdrehte die Augen, lächelte und übersetzte für mich: »Er hat eine Erkältung. Nichts Ernstes, das nicht, aber ich schicke mein Kind nicht in die Schule, wenn es krank ist.«

Ich hatte ihre Worte noch nicht ganz verdaut, als ich nach einem kräftigen Klopfen und einem »Herein« durch eine weitere niedrige Tür in das Zimmer von Peter Quinnells Homer geführt wurde.

Mein erster Gedanke war, daß man mich in das falsche Zimmer gebracht hatte. Das Gesicht, das von dem Bett in der Ecke aufsah, war das eines Kindes, rund und fragend, übersät mit Sommersprossen und gekrönt von einem Schopf widerspenstiger schwarzer Haare.

Robbie McMorran konnte nicht älter als acht Jahre sein.

»Hey«, begrüßte David den Jungen und sah sich im Raum um, als würde er etwas vermissen. »Wo ist Kip?«

»Draußen, zusammen mit Opa.«

»Oh, tatsächlich?« Die blauen Augen richteten sich auf Jeannie McMorran. »Wohin ist Wally heute morgen unterwegs?«

»Hat er nicht gesagt.« Sie schien unbesorgt. »Brian kommt, und Dad geht – du weißt ja, wie das ist. Nur mein kleiner Bengel hier macht mir keinen Ärger.« Sie legte ihre kühlende Hand auf die Stirn des Jungen und fuhr ihm lächelnd durchs Haar. »Er liegt noch nicht im Sterben«, verkündete sie. »Ich glaube, er wird einen kurzen Besuch verkraften. Aber nur einen kurzen heute. Und kein Nintendo.« Sie bedachte David Fortune mit einem strengen Blick und kehrte dann in ihre Küche und zu dem duftenden Apfelkuchen im Ofen zurück.

»Kein Nintendo!« Der Schotte zog eine Grimasse gespielter Enttäuschung, die den Flunsch des bettlägerigen Jungen nachahmte. »Wie soll ein Junge da gesund werden?«

Robbie McMorran kicherte. »Ist nicht so schlimm. Der Strom wird sowieso bald ausfallen.«

»So, wird er das? Hast du Mister Quinnell Bescheid gesagt?«

»Ja. Mum hat ihn angerufen, kurz bevor ihr gekommen seid.« Die großen, offenen Augen sahen mich neugierig an. »Ist das Miss Grey?«

»Richtig. Verity Grey, ich möchte Ihnen Robert Roy McMorran vorstellen.«

Für so einen kleinen, mageren Jungen hatte er schon einen festen Händedruck. »Sie sieht überhaupt nicht aus, wie du gesagt hast«, meinte er vorwurfsvoll zu David.

Der ging nicht auf die Bemerkung ein, sondern zog einen Stuhl mit gerader Lehne für mich heran und setzte sich selbst auf Robbies Bettkante. »Robbie, Miss Grey möchte gern wissen, welche Rolle du dabei gespielt hast, Mister Quinnell hierher nach Rosehill zu bringen.«

»Ich war das gar nicht«, antwortete der Junge. »Es war Granny Nan. Sie hat Mister Quinnell nämlich geschrieben.«

»Ach so. Und was hat sie ihm geschrieben?«

»Daß ich den Wächter gesehen habe.«

Ich unterbrach ihn mit einem leichten Stirnrunzeln. »Den Wächter?«

»Genau.« Robbie nickte. »Oben auf dem Hügel. Kip hat ihn zuerst entdeckt. Und dann hat Granny Nan mir das Buch mit den Bildern drin gezeigt ...«

»Granny Nan ist meine Mutter«, warf David als Erklärung

für mich ein. »Alle hier in der Gegend nennen sie nur Granny Nan.«

»... sie hat mir das Buch gezeigt, und da war ein Bild von *ihm* drin, und sie ist ganz aufgeregt geworden und hat Mister Quinnell geschrieben. Sie hat mich das Bild behalten lassen.« Robbie rollte sich auf den Bauch und streckte die Hand nach dem unteren Fach seines Nachttischs aus. Ich hörte das Rascheln von Papier. Dann rollte er sich wieder zurück, ein buntes Blatt mit ausgefransten Rändern in der Hand. »Ich weiß ja, daß man keine Bilder aus Büchern rausreißen darf, aber Granny Nan hat gesagt, daß die meisten Seiten sowieso schon fehlten, und die anderen waren alle so ausgefranst wie die hier, deshalb war es okay.« Er drückte mir die zerknitterte Seite in die Hand.

Ich beugte meinen Kopf darüber und glättete sie vorsichtig. »Und das ist der Mann, den du gesehen hast? Hier auf Rosehill?«

»Ja. Sein Name steht da, und er sieht genauso aus. Er geht auf dem Hügel hin und her, genau dort drüben.« Er zeigte auf die andere Seite des Zimmers, in die Richtung von Rosehill House.

»Aha.«

Schliemann hatte seinen Homer, dachte ich und begriff nun endlich, was Quinnell damit gemeint hatte, als er sagte, er habe Robbie. Ich begriff auch, warum David Fortune gesagt hatte, daß Quinnell in jedem Fall hier graben werde, egal, was die Untersuchungen ergeben würden. Wenn ich ein weniger skeptischer Mensch gewesen wäre, hätte ich vielleicht auch mit einer Ausgrabung begonnen.

Ich strich noch einmal langsam über das zerknitterte Bild und las dabei die gedruckte Unterschrift:

»DER WÄCHTER AUF SEINEM POSTEN« – EIN RÖMISCHER LEGIONÄR, FRÜHES ZWEITES JAHRHUNDERT N. CHR.

V

Adrian brach einen Weißdornzweig von der Hecke am Straßenrand ab und rollte ihn geistesabwesend zwischen seinen Fingern hin und her. »Der Mann hat eben nicht alle Tassen im Schrank, Darling. Das hast du doch sicher bemerkt?«

»Ach, und dann ist es in Ordnung, jemanden anzulügen? Bloß weil er sich Illusionen hingibt?«

»Lügen«, sagte Adrian, »ist ein sehr relativer Begriff.« Er hatte sich an dem Zweig gestochen, und ein Blutstropfen quoll aus seinem Finger. Er warf den Zweig weg und trat schnell hinter mich, als ein Auto an uns vorbeizischte. »Halt doch mal an, ja? Wir sind weit genug weg vom Haus, niemand wird uns hören.«

Ich blieb an einer schattigen Stelle stehen, wo die Straße einen kleinen Fluß überquerte, bevor sie sich in Kurven den Hügel hinunterwand. Sie wurde hier statt von Hecken und Zäunen von niedrigen Steinmauern begrenzt, die Unvorsichtige davor bewahren sollten, in das schnell strömende Gewässer hinabzustürzen. Auf jeder Seite erhoben sich dürre Bäume mit geisterhaft heller Rinde in den Himmel, deren nackte Äste hier und da erstes Grün zeigten. Sie verzweigten sich wild in alle Richtungen und verdeckten den Blick auf Rosehill House.

Adrian lehnte sich gegen die niedrige Steinmauer. »Es war noch nicht einmal meine Idee«, verteidigte er sich, »sondern Fabias. Sie fand, es wäre nett, den alten Knaben ein wenig zu ermutigen.«

Ich sah ihn eisig und ohne jedes Verständnis an. »Hast du schon mal etwas von ethischen Grundsätzen gehört?«

»Ich weiß nicht, warum du so verärgert bist.«

»Ich bin nicht verärgert, ich bin stinkwütend. Du bist schließlich ein Fachmann, ein verdammter Profi. Fachleute fälschen ihre Daten nicht.«

»Vielleicht doch, wenn sie für Quinnell arbeiten. Es erspart viel Mühe, weil er sowieso in dem Feld herumbuddeln wird, egal, was die Tests ergeben. Quinnell braucht mich und meine Untersuchungen nicht, um zu wissen, wo er graben soll. Dafür hat er seinen kleinen, übersinnlich begabten Freund.«

»Ich kann es einfach nicht glauben.« Ich rieb mir mit schwerer Hand die Stirn. »Ich kann nicht glauben, daß du mich für nichts und wieder nichts von London hier heraufgelockt hast. Das ist ja wohl das Gemeinste ...«

»Wer sagt denn, daß es für nichts ist?«

Ich sah ihn gereizt an. »Ach komm, Adrian! Römische Soldaten, die auf den Hügeln herumspazieren?«

»Ich geb ja zu, daß es ein bißchen verrückt ist, ein Feld auszugraben, bloß weil irgendein Kind zu oft *Ben Hur* gesehen hat, aber ...«

»Hat jemand Luftaufnahmen gemacht?«

»Ja.«

»Und hast du ein Marschlager erkennen können?«

»Nein, aber dieses Feld wird schon lange ausschließlich als Weideland genutzt, und du weißt genausogut wie ich, daß Weideland viel verbergen kann. Man kann es jahrelang fotografieren – zu verschiedenen Jahres- und Tageszeiten – und immer noch nichts erkennen. Das heißt noch lange nicht, daß da nichts ist.«

»Sieh mir in die Augen«, sagte ich herausfordernd, »und sag mir, daß du ernsthaft an die Existenz eines römischen Lagers auf Rosehill glaubst.«

Es war eine Art Falle. Ich kannte Adrian gut genug, um zu wissen, daß er bei den seltenen Gelegenheiten, bei denen er mir in die Augen sah, log.

Doch er überraschte mich, indem er meinem Blick auswich und nachdenklich in die verzweigten Kronen der noch blätterlosen Bäume blinzelte. »Ich glaube«, sagte er, »daß Quinnell daran glaubt. Und für das Gehalt, das er mir bezahlt, bin ich bereit mitzuspielen.«

»Natürlich, das hätte ich mir denken können. Es läuft immer wieder auf Geld hinaus, stimmt's?« Ich betrachtete ihn forschend. »Weißt du, ich bin fast versucht, die Stelle anzunehmen, und zwar nur, um Quinnell vor euch allen zu beschützen.«

Adrian lächelte über meinen tadelnden Gesichtsausdruck. »Ist der arme Fortune deshalb so schnell verschwunden, als ich euch auf der Auffahrt begegnet bin? Hast du ihm auch die Leviten gelesen?«

»Ich kenne den Mann nicht gut genug, um ihm die Leviten zu lesen. Aber er weiß ganz genau, wie ich über die Sache denke.« Wir waren nicht lange in Rose Cottage geblieben, nachdem ich das Bild des römischen Legionärs gesehen hatte. Jeannie McMorran hatte uns Tee und Plätzchen angeboten, aber David hatte mit seinem sympathischen Lächeln irgendeine Ausrede im Zusammenhang mit Arbeit vorgebracht und mich aus dem warmen kleinen Haus in die frische Morgenluft geführt, die nach Erde und Blumen und Sonnenschein duftete.

Er hatte natürlich gewußt, daß ich enttäuscht sein würde. Und trotzdem hatte er mich zu Robbie gebracht und mich die ganze phantastische Geschichte anhören lassen. Und als wir wieder die gewundene Auffahrt hinaufgetrottet waren, hatte er sich mit keinem Wort entschuldigt. »Jetzt wissen Sie genausoviel wie ich«, hatte er nur gesagt und mich ganz ruhig dabei angesehen. »Es liegt bei Ihnen, zu bleiben oder abzureisen, aber eines will ich Ihnen noch sagen: Quinnell wünscht sich sehr, daß Sie bleiben.«

Die letzten Worte hatte er fast widerstrebend geäußert, wie gegen besseres Wissen, und ich hatte den seltsamen Eindruck, daß es David Fortune lieber wäre, wenn ich *nicht* bleiben würde. Doch bevor ich weiter darüber nachdenken konnte, war ein glänzender roter Sportwagen – Adrians natürlich – mit röhrendem Motor die Auffahrt hinaufgekommen, und ich war stehengeblieben. Mit einem letzten, undefinierbaren Blick hatte sich der große Schotte abgewandt, um die letzten hundert Meter zu dem Stallgebäude auf dem Hügel hinaufzugehen, wo dieses perfekt ausgestattete kleine Büro geduldig auf meine Antwort wartete.

»Verdammt, verdammt, *verdammt.*« Die Worte kamen mit solcher Vehemenz heraus, daß Adrian mich erschrocken ansah. »Es ist alles deine Schuld«, sagte ich, und weil er es nicht besser verdiente, versetzte ich ihm zum Nachdruck noch einen heftigen Stoß.

Er ließ ihn ungerührt wie einen Punchingball an sich abprallen. »Was ist meine Schuld?«

»Ich mag ihn.«

»Wen, Fortune?« Die Vorstellung schien ihn zu schockieren.

»Quinnell. Ich mag ihn, Adrian, und ich möchte nicht, daß er enttäuscht wird.«

»Dann sei ein braves Mädchen und nimm die Stelle an.«

»Ja, aber begreifst du denn nicht? Wenn ich das tue, wenn ich wie ihr anderen bei seinem Hirngespinst mitspiele, muß ich auch dastehen und zusehen, wie er Gräben aushebt und nichts findet. Ich weiß nicht, was schlimmer ist.«

Adrian zuckte mit den Achseln. »In diesem Fall ist die Bezahlung besser.«

»Ach, vergiß die Bezahlung«, wollte ich gerade sagen, aber meine Worte gingen in einem schrillen Reifenquietschen unter, gefolgt von dem unverwechselbaren Geräusch aufeinanderknallenden Blechs und splitternden Glases. Eine Sekunde nach dem Zusammenstoß hörte man plötzlich ein Krachen und Splittern, wie von einem Ast, der im Sturm von einem Baum abbricht, und ein zweiter, dumpferer Knall verhallte wie ein Echo des ersten.

»Das war verdammt nah«, sagte Adrian.

Seine Reflexe waren besser als meine. Als ich ihn eingeholt hatte, war er bereits in die Unfallszene verwickelt und spielte den Schiedsrichter zwischen einem rotgesichtigen Mann mit wild rollenden Augen und einem kleineren Kerl mit Brille, der eine Straßenkarte an seine Brust drückte und bestürzt auf das Wrack seines Autos starrte. Ich hatte Schwierigkeiten, die lebhafte, an Kraftausdrücken reiche Rede des größeren Mannes zu verstehen, aber offenbar hatte der Fahrer mit der Straßenkarte plötzlich angehalten, um sich zu orientieren, und das Ergebnis sahen wir nun vor uns.

Quinnell kam mit besorgter Miene die Auffahrt heruntergeeilt, und im nächsten Augenblick erschien auch Fabia, um vom Straßenrand aus zuzusehen. Jeannie McMorran tauchte kurz in der Tür von Rose Cottage auf, warf einen Blick auf die Szene und drehte sich tatkräftig auf dem Absatz um. Sie ruft die Polizei an, dachte ich, und wenige Minuten später gab mir das Heulen einer Sirene recht. Ich ging aus dem Weg, so daß ich mit dem Rücken fast gegen die Mauer des Cottages stieß.

Die Vorhänge in einem der kleinen Fenster neben mir bewegten sich, und ich sah kurz Robbies rundes, blasses Gesicht zwischen ihnen herauslugen. Ein Unfall, dachte ich, war bestimmt eine willkommene Abwechslung für ein Kind, das krank im Bett lag und sich langweilte. Und obendrein bekam der Junge auch noch Unterricht im Fluchen. Der große, dicke, rotgesichtige Mann – der ständig umfangreicher und rotgesichtiger zu werden schien – hatte inzwischen beinahe jeden Fluch, den ich kannte, und ein paar, die ich noch nie gehört hatte, ausgestoßen, während er dem bedrängt aussehenden Polizisten seine Version des Geschehens vortrug. »Ich mein«, sagte er mit einem derart starken schottischen Akzent, daß es wie eine Fremdsprache klang, »sehn Se sich doch mal an, was der Döskopp mit dem Mast dort gemacht hat! Das verdammte Ding is glatt umgefallen!«

Für umgefallen benutzte er einen Ausdruck wie »cowpit ower«, und erst als ich sah, worauf er deutete, begriff ich, was gemeint war. Der hohe Mast war tatsächlich bei dem Aufprall entzweigebrochen und in die Wiese neben der Straße gefallen, wobei er ein Stück Hecke eingedrückt und mit einem Gewirr aus dicken, schwarzen Stromkabeln überdeckt hatte.

Stromkabel ...

Ich erstarrte plötzlich und überlegte. Was hatte Robbie gerade vor einer Stunde zu David Fortune gesagt? Ich sah seine wachen Augen und sein sommersprossiges Gesicht vor mir und hörte die junge Stimme in überzeugtem Ton verkünden: »Der Strom wird sowieso bald ausfallen ...«

Unwillkürlich überkam mich ein Frösteln. Ich sah mich langsam, wie unter Zwang, nach dem Fenster um. Die Vorhänge bewegten sich noch einmal kurz, aber der Junge ließ sich nicht mehr blicken, obwohl ich das Fenster noch lange anstarrte.

»Es ist wirklich bemerkenswert, was der Junge alles weiß«, sagte Peter Quinnell. »Wenn ich kein Gewissen hätte, würde ich mit ihm nach Newmarket gehen und ein kleines Vermögen machen.« Er lächelte bei dem Gedanken und beugte sich vor, um sich einen Schokoladenvollkornkeks von dem Tablett zwischen uns zu nehmen.

Der Strom war wieder da, und er hatte sich diesen Umstand gleich zunutze gemacht, um eine Kanne Tee zu kochen. Ein heißer, süßer Schluck aus meiner Tasse wirkte gegen die noch in den Mauern des alten Hauses sitzende Kälte und machte den Aufenthalt in dem rot tapezierten Wohnzimmer trotz des Westwindes, der an den Fensterscheiben rüttelte, angenehm und gemütlich. Der schwarze Kater Murphy lag ausgestreckt auf dem Bücherregal und blickte träge auf uns herab, während seine Freundin Charlie auf der Armlehne meines Sessels vor sich hin döste.

Ich streichelte ihr dichtes Fell, und sie streckte eine Pfote aus – zum Protest oder als Zeichen des Behagens? Bei Katzen wußte man das nie so genau.

Ich selbst hätte mich jedenfalls wesentlich besser gefühlt, wenn Quinnell nicht gerade dieses Wort benutzt hätte: *Gewissen.*

»Meine Mutter«, fuhr er fort, »hielt sich für eine Spiritistin, aber zu ihrer Zeit war das auch die große Mode – Séancen und Tischerücken und all dieser Unsinn. Ich habe nie daran geglaubt und tue es in den meisten Fällen immer noch nicht.«

»Aber Robbie McMorran …«

»Robbie ist ein besonderer Fall.« Er nahm sich noch einen Keks und lehnte sich wieder entspannt zurück. »Zum einen hat mich eine alte Freundin mit ihm bekannt gemacht, deren Meinung ich sehr schätze. Und zum anderen hat er mir schon Dinge erzählt … nun, sagen wir einfach, er ist sehr überzeugend.« Er lächelte sanft und betrachtete mein Gesicht. »Sie sind nicht überzeugt, wie ich sehe.«

Ich zögerte und suchte nach Worten, die nicht beleidigend klangen. »Ich habe den Jungen gerade erst kennengelernt, und wir haben nicht viel miteinander gesprochen, weil er krank war.«

»Nein, nein, ist schon in Ordnung«, sagte er und schlug seine langen Beine übereinander. »Das ist die natürliche Reaktion, meine Liebe. Ich glaube, ich würde mir Sorgen über jemanden machen, der den Gedanken an Übersinnliches einfach fraglos akzeptiert. Geister und Kobolde, Gespensterspuk und Hellseher – all das ist sehr weit entfernt vom wissenschaftlichen Denken, und wir sind alle Kinder des wissenschaftlichen Zeitalters.«

Wieder spürte ich, wie sich mein Gewissen regte, und ich wandte meinen Blick ab und tat, als fände ich die schlafende Katze auf einmal ungeheuer interessant. »Mister Quinnell …«

»Bitte nennen Sie mich Peter.«

»Peter … es gibt etwas, das ich Ihnen sagen muß.«

»Ja?«

»Es geht um die Radaruntersuchung …«

Meine Teetasse landete mit unbeabsichtigt lautem Klappern auf der Untertasse, und Charlie öffnete vorwurfsvoll ein Auge. »Ich habe heute das Ergebnis oben im Labor gesehen, und ich glaube, es hat da eine Verwechslung gegeben. Ich glaube, das Ergebnis ist nicht korrekt.« So, dachte ich, jetzt habe ich es gesagt. Und zwar, ohne Adrian direkt der Lüge zu bezichtigen und Quinnell zu sagen, daß seine Enkelin das Täuschungsmanöver eingefädelt hatte. Ich hielt den Atem an und wartete darauf, daß er mich fragte, warum ich der Untersuchung nicht traute. Als die Frage nicht kam, hob ich den Kopf.

Die großen, länglichen Augen begegneten mir mit einem warmen, anerkennenden Blick. »Eine Eigenschaft, die man heutzutage nur noch selten findet«, sagte er. »Ehrlichkeit.«

Ich starrte ihn an. »Sie haben es gewußt.«

»Ich hatte so meinen Verdacht. Er hat also das Untersuchungsergebnis einer anderen Ausgrabungsstätte genommen? Einer, auf der Sie beide gearbeitet haben?« Die Antwort muß sich auf meinem Gesicht abgezeichnet haben, denn er nickte zufrieden. »Und Sie haben es erkannt. Pech für Adrian, obwohl es ursprünglich bestimmt nicht seine Idee war. Ich vermute, daß Fabia ihn angestiftet hat. Meine Enkelin, fürchte ich, hat ein Talent dafür, junge Männer auf Abwege zu führen.«

Der Scharfblick, von dem ich am Abend zuvor schon einen Anflug erspäht hatte, war also keine Einbildung gewesen. Diese schläfrig wirkenden Augen sahen mehr, als sie vermuten ließen. Was nicht hieß, daß er nicht trotzdem verrückt war, ermahnte ich mich. Es hieß lediglich, daß Peter Quinnell kein Dummkopf war.

Er lächelte mich an und sagte: »Ich werde mir natürlich nichts anmerken lassen. Und Sie dürfen ihnen nicht verraten, daß ich es weiß. Das wäre ihnen bestimmt furchtbar peinlich. Ich bin sicher, daß sie es mit den besten Absichten getan haben, und es ist immer klug, wenn man junge Leute sich ein wenig überlegen fühlen läßt.«

»Aber Ihre Ausgrabung ...«

»Oh, ich beabsichtige nichtsdestoweniger, in der südwestlichen Ecke zu beginnen. Robbie ist sich sehr sicher, daß dort etwas zu finden ist, und deshalb können wir genausogut dort wie anderswo anfangen.«

Er klang so sicher, dachte ich. Ich kraulte stirnrunzelnd Charlies Ohren. »Mister Quinnell ...«

»Peter.«

»Es tut mir leid, so skeptisch zu sein, aber mir ist einfach nicht klar, welche Beweise Sie haben, daß die Neunte Legion jemals hier war.«

»Keine Beweise«, gestand er liebenswürdig. »Obwohl meine Entscheidung für Rosehill nicht ganz so beliebig war, wie es vielleicht den Anschein hat. Ich bin nun schon seit fünfzig Jahren hinter der Neunten her, und ich habe eine Art sechsten Sinn entwickelt, was die *Hispana* betrifft. Sie wissen ja, die meisten Historiker glauben, daß die Neunte einfach in die heutigen Niederlande beordert wurde, daß sie überhaupt nicht vernichtet wurde – jedenfalls nicht hier auf britischem Grund und Boden. Aber ich spüre es in meinen Knochen, meine Liebe. Ich spüre es in meinen Knochen.« Seine sanften Augen blickten an meiner Schulter vorbei zum Fenster, wo die Kastanie die kiesbestreute Auffahrt beschattete. »Der Devil's Causeway führte hier entlang, die alte Römerstraße von York her. Jahrelang habe ich gedacht, die *Hispana* müsse in nordwestliche Richtung marschiert sein, aber jetzt glaube ich das nicht mehr. Sie sind die Ostküste entlang gekommen«, sagte er ruhig. »Sie sind an diesen Ort gekommen. Auch wenn Robbie seinen Wächter nicht gesehen hätte, hätte ich dieses Feld dennoch gefunden. Es war der Name des Hauses, wissen Sie, der mich darauf brachte.«

Ich konnte keine Verbindung erkennen. »Rosehill?«

»Er hat nichts mit Rosen zu tun«, erklärte er. »Hier gibt es nirgends Rosen, und ich habe mir von berufener Seite versichern lassen, daß es auch nie welche gegeben hat. Nein, einer der Einheimischen sagte mir, daß es früher ›Rogue's Hill‹ geheißen habe, bis ins siebzehnte Jahrhundert hinein, als dieses Haus gebaut wurde. Der Familie hat der Name wohl nicht gefallen, vermute ich. Sie wollte etwas, das nobler klingt. Also wurde Rosehill daraus.«

»Aber ich verstehe immer noch nicht«, sagte ich, »warum ›Rogue's Hill‹, ›Schurkenhügel‹ ...«

»Nein, es gab auch keine Spur von Schurken hier, das ist ja das Interessante. Noch nicht einmal einen Galgenbaum oder so etwas. Aber dann«, fuhr er fort, »kam mir die Idee, daß ›rogue's‹ von dem lateinischen *rogus* abgeleitet worden sein könnte.«

Die Katze auf meinem Sessel schrak plötzlich auf, als hätte ich ihr einen Schlag versetzt. Sie warf mir einen empörten Blick zu, machte einen Satz auf den Teppich und verschwand unter dem Ledersofa. »*Rogus*«, wiederholte ich langsam. Das lateinische Wort für den Scheiterhaufen bei einer Feuerbestattung.

Möglich war es. Ortsnamen konnten oft Hinweise auf ihre Geschichte geben, und wenn die Neunte Legion tatsächlich hier ihr Ende gefunden hatte, dann hätte es natürlich Leichen gegeben, Tausende davon – oder Asche ... Verbrannten die Römer ihre Toten zur Zeit Hadrians noch? Ich versuchte angestrengt, mich zu erinnern, als Quinnells ruhige Stimme meine Gedanken unterbrach.

»Ich muß zugeben, daß ich auch Sie nicht zuletzt wegen Ihres Namens ausgesucht habe.«

»Wie bitte?«

»Verity.« Er lächelte. »Wahrheit. Danach werden wir schließlich diesen Sommer hier auf Rosehill suchen. Die Wahrheit ist es, was ich zu finden hoffe. Und ich dachte, wenn Sie zu unserem Team gehören würden ... nun ja, ich betrachte Sie als eine Art Talisman, verstehen Sie. Als einen Glücksbringer.«

Verdammte Iren, dachte ich. Sie konnten so unglaublich überzeugend sein. Hartnäckig erinnerte ich mich daran, daß er mir das ganze Wochenende Zeit gegeben hatte, mich zu entscheiden, und jetzt war es erst Freitag nachmittag. Genug

Zeit, alles abzuwägen, bevor ich ihm meine Antwort gab. Auf dem Bücherregal an Quinnells Seite rührte sich der schwarze Kater, streckte sich und starrte mich mit wissenden Augen an. *Du wirst sowieso ja sagen*, schien er zu denken. *Du magst den alten Mann, du bringst es nicht über dich, ihm einen Korb zu geben.* Womit er natürlich recht hatte, aber ich wollte trotzdem noch ein bis zwei Tage warten, damit es wenigstens den Anschein hatte, als hätte ich mir alles gründlich überlegt.

Quinnell beugte sich vor und schenkte uns aus der Teekanne nach. »Sie müssen sich noch nicht entscheiden«, sagte er. »Hier, nehmen Sie einen Keks.« Er bot mir den Teller an, als wollte er das Thema wechseln und mich nicht drängen, aber in seinen Augen schimmerte die gleiche Siegesgewißheit wie in denen des Katers, und ich wußte genau, daß Peter Quinnell wenig überrascht sein würde, wenn ich ihm am Sonntag schließlich mitteilte, daß ich die Stelle annahm.

Ich griff seufzend nach einem Keks, und der schwarze Kater schloß die Augen.

VI

Der Zug schlingerte zur Seite und wurde langsamer, und mein schläfrig nickender Kopf schlug gegen das Fenster, als wir über die Weichen ratterten. Über mir begann ein Lautsprecher zu knistern, und eine fröhliche Stimme verkündete, daß wir in Kürze Berwick erreichen würden und daß man bitte darauf achten solle, beim Aussteigen keine Gepäckstücke liegenzulassen.

Ich zwang mich, wach zu werden und mich zu erheben, wobei ich mich in dem schwankenden Gang an den Sitzen festhalten mußte. Die Frau auf dem Platz hinter mir sah auf und lächelte. »Gut, daß Sie aufgewacht sind«, sagte sie freundlich. »Der Zug hält erst wieder in Dunbar.«

Ich lächelte zurück. »Ja, ich weiß.« Ich hatte nicht die Absicht, meine umständliche Anreise von vor einer Woche – du lieber Himmel, war das erst eine Woche her? – zu wiederholen. Die Zeit dazwischen kam mir viel länger vor. Doch hier fuhr ich also wieder, am Freitag der Woche darauf, mit dem gleichen Zug nach Norden, nachdem ich meine Angelegenheiten in London geregelt und genug Kleider für die Sommersaison auf Rosehill zusammengepackt hatte.

In Wahrheit, gestand ich mir ein, als ich mich durch den Gang des Waggons schlängelte, hatte meine Schwester Alison den größten Teil des Packens besorgt. Alison war sehr tüchtig und dachte an alles, was erklärte, weshalb ich jetzt mit drei Koffern beladen war. Der kleinste, vom Format einer Aktentasche, enthielt die Toilettenartikel, der nächstgrößere Schuhe und sperrige Dinge und der größte, vom Ausmaß eines Schranks, enthielt wohl so ziemlich meine gesamte Garderobe. Ich traute mich gar nicht nachzusehen. Zusammen belegten meine Koffer beinahe die gesamte Kofferablage am Ende des Zweite-Klasse-Waggons.

Es war kein Kinderspiel, sie aus dem Zug zu hieven. Selbst der Gepäckträger, der mir seine Dienste angeboten hatte, war ziemlich aus der Puste, als er den letzten Koffer auf den Bahnsteig gewuchtet hatte. »Brauchen Sie ...«, schnaufte er, holte tief Luft und versuchte es noch einmal, »brauchen Sie Hilfe, um das Gepäck die Treppe hinaufzutragen?« Das Angebot war sehr galant von ihm, aber ich schüttelte den Kopf.

»Nein, vielen Dank, ich werde abgeholt.« Ich entließ ihn mit einem großzügigen Trinkgeld und setzte mich auf eine Bank, um auf Adrian zu warten.

Hinter mir fuhr der Zug aus dem Bahnhof hinaus, und ich blieb in der friedlichen Stille zurück, die nur gelegentlich von dem Geflatter einer Taube unter dem alten Bahnhofsdach unterbrochen wurde.

Es war ein hübscher kleiner Bahnhof, nach zwei Seiten offen und lichtdurchflutet; er war, wie mir eine Tafel erklärte, genau auf der Stelle erbaut, an der sich einst die große Empfangshalle von Berwick Castle befunden hatte. Ich schloß halb die Augen und versuchte, mir den Ort ohne Züge vorzustellen, mit Buntglasfenstern, die das warme Licht der Nachmittagssonne färbten, und ein paar Jagdhunden, die um einen noch glimmenden Kamin herum dösten. Ich wollte der Szene gerade Menschen hinzufügen, Männer in Wämsern und Reithosen aus weichem Leder und Damen mit raschelnden Gewändern, als eine nur allzu vertraute Stimme mich gnadenlos in die Gegenwart zurückbeförderte.

»Großer Gott!« Adrian starrte entsetzt auf den Mammutkoffer. »Was um alles in der Welt hast du denn da drin?«

»Keine Ahnung. Alison hat ihn gepackt. Ihre Art, sich

dafür zu bedanken, daß ich ihr für den Sommer meine Wohnung zur Verfügung stelle.«

Er hob skeptisch eine Augenbraue. »Du vertraust deine Wohnung einer Studentin an? Das ist aber mehr als tolerant von dir, findest du nicht? All die wilden Partys ...«

»Alison? Sei doch nicht blöd. Sie würde nie auf die Idee kommen, eine wilde Party zu schmeißen. Im Gegenteil«, sagte ich grinsend, »sie wird wahrscheinlich eher dafür sorgen, daß auch die Nachbarn keine veranstalten.« Alison war schon immer die Vernünftige in der Familie gewesen. Ich wußte, sie würde meine Pflanzen gießen und meine Fenster sauber halten und meine Salzstreuer wieder genau bis zur vorgefundenen Höhe auffüllen.

»Studiert sie immer noch Ingenieurwesen?« fragte Adrian, worauf ich nickte.

»Noch ein Jahr bis zum Examen. Diesen Sommer hat sie einen Job bei einer Firma in Westminster, so daß meine Wohnung perfekt für sie liegt und sie nicht soviel Zeit in der U-Bahn verplempern muß. Und sie wird sich um meine Sachen kümmern.«

»Sie scheint dir eh das meiste mitgegeben zu haben«, bemerkte er und sah wieder auf meine Koffer hinunter.

»Ach, das ist eben Alison. Sie findet, man muß auf alles vorbereitet sein. Sie hat bestimmt ein Abendkleid eingepackt und vermutlich auch meinen Wintermantel ...«

»Schade, daß sie nicht auch noch an ein kleines Maultier gedacht hat«, flapste Adrian und hob versuchsweise den größten Koffer an. »Zum Teufel, bist du sicher, daß da nur Kleider drin sind?«

»Ziemlich sicher. Warum?«

»Hast du eine Ahnung, wie schwer der ist?«

Geduldig erinnerte ich ihn daran, daß ich sehr genau wußte, wie schwer der Koffer war. »Ich habe ihn eigenhändig durch ganz King's Cross geschleppt. Für einen großen, starken Mann wie dich sollte er also kein Problem darstellen.«

»Wie kommt es«, wollte er wissen, als er den Koffer ein paar Zentimeter den Bahnsteig entlanggeschleift hatte, »daß ihr Frauen uns immer nur dann als groß und stark bezeichnet, wenn wir etwas für euch tun sollen?«

Ich zuckte die Achseln. »Männer tragen gern schwere Sachen. Das gibt ihnen das Gefühl, nützlich zu sein.«

»Tatsächlich? Dann gib mir den kleinen auch noch ... nein, nicht den, den *kleinen*. Gut. Der Parkplatz ist dort drüben.«

Unter normalen Umständen wäre der Weg die Treppe hinauf, über die Gleise hinweg und wieder hinunter in das kleine Bahnhofsgebäude, in dem ein Zeitungskiosk und ein offenbar wenig frequentierter Informationsschalter den Reisenden die einzige Ablenkung boten, ein Katzensprung gewesen. Doch als wir am Parkplatz ankamen, schnaufte Adrian wie jemand, der gerade einen Marathonlauf hinter sich gebracht hatte. Mit steifen Schultern ließ er meine Koffer unsanft auf das Pflaster fallen und warf mir einen finsteren Blick zu. »Bloß gut, daß ich den hier genommen habe«, keuchte er und deutete auf den dunkelgrünen Range Rover vor uns. »Wir hätten die Koffer niemals alle in meinem Wagen untergebracht.«

»Gehört der unserem Boß?«

»Eher der Enkelin vom Boß.«

Glückliche Fabia, dachte ich. Ich hatte mein Auto schon vor Jahren aufgegeben. Wo ich wohnte, gab es keine Garagenstellplätze, und die Parkplatzsuche in der Stadt war eine ständige Tortur. Es war viel bequemer, mit dem Bus oder der U-Bahn zu fahren und sich bei Bedarf ein Auto zu leihen. Dennoch strich ich kurz mit begehrlicher Hand über das Armaturenbrett, als ich mich auf dem Beifahrersitz niederließ.

Adrian bemerkte es und lächelte. »Es hat seine Vorteile, reich zu sein.«

»Sagt der Mann, der selbst einen Jaguar fährt.«

»Tja, nun«, antwortete er mit einem bescheidenen Achselzucken, »wenn ich schon nicht reich bin, muß ich wenigstens Stil beweisen.«

»Du kannst immer noch reich heiraten. Fabia ist vielleicht ein bißchen jung für dich, aber ...«

»Darling, ich bin schockiert«, unterbrach er mich. »Wie kannst du bloß denken, ich würde eine andere Frau auch nur eines Blickes würdigen, jetzt, wo du da bist.«

»Adrian?«

»Ja, Darling?«

»Sei kein Trottel.«

Grinsend schnallte er sich an und fuhr geschickt rückwärts aus der Parklücke heraus.

Die Fahrt von Berwick nach Eyemouth dauerte auf der Autobahn weniger als eine Viertelstunde. Adrian stellte einen Sender mit lässigen Reggae-Rhythmen ein, und ich sah gutgelaunt aus dem Fenster, wobei ich allerdings mehr meinen Gedanken nachhing, als auf die vorbeiziehende Landschaft zu achten.

»Hat David Fortune eigentlich kein Auto?« fragte ich auf einmal, selbst überrascht, daß ich an ihn dachte.

»Was?«

»Na ja, er fuhr mit dem Bus, als ich ihm das erste Mal begegnet bin, und letztes Wochenende schien er immer zu Fuß von Rosehill in die Stadt und zurück zu gehen, deshalb habe ich mich gefragt ...«

»Er fährt einen kleinen, rostigen Ford«, sagte Adrian, für den ein Auto die Persönlichkeit seines Besitzers widerspiegelte. »Er hat schließlich noch seine Lehrverpflichtungen an der Universität, weißt du, und braucht das Auto, um nach Edinburgh und zurück zu fahren. Aber am Wochenende überläßt er es immer seiner Mutter. Er stellt es bei ihr ab und nimmt dann den Bus zurück nach Eyemouth.«

»Ach so.« Ich dachte nach. »Komisch, daß seine Mutter kein eigenes Auto hat, wenn sie so abgelegen wohnt.«

»Ich glaube, sie will keins.«

»Aber es wäre doch sicher ...«

»Du hast Fortunes Mutter noch nicht kennengelernt.« Adrian verzog den Mund. »Wenn sie kein Auto will, dann … aber wart mal«, unterbrach er sich selbst. Er bremste und zeigte zu meinem Fenster hinaus auf einen grün bewachsenen Hügel in der Ferne. »Siehst du es?« fragte er.

»Was machst du denn? Uns wird noch jemand hinten drauf fahren, wenn du hier hältst … erinnerst du dich nicht mehr an den Unfall letzte Woche?«

»Ja, schon, aber es gibt hier keine Haltebucht, und ich wollte dir etwas zeigen.«

»Was denn?«

»Rosehill.« Er zeigte wieder in die Richtung. »Dort drüben. Man kann es gerade noch erkennen, durch die Bäume hindurch. Liegt es nicht wunderbar?«

Ich sah zweifelnd auf die schmale, leere Straße hinter uns und folgte dann Adrians Blick. Ich konnte das Dach von Rose Cottage sehen, den dunkleren Schemen des Herrenhauses hinter den Bäumen und das weite grüne Feld, das mit keiner Andeutung verriet, was unter ihm vergraben sein mochte.

Es hätte eigentlich ein friedvoller Anblick sein müssen, heiter und ländlich, aber dem war nicht so. Ich konnte mir nicht erklären, woran es lag, doch einen kurzen Augenblick lang überlief mich der Schauer einer Vorahnung, beinahe so, als wollte das Haus mich vor etwas warnen. Vor etwas Bösem.

Ich wandte den Blick ab. »So, nun habe ich es gesehen, könnten wir jetzt vielleicht weiterfahren?«

»Keine Sorge.« Er lächelte und gab Gas. »Ich habe Anweisung, dich heil und gesund rechtzeitig zum Tee abzuliefern.«

Ausnahmsweise hielt er sein Wort. Die Uhr in der Eingangshalle schlug gerade halb vier, als Quinnell uns zur Begrüßung entgegenkam.

»Verity, meine Liebe, wie schön, Sie wieder bei uns zu haben. Wir nehmen gerade die Drinks im Wohnzimmer, kommen Sie gleich mit.« Er streckte väterlich seinen Arm aus, um mich durch die Halle zu geleiten, während er gleichzeitig Adrian mit erhobenen Brauen einen erstaunten Blick zuwarf. »Haben Sie etwa ihre Koffer nicht mitgebracht?«

»Sie haben die Koffer noch nicht gesehen«, entgegnete Adrian.

»Sind wohl recht schwer, oder? Nun denn.« Quinnell lächelte verständnisvoll und führte uns ins Wohnzimmer – diesmal nicht in den gemütlichen, roten Salon, sondern in den Raum gegenüber, auf der anderen Seite der Halle. Das »feine« Wohnzimmer, wie er es bei meinem ersten Besuch auf Rosehill genannt hatte, und jetzt sah ich mit eigenen Augen, weshalb er es so bezeichnet hatte.

Während das rote Wohnzimmer mit seinen weichen Ledersitzmöbeln, den verblichenen Chintzvorhängen und den vollgestopften Bücherregalen so eingerichtet worden war, daß man sich darin wohl fühlen konnte, sollte das feine Wohnzimmer beeindrucken.

Die hohen Wände waren mit einer grüngrundigen Tapete tapeziert – ein sanftes Meergrün, auf dem sich hellrosa Rosen in einem verzweigten Muster in die Höhe rankten. Cremeweiße Vorhänge hingen schwer und stattlich auf jeder Seite der beiden großen Fenster, durch die man auf die Straße und die Auffahrt hinaussehen konnte. Überall hoben sich weiße Akzente vor dem grünen Hintergrund ab – weiße Fensterrahmen, weiß gestrichene Simse und Fußleisten, eine weiße Einfassung um den Kamin, der in die Wand gegenüber der Tür eingelassen war. Über dem Kamin vervollständigte eine eindrucksvolle Sammlung gerahmter Miniaturen das »Schöner Wohnen«-Ambiente.

Die auf dem breiten Orientteppich arrangierten Stühle und Sessel waren zum größten Teil ebenfalls mit Stoffen in Rosa- und Grüntönen bezogen. Fabia hatte sich in einen dunkelgrünen Sessel gekuschelt, der ihr hellblondes Haar vorteilhaft zur Geltung brachte, während David Fortune einen etwas abgenutzten von undefinierbarer, graubrauner Farbe gewählt hatte. Das Sitzmöbel paßte nicht ganz zum restlichen Dekor des Raums, aber das galt auch für Fortune.

Die schottischen Gutsherren von einst mußten so ähnlich ausgesehen haben, dachte ich, wenn sie gezwungen waren, ihre Zeit am englischen Hof zu vertrödeln, und darauf hofften, daß ein lärmender Streit mit anschließendem Schwertkampf ausbrechen würde, der das langweilige, höfliche Getändel unterbrach. Es versetzte mir einen kleinen Schreck zu merken, wie sehr ich mich freute, ihn wiederzusehen, doch seine höflich kühle Begrüßung ernüchterte mich sofort.

»David«, sagte Quinnell, »wärst du so freundlich, Veritys Koffer aus dem Range Rover zu holen? Adrian schafft es nicht, sagt er.«

Adrian beeilte sich, ihn zu korrigieren. »Ich habe nicht gesagt, daß ich es nicht schaffe, sie ...«

»Kein Problem.« David stellte sein Glas beinahe erleichtert ab. »Ich hole sie gern. Sie wohnt in dem vorderen Zimmer, oder? Gut.«

»Vorsicht mit dem großen«, warnte ich ihn, als er an mir vorbeiging. »Meine Schwester hat ihn für mich gepackt, und er ist furchtbar schwer.«

Adrian sah mich mit vorwurfsvoller Miene an, als die Vordertür hinter dem großen Schotten zuschlug. »Warum wird er freundlich gewarnt, während ich nur ›Männer tragen gern schwere Sachen‹ zu hören bekomme?«

Fabia gab ihr scheinbar schmollendes Schweigen auf und sah ihn unschuldig an. »Na, stimmt doch auch. Männer tragen wirklich gern schwere Sachen.«

»Ja, das wurde mir bereits mitgeteilt.« Adrian nickte verständig. »Es gibt uns offenbar das Gefühl, nützlich zu sein.«

»Nicht nützlich.« Fabia zog die Nase kraus, und ihre Stimmung besserte sich. »Nein, ich würde eher sagen, stark. Männlich. Was denkst du, Peter?«

Der Blick ihres Großvaters war amüsiert. »In meinem Alter, fürchte ich, muß man seine Männlichkeit auf weniger anstrengende Art unter Beweis stellen.« Er wandte sich an mich. »Wie war die Reise hierherauf? Lief alles gut?«

»Ich habe den größten Teil verschlafen«, gestand ich und

ließ mich in einen einladend aussehenden altrosa Sessel mit passendem Fußschemel sinken. Es war himmlisch, nach der langen Fahrt die Beine ausstrecken zu können.

Adrian durchquerte grinsend den Raum zu einer Hausbar. »Das letzte Mal ist sie auch eingeschlafen, hat sie Ihnen das erzählt? Da ist sie in Dunbar gelandet.« Ich lehnte mich zurück und ließ ihn die peinliche Anekdote erzählen, während ich mich damit tröstete, daß er mir beim Reden wenigstens einen Drink mixte. Die Haustür schlug wieder zu, und wir drehten alle vier unsere Köpfe zur Zimmertür, als David meine drei Koffer offensichtlich ohne Mühe durch die Halle trug.

»Tja«, seufzte Adrian bewundernd und nahm mit einer resignierten Geste die Ginflasche, »wer kann damit schon konkurrieren?«

Quinnell ließ sich in einem Sessel mit hoher Lehne nieder und schwang eins seiner langen Beine über das andere. »Wir können nicht alle männlich und stark sein, mein Junge. Aber da Sie schon dort stehen – würden Sie mir auch noch einen einschenken?«

»Sie haben keinen Wodka mehr.«

»Im Keller gibt es noch genug. Fabia, meine Liebe, würdest du hinuntergehen und mir ein Fläschchen holen?«

Fabia erhob sich folgsam. Ich dagegen nahm zufrieden den trockenen Martini-Cocktail, den Adrian mir reichte, lehnte mich wieder zurück und bewegte lockernd meine verkrampften Füße.

Zehn Minuten später, als der Wodka geholt und eingegossen worden war und David Fortune wieder in seinem Sessel am Fenster saß, blickte Quinnell mit Genugtuung in die Runde und hob sein Glas. »Darauf, daß wir die Neunte Legion finden, oder wenigstens genug von ihr, damit uns Connelly seinen Segen gibt.«

Ich sah ihn fragend an. »Connelly?«

»Doktor John Connelly.« Quinnell lehnte sich mit einem schwachen Lächeln auf den Lippen zurück. »Leiter des Fachbereichs Archäologie an der Universität von Edinburgh. Er war einmal einer meiner Studenten, wissen Sie.« Das Lächeln wurde breiter. »Mein dunkler Engel. Seine Meinung über die Neunte Legion ist ausreichend publiziert worden und wird von den meisten unterstützt. Er behauptet, daß es keine Schlacht in Britannien gegeben habe, daß die Neunte einfach nach Nimwegen in den heutigen Niederlanden geschickt worden und später irgendwo im Osten im Kampf gegen die Parther umgekommen sei, oder ähnliches unsinniges Zeug.«

David warf ihm einen nachsichtigen Blick zu. »Die Theorie ist als solche gar nicht so schlecht. Schließlich hat man wirklich den Ziegelaufdruck der Neunten in Nimwegen gefunden.«

»Den was?« fragte Fabia.

Peter, hocherfreut über ihr Interesse, erklärte ihr, daß die Legionen nicht nur gekämpft, sondern auch gebaut hatten. Jede Legion hatte in ihrem Fort ihren eigenen Mörtel und ihre eigenen Ziegelsteine hergestellt, die mit einem besonderen Stempel gekennzeichnet wurden. »Ein Ziegelaufdruck«, sagte Peter, »ist das Zeichen einer Legion.«

Fabia überlegte. »Wenn sie also einen Aufdruck in Nim... in Nim...«

»Nimwegen.«

»... gefunden haben, bedeutet das doch, daß die Neunte dort war.«

»Vielleicht.« Quinnell zuckte die Achseln. »Der Gedanke ist natürlich naheliegend. Aber ich könnte mir auch andere Möglichkeiten vorstellen, wie der Ziegelaufdruck dort hingelangt sein könnte, du nicht? Man muß für alles offen sein.«

»So wie du«, sagte David, und Schalk blitzte in seinen blauen Augen auf.

»Mein lieber Junge, wenn ich glaubte, daß die Antwort in Nimwegen liegt, wäre ich nicht hier auf Rosehill. Jedenfalls«, fuhr er gutgelaunt fort, »haben wir noch zwei Wochen, um einen Beweis zu finden, bevor Connelly kommt.«

Ich setzte mein Glas ab. »Nur zwei Wochen?«

»Zwei Wochen und zwei Tage. Connelly kommt am einundzwanzigsten zum Mittagessen hierher.«

Adrian, der am Kamin stand, wandte sich erklärend an mich. »Jedes Praktikum, für das sich seine Studenten in den Semesterferien bewerben, muß von Connelly zuerst genehmigt werden. Selbst Fortune ist nur mit seiner stillschweigenden Duldung hier.«

»Ja, das stimmt«, sagte David, »aber Connelly ist ein fairer Mann, egal, was man ihm sonst vorwerfen mag. Ich bin sicher, er wird keine Schwierigkeiten machen, wenn wir ihm einen Beweis liefern können.«

Ich war da weniger optimistisch. »Aber innerhalb von zwei Wochen?«

»Und zwei Tagen«, erinnerte mich Quinnell lächelnd. »Zeit genug. Wir haben ja schließlich schon mit den Bodenuntersuchungen angefangen, und nun müssen wir nur noch ein bißchen mehr finden, um die Ausgrabung zu rechtfertigen.«

Fabia rutschte unruhig auf ihrem Sessel herum. »Bisher kann ja wohl noch keine Rede von einer Ausgrabung sein«, beschwerte sie sich. »Du hast noch nicht mal den Boden aufgebrochen.«

»Du hast zu viele Filme gesehen«, antwortete Quinnell, nicht im geringsten beleidigt. »Man versucht heute, eine Stätte zu bewahren und sie nicht mit allen Mitteln zu zerstören.« Dann sagte er nachdenklich zu David: »Trotzdem denke ich, daß wir morgen unseren ersten Versuchsgraben anstechen könnten, wenn das Wetter so bleibt. Ich möchte gern herausfinden, was in dieser Südwestecke ist.«

Mir entging der schnelle Blickwechsel zwischen Adrian und Fabia nicht. Sie rutschte erneut unbehaglich auf ihrem Sessel hin und her und strich sich eine weiche Haarsträhne aus den Augen. »In der Südwestecke? Aber ich dachte, wir seien übereingekommen, daß es am besten ist, auf dem Kamm anzufangen, wo Robbie ... wo dieser Wächter umgehen soll.«

Peter Quinnell nippte an seinem Drink und schüttelte den Kopf, ein Bild der Unschuld, aber ich erhaschte ein kleines Funkeln in seinem schläfrigen Seitenblick. Wie eine seiner Katzen, dachte ich, wenn sie überlegen mit ihrer schwächeren Beute spielt. »Die Südwestecke«, wiederholte er mit Nachdruck. »Wir wissen, daß sich dort etwas befindet, weshalb es nur logisch ist, dort zu beginnen. Und der Boden ist auch trocken genug. Wir haben ihn heute getestet, nicht wahr, David?«

»Stimmt.« Im Gegensatz zu Quinnells verrieten David Fortunes Augen gar nichts. Sein unbewegter Gesichtsausdruck gab mir keinerlei Hinweis darauf, ob er ebenfalls wußte, daß Quinnell den Schwindel durchschaut hatte. Er griff nach seinem Glas, dessen Inhalt nach purem Scotch aussah, und trank es in einem Zug leer, während Fabia neben ihm die Stirn in Falten zog.

»Wir können beim Abendessen weiter darüber reden«, sagte sie entschieden. »Was gibt es übrigens?«

Quinnell wedelte in einer nonchalanten Geste mit der Hand. »Jeannie hat etwas von einem Braten gesagt. Sie hat ihn für uns vorbereitet, so daß er nur noch in den Ofen geschoben werden muß.«

»Und, hast du ihn in den Ofen geschoben?« Fabia hob erwartungsvoll eine Augenbraue, aber er sah sie so verständnislos an, als würde er ihre Sprache nicht verstehen. »O Peter, du hast ihn doch nicht draußen stehenlassen? So ein Braten braucht eine Ewigkeit!«

Quinnell machte kein allzu betroffenes Gesicht bei der Aussicht auf eine verlängerte Aperitifstunde, aber er murmelte eine Art Entschuldigung, als seine Enkelin an ihm vorbei in die Küche eilte. Dann sah er mit einem Blick, der eine gewisse schelmische Freude nicht verbarg, auf Davids leeres Glas und stand auf, um es erneut zu füllen.

Peter Quinnell, entschied ich, wußte sehr genau, wie man Menschen dirigierte. Und wie sehr Fabia sich an diesem Abend auch anstrengen mochte, ihn davon zu überzeugen, mit der Ausgrabung lieber oben auf dem Hügelkamm zu beginnen, so zweifelte ich doch keine Sekunde daran, daß wir am Morgen alle dort sein würden, wo Quinnell uns haben wollte – unten in der Südwestecke, auf der Suche nach einem Befestigungsgraben, der nicht existierte.

ZWEITES PFERD

That we may lift from out of dust
A voice as unto him that hears,
A cry above the conquered years
To one that with us works …

Tennyson, »In Memoriam«, CXXX

VII

Ich erwachte im Dunkeln und lauschte. Das Geräusch, das mich aus dem Schlaf gerissen hatte, klang seltsam in meinen Ohren – den Ohren einer Stadtbewohnerin. Wie ein rollender Zug, aber doch nicht ganz so ... der Rhythmus war zu ungebändigt, zu unregelmäßig. Ein Pferd, dachte ich. Ein Pferd auf einer Weide nebenan, das ständig im Kreis herumgaloppierte, galoppierte, galoppierte ...

Meine müden Lider fielen wieder zu, und ich vergrub meinen Kopf tiefer in den Kissen. In dem halbwachen Zustand begannen meine Gedanken zu wandern, und die Hufschläge nahmen Gestalt an und wurden zu einem weißen Pferd ... nein, es war dunkel, ein schwarzes Pferd, tiefschwarz wie die Nacht, die schwarze Mähne und der schwarze Schweif wehten im Wind, als es an mir vorbeigaloppierte ...

Es verschwand in der Ferne, kehrte um, kam in gleichmäßig schnellem Gallop zurück, zusammen mit den anderen – viele Hufschläge, viele Pferde, bis die Wiese ein Meer aus wogenden Flanken und weißrollenden Augen und dampfenden Nüstern zu sein schien. Schnaubend und stampfend kamen sie wie Donner herangerollt und galoppierten als ein breiter Strom aus Leibern an meinem Fenster vorbei. Da wußte ich, daß ich träumte, schloß meine Augen fester und schlief tief ein.

Als ich wieder erwachte, war es Tag. Ich streckte meinen Arm in einer automatischen Geste nach dem Wecker aus und stellte ihn ab, ehe der Summer anspringen konnte. Der Minutenzeiger hüpfte mit leisem Klicken nach vorn: acht Uhr. Gähnend rollte ich mich auf den Rücken und versuchte, genug Willenskraft aufzubringen, um meinen Kopf zu heben.

Das Zimmer war perfekt zum Aufwachen. Sein einziges Fenster ging nach Osten und überblickte das Feld, aber das Licht der Morgensonne wurde durch die Krone der Kastanie gefiltert und stach mir nicht in die Augen wie in meiner Londoner Wohnung. Schattenmuster tanzten auf den gelb gestrichenen Wänden, als die Äste sich vor einem freundlichen blauen Himmel im Wind bewegten.

Es sah nach dem richtigen Wetter für Anfang Mai aus, warm und sonnig, aber ich fröstelte trotzdem, als ich mein warmes Bett verließ. Schnell zog ich einen unförmigen Pullover über meine übliche Arbeitsuniform aus Jeans und T-Shirt, wusch mir das Gesicht und ging hinunter, wo Jeannie McMorran allein in der hellen Küche stand und in einer Schüssel mit Plätzchenteig rührte.

»Hörst du denn nie mit dem Backen auf?« fragte ich. Wir hatten uns am vergangenen Wochenende schon ein bißchen angefreundet, Jeannie und ich, und ich mochte sie sehr gern. Sie hatte ein lebhaftes Wesen, einen köstlichen, pfiffigen Humor und eine Art, Adrian in seine Schranken zu weisen, die mir besonders gut gefiel. Jetzt drehte sie sich zu mir um und grinste.

»Was, bei all diesen gefräßigen Männern im Haus? Keine Chance. Deine Haarspange ist verrutscht.«

»Oh.« Ich befestigte sie neu und fuhr damit fort, meine langen Strähnen zu dem gewohnten Zopf zu flechten.

Jeannie seufzte. »Ich trauere meinen langen Haaren nach, wenn ich dir so zusehe. Sie waren zwar nie so dick wie deine, aber so lang, daß ich mich auf sie draufsetzen konnte.«

»Tatsächlich?« Ich band den fertigen Zopf mit einem elastischen Stoffband zusammen und ließ ihn zwischen meine Schulterblätter fallen. »Warum hast du sie abgeschnitten?«

»Brian mag Frauen mit kurzen Haaren«, sagte sie achselzuckend. »Und ich war noch sehr jung damals.«

Brian war ihr Mann, wie ich inzwischen erfahren hatte – Robbies Vater. Obwohl ich ihm noch nie begegnet war, hatte ich mir bereits ein eher unvorteilhaftes Bild von ihm gemacht. Er befehligte einen eigenen Fischkutter, das wußte ich, was bedeutete, daß er ein gewisses Verantwortungsgefühl besitzen mußte, aber ich fand es schwer, eine gute Meinung von einem Mann zu haben, der seine wenigen freien Wochenenden zu Hause zwischen dem nächsten Pub und seinem Bett zu verbringen schien. Ich wechselte das Thema.

»Ich schätze, alle anderen sind schon auf?«

»Richtig. Peter und Fabia verließen gerade das Haus, als ich hier ankam, etwa vor einer halben Stunde. Sie wollten ein paar Fotos machen, glaube ich, ehe mit dem Graben begonnen wird. Adrians Wagen habe ich noch nicht gesehen, aber David ist irgendwo in der Nähe ... er hat schon um sieben heute morgen Dame mit Robbie gespielt, ob du es glaubst oder nicht. Ha, wenn man vom Teufel spricht«, sagte sie plötzlich und wedelte mit einem Küchenhandtuch in Richtung Fenster, um meine Aufmerksamkeit auf die Gestalten zu lenken, die draußen den Hügel hinuntergingen. »Da sind sie ja.«

Sie waren zu dritt oder vielmehr zu viert, wenn man Robbies Hund Kip mitzählte. Der Collie sprang ständig im Kreis um David Fortunes Beine herum und stieß alle paar Schritte mit dem Kopf an seine Hand, damit David ihm streichelnd über die Ohren fuhr, was er geistesabwesend tat, ohne seine Unterhaltung mit Robbie zu unterbrechen. Hinter ihnen ging ein älterer Mann, den ich nicht kannte, ein kleiner Mann mit leicht gebeugtem Rücken und mürrischem Gesichtsausdruck.

»Wer ist da bei ihnen?«

»Das ist mein Vater«, informierte mich Jeannie, und in ihrer Stimme klang Zärtlichkeit mit. »Stimmt ja, du hast ihn noch gar nicht kennengelernt, oder? Er hat sich letztes Wochenende sehr rar gemacht.«

Rar gemacht, dachte ich nüchtern, war nicht ganz der richtige Ausdruck dafür. Ich hatte den offiziellen Verwalter von Rosehill noch überhaupt nicht zu Gesicht bekommen, aber Jeannie versicherte mir, daß das nichts Ungewöhnliches war. Es gab, nach Jeannies Auskunft, zwei Dinge, die Wally Tyler haßte – allein zu leben und in Gegenwart seines Schwiegersohns zu sein. Was ihn nach dem Tod seiner Frau vor einigen Jahren vor ein Dilemma gestellt hatte. Seine Tochter und seinen Enkelsohn einzuladen, zu ihm zu ziehen und das leergewordene Rose Cottage wieder mit Leben zu füllen, bedeutete eben, auch Brian in seiner Nähe zu haben.

Also hatte Wally Tyler einen Kompromiß gefunden. Wenn Brian McMorran nach Hause kam, ging Wally woandershin.

»Es ist nicht so schlimm, wie es klingt«, beruhigte mich Jeannie lächelnd, als sie meinen Gesichtsausdruck sah. »Brian ist meistens draußen beim Fischen – manchmal vierzehn Tage am Stück, wenn der Fang gut läuft. Und Dad hat Freunde in der Stadt.« Sie trocknete den letzten Teller ab und stellte ihn in den Schrank. »So, was möchtest du zum Frühstück? Es gibt Porridge, oder ich kann dir ein paar Eier machen …«

»Ich esse normalerweise morgens nur Toast.«

»Du hast doch nicht etwa vor, mit nichts als ein bißchen Toast im Magen den ganzen Tag da draußen hinter Peter herzurennen!« Sie fixierte mich mit einem Blick, der mir das Gefühl gab, ebenso alt zu sein wie Robbie, und wiederholte das Angebot von Porridge und Eiern.

Ich gab nach und bat um ein gekochtes Ei.

»Weich oder hart?«

»Wachsweich, bitte.« Ich setzte mich an den Küchentisch und sah wieder aus dem Fenster auf die sich entfernende Gruppe aus zwei Männern, einem Jungen und einem springenden Hund. Jeannie steckte Brot in den Toaster und lächelte.

»Sie werden nicht ohne dich zu graben anfangen«, versprach sie. »Peter und Davy werden noch eine Weile mit den

Vorbereitungen zu tun haben, und da mein Dad dabei ist, wäre es ein Wunder, wenn sie den ersten Spatenstich machen würden, bevor du mit deinem Frühstück fertig bist. Würstchen oder Schinken?«

»Du brauchst dir nicht so viele Umstände zu machen ...«

»Das sind keine Umstände. Das ist mein Beruf«, erklärte sie geduldig und mit einem amüsierten Zwinkern in den Augen. »Ich bereite das Essen zu, und du ißt es, so läuft das. Also, was soll es sein: Würstchen oder Schinken? Oder möchtest du beides?«

Mit einer solchen Frau konnte man nicht streiten, entschied ich. Und der Teller mit Eiern und Würstchen, den sie schließlich vor mich hinstellte, löste wirklich ein hungriges Knurren in meinem sonst nicht gerade verwöhnten Magen aus. »Das ist köstlich«, gab ich nach dem dritten Würstchen zu. »Vielen Dank.«

»Ach, jeder Dummkopf kann doch ein Ei kochen«, wehrte sie ab. Aus ihrem Ton schloß ich, daß sie das wirklich glaubte, weshalb ich sie lieber nicht desillusionieren wollte, indem ich ihr sagte, daß Eierkochen meine Fähigkeiten bereits überstieg. Statt dessen spießte ich genüßlich ein Stück gebratener Tomate auf und sah zu, wie sie die gerade benutzten Pfannen abwischte.

»Du hast also nicht immer für Quinnell gearbeitet?« fragte ich sie.

»Wie? O nein«, antwortete sie lachend. »Nein, ich gehöre sozusagen zum Haus, genau wie mein Dad. Vor Peter hat die alte Mistress Finlay hier gewohnt, aber dann wurde sie krank und mußte lange ins Krankenhaus. Zuerst hat sich ihr Sohn dann um alles gekümmert, aber er kam immer nur am Wochenende von Edinburgh herunter. Und letzten September tauchte dann Peter auf und wedelte mit einem Bündel Banknoten vor Mister Finlays Nase herum, und damit war die Sache entschieden.«

Geld, stimmte ich ihr zu, konnte wirklich sehr überzeugend wirken, und Peter Quinnell schien mehr als genug davon zu besitzen. Zweifellos ein ererbtes Familienvermögen. Er hatte dieses selbstverständliche kultivierte Auftreten, das nur eine lange Tradition von Privilegien und Reichtum hervorbringt.

»Jedenfalls«, fuhr Jeannie fort, »ist es sehr angenehm, für Peter zu arbeiten. Schade, daß Fabia ihm nicht ähnlicher ist.«

Ich lächelte verständnisvoll. »Ich glaube, sie mag mich nicht besonders.«

»Klar, natürlich nicht. Du bist eine Frau«, sagte Jeannie nüchtern. »Aber ich sollte nicht zu streng mit ihr sein. Schließlich hat sie ihren Vater verloren, das arme Ding.«

»Kürzlich?«

»Erst letzten Sommer. Für Peter muß es auch hart gewesen sein, seinen Sohn so zu verlieren, aber er hat wenigstens noch David, auf den er sich stützen kann. Sie sind fast wie Vater und Sohn, die beiden.«

Ich dachte darüber nach, während ich den Löffel in mein zweites Ei bohrte. »Hat David einmal studiert bei Quinnell oder so etwas?«

»Ich kann es dir nicht sagen«, gestand sie. »Ich erinnere mich nicht daran, wo David studiert hat – er war einige Jahrgänge über mir in der Schule. Aber er kennt Peter schon sein ganzes Leben. Davys Mutter war so 'ne Art Sekretärin bei Peter. Bevor sie Davys Vater geheiratet hat.«

»Aha. Verstehe.«

Die verschiedenen Beziehungen untereinander waren recht verwickelt, fand ich. Jeannie, die in Eyemouth aufgewachsen war, kannte David, der Peter kannte, der einmal der Arbeitgeber von Davids Mutter gewesen war, die wiederum mit dem kleinen Robbie im Kontakt stand …

»Und Peter war Davids Trauzeuge bei seiner Hochzeit«, fuhr sie fort. »Daran erinnere ich mich gut, weil er deswegen extra aus …«

»David ist verheiratet?« Ich konnte mir die Zwischenfrage nicht verkneifen, war aber erleichtert, daß meine Stimme ganz ruhig klang. Noch erleichterter war ich, als Jeannie mit einem Kopfschütteln antwortete. »Er war es, ja, ist es aber nicht mehr. Sie hat ihn verlassen, dummes Mädchen.«

Dummes Mädchen, allerdings, dachte ich.

Eine halbe Stunde später, als ich über das sanft abfallende Feld hinunter auf die südwestliche Ecke zuging, wo die Männer sich schon versammelt hatten, und von David Fortunes beinahe herzlichem Lächeln begrüßt wurde, fand ich, daß »dumm« noch untertrieben war.

»Wohl nicht gerade eine Frühaufsteherin, was?« fragte er mich.

»Nicht meine Schuld. Jeannie hat mich gezwungen, mich an den Tisch zu setzen und ein riesiges Frühstück zu verdrücken.« Etwas stupste gegen meine Knie, und ich beugte mich hinunter, um Kip, den Collie, zu begrüßen. Ich kraulte seine lange, zottige Mähne und warf einen Blick in die Runde. »Wo ist Fabia? Ich dachte, sie sei bei euch.«

Quinnell sah auf. »Was? Ach so, sie wollte Adrian anrufen. Er scheint verschlafen zu haben, und ich wollte sichergehen, daß ich das hier richtig abgesteckt habe.«

Mit »das hier« war ein langer Bodenstreifen zu seinen Füßen gemeint, der mit Bindfaden zu einem Rechteck abgesteckt war.

Jede Ausgrabung fand innerhalb eines imaginären Gitternetzes statt, eines unsichtbaren Plans aus Linien und Quadraten, der das Ergebnis der Vermessungen war und wie ein riesiges Diagramm über das Feld gezogen wurde. Alles, was wir auf Rosehill finden würden, egal wie klein es war, würde sorgfältig in Relation zu diesem Diagramm markiert und auf einer speziellen Karte eingetragen werden. Quinnell hatte den Umriß seines Versuchsgrabens schon anhand von Adrians Vermessungsmarkierungen festgelegt und eigene Markierungen an den vier weit auseinanderliegenden Ecken angebracht, aber er wollte offensichtlich nicht mit dem Graben beginnen, ehe er seine Abmessungen überprüft hatte.

Jeannies Vater wartete, geduldig auf einen Spaten gelehnt,

neben dem Rechteck. Trotz seines gebeugten Rückens hatte er das zähe Aussehen eines Mannes, der sein ganzes Leben lang körperlich hart gearbeitet hatte und gar nicht daran dachte, nun damit aufzuhören. Er sah mich mit durchdringenden grauen Augen an, die aus einem runzligen, wettergegerbten Gesicht hervorfunkelten, und zog die Augenbrauen hoch. »Is das nu das Mädchen aus London?«

Quinnell bestätigte es ihm. »Verity, das ist Wally Tyler, Jeannies Vater.«

Sie sah ihm nicht sehr ähnlich. Wo ihre Züge weich waren, waren seine kantig, und sein schütteres Haar mußte einmal rötlich gewesen sein. Aber seine Augen blitzten wie die seiner Tochter vor Klugheit und Humor, und ein Kranz von Lachfältchen grub sich jetzt tiefer ein, als er mir mit festem Griff die Hand schüttelte und dabei Quinnell vorwurfsvoll ansah. »Sie ist gar nicht blond.«

»Ja, ich weiß.«

David grinste breit. »Hat Jeannie dir nichts gesagt, Wally?«

»Keinen Ton hat sie gehustet. Und Robbie hat nur gesagt, das Mädchen wär ein *stoater*.«

Robbie hörte auf, in der Hecke herumzustochern, und drehte sich mit leicht gerötetem Gesicht zu uns um. »Mensch, Opa!«

Quinnell lachte laut, er hatte ein schönes, melodisches Lachen. »Schon gut, Robbie. Ich glaube nicht, daß unsere Miss Grey Schottisch versteht, oder, meine Liebe? Nein. Na also, siehst du? Sie kann gar nicht wissen, was ein *stoater* ist.«

Er hatte natürlich recht – ich hatte keine Ahnung, aber da anscheinend niemand die Absicht hatte, mich aufzuklären, tat ich so, als interessierte es mich nicht.

Aufmerksam betrachtete ich das im Gras markierte breite Rechteck. Der würzige Geruch von feuchter Erde stieg mir in die Nase wie ein süßes, verführerisches Parfüm, und ich spürte diesen kleinen Stich der Erregung tief in meiner Brust, dieses prickelnde Gefühl, das alle Forscher und Entdecker seit jeher gespürt haben mußten. Man wußte nie, was für eine

Welt unter diesem Boden lag und darauf wartete, entdeckt zu werden. Das war das Tolle an dieser Arbeit – man konnte nie sagen, was auf einen zukam.

Und an diesem wunderbaren Frühlingsmorgen, an dem mein Atem noch kleine Wölkchen in der Luft bildete, während die Sonne schon meine Schultern wärmte und ein kleiner Vogel sich in der blühenden Weißdornhecke die Kehle aus dem Leib sang, konnte man leicht vergessen, daß es nicht die Spur eines konkreten Beweises gab, um diese Ausgrabung zu begründen. Es war leicht zu verdrängen, daß im Grunde keinerlei Hoffnung bestand, etwas zu finden. Ich wollte einfach nur einen Spaten in die Hand nehmen und endlich mit der eigentlichen Ausgrabung beginnen.

»Adrian kommt«, verkündete Robbie und schwang sich von einem Zaun hinter der Hecke herunter.

Quinnell entspannte sich. »Gut, sehr gut. Verschlafen, nehme ich an.«

Fabias klare Stimme ertönte plötzlich hinter mir. »Probleme mit dem Wagen«, verbesserte sie ihn.

Ich hatte sie nicht kommen sehen, was mich zuerst verwirrte, bis mir klar wurde, daß sie nicht vom Haus, sondern von Rose Cottage gekommen war, vom anderen Ende der Auffahrt her. Sie hatte dazu über eine zerfallende Steinmauer und einen durchhängenden Stacheldrahtzaun klettern müssen, aber Fabia sah aus, als hätte ihr der kleine Hindernislauf Spaß gemacht, und das Telefon von Rose Cottage war außerdem näher als das von Rosehill House.

»Morgen«, begrüßte sie mich kurz. »Du hast dich doch noch aus der Küche befreien können, wie ich sehe. Hat Jeannie dich gezwungen, ihr gräßliches Porridge zu essen?«

»Nein, ich hatte Eier und …«

Quinnell unterbrach uns, sein langes Gesicht hatte einen verwunderten Ausdruck. »Probleme mit seinem Wagen, sagst du?«

»Was?« Fabia drehte sich zu ihm um. »Ach so, ja. Der Motor sprang irgendwie nicht an.«

Robbie, der mit einem dicken Stock in einem Maulwurfshügel herumgestochert hatte, sah unvermittelt auf, und mir kam es so vor, als läge ein Vorwurf in seinen großen Augen. Mein erster Gedanke war: *Er hat sie bei einer Lüge ertappt*, doch dann gab ich mir einen kleinen Ruck und schüttelte über mich selbst den Kopf. Niemand konnte wirklich hellsehen, das war Unsinn.

Trotzdem hätte es mich nicht überrascht zu erfahren, daß Fabia tatsächlich gelogen hatte. Sie und Adrian waren alles andere als scharf darauf, bei der Ausgrabung an der Südwestecke dabeizusein, und Quinnell hatte es ihnen am Abend zuvor nicht leichter gemacht, als er beim Essen immer wieder von seinen Plänen gesprochen hatte, als wäre das Ergebnis der Radaruntersuchung echt.

Ich für meinen Teil hatte mein Versprechen gegenüber Quinnell gehalten und mir nichts anmerken lassen. Adrians Unbehagen mit anzusehen hatte mir zwar nicht unbedingt Vergnügen bereitet, aber ich konnte mein schlechtes Gewissen damit beruhigen, daß ihm die Erfahrung in jedem Fall guttun würde.

»Na ja, so was kommt vor«, sagte Quinnell mit gespielter Gutgläubigkeit, und ich sah noch den Schatten eines amüsierten Lächelns, als er sich umdrehte und eine Unterhaltung mit Wally Tyler begann.

Adrians Wagen schien jedenfalls völlig in Ordnung zu sein, als er zehn Minuten später in die Auffahrt einbog. Er parkte ihn oben auf dem Hügel in der Nähe des Hauses und kam von dort langsam und stirnrunzelnd auf uns zu. »Wissen Sie«, sagte er zu Quinnell, »ich habe mir die Ergebnisse dieser Untersuchung noch einmal angesehen. Ich bin mir zwar nicht ganz sicher, aber ...«

»Ja?«

»Also, diese Unregelmäßigkeit scheint mir nicht die richtige Größe für das zu haben, wonach wir suchen ...«

»Ach ja? Vielleicht sollten wir eine zweite Meinung einholen.« Quinnell lächelte. »Robbie?«

Robbie, der immer noch mit seinem Stock beschäftigt war, richtete sich auf. »Ja, Mister Quinnell?«

»Mister Sutton-Clarke hier befürchtet, daß wir am falschen Platz nach unserem Römergraben suchen könnten.«

»Dem Graben, den die Soldaten ausgehoben haben?«

»Genau.«

Robbie kniff die Augen zusammen und überdachte den Einwand. »Nein, er ist hier. Er ist total zugeschüttet und so, aber er ist hier.«

»Guter Junge.« Quinnell wandte sich wie ein stolzer Vater wieder an Adrian. »Sehen Sie? Kein Grund zur Sorge. Wenn Sie nun bitte meine Abmessung kontrollieren würden …«

Ein paar Minuten später, als Wally Tylers Spaten in das schwere, feuchte Erdreich stieß, machte ich mir mit einem kleinen Seufzer Luft.

Wie schade, dachte ich, daß Quinnell enttäuscht werden würde. Es war einfach nicht gerecht.

»Der Graben ist da«, wiederholte Robbie, aber er sprach diesmal nicht zu Quinnell. Er war zu mir herübergekommen, und seine blauen Augen sahen beschwichtigend zu mir herauf, die ich zweifelnd dastand. »Es ist okay, er wird ihn finden.«

Niemand kann wirklich hellsehen, rief ich mich erneut zur Besinnung. Aber Robbie lächelte mich nur an, als hätte ich etwas Komisches gesagt, und dann hüpfte er davon, um für Kip Stöckchen zu werfen.

VIII

»Es ist doch bestimmt schon Zeit für den Tee.« Fabia strich sich das Haar mit einer ungeduldigen Geste aus dem Gesicht und setzte ihr Ende des großen, holzgerahmten Gittersiebes ab, während ich nach dem nächsten Eimer voll Erde griff.

Über uns hatten sich Wolken zusammengezogen, und der Schatten des Windschutzes um unseren Arbeitsbereich neben dem Versuchsgraben hatte sich in nichts aufgelöst. Da ich mich nicht mehr nach dem Sonnenstand richten konnte, hielt ich inne und sah auf meine Armbanduhr, wobei ich gleichzeitig meinen schmerzenden Rücken streckte. »Noch eine Stunde bis dahin, fürchte ich.«

»Also, das hier ist todlangweilig.« Sie sah mit finsterer Miene an mir vorbei zu der Stelle, wo die Männer immer tiefer in dem Graben verschwanden. »Wenn vier Männer gleichzeitig graben, sollte man doch glauben, daß sie ein bißchen schneller vorankämen.«

Ich unterbrach kopfschüttelnd meine Streckübung. Erstens gruben nur drei von ihnen – Adrian, der mit einer Schaufel in der Hand völlig nutzlos war, hatte die weniger anspruchsvolle Aufgabe übertragen bekommen, die Eimer mit dem ausgegrabenen Erdreich zu uns herüberzutragen, damit wir es durchsiebten. Zweitens kamen die Männer auch ohne Adrian ziemlich gut voran, fand ich. Man hörte das regelmäßige, unablässige Schaben ihrer Spaten, während sie die Erde in dünnen Lagen vorsichtig abtrugen und Schicht für Schicht tiefer vordrangen. Wenn Fabia glaubte, daß sie noch schneller sein könnten, hatte sie es noch nie selbst mit dem Graben versucht.

Und sie hatte ganz bestimmt noch nie zuvor ein Gittersieb gehalten. Langsam glaubte ich, die Arbeit ohne sie besser bewältigen zu können.

Ich kippte den nächsten Eimer auf das am Boden liegende Sieb und verteilte die frisch aufgegrabene Erde auf dem feinmaschigen Drahtnetz. »Ich nehme an«, sagte ich, um sie ein wenig auszuhorchen, »daß du als Peter Quinnells Enkelin so etwas schon getan hast, bevor du laufen konntest.«

»Um Gottes willen, nein.« Sie warf ihren blonden Schopf zurück und bückte sich, um ihr Ende des Siebs wieder aufzunehmen. »Das ist das erste Mal. Ich interessiere mich nicht für tote Dinge. In der Hinsicht bin ich wie mein Vater.«

»Aha.« Da ich nicht allzu neugierig erscheinen wollte, griff auch ich nach dem Holzrahmen, und wir begannen wieder mit dem Rütteln, hin und her, hin und her, wie zwei Kinder, die an den Enden eines Bettlakens zerren. Die Erdklumpen rollten über die Drahtmaschen, lösten sich auf und fielen wie Mehl durch das Sieb.

»Manchmal kann ich es gar nicht glauben«, sagte sie, »daß Dad und Peter verwandt waren. Dad war so lebendig, weißt du? So interessiert an allem.«

Ich warf einen Seitenblick auf Peter Quinnell, der mit hochkonzentriertem Gesichtsausdruck im Graben schuftete, und dachte, daß ich noch nie einen Mann gesehen hatte, der lebendiger aussah. Aber ich behielt meine Meinung für mich.

»Peter interessiert sich für gar nichts«, sagte Fabia im Brustton der Überzeugung, »außer für seine verdammte Ausgrabung. Das ist alles, was ihm am Herzen liegt.« Und dann, als wäre sie zu weit gegangen, wechselte sie abrupt das Thema: »Ich verstehe nicht, wie du damit deinen Lebensunterhalt verdienen kannst, ganz ehrlich. Ich würde sterben vor Langeweile.«

Ich lächelte über den klagenden, enttäuschten Ton ihrer Stimme und wußte, daß sie sich das Metier der Archäologie etwas glanzvoller vorgestellt hatte. Sie hatte nicht wie ich gelernt, daß Archäologen im wahren Leben nichts mit den verwegenen Abenteurern der Hollywoodfilme gemein hatten, die auf der Suche nach unbezahlbaren Schätzen wie verrückt von einer Gefahrensituation zur nächsten rund um die Welt jagten. Die echten Archäologen waren Wissenschaftler. Sie gingen sehr langsam vor, aus Angst, etwas zu übersehen, etwas zu zerstören oder ungenau zu sein. Für die meisten von ihnen konnte ein einziges Bruchstück eines alten Gefäßes – was wir im Feld eine »Scherbe« nannten – ein genauso aufregender Fund sein wie die Maske Agamemnons.

Hollywoodproduzenten, überlegte ich, legten nicht sehr viel Wert auf Detailgenauigkeit. Und wer sollte ihnen daraus einen Vorwurf machen? Wer würde schon einen Film drehen wollen, der die Wirklichkeit der Ausgrabungsarbeiten zeigte, mit all der Monotonie und Mühe und dem endlosen Dokumentieren und Aufzeichnen? Oder genauer gesagt, wer würde einen solchen Film *sehen* wollen? Das Interesse, das ein durchschnittliches Publikum für das zentnerweise Sieben von Erde aufbringen konnte, war sicherlich begrenzt.

»Was ist das?« fragte Fabia, als ich ein dünnes braunes Ding aus dem Sieb pickte.

»Ein Regenwurm.« Ich tat ihn sanft wieder dahin zurück, wo er hingehörte. Schlimm genug, fand ich, daß er aus seinem friedlichen Zuhause herausgeschaufelt und durchgerüttelt worden war. Ich kippte die wenigen übriggebliebenen Steinchen auf den gesiebten Haufen, setzte das Sieb ab und hob den nächsten Eimer an, wobei ich Fabia aufmunternd zulächelte. »Das ist der letzte«, versprach ich.

Schwere Schritte verkündeten Adrians Herannahen. »Der letzte?« echote er. »Dann wird es ja Zeit, daß ich euch Nachschub bringe. Der Haufen da ist noch längst nicht hoch genug.« Fröhlich stellte er zwei volle Eimer neben dem nicht unbeträchtlichen Hügel gesiebter Erde ab, stemmte die Arme auf die Hüften und wartete darauf, daß wir ihn beschimpften.

Doch Fabia verzichtete zu meiner Überraschung darauf. Statt dessen fuhr sie sich mit einer koketten, femininen Geste durchs Haar und bedachte Adrian mit einem gezielten Augenaufschlag. »Adrian, Darling, ob du vielleicht ...« Sie hielt inne, als wäre ihr etwas peinlich, und nahm dann einen neuen Anlauf. »Es ist nur, daß ich unbedingt mal auf die Toilette müßte, und ich wollte dich fragen, ob du vielleicht ein Schatz sein könntest ...« Mit hoffnungsvollem Lächeln hielt sie ihre Seite des gerahmten Siebs in die Höhe.

»Aber natürlich.« Leichtgläubig wie immer trat er an ihren Platz, um sie abzulösen, und sah ihr mit zärtlichem Blick nach, wie sie aufs Haus zustürmte. Als sie außer Sichtweite war, drehte er sich zu mir und begegnete meinem midleidsvollen Blick. »Was ist?«

»Du solltest deine Kenntnisse in griechischer Mythologie auffrischen.«

»Wozu?«

»Herkules und Atlas.«

»Was ist mit ihnen?«

»Hast du in der Schule denn gar nicht aufgepaßt? Atlas war der Kerl, der den Himmel auf seinen Schultern tragen mußte, erinnerst du dich? Damit er nicht auf die Erde fällt. Und dann löste ihn Herkules eine Zeitlang ab, während Atlas losging, um die goldenen Äpfel zu holen. Als aber Atlas zurückkam, hatte er keine Lust, sich den Himmel wieder aufzuladen, also sagte Herkules: ›Kann ich verstehen, alter Junge, aber irgendwie sitzt der Himmel nicht richtig auf meinen Schultern. Kannst du ihn noch mal kurz halten, während ich eine bessere Position einnehme?‹«

»Und dann hat er sich aus dem Staub gemacht, richtig?«

»Der älteste Trick der Welt.«

»Du bist eine ganz schöne Zynikerin, was?« kommentierte Adrian. »Fabia wird zurückkommen.«

Als wir bereits den zweiten Eimer in Angriff genommen

hatten, waren seine Blicke hinauf zum Haus häufiger geworden, und seine Stimme klang längst nicht mehr so überzeugt: »Sie *wird* wiederkommen.«

»Natürlich wird sie das. Könntest du dein Ende bitte richtig hochhalten? Du verschüttest die ganze Erde.«

»Entschuldigung. Ich hatte ganz vergessen, wie sehr mir das zuwider … wart mal, was war das?«

»Was war was?«

»Mist, es ist wieder dazwischengerutscht. Ich habe zu fest geschüttelt. Ein etwa so großes Stück«, sagte er und formte einen Kreis mit Daumen und Zeigefinger, »in Form eines Dreiecks. Ich glaube, es ist jetzt eher auf deiner Seite.«

Ich brauchte einen Moment, um das geheimnisvolle Objekt zu finden. Schließlich hielt ich ein hartes, flaches Teil zwischen meinen Fingern und rieb vorsichtig die noch daran klebende Erde ab. Es war eine kleine Topfscherbe mit scharf gebliebenen Kanten und den Überresten einer dünnen Glasur. Auf jeder anderen Ausgrabungsstätte hätte mich ein solcher Fund begeistert, aber als ich jetzt auf dieses Stück hinabstarrte, fühlte ich nur heftige Wut in mir aufsteigen.

Adrian streckte seine Hand danach aus. »Kann ich mal sehen?«

Schweigend und mit ausdruckslosem Gesicht reichte ich ihm die Scherbe und sah zu, wie er sie in der Handfläche wog. Er beugte seinen Kopf darüber und zog die Augenbrauen zu einem konzentrierten Stirnrunzeln zusammen, das ich immer noch attraktiver fand als sein Lächeln. »Es ist samische Töpferware, oder?«

»Sieht jedenfalls so aus.«

»Aber das ist doch ein gutes Zeichen, nicht wahr? Ich meine, man erwartet quasi samische Keramik auf einer römischen Ausgrabungsstätte.«

»Ja. Wie klug von dir, daran zu denken.«

Er sah auf. »Wie?«

»Hattest du vor«, fragte ich ihn kalt, »die gesamte Ausgrabung zu fälschen?«

»Verity ...«

»Nur, damit ich Bescheid weiß.«

»Verity ...«

»Allerdings ist es keine perfekte Täuschung. Diese Art Töpferware mag zwar zur Römerzeit über das ganze besetzte Britannien verstreut worden sein, aber man würde sie doch eher in Villen oder großen Befestigungsanlagen vermuten als in einem Marschlager.«

»Verity, ich schwöre es.« Er hob treuherzig seine rechte Hand. »Damit habe ich nichts zu tun.«

»Ich bitte dich. Fabia ist vielleicht clever, aber sie hat nicht wie du Zugang zu Fundstücken. Wo hast du das hier geklaut?«

Er seufzte und sah mich mit einer Mischung aus Ärger und Belustigung an. »Was macht dich so verdammt sicher, daß dies kein echter Fund ist?«

»Ach, spiel doch nicht das Unschuldslamm. Du weißt genausogut wie ich, daß es hier nichts zu finden *gibt.*«

Ich hätte Quinnell kein besseres Stichwort geben können, dachte ich später.

Kaum hatte ich meinen Satz beendet, als sein Freudenschrei wie ein Donnerschlag den grünen Hügel hinaufhallte. Ich vergaß Adrian und sah in die Richtung, aus der der Schrei kam. Robbie und Kip waren herbeigeeilt und hockten am Rand des Grabens, und ich sah, wie Robbie sich aufgeregt vorbeugte und auf etwas zeigte.

»Mein Gott«, sagte Adrian. Er legte die Topfscherbe wieder auf ihrem Bett aus Erde ab und ließ sein Ende des Siebes los, wodurch er mich zwang, es alleine zu halten oder ganz fallen zu lassen. »Sie haben etwas gefunden.«

»Verdammt, Adrian ...«, begann ich, unter dem Gewicht des großen Holzrahmens schwankend, aber er war schon weg, eilte über die Wiesenfläche, um nachzusehen, was los war. Mit einem leisen Fluch setzte ich das Sieb auf dem Boden ab, richtete mich mit knackenden Wirbeln wieder auf und ging langsam auf den Graben zu, wobei ich meine verspannten Rückenmuskeln massierte.

Der Collie kam mir auf halbem Weg entgegen und wedelte zur Begrüßung mit seinem buschigen Schwanz. »Paß auf, Kip«, sagte ich warnend, als er gegen meine Beine prallte, aber der Hund zog darauf nur seine Lefzen wie zu einem Grinsen zurück und sprang auffordernd ein paar Schritte nach vorn, um mich anzutreiben.

Quinnell strahlte mich an. »Wir haben den Befestigungsgraben gefunden«, verkündete er. »Genau da, wo wir ihn vermutet haben.«

Adrian war wie vor den Kopf geschlagen. »Genau da, wo wir ...«

»Ja.« Quinnell winkte mich näher heran. »Dort, sehen Sie? Ich fürchte, der Wall selbst ist irgendwann eingeebnet worden, von ihm scheint nichts mehr erhalten zu sein, aber man kann seinen Verlauf deutlich im Kontrast zu der dunkleren Füllung des Grabens erkennen.«

Ich sah gebannt hinunter. Sie hatten wirklich Expertenarbeit beim Ausgraben geleistet, und die Linie, wo Graben und Wall aufeinandergestoßen waren, zeichnete sich deutlich ab und verlief schräg über den Boden des Versuchsgrabens.

Die Römer hatten rund um ihre Lager Befestigungsgräben gezogen, große Gräben von etwa zwei Meter siebzig Breite und über zwei Meter Tiefe, wobei sie die ausgehobene Erde zu einer Seite aufgetürmt und so einen hoch aufragenden Wall errichtet hatten. Dieser Wall mußte ein einschüchterndes Hindernis für all diejenigen Barbaren gewesen sein, die vorgehabt hatten, ein römisches Lager anzugreifen.

Und nun war nicht mehr davon übrig als eine Linie im Erdreich.

Wally Tyler stemmte sich aus dem Graben heraus, während David mit seinen Augen den windzerzausten Grasrand in Höhe seines Kopfes absuchte. »Wally, kannst du mir mal diese Bürste da runterreichen?«

Der alte Mann wollte dem Wunsch nachkommen und fiel dabei beinahe über seinen Enkel. »Man kann sich überhaupt nicht bewegen, wenn du einem dauernd zwischen den Füßen rumspringst«, beklagte er sich und gab dem Jungen einen kleinen Schubser. »Los, rück mal ’n Stück.«

Robbie rückte bereitwillig ein Stück nach vorn, achtete aber darauf, sich nicht allzu nahe an den Rand des Grabens zu hocken. Offenbar hatte ihm jemand erklärt, wie wichtig es war, die Wand des Grabens nicht zu beschädigen, um nichts von den vielfältigen Informationen zu verlieren, die ihre diversen Schichten enthielten. Er beugte sich vorsichtig vor und sah den Arbeiten unter ihm zu. »Davy …«

»Ja, mein Junge?«

»Wie konnte denn *das* da« – er zeigte mit der Schuhspitze auf den abgetragenen Wall – »irgendwelche Angreifer abhalten?«

David lächelte. »Na ja, er war ursprünglich sehr viel größer, weißt du. Wie ein kleiner Hügel, fast drei Meter hoch. Und oben drauf setzten die Römer noch einen Zaun aus hölzernen Pfosten. Und all das hier«, fügte er hinzu und zeigte mit seiner Harke auf die dunklere Erdschicht, »war ein Graben, wie die, die du von Burgen und Schlössern her kennst.«

»Mit Wasser drin?«

»Nein, er war trocken. Aber es war schwer genug, ihn zu überwinden und auch noch über den Wall zu klettern.«

Robbie sann einen Moment über das Gehörte nach. »Woher hatten sie das Holz?«

»Was?«

»Die hölzernen Pfosten. Woher hatten sie die?«

»Ach so.« Davids Gesicht hellte sich auf, und er fuhr fort, loses Erdreich vom Rand des eingeebneten Walls zu bürsten. »Die Römer waren wie Pfadfinder, Robbie. Sie waren immer gut vorbereitet. Jeder Legionär trug zwei Pfosten, wenn sie auf einem Marsch unterwegs waren.«

»Wie, etwa auf dem Rücken?«

»Genau. Zusätzlich zu ihrer Rüstung und ihren Waffen und dem Kochgeschirr …«

Adrian unterbrach ihn unvermittelt. »Wir haben eine Scherbe gefunden«, sagte er, als sei ihm das gerade erst wieder eingefallen. Allerdings konnte man ihm wirklich keinen Vorwurf daraus machen, es vergessen zu haben. Unser Fund war winzig im Vergleich zu diesem, und wenn der Anblick des Grabens mich schon sehr erstaunt hatte, mußte er Adrian geradezu sprachlos gemacht haben. Schließlich kam es nicht sehr häufig vor, daß eine Lüge sich auf einmal als Wahrheit herausstellte.

Quinnell drehte sich interessiert zu ihm um. »Was haben Sie gesagt?«

»Eine Topfscherbe«, wiederholte Adrian. »Samisch, glauben wir.«

»Tatsächlich? David, vielleicht könntest du sie dir einmal ansehen? Du kennst dich viel besser mit Töpfersachen aus als ich. Und ich möchte möglichst schnell unseren Graben fotografieren lassen, falls es anfängt zu regnen. Wally, könntest du bitte die Trittleiter herbringen, damit Fabia Bilder von einer erhöhten Position aus machen kann?«

»Klar.« Der drahtige Schotte drehte sich mit schmutzigen Fingern eine Zigarette, steckte sie sich unangezündet zwischen die Lippen und schlurfte davon, zweifellos froh über die Gelegenheit, das Feld für eine Zigarettenpause verlassen zu können. Die meisten Archäologen verboten das Rauchen auf der Ausgrabungsstätte, unter anderem weil die Ergebnisse der Radiokarbonmethode zur Altersbestimmung von organischen Überbleibseln durch Zigarettenasche verfälscht werden konnten.

»Und Fabia ...« Quinnell unterbrach sich, und sein Blick wanderte fragend zu Adrian und mir. »Wo ist Fabia?«

Adrian berichtete, daß sie zurück zum Haus gegangen sei. »Soll ich sie holen?«

»Ja, bitte. Und Verity, könnten Sie vielleicht inzwischen David diese Scherbe zeigen?«

Robbie, der immer noch neben dem Graben hockte, sah hoffnungsvoll auf. »Und was kann *ich* tun?«

»Du«, sagte David ernsthaft und gab ihm seine Bürste, »kannst Mister Quinnell helfen.«

»Wirklich?«

»Sicher. Er freut sich über jede Hilfe, stimmt's, Peter?«

»Wie?« Der ältere Mann sah sich um. »O ja, natürlich. Komm hier herunter, Robbie, ich werde dir zeigen ...«

David Fortune lächelte. Er zog sich mit einer einzigen gewandten Bewegung aus dem Graben, wie ein Schwimmer, der aus einem Schwimmbecken steigt, und wischte sich die Hände an seinen abgewetzten Cordhosen ab, während er zu mir herüberkam. »Peter spielt gern den Lehrer«, vertraute er mir an. »Er hat mich schon zu Ausgrabungen mitgeschleppt, als ich gerade mal halb so alt war wie Robbie heute.«

Ich konnte mir überhaupt nicht vorstellen, daß er einmal halb so alt gewesen war wie Robbie. Ich sah zu dem kleinen, zerzausten Schopf zurück, der sich dicht neben Quinnells über irgend etwas im Graben beugte, und dachte: unmöglich. Ein so großer, kräftiger Mann wie David Fortune konnte niemals so klein wie Robbie gewesen sein. Er mußte einfach schon in seiner vollen Größe zur Welt gekommen sein.

Er überragte mich um mindestens zwei Köpfe, stellte ich mal wieder fest, als wir nebeneinander hergingen und unser Schweigen nur von dem dumpfen Geräusch unserer Schuhe auf dem dichten grünen Gras begleitet wurde, das den unebenen Boden bedeckte. Kip folgte uns schwanzwedelnd in der Hoffnung auf ein Abenteuer, aber als wir wenige Meter hinter dem Graben schon wieder anhielten, verlor er das Interesse und trottete in eine andere Richtung davon.

Das Gittersieb lag noch so auf dem Haufen durchgesiebter Erde, wie ich es verlassen hatte, und David beugte sich darüber, um das kleine Stück zerbrochener Töpferware auf seinem Erdbett zu untersuchen.

»Es war in dem letzten Eimer mit Erdreich, den Adrian uns zum Sieben gebracht hat«, sagte ich.

»Wie unaufmerksam von uns, so etwas beim Graben zu übersehen.«

Ich betrachtete einen Moment lang nachdenklich seinen Hinterkopf. »Sie waren überhaupt nicht überrascht, oder?«

»Daß wir etwas gefunden haben, meinen Sie?« Er drehte sich um und sah mir fest und offen in die Augen. »Nein.«

»Aber es ist ... ich meine, es scheint so unglaublich, wenn man bedenkt, daß Adrian und Fabia sich die ganze Mühe gemacht haben, das Untersuchungsergebnis zu fälschen, und dann ist dieser verfluchte Graben genau da ... genau da, wo ...« Ich verstummte hilflos und fuhr mir mit der Hand über die Stirn, um eine kleine Grübelfalte wegzuwischen. »Unglaublich.«

»Gar nicht so unglaublich.« Er sprach mit dem sanften Nachdruck eines Lehrers, der seine Schüler an eine vergessene Lektion erinnert. »Robbie sagte ja, daß da etwas ist.«

»Ja, aber ...«

»Wenn Sie Robbie etwas länger kennen, werden Sie es verstehen. Ich bin weder ein gläubiger noch ein leichtgläubiger Mensch, aber wenn Robbie eine Sintflut ankündigen würde, würde ich mir eine Arche bauen.« Er drehte die Scherbe vorsichtig zwischen seinen Fingern. »Ist das alles, was Sie gefunden haben?«

»Das und ein paar Knochenfragmente – hauptsächlich von Vögeln und Mäusen, glaube ich.«

»Gut, ich hole nur schnell mein Notizbuch, damit wir das hier ordentlich dokumentieren können. Bin gleich wieder da.«

Ich blieb allein bei dem halbleeren Sieb zurück, verschränkte die Arme über der Brust und starrte auf die Topfscherbe hinab, ohne sie wirklich zu sehen. Eigentlich hätte ich mich freuen müssen, dachte ich. Schließlich sah es inzwischen tatsächlich so aus, als gäbe es ein Marschlager auf Rosehill, und das war keine geringe Entdeckung, ob es sich dabei nun um ein Lager der Neunten Legion handelte oder nicht. Warum also, fragte ich mich, beschlich mich auf einmal dieses ungute Gefühl?

Ich mußte eine ganze Weile völlig in Gedanken vertieft dagestanden haben, so daß ich das Geräusch von Schritten im Gras hinter mir nur mit halbem Ohr wahrnahm und mich nicht umdrehte. Erst als ich einen Atemzug dicht an meiner Seite spürte, registrierte ich, daß jemand gekommen war. Meine dummen Vorahnungen abschüttelnd, zwang ich mich zu einem Lächeln und wandte mich mit einem Hallo auf den Lippen um.

Doch meine Begrüßung ging ins Leere.

Mein Herz machte einen Sprung, setzte aus und begann wieder zu schlagen. Durch das laute Rauschen des Blutes in meinen Ohren hindurch hörte ich den Warnschrei einer Silbermöwe hoch über den Baumkronen, und dann gingen die leise schlurfenden Schritte an mir vorbei und verklangen im sachte wehenden Gras.

IX

»Du machst ein Gesicht, als hättest du einen Geist gesehen«, sagte Adrian, der mich über den Rand seines Zeichenbretts hinweg betrachtete. »Alles in Ordnung?«

»Alles bestens.«

»Du mußt nämlich nicht mehr hier herumstehen, wenn du müde bist. Robbie und Wally sind zum Tee nach Hause gegangen, und sobald ich mit dieser Kartenskizze hier fertig bin, werde ich auch eine Pause machen.«

»Mir geht's gut«, wiederholte ich dickköpfig.

Meine Hände hatten inzwischen aufgehört zu zittern, aber ich hielt sie trotzdem tief in den Taschen der Windjacke vergraben, die David für mich geholt hatte. Er hatte darauf bestanden, als er zurückgekommen war und mich zitternd – vor Kälte, wie er annahm – vorgefunden hatte. Der Nachmittag war zwar nicht besonders kalt, aber sobald die Sonne hinter den schnell dahinziehenden Wolken verschwand, war ich doch dankbar für die Jacke. Der leichte Wind hatte merklich aufgefrischt.

Den Wind machte ich auch verantwortlich für das, was ich gehört oder zu hören geglaubt hatte, denn Wind konnte manchmal wie menschliche Laute und Geräusche klingen. Er hatte mich als Kind oft genug erschreckt, weil er das Haustor in den Angeln knarren ließ oder mit den Zweigen des Walnußbaums über das Dach fegte, bis ich felsenfest davon überzeugt war, daß eine Diebesbande die alte Hintertreppe zu meinem Zimmer hinaufgeschlichen kam. Ich hatte mir die Decke über die Ohren gezogen und stocksteif im Dunkeln dagelegen, sogar zu verängstigt, um nach meiner Mutter zu rufen.

Meine Mutter wäre mir auch in diesem Moment sehr willkommen gewesen. Sie war eine große, kräftige, pragmatische Frau mit einer Stimme, die keinen Widerspruch duldete. »Es gibt keine Geister«, hätte sie zweifellos zu mir gesagt, und ich hätte ihr selbstverständlich geglaubt.

Aber jetzt gerade, umgeben von Fremden in einer wilden Landschaft und mit den Überresten einer längst untergegangenen Zivilisation zu meinen Füßen, schien die Existenz von Geistern nicht mehr völlig ausgeschlossen.

Unter mir im Graben hockte David sich auf die Fersen und stieß seinen Spaten in das feuchte Erdreich, um sich einen Moment auszuruhen. »Ist Ihnen jetzt wärmer?« fragte er mich.

Er hat schöne Augen, dachte ich verträumt. Es war eigentlich unfair, daß die Natur Männer mit so langen Wimpern ausstattete. Seine waren schwarz wie seine Haare und ließen seine Augen im Kontrast noch blauer wirken.

»Viel wärmer, danke.«

Adrian warf mir von neuem einen kritischen Blick zu. »Du hast doch keine Kopfschmerzen, oder?«

Ich seufzte. »Nein, es geht mir gut. Wirklich.«

»Aber du hast diese kleine Falte, genau hier.« Er zeigte mit dem Zeigefinger zwischen seine Augenbrauen. »Und das bedeutet gewöhnlich, daß du Kopfschmerzen hast.«

Quinnell hob am anderen Ende des Grabens fragend den Kopf. »Wer hat Kopfschmerzen?«

»Verity«, antwortete Adrian.

David mochte nicht zurückstehen und erklärte Quinnell, daß mir nur ein wenig kalt geworden sei, und ich wollte ihnen allen gerade noch einmal mit Nachdruck versichern, daß es mir *gutgehe*, als die Sonne plötzlich hinter einer dunklen Wolkenwand verschwand.

Quinnell legte den Kopf nach hinten und schnupperte die Luft.

»Regen«, verkündete er betrübt.

»Stimmt.« David stand auf. »Ich bin hier sowieso fertig für heute. Es ist jetzt alles auf einer Ebene.« Er sah mich an. »Das sind die letzten«, sagte er und deutete auf die drei vollen Eimer auf der Seite des Grabens. »Ich trage sie noch hinauf zu den Principia, damit sie nicht naß werden. Sie sollen ja keinen Matsch sieben.«

Ich lächelte über seine selbstverständliche Verwendung des lateinischen Ausdrucks. »Die Principia? Was meinen Sie? Die Stallungen?«

»Ja.« Er lächelte zurück. »Das Nervenzentrum. Quinnell hat es so genannt, und der Name ist hängengeblieben.«

Sehr passend, dachte ich. Jedes römische Fort hatte seine *principia* – die Gebäude des Hauptquartiers in der Mitte der Anlage, wo sich die Legionäre versammelten, um die Tagesorder zu empfangen.

Unser »Kommandant«, Peter Quinnell, kletterte jetzt widerstrebend aus dem Graben und sah zu, wie David die schweren Eimer aufnahm. »Bringst du die hinauf? Guter Junge. Zeit für einen Drink, würde ich sagen. Wir können hier sowieso nicht mehr viel tun, bis der Regen vorüber ist. Wir sehen dich dann oben im Haus.« Er legte väterlich eine Hand auf meine Schulter, um mit mir zusammen den Hügel hinaufzugehen. »Und ich bin sicher, Jeannie wird ein paar Aspirin für Sie auftreiben können. Irgendwo muß noch ein Päckchen herumliegen.«

Es schien zwecklos zu protestieren, aber nach all dem Gerede über meinen Gesundheitszustand war es eine Erholung, in der ruhigen Küche auf Rosehill zu sitzen und mir von Jeannie Aspirin und eine schöne Tasse heißen Tee mit Zucker geben zu lassen. »Ist es schlimm?«

Ich schlürfte meinen Tee und war mir nicht sicher, wovon sie sprach. »Ist was schlimm?«

»Deine Kopfschmerzen.«

»Ach so.« Ich mußte grinsen. »Ich habe gar keine Kopfschmerzen.«

»Aber das Aspirin ...«

»Adrians Schuld. Er hat eine Falte auf meiner Stirn gesehen und behauptet, daß sie ein untrügliches Zeichen für Kopfschmerzen sei. Mister Quinnell empfahl Aspirin.«

»Peter«, verbesserte sie mich. »Er möchte, daß alle ihn Peter nennen. Der einzige, der ihn hier Mister Quinnell nennt, ist mein Robbie.«

»Jedenfalls ist es reine Energieverschwendung, mit Adrian zu diskutieren. Das habe ich schon vor Jahren gelernt. Lieber nehme ich die Tabletten und habe meine Ruhe.«

Sie lächelte und setzte sich auf einen Stuhl mir gegenüber. Es war das erste Mal, dachte ich, daß ich sie stillsitzen und nichts tun sah. »Stimmt ja«, sagte sie. »Du warst mal mit Adrian zusammen, nicht wahr?«

Ich nickte. »Ist lange her.«

»War es was Ernstes?«

»Mit Adrian? Aber nein. Er ist nicht der Typ für was Ernstes. Außerdem«, fügte ich hinzu, »habe ich die falsche Haarfarbe. Er bevorzugt Blondinen. Ich fürchte, daß er ein begehrliches Auge auf Fabia geworfen hat, die arme.«

Jeannie zuckte die Achseln und griff nach der Teekanne, um sich auch eine Tasse einzuschenken. »Kein Wunder, sie ist ein sehr hübsches Mädchen. Und nicht annähernd so hilflos, wie sie tut. Möchtest du etwas Gebäck? Aber leise, nicht mit der Dose klappern, sonst sind die Männer hier drin, ehe wir uns versehen.«

Ich murmelte ein Dankeschön, den Mund voller Krümel. »Dein Vater«, bemerkte ich, »schien überrascht, daß ich nicht blond bin.«

»Ja.« Ihre Augen funkelten belustigt. »Er hatte arge Zweifel, weißt du, als Peter sagte, er würde eine alte Freundin von Adrian einstellen. War voller Vorurteile und Warnungen, mein Dad. Wie findest du ihn?«

»Ich habe heute nicht viel von ihm gesehen«, gab ich zu.

»Er grub mit Quin – mit Peter und David, während ich mit Fabia die Erde durchsiebte, aber was ich von ihm mitbekommen habe, hat mir gefallen.«

Sie mochte ihren Vater sehr, das sah ich daran, wie sie bei meinen Worten vor Freude strahlte. »Er ist ein großartiger alter Mann«, sagte sie, »aber man muß ihn mit Vorsicht genießen. Er kann ein richtiger Mistkerl sein, wenn er will.«

»Sprecht ihr von mir?« David Fortune füllte kurz den ganzen Türrahmen aus, bevor er in die Küche trat. Er hatte sich ein wenig gesäubert und sich die Hände gewaschen, und sein Gang hatte etwas jungenhaft Angeberisches und Selbstzufriedenes.

Jeannie warf ihm einen mütterlichen Blick zu. »Wenn du ein Stück Schokolade wärst«, sagte sie, »würdest du dich selbst aufessen.« Was offenbar heißen sollte, daß er eingebildet war.

Er lächelte unbekümmert und sah sich in der Küche um. »Apropos Essen, habe ich da nicht gerade eine Dose scheppern hören?«

»Bestimmt nicht.«

»Lügnerin. Verity kaut noch an einem Stück, stimmt's?« Sein scherzhaft vorwurfsvoller Blick wanderte von mir zu der Dose auf dem Tisch und ersparte es mir, mit vollem Mund antworten zu müssen. Ich kaute genüßlich weiter, während er sich bediente. Aber Jeannies schottisches Sprichwort von der Schokolade hatte mich an etwas erinnert, das ich sie schon vor einer Weile hatte fragen wollen. Ich spülte das letzte Stück Gebäck mit einem Schluck Tee herunter und fragte sie ganz unbefangen, was eigentlich *stoater* bedeute.

»*Stoater*?«

»Ja. Jemand hat gesagt, ich sei ein *stoater*, deshalb möchte ich gern wissen, was das heißt.«

»Oh, tatsächlich?« Ihre Mundwinkel verzogen sich zu einem Grinsen, obwohl sie sich eindeutig bemühte, ernst zu bleiben. »Und wer hat das gesagt?«

David, der hinter ihr stand, lächelte und hielt sich eine

Hand unters Kinn, um die Krümel aufzufangen. »Dein Junge, höchstpersönlich.«

»So was Freches«, lautete ihr Urteil über ihren abwesenden Sohn. »Da kommt sein Vater in ihm durch, fürchte ich. *Stoater*«, erklärte sie mir, »nennt man eine sehr gutaussehende Frau.«

»Oh«, sagte ich. Was sollte ich schließlich sonst darauf antworten?

David wandte sich an Jeannie. »Wir müssen ihr ein schottisches Wörterbuch besorgen, damit sie uns verstehen kann. Verkaufen sie noch welche im Museum?«

»Ja, ich glaub schon.«

Neugierig sah ich vom einen zum andern. »Es gibt ein Museum hier in Eyemouth? Davon wußte ich ja gar nichts.«

»Ein ziemlich gutes Museum sogar«, bestätigte David. »Natürlich kein großes, es muß sich die Räume mit der Touristeninformation teilen, aber die Ausstellungsstücke sind hübsch präsentiert und vermitteln einen guten Eindruck davon, wie so ein Fischerdorf früher war.«

Jeannie nickte. »Ich kann dich durchführen, wenn du möchtest. Ich arbeite donnerstags dort, an der Kasse.« Sie warf David einen neckenden Blick zu. »Aber am besten machen wir die Führung an einem Tag, an dem deine Mutter nicht da ist, sonst kommen wir nicht mehr los.«

»Stimmt.« Sein Grinsen ließ ein kleines Grübchen in einer seiner glattrasierten Wangen entstehen, und als er sich über den Tisch beugte, um nach einem weiteren Stückchen Gebäck zu angeln, fiel mir auf, daß er in Jeannies Gegenwart viel entspannter war, als wenn wir beide allein waren. Er hatte diese leicht steife und reservierte Art, an die ich mich schon beinahe gewöhnt hatte, völlig abgelegt, und seine Augen blitzten vergnügt. »Meine Mutter«, informierte er mich, »kann eine ziemliche Quasselstrippe sein.«

»Sie redet halt gern«, ergänzte Jeannie.

Ich lächelte. »Tun das nicht alle Mütter?« Meine bestimmt. Mein Vater hatte sich aus Selbstschutz angewöhnt, seinen eigenen Gedanken und Tagträumen nachzuhängen, während meine Mutter redete, und nur gelegentlich »ja, ja natürlich« oder »ganz recht, meine Liebe« zu murmeln, um ihre Monologe nicht zu unterbrechen. Als ich ihn einmal fragte, ob ihn ihr Redefluß nicht störe, sagte er nein, er möge den Klang ihrer Stimme. Er verliere nur manchmal das Interesse an dem, was sie gerade erzählte.

»Meine Mam war sehr ruhig«, warf Jeannie ein. »Still wie eine Maus. Kein Wunder, bei meinem Vater ist es wirklich schwierig, auch mal zu Wort zu kommen.«

»Laß uns tauschen«, bot David an.

»Och, das meinst du doch nicht ernst. Deine Mam ist eine prima Frau.« Dann fragte sie neugierig: »Macht sie immer noch Schwierigkeiten wegen einer Haushaltshilfe?«

»Schwierigkeiten«, sagte er, »ist eine glatte Untertreibung.«

»Sie wird schon noch nachgeben«, behauptete Jeannie optimistisch. »Und wenn du Schwierigkeiten möchtest, Davy, kannst du jederzeit meinen Dad haben. Ist schon komisch im Leben, nicht wahr? Wenn man sich nicht um seine Kinder kümmern muß, muß man sich um seine Eltern kümmern.«

»Also, meine Mam reicht mir vollauf, vielen Dank.« Grinsend strich er sich die Krümel vom Hemd und richtete seinen Blick auf mich. »Was machen die Kopfschmerzen?«

»Alles bestens.« Mir schoß die Idee durch den Kopf, daß ich mir diese Antwort demnächst auf ein T-Shirt drucken lassen könnte.

»Da wird Peter froh sein«, sagte er. »Er hat mich extra geschickt, damit ich nachsehe, wie es Ihnen geht. Dachte, er hätte Sie vielleicht überanstrengt an Ihrem ersten Tag.«

Ich versicherte ihm, daß ich nicht so leicht zu überanstrengen war. »Ich komme aus einer robusten Sippe.«

»Oh, wirklich?« Die blauen Augen blickten nicht sehr überzeugt. »Ich dachte, Sie kommen aus London.«

»Sehr komisch.«

Jeannie lächelte. »Aus welchem Teil von London?«

»Aus dem Westen. Chiswick. Aber ich lebe jetzt in Covent Garden, wo ich meine eigene Wohnung habe. Die erste Grey seit zwei Generationen, die aus Chiswick fortgezogen ist«, erzählte ich stolz. »Meine Eltern fanden es furchtbar mutig von mir, so weit wegzugehen. Als ob es das tiefste Afrika wäre.«

David hob die Augenbrauen. »Und was sagen sie dazu, daß Sie nach Schottland gegangen sind?«

»Ach, nach Covent Garden schockiert sie nichts mehr. Und sie konnten sich ja schon an meine Herumreiserei gewöhnen, als ich für das Britische Museum gearbeitet habe.«

»Ja, ich weiß, wie das ist.« Jeannie nickte mit todernster Miene. »Das Museum von Eyemouth schickt mich auch dauernd an die exotischsten Orte.«

Ich grinste. »Ist dein Museum in einem alten oder in einem neuen Gebäude untergebracht?«

»Es ist in der Auld Kirk, der alten Kirche«, antwortete sie. »Unten am Hafen. Aber das Museum selbst ist ganz neu – es wurde zum hundertsten Jahrestag des großen Unglücks eröffnet.«

»Welches Unglück?« fragte ich und sah, wie die beiden beredte Blicke wechselten.

»Vielleicht«, riet David Jeannie, »ist es doch besser, sie mitzunehmen, wenn meine Mutter da ist. Sie erzählt die Geschichte besser als jeder andere.«

Jeannie stimmte ihm zu. »Du wirst noch ein wenig warten müssen, bis Granny Nan dir von dem Unglück erzählt. Ich will jetzt nichts vorwegnehmen, um den Effekt der Geschichte nicht zu verderben.«

»Ich hasse es zu warten«, beschwerte ich mich.

David lächelte. »Genau wie Peter. Und wenn Sie nicht wollen, daß Ihre Kopfschmerzen wiederkommen, sollten Sie das Wohnzimmer meiden. Der Regen macht seine Laune nicht gerade besser.«

Jeannie bedachte ihn mit einem wissenden Blick. »Versteckst du dich deswegen hier drin?«

»Ich verstecke mich nicht. Ich mache Botengänge. Zuerst sollte ich nachsehen, wie es Verity geht, und dann hinuntergehen und feststellen, wie weit Fabia mit ihren Fotos ist.«

Ich horchte interessiert auf. »Ist Fabia denn eine gute Fotografin?«

»Ziemlich gut.« Er nickte überzeugt. »Ich hatte so meine Zweifel, als Peter ihr den Job gab, aber er wußte, was er tat. Er weiß es meistens.«

»Sie kommt mir nur so jung vor.«

»Stimmt, sie wird diesen Sommer zwanzig. Aber sie ist praktisch in einer Dunkelkammer aufgewachsen, das Mädchen. Ihr Vater war Fotograf«, erklärte er. »Er hätte sich sogar einen Namen machen können, wenn er sich etwas mehr Mühe gegeben hätte.«

»Ich habe gehört«, sagte Jeannie, »daß er ein ziemlicher … na ja, ein ziemlicher …«

»Idiot war«, ergänzte David und schaukelte lässig auf seinem Stuhl vor und zurück. »Ja, das war er. Er und Fabias Mutter bildeten ein perfektes Paar. Ständig Partys und teure Autos und Wochenenden in Paris. Peter mußte ihnen schließlich den Geldhahn zudrehen – sie gaben alles mit vollen Händen aus.«

Jeannie runzelte die Stirn. »Sie war Model, Fabias Mutter, nicht wahr?«

»Ja.«

»Und wo ist sie jetzt?«

»In Amerika, glaube ich.« Er zuckte die Achseln. »Als die Geldquelle versiegte, verlor sie jegliches Interesse an Philip. Fabia war noch ein ganz kleines Ding, als sie die beiden verließ. Ich glaube, das Mädchen erinnert sich nicht einmal mehr daran.«

Ich fühlte Mitleid für das Mädchen. »Trotzdem«, sagte ich, »muß es schwer für sie gewesen sein.«

»Sicher«, stimmte David zu. »Es ist eigentlich ein Wunder, daß sie so vernünftig geworden ist, obwohl Philip sie aufgezogen hat. Er war nicht ganz bei sich, wenn Sie wissen, was ich meine.«

Ich gab meiner Neugier nach und fragte, wie Peter Quinnells Sohn gestorben war.

»Schlaftabletten, mit ein paar Gläsern Brandy hinuntergespült«, lautete Davids schonungslose Antwort.

»Oh.«

»Es überraschte im Grunde niemanden – wir alle hatten so etwas schon seit längerem kommen sehen. Das einzig Gute daran war, daß Peter jetzt seine Enkelin wiederhat.«

Ich runzelte die Stirn. »Ich verstehe nicht ... was meinen Sie, er hat sie wieder?«

»Nun, Philip hat sie ihm jahrelang vorenthalten, wollte nicht, daß Peter Kontakt zu ihr hatte. Hat noch nicht mal ein Foto oder eine Weihnachtskarte geschickt. Wie gesagt, er war ein Idiot. Peter bedeutete die Familie alles, und Fabia nicht sehen zu dürfen brach ihm das Herz.«

Jeannie verzog das Gesicht. »Er hätte sich lieber glücklich schätzen sollen.«

»Na, nun sei nicht ungerecht«, David grinste. »Sie mag manchmal etwas schwierig sein, aber vom Fotografieren versteht sie wirklich eine Menge.«

»Apropos«, sagte Jeannie wieder in ihrem mütterlichen Ton, »wolltest du nicht nach unten gehen und nachsehen, wie weit sie ist, Davy?«

»Ja, das wollte ich. Noch ein Stückchen«, versprach er und langte in die fast leere Dose, »und schon bin ich weg.«

Pfeifend schlenderte er aus der Küche, und Jeannie stand auf, um zu retten, was von ihrem Gebäck noch übrig war, und den Rest sicher hinter einem Stapel Teller im Schrank zu verstauen. Ich leerte meine Teetasse und lehnte mich faul auf meinem Stuhl zurück.

»Er schien richtig gute Laune zu haben«, bemerkte ich. »Sehr gesprächig.«

»Wer, Davy? Er ist immer so.«

»Bei mir nicht.« Ich sprach die Worte mehr zu mir selbst

und drehte mich um, um aus dem Fenster zu sehen. Der Wind war noch stärker geworden, er peitschte Regengüsse gegen die Scheibe und heulte mit beinahe menschlicher Stimme über das verlassene Feld. Draußen, in einer Ecke des Fensterbretts, von dem die weiße Farbe abblätterte, hatte sich eine große graue Spinne unter ihr Netz verkrochen und wartete mit eingezogenen langen Beinen verdrießlich darauf, daß es zu regnen aufhörte. Sie erinnerte mich an Quinnell, diese Spinne – ungeduldig und begierig, ihren Geschäften nachgehen zu können, aber durch etwas daran gehindert, das weder Spinnen noch Archäologen beeinflussen konnten: das Wetter.

Der Wind hatte meine Haare kräftig zerzaust, wie ich erst jetzt bemerkte. Einzelne Strähnen, die sich aus dem Zopf gelöst hatten, fielen mir ins Gesicht, und als ich vergeblich versuchte, sie wieder einzuflechten, stießen meine Finger auf ein kleines Stück eines Zweiges, das sich hinter meinem Ohr verfangen hatte. Ich zog es mit einem selbstironischen Lächeln heraus. »Im Moment fühle ich mich jedenfalls nicht wie ein *stoater*«, gestand ich, »egal, wie dein Sohn darüber denkt.«

»Du siehst prima aus«, sagte Jeannie im Brustton der Überzeugung. »Und außerdem glaube ich, daß Robbie mit seiner Meinung nicht allein dasteht.«

»Wieso?«

»Das ist doch Davys Jacke, die du da trägst, oder?«

Ehrlich gesagt hatte ich die Windjacke völlig vergessen, doch jetzt sah ich an mir hinunter auf das dunkelgrüne Stoffzelt, in dem ich fast ganz verschwand. Es roch nach ihm, nach einem sauberen, schwachen Duft, der ganz anders war als die modischen Männerdüfte, die mir sonst überall in die Nase stiegen. Ich hatte die Jacke fest und beinahe liebkosend um mich gezogen, wie ein Schulmädchen, das stolz das Fußballhemd ihres Freundes trägt.

Mir war das vorher nicht aufgefallen, aber jetzt fragte ich mich, ob David Fortune es auch bemerkt hatte. Ich zog die

Stirn in Falten und räusperte mich. »Er hat sie mir nur geliehen, weil mir kalt war.«

Jeannie sagte nichts darauf, aber ich sah das schelmische Lachen in ihren Augen, als sie sich über den Tisch beugte, um die Teekanne und unsere Tassen abzuräumen. Seufzend insistierte ich nicht weiter und schlüpfte lässig aus der viel zu großen Jacke, als ob es mir nicht das geringste bedeutete, daß ich sie trug.

Aber ohne sie war mir doch kalt.

X

Der Regen fiel stetig die ganze Nacht hindurch, und als der Morgen kam, zeigte sich keine Sonne, sondern nur ein trüber, grauer Himmel, von dem mit monotonem Rhythmus unaufhörlich dicke Tropfen auf das Dach trommelten. Die einzige Variation dieses Geräusches bildeten die Regengüsse, die der Wind gegen mein Schlafzimmerfenster peitschte – sie schlugen gegen die Scheibe, rannen in kleinen Bächen daran hinab und fielen mit einem tiefer klingenden Plitsch-Platsch, das sich wie die Baßstimme zu einer schwunglosen Melodie anhörte, zu Boden.

Es war mir noch nie gelungen, an einem solch düsteren Morgen einfach mutig aus dem Bett zu springen. Ein kurzer Blick aus noch schlafverhangenen Augen, ein innerliches Proteststöhnen, und ich zog mir wieder die Decke über die Ohren, kuschelte mich entschlossen in die Kissen und versuchte, noch einmal ins Reich des Schlafs hinüberzugleiten. Natürlich ohne Erfolg. Wenn ich einmal wach war, konnte ich nie wieder richtig einschlafen, aber trotzdem hatte es etwas wunderbar Luxuriöses, sich am Sonntag morgen eine zusätzliche Viertelstunde im Bett zu gönnen. Außerdem, rechtfertigte ich mich, gab es bei diesem stürmischen Wetter, unter dem das ganze Haus erschauerte, wirklich wenig Anreiz zum Aufstehen.

Die Luft im Zimmer war kalt, wie ich an meiner Nasenspitze merkte, aber das Bett war warm, besonders da sich beide Katzen irgendwann in der Nacht zu mir gesellt hatten. Murphy, der schwarze Kater, lag über meine Füße gebreitet, während die kleine Charlie sich unterhalb meines Ellbogens zusammengerollt hatte und in flachen, gleichmäßigen Zügen atmete, so daß ihre Schnurrhaare zitterten. Es wäre eine Schande, sie zu stören, dachte ich, also tat ich es nicht. Stattdessen schloß ich die Augen und ließ träge die seltsamen Ereignisse des vergangenen Tages noch einmal Revue passieren.

Wir hatten eine Topfscherbe gefunden, erinnerte ich mich. Und einen Befestigungsgraben. Jedenfalls etwas, das nach einem Befestigungsgraben aussah, korrigierte mich mein wissenschaftlicher Verstand automatisch. Es bereitete ihm schon große Schwierigkeiten zu akzeptieren, daß wir überhaupt etwas gefunden hatten, geschweige denn Graben und Wall eines römischen Marschlagers. Nicht, daß der Wall – wenn es denn ein Wall war – notwendigerweise römischer Herkunft sein mußte. Kindischerweise wünschte ich mir fast, er wäre es nicht. Dann bräuchte ich mir keine Gedanken mehr über hellsichtige Kinder und römische Wächter und Unsichtbare, die mir in den Nacken pusteten, zu machen.

Aber so wie die Dinge lagen, würde ich nichts von all dem einfach vergessen können. Ich fühlte mich wie diese armen Opfer, die von einem Zauberer aus dem Publikum herausgepickt werden, damit sie ihm auf der Bühne assistieren und bei jedem gelungenen Trick mit offenem Mund dastehen und staunend fragen: »Wie haben Sie das bloß gemacht?«

Der Trick, wenn man dahinterkam, war meistens ganz simpel, was die Illusion jedoch nicht weniger beeindruckend machte. Und es konnte kein geringer Trick sein, der mich – wenn auch nur vorübergehend – dazu brachte, an Geister zu glauben.

Selbst jetzt noch, am Morgen danach, fühlte ich einen irrationalen Anflug von Panik, als eine Bodendiele im Flur vor meinem Zimmer knarrte. Einen Herzschlag lang lag ich ganz still da, kniff die Augen fest zusammen, drehte mich weg ... und dann hörte ich ein unterdrücktes Gähnen und wußte, daß es nur Fabia war, die auf dem Weg nach unten an meiner Tür vorbeiging. Erleichtert sank ich wieder in die Kissen zurück, atmete tief durch und griff mit routinierter Geste nach dem Wecker, um ihn auszuschalten, bevor er klingelte.

Murphy, der durch diese Bewegung aufgewacht war, hob den Kopf und funkelte mich an, ehe er vom Fußende des Bettes herunter und auf das Fensterbrett sprang. »Fang ja nicht wieder an«, warnte ich ihn, als er mit dem Schwanz zu zucken begann. »Wenn du in dem Schlamassel da draußen irgend etwas erkennen kannst, dann behalte es bitte schön für dich.« Als ob er mich verstanden hätte, ließ der Kater sich ruhig vor dem Fenster nieder und starrte wie versteinert in den strömenden Regen hinaus.

An diesem Tag würde es keine Ausgrabungsarbeiten geben, nicht nur wegen des Wetters, sondern weil Quinnell die Sonntagsruhe heilig war. »Wenn Gott wollte, daß wir sonntags arbeiten«, hatte er mir am Abend zuvor erklärt und dabei zum erstenmal wie ein echter Ire geklungen, »würde er es nicht zulassen, daß die Pubs geöffnet haben.«

Als ich mich schließlich unter den Decken hervorgekämpft und auf der Suche nach Kaffee nach unten begeben hatte, überraschte es mich daher ziemlich zu erfahren, daß Quinnell sein eigenes Gebot ignorierte.

»Er ist hinauf zu den Principia gegangen«, sagte Fabia gleichgültig. Der Sunday Telegraph war in verstreuten Teilen vor ihr auf dem Küchentisch ausgebreitet, und sie hatte sich einen zweiten Stuhl herangezogen, um die Füße mit gekreuzten Knöcheln darauf ablegen und ganz bequem lesen zu können. Sie nahm die Feuilletonseiten zur Hand, faltete sie zurecht und sah mich über den Rand hinweg an. »Er hat bestimmt Kaffee oben gemacht, wenn du welchen möchtest. Ich trinke das Zeug nicht.«

Der Teekessel stand abgekühlt auf dem Herd, und in der

Küche war es kalt. Ich entschied, daß Quinnells Gesellschaft aufmunternder sein würde als die seiner Enkelin, borgte mir einen grellgelben Regenmantel, der an einem Haken in der Vorhalle hing, und stürzte aus dem Haus und den Hügel hinauf.

Ich fand Quinnell an Davids Schreibtisch, wo er ziellos mit einem Finger auf die Computertastatur einhackte. Er hob den Kopf, als ich hereinkam, und lächelte bei meinem Anblick.

»Meine Liebe, einen größeren Regenmantel haben Sie wohl nicht finden können, oder?«

»Er hing griffbereit in der Halle«, erwiderte ich und schob die Kapuze zurück. »Meine Schwester hat schlauerweise vergessen, meinen eigenen einzupacken, wissen Sie …«

»Schlauerweise?«

»Es ist ein Barbourmantel«, erklärte ich, »fast neu.«

»Aha.« Er betrachtete mich eingehend von oben bis unten. »Nun, ich bin sicher, wir werden noch etwas finden, das Ihnen besser paßt. Ich kann Sie kaum anschauen in diesem Monstrum. Sie sehen aus wie eine riesige Gummiente.«

Wenigstens war ich trocken geblieben, tröstete ich mich, während ich den tropfenden Mantel ausschüttelte und Peter sich wieder dem Computer zuwandte. »Ich dachte, Sonntag sollte Ruhetag sein«, erinnerte ich ihn.

»Wie? O ja … eigentlich schon.« Er drückte ein paar Tasten und runzelte die Stirn. »Es ist nur so, daß dieses Programm uns immer noch Schwierigkeiten bereitet. Es schluckt meine Berichte, wissen Sie, und spuckt dafür alle möglichen unverständlichen Zeichen und Symbole aus.«

»Klingt nach einem Virus«, vermutete ich und trat näher heran, um auf den Bildschirm zu sehen.

»Ja, das haben wir auch zuerst gedacht. Aber wir haben alles durchgehen und untersuchen lassen, und der Mann vom Kundendienst konnte den Fehler nicht finden.«

»Sehr merkwürdig.«

»Kein Grund zur Sorge, wir werden es schon hinkriegen.«

Er schaltete das Gerät aus, stand auf und lächelte mich freundlich an. »Wenn gar nichts mehr hilft, kann ich die Rechner immer noch mit meinem Kricketschläger bearbeiten. Möchten Sie eine Tasse Kaffee?«

»Das wäre wunderbar, danke.«

Er ging hinüber in den Gemeinschaftsraum und kam mit zwei bunten Bechern voll dampfender Flüssigkeit zurück – schwarz für ihn und mit Milch für mich. Er hatte mich erst einmal, am vergangenen Wochenende, Kaffee trinken sehen, und ich war erstaunt, daß er noch wußte, wie ich ihn nahm. Aber Peter Quinnell war, wie ich bereits festgestellt hatte, ein Mann, der es sich zur Gewohnheit gemacht hatte, auch auf Kleinigkeiten zu achten.

»Sie sehen aus, als könnten Sie ihn gebrauchen«, sagte er, als er mir meinen Becher reichte. »Hat Sie der Regen letzte Nacht wach gehalten?«

Ich versicherte ihm, daß ich sehr gut geschlafen hatte. »Ich bin nur einmal aufgewacht, und das lag an den Pferden ihres Nachbarn. Man sollte ihn dafür erschießen, daß er die Tiere bei diesem Wetter draußen läßt.«

Quinnells Brauen zogen sich zu einem Ausdruck leichter Verwirrung zusammen. »Pferde?«

»Ja, die auf dem Feld hier hinten. Sind es Rennpferde oder so was Ähnliches?«

»Es gibt hier keine Pferde, meine Liebe. Vielleicht ein paar Kühe, aber …«

»Ich habe sie jetzt aber schon zum zweitenmal gehört«, sagte ich fest. »Sie galoppieren.«

»Ah.« Er nickte und lächelte in sich hinein, wie ein Vater, der sich über ein eigensinniges Kind amüsiert. »Vielleicht haben Sie die Schattenpferde gehört.«

»Die was?«

»Das stammt von Yeats«, erklärte er freundlich und zitierte den großen irischen Dichter: »›I hear the Shadowy Horses …‹ Ich höre die Schattenpferde … Púcas meinte er wahrscheinlich – böse Geister, die die Gestalt von Pferden annehmen. Obwohl jetzt eigentlich nicht die richtige Zeit für Púcas ist, ihr Monat ist der November.« Er legte nachdenklich den Kopf schräg. »Yeats könnte natürlich auch über Manannans Pferde geschrieben haben. In Irland ist unser Meeresgott, Manannan Mac Lir, gleichzeitig der Gott des Jenseits und fährt in einem Wagen hinter seinen Zauberpferden über die Wellen. Sie tragen die Menschen davon, diese Pferde, tragen sie in das Land, das die Lebenden nicht betreten können. Als ich klein war«, sagte er und sein Blick wurde weich, »hat mein Vater mir die heranrollenden Wellen mit ihren Schaumkronen gezeigt und gesagt: ›Sieh da, mein Junge, siehst du die Pferde von Manannan mit ihren weißen Mähnen ... er wird gleich dahinter in seinem Wagen kommen.‹« Kein Wunder, daß alle Iren Poeten waren, dachte ich, wenn ihre Götter ihnen so nahe waren wie die Wellen des Meeres. »Und haben Sie ihn je gesehen?« fragte ich.

»Manannan? O nein.« Die großen, schmalen Augen nahmen einen träumerischen Ausdruck an. »Aber ich werde ihn eines Tages sehen, meine Liebe. Wahrscheinlich früher, als mir lieb ist.«

Seine Stimme war sanft und gottergeben, aber ich wollte nicht daran denken, daß er alt war und die Pferde des Meeresgottes bald kommen könnten, um ihn ins Reich der Toten mitzunehmen. Außerdem waren die Pferde, die ich in der Nacht gehört hatte, entweder reale oder geträumte Tiere gewesen, keinesfalls aber Fabelwesen aus der irischen Sagenwelt.

»Ich habe mir die Scherbe, die Sie gestern gefunden haben, noch einmal angesehen«, wechselte er das Thema. »Habe sie ein bißchen gesäubert. Sie sieht jetzt ganz gut aus ... möchten Sie sie sehen?«

Er schloß den Lagerraum für die Fundstücke auf, schaltete das Licht ein und zeigte mir das glänzende dunkelrote Fragment, das frisch geschrubbt zum Trocknen auf einem Stück Zeitungspapier neben dem Waschbecken lag.

»Die Kanten sind, wie Sie sehen, nicht stumpf und abgenutzt«, betonte er, »sondern noch scharf, was vermuten läßt, daß dieses Stück möglicherweise sehr bald nach dem Zerbrechen des Gefäßes verschüttet wurde. Es würde mich nicht wundern, wenn wir noch mehr Scherben in der Nähe fänden – Fragmente vom selben Gefäß.« Er beugte sich über die drei Eimer mit Erde, die David am Vortag zum Schutz vor dem Regen in diesen Raum gebracht hatte, und stocherte versuchsweise in einem davon herum.

»Soll ich Ihnen beim Suchen helfen?« erbot ich mich.

Doch bevor ich noch einen Finger rühren konnte, ertönte eine weibliche Stimme von der offenstehenden Tür her und erklärte energisch, daß ich nichts dergleichen tun würde. »Es ist dein freier Tag«, sagte Jeannie McMorran und richtete ihren mütterlich-strengen Blick auf Quinnell. »Peter, ich muß mich schon sehr über Sie wundern«.

Er verteidigte sich mit bewundernswerter Gelassenheit. »Meine Liebe, sie hat mir ihre Hilfe *angeboten.*«

»Na klar. Aber egal, wobei sie Ihnen helfen wollte, ich fürchte, Sie müssen jetzt allein zurechtkommen. Ich habe etwas Interessanteres für Verity geplant. Sie wissen doch, daß Robbie in einer halben Stunde seinen Klavierunterricht hat …«

Quinnell hob spöttisch eine elegant geschwungene Augenbraue. »Ja«, sagte er, »ich kann mir vorstellen, daß sie davon fasziniert sein wird …«

»… und ich dachte, sie könnte mit uns in die Stadt kommen. Granny Nan hat heute Museumsdienst. Wir könnten Verity den Wandteppich zeigen.«

Quinnell schien einen Moment zu überlegen und änderte seine Haltung dann, wie ein Schiff, das seinen Kurs nach dem Wind richtet. »Ach so, natürlich. Ausgezeichnete Idee«, stimmte er dem Plan zu und lächelte mich aufmunternd an. »Ja, gehen Sie nur. Nein, nein, ich komme hier auch ohne Sie klar. Haben Sie Ihren Regenmantel? Hier.«

Er achtete darauf, daß ich die Kapuze aufsetzte und

alle Druckknöpfe richtig schloß, und schickte mich dann los, wobei es wohl vor allem die Erwähnung von Davids Mutter war, die ihn den Ausflug auf einmal so befürworten ließ.

Jeannie zog ebenfalls ihre Kapuze über den Kopf und rannte durch den Regen davon. Ich folgte ihr die lange Auffahrt nach Rose Cottage hinunter, wo Robbie in der Küche auf uns wartete und einen Schraubenzieher mit einem roten Griff in der Hand hielt.

Jeannie lachte. »Was willst du denn damit?«

»Granny Nan braucht einen.«

»Na schön, gib her und hol deine Noten, sonst kommen wir zu spät.«

Der Gedanke, eventuell zu spät zu seiner Klavierstunde zu kommen, schien Robbie nicht weiter zu beunruhigen. Er ließ sich viel Zeit damit, die Notenblätter aus dem Wohnzimmer zu holen. Jeannie sah mich an und schüttelte den Kopf. »Es ist jeden Sonntag dasselbe.«

»Spielst du auch Klavier?«

»Och, nein. Ich habe kein Talent. Aber meine Mutter hat gespielt, und wir haben ihr Klavier behalten.«

Es war schade, fand ich, daß Robbies Großmutter nicht mehr lebte, um ihn dieses wunderbare Instrument zu lehren. Ich hatte so viel von meinen beiden Großmüttern gelernt. Doch Robbie schien den Mangel nicht als solchen zu empfinden.

Während er auf dem kurzen Weg zu dem Schuppen, in dem Jeannies Auto untergestellt war, neben mir durch die Pfützen hüpfte, stellte er vergnügt fest, daß wir beide die gleichen gelben Regenmäntel trugen. »Guck mal, Mam, meiner sieht genauso aus wie Miss Greys.«

»Ja, das sehe ich. Spritz dich nicht voll.«

»Hast du an den Schraubenzieher gedacht?«

Jeannie bejahte. »Haben sie denn keinen im Museum?«

»Keinen solchen.« Robbie sprang mit beiden Füßen zugleich in eine letzte Pfütze und stapfte dann patschend in den Schuppen.

Die Fahrt nach Eyemouth dauerte nur wenige Minuten. Ich wischte das beschlagene Beifahrerfenster frei und lugte neugierig zu dem Gewirr von schmalen Einbahnstraßen hinaus, die von würfelförmigen, robusten Häusern aus grob behauenen Steinen gesäumt wurden. Anders als die großen, vornehmen Häuser, die an der Hauptstraße standen und große Vorgärten mit Kaskaden von bunten Frühlingsblumen besaßen, drängten sich die Häuser im Stadtkern direkt an die Gehwege und ließen keinen Platz für Begrünung. Dennoch machten sie einen freundlichen Eindruck, sie waren solide und zuverlässig und trugen Namen, die in großen Lettern über die farbig gestrichenen Türen gemalt waren.

Die Namen Ivy Cottage und Lily Cottage waren nichts Besonderes, es gab sie überall, aber manche anderen verwirrten mich, bis ich Jeannie danach fragte.

Sie lächelte. »Das sind Bootsnamen, manche von ihnen jedenfalls. Wir sind vorhin an einem Haus namens Fleetwing vorbeigefahren – das gehörte meinem Großvater, und die *Fleetwing* war sein Fischkutter.«

»Dads Boot heißt auch so«, warf Robbie ein.

»Stimmt«, bestätigte Jeannie trocken. »Brians einziger Versuch, die Familientradition zu ehren. Kam sehr gut an bei meinem Vater.«

Woraus ich schloß, daß Wally Tyler nicht gerade begeistert über die Idee seines Schwiegersohns gewesen war.

»War dein Vater früher auch Fischer?«

»Mein Dad? Nein, es hat ihn nie aufs Meer gezogen. Er haßt Boote, deshalb ging er bei einem Gärtner in die Lehre. Die alte Mistress Finlay selbst hat ihn später eingestellt, damit er sich um die Grundstücke von Rosehill kümmert, und zwar lange bevor sie die alte Mistress Finlay wurde.« Jeannie sah mich an und lächelte. »Er ist mittlerweile dort verwurzelt.«

»Wie der Wächter«, sagte Robbie.

Jeannie nickte. »Genau.« Sie lenkte das Auto um eine letzte steile Kurve, kreuzte eine Straße, die aussah wie die, auf der ich zum erstenmal nach Eyemouth hineingefahren war, und bog dann auf einen großen Parkplatz ein. »So«, sagte sie zu mir, »ich bin gleich wieder da. Ich bringe nur Robbie zu seinem Unterricht, und dann können wir zusammen zu Fuß zum Museum gehen. Es ist nicht weit von hier.«

Nachdem ich ein paar Minuten gewartet hatte, stieß ich die Beifahrertür auf und stieg aus, um mich zu strecken, wobei ich die Kapuze wieder gegen die allgegenwärtige Nässe aufsetzen und festbinden mußte. Der Regen hatte zwar nachgelassen, aber das Meer war nur wenige Schritte entfernt, und der immer noch heftige Wind führte aufgepeitschte Gischt mit sich und schmeckte salzig. Vom Donnern der Wellen angezogen, drehte ich mich um und versuchte, durch das Grau hindurch zu erkennen, ob die Wellenkämme wirklich wie die weißen Mähnen von Manannans Pferden aussahen, wie Peter gesagt hatte, aber ich konnte nur einen kurzen Blick auf sie erhaschen, bevor ich Jeannies flinke Schritte auf dem Pflaster hinter mir hörte.

»Ist dir auch nicht kalt?« fragte sie, als wir uns auf den Weg machten. »Wir können immer noch das Auto nehmen, wenn du möchtest. Ich dachte nur, daß es vielleicht wegen des Bank-Holiday-Wochenendes schwierig werden könnte, einen anderen Parkplatz zu finden.«

Ich hatte den Feiertag am Montag ganz vergessen. Trotz des widrigen Wetters war eine ganze Menge von Menschen in den Straßen unterwegs, fest entschlossen, das verlängerte Wochenende zu nutzen und nicht zu Hause herumzusitzen. Jeannie dagegen beeilte sich vernünftigerweise, schnell wieder ins Trockene zu kommen, und als ich ihr durch die Straße folgte, überkam mich das selbstzufriedene Gefühl einer Fremden, der es gelang, sich allein zu orientieren.

Das war ganz sicher die Straße, durch die ich am ersten Tag gefahren war, als mich der Bus aus Dunbar hergebracht hatte. Was bedeutete, daß der Hafen sich in jener Richtung befand und man zum Ship Hotel, wo Adrian und David wohnten, nur durch diese kleine Straße gehen mußte und …

»Hier entlang.« Jeannie führte mich durch eine gewundene Gasse mit einer Reihe hübscher Geschäfte zu einem kleinen Platz, der auf zwei Seiten von einer Ansammlung völlig unterschiedlicher Gebäude begrenzt wurde. Eines davon, mit dem charakteristischen Zeichen über der hölzernen Tür, war offensichtlich die Freimaurerloge, und das weiß verputzte alte Haus daneben wies sich durch ein Schild als das eines Fischhändlers aus. Schräg gegenüber stand ein hoch aufragendes Wunder moderner Architektur, ein rotes Ziegelsteingebäude mit auffälligen hellgrünen Fensterrahmen und einem Innenhof mit Garten, das etwas schwerer zu identifizieren war. Aber das kleinere Gebäude direkt vor uns war eindeutig das Museum.

»Die Auld Kirk«, sagte Jeannie, und es konnte sich tatsächlich um nichts anderes handeln. Die goldgelb gestrichenen Mauern, die Bogenfenster und der schöne Glockenturm konnten nur zu einer alten Kirche gehören, und auch wenn in ihr keine Gottesdienste mehr abgehalten wurden, schien sie immer noch eine gewisse Ehrerbietung von ihren Besuchern zu verlangen. Unter der anmutig gewölbten Spitze und der Wetterfahne, die den sechseckigen Turm krönten, zeigte die exakt gehende Turmuhr halb zwölf an.

Jeannie warf einen Blick auf die Turmuhr und bemerkte, daß wir uns glücklich schätzen könnten, wenn wir um drei Uhr wieder draußen wären. »Sie redet gern, unsere Granny Nan.«

»Aber was ist mit Robbie?« fragte ich.

»Och, für den ist gesorgt. Mein Vater holt ihn nachher von seiner Klavierstunde ab, und dann drehen sie gewöhnlich eine Runde am Hafen und sagen Dads Freunden guten Tag. Robbie freut sich immer schon darauf. Außerdem«, fügte sie hinzu, »würde er sich mit uns nur langweilen. Er hat die Ausstellungsstücke schon mindestens hundertmal gesehen, und Granny Nan wird dir alles genau zeigen wollen, besonders, weil sie weiß, daß du eine Museumsexpertin bist.«

»Arbeitet sie denn schon lange hier?«

»Ja, seit der Eröffnung. Der Arzt hat ihr nach ihrem Herzinfarkt dringend geraten, die Arbeit aufzugeben, aber sie will nichts davon wissen. Genausogut könnte man versuchen, die Sonne zu überreden, im Osten unterzugehen.«

Als wir die Stufen zum Eingang hinaufstiegen, die Köpfe gegen Wind und Regen gebeugt, warf Jeannie mir einen Seitenblick zu und lächelte ihr verschmitztes Lächeln. »Du solltest aber vielleicht diesen Regenmantel ausziehen, ehe wir hineingehen, weißt du.«

Ich sah an mir hinunter. »Sehe ich wirklich so schlimm darin aus?«

»Nein, aber er gehört Davy«, teilte sie mir mit und klang recht selbstzufrieden dabei, weil sie mich schon zum zweitenmal mit einem Kleidungsstück des großen Schotten erwischt hatte. »Und Granny Nan ist eine Frau, der nichts entgeht.«

XI

Der Wind schlug die Tür hinter uns zu, als wir die Eingangshalle betraten, aber niemand nahm groß Notiz davon. Zwei Pärchen standen dicht nebeneinander bei der L-förmigen Rezeption. Es waren junge, großstädtisch-schick gekleidete Leute, die nicht so ganz in die Umgebung passen wollten. Ich konnte die Frau, die sie beriet, nicht sehen, aber ich hörte sie telefonieren und nach einem freien Zimmer fragen. Was mir merkwürdig vorkam, bis mir einfiel, daß David gesagt hatte, das Museum von Eyemouth beherberge auch die örtliche Touristeninformation. Offenbar gingen die Aufgaben, Besucher durch die Ausstellung zu führen und erschöpften Touristen, die nicht daran gedacht hatten, für das Bank-Holiday-Wochenende im voraus zu reservieren, Übernachtungsmöglichkeiten zu besorgen, Hand in Hand.

Ein großer Teil der Eingangshalle wurde von Aushängen und Stellwänden dominiert, an denen Karten, Landschaftsansichten und Fotos von verschiedenen Bed and Breakfasts aufgehängt waren. Bus- und Bahnfahrpläne drängten sich neben einer verwirrenden Vielzahl von Handzetteln und Aushängen, auf denen alles mögliche angeboten wurde, von Besichtigungen herrschaftlicher Häuser und Gärten bis hin zu geführten Wanderungen entlang der zerklüfteten Küste.

Ich legte den tropfenden Regenmantel über meinem Arm zusammen und trat zur Seite, um einen mit Broschüren beladenen jungen Mann vorbeizulassen. Er klapperte die

Stufen einer Eisentreppe an der hinteren Wand hinauf, und ich sah neugierig nach oben. »Gibt es dort noch ein Stockwerk?«

»Ja«, sagte Jeannie. »Dort finden die Sonderausstellungen statt. Aber die ständige Sammlung ist hier unten – hinter der Tür beim Empfang geht es hinein, siehst du?«

Ich sah eine breite Doppeltür, deren auf- und zuschwingende Flügel offenbar Eingang und Ausgang darstellten.

»Wir warten aber am besten auf Granny Nan«, meinte Jeannie lächelnd. »Sie wird dich selbst herumführen wollen.«

Mein Blick wanderte wieder zur Rezeption, aber die jungen Paare standen immer noch davor und kehrten mir ihre Rücken zu. Da mir kein Blick auf Davids Mutter vergönnt war, betrachtete ich derweil mit gespieltem Interesse die Andenken in den Regalen neben mir.

Unter den kitschigen Souvenirs fiel mir eines besonders ins Auge – eine kleine runde Kugel aus hellem Fell, auf der ein rotes Schottenmützchen saß. Zwei schwarze Knopfaugen lugten unter den Fellbüscheln hervor, als ich das seltsame Ding in die Hand nahm und es hin und herdrehte. »Was soll das denn sein?« fragte ich Jeannie.

»Och, hast du etwa noch nie einen Haggis gesehen? Schlaue kleine Wesen sind das. Man bekommt sie in freier Wildbahn fast nie zu Gesicht. Dieser hier singt sogar.« Sie drückte auf die kleine Mütze, und ein hohes, piepsiges Stimmchen gab »Scotland the Brave« zum besten.

Ich mußte lachen, die Fellkugel war einfach zu komisch. »Ein singender Haggis?«

»Ja. Die echten sehen nicht ganz so freundlich aus ...«

»Ach, hör schon auf«, sagte ich. »Ich bin zwar Engländerin, aber sogar ich habe schon gehört, daß ein Haggis nichts weiter als eine Art Wurst im Schafsmagen ist.«

»Tatsächlich?« Jeannie gab ihren wachen Augen einen geheimnisvollen Ausdruck und ging ein paar Schritte weiter zu einem Bücherregal. »Hier«, sagte sie. »Hier haben wir, was du brauchst.«

Ich behielt meinen Haggis in der Hand und trat zu ihr, aber ehe sie mir zeigen konnte, was sie gefunden hatte, mußten wir wieder zur Seite treten, um die beiden schick gekleideten Pärchen vorbeizulassen. Als sie abgezogen waren, konnte ich endlich den ersten Blick auf David Fortunes Mutter werfen.

Weil ich von ihr so oft als »Granny« hatte erzählen hören, hatte ich eine Frau erwartet, die meiner eigenen Großmutter ähnelte, klein und sanft, mit runzeligen Wangen und dünnen weißen Haaren, die in weichen Wellen um ihren Kopf lagen. Aber Granny Nan ähnelte meiner Granny Grey nicht im geringsten.

Sie erinnerte mich an diese wunderbar selbstbewußten Filmstars der dreißiger und vierziger Jahre, die den Konventionen trotzten, indem sie Hosen trugen und geschliffene, ironische Bemerkungen von sich gaben. Sie war groß für eine Frau, hatte eine kerzengerade Haltung und diese kräftige, entschiedene Kinnlinie, die sie an ihren Sohn weitergegeben hatte. Ihre Augen standen weiter auseinander als Davids, und der Mund war anders geformt, aber ihr Haar war einmal tiefschwarz gewesen wie seines – Spuren davon waren noch in den stahlgrauen, kurzgeschnittenen Locken zu sehen, die ein Gesicht umrahmten, das in seiner Jugend hübsch gewesen sein mußte und jetzt im Alter von beeindruckender Schönheit war. Ihr schwaches Herz hatte ihr Gesicht zwar mit einer leichten Röte überzogen, aber ihr Teint war hell und glatt geblieben. Kaum eine Falte hatte sich in die lebendigen Züge gegraben, und in den blauen Augen lag jene sympathische Mischung aus Intelligenz und Humor, die mir inzwischen sehr vertraut vorkam.

»Touristen«, sagte sie mit einem breiten Lächeln und strich mit den Händen über ihre Cordhose. »Wie kann man nur für das Bank-Holiday-Wochenende kein Zimmer reservieren? Sie haben Glück, daß Margaret und Jimmy sie aufnehmen konnten.«

»Sie werden dir vom Himmel geschickt, um dich zu prüfen«, Jeannie lachte. Dann brach sie ab und schnupperte mißtrauisch. »Du hast doch nicht etwa ...«

»Nein, ganz bestimmt nicht.«

»Doch, hast du wohl, ich rieche es doch.« Jeannie schnupperte wie zum Beweis noch einmal, und diesmal konnte auch ich den leichten Tabakgeruch in der Luft wahrnehmen, aber Granny Nan ließ sich nicht einschüchtern.

»Dein Vater ist schuld daran«, sagte sie. »Er war vor knapp einer Stunde hier, hat meine Kekse aufgegessen und mir erzählt, was sich auf Rosehill so abspielt. Er hat mir auch von diesem Mädchen berichtet«, fügte sie augenzwinkernd hinzu. »Wie ich höre, hält unser Robbie sie für einen *stoater*.«

»Ja, nun, ich glaube, da ist er nicht der einzige.«

»Nein, der alte Wally war auch ganz angetan von ihr. Sogar mein Davy hat verlauten lassen, daß sie schönes langes Haar hätte, und er beachtet eine Frau normalerweise erst, wenn sie seit mindestens dreihundert Jahren tot ist.«

Nach diesem Wortwechsel, bei dem ich mir große Mühe geben mußte, nicht rot zu werden, machte Jeannie uns schließlich offiziell miteinander bekannt. Zu meiner Erleichterung erfuhr ich, daß Davids Mutter einen richtigen Namen hatte – Nancy Fortune. Es wäre mir wirklich zu peinlich gewesen, sie mit »Granny Nan« anzusprechen.

Als wir uns die Hände gaben, deutete sie amüsiert mit dem Kinn auf meinen singenden Haggis. »Sie haben schon einen Freund hier gefunden, ja?«

»Ja, na ja ...«

Jeannie mischte sich grinsend ein. »Sie ist ganz begeistert von ihm. Und du solltest ihr auch eins von diesen hier verkaufen.«

Diesmal sah ich die Bücher, auf die sie zeigte, und nahm ein Exemplar vom Regal. »Oh, natürlich«, sagte ich. »Ein Schottisch-Wörterbuch.«

»Scots«, verbesserte Nancy Fortune mich. »Richtig müßte es Scots-Wörterbuch heißen. Schottisch ist alles, was mit Schottland zu tun hat, aber die Sprache heißt Scots.

Die meisten Schotten sprechen Scots.« Sie lächelte breit. »Außer in den Highlands, dort oben sprechen manche noch Gälisch. Und was wir hier unten im Grenzland sprechen, unterscheidet sich wiederum von dem, was Sie in Aberdeen hören.«

»Aha.« Ich blätterte in dem kleinen Taschenbuch und überflog die seltsam aussehenden Wörter. *Stoater. Fantoosh. Oose.* Wie *kam* man bloß auf solche Ausdrücke?

»O ja, *oose*«, sagte Jeannie, als ich das letzte Wort laut vorlas. Sie lehnte sich gegen die Rezeption und verdrehte selbstironisch die Augen. »Flockiger Staub, so wie der, den ich massenweise zu Hause unter den Betten habe. Wie nennt ihr ihn in England?«

Ich zuckte hilflos die Achseln. »Staub halt.«

»So eine phantasielose Sprache, Englisch«, sagte Davids Mutter. »Obwohl das Englisch im Norden schon ein bißchen wie Scots klingt, wir kennen teilweise dieselben Ausdrücke. Und dann gibt es noch das Ulster Scots in Nordirland. Peter sagt immer, daß er überhaupt keine Schwierigkeiten hatte, uns zu verstehen, als er das erste Mal herüberkam – es würde wie bei ihm zu Hause klingen.«

Ich lächelte. »Er lebt aber schon länger in Schottland, oder?«

»Ja, seit Anfang der fünfziger Jahre. Er suchte damals im Westen Schottlands nach der Neunten, wie alle anderen Experten für die Römerzeit auch. Als er mich einstellte, hatte er gerade ein großes altes Haus in der Nähe von Glasgow gekauft, in dem er die Sommer verbrachte. Ah, das war eine schöne Zeit«, sagte sie, und mit verträumtem Blick hing sie der Erinnerung nach. »Wir beide müssen auf unserer Suche nach möglichen Schlachtfeldern jeden Quadratzentimeter in Dumfries und Galloway abgegrast haben.«

Nach Schlachtfeldern an der englisch-schottischen Grenze zu suchen mußte wie eine Suche nach Pflastersteinen in der Londoner Innenstadt sein. Es gab sie einfach überall. Doch ein bestimmtes Schlachtfeld unter den vielen zu finden – das war schon eine enorm schwierige Aufgabe. »Haben Sie nie den Mut verloren?«

Sie schüttelte den Kopf. »Wir waren damals jung, Mädchen, wir wußten gar nicht, was das heißt, den Mut zu verlieren. Peter weiß es immer noch nicht. Er ist ein Besessener. Und er wird sich weigern zu sterben, ehe er die *Hispana* gefunden hat.«

Ich versuchte mir die beiden als junge Leute vorzustellen. Peter Quinnell, der jetzt noch gut aussah, mußte in seinen Dreißigern unwiderstehlich gewesen sein – groß und schlank und vor Charme sprühend. Was Davids Vater wohl für ein Mann im Vergleich zu ihm gewesen war, fragte ich mich. »Hat Ihr Mann auch für Peter gearbeitet?«

»Och, nein. Mein Billy war Fischer, ein Junge, mit dem ich zusammen aufgewachsen war. Peter hat Zustände bekommen, als ich ihn verließ, um Billy zu heiraten«, gestand sie. »Aber ich war schon fünfunddreißig damals, und eine Frau will schließlich mal ein Kind.«

»Das muß er doch verstanden haben«, wandte Jeannie ein, »er war schließlich selbst verheiratet.«

»Bei Männern ist das etwas anderes«, behauptete Davids Mutter. »Und außerdem war das keine richtige Ehe zwischen den beiden, weil Elizabeth immer in Irland geblieben ist. Sie hat das Schloß ja nie verlassen.«

Ich wollte nicht gern neugierig erscheinen, aber Quinnells Leben faszinierte mich. »Das Schloß?«

»So nannte Peter seinen Familiensitz«, sagte Davids Mutter. »Er liegt im Norden, in der Nähe des Giant's Causeway. Einer seiner Vorväter hatte auf den Westindischen Inseln ein Vermögen mit Zucker und Sklaven gemacht, war nach Irland zurückgekehrt und hatte sich dieses Schloß bauen lassen. Peter hat es nie gemocht. Es sei mit Blutgeld gebaut worden, sagt er. Aber Elizabeth, Peters Frau, wollte gern auf einem großen Anwesen leben. Und Philip mochte das Haus auch.« Ich sah, wie ein Schatten Nancy Fortunes Augen verdunkelte. »Der arme Philip. Furchtbar war das.«

Ich murmelte, daß es hart für Quinnell gewesen sein mußte, seinen Sohn zu verlieren.

»Sicher, aber zum Glück hat er nicht seine ganze Familie verloren.«

Jeannies Mund zuckte. »Noch nicht«, sagte sie. »Obwohl ich zugeben muß, daß ich so manchen Morgen versucht bin, Fabia etwas ins Porridge zu rühren.«

»Herrje! Ich hoffe, du hast Peter nichts davon gesagt. Das Problem mit Fabia ist«, sagte Nancy Fortune augenzwinkernd, »daß sie zuviel von ihrem Vater hat. Philip hat sich nie von jemandem etwas sagen lassen.«

»Peter muß selbst ein ganz schön wildes Leben geführt haben, als er jünger war«, vermutete Jeannie. »Er hat dieses gewisse Etwas.«

Die ältere Frau zuckte mit den Achseln. »Ich werde jetzt nicht aus dem Nähkästchen plaudern.«

»Dann besitzt er also drei Häuser?« fragte ich stirnrunzelnd und versuchte, die verschiedenen Besitzungen zu überblicken. »Das in Nordirland, das in der Nähe von Glasgow und das ...«

Sie schüttelte den Kopf. »Er hat das Haus in Glasgow letzten Herbst verkauft. Er brauchte es nicht mehr, wissen Sie, nachdem er Rosehill gekauft hatte. Das ist jetzt der richtige Ort für ihn.« Ihre Stimme klang sehr sicher. »Er wird seine Römer dort finden, genau wie Robbie sagt.«

»Och«, sagte Jeannie, »da fällt mir ein ... Robbie hat uns aufgetragen, dir etwas zu geben.« Sie wühlte in ihrer Jackentasche und zog den Schraubenzieher hervor.

Nancy Fortune lachte. »Teufel auch! Den ganzen Morgen schon suche ich so einen. Ein Flügel des Hoftors hängt schief in den Angeln, und ich brauche einen solchen Schraubenzieher, um das zu reparieren. Ich habe schon unseren ganzen Werkzeugkasten durchwühlt, aber ohne Erfolg.«

»Er hat darauf bestanden, daß du ihn brauchst, und du weißt ja, wie er ist.«

Ich blickte von Jeannie zu Nancy Fortune und wußte

nicht, wie mir geschah. »*Wußte* er es einfach? Ich meine, Sie haben ihn nicht angerufen oder so?«

Ihr Lächeln war warm und nachsichtig. »Sie glauben also nicht an das Zweite Gesicht?«

»Na ja ...«

»Das werden Sie mit der Zeit schon noch. Der Junge hat eine große Gabe«, informierte sie mich ganz sachlich. »Ich hatte eine Tante, die auch das Zweite Gesicht besaß. Sie wußte immer, wenn ich hinter dem Schuppen geraucht hatte oder wenn ich sonst irgend etwas ausheckte ... oft wußte sie es sogar noch vor mir.«

»Und, hatte Sie immer recht?«

»O ja.« Sie bemerkte meinen zweifelnden Gesichtsausdruck. »Es ist im Prinzip alles ganz natürlich. Meine Tante sagte, wir bestünden alle aus Energie, und Energie könne nicht zerstört werden. Sie verändere sich nur. Wenn ein Körper stirbt, wird ein Teil der Energie zu Wärme und Bewegung, aber der Rest bleibt, und es entsteht so etwas wie ein Geist. Menschen, die das Zweite Gesicht haben, sagte meine Tante, seien empfänglicher für die Energie, die uns umgibt – nicht nur für die von Geistern, sondern auch für die der Lebenden. Ein lebendes Gehirn«, erklärte sie weiter, »arbeitet mit elektrischen Impulsen. Wir senden ständig Gedanken aus, so ähnlich wie Fernsehwellen, und ein hellsichtiger Mensch hat eine Art spezielle Antenne und kann sie empfangen.«

Klang vernünftig, räumte ich ein, wenn es auch längst nicht alles erklärte. »Wie kann dann jemand in die Zukunft sehen?« fragte ich. »Hatte Ihre Tante dafür auch eine Theorie?«

»Das kann ich Ihnen nicht sagen. Sie sah bestimmte Dinge, aber wie sie das machte ...« Sie zuckte die Achseln. »Meine Mutter, Gott hab sie selig, die eine gläubige Frau war, hielt Vorahnungen für ein Geschenk Gottes.«

»Tolles Geschenk.« Jeannie zog die Nase kraus. »Robbie hat sie zum Glück nur selten, aber wenn sie ihn überkommen, machen sie ihn wahnsinnig. Er leidet dann unter Alpträumen, der arme kleine Kerl.«

»War er schon immer ...« Ich vermied »hellsichtig« und entschied mich statt dessen für den positiveren Ausdruck: »... begabt?«

Jeannie nickte. »Als er klein war, stand er manchmal aufrecht in seinem Kinderbettchen und sprach mit der Wand. Er würde mit einer Dame reden, sagte er. Zuerst dachte ich, er hätte nur eine besonders lebhafte Phantasie, bis er mir diese Dame auf meinem Hochzeitsfoto zeigte und ich begriff, daß er mit meiner Mutter sprach.« Sie lächelte ein wenig wehmütig. »Sie starb im Jahr meiner Hochzeit, bevor Robbie geboren wurde, und wollte wahrscheinlich ihren Enkelsohn sehen. Sie kommt immer noch manchmal zu ihm, aber jetzt, wo er älter ist, erzählt er es mir nicht mehr jedesmal. Er hat sich verändert, seit er in die Schule gekommen ist, er behält jetzt seine kleinen Geheimnisse öfter für sich. Nur«, fügte sie schmunzelnd hinzu, »wenn er sich in Gesellschaft einer hübschen Frau befindet – dann plaudert er alles aus.«

»Genau«, pflichtete ihr Granny Nan ernsthaft bei. »Deshalb erzählt er mir auch immer alles.«

Ich lachte. »Und wann hat er Ihnen von dem römischen Wächter erzählt?«

»Im vergangenen Sommer.« Granny Nan legte den Kopf zurück und überlegte. »Ja, im Juni. Der Junge half mir, meine Bücherregale auszumisten und die Bücher neu zu ordnen, und auf einmal hatte er diesen alten, zerfledderten Schinken über das römische Heer in der Hand. Er war voller Abbildungen und Zeichnungen. Robbie kam ganz aufgeregt zu mir und zeigte mir einen der Legionäre und sagte: ›Er wohnt oben auf unserem Feld.‹ Einfach so. Also setzte ich mich hin und schrieb an Peter.«

»So sicher waren Sie sich?«

»Ja, natürlich.« Plötzlich kam sie mir alterslos und sehr weise vor. »Robbie irrt sich nie, Mädchen. Wenn er etwas auf diesem Feld sieht, ist es auch da. Wir sind es, die blind sind.«

Dann erinnerte sie sich an den Schraubenzieher in ihrer Hand und nickte uns entschlossen zu. »Gut, ich werde noch schnell diese lose Angel festschrauben, und dann kann's losgehen. Ihr könnt den Haggis und das Wörterbuch hinter der Rezeption ablegen, und sicher will Verity Davys Regenmantel nicht die ganze Zeit mit sich herumschleppen ...«

Jeannies dunkle Augen fingen meinen Blick auf, und ihre Botschaft lautete: *Siehst du? Hab ich's dir nicht gesagt.*

Ich ignorierte sie, verstaute meine Sachen hinter dem Rezeptionspult und versuchte, mir einen Rest von Würde zu bewahren, indem ich mich ganz auf meinen Rundgang durch das Museum konzentrierte.

XII

Ein Museumsrundgang war für mich wie eine Busreise für einen Busfahrer – ich mußte einfach alles mit kritischem, fachkundigem Blick betrachten.

Automatisch beurteilte ich jede Einzelheit der Gestaltung: Waren die Übergänge von einer Abteilung in die andere fließend? Fühlte sich der Fußboden beim Gehen und Stehen angenehm an, oder taten einem schon nach der Hälfte der Besichtigung die Knie weh? War die Beschriftung gut leserlich, sauber und genau ausgeführt? Und waren die Ausstellungsstücke selbst gut präsentiert und ausreichend geschützt? Besonders dem letzten Punkt galt mein leidenschaftliches Interesse.

In Paris war mir mein erster und einziger Besuch im Louvre von den Fenstern verdorben worden – es gab dort reihenweise wunderbare hohe Fenster, durch die das gefährliche Sonnenlicht direkt auf die Gemälde von unschätzbarem Wert an den gegenüberliegenden Wänden fallen konnte. Und ich hatte mich nie ganz von dem Entsetzen über die vielen Blitzlichter vor der *Mona Lisa* erholt, die hemmungslos eingesetzt wurden, als der Aufsichtsbeamte, dessen Aufgabe es war, die Anweisung »pas de flash« herunterzuleiern, in seine Mittagspause gegangen war. All diese Touristen mit ihren Blitzlichtern und ihrer unglaublichen Ignoranz, die das Gemälde mit der gleichen tödlichen Sicherheit zerstörten, als würden sie es mit einem Messer aufschlitzen – und das nur für einen

Schnappschuß, der nicht im entferntesten an die Qualität der Postkarten heranreichen würde, die man für wenig Geld im Museumsladen kaufen konnte!

Normalerweise versuchte ich Museumsbesuche zu vermeiden, wenn es keine beruflichen Gründe dafür gab.

Aber in diesem Fall lagen die Dinge anders. Ich würde länger an diesem Ort bleiben und die gesamte Ausgrabungssaison auf Rosehill verbringen, also fing ich am besten rechtzeitig an, mich mit der Lokalgeschichte zu befassen. Und zu meiner großen Erleichterung stellte ich fest, daß es nichts gab, worüber ich mich hätte aufregen müssen. Die Vergangenheit der Stadt war mit großer Fachkenntnis in einer klaren und übersichtlichen Abfolge von Informationstafeln und Ausstellungsstücken aufbereitet worden.

Gutsherren und jakobinische Verschwörer, Bootsbauer und Schmuggler, Männer, die die Nordsee nach Heringen abfischten, und Fischersfrauen, deren Aufgabe es war, den Fang auszunehmen und einzusalzen – sie alle hatten ihren Platz im Museum von Eyemouth. Zusätzlich hatte man noch Raum für den einen oder anderen Außenseiter und Sonderfall geschaffen.

Davids Mutter blieb neben mir vor einer Tafel stehen. »Und das hier erinnert natürlich an den Tag, an dem der Barde selbst hierherkam, um den Royal Arch-Mason – das ist ein hoher Freimaurergrad – verliehen zu bekommen.«

Ich hob erstaunt die Augenbrauen. »Was, Shakespeare war hier?«

»Robbie Burns, Sie Heidin«, klärte sie mich auf und rollte in gutmütiger Verzweiflung über meine englische Ignoranz die Augen. »Er ist nämlich unser Nationaldichter.«

Jeannie fand, es sei ein Wunder, daß Robert Burns den Besuch überlebt habe. »Einfach in ein Schmugglernest wie Eyemouth zu kommen, und noch dazu als Steuereinnehmer.«

Ich vermutete, daß selbst Schmuggler einigen Respekt vor dem Genie empfunden hatten. Das Bild des Dichters befand sich in der stolzen Gesellschaft von Fischernetzen, Heringstonnen und einer riesigen Kanonenkugel, auf die Jeannie lächelnd aufmerksam machte. »Die kam vom Fort herübergeflogen.«

»Und wo ist das Fort?«

»Dort drüben«, sagte sie und deutete vage in die Richtung der Küste. »Oben auf den Klippen am Ende des Strands. Du kannst es vom Parkplatz aus sehen.«

»Es ist aber keine römische Festung, nehme ich an?«

»Sie stammt aus der Tudorzeit«, sagte Nancy Fortune. »Wurde in den Tagen des Kinderkönigs Edward von England erbaut und unter Elizabeth wieder abgerissen. Franzosen und Engländer haben mit uns darum gekämpft, so daß man heute nicht mehr sagen kann, aus wessen Kanone diese Kugel stammt.«

Jeannie blickte auf die schwere Eisenkugel hinunter. »Die beiden Kanonen, die noch dort oben stehen, sind aber nicht aus der Tudorzeit, oder?«

»Nein, die Leute haben sie zur Zeit der Gefahr einer französischen Invasion dort aufgestellt, in der Mitte des letzten Jahrhunderts.«

Die Furcht vor Invasion hatte durch viele Zeiten hindurch diesen Küstenstreifen beherrscht, ging es mir durch den Kopf. Invasion und Gemetzel und sofortige Rache, ein endloser Kreislauf von Feuer und Schwert. Kein Wunder, daß die Erde hier blutrot war.

»Die Festung«, sagte Nancy Fortune, »war der Lieblingsplatz von meinem Davy, als er noch ein Junge war. Dort ist er immer hingegangen, wenn er nachdenken wollte. Es ist ein ruhiger, friedlicher Ort – nur Gras und Erdwälle und diese beiden Kanonen, die aufs Meer gerichtet sind.«

Jeannie nickte zustimmend und fügte mit ernstem Gesicht hinzu: »Und es ist einer der wenigen Plätze, wo man den Haggis noch sehen kann.«

»Ja, richtig«, meinte die ältere Frau. »Überall wilde Haggis. Sie graben gern ihre Höhlen in die Erdwälle.«

Ich weigerte mich, darauf hereinzufallen, und schlenderte langsam zum nächsten Exponat.

Hier hatte jemand eine Idee gehabt, die mich beeindruckte. Trotz all meiner Besuche in zahlreichen Heimatmuseen hatte ich noch nie etwas Vergleichbares gesehen. Statt sich nur auf Fotos und Zeichnungen zu stützen, um den Besuchern ein Fischerboot zu zeigen, hatten sie einen richtigen Kutter aufgebaut, zumindest die vordere Hälfte davon.

Ich betrat die Brücke und spielte wie ein Kind mit dem glänzend polierten Steuerrad. Staunend blickte ich durch das Glasfenster auf die Taue und Netze und Fischbehälter, die auf dem »Deck« aufgestapelt waren. Sogar eine ausgestopfte Silbermöwe hockte auf dem Bug, den ein imaginärer Wellengang in die Höhe hob. Ich fand den Aufbau großartig und verhehlte meinen Begleiterinnen meine Begeisterung nicht.

»Ja, es ist schon beeindruckend«, antwortete Davids Mutter. »Aber Sie haben unser bestes Stück noch nicht gesehen. Das heben wir uns immer bis zum Schluß auf.«

Erwartungsvoll folgte ich ihr durch den Rest der Ausstellung, bis wir schließlich am Ende des Rundgangs angelangt waren und schon fast wieder in der Eingangshalle standen.

»Hier.« Sie blieb mit dramatischer Geste vor der letzten Wand stehen. »*Das* ist der Schatz unseres Museums.«

Alles, was ich sah, war ein Wandteppich, und ein moderner noch dazu. Er war schön, ja, aber nicht gerade etwas, was man als den …

»Der Eyemouth-Wandteppich«, unterbrach die Stimme meiner Führerin meine Gedanken. »Vierundzwanzig Frauen haben zwei Jahre lang daran gearbeitet, um ihn zum hundertsten Jahrestag des Unglücks fertigzustellen.« Sie warf mir einen fragenden Seitenblick zu. »Sie haben doch sicher von dem großen Unglück gehört?« wollte sie sich vergewissern.

»Gehört schon, aber …«

Jeannie unterbrach mich. »Wir dachten, wir überlassen es dir, Verity die Geschichte zu erzählen, weil du es am besten kannst.«

»Och, das ist nicht so schwer. Jedes Kind hier in Eyemouth könnte sie erzählen. Es geht um das große Fischerunglück an der Ostküste«, erklärte sie mir und sprach die Worte mit gedehnter Betonung aus. »Sie nannten es auch den ›schwarzen Freitag‹. Und obwohl seitdem mehr als hundert Jahre vergangen sind, erzählen die Leute immer noch davon, als wäre es gestern erst passiert.« Sie verschränkte die Arme und seufzte leise, ehe sie zu erzählen begann. »Es geschah im Oktober. Eine Schlechtwetterperiode hatte die Boote tagelang im Hafen festgehalten, aber der Morgen des schwarzen Freitags zog klar und sonnig herauf, und nur ein leichtes Lüftchen regte sich. Die Fischersfrauen begannen die Netze mit Ködern zu bestücken, und die Männer bereiteten sich auf einen schönen Fangtag vor, obwohl das alte Gemeindewetterglas unten am Molenende einen niedrigeren Stand zeigte als jemals zuvor.« Sie schüttelte den Kopf. »Ein paar Fischer waren dadurch argwöhnisch geworden. Aber der Tag sah vielversprechend aus, und die See war so ruhig, daß einige der jüngeren Männer ablegten und hinausfuhren.« Als geübte Geschichtenerzählerin machte sie an dieser Stelle eine Pause und ließ den Satz verklingen, bis ich nachfragte.

»Was geschah dann?«

»Nun, es ist eine Frage der Ehre, daß alle hinausfahren, wenn auch nur ein Boot zum Fischen ablegt. So segelten sie also früh morgens vom Hafen los und fuhren zu ihren Fischgründen. Vier Stunden lang fischten sie, und dann, gegen Mittag, begann eine plötzliche Veränderung mit der See. Es war die Stille, die sie warnte ... eine furchtbare Stille ... doch noch ehe sie die Netze einholen und wenden konnten, war der ganze Himmel schwarz, und ein brüllender, tobender Sturm erhob sich.«

Sie zeigte auf das erste Feld des Teppichs. Vor dem leuchtend blauen Hintergrund des Meeres, klammerten sich zwei Fischer mit furchtverzerrten Gesichtern verzweifelt an die Taue ihres sinkenden Bootes und versuchten, es an Land zu ziehen.

»Ganze Boote wurden emporgeschleudert, die Maste abgeknickt und die Segel in Fetzen gerissen, und die Wellen rissen diejenigen, die sich schon in Hafennähe befanden, mit sich und schmetterten sie gegen die Felsen. Die Menschen am Strand versuchten alles, was in ihrer Macht stand, warfen Leinen aus, bildeten Menschenketten und versuchten, die Hände der untergehenden Männer zu ergreifen, aber die Brecher begruben sie unter sich und spülten sie davon.«

Ich starrte wie gebannt auf den zweiten Abschnitt des Teppichs, der in einer eher symbolischen Darstellung der Tragödie sieben kindhafte Gestalten zeigte, die um die Umrisse eines Bootes verstreut waren und von Klippen, die wehklagende menschliche Gesichter trugen, überragt wurden. »Wie schrecklich.«

»Allerdings. Einhundertneunundachtzig Männer starben bei dem Unglück, Männer aus allen vier Häfen der Gegend – Burnmouth, Cove, Saint Abb's und Eyemouth. Das zeigen die vier Karten hier auf dem dritten Abschnitt. Und dieses Stück Kaimauer hier enthält einen Stein für jeden Mann, den Eyemouth damals verloren hat. Einhundertneunundzwanzig Steine. Die Hälfte aller erwachsenen Männer der Stadt, alle an einem Tag umgekommen. Das war der Tribut, den das große Unglück forderte ... am vierzehnten Oktober 1881.«

Mit großer Sorgfalt waren die Namen aller Fischer, die bei der Katastrophe ums Leben gekommen waren, sowie die Namen ihrer Boote in den Teppich eingestickt worden. Es war ein erschütterndes Dokument.

Tiefbewegt stand ich einen Moment lang schweigend davor und dachte über die Ironie der Geschichte nach. Wenn Quinnell mit seiner Theorie richtig lag, hatte vor fast zweitausend Jahren hier am selben Ort eine andere Gruppe von Männern ihr unglückliches Ende gefunden – Männer, die eine andere Sprache gesprochen und einem anderen Gott gedient hatten, die aber ebenso wie die Fischer von Eyemouth ihre Träume, ihre Frauen, Mütter und Kinder gehabt hatten.

Und die Schattenpferde hatten sowohl die einen als auch

die anderen geholt und in das Land der Toten getragen. Plötzlich überkam mich eine undefinierbare Ahnung von etwas Bösem, von einer dunklen, rächenden Kraft, die alle, die ihren Weg kreuzten, ob zu Land oder zur See, in einen Hinterhalt lockte und vernichtete, immer wieder, durch die Jahrhunderte hindurch.

Für einen Moment lastete eine bedrückende Stimmung auf mir, doch dann stieß mich Jeannie sachte mit dem Ellbogen vorwärts ins Tageslicht. Ich schüttelte die düstere Vision ab und kehrte dem Wandteppich und den entsetzten Blicken der ertrinkenden Männer darauf den Rücken.

Der Himmel hatte ein wenig aufgeklart, als Jeannie und ich schließlich das Museum verließen. Auf dem Parkplatz stand Wally Tyler und wartete offenbar auf uns.

Er schnippte seine Zigarette weg, als er uns kommen sah, und Kip, der neben ihm gesessen hatte, sprang freudig auf. Hinter ihnen konnte ich durch den Dunst die dunkle Silhouette des langgestreckten Felsvorsprungs, auf dem die Festung gestanden hatte, erkennen. An seinem Fuß peitschte der feuchte, salzgesättigte Wind, der einen bis ins Mark hinein frösteln ließ, weißschäumende Wellen auf.

»Hey«, begrüßte Jeannie ihren Vater. »Wo ist Robbie?«

»Liegt im Auto und schläft.«

»Du hast ihn müde gemacht, stimmt's? Wo wart ihr denn?«

»Hier und da. Hab ein paar Pints getrunken mit Deid-Banes.«

»Oh. Na, dann wollen wir euch beide mal lieber nach Hause schaffen.«

Der nässetriefende Collie verströmte einen äußerst intensiven Geruch im Auto, und Jeannie zog die Nase kraus. »Och, Kip, du stinkst.«

Sie sagte *minging* für »stinken«, aber diesen Ausdruck brauchte ich nicht im Wörterbuch nachzusehen, die Bedeutung stieg mir in die Nase. Mit *Deid-Banes* dagegen war es etwas anderes. Ich blätterte unauffällig in meinem Büchlein und übersetzte es schließlich mit den genauso unverständlichen englischen Worten »dead bones«, tote Knochen.

Jeannie sah in den Rückspiegel und fixierte ihren Vater mit einem strengen, vorwurfsvollen Blick. »Granny Nan hat heute morgen eine Zigarette geraucht.«

»Oh, tatsächlich?«

»Und du hast sie ihr gegeben, stimmt's?«

Der alte Mann zuckte unschuldig die Achseln. »Vielleicht hab ich irgendwo eine liegenlassen, und sie hat sie gefunden.«

»Aber Dad, der Arzt hat gesagt ...«

»Ich weiß, was der Doktor gesagt hat«, schnitt er ihr das Wort ab, und seine grauen Augen blickten unbeeindruckt. »Aber Nancy Fortune hat schon immer gemacht, was Nancy Fortune wollte, und sie sah nich aus, als würd sie mit einem Fuß im Grab stehen, als ich sie zuletzt gesehen hab.«

Zwei Stunden später, als ich zusammen mit Peter in dem gemütlichen roten Wohnzimmer Tee schlürfte, hörte ich von ihm einen ähnlichen, wenn auch etwas abgewandelten Kommentar über Davids Mutter.

»Eine schwierige Frau«, meinte er kopfschüttelnd. »Sehr schwierig. Sie hört einfach auf niemanden, wissen Sie, hat es noch nie getan. Ihr Arzt sagt, sie muß unbedingt kürzertreten, aber Nancy ... schlägt seinen Rat einfach in den Wind.«

Allem Anschein nach hatte er getrunken. Das Glas neben seiner Teetasse enthielt einen Fingerbreit einer klaren Flüssigkeit, von der ich nicht annahm, daß es sich um Wasser handelte. Sein Seufzen klang jedoch, als seien seine Gewohnheiten über jeden Tadel erhaben, geradezu vorbildlich, und als müßte nur Davids Mutter ein wenig Vernunft annehmen ...

»Mir jedenfalls kam sie sehr gesund vor«, sagte ich. »Ich fand sie sehr sympathisch. Und das Museum gefiel mir auch, es ist bemerkenswert gut konzipiert.«

»Sie haben sicher den Wandteppich gesehen? Den Gedenkteppich?«

»Ja.«

»Sie gedenken ihrer großen Katastrophe sehr gewissenhaft hier in Eyemouth.« Er hob Murphy von der Armlehne des Ledersessels hoch und legte ihn sich auf seine Knie. »Nicht, daß ich etwas gegen Menschen habe, die in der Vergangenheit leben«, fuhr er fort und streichelte den Kater dabei geistesabwesend. »Ich mache es selbst oft genug. Liegt wahrscheinlich an meinem irischen Blut.« Er lächelte. »Mir hat immer ein Satz von diesem Schriftsteller gut gefallen – von dem, der *Trinity* geschrieben hat …«

»Leon Uris.«

»So heißt er? Er schrieb jedenfalls, daß es in Irland keine Zukunft gebe, nur die Vergangenheit, die sich wieder und wieder ereigne. Hier habe ich dasselbe Gefühl. Die Vergangenheit ist immer ganz nahe auf Rosehill. Immer ganz nahe.«

Der Kater gähnte unter der streichelnden Hand, richtete seinen starren Blick einen Moment lang auf mich und sah dann zum Fenster. Er fauchte nicht oder machte sonst ein Geräusch, aber die schwarzen Fellhaare entlang seines Rückens stellten sich unvermittelt auf.

»Sehen Sie?« sagte Quinnell leichthin. »Unser Wächter geht vorbei.«

Er sagte es vermutlich im Scherz, aber dennoch glaubte ich, durch das Heulen des Windes hindurch Schritte zu hören, die langsam und gemessen über die kiesbestreute Auffahrt gingen.

XIII

David war bereits in seine Arbeit vertieft, als ich am Mittwoch morgen noch vor dem Frühstück hinauf zu den Principia ging. Er schwang auf seinem Drehstuhl herum, als ich hereinkam, und sein Gesicht, auf das das kalte, blaue Licht des Computerbildschirms fiel, sah entsetzlich müde aus. »Morgen«, begrüßte er mich, wobei sein Kinn ganz steif wurde, weil er ein Gähnen unterdrücken mußte. Er griff nach seinem Kaffeebecher auf dem Schreibtisch. »Sie sind früh auf.«

»Das müssen Sie gerade sagen.« Ich setzte mich auf meinen eigenen Schreibtischstuhl in der Box gegenüber und drehte ihn zu David herum. »Sind sie tatsächlich schon am Arbeiten zu dieser unchristlich frühen Stunde?«

»Ich spiele jedenfalls keine Computerspiele, falls Sie das meinen.« Er schien guter Stimmung zu sein an diesem Morgen, entspannt und gesprächig. »Die befinden sich alle auf Adrians Festplatte. Er hat ein Golfspiel und allen möglichen anderen Kram. Ich hingegen gebe nur meine Feldnotizen vom Samstag ein, ehe ich vergesse, was ich mir dabei gedacht habe.« Die blauen Augen zwinkerten mir freundlich, ja geradezu herausfordernd zu. »Und was ist Ihre Entschuldigung?«

»Konnte nicht schlafen.« Ich dachte flüchtig daran, ihn zu fragen, ob er je galoppierende Pferde auf dem Feld gegenüber gehört habe, aber nach einem weiteren Blick in diese klaren, vernünftigen Augen entschied ich mich dagegen. »Unterrichten Sie nicht normalerweise mittwochs?«

Er schüttelte seinen dunklen Kopf. »Wir haben nachmittags Konferenzen und dergleichen, aber ich fühle da so einen Anflug von Husten in meiner Brust ...« Er zwinkerte mir zu. »Jedenfalls wollte Peter mir schon die ganze Zeit zeigen, was er gefunden hat, als er den Graben erweiterte.«

»Ach ja, noch mehr Topfscherben.« Ich ging und holte sie aus dem Fundstückeraum. »Wir haben gestern vier gefunden. Ich hatte selbst noch keine Gelegenheit, sie mir genauer anzusehen. Ich hätte gestern abend gern noch ein bißchen länger mit ihnen gearbeitet, aber Peter wollte nichts davon wissen.«

»Ja, er achtet darauf, daß wir keine Überstunden machen. Das ist wie mit seiner Regel der sonntäglichen Ruhe – muß von allen strikt eingehalten werden, außer natürlich von ihm selbst.«

»Ja, das ist mir auch schon aufgefallen. Er hat am Sonntag morgen hier herumgewirtschaftet, mich aber gleich wieder mit Jeannie davongeschickt. Wir sind zusammen ins Museum gegangen.«

»Habe ich gehört.« Er hob seine Kaffeetasse, um ein schräges Lächeln zu verbergen. »Sie hat sich doch benommen, oder?«

Sein Lächeln hatte mich abgelenkt. »Wer, Jeannie?«

»Meine Mutter. Sie hat nicht versucht, Sie dazu zu bringen, beim nächsten Kaffeekränzchen auszuhelfen oder so etwas? Nein? Na ja, ist auch noch ein bißchen früh. Lassen Sie ihr Zeit.«

Ich sah ihn interessiert an. »Haben sie hier Kaffeekränzchen?«

»Klar, samstags nachmittags. Alle Clubs und Grüppchen halten ihre Kaffeenachmittage ab, in der Freimaurerloge. Der nächste ist für die Herzgesellschaft, und dabei wird meine Mutter bestimmt mitwirken. Sie wissen, daß sie einen Herzinfarkt hatte?«

Ich nickte. »Jeannie hat es mir erzählt. Erst vor kurzem, nicht wahr?«

»Letzten Juli. Hat mich mehr erschreckt als sie, glaube ich.«

»Sie scheint sich vollständig davon erholt zu haben«, bemerkte ich. »Ich konnte kaum mit ihr Schritt halten gestern, sie hat ein beängstigendes Tempo drauf.«

»Allerdings, das hat sie.« In seinen Augen lag Zärtlichkeit. »Da wäre schon ein Blitzschlag nötig, um meine Mutter zu bremsen.« Das Geräusch des Wagens, der die Auffahrt hinaufdonnerte, schien seine Worte zu unterstreichen. »Das wird wohl Adrian sein«, sagte David, als wir eine Wagentür zuschlagen hörten. »Entweder er, oder Michael Schumacher kommt zum Frühstück.«

Ich sah überrascht auf meine Armbanduhr. »Adrian schläft um diese Uhrzeit doch normalerweise noch tief und fest.«

»Nun, wir wollten heute damit beginnen, den Verlauf der Wälle zu kartographieren, und Peter wollte gern so früh wie möglich damit loslegen. Es ist ein langwieriger Prozeß, aber diesmal sollte er nicht allzu schwierig sein, wenn wir einmal davon ausgehen, daß wir hier wirklich ein Marschlager haben. Wir wissen ja, wie so ein Lager ausgesehen hat, wir müssen nur die Ecken finden.«

Ich nickte wissend. Römische Marschlager und Forts und Festungen zeigten meist den Grundriß einer Spielkarte – quadratisch oder rechteckig mit abgerundeten Ecken. Die Römer hatten, was typisch für sie war, diese rigide Form unabänderlich beibehalten, egal, durch welche Art von Landschaft sie zogen. Sie wollten sich nicht von den natürlichen Gegebenheiten diktieren lassen, wie sie ihre Lager anlegen mußten. Daher brauchte man, sobald man einen Teil des Walls gefunden hatte, sich nur nach diesem vorgegebenen Grundriß zu richten, um die Abmessungen des gesamten Lagers festzustellen.

Es gab verschiedene Methoden, dies zu tun. Adrian, vermutete ich, würde seine Radarausrüstung einsetzen und damit die Innenseite des Grabens auf der Südseite, den wir bereits gefunden hatten, abschreiten. Bei dieser Untersuchung mußten sich früher oder später zwei auffällige Anomalien ergeben, eine an jeder Ecke, die sich als parallele Ausschläge auf der Computergraphik zeigen und uns sagen würden, wo die östlichen und westlichen Befestigungsgräben verliefen. Wenn er einer dieser beiden Linien in nördlicher Richtung folgte, müßte Adrian daraufhin in der Lage sein, den vierten und letzten Graben zu lokalisieren und die Umrisse des Marschlagers festzulegen.

Als ich ihn danach fragte, bestätigte David, daß dies ihre bevorzugte Vorgehensweise sein würde. »Aber wir werden auch mit der Sonde arbeiten, um sicherzugehen.«

Die Bodenuntersuchung mit einer Sonde, wußte ich, war die bewährteste Methode. Ich hatte eine solche Sonde schon oft mit guten Ergebnissen im Einsatz gesehen. Obwohl die Gefahr bestand, daß sie zerbrechliche vergrabene Überreste zerstörte, verließen sich die meisten Archäologen auf dieses Gerät, um die oft zweideutigen Ergebnisse der moderneren Untersuchungsmethoden zu präzisieren.

Die Sonde selbst war nichts Ausgefeilteres als eine dünne Röhre aus hartem Stahl mit einer scharfen unteren Kante und einem ausgesägten Spalt an einer Seite. Am oberen Ende befand sich ein T-förmiger Griff, mit dessen Hilfe der Benutzer die Sonde tief in die Erde hineinbohrte. Wenn sie wieder herausgezogen wurde, zeigte der Spalt an der Seite der Röhre eine Bohrprobe der verschiedenen Erdschichten. In unserem Fall würde die dunkle Erde, die den Graben füllte, sich sehr deutlich von dem anderen Bodenmaterial abheben.

Es war jedoch eine mühevolle Arbeit, und die Sonde immer wieder durch die Grasnarbe und den schweren Untergrund zu bohren erforderte sehr viel Kraft.

David dehnte seine breiten Schultern, unterdrückte ein neues Gähnen und verschränkte die Hände hinter dem Kopf. »Schade, daß Robbie nicht herumgehen und die Wälle für uns markieren kann. Das würde uns eine Menge Arbeit ersparen.«

Es war das erste Mal, daß ich jemanden sagen hörte, Robbie könne etwas *nicht* tun. »Warum kann er das nicht?«

»Weil er in solchen Dingen nicht besonders genau ist. Manchmal stimmen seine Angaben, manchmal auch nicht. Das meiste, was er uns mitteilt, hat er einfach durch Zufall erfahren, indem er beim Umhergehen darauf gestoßen ist. Wenn man ihm die richtigen Fragen stellt, kann er einem sehr viel sagen. Aber wenn man ihn drängt und er zu angestrengt versucht, eine Antwort zu finden ...« David zuckte die Achseln und griff nach seinem Kaffeebecher. »Er ist ein kleiner Junge, keine Maschine.«

Ich betrachtete ihn einen Moment lang nachdenklich und wägte meine nächste Frage ab. Seit ich auf Rosehill war, hatte ich David meist recht distanziert erlebt, er war höflich und sachlich, aber seine ganze Art lud nicht gerade dazu ein, ihm persönliche Fragen zu stellen. Aber am Samstag bei Jeannie in der Küche war er recht zugänglich gewesen, und auch an diesem Morgen wirkte er so offen, daß ich glaubte, ihn nach seiner Meinung fragen zu können, ohne daß er es übelnehmen würde.

»David ...« Es gefiel mir, seinen Namen auszusprechen, er klang angenehm in meinen Ohren.

Er trank seinen Kaffee aus und verzog sein Gesicht wegen des Geschmacks. »Ja?«

»Sie sind doch Wissenschaftler.«

»Ja, und?«

»Na ja ...« Ich verschränkte meine Hände ineinander und runzelte die Stirn. »Wie erklären Sie sich das Phänomen des Hellsehens?«

»Ich kann es mir nicht erklären.«

»Aber Sie glauben daran.«

Er drehte sich langsam auf seinem Stuhl hin und her und dachte nach. »Das kommt darauf an, was Sie unter ›glauben‹ verstehen. Wenn Sie damit meinen, ob ich das Phänomen fraglos hinnehme, dann sage ich nein, das tue ich nicht. Dinge in Frage zu stellen ist die Wurzel aller Wissenschaft. Es geschieht etwas, das wir nicht verstehen, also forschen wir nach, wir experimentieren und prüfen die Beweise.«

»Und, gibt es Beweise?«

»O ja. Sie sollten einmal mit einem Freund von mir sprechen, der Psychologie an meiner Universität lehrt. Er hat seine Doktorarbeit hauptsächlich über parapsychologische Phänomene geschrieben und medial begabte Personen jahrelang beobachtet.« David sah mir lächelnd in die Augen. »Er wird bis zum Orakel von Delphi zurückgehen, wenn Sie genug Geduld aufbringen, ihm zuzuhören. Es gibt durch die Jahrtausende hindurch unzählige Berichte von Ereignissen und Erlebnissen dieser Art. Aber erst seit dem vorigen Jahrhundert entstand so etwas wie ein wissenschaftliches Interesse daran. Die Gesellschaft für mediale Forschung wurde gegründet, man machte Experimente mit Versuchspersonen und so weiter.«

Mein Stirnrunzeln wurde noch ausgeprägter. »Aber ich verstehe immer noch nicht, wie Robbie ...«

»Robbie sieht Dinge, die wir nicht sehen. Sie können ihn testen, soviel sie wollen, unter wissenschaftlichen Bedingungen oder auch nicht, und Sie bekommen immer wieder dasselbe Ergebnis.« Er hob gelassen eine Schulter. »Es ist unbequem, klar, wenn etwas nicht in unser ordentliches Weltbild paßt, aber die westlichen Gesellschaften sind nun einmal skeptisch in ihrem Denken. Und nicht sehr intelligent«, erinnerte er mich sarkastisch. »Wir haben immerhin bis zum sechzehnten Jahrhundert gebraucht, um darauf zu kommen, daß die Erde sich um die Sonne dreht.«

Er hatte nicht ganz unrecht, dachte ich. »Sie meinen also, ich soll einfach akzeptieren, daß Robbie hellsichtig ist.«

»Um Himmels willen, nein. Wenn wir nicht zweifeln würden, hätten wir überhaupt keine Wissenschaft, keinen Grund zu forschen und zu experimentieren. Ich sage nur, daß Sie nichts ausschließen sollten.«

Ich versprach, mein Bestes zu tun. »Und ist Ihr Fachbereichsleiter, wie war doch gleich sein Name? Der, der Ende des Monats zum Essen kommt.«

»Doktor Connelly.«

»Genau. Ist er auch dafür, nichts auszuschließen?«

»Wie meinen Sie das?«

»Nun, wenn wir ihm sagen würden, daß Robbie einen Römer gesehen hat, der auf dem Hügel herumspaziert ...«

»... würde er uns alle einweisen lassen.« David grinste. »Nein, wir werden ein paar handfestere Beweise liefern müssen, damit Connelly seine Zustimmung gibt.«

»Ich wünschte wirklich, wir hätten mehr Zeit.«

»Wir haben noch zwei volle Wochen, das ist genug Zeit. Außerdem sind wir sehr nah an etwas dran, ich spüre es in meinen Knochen.«

»Sie klingen ja schon wie Peter.«

»Ja, nun, es färbt wohl ab mit der Zeit. Peter hat mir *howking* beigebracht, noch ehe ich richtig laufen konnte.«

»*Howking*?«

Er warf mir einen frechen Blick zu. »Haben Sie Ihr Wörterbuch nicht dabei? Meine Mutter sagte, Sie hätten damit am Sonntag bereits ihren Spaß gehabt.«

Ich mußte ebenfalls lächeln. »Nein, leider nicht. Ich habe es im Haus gelassen. Was bedeutet *howking*?«

»Graben. Etwas aus dem Boden ausgraben.« Er nahm seinen Kaffeebecher und zog eine Grimasse. »Furchtbares Zeug. Ich werde eine frische Kanne kochen. Möchten Sie auch eine Tasse?«

»Ja, gern. Mit Milch und Zucker.«

»In Ordnung.« David stand auf und streckte sich erst einmal in seiner vollen Länge, ehe er in Richtung des Gemeinschaftsraums verschwand. Während ich auf seine Rückkehr wartete, legte ich die vier neuen Scherben vorsichtig auf meinem Schreibtisch zurecht und beugte mich gedankenverloren darüber.

Das verstohlene Tapsen von Schritten schreckte mich aus meiner Konzentration.

Ich spürte, wie sich mir die Haare im Nacken aufstellten, und drehte mich mit einer schnellen Bewegung um. »Hallo?«

Niemand antwortete. In der Stille spannten sich meine Nerven bis zum Zerreißen an, und als ich einen kühlen Luftzug an meiner Hand spürte, machte ich vor Schreck fast einen Satz bis zu den Dachbalken hinauf. Als ich mich wieder etwas erholt hatte, sah ich auf das Etwas hinunter, das meine Hand berührt hatte. Ein Paar feuchte braune Augen blickte mich sanft und fragend an, und Kips langer, buschiger Schwanz wedelte zögerlich hin und her. Collies, dachte ich, sahen immer so verdammt intelligent aus, und dieser hier schien gerade abzuwägen, ob es klug war, sich mit jemandem anzufreunden, der derart schreckhaft und unberechenbar war.

Da ich Hunde schon immer gern um mich gehabt hatte, beeinflußte ich seine Entscheidung zu meinen Gunsten, indem ich ihn hinter den Ohren kraulte. »Hallo, Kip. Du hast mich ganz schön erschreckt, Junge. Wo ist denn dein Herrchen?«

Ich hätte schwören können, daß der Collie mit den Schultern zuckte, als wollte er sagen, er wisse es nicht. Jedenfalls war nirgends eine Spur von Robbie oder Wally zu sehen, und als ich fortfuhr, ihn zu kraulen, ließ sich der Hund wie erschöpft zu meinen Füßen nieder und rollte sich halb auf die Seite, damit ich seinen Bauch besser erreichen konnte.

»Bei dem müssen Sie aufpassen«, warnte David, der mit den Kaffeebechern in der Hand durch den Gang zurückkam. »Er kann stundenlang so verharren, wenn Sie ihn lassen.«

Adrian, der in dem Moment durch den Torbogen hereinkam, hörte die Warnung und lachte. »Ach, Verity macht das nichts aus. Sie hat eine Schwäche für Tiere, die dürfen bei ihr alles.«

Er kam zu meinem Schreibtisch herüber und stellte einen zugedeckten Teller vor mir ab. »Ihr Frühstück, Madame«, verkündete er und zog schwungvoll den Deckel herunter. »Jeannie sagt, ich soll darauf achten, daß du es auch ißt, weil du dich heute morgen mit leerem Magen davongeschlichen hast.«

Mit einem schweren Seufzer starrte ich auf den Berg von Würstchen und Spiegeleiern hinunter, der von Toaststreifen und Tomatenscheiben eingerahmt war. »Aber ich frühstücke eigentlich nie richtig, wie du weißt. Höchstens eine Scheibe Toast, aber ...«

»Ich habe meine Anweisungen«, sagte Adrian und legte mit entschiedener Geste Messer und Gabel neben dem Teller ab.

David grinste und reichte mir einen Becher. »Hier ist Ihr Kaffee.«

»Ich gebe Ihnen fünf Pfund, wenn Sie das für mich essen«, bot ich ihm hoffnungsvoll an, aber er weigerte sich, darauf einzugehen.

»Ich habe schon gefrühstückt, danke. Also, was halten Sie von den Scherben?«

Ich stellte den Teller vorübergehend zur Seite, in sicherer Entfernung von den vier kleinen dunkelroten Bruchstücken. »Nun, es handelt sich eindeutig um samische Keramik – Stücke einer kleinen Kanne oder Schale, dem Grad der Wölbung nach zu urteilen. Vielleicht gehören sie auch zu zwei verschiedenen Gefäßen. Dies hier«, sagte ich und tippte leicht auf ein Randstück, »scheint nicht zu den anderen zu passen.«

»Und auf welche Zeit würden Sie sie datieren?«

Ich kaute auf meiner Unterlippe. »Aus dem Stegreif würde ich sagen, daß sie aus einer früheren Periode stammen als die, die uns interessiert. Andererseits ...« Ohne genaue Laboranalyse kam das Datieren von Töpferware eher einem Ratespiel gleich. Wenn das Stück nicht gerade den Stempel eines bekannten Töpfers trug, konnte man nur auf Vergleiche mit ähnlichen Stücken zurückgreifen, die bei anderen Ausgrabungen gefunden worden waren.

Im Fall von samischer Keramik wurde mir die Aufgabe dadurch etwas erleichtert, daß deutsche Archäologen sich im vorigen Jahrhundert hauptsächlich damit beschäftigt hatten, Gebrauchsgegenstände von römischen Fundstätten in Deutschland zu untersuchen und zu klassifizieren. Auf diese Weise hatten sie eine sehr nützliche und detaillierte Typologie der Keramik der Römerzeit erarbeitet. Das Vorrücken und Zurückweichen des römischen Limes in Germanien war von Geschichtsschreibern wie Tacitus so gut dokumentiert worden, daß Archäologen mit einiger Sicherheit sagen konnten, wann eine Fundstätte besetzt gewesen war, und die dort gefundenen Scherben zeitlich relativ leicht einordnen konnten. Ich wiederum konnte die Fragmente, die mir vorlagen, mit dokumentierten deutschen Fundstücken vergleichen und versuchen, sie anhand von Übereinstimmungen zu datieren.

Erneut berührte ich die ominöse Scherbe. Es war ein Randfragment, abgebrochen vom oberen Rand einer Kanne oder Schale. »Bei dieser hier bin ich mir nicht sicher, sie kommt mir jünger vor. Ich müßte Howard fragen, einen Freund von mir am Britischen Museum«, erklärte ich. »Er ist ganz verrückt nach samischer Keramik und kennt den Namen jedes Töpfers und jeder Werkstatt. Er könnte aus zehn Metern Entfernung einen Blick auf diese Scherben werfen und uns genau sagen, wozu sie einmal gehörten und wann das Gefäß hergestellt wurde. Ich könnte ihm einige Skizzen schicken und ihn um seine Meinung bitten. Und vielleicht könnte Fabia ein paar Fotos machen ...?«

Adrian, der auf seinem Schreibtisch herumwühlte, sah gähnend auf. »Gute Idee. Ich suche gleich mal nach ihr – man soll ja nichts aufschieben.«

»Wir können ihr unterwegs Bescheid sagen«, sagte David. »Peter denkt sonst noch, wir hätten ihn völlig vergessen.«

»Na gut, meinetwegen.« Adrian sah enttäuscht aus.

Seine Radarausrüstung war sicher hinter der verschlossenen Tür des Fundstückelagers verstaut, und während er losging, um sie zu holen, nahm ich nachdenklich einen Schluck Kaffee, tastete die Scherbe noch einmal ab und befühlte die erhabene Verzierung, die eine Blüte darzustellen schien. Ich hatte ein ähnliches Muster gesehen, als ich auf Doktor Lazenbys Ausgrabung in Südengland gearbeitet hatte, aber diese Fundstätte wurde auf die Zeit Agricolas datiert, auf die siebenjährige Periode, in der Gnaeus Julius Agricola als Gouverneur Britanniens gedient hatte. Und Agricola war im Jahr 84 nach Christus zurückbeordert worden – etwa vierzig Jahre vor dem Verschwinden der Neunten Legion.

»So, wir machen uns auf den Weg«, sagte David und schwang sich die Sonde auf eine Schulter. »Wir lassen Sie jetzt allein, damit Sie in Ruhe Ihr Frühstück essen können. Und geben Sie es lieber nicht dem Hund, er verträgt keine Eier. Bekommt davon Blähungen wie ein Ballon, der arme.«

In seinen hellen Augen blitzte der Schalk, und ich spielte mit der Idee, ein Würstchen nach ihm zu werfen, aber dann biß ich nur in ein Stück Toast, spülte es mit Kaffee hinunter und setzte mein lieblichstes Lächeln auf. »Ist gut. Viel Spaß dann also.«

Ich wartete, bis ich sein vergnügtes Pfeifen nicht mehr hören konnte, bevor ich zu dem Hund hinuntersah, der es sich unter meinem Stuhl bequem gemacht hatte. Kip erwiderte meinen Blick hoffnungsvoll und schlug einmal auffordernd mit dem Schwanz auf den Boden. »Hör zu, mein Lieber«, sagte ich, »ich mach dir einen Vorschlag. Ich esse die Eier, wenn du alles andere vertilgst. Was hältst du davon?«

Kip hielt offensichtlich sehr viel davon. Der leere Teller glänzte regelrecht, als ich ihn wieder auf einer Ecke meines Schreibtischs abstellte.

Zufrieden wusch ich mir die Hände und begann dann mit meinen detailgetreuen Zeichnungen von den Topfscherben.

XIV

Ich gab die Zeichnungen und die Fotos mit der Nachmittagspost auf und wartete dann ungeduldig auf Howards Antwort. Er war immer unglaublich schnell und zuverlässig. Ich erwartete praktisch, daß er mich gleich am nächsten Tag anrufen würde, sobald der Umschlag auf seinem Tisch gelandet war, aber es dauerte noch bis Freitag morgen, bis ich einen Anruf vom Britischen Museum erhielt.

»Ehe ich mich zu diesen Scherben äußere«, sagte Howard, »muß ich dich einfach fragen: Was zum Teufel treibst du eigentlich dort oben? Wir mußten Eyemouth erst einmal auf der Landkarte suchen, meine Güte. Die ganze Abteilung hat sich während der Teepause gestern den Kopf zerbrochen, aber niemand konnte sich an eine aktuelle Ausgrabung in dieser Gegend erinnern.«

Ich grinste in den Hörer hinein und tastete in meiner Jackentasche nach einem Stift, während ich gleichzeitig mein Notizbuch auf der Kante des schmalen Tischs in der Vorhalle balancierte. »Tja«, sagte ich, »ich werde selbst ständig von den Leuten hier daran erinnert, daß man unten in London eben nicht alles weiß.«

»Es ist also tatsächlich eine Ausgrabung? Wer leitet sie?«

Ich sagte es ihm und wartete, während er überlegte. Howards Gedächtnis arbeitete zwar langsam, war aber von enzyklopädischem Umfang. Er brauchte weniger als eine

Minute, um den Namen einzuordnen. »Großer Gott, doch nicht *der* Peter Quinnell? Erzähl mir nicht, daß er immer noch hinter der Neunten Legion her ist!«

»Nun ja …«

Howard stöhnte mitleidig. »Mein liebes Mädchen, Quinnell wird schon nicht mehr ernst genommen, seit ich ein Knirps in kurzen Hosen war. Und er ist inzwischen doch sicher steinalt?«

»Ach, sei nicht so ein Snob«, antwortete ich, weil ich wußte, daß ihn das treffen würde. »Er ist erst Anfang Siebzig, da ist man heutzutage noch lange kein Tattergreis. Und ich finde ihn sehr faszinierend.«

»Na schön, solange er dir einen Haufen Geld bezahlt …«

»Die Scherben?« hakte ich geduldig nach.

»Ach so, ja. Also, dein erster Eindruck war ganz richtig.«

»Sie stammen aus der Zeit Agricolas.« Ich spürte einen Anflug von Enttäuschung, als ich das sagte.

»Ja.«

»Alle?«

»Es sind alles Stücke von einer einzigen Schale, würde ich sagen.«

»Oh.« Soviel also zu meinem Verdacht, daß die Randscherbe nicht zu den anderen paßte, dachte ich. Howards Wissen über die sogenannte samische Keramik war über jeden Verdacht erhaben.

»Eine sehr hübsche kleine Schale«, fuhr er fort. »Das passende Gegenstück zu einer, die in Deutschland ausgegraben wurde, und zwar von …«

Ich unterbrach ihn. »Um welche Zeit handelt es sich genau?«

»Oh, ich würde sagen, sie wurde zwischen 80 und 82 nach Christus hergestellt. Das hilft euch bei der Suche nach der Neunten Legion leider nicht viel weiter, fürchte ich.«

»Man kann nie wissen. Wenigstens ist es ein früherer Zeitraum und kein späterer. Das Gefäß könnte schließlich vierzig Jahre alt gewesen sein, als es zerbrach«, argumentierte ich dickköpfig. »Und außerdem haben wir gerade erst damit begonnen, die äußeren Grenzen der Stätte abzustecken. Ich bin sicher, wir werden noch mehr Topfscherben finden, wenn wir erst richtig mit der Ausgrabung anfangen.«

»Was ihr finden müßtet«, dozierte er, »wäre eine Scherbe, die in ein Pfostenloch eingehämmert wurde oder so etwas, damit ihr sicher sein könnt, daß sie aus der Zeit des ... was ist es genau, wonach ihr grabt?«

»Ein Marschlager.«

»Ach so«, sagte er ohne Begeisterung. »Keine Chance, dort Pfostenlöcher zu finden. Jedenfalls keine richtig großen.«

Er hatte wie immer recht. Da Marschlager meist nur für eine Nacht errichtet wurden, wiesen sie keine dauerhaften baulichen Strukturen auf, und selbst die Pfähle auf den Wällen waren deutlich kleiner als die, die für Forts verwendet wurden. Deshalb hinterließen sie oft überhaupt keine Spuren.

»Außerdem«, gab Howard zu bedenken, »ist es mehr als unwahrscheinlich, daß ihr auch nur ein Marschlager finden werdet. Nicht, wenn du für Peter Quinnell arbeitest.«

»Ich wette mit dir um fünf Pfund.«

»Wie bitte?«

»Daß es ein Marschlager ist.«

»Mach eine Flasche Gin daraus, und die Sache gilt.«

»Fünf Pfund«, wiederholte ich fest.

»Einverstanden. Ach übrigens, weißt du eigentlich, daß Lazenby auf der Suche nach dir ist?«

»Doktor Lazenby? Warum das denn?«

»Er stellt gerade ein Team für Alexandria im September zusammen. Eine ziemlich groß angelegte Unternehmung, nach allem, was ich gehört habe. Die BBC schickt ein Filmteam hin, und so weiter.«

»Und?«

»Und er möchte, daß du zu seinem Team gehörst«, erklärte Howard langsam und deutlich, als würde er mit einem Kind sprechen.

»Du machst Witze.«

»Darling«, tadelte er, »ich mache niemals Witze.«

»Alexandria ...«

»Mmm. Soll ich ihm deine Nummer geben?«

Ich dachte an Quinnell und schüttelte unwillkürlich den Kopf. »Nein, noch nicht. Ich ... ich werde ihn in ein paar Tagen anrufen, okay? Und, Howard?«

»Ja?«

»Danke. Für deine Expertenmeinung.«

»Gerne, jederzeit.« Seine freundliche Stimme bewirkte, daß ich mich beinahe nach meinen Tagen am Museum zurücksehnte, und ich legte mit einem leisen Seufzer auf.

Charlie, die kleine graue Katze, sprang mit einem Satz auf den Telefontisch, um mein Notizbuch zu begutachten, und ich streichelte ihren zierlichen Hals und vertrieb den nostalgischen Schleier aus meinen Augen. Ich hatte die richtige Entscheidung getroffen, als ich das Museum und Lazenby verlassen hatte.

Charlie gab ein leises Geräusch von sich, das wie das Quietschen einer sich schließenden Tür klang, fast als wollte sie meinem Drang nach Unabhängigkeit Beifall spenden. Katzen, dachte ich, waren ja auch sehr unabhängige Tiere, zumindest solange man nicht vergaß, sie ab und zu unterm Kinn zu kraulen, genau dort ...

Charlies Augen öffneten sich plötzlich, und sie hob alarmiert den Kopf. Dann legte sie die Ohren an, machte einen Buckel und ließ ein helles, hohes Miauen ertönen.

»Um Himmels willen!« entfuhr es mir, als mein Herz, das einen Satz gemacht hatte, wieder normal zu schlagen begann. »Wirst du wohl damit aufhören? Ich werde noch zu einem nervlichen Wrack hier, wenn ihr Katzen so weiter ... « Hier unterbrach ich mich, legte den Kopf schräg und lauschte ebenfalls.

Jemand kam die Kellertreppe herauf.

Es waren schwere Schritte, eindeutig die eines Mannes, doch alle Männer waren draußen am anderen Ende des Feldes. Ich wußte das genau, weil ich sie erst vor einer Viertelstunde dort zurückgelassen hatte. Nicht nur die Männer, sondern auch Fabia … und selbst Jeannie, die mir wegen des Anrufs Bescheid gesagt hatte, war dort geblieben, um dem Team bei der Arbeit zuzusehen. Ich hätte eigentlich allein im Haus sein müssen.

Aber die Schritte kamen näher, kamen mit lautem, festem Tritt die Treppe herauf.

Meine Gedanken überschlugen sich, als ich die Möglichkeiten durchging. Der Geist … o Gott, laß es nicht den Geist sein. Ein Einbrecher … ja, das war wahrscheinlicher und schien mir in meinem verwirrten Zustand weniger beängstigend. Mein Verstand arbeitete wieder normal und befahl meinen Beinen, sich zu bewegen, aber die Botschaft kam mit Verzögerung an, und in diesem Moment nahm der Mann die letzte Stufe und trat in die Eingangshalle.

Er schien bei meinem Anblick ebenfalls nicht wenig zu erschrecken, das mußte ich ihm zugute halten. »Heiliger Bimbam!« sagte er, erholte sich aber schnell und kam mit freundlich ausgestreckter Hand, die er sich zuvor an seinen Jeans abwischte, auf mich zu. »Verzeihung«, entschuldigte er sich mit einem Grinsen, »ich dachte, sie wären alle unten auf dem Feld. Sie müssen Miss Grey sein, hab ich recht? Mein Sohn erzählt ständig von Ihnen.«

Das also, dachte ich, war Brian McMorran. Ich betrachtete ihn neugierig, während wir uns die Hände schüttelten.

Er sah ganz anders aus, als ich erwartet hatte. Vor allem war er älter – fast vierzig, schätzte ich – und hatte mit viel Grau durchsetzte braune Haare und ein recht ansprechendes Gesicht. Er war nicht besonders groß, besaß aber die zähe, muskulöse Statur eines körperlich hart arbeitenden Mannes, und in einem Zweikampf hätte ich ihn nicht als Gegner haben wollen. Er trug einen Ohrring, was irgendwie unpassend wirkte; einen kleinen Goldring, der verwegen blitzte und einen Kontrast zu seinen grauen Schläfen bildete. Seine Unterarme, die aus den aufgerollten Ärmeln seines Flanellhemdes herausragten, waren mit dunklen Tätowierungen übersät.

Er ließ meine Hand los und fuhr sich leicht verlegen durch die Haare, wobei sich um seine braunen Augen überraschend charmante kleine Fältchen bildeten. Er sah überhaupt nicht wie ein Säufer oder Haustyrann aus, und es fiel mir schwer, mein vorgefertigtes Bild mit der Wirklichkeit in Einklang zu bringen.

»Ich schätze, ich habe Sie auch ganz schön erschreckt«, sagte er. »Sie wußten sicher nicht, daß ich nach Hause gekommen bin.«

»Nein«, gab ich zu. »Nein, das wußte ich nicht.«

»Äh, na ja, ich denke, niemand hat es bis jetzt bemerkt. Ich bin gerade gekommen. Ist Jeannie irgendwo in der Nähe? Ich habe nach ihr gesucht, aber ...«

»Sie ist unten bei Quinnell.«

»Ah ja? Gehen Sie auch wieder hin? Gut, dann komme ich mit.«

Er sagte nicht mehr viel, als wir gemeinsam über die Wiese gingen. Ein kurzer Austausch von Bemerkungen über das wärmer gewordene Wetter war unsere ganze Unterhaltung.

David sah uns zuerst herankommen. Er stemmte sich mit seinem ganzen Gewicht auf den Griff der Bodensonde, sah kurz auf, ließ den Griff los und blickte uns entgegen. »Hey, Brian«, sagte er kühl. »Seit wann bist du zurück?«

»Seit etwa einer Stunde. Hast du mir schon wieder meine Frau entführt, ja?«

»Hat er nicht.« Jeannie, die neben David gestanden und ihm zugesehen hatte, ging zu ihrem Mann und gab ihm einen Willkommenskuß – ungeachtet des finsteren Blicks ihres Vaters. »Red keinen Quatsch. Wie war's?«

Brian hob die Schultern. »Nicht schlecht. Ganz guter Fang auf dieser Fahrt.«

»Auch Fische?« fragte Wally säuerlich. Ich bemerkte die Spitze in seiner Bemerkung, begriff sie aber nicht, und Brian schien sich davon nicht beirren zu lassen. Er pfiff eine kleine

Melodie durch die Zähne und beachtete den alten Mann überhaupt nicht.

»Ihr wart fleißig«, bemerkte er mit einem Blick auf die bunten Golffähnchen, die unser Vorwärtskommen entlang des Befestigungsgrabens markierten.

Von unserem ersten Probeeinschnitt in der Südwestecke aus verlief der westliche Graben ungefähr parallel zur Auffahrt, stieg leicht schräg etwa dreihundert Meter den Hügel an, machte dann kurz unter dem Kamm eine Biegung, die wie die Ecke einer Spielkarte geformt war, und verlief wieder hinunter über das Feld.

Quinnell folgte stolz Brian McMorrans Blick und schien sich nicht an der Gegenwart des Mannes zu stören. »Ja, wir kommen gut voran.«

»Sieht so aus. Waren dort die Wälle, wo ihr all diese Golffähnchen hingesteckt habt? War wohl ein ganz schön großes Lager, was?«

»Etwa achtzigtausend Quadratmeter«, schätzte Quinnell. »Es ist nicht wie ein Fort, wissen Sie. Forts waren von kleinerem Umfang, sie mußten nur die Hilfstruppen beherbergen. In einem Marschlager dagegen befand sich die ganze Legion, noch dazu auf dem Feldzug. Es mußte zwangsläufig riesig sein.«

»Verstehe.« Brians Blick schweifte zurück über das Feld zur Südwestecke, wo die rotbraunen Wände von Rose Cottage durch die Baumreihe, die die Auffahrt säumte, hindurchleuchteten. »Und was hat unser Mister Sutton-Clarke dort drüben vor?«

Fabia schüttelte sich die kurzen Strähnen aus dem Gesicht. »Führt eine Untersuchung durch, was sonst.«

Um ehrlich zu sein, war mir zu diesem Zeitpunkt noch gar nicht aufgefallen, daß Adrian nicht bei uns war. Ich war zu sehr damit beschäftigt gewesen, David zu beobachten und die urwüchsige Kraft zu bewundern, mit der er die Stahlsonde in die Erde rammte.

Es war leicht einzusehen, warum die Arbeit mit der Sonde – abgesehen von der damit verbundenen körperlichen Anstrengung – für Adrian nicht gerade attraktiv war. Sein Interesse galt all dem, was sich unter der Oberfläche befand, nicht dem Boden selbst. Außerdem hatte er sich noch nie gern die Hände schmutzig gemacht. Für einen Mann, der soviel Zeit auf Ausgrabungsstätten verbrachte und geduldig stundenlang vermessen und kartographieren konnte, besaß er erstaunlich wenig Geduld für die eigentliche Ausgrabungsarbeit. Adrian war mehr für hochentwickelte Technik und saubere, mathematische Methoden.

Und tatsächlich, als ich ein paar Minuten später zu ihm hinunterschlenderte, war er gerade dabei, diesen Feldabschnitt für eine weitere Untersuchung mit dem Bodenradar vorzubereiten. Selbstvergessen legte er zur Markierung der Strecke Streifen von Antimagnetband aus und summte dabei vergnügt vor sich hin.

»Schlechtes Gewissen?« fragte ich ihn.

»Wieso?«

»Du hast diesen Teil des Felds schon untersucht, erinnerst du dich? Kam ein ziemlich beeindruckendes Bild dabei heraus.«

»Sarkasmus«, entgegnete er, »steht dir nicht. Und wenn du es unbedingt wissen willst: Peter hat mich gebeten, die Untersuchung zu wiederholen. Scheint, als habe er das erste Ergebnis verloren, und jetzt möchte er auf jeden Fall eine zweite Messung für seine Unterlagen.«

»Wie konnte er denn das erste Ergebnis verlieren?« fragte ich mißtrauisch.

»Ich hatte nichts damit zu tun.« Er hob die Hand zum Schwur wie ein Pfadfinder. »Ich bin zwar froh, daß das verdammte Ding sich in Luft aufgelöst hat, aber ich hatte nichts mit dem Verschwinden zu tun.«

Nachdem ich ihm einen Moment lang forschend ins Gesicht gesehen hatte, entschied ich, daß er die Wahrheit sagte. Wahrscheinlich, dachte ich, hatte Peter das gefälschte Untersuchungsergebnis selbst ins Feuer geworfen und damit ein heikles Problem gelöst. Wenn das Ergebnis »verloren« war und auch die Daten in Adrians Computer gelöscht waren – ich war mir sicher, daß Adrian *dafür* eine plausible technische Erklärung gefunden hatte –, schien es nur natürlich, daß Peter um eine neue Untersuchung der Südwestecke bat. Somit waren nicht nur alle Spuren des gefälschten Ergebnisses beseitigt, sondern Adrian erhielt auch gleichzeitig die Chance, sich beruflich zu rehabilitieren.

Eine elegante Lösung, fand ich, die ganz und gar Peters Stil entsprach.

Adrian, der nach wie vor keine Ahnung hatte, daß Quinnell über die Fälschung Bescheid wußte, und daher über die taktischen Feinheiten seines Auftrags nicht im Bilde war, warf mir nur einen ungehaltenen Blick zu und deutete auf Höhe meiner Knie. »Muß dieses verdammte Vieh dir überallhin folgen?«

Ich sah etwas überrascht nach unten, wo Kip mich freundlich anblickte, ein Ohr nach vorne abgeknickt. Der Collie hatte sich angewöhnt, mir Gesellschaft zu leisten, wenn Robbie in der Schule war, und folgte mir meist so leise auf den Fersen, daß ich seine Anwesenheit manchmal ganz vergaß. Wally hatte schon scherzhaft bemerkt, daß der Hund genau wie sein Herrchen einen Narren an mir gefressen habe. Ich persönlich führte seine Anhänglichkeit allerdings eher auf die Würstchen zurück.

»Als ob du neuerdings sechs Beine hättest«, beschwerte sich Adrian. Dann wandte er sich wieder seiner Arbeit zu und sah blinzelnd an mir vorbei über die Wiese. »Tust du mir einen Gefallen, Verity, Darling, und mißt einmal, wie weit es von hier, wo ich stehe, bis zu dieser Mauer dort drüben ist?«

»Wie, damit?« Ich bückte mich resigniert, um sein Yardmaß aufzuheben. »Wo ist denn dieses kleine Ding mit den Rädern? Das man nur vor sich herschieben muß?«

»O komm, Verity, sei kein Baby. Du weißt, wie man mit einem Yardmaß umgeht, ich habe es schon gesehen.« Er nickte entschieden in die Richtung, in die ich gehen sollte. »Nur bis zu dieser Mauer, bitte.«

»Ich dachte, du hättest diese Ecke schon genau vermessen ...«

»Verity ...«

Ich folgte gehorsam. Bei dem zerfallenden Stück Trockenmauer richtete ich mich auf und rief: »Sechsundfünfzig Fuß, zwei Zoll.«

Er legte eine Hand ans Ohr. »Was?«

»Ach, zum Teufel.« Kip im Gefolge ging ich die Strecke wieder zurück. Auf der anderen Seite des Felds konnte ich David und Quinnell sehen, die Köpfe nachdenklich in Betrachtung der rauhen Grasnarbe zu ihren Füßen gesenkt, während Wally stirnrunzelnd daneben stand und Brian sich über Fabias Schulter beugte, als wollte er eine fachmännische Meinung abgeben.

Jeannie, stellte ich fest, war verschwunden. Bestimmt war sie zurück ins Haus gegangen, denn es war nur noch eine Stunde bis zum Mittagessen, und sie hatte wahrscheinlich ein kulinarisches Meisterwerk vorbereitet, das sie rechtzeitig in den Ofen schieben mußte. Mein Magen gab ein kleines, erwartungsvolles Knurren von sich, als ich wieder bei Adrian anlangte.

»Sechsundfünfzig Fuß, zwei Zoll«, wiederholte ich.

»Danke.« Er notierte sich die Zahl und warf dann einen kurzen Blick über seine Schulter auf die anderen. Einige Minuten später sah er wieder zu ihnen hin und grinste. »So, so«, sagte er gedehnt, »ich glaube tatsächlich, der alte Junge ist eifersüchtig.«

»Wer, Peter? Auf wen sollte er eifersüchtig sein?«

Adrian sah mich ein wenig mitleidsvoll an. »Lieber Himmel, du kannst vielleicht begriffsstutzig sein. Nein, meine Liebe, nicht Quinnell. Der andere. Er ist gerade dabei, mich mit Blicken zu erdolchen.«

Ich drehte mich um und erhaschte noch einen kurzen Blick auf Davids finstere Miene, ehe er wieder den Kopf senkte.

Standhaft ignorierte ich den kleinen Freudenschauer, der mich durchrieselte, und befahl Adrian, kein Idiot zu sein.

»Das ist nichts Persönliches. Er erdolcht jeden mit Blicken, seit Jeannies Mann angekommen ist.«

»Ach ja, der unvergleichliche Brian«, kommentierte Adrian süffisant. »Und, was hältst du von ihm?«

»Ich fand ihn eigentlich ganz nett.«

»Du hattest schon immer einen unmöglichen Geschmack, was Männer angeht.«

Ich warf ihm einen Seitenblick zu. »Das spricht dann auch nicht gerade für dich, oder?«

»Na ja, Anwesende natürlich ausgenommen. Obwohl du *mich* ja verlassen hast«, sinnierte er, »was meine Aussage wiederum bestätigt. War das ein Regentropfen, oder nur Einbildung?«

»Ich habe nichts bemerkt.«

»Gut.« Er schwieg wieder eine Weile, während er ein Stück Antimagnetband zwischen zwei Vermessungspunkten spannte. »Dir ist natürlich aufgefallen, daß unsere Fabia deine hohe Meinung von Brian McMorran teilt, oder?«

»Was willst du damit sagen?«

»Du weißt schon, was ich damit sagen will.« Er warf mir einen leicht überlegenen Blick zu und deutete mit dem Kopf auf die kleine Gruppe hinter uns. »Sieh selbst, wenn du mir nicht glaubst. Man muß dazu kein Hellseher sein ...« Er verstummte und blinzelte zum Himmel hinauf. »Verdammt, es war doch ein Regentropfen. Ich wußte es.«

Über seine Schulter hinweg konnte ich Fabia sehen, die lachend den Kopf zurückwarf, worauf ihr kunstvoll zerzauster Haarschopf vom Wind gegen Brian McMorrans Wange geweht wurde. Er lachte ebenfalls, beugte sich näher zu ihr, berührte sie zwar nicht, aber ...

»Sie ist sehr hübsch«, bemerkte ich ruhig.

»Ja. Wenn man auf diesen Typ steht.« Adrian hatte ein intensives Interesse für seine Vorbereitungen entwickelt und beeilte sich nun noch mehr angesichts der dunkler werdenden Wolken, aber ich ließ mich von seiner scheinbaren Gleichgültigkeit gegenüber Fabia nicht täuschen.

»Und was für ein Typ ist sie wohl?« neckte ich ihn. »Vielleicht der Typ ›umwerfend sexy aussehende Blondine‹? Beine bis zum Hals, große Augen und perfekte Zähne?«

Er grinste. »Ja, so könnte man sie beschreiben.«

»Aha.«

»Vergiß nicht, ich habe mich auch schon mindestens einmal in den brünetten Typ mit spitzer Zunge verguckt«, sagte er leichthin.

Ich kannte ihn viel zu gut, um auf dieses vertrauliche Lächeln hereinzufallen, auf diese dunklen Augen, die mich mit tiefem Blick bezaubern wollten. Er war wie eine dieser Riesenschlangen, dachte ich ein wenig boshaft, die versuchen, ihr Opfer allein durch die Macht ihres Blicks zu bannen und zu lähmen. Ich löste mich ohne Schwierigkeiten von diesem Blick und streckte meine Hände mit den Handflächen nach oben aus, um den leichten, aber beständig fallenden Regen aufzufangen.

»Mist!« Adrian versah gerade den letzten Abschnitt mit Klebeband, als der Regen heftiger wurde und die Stärke einer alles durchweichenden Dusche annahm. Einzelne Tropfen blieben an meinen Wimpern hängen und schmeckten süß auf meiner Zunge.

»Komm, schnell«, sagte er und begann, aufs Haus zuzurennen. Aber ich blieb noch eine Minute in dem kühlen, reinigenden Regen stehen, hob ihm wie ein Kind mit geschlossenen Augen mein Gesicht entgegen und fragte mich, warum mich der Gedanke an David Fortunes finster blickendes Gesicht, ob eifersüchtig oder nicht, so verdammt glücklich machte.

XV

Jeannie schickte mich prompt nach oben, um ein heißes Bad zu nehmen. »Du holst dir sonst den Tod mit deinen nassen Haaren«, behauptete sie entschieden, »und du hast noch gut eine halbe Stunde Zeit bis zum Mittagessen.«

Es hatte sowieso nicht viel Zweck, Jeannie zu widersprechen, wie ich inzwischen wußte. Außerdem war es alles andere als unangenehm, meine klammen Kleider abzustreifen und in das heiße Wasser zu sinken, das dank Peters edlem Badesalz exotisch nach Sandelholz und Gewürzen duftete. Selbst die alten Römer, dessen war ich mir sicher, konnten keinen größeren Luxus gekannt haben, auch wenn man fairerweise einräumen mußte, daß sie große Experten in der angenehmen Kunst des Badens gewesen waren.

Ich hatte die römischen Bäder in Bath mit ihren anmutig gewölbten Decken besichtigt, mit ihren langen, hohen Säulengängen, in denen die Schritte widerhallten, und den Becken, in denen das Wasser so hellblau wie ein Aquamarin schimmerte. Dieses Wasser hatte sicher einst auch die Schultern einer müden Römerin meines Alters umspielt, dachte ich träumerisch, die in den heißen Becken Trost und Erholung von Schmerzen und Kälte suchte.

Ich schloß die Augen, wie sie es vielleicht getan hatte, und ließ mich in der Wanne hinuntergleiten, bis das Wasser mein Kinn erreichte. Der Dampf stieg mir warm und duftend ins Gesicht und in meine vor Feuchtigkeit schweren Haare, die zu einem lockeren Knoten auf meinem Kopf zusammengesteckt waren.

Ich fragte mich, ob die Römerin in ihrem Bad von einem Mann geträumt hatte, wie ich es in diesem Moment tat. Ob sie an einen verflossenen Liebhaber gedacht hatte, an einen redegewandten Kaufmann mit charmantem Lächeln, oder sehnsüchtig das Bild eines starken und selbstbewußten Legionärs heraufbeschworen hatte, eines Mannes mit dunklen Haaren und blauen Augen und einem Körper, auf den kein Sterblicher ein Anrecht hatte.

Mein Seufzen kräuselte die Oberfläche des Badewassers. Ich öffnete die Augen. Laß es gut sein, riet ich mir freundlich.

Die Frau, die mich aus den nebligen Tiefen des Spiegels anblickte, als ich endlich das Bad verließ, sah ganz und gar nicht wie eine noble Römerin aus. Mein Gesicht war stark gerötet und glänzte, und meine Haare hingen wirr und strähnig um meinen Kopf. Das war der einzige Nachteil von langem Haar, dachte ich, man bekam es einfach nicht trocken. Ich hatte meinen Zopf gelöst und die tropfenden Strähnen mit einem Handtuch bearbeitet, so gut es ging, aber ein kurzer Blick auf meine Armbanduhr sagte mir, daß ich keine Zeit mehr hatte, sie zu fönen. Ich ließ sie offen und feucht über die Schultern hängen und schlüpfte bibbernd in ein trockenes Paar Jeans und ein sauberes Hemd, bevor ich die Treppe hinunter zu den anderen flitzte.

Peter Quinnell, hatte ich inzwischen gelernt, nahm seine Mahlzeiten gern pünktlich ein.

Nur das Frühstück bildete eine Ausnahme. Wir standen alle zu unterschiedlichen Zeiten auf, und unsere verschiedenen morgendlichen Gewohnheiten machten es unmöglich, auch diese Mahlzeit gemeinsam einzunehmen. Adrian und David frühstückten meistens im Hotel, ehe sie zur Arbeit kamen, während Peter, Fabia und ich manchmal zusammen aßen, manchmal auch einzeln nacheinander in der hellen Küche auftauchten, in der Jeannie über uns wachte und in dem unvermeidlichen Topf mit Porridge auf dem Herd rührte. Manchmal war auch Wally zugegen, manchmal sogar Robbie, es kam immer ganz darauf an, wie früh ich es nach unten schaffte.

Die Mittagsmahlzeit dagegen stellte ein strikt einzuhaltendes Ritual auf Rosehill dar. Sie war zwar keine wirklich förmliche Angelegenheit, erinnerte aber dennoch an die feudalen Zeiten auf den Landsitzen, als die Herrschaft sich noch zum Essen umzog und die Dienerschaft separat im Untergeschoß aß. Dieser Eindruck wurde dadurch verstärkt, daß Jeannie, wenn sie nicht gerade das Essen hereintrug oder Teller abräumte, sich meist in ihrer Küche aufhielt und sich nicht zu uns gesellte.

Auch das Eßzimmer selbst strahlte einen gewissen Grad an Vornehmheit aus und schien die Einhaltung bestimmter gesellschaftlicher Umgangsformen zu verlangen. Es war ein höchst beeindruckender Raum, der etwas versteckt und diskret im hinteren Teil des Erdgeschosses lag, zwischen dem »feinen« Wohnzimmer und der Küche. Die Wände waren in heller Eiche getäfelt, das Fenster bildete eine große, spiegelnde Fläche, die nicht von Vorhängen beeinträchtigt wurde, und ein Gasfeuer fauchte leise in dem eleganten Kamin an der hinteren Schmalseite des Raums. Der lange, polierte Eßtisch, an dem bequem zwölf Personen Platz gefunden hätten, stand auf einem dicken, weichen Teppich von intensivem Hellblau, der sich von der Tür bis zum Kamin erstreckte.

»Es war ursprünglich ein Schlafzimmer«, hatte mir Peter Anfang der Woche erzählt, als ich eine Bemerkung über die Schönheit des Raums gemacht hatte. »Aber eine Dame, der Rosehill im späten achtzehnten Jahrhundert gehörte, hatte das Pech, darin von ihrem Butler ermordet zu werden. Er schnitt ihr die Kehle durch, wie ich hörte. Also wandelte man den Raum in ein Eßzimmer um. Denn schließlich«, hatte Peter gesagt und dabei mit bewundernswerter Unbekümmertheit ein Stück Brot mit Butter bestrichen, »möchte niemand in einem Zimmer schlafen, in dem ein Mord geschehen ist.«

Als Adrian darauf hingewiesen hatte, daß manche auch den Gedanken, in einem Mordzimmer zu *essen*, nicht sonderlich erhebend finden könnten, hatte Peter die Bemerkung mit einer lässigen Handbewegung beiseite geschoben und behauptet, daß dies etwas ganz anderes sei. Das war eine der faszinierenden Seiten an Peter, fand ich: Er hatte eine ganz spezielle Art, sich mit seiner melodiösen Bühnenstimme über Einwände hinwegzusetzen und auch noch die unlogischsten Dinge völlig vernünftig klingen zu lassen. Das war ein Talent, mit dem er allein in dieser Woche schon drei Debatten mit Adrian während des Mittagessens gewonnen hatte.

Heute jedoch schien niemand geneigt, eine Diskussion zu beginnen. Da es Freitag war und David nicht in Edinburgh unterrichten mußte, waren wir zu fünft und saßen, immer Männlein und Weiblein abwechselnd, im Halbkreis um das eine Ende des langen Tisches. Peter saß am Kopfende mit dem Rücken zum Kamin, und Fabia und ich nahmen die Plätze zu seiner Linken und Rechten ein. Adrian hatte als Linkshänder den Stuhl neben Fabia zugewiesen bekommen, was seinem linken Arm ausreichend Bewegungsfreiheit ermöglichte und ihm gleichzeitig gestattete, ein wachsames Auge auf mich zu haben.

Denn Adrian war ein Einzelkind; er teilte nicht gern.

Wenn David sich etwas näher zu mir beugte oder etwas sagte, was mich zum Lachen brachte, mischte Adrian sich jedesmal geschickt ein, wie ein Kind, das eifersüchtig ein abgelegtes Spielzeug bewacht und es niemand anderem gönnt. Da er unverbesserlich war, ignorierte ich ihn meistens und zählte im Geist von hundert rückwärts, während ich zu dem gegenüberliegenden Fenster hinaus auf den friedlichen Anblick von Garten, Feld und Himmel sah. Heute, stellte ich fest, bewunderte ich die Aussicht öfter als gewöhnlich, nicht nur wegen Adrian, sondern weil ich einfach nicht wußte, wo ich sonst hinsehen sollte.

Jeannie hatte sich wie gewöhnlich selbst übertroffen und tischte Platten mit Schinken, Karotten in Senfsauce, Pastinaken und goldgelben, köstlich knusprigen Bratkartoffeln auf. Doch noch nicht einmal Jeannies Kochkünste konnten die seltsame Spannung auflösen, die sich über den Mittagstisch gelegt hatte. Eine Spannung, die so dicht war, daß man sie wie eine Rauchwolke mit jedem Atemzug einatmete und mit halb unterdrückten, räuspernden Geräuschen, die als Gesprächsersatz dienten, wieder heraushüstelte. Der Stimmungswechsel hatte offenbar etwas mit Brian McMorrans Heimkehr zu tun, obwohl niemand seinen Namen erwähnte und er selbst nirgends zu sehen war. Ich vermutete, daß er in der Küche mit seiner Frau zusammen aß, und als ich wieder einmal aus dem Fenster sah, wußte ich, daß meine Vermutung richtig war. Wally Tyler pflegte normalerweise zur Mittagszeit immer lange beim Tee zu verweilen, aber heute sah man seine Mütze in unregelmäßigen Abständen hinter der Gartenmauer auftauchen, umgeben von ärgerlich ausgestoßenen Wölkchen Zigarettenrauchs, die in die regenfeuchte Luft aufstiegen.

Der Regen hatte sich nur als kurzer Schauer herausgestellt – ein »Platsch«, wie David es nannte –, und die Sonne begann schon wieder, die Wolken zu zerstreuen. Unsere Gruppe zerstreute sich ebenfalls, kaum daß die Teetassen geleert waren. Peter machte einen Spaziergang in die Stadt, um die Post zu holen, und David und Wally gingen zurück zum Befestigungsgraben. Adrian, der Fabia überredet hatte, ihm bei seiner Bodenuntersuchung zu helfen, schlenderte pfeifend mit dem Radargerät im Schlepptau hinunter zur Südwestecke.

Ich hätte wahrscheinlich jedem von ihnen ein wenig zur Hand gehen können, aber da ich im Moment nirgendwo wirklich gebraucht wurde, beschloß ich, eine Weile mit Kip hinter den Principia zu spielen und Stöckchen für ihn zu werfen.

Hier konnte ich mich wenigstens wirklich nützlich machen, und Kip war ein williger Stöckchenholer. Nicht wie der Hund meiner Eltern, der sich alles, was man für ihn warf, zwischen die Zähne klemmte und sich hartnäckig weigerte, es zurückzubringen. Kip brachte den Stock nicht nur zurück, er legte ihn sogar ordentlich vor meinen Füßen ab und wartete mit hochgezogenen Lefzen darauf, daß ich ihn erneut warf, worauf er sich mit einem eleganten tänzerischen Sprung umdrehte und voller Begeisterung dem Stock zwischen dicht verzweigtem Unkraut und wilden Blumen hinterherjagte.

Gerade brachte er ihn wieder einmal – wie mir schien zum tausendstenmal – zurück, als er plötzlich stehenblieb, den Kopf hob und die sich langsam erwärmende Luft schnupperte. Nach dem zweiten Schnuppern legte er den Stock sanft im Gras ab und sah erwartungsvoll zur Auffahrt hin, wobei er mit seinem buschigen Schwanz wedelte und ein leises, ungeduldiges Jaulen hören ließ. Ich hatte dieses Verhalten schon öfter an ihm beobachtet, seit ich auf Rosehill war – er zeigte es immer, wenn ein Auto die Auffahrt heraufkam oder einer von uns von einem Spaziergang zurückkehrte. Nur war diesmal nichts in der Auffahrt zu sehen, und für Robbies Rückkehr aus der Schule war es noch viel zu früh.

Kip jaulte wieder leise, und ich schüttelte den Kopf. »Pech, mein Alter«, sagte ich zu ihm. »Falscher Alarm.«

Doch der Collie wedelte beharrlich weiter mit dem Schwanz und gab ein kleines Willkommensbellen von sich. Dann nahm er sein Stöckchen wieder zwischen die Fänge, setzte an mir vorbei und begann, den Hügelkamm entlangzutrotten. Dabei führte er einen merkwürdigen Tanz auf, indem er sich alle paar Schritte umdrehte und mit dem Stock im Maul einen kleinen Satz machte, so daß sein Kopf jedesmal eine bestimmte Höhe erreichte. Jedesmal eine bestimmte Höhe, stellte ich fest, und schlang meine Arme um mich, um den kalten Schauer zu vertreiben, der mir durch die Glieder fuhr …

Genau die Höhe, auf der sich die Hand eines erwachsenen Mannes befinden würde, der einem Hund von der Größe Kips über den Kopf streichelte.

Ich hatte Kip schon oft dasselbe tun sehen, wenn er neben

Wally oder David oder mir einhertollte. Er liebte es, den Kopf gestreichelt zu bekommen. Nur daß diesmal niemand neben ihm ging. Niemand, sagte ich mir mit Nachdruck. Und ganz bestimmt kein Geist.

Doch als der Collie, immer noch freudig mit dem Schwanz wedelnd, wieder auf jene bestimmte Stelle zulief, war mir nicht mehr so tapfer zumute. Ich kehrte auf dem Absatz um und rannte von Panik erfaßt um die Ecke der Principia, um bloß nicht mehr den Pfad des Wächters zu kreuzen.

»Darling, als ich sagte, ich hätte mich Hals über Kopf in dich verliebt, habe ich es nicht ganz so wörtlich gemeint«, stöhnte Adrian, als er sich wieder aufrappelte und Grasbüschel von seinen Hosenbeinen bürstete. »Muß man nicht ›Achtung‹ oder ›Bahn frei‹ oder so etwas schreien, ehe man wie ein geölter Blitz um die Ecke rast?«

»Tut mir leid.« Fürsorglich wischte ich etwas Staub von seinem Ärmel ab. »Alles in Ordnung?«

»Meine Anwälte werden sich mit dir in Verbindung setzen.«

»Quatschkopf. Bist du mit deiner Untersuchung fertig?«

»Mmm.« Seine Augen verengten sich kritisch, als er den rechten Arm beugte, um sein Ellenbogengelenk zu testen. »Wenn du mir versprichst, keine unberechenbaren Bewegungen zu machen, darfst du mir vielleicht bei der Übertragung der Ergebnisse in die Computerdatei helfen. Oder hast du gerade was anderes zu tun?«

»Nein, hab ich nicht.«

Ich war froh, einen Grund zu haben, mich im Inneren des Gebäudes aufhalten zu können, weitab von dem, was dort auf dem Hügel umging. Erleichtert folgte ich Adrian durch die weit offenstehenden Türflügel der Principia. Es war kühler hier drinnen und still, und ein angenehmer Geruch von Sägemehl hing zwischen den Wänden, gegen den die leise summenden Luftfilter oben an den Dachbalken offenbar nichts ausrichten konnten.

Ich rollte meinen Schreibtischstuhl in Adrians Bürobox und sah ihm bei der Arbeit zu, ohne wirklich darauf zu achten, was er tat. Zufrieden merkte ich, daß die Geräusche seines Computers meine abergläubischen Ängste vertrieben wie ein geweihtes Kreuz, das man einem Vampir entgegenhält. Inmitten all dieser glänzenden, summenden Technik erschien der Gedanke an Geister einfach lächerlich.

»Ich habe dich noch gar nicht gefragt«, fiel Adrian ein, »was Howard heute morgen zu deinen Scherben gesagt hat.«

»Howard?« Ich sah ihn verständnislos an, ehe ich mich an den Anruf aus dem Britischen Museum erinnerte. Er schien eine Ewigkeit her zu sein. »Ach, leider nichts, was uns weiterhilft. Er sagt, sie stammen aus der Zeit Agricolas.«

»Nun, das hattest du dir ja schon gedacht, oder?«

»Ja.« Ich fuhr geistesabwesend mit einem Finger über den Stoff meiner verblichenen Jeans. »Was lediglich bedeutet, daß die Schale zu dieser Zeit hergestellt wurde. Es sagt uns nicht, wie lange sie benutzt wurde.«

Er warf mir einen skeptischen Blick zu. »Ein vierzig Jahre altes Gefäß in einem Militärlager? Das ist ein bißchen weit hergeholt, findest du nicht?«

»Sie könnte auch zu einer anderen Zeit zerbrochen worden sein, von jemand anderem«, argumentierte ich.

»Ja, natürlich. Ich bin sicher, daß die wilden Kaledonier, wenn sie nicht gerade damit beschäftigt waren, sich die Gesichter blau anzumalen und andere Stämme zu überfallen, ihre Mahlzeiten aus samischer Keramik zu sich nahmen, die sie den Römern geraubt hatten.«

Weil ich nicht klein beigeben wollte, wechselte ich das Thema. »Howard hat außerdem noch gesagt, daß Doktor Lazenby nach mir sucht.«

Adrian war schon immer schnell im Kombinieren gewesen. Er fuhr herum und fragte mit weit aufgerissenen Augen: »Doch nicht etwa, um dir eine Stelle bei der Ausgrabung in Alexandria anzubieten?«

»Anscheinend schon, ja …«

»Alles klar. Das war's dann wohl für dich hier, oder?«

»Ich weiß es nicht.«

»Verity«, mahnte er und sah mich kopfschüttelnd an. »Ich bin es, Adrian, erinnerst du dich? Ich weiß genau, was allein die Erwähnung des Namens ›Alexandria‹ bei dir bewirken kann.«

»Ja, schon, aber ich habe bisher noch nicht einmal mit Lazenby selbst gesprochen«, verteidigte ich meine Unentschlossenheit. »Und es besteht kein Grund zur Eile – er wird nicht vor September aufbrechen.«

Adrian lächelte mich ungläubig an, ehe er seinen Blick wieder dem Monitor zuwandte. »Also, wenn ich gewußt hätte, daß du dein Herz so an Quinnell hängen würdest, hätte ich dich lieber unten in London gelassen.«

»Hinterher«, erwiderte ich, »weiß man immer alles besser. Außerdem ist es nun zu spät. Wenn ich mich Peter bisher noch nicht verpflichtet fühlte, tue ich es jetzt nach meinem Gespräch mit Howard.«

»Warum? Was hat Howard über ihn gesagt?«

»Nur daß Peter ein alter Spinner sei, den man nicht mehr unter die ernst zu nehmenden Archäologen rechnen sollte.«

Adrian warf mir einen ironischen Seitenblick zu. »Nun ja, Darling …«

»Ach, es ist nicht so sehr das, *was* er sagte, sondern die Art, *wie* er es sagte. Du hättest ihn hören sollen, er war so verdammt überheblich. Das hat mich provoziert«, gestand ich.

»Und dann?«

»Was meinst du mit ›und dann‹?«

»Wie ich dich kenne, hast du Howard seine Überheblichkeit wohl kaum durchgehen lassen.«

Durch seine belustigte Miene herausgefordert, hob ich mein Kinn ein Stück und sagte gereizt: »Nun, wenn du es unbedingt wissen möchtest, ich habe mit ihm um fünf Pfund gewettet, daß wir ein Marschlager aus dem in Frage kommenden Zeitraum finden werden.«

»Ich bin stolz auf dich. Blindes Vertrauen war schon immer deine größte Stärke.«

»Das ist kein blindes Vertrauen, es ist …«

Er unterbrach mich. »Ich werd verrückt«, sagte er gedehnt. Er starrte auf den Computerbildschirm, und etwas in seinem Gesichtsausdruck ließ mich hellwach werden, und ich richtete mich kerzengerade auf.

»Was ist los?«

»Sieh dir das an.« Er rückte ein Stück zur Seite, damit ich meinen Stuhl näher heranrollen und mir die gezackten schwarzen und weißen Linien ansehen konnte. Auf den ersten Blick sah das Profil der von Adrian und Fabia untergeschobenen Graphik auffallend ähnlich: Graben und Wall waren fast an genau der gleichen Stelle durch einen scharfen Einschnitt markiert. Aber Adrian zeigte auf eine andere, weniger auffällige Besonderheit. »Da, siehst du das?«

»Was ist das?«

»Warte einen Moment.« Adrian drückte ein paar Tasten und ersetzte das Bild durch sechs kleinere Ausschnitte, wobei er erklärte: »Ich habe diese Ecke heute nachmittag mehrmals mit dem Radargerät abgeschritten, und das hat mir der Registrierapparat ausgedruckt. Siehst du? Hier ist ein Leuchtfleck. Und dort noch einer.«

Ich betrachtete die Diagramme angestrengt. »Ich sehe drei.«

»Stimmt. Und jetzt«, sagt er, und gab wieder eine Reihe von Befehlen ein, »will ich dir zeigen, wie diese Punkte auf unserer Karte der Ausgrabungsstätte aussehen.«

Die Darstellung auf dem Bildschirm veränderte sich erneut und wurde zu einem topographischen Kartenausschnitt der Südwestecke, auf dem sich die drei mysteriösen Leuchtflecke nun als kleine schwarze Punkte zeigten.

Ich schüttelte den Kopf. »Das könnte alles mögliche sein.«

Ohne auf mich einzugehen, zeichnete Adrian mit der Maus den uns bekannten Verlauf von Graben und Wall ein und setzte einen vierten Punkt hinzu. »Sieh noch mal hin«, forderte er mich auf.

Es war natürlich reine Spekulation, was er da tat – einen vierten Punkt hinzuzufügen, um ein perfektes Viereck zu erhalten, das sich genau dort befand, wo der Wall eine abgerundete Ecke bildete. Dennoch, die Zeichnung legte einige Vermutungen nahe. Bei jeder anderen Ausgrabungsstätte hätte ich gesagt, daß die Punkte Pfostenlöcher darstellten und auf eine vergrabene bauliche Struktur unter der ebenen Grasnarbe deuteten. Und bei jeder anderen Ausgrabung wäre ich versucht gewesen, diese Struktur spontan als Wachturm zu identifizieren, nur ... nur ...

»Ich fürchte, du hast deine fünf Pfund verloren, Darling«, sagte Adrian leise. Er war anscheinend genauso verblüfft wie ich und löste seine Augen vom Bildschirm, um mich direkt anzusehen. »Das hier ist kein Marschlager.«

DRITTES PFERD

And hear at times a sentinel
Who moves about from place to place,
And whispers to the worlds of space,
In the deep night, that all is well.

Tennyson, »In Memoriam«, CXXV

XVI

Quinnell ließ das Ergebnis nicht gelten. »Ihre Geräte müssen verrückt spielen, mein Junge«, sagte er zu Adrian, während er sich vorbeugte und vorwurfsvoll mit dem Finger auf den Computerbildschirm tippte. »Unregelmäßigkeiten in den Erdschichten, nichts weiter. Oder die Überreste eines Gartenschuppens.«

Mir war klar, warum Peter nicht glauben wollte, daß es sich um die Überreste eines Wachturms handelte. Römische Marschlager besaßen keine festen Bauwerke – nur Forts und Festungen waren mit Wachtürmen ausgestattet.

Und bei unserer Ausgrabungsstätte konnte es sich weder um das eine noch um das andere handeln.

Römische Forts waren viel zu klein für eine Legion. Sie waren gebaut worden, um die immer weiter vordringenden Truppen des Reiches zu verteidigen und mit Nachschub zu versorgen, und wurden mit Hilfstruppen besetzt, nicht mit Legionären. Das berühmte Fort bei Housesteads auf dem Hadrian's Wall hätte höchstens ein Viertel der Männer einer Legion aufnehmen können, und auch nur dann, wenn die Legionäre Wange an Wange gestanden hätten.

Die Festungsanlage einer ganzen Legion hätte also ein riesiges Gelände umfassen müssen – über zweihunderttausend Quadratmeter. Und wir wußten durch unsere Vermessungen und bisherigen Ausgrabungen, daß der Befestigungsgraben und der Wall auf Rosehill nur eine Fläche von etwa achtzigtausend Quadratmetern umgaben. Wir hatten es also mit einer Größe zu tun, die irgendwo dazwischen lag – zu groß für ein Fort und zu klein für eine Festung. Aber genau die richtige für ein Marschlager.

Dennoch war nicht zu leugnen, daß Adrian bei seiner Untersuchung unten in der Südwestecke auf etwas gestoßen war. Und dieses Etwas sah tatsächlich sehr nach einem Wachturm aus.

Wir standen zu dritt um den Computer und starrten stirnrunzelnd auf den Bildschirm, bis David hinzukam, einen Blick auf die Graphik warf und eine neue Erklärung vorschlug.

»Könnte eine Vexillatio-Festung sein«, sagte er.

Das war durchaus eine Möglichkeit. Eine *vexillatio* war eine Sondereinheit einer Legion, weshalb deren befestigtes Lager nicht so groß zu sein brauchte wie die Festung einer ganzen Legion und längst nicht so viele Gebäude enthalten mußte. Ich hatte selbst schon einmal bei Clyro in Wales die Festung einer solchen Sondereinheit gesehen, und sie hatte ungefähr die Größe unserer Ausgrabungsstätte gehabt. Und da solche Festungen nur als zeitweilige Basis während eines Feldzugs gebaut wurden, blieben nicht viele Spuren zurück, wenn sie wieder verlassen wurden – ähnlich wie bei einem Marschlager.

Doch Peter wies diese Vermutung ebenfalls kategorisch zurück und weigerte sich, sie auch nur als Möglichkeit einzuräumen. Er wollte schließlich ein Zeugnis aus dem frühen zweiten Jahrhundert finden, und Vexillatio-Festungen stammten im allgemeinen aus dem Jahrhundert davor – aus den Jahren der Eroberungsfeldzüge.

»Nein, nein«, sagte er und tippte wieder ungeduldig auf den Monitor. »Wir werden einen Gartenschuppen oder irgendeinen alten Zaun finden, sonst gar nichts.«

Aber im Lauf der Woche ergab die vorsichtige Erweiterung des Probegrabens eindeutige Hinweise auf Pfostenlöcher, und am Samstag darauf war Peters Optimismus verflogen. »Ein Wachturm«, folgerte er traurig. »Es kann nichts anderes sein.«

Marschlager jedoch waren nie mit Wachtürmen ausgestattet. Was bedeutete, daß es sich bei dem, was wir gefunden hatten, nicht um das Marschlager der Neunten Legion am Vorabend ihrer letzten Schlacht handeln konnte.

Peter seufzte und stocherte mutlos mit einer Schaufel im Erdreich herum. »Nein, das ist wirklich das Schlimmste, was uns passieren konnte.«

Seit ich Peter Quinnell kannte, war dies das erste Mal, daß er unrecht behalten sollte. Denn das Schlimmste trat erst eine halbe Stunde später zutage, und zwar auf der Spitze seiner eigenen Schaufel.

»Und das Allerschlimmste ist«, sagte ich zu Jeannie am nächsten Morgen, als wir in der winzigen, gemütlichen Küche von Rose Cottage saßen, »daß Davids Fachbereichsleiter am Dienstag, also übermorgen, zum Essen kommt, und Peter anscheinend völlig aufgegeben hat.«

Noch nie hatte ich einen Mann so unbeschreiblich deprimiert gesehen, so bar jeden Interesses an allem, was um ihn herum geschah. Seit der Mittagszeit am Tag zuvor hatte ich ihn kaum zu Gesicht bekommen, und wenn ich nach ihm gesehen hatte, hatte er wie ein Häufchen Elend in verdrießlichem Schweigen in einer Ecke gesessen, die Katzen und die Wodkaflasche zum Trost um sich geschart.

Er wollte keine Gesellschaft. Mit einem Gefühl totaler Hilflosigkeit war ich daher nach dem Frühstück zu Jeannie nach Rose Cottage hinuntergegangen.

Sie war eine Frau mit einer sehr beruhigenden Ausstrahlung. Bei all ihrer Energie und ihrer temperamentvollen Art schien eine vollkommene innere Ruhe von ihr auszugehen. Sie hatte etwas Mütterliches, dachte ich. Ja, das war genau der richtige Ausdruck, sie war sehr mütterlich. Meine Teetasse war schon zweimal wieder aufgefüllt worden, und ich hatte bereits einen halben Teller selbstgebackener Schokoladenplätzchen verdrückt.

»Klar, natürlich ist er enttäuscht«, sagte sie, rührte einen zweiten Zuckerwürfel in ihren Tee und nahm einen Schluck. »Es sind also Münzen, die ihr gefunden habt?«

Ich nickte. »Drei römische *Asse* – Kupfermünzen – aus der Zeit Kaiser Domitians. Er war der regierende Kaiser während Acricolas Feldzug.«

»Und wer war Agricola?«

»Ach so, entschuldige. Er war eine Zeitlang Gouverneur von Britannien. Agricola«, erklärte ich, »baute Forts und andere Befestigungsanlagen in ganz Schottland und versuchte, die einheimischen Stämme zurückzutreiben. Aber dann berief ihn Domitian wieder zurück nach Rom, und das Heer zog sich zurück. Sie hatten sowieso nicht genug Männer, um eine richtige Besatzung hier oben aufrechtzuerhalten. Unsere Festung, oder was es auch war, wurde wahrscheinlich im Laufe des Jahres 86 nach Christus erbaut und wieder aufgegeben – lange vor dem Verschwinden der Neunten Legion.«

»Wieso gerade im Jahr 86?«

»In diesem Jahr wurden die Münzen, die wir gefunden haben, geprägt.«

Sie blickte zweifelnd drein. »Aber die Münzen hätten doch schon alt sein können, als sie dort zurückgelassen wurden, oder?«

»Nein.« Ich schüttelte entschieden den Kopf. »Nein, sie waren alle drei in erstklassigem Zustand, überhaupt nicht abgenutzt. Und diese Sorte Münzen nutzte sich sehr schnell ab, nachdem sie einmal in Umlauf gebracht worden war. Also müßten sie ziemlich bald nach ihrer Prägung verschüttet worden sein. Das liefert uns einen recht genauen *terminus post quem*.«

»Oh, ja, genau das dachte ich auch gerade.« Jeannie verzog spöttisch den Mund. »Du bist schlimmer als Davy, wenn es ums Erklären geht.«

»Tut mir leid«, entschuldigte ich mich erneut. »Es ist nur ein Ausdruck, den wir zur Datierung von Ausgrabungsstätten benutzen. Übersetzt bedeutet er den Zeitpunkt, nach dem etwas geschah.«

»Zum Beispiel, daß die Römer hier verschwunden sind, *nachdem* diese Münzen geprägt worden waren?«

»Genau. Wir verwenden einen *terminus post quem* als Hilfsmittel, um einen Datierungszeitraum für eine Ausgrabungsstätte festzulegen, um sagen zu können, wann sie von den Römern besetzt war. Hier auf Rosehill müssen wir nach den Topfscherben, die wir gefunden haben, und jetzt nach diesen Münzen von einem recht engen Zeitraum von wenigen Jahren ausgehen ...«

»*Terminus post quem*«, murmelte sie langsam vor sich hin, als ob sie den Klang der Worte ausprobieren wollte. »Das ist Latein, oder? Kannst du gut Latein?«

»Ja, recht gut. Es ist hilfreich in meinem Beruf.«

»Robbie hat mir erzählt, daß du es kannst. Er will dich schon die ganze Zeit nach einem Wort fragen, aber gestern war nicht der richtige Tag dafür. Deshalb hat er wohl beschlossen zu warten.«

»Er könnte doch auch jederzeit David fragen«, erwiderte ich. »Bei Archäologen gehören Latein und Griechisch zum Studium dazu.«

»Ja, das stimmt«, antwortete Jeannie. »Aber ich glaube, mein Sohn zieht es vor, dich um Rat zu fragen. Du hast die hübscheren Augen.«

Darüber konnte man geteilter Meinung sein, fand ich, aber ich wußte, was sie meinte. Robbie hatte es sich gleich seinem Collie zur Gewohnheit gemacht, mir überallhin zu folgen, während ich meiner Arbeit nachging. Obwohl er noch viel zu jung war, um echte romantische Verliebtheitsgefühle für mich zu hegen, fand er mich offenbar, wie mein Vater sagen würde, »schwer in Ordnung«.

Doch weder von Robbie noch von Kip war im Moment etwas zu sehen. Wahrscheinlich machten die beiden gerade einen kleinen Vormittagsspaziergang mit Wally, vermutete ich.

Und Brian war wieder mit seinem Boot zum Fischen draußen, so daß Jeannie und ich allein waren.

»Nimm noch ein Plätzchen«, forderte sie mich auf und schob den Teller näher zu mir heran.

Das tat ich. »Ich bin froh, daß du da bist. Ich wäre sonst heute morgen verrückt geworden, ohne jemanden zum Reden.«

»Wieso, ist Fabia denn nicht zu Hause?« neckte sie mich.

»Ha, sehr witzig. Und nein, wo du schon fragst – Fabia ist nicht zu Hause. Sie ist nach dem Frühstück mit ihrem Range Rover davongebraust. Schien ziemlich gut gelaunt zu sein, muß ich sagen. Ich glaube nicht, daß sie eine Vorstellung davon hat, wie enttäuschend das alles für Peter ist.«

Jeannie zuckte die Achseln. »Nein, das sieht ihr ähnlich. Fabia findet es zuviel verlangt, Rücksicht auf die Gefühle anderer zu nehmen.« Sie sagte die Worte leicht dahin, aber die Schärfe darin entging mir nicht, und ich fragte mich, ob Fabia wirklich versucht hatte, mit Jeannies Mann anzubändeln.

Trotzdem, dachte ich, war es Fabia gegenüber nicht ganz fair zu behaupten, Peters Gefühle seien ihr gleichgültig. Schließlich hatte sie den Plan mit der gefälschten Radaruntersuchung – sosehr man ihn auch verurteilen mußte – nur zusammen mit Adrian ausgeheckt, um Peter eine Freude zu machen. Und wie jeder Mensch hatte sicher auch Fabia ihre guten Seiten.

Noch ehe ich diese Ansicht äußern konnte, wurde die friedliche Stille in der Küche durch die lärmende Rückkehr von Robbie und Kip gestört. Der Collie, schmutzbespritzt von einem ausgiebigen Spaziergang, begrüßte mich überschwenglich, während Robbie schnell die Hand nach dem letzten Plätzchen ausstreckte.

»Nicht, bevor du dir die Hände gewaschen hast«, befahl Jeannie mit energischem Kopfschütteln. »Sie sind bestimmt voller Keime, weil du immer alles anfaßt.«

Ich unterdrückte ein Lächeln, als ich zusah, wie er widerwillig zum Waschbecken schlurfte und den gleichen Enthusiasmus für Wasser und Seife an den Tag legte wie ich in seinem Alter. Ich wußte zwar nicht genau, wie alt er war, aber ...

»Fast acht dreiviertel«, sagte er und drehte sich zu mir um, als hätte ich meine Gedanken laut ausgesprochen. »Im September werde ich neun.«

Ich seufzte. »*Mußt* du das tun?«

»Was tun?«

»Meine Fragen beantworten, bevor ich sie gestellt habe. Irgendwie fühle ich mich dadurch im Nachteil.«

Jeannie lächelte. »Ja, wir sind alle ein wenig im Nachteil bei diesem Bürschchen hier. Alle außer seinem Dad«, verbesserte sie sich. »Brians Gedanken kann er nicht so gut lesen, stimmt's?« fragte sie ihren Sohn, der nur den Kopf schüttelte.

»Dad ist schwer zu fassen.«

»Ja, das ist er«, stimmte Jeannie zu, wobei ihr Lächeln noch breiter wurde. »Och, beinahe hätte ich es vergessen, was war das doch gleich für ein Wort, nach dem du Miss Grey fragen wolltest? Das lateinische?«

»Solway«, lautete die gedämpfte Antwort, die aus einem Mund voller Plätzchenkrümel kam. »Ich habe es in Mister Quinnells Wörterbuch nachgesehen, aber ich konnte es nicht finden.«

Jeannie zog die Stirn in Falten. »Solway?«

Die dunklen Locken hüpften bestätigend. »Ja, das hat er gesagt. Zuerst dachte ich, er meint den Meeresarm, aber Granny Nan sagt, der hätte damals anders geheißen, und außerdem könnte er kein Englisch.«

Völlig verwirrt schüttelte ich den Kopf. »Wer kann kein Englisch?«

»Der Wächter.«

Ich setzte meine Teetasse klappernd auf dem Unterteller ab. »Der Wächter *spricht*?«

»Ja. Granny Nan sagt, er spricht bestimmt Latein, aber ich kann kein Latein.«

»Er spricht«, wiederholte ich für mich selbst, überrascht, daß mich überhaupt noch etwas überraschen konnte. Rosehill hatte mich dazu gebracht, meine natürliche Skepsis zumindest vorübergehend aufzugeben. Es gab keine Pferde auf der Wiese hinter dem Haus, und doch hörte ich sie jede Nacht dort galoppieren. Es gab keine Geister, aber einer war direkt an mir vorbeigegangen. Und es gab keine Hellseher oder Geisterseher, aber ich wußte auf einmal ganz sicher, daß Robbie die Wahrheit sagte.

Ich räusperte mich. »Spricht der Wächter oft mit dir?«

Robbie hob eine magere Schulter zu einem lässigen Zucken. »Er sagt nur ›solway‹. Dann weiß ich nicht, was ich darauf sagen soll, also geht er wieder weg.«

»Oh.«

»Was heißt ›solway‹ denn nun?«

»Nun, ich glaube, er sagt *salve*, Robbie«, antwortete ich und buchstabierte ihm das Wort. »Das lateinische v wird ungefähr wie unser w ausgesprochen. Und *salve* heißt soviel wie ›guten Tag‹ oder ›hallo‹, es ist eine Begrüßung.«

»Also sagt er nur hallo zu mir?«

»Genau.« Es hatte keinen Zweck, Robbie zu sagen, er solle auch mit *salve* antworten, da er nicht verstehen würde, was der Wächter sonst noch sagen würde. Schade, daß ich den Geist nicht selbst sehen konnte, dachte ich – es wäre sicher eine hochinteressante Erfahrung, sich mit einem römischen Legionär zu unterhalten …

»Was ist?« fragte Jeannie und beobachtete mein Gesicht.

Ich sah auf. »Ach, nichts. Ich habe nur so vor mich hin gegrübelt.«

Kip gähnte unter meinem Stuhl, und Jeannie warf einen Blick auf ihre Armbanduhr. »Och, es ist schon fast elf. Robbie, iß auf und mach dich fertig, sonst kommst du wieder zu spät zur Klavierstunde.«

Er zog eine Grimasse, glitt von seinem Stuhl und trottete den Flur entlang zu seinem Zimmer, während ich meinen kalt gewordenen Tee austrank. »Vielleicht könntest du mich mitnehmen, wenn es dir nichts ausmacht.«

»Was, nach Eyemouth? Aber natürlich.«

»Nur bis zum Ship Hotel, wenn das kein Umweg ist.«

»Oh, zum Ship Hotel?«

Ich nickte, zu sehr mit meinen Gedanken beschäftigt, um ihrem plötzlichen Interesse weiter Beachtung zu schenken. »Ich will David möglichst noch erwischen, ehe er irgendwohin geht. Ich habe ihm einen Vorschlag zu machen.«

»Da wird er sich aber freuen«, sagte Jeannie mit unbewegtem Gesicht, aber ihre dunklen Augen funkelten belustigt, als sie aufstand, um das Teegeschirr wegzuräumen.

»Ja«, murmelte ich geistesabwesend, immer noch in Gedanken. »Ja, er könnte ihm gefallen.«

XVII

Es war schwer, an seinem Gesichtsausdruck abzulesen, was er dachte. Hinter diesem verteufelt gleichmütigen schottischen Gesicht konnte sich alles mögliche verbergen.

Nach einem langen Schluck von seinem frisch gezapften Bier lehnte er sich zurück und streckte gelassen einen Arm über die Lehne der gepolsterten Sitzbank aus. Seine Gestalt wirkte fast zu riesig und zu mächtig für diese kleine Ecke des in Rosarot und hellem Holz gehaltenen Speiseraums. In der Bar wäre er mehr in seinem Element gewesen, hätte ich wetten mögen, aber die Gesprächsfetzen, die durch die gläserne Zwischentür zu uns hereindrangen, klangen nach rauher, bierseliger Männerunterhaltung, und David Fortune war zu sehr Kavalier, um mich dort hineinzubitten.

Er war tatsächlich zuerst in der Bar gewesen, als ich das »Ship« betreten hatte, aber auf ein Wort von der munteren Kellnerin hin war er herübergekommen, einen Teller mit einer halb aufgegessenen Portion Wurstkasserolle in der einen und ein Pint Dunkelbier in der anderen Hand. Er schien beinahe erfreut, mich zu sehen. Aber das war natürlich, bevor ich begonnen hatte, ihm von meinem Vorschlag zu erzählen.

Jetzt zeigte seine Miene nichts außer einer unbestimmten Nachdenklichkeit. Ich rutschte auf meinem Stuhl hin und her und lächelte ihn ein wenig gezwungen an.

»Sie halten es für eine blöde Idee.«

»Nicht blöder als manche andere.« Er sprach langsam und gemessen. »Nein, ich bin nur erstaunt, daß Sie auf so etwas gekommen sind, das ist alles. Ich dachte, Sie glauben nicht an Geister.«

»Tat ich auch ... tue ich eigentlich auch nicht.« Ich zog die Stirn in Falten. »Nicht an alle Geister, jedenfalls. Nur an diesen.«

»Robbies Wächter.«

»Ja.«

»Weil Robbie ihn sieht?«

»Ja.«

»Verstehe.« Er nahm wieder einen langen Zug von seinem Bier und sah mich dann forschend an. »Und Sie meinen also, wir sollten versuchen, ihm Fragen zu stellen.«

»Na ja, wir wissen, daß er redet«, argumentierte ich, »und wir wissen, daß Robbie ihn hören kann. Ich nehme an, daß der Geist Robbie ebenfalls hören kann, aber dafür haben wir natürlich noch keinen Beweis, weil sie verschiedene Sprachen sprechen. Aber ich glaube«, sagte ich und setzte mein Glas mit Nachdruck auf dem Tisch ab, »ich glaube wirklich, daß es einen Versuch wert ist.«

»Und warum glauben Sie das?«

»Wegen Peter. Er redet schon davon, die ganze Ausgrabung hinzuschmeißen, wußten Sie das?«

»Ja«, antwortete er schlicht und ohne Überraschung. »Es wäre nicht das erste Mal für ihn. Er jagt der Neunten schon so lange hinterher, länger als ich lebe, und er verschwendet keine Zeit auf eine kalt gewordene Spur.«

»Aber ist sie denn kalt?« bohrte ich. »Ich meine, finden Sie nicht, daß wir es Peter schuldig sind, jeder Möglichkeit nachzugehen?«

Er sah mich mit einem geduldigen Blick an. »Wir haben die Münzen, Mädchen. Und die Topfscherben. Das sind Zeugnisse wie aus dem Lehrbuch, was die Datierung angeht ...«

»Ja, ich weiß. Aber daß die Römer zu Domitians Zeit hier

waren – und vermutlich auch wieder gingen – heißt doch nicht, daß sie zu einer späteren Zeit nicht wiedergekommen sind, oder?«

Jetzt war es an David, die Stirn in Falten zu ziehen. »Ich bin nicht sicher, ob ich Ihnen folgen kann.«

»Also.« Ich beugte mich vor und versuchte, meinen Gedankengang zu erklären. »Stellen Sie sich vor, Sie sind der Kommandant der Neunten Legion und haben den Auftrag, nach Norden zu marschieren, um die schottischen Stämme zu bekämpfen.«

»Das würde mir nicht im Traum einfallen.«

»Jetzt mal im Ernst. Sie führen also Ihre Legion nach Norden, auf der bereits gebauten Römerstraße. Wenn es hier eine Vexillatio-Festung gegeben hat«, folgerte ich, »dann wird es auch eine Straße gegeben haben. Vielleicht war sie sogar Teil des Devil's Causeway – er führt von York aus in diese Richtung, und wir wissen nicht, wie weit nach Norden er sich wirklich erstreckte.«

Dem stimmte er zu. »Fahren Sie fort.«

»Nun ja, Sie müssen schließlich irgendwo ein Lager aufschlagen, nicht wahr? Und wenn Sie zufällig auf eine verlassene Festung treffen ...«

»Eine Festung der Hilfstruppen«, erinnerte er mich, »war nicht so angelegt, daß sie eine ganze Legion hätte aufnehmen können.«

Wohl wahr, dachte ich. Nur ein Teil einer solchen Festungsanlage bestand aus Unterkünften für die Soldaten, der Rest waren Verwaltungsgebäude, Werkstätten ...

»Aber nehmen wir einmal an, daß es die Gebäude nicht mehr gab. Die Römer pflegten ihre Bauten zu zerstören, wenn sie sich zurückzogen. Zurückgeblieben wäre ein schönes Stück ebener Erde, groß genug, daß eine Legion ihre Zelte darauf hätte aufschlagen können, und geschützt von einem wunderbaren Graben mit dazugehörigem Erdwall.«

»Wir haben keine Anzeichen für eine spätere Besetzung gefunden.«

»Wir graben ja auch erst seit zwei Wochen«, sagte ich trotzig. »Es ist eine verdammt große Ausgrabungsstätte. Und bei einem Marschlager gibt es immer nur wenige Beweise in Form von Fundstücken.«

David lehnte sich zurück und wägte meine Theorie ab. Als er sein Bier austrank, betrachtete er mich über den Rand seines Glases hinweg, als wäre ich ein kleines Fundstück auf seiner Schaufel, das sich der Klassifikation entzog.

»Sie sind ziemlich fest entschlossen, was?«

»Ich finde nur, wir sollten möglichst sichergehen, ehe Peter aufgibt.«

»Und wir alle unseren Job verlieren.« Sein Ton war leicht spöttisch, was mich zornig machte.

»Es hat absolut nichts mit dem Job zu tun.«

»Ja, in Ihrem Fall will ich das gern glauben«, sagte er. »Aber Adrian wird das Geld vermissen, und ich werde es vermissen, in der Nähe meiner Mutter arbeiten zu können, so daß ich ein Auge auf sie haben kann, aber Sie ...« Er schüttelte den Kopf. »Sie haben keine solchen versteckten Interessen, stimmt's, Mädchen? Ich glaube tatsächlich, Sie würden die Arbeit selbst vermissen. Und Peter.

Vor allem, hätte ich gerne gesagt, *bist du es, den ich vermissen würde*. Während der vergangenen zwei Wochen war mir der Anblick Davids, wie er mit großen Schritten über das Feld auf mich zukam, von Tag zu Tag lieber geworden; ich mochte seine tiefe, wohlklingende Stimme und die sicheren Bewegungen seiner großen, kräftigen Hände. Aber zuzugeben, daß ich mich von ihm angezogen fühlte, würde nicht weiterhelfen. Wenn ich von Adrian etwas gelernt hatte, dann das, daß es äußerst unklug war, sich mit einem Kollegen einzulassen. Solche Beziehungen waren von vornherein zum Scheitern verurteilt ... und obendrein höchst unprofessionell.

Außerdem, dachte ich, um mich mit einer kräftigen Portion Realität zu kurieren, bestand keinerlei Gefahr, daß sich etwas zwischen mir und David anbahnte. In den klaren blauen Augen, die mich jetzt beobachteten, lag nichts als ein Ausdruck freundlichen Interesses.

Ich betrachtete angestrengt mein kaum angerührtes Glas Weißwein und versuchte, möglichst sachlich zu klingen. »Natürlich würde ich Peter vermissen. Ich mag ihn sehr. Deshalb fällt es mir auch schwer, ihn in diesem Zustand zu sehen.«

»Er hat seine Depression noch jedesmal überwunden«, versicherte mir David, »früher oder später.«

»Nun, ich würde meine jedenfalls früher überwinden, wenn ich etwas Konstruktives tun könnte.«

»Wie beispielsweise den Wächter zu interviewen?« fragte er lächelnd. »Mir scheint, Sie und Robbie können das auch alleine bewältigen. Sie brauchen mich nicht dazu.«

Ich widersprach ihm. Am hellichten Tag mutig zu sein war eine Sache, aber des Nachts über ein Feld zu streifen und auf einen Geist zu warten war nicht unbedingt nach meinem Geschmack. Ich würde mich wesentlich wohler bei dieser Unternehmung fühlen, wenn ich Davids große, breite Gestalt neben mir wüßte, die mich vor Gefahr bewahren konnte. Aber das sagte ich ihm natürlich nicht. Statt dessen behauptete ich: »Mein Latein ist ein wenig eingerostet. Ich hätte gern jemanden dabei, der es besser kann als ich, und Peter zu fragen wäre ja wohl nicht gerade angebracht, oder? Ich meine, wenn der Wächter sich als Legionär der Neunten herausstellen sollte, ist alles gut und schön, aber wenn nicht, glaube ich kaum, daß Peter es von ihm selbst hören möchte.«

»Nein«, stimmte David zu, »das wäre keine große Hilfe.«

»Außerdem«, fügte ich hinzu, »sollten mehrere von uns dabeisein, wenn wir das machen. Damit ausgeschlossen ist, daß uns jemand einen Streich spielt.«

»Och, darüber brauchen Sie sich keine Sorgen zu machen. Ich glaube nicht, daß Peter Sie verdächtigen würde, ihm einen Bären aufzubinden.«

»Nein, Peter nicht«, sagte ich, ohne zu überlegen, »aber Sie vielleicht.«

Womit ich, wie ich mit einem innerlichen Aufstöhnen bemerkte, mehr verraten hatte, als mir lieb war. Schließlich konnte es mir egal sein, was David von mir dachte …

Er hob eine Augenbraue und schien überrascht. Doch gerade als er mich mit neuem Interesse zu betrachten begann, wurde ich unerwarteter- und unwillkommenerweise von einer vertrauten, weichen Stimme hinter mir gerettet.

»Also, das ist wirklich ein seltener Anblick«, bemerkte Adrian lakonisch. »Ein Schotte vor einem leeren Glas.«

David reagierte gutmütig auf die Stichelei. »Dann spendierst du mir am besten schnell ein neues.«

Fabia, die plötzlich an Adrians Seite aufgetaucht war, ließ mit einer lässigen Bewegung ihren Mantel von den Schultern gleiten. »Und mir kannst du einen Kaffee bestellen, wenn du schon dabei bist.«

David rückte auf der Sitzbank weiter, um ihr Platz zu machen, und fragte neckend: »Nur einen Kaffee?«

»Ich muß noch fahren«, erklärte sie. Sie ließ sich auf der Bank nieder, fuhr sich glättend mit den Fingern durch ihr helles Haar und sah David scherzhaft-vorwurfsvoll an. »Weht der Wind hier immer so heftig? Den Rover hat es beinahe von der Straße abgetrieben.«

David versicherte ihr, daß der Wind nicht lange in dieser Stärke anhalten würde. »Manchmal«, sagte er ernsthaft, »dreht er auch und weht dann von Osten.«

»Na toll«, meinte Adrian. »Da haben wir ja was, worauf wir uns freuen können.« Er setzte sich mit zwei tropfenden Biergläsern in den Händen zu uns an den Ecktisch. »Der Kaffee kommt gleich«, sagte er zu Fabia. »Und, Verity, meine Liebe, ich habe ganz vergessen, dich zu fragen, ob du auch etwas möchtest. Bist du noch versorgt mit dem da?« Er deutete mit dem Kinn auf mein immer noch fast volles Weinglas, und ich nickte.

David hob bedächtig sein Pint. »Sie war zu sehr mit Reden beschäftigt, um zu trinken.«

»Aha«, sagte Adrian in anzüglichem Ton. Nachdem er

Fabias Kaffee geholt hatte, setzte er sich neben mich und legte mit einer selbstverständlichen, besitzergreifenden Geste einen Arm über meine Stuhllehne. »Also, worüber habt ihr beide euch denn so angeregt unterhalten?«

Die Frage sollte nebensächlich klingen, aber er täuschte mich keine Sekunde lang. *O nein*, dachte ich, *er spielt den Eifersüchtigen.* Wie ich aus Erfahrung wußte, konnte Adrian einem furchtbar auf die Nerven gehen, wenn er eifersüchtig war.

»Ach, über dies und das«, antwortete David, der Adrians spitzen Tonfall entweder nicht bemerkt hatte oder sich nicht darum kümmerte. Er warf Fabia einen abschätzenden Blick zu. »Wie ist dein Latein, Mädchen?«

Sie sah verständnislos auf. »Mein was?«

Adrian setzte sein Glas ab und grinste. »Ich war selbst nicht besonders gut in Latein in der Schule. Ich bin bei jeder Sprache verloren, in der die Wörter Geschlechter haben. Warum um alles in der Welt ist zum Beispiel *legio* weiblich? Eine Legion bestand aus lauter Männern, es war überhaupt nichts Weibliches an ihr. Keine Logik, das ist das Problem bei der Sache. Und die Deklinationen konnte ich auch nie begreifen. Verity dagegen ist sehr bewandert in Latein, stimmt's Darling? Zumindest«, präzisierte er, »*liest* sie es sehr flüssig. Man muß wohl davon ausgehen, daß sie es auch versteht.«

Fabia runzelte kokett die hübsche Stirn und sah David dabei an. »Welchen Unterschied würde es machen, wenn ich Latein könnte?«

»Keinen. Es ist nur so, daß Verity und ich«, begann er und holte mit einem Blick mein Einverständnis ein, ehe er fortfuhr, »uns überlegt haben, Kontakt mit Robbies Wächter aufzunehmen, um zu erfahren, ob er mit uns spricht.«

Adrian schnaubte ungläubig. »Ihr macht Witze.« Sein Blick schnellte zwischen David und mir hin und her. »Verity glaubt doch gar nicht an Geister.«

»Tut sie das nicht.« Die höfliche schottische Stimme hatte

die Worte nicht als Frage intoniert, aber Adrian antwortete trotzdem darauf.

»Nein, tut sie nicht. Sie ist von Kopf bis Fuß praktisch und vernünftig. Ich muß es schließlich wissen«, erinnerte er David in einem Ton, der so glatt war wie polierter Stahl. Sein Lächeln sollte andeuten, daß er mich auch sonst von Kopf bis Fuß kannte, aber wenn er gehofft hatte, David zu provozieren, wurde er enttäuscht.

David zuckte nur die Achseln. »Frag sie doch selbst.«

Adrian richtete seine dunklen Augen auf mein Gesicht und las darin mit der Leichtigkeit langer Übung. »Mein Gott«, sagte er, »du glaubst tatsächlich an unseren römischen Freund, nicht wahr?«

»Ja.« Ich hob mein Weinglas an die Lippen und machte mich auf die unvermeidlichen Einwände gefaßt, gestützt auf Beispiele von Täuschungen und erfundenem Geisterspuk. Glücklicherweise ergriff Fabia zuerst das Wort.

»Also, Peter glaubt jedenfalls an ihn«, sagte sie. »Peter denkt, daß all unsere Schwierigkeiten mit der Computeranlage irgendwie mit dem Geist zusammenhängen.«

»Ach komm, ich bitte dich.«

»Nein, wirklich – das denkt er. Schließlich konnte der Systemanalytiker keinen Fehler finden ...«

Adrian verdrehte in gespielter Verzweiflung die Augen. »Ich bin von lauter Verrückten umgeben.«

David lächelte gelassen. »Da du also nicht an Geister glaubst, kann ich davon ausgehen, daß du nicht an unserer kleinen Séance teilnehmen möchtest?«

»Davon kannst du allerdings ausgehen.«

Fabia dagegen war offenbar von der Idee fasziniert. »Glaubt ihr wirklich, ihr könntet mit ihm reden?«

Ich nickte. »Er hat bereits versucht, mit Robbie zu sprechen, aber Robbie konnte ihn natürlich nicht verstehen, weißt du.«

Adrians Augen verdrehten sich ein zweites Mal in Richtung Decke. »Oh, bitte.«

»Bleib ruhig skeptisch, wenn du möchtest«, antwortete ich standfest. »Ich bin jedenfalls bereit, es auszuprobieren.«

Fabia sah nachdenklich vor sich hin und schien den Plan im Geiste durchzuspielen. »Ihr würdet also Robbie mit auf das Feld nehmen und ihn mit dem Geist sprechen lassen, richtig?«

Ich nickte. »Und David und ich würden übersetzen.«

»Und Peter natürlich.«

Ich warf David einen Blick zu, und er richtete sich auf seiner Bank auf und antwortete in sachlichem Ton. »Ich finde nicht, daß wir Peter mitnehmen sollten, Mädchen. Nicht beim ersten Mal.«

Sie dachte darüber nach und nickte dann, als sie verstanden hatte. »Falls es nicht klappt, meint ihr.«

Ich biß mir auf die Unterlippe. »Oder falls der Geist etwas sagt, das Peter nicht unbedingt hören möchte. Unser Wächter könnte ja schließlich aus der falschen Legion sein ...«

Adrian sah mich ungläubig an und gab ein Geräusch von sich, das wie eine Mischung aus Glucksen und Stöhnen klang. »Der Geist«, versicherte er mir, »wird keinen verdammten Ton von sich geben, das ist dir doch klar?« Er sah David an. »Du mußt doch wissen, wie idiotisch ...«

»Wir haben schließlich nichts zu verlieren«, unterbrach David ihn ruhig. »Peter wird die Ausgrabung wahrscheinlich sowieso abblasen, aber ...«

»Wie bitte?« Adrian war auf einmal ganz Ohr.

»Ja, es sei denn, wir finden etwas, das einen Hinweis auf eine spätere Anwesenheit von Römern in der Festung liefert ...«

»Du meinst, er wird einfach ganz aufhören? Das Haus verkaufen?«

»Ja«, wiederholte David gedehnt, als spräche er zu einem Schwachsinnigen. Ich glaubte, bei Adrians Reaktion einen kleinen amüsierten Schimmer in seinen blauen Augen zu erkennen, aber seine Miene blieb unverändert, und vielleicht hatte ich mich auch getäuscht.

»Na dann.« Adrian stürzte sein Bier hinunter, als wäre er kurz vorm Verdursten. »Na, dann denke ich, daß es nichts schaden kann, wenn wir ein wenig mit diesem Geist plaudern.«

»Also alle einverstanden? Gut.« David stieß sich mit dem Rücken von der Lehne der Sitzbank ab, stemmte die Ellbogen auf den Tisch und bedachte uns alle mit einem zufriedenen, unternehmungslustigen Blick. »Dann verrate ich euch jetzt, was wir tun werden.«

XVIII

Wir mußten eine merkwürdige kleine Truppe gebildet haben, als wir uns in der Stille der Nacht hinter den Ställen versammelten. Elf Uhr war die verabredete Zeit für unsere Zusammenkunft gewesen, aber es war schon beinahe halb zwölf, als endlich alle eingetroffen waren. Fabia kam als letzte.

»Alles klar«, keuchte sie, außer Atem nach dem Spurt vom Haus, das jetzt völlig im Dunkeln lag, den grasbewachsenen Hang hinauf. »Peter schläft fest, ich habe nachgesehen. Wir müßten freie Bahn haben.«

»Gut.« David warf einen schnellen, prüfenden Blick in die Runde. »Wo zum Teufel steckt Adrian?«

»Ich bin hier«, antwortete Adrian und trat hinter den schwarzen Umrissen einer Baumgruppe hervor, die die Sicht auf das Nachbarfeld versperrte. Kip kam gleichzeitig mit ihm, das leichte Tapsen seiner Pfoten war auf dem dichten, weichen Gras und den heruntergefallenen Zweigen kaum zu hören, und seine schimmernden Augen reflektierten das Mondlicht.

Das Ende von Wallys Zigarette glühte rot vor dem Hintergrund der dunklen Stallwand. »Wir sollten besser anfangen«, riet er, »damit das Jungchen hier wieder ins Bett kommt.«

Robbie, der seinen Schlafanzug, hohe Gummistiefel und eine Jacke seines Vaters trug, die ihm bis zu den Knien reichte, versicherte seinem Großvater fröhlich, daß kein Grund zur Eile bestehe. »Ich muß morgen nicht zur Schule.«

»So?« Wally zog die Augenbrauen hoch. »Wer hat das denn gesagt?«

»Mam.«

»Er wird morgen erst mal ausschlafen müssen«, verteidigte Jeannie ihre Entscheidung, »und es ist ja nur der eine Tag.«

Fabia trat ungeduldig von einem Fuß auf den anderen. »Sind wir dann soweit? Davy?«

»Ja.« David richtete eine Taschenlampe auf seine Armbanduhr, warf noch einen letzten forschenden Blick auf das schlafende Haus und machte Robbie ein Zeichen. »Wir können hier nicht bleiben«, sagte er, »weil wir Peter mit unseren Stimmen vielleicht aufwecken würden. Kannst du uns ein wenig weiter wegführen, dorthin, wo der Wächter entlanggeht?«

Robbie nickte. »Er geht hier lang.«

Es war leicht, der kleinen, hüpfenden Gestalt in der übergroßen Jacke in östlicher Richtung entlang des Hügelkamms zu folgen, der die Grenze des großen, verlassenen Feldes markierte. Der Mond stand hell am mitternächtlichen Himmel und beleuchtete die Landschaft, so daß ich das Patchworkmuster anderer Felder zu unserer Linken erkennen konnte, das in einen ausgefransten Saum von schwärzlich in der Ferne aufragenden Bäumen auslief.

Der Wind hatte sich zu einem sanften Flüstern gelegt, und die Wolken bildeten nur noch einzelne Streifen von dunklem Grau, die über die fast volle Scheibe des Monds zogen. Flüchtige Schatten huschten auf der Suche nach Deckung über die Wiese.

Ein größerer Schatten schnellte an mir vorbei, und mir stockte der Atem, aber es war nur Kip.

»Buh«, machte Adrian hinter meinem Rücken.

Ich warf ihm einen Kraftausdruck an den Kopf. Neben mir blieb Fabia plötzlich stehen.

»Hört mal, das ist doch sicher weit genug«, sagte sie, die Hände tief in den Taschen ihrer Jacke vergraben. »Davy, sind wir jetzt nicht weit genug weg?«

Er stimmte ihr zu. Wir hatten das Feld etwa zu einem Viertel überquert und waren mindestens hundert Meter vom Haus entfernt. Die Chance, daß Peter uns hier hören konnte, war gering, es sei denn, wir schrien.

»Die perfekte Nacht für eine Geisterjagd«, sagte Adrian und warf sich der Länge nach ins Gras. »Reich mir mal mein Fläschchen, Verity, Liebste. Oder hast du es schon ausgetrunken?«

»Ich habe nur einen Schluck probiert.« Ich suchte in meiner Jacke nach dem lederbezogenen Flachmann. »Abscheuliches Zeug.«

»Tja, russischer Wein ist nicht gerade bekannt für sein feines Bouquet«, antwortete er und nahm einen kräftigen Schluck.

Jeannie lächelte. »Ein Geschenk von Brian, ja?«

»Nicht gerade ein Geschenk. Ich habe ihm zehn Pfund für die Kiste bezahlt, glaube ich.« Er legte den Kopf schief und grinste sie an. »Nicht, daß ich mich noch besonders deutlich an den Handel erinnern könnte. Wir hatten nämlich zusammen schon eine Flasche davon geleert.« Er bot der Runde den Flachmann an, aber nur Fabia war mutig genug, ihn zu nehmen. Sie trank einen Schluck, hustete kurz und reichte ihn an Adrian zurück.

»Mein Gott.« Sie zog eine Grimasse. »Fürchterlich.« Sie strich sich ein paar zerzauste Strähnen aus den Augen, zog die Knie hoch und stützte ihr Kinn auf die Hände. »Ich dachte gerade daran, daß wir gar nicht sicher wissen, ob dieser Geist auch nachts umgeht, oder? Ich meine, Robbie hat ihn immer nur bei Tag gesehen.«

»Das stimmt«, sagte Jeannie verständig. »Aber die Wahrscheinlichkeit ist doch recht groß ...«

»Geister gehen immer um Mitternacht um«, behauptete Adrian. »Hast du denn als Kind überhaupt keine Gespensterfilme gesehen?«

»Er wird kommen«, sagte Wally mit ruhiger Gewißheit. »Er geht bei Nacht genauso um wie bei Tag. Fragt nur den Hund da.«

Ich sah zu der Stelle, wo der Collie mit erhobenem Kopf und gespitzten Ohren im Gras ausgestreckt lag, und dachte daran, daß es sicher Wally war, der nachts mit Kip hinausging, wenn Robbie schon längst im Bett lag. Vielleicht hatte Wally gesehen, was ich gesehen hatte – wie der Hund um die Beine eines unsichtbaren Begleiters herumtanzte, den Kopf reckte, um gestreichelt zu werden, und mit seinem langen Schwanz wedelte. Das war ein Anblick, den man nicht so leicht wieder vergaß.

Irgend etwas, wahrscheinlich ein kleines Nachttier, huschte durch das ruppige Gras, und Kip gab ein kurzes begieriges Jaulen von sich, aber Wally streckte eine Hand aus, um den Collie ruhig zu halten. Ich sah von dem wartenden Hund auf das vom Mondlicht beschienene Profil des alten Mannes und kratzte mich nachdenklich am Bein. »Glauben Sie an Geister, Wally?«

Er zuckte unverbindlich mit den Achseln. »Kommt drauf an.«

»Ihr seid alle Spinner«, verkündete Adrian träge, hob den Kopf und stützte sich auf seinen Ellbogen ab. »Ein Geist ist nur eine Projektion eines labilen menschlichen Geistes.«

Davids ruhige Stimme ertönte. »Und das ist eine Tatsache?«

»Das ist es. Meine Güte, ich arbeite jetzt seit zwei Monaten hier und streife ständig mit meiner Ausrüstung über dieses Feld, und ich hätte es bestimmt bemerkt, wenn hier etwas Ungew...«

»*Salve*«, sagte Robbie.

Er saß dicht bei mir zu meinen Füßen, und der plötzliche Klang seiner hellen Stimme ließ mich zusammenfahren. Ebenso plötzlich drehte Robbie sich um und zeigte mir ein breites Grinsen. »Hey, es funktioniert!«

Ich mußte ein paarmal schlucken, ehe ich etwas sagen konnte. »Das ist prima, Robbie. Wo ist er?«

Nie hätte ich gedacht, daß meine Stimme so ruhig klingen könnte, während ich innerlich alles andere als ruhig war.

Meine Nerven flatterten wie gefangene Vögel in einem Käfig, und mein Herz schlug einen harten, schnellen Rhythmus in meiner Kehle. Der Plan, mit dem Wächter zu sprechen, war als Idee ja ganz hübsch gewesen, dachte ich, doch mein Wagemut schrumpfte zusehends zusammen angesichts der Gewißheit, daß sich unser Geist nun direkt vor uns befand.

»Genau da«, sagte Robbie und zeigte auf eine Stelle in der Luft.

David rutschte ein paar Meter den Abhang herunter auf uns zu und kam direkt hinter mir zu einem abrupten Halt, wobei er sich mit einer Hand auf meiner Schulter abstützte. Ich konnte seine Wärme durch meinen dicken Pullover hindurch spüren, aber ich glaube nicht, daß er die Berührung überhaupt bemerkte. Als ich zu ihm aufsah, blickte er unverwandt ins Dunkel. »Sag *›salve, custos‹*, Robbie«, wies er den Jungen an.

»Was heißt *custos?«*

»Wächter.«

Wir schwiegen jetzt alle, die Oberkörper erwartungsvoll nach vorn gebeugt, als Robbie die Worte pflichtbewußt nachsprach. Ich zählte meine Herzschläge ... eins ... zwei ... bis der Junge sich wieder zu uns umdrehte und David ansah. »Er sagt nichts, aber er lächelt. Er sieht dich jetzt gerade an.«

»Wirklich?« David starrte einen Moment lang nachdenklich ins Nichts, bevor er seine Stimme hob und in perfektem Latein erklärte, daß wir unseren längst verstorbenen Besucher leider nicht sehen oder hören könnten und daß er durch Robbie mit uns sprechen müsse.

»Also Robbie«, murmelte David, »wenn er jetzt etwas sagt, egal was, auch wenn es nur wie ein Geräusch klingt, wiederholst du es, ja? Wie ein Papagei.«

»In Ordnung.«

David versetzte meiner Schulter einen Stups. »Also los«, forderte er mich auf. »Es war Ihre Idee. Sie dürfen die erste Frage stellen.«

Fabia, die offenbar die ganze Zeit die Luft angehalten

hatte, stieß sie mit einem schnellen, aufgeregten Pusten wieder aus. »Frag ihn«, zischte sie, »ob er weiß, daß er ein Geist ist.«

Adrian warf trocken ein, daß jemand, der seit Hunderten von Jahren über dasselbe Feld streift, sicher selbst so etwas wie eine vage Vermutung haben müsse ...

Ich brachte ihn mit einem vernichtenden Blick zum Schweigen. »Kannst du jetzt mal ernst sein?«

Adrian verdrehte die Augen. »Ja, ja, schon gut. Ihr redet hier mit der Luft, und ich soll ernst bleiben.«

Ich öffnete den Mund zu einer scharfen Antwort, aber die große Hand auf meiner Schulter schloß sich zu einem warnenden Druck, und im selben Moment flüsterte Jeannie eindringlich: »Verity!«

»Was?« Ich drehte mich schnell wieder um und sah, was sie erschreckt hatte.

Der Wächter hatte sich bewegt.

Robbie, der immer noch neben mir saß, hatte seine Augen auf eine Stelle einen halben Meter von meinem Gesicht entfernt gerichtet. Ich schnappte vor Schreck hastig nach Luft, stellte fest, daß ich nicht wieder ausatmen konnte, und schluckte statt dessen fest. »Robbie«, fragte ich vorsichtig aus Angst, auch nur den kleinsten Muskel zu bewegen, »was macht er gerade?«

»Er hat sich hingehockt«, kam die Antwort, »wie um Sie besser sehen zu können. Jetzt streckt er seine Hand aus, ich glaube, er will Ihr Haar anfassen.«

David stieß einen leisen Fluch aus, sein Atem streifte warm meinen Nacken. Schon möglich, daß ich mir die sanfte Berührung des Wächters und den Kälteschauer, der mir dabei über die Haut fuhr, nur einbildete – ich hatte schon immer eine lebhafte Phantasie. Aber das hinderte mich nicht daran, trotzdem wie Espenlaub zu zittern.

Adrian, immer noch nicht überzeugt, hob wieder seinen Flachmann mit dem Wein an den Mund. »Nun mach schon, Verity, Schätzchen. Das ist deine Chance, eines der kleinen

Rätsel der Geschichte zu lüften. Frag deinen Freund, welcher Legion er angehörte.«

Er sagte es natürlich zum Spott, aber ich fand meine Stimme wieder und stellte die Frage trotzdem.

Es kam keine Antwort aus der Nacht. Und falls Robbie eine Antwort gehört hatte, gab er sie nicht an uns weiter. Er rappelte sich plötzlich auf und starrte verunsichert in die Dunkelheit. Hinter ihm ließ Kip ein durchdringendes Jaulen hören und versuchte, sich aus Wallys Griff zu befreien, aber auch das schien Robbie nicht zu bemerken. Langsam, als würde er dem Blick eines anderen folgen, drehte er sich um und sah zum Haus hinunter.

Hinter den Fenstern war es nicht mehr dunkel. Helles Licht brannte in der Küche und im oberen Flur, und im selben Moment, als ich das registrierte, hallte ein bekanntes Geräusch über das Feld – das Starten eines Automotors. Der Motor stotterte kurz, sprang an und surrte; dann wurde Gas gegeben, bis aus dem Surren ein Dröhnen wurde und zwei gelbe Scheinwerferlichter in der Allee der Auffahrt aufflammten.

Die Scheinwerfer beleuchteten kurz die roten Ziegel von Rose Cottage und wechselten dann abrupt die Richtung, als das Auto mit quietschenden Reifen auf die Hauptstraße einbog.

»Er fährt«, sagte Robbie drängend. »Davy, er fährt. Er will …« Er brachte den Satz nicht zu Ende. Seine großen Augen blickten uns auf einmal angstvoll an, und gerade als Jeannie einen Sprung auf ihn zu machte, um ihn aufzufangen, sank er wie eine Stoffpuppe in sich zusammen und fiel mit dem Gesicht nach vorn ins Gras.

»Schon gut«, sagte Jeannie und hob ihn sanft auf. »Er hatte nur eine Vision, er wird gleich wieder zu sich kommen.« Aber ihr Gesicht im kalten Mondlicht wirkte nicht so zuversichtlich, wie sich ihre Worte anhörten.

Adrian hatte in seiner typischen Selbstsucht nur eines bemerkt. »Das war mein Wagen«, platzte er verärgert heraus.

»Der verdammte Mistkerl hat meinen Wagen genommen!« Mit diesen Worten wirbelte er herum und spurtete auf das Haus zu, während wir anderen ihm nach einem kurzen Blickwechsel etwas langsamer folgten.

Auf dem ebenen Kiesstreifen am Ende der Auffahrt stießen wir auf Brian McMorran, der sich seinen Hosenboden abwischte. »So ein Wahnsinniger«, sagte er verärgert. »Hat mich beinahe über den Haufen gefahren.«

Fabia starrte ihn ungläubig an. »Das war doch nicht Peter, oder?«

»Er hat meinen Wagen genommen«, wiederholte Adrian düster, seinen Blick auf das leere Parkviereck auf dem Kiesboden gerichtet, wo sein leuchtend roter Jaguar hätte stehen sollen.

Wally sah seinen Schwiegersohn mißtrauisch an. »Was machst du denn hier? Wieso kommst du um diese Zeit nach Hause?«

Brian richtete sich auf, fuhr sich mit einer Hand durch sein graumeliertes Haar und stieß ein unfrohes Lachen aus. »Wenn ich diesen Empfang vorausgeahnt hätte, hätte ich in der Stadt übernachtet«, erwiderte er. Er fischte in seiner Hosentasche nach einer Zigarette und zündete sie sich an, wobei er Jeannie über die Streichholzflamme hinweg einen fragenden Blick zuwarf. »Ich könnte euch übrigens dasselbe fragen – das Cottage war leer, als ich ankam.«

»Wir waren draußen auf dem Feld«, antwortete sie.

»Auf dem ...?« Er brach ab, schien Robbies Zustand erst jetzt zu bemerken und preßte wütend die Lippen aufeinander. »Zum Teufel, ihr wart doch wohl nicht hinter diesem Geist her? Was geht in deinem Kopf vor, Frau? Gib ihn mir.« Die tätowierten Arme schlossen sich schützend um den Jungen. »Du hast ihn überfordert, siehst du?«

Jeannie biß die Zähne zusammen und verteidigte sich. »Er wollte Peter helfen«, erklärte sie. »Und es war nicht der Geist, weswegen er in Ohnmacht gefallen ist. Er hat etwas anderes gesehen, etwas ...«

Robbie bewegte sich, als er die Stimme seiner Mutter hörte. »Granny Nan«, murmelte er schwach. »Davy, Granny Nan ... du mußt gehen.«

In der plötzlichen Stille trat David mit angespanntem Gesicht näher an Robbie heran und beugte sich über ihn. »Wohin soll ich gehen, mein Junge?«

»Krankenhaus ...«

»Mein Gott.« David fuhr herum, seine Augen waren ganz dunkel. »Fabia, hol mir den Schlüssel für den Range Rover.«

»Aber Davy ...«

»Tu's einfach«, fuhr er sie an.

Robbie fiel in den Armen seines Vaters wieder in seinen Trancezustand. Selbst als David gefahren war und die Rücklichter des Rovers als schwach leuchtende rote Punkte in der Ferne verschwanden, rief er immer noch nach ihm. »Davy ... Davy ... Granny Nan. Muß helfen, muß ... nona ...«

»Was war das?« Aufgeschreckt drehte ich mich um. »Robbie, was hast du ...«

»Lassen Sie den Jungen in Ruhe!« Brian drückte seinen Sohn fest an seine Brust und sah mich voller Verachtung an. »Er hat nichts gesagt, lassen Sie ihn endlich in Ruhe.«

Aber ich wußte, was ich gehört hatte.

»Nona«, hatte Robbie gesagt. Das konnte die verzögerte Antwort auf die Frage sein, die ich dem Wächter gestellt hatte, ehe der Junge zusammengebrochen war. *Welcher Legion gehörst du an?* hatte ich ihn gefragt.

Und *nona* war das lateinische Wort für »neunte«.

XIX

Irgendwo in einer der dunklen Nischen des Eßzimmers begann eine Wanduhr leise zu surren und die Stunde zu schlagen: vier Uhr morgens. Ich streckte mich auf meinem Fenstersitz und seufzte. Das Haus wirkte sehr verlassen, wenn alle schliefen.

Fabia, die sich vernünftigerweise gesagt hatte, daß es für sie nichts weiter zu tun gab, war schon vor längerer Zeit zu Bett gegangen. Ich hatte erwartet, daß Adrian, der immer noch wegen seines geliebten Wagens besorgt war, etwas länger mit mir aufbleiben würde, aber nachdem er sich mit einem alten Brandy aus Peters Hausbar getröstet hatte, war er friedlich eingenickt. Ich hatte ihn schnarchend auf dem Sofa im Wohnzimmer zurückgelassen, auf dem er sich in voller Länge ausgestreckt hatte. Selbst Wally, der kein großes Bedürfnis gezeigt hatte, mit den McMorrans nach Hause zu eilen, hatte sich schließlich verabschiedet, und das kleine Cottage schlummerte nun in der Dunkelheit am Fuße der Auffahrt.

So war nur ich übriggeblieben, die unruhig und schlaflos von Zimmer zu Zimmer wanderte, aber immerhin die Katzen zur Gesellschaft hatte.

Doch selbst die ließen eine gewisse Ausdauer vermissen. Murphy hatte es bald aufgegeben, mir zu folgen, und hatte sich ein warmes Plätzchen in der Küche gesucht, wo er geduldig wartete, daß ich wieder auftauchte, während ich meine rastlosen Runden drehte. Die etwas anhänglichere Charlie war zum sanften Protest gegen mein ständiges Hinundhergelaufe übergegangen, indem sie sich einfach jedesmal auf meinem Schoß niederließ, sobald ich mich irgendwo hinsetzte. Als ich jetzt wieder von meinem Fensterplatz aufstehen wollte, grub die kleine graue Katze ihre Krallen leicht in mein Knie und gab ein klagendes Miauen von sich.

»Tut mir leid, Kleine.« Ich hob sie hoch und legte sie mir über die Schulter, während ich aufstand und mich von meinem Spiegelbild in dem hohen, glänzenden Fenster abwandte.

In der Küche setzte ich Charlie auf dem Stuhl neben dem großen schwarzen Kater ab und füllte den Wasserkessel, um eine weitere Kanne Tee zu kochen. Die beiden Katzen schienen einen Blick duldsamer Nachsicht zu tauschen, und ich bildete mir ein, Murphy seufzen zu hören, ehe er damit begann, sich ausgiebig zu putzen. Ich brachte ihren nächtlichen Rhythmus durcheinander, das wußte ich. Normalerweise würden sie zu dieser Stunde friedlich zusammengerollt auf meinem oder Peters Bett schlummern.

Aber Peter war nicht da, und nach allem, was ich draußen auf dem Feld erlebt hatte, wußte ich, daß ich unmöglich würde schlafen können. Nach oben ins Bett zu gehen wäre eine völlig sinnlose Aktion. Selbst wenn ich das Licht anlassen würde, würde ich doch auf jeden noch so kleinen Luftzug im Zimmer achten, auf jede knarrende Bodendiele, jeden schrägen Schatten in der Ecke.

Vor einem Monat noch, sagte ich mir kopfschüttelnd, hatte ich nicht an Geister geglaubt. Jetzt hörte ich sie in der Stille hinter mir atmen und spürte den kalten Schauer der Angst langsam über meinen Nacken kriechen.

Es war nicht der Wächter selbst, der mich so schreckhaft gemacht hatte. Es war vielmehr die *Vorstellung* von ihm – das Wissen, daß in der Dunkelheit hinter den Fenstern etwas umging, wachte und wartete …

Das Wasser im Kessel begann zu kochen. Ich wandte mich

vom Fenster ab und zwang mich mit zitternden Händen, den Tee zuzubereiten. *Sei nicht so ein Feigling*, schalt ich mich. *Fabia ist oben und Adrian nur ein paar Zimmer weiter, und Peter wird bald zurück sein.*

Der Gedanke an Peter war eine willkommene Ablenkung. Besorgt sah ich zur Küchenuhr. Zwanzig nach vier. Es waren über drei Stunden vergangen, seit Peter und David wie der geölte Blitz von Rosehill aufgebrochen waren, und noch immer gab es keine Nachricht von den beiden.

»Ich bin sicher, daß es ihr bald wieder gutgehen wird«, sagte ich laut zu den Katzen, um mich zu beruhigen. »Sie schien mir so eine starke Frau zu sein.«

Doch meine aufmunternden Worte konnten mich selbst nicht überzeugen, und die Sorge um Davids Mutter führte nur zu neuer Sorge um David, was noch schlimmer war, als an den Geist zu denken. Ich setzte mich schwerfällig an den Küchentisch, und Charlie kletterte mit unübersehbarem Gähnen auf meinen Schoß, streckte sich und rollte sich in der Hoffnung wieder zusammen, es nun endlich auf Dauer warm und bequem zu haben.

Die Katzen wenigstens waren heute nacht ruhig. Sie hatten nicht ein einziges Mal hinaus aufs Feld gesehen oder einen Buckel gemacht und gefaucht, weshalb ich ziemlich sicher war, daß der Wächter nicht gegen das Fenster gepreßt dastand und hereinlugte. Doch ich hätte schwören können, daß ich in der Ferne, mal lauter, mal leiser, zwischen den heulenden Windböen die Hufschläge eines galoppierenden Pferdes hörte.

Ich hatte auf den Feldern und Wiesen um Rosehill nach Pferden Ausschau gehalten und festgestellt, daß Peter recht gehabt hatte – es gab keine. Nur eine kleine Herde sanftäugiger Kühe, die träge unten beim Fluß grasten, und ein mürrisch aussehendes schwarzes Schwein neben einem Bauernhof etwas weiter die Straße hinauf. Aber die Pferde kamen trotzdem immer wieder, sie galoppierten in der Dunkelheit durch das hohe, wehende Gras.

Ich hörte genauer hin, spitzte die Ohren, um den Rhythmus der stampfenden Hufe verfolgen zu können. Es war jetzt mehr als nur ein Tier, da war ich mir sicher. *I hear the Shadowy Horses* … Mir fiel die Zeile aus dem Yeats-Gedicht wieder ein, das Peter zitiert hatte, und ich wünschte, meine Phantasie würde aufhören, ständig mit mir durchzugehen. Nach allem, was heute nacht passiert war, fiel es mir nicht mehr schwer, an die irischen Meerespferde zu glauben, die Pferde des Gottes Manannan, die die Lebenden ins Reich der Toten tragen. Es machte mich schaudern, hier in dem alten Haus zu sitzen und dieses Geräusch ständig näher kommen zu hören.

Als ich meinen zweiten Tee getrunken hatte, war ich mit den Nerven schließlich so am Ende, daß ich zu einem verzweifelten Hilfsmittel griff – ich griff zum Küchentelefon und wählte die Nummer meiner Londoner Wohnung.

Meine Schwester Alison nahm nach dem dritten Klingeln ab und meldete sich mit klarer, deutlicher Stimme, obwohl ich sie aus dem Schlaf gerissen haben mußte.

»Wie machst du das bloß?« fragte ich ohne weitere Einleitung.

»Wie mache ich was?«

»So verflixt wach zu klingen, wenn du gerade erst aufgewacht bist.«

»Ich bin eben ein Naturtalent. Alles in Ordnung bei dir?«

»Ich kann nur nicht schlafen.«

»Aha. Und das wolltest du mit mir teilen, ja?«

»Göre.« Ich fühlte mich schon besser, lehnte mich zurück und schenkte mir noch eine Tasse Tee ein. »Wie kommst du da unten zurecht?«

»Wunderbar, danke. Deine Wohnung ist wirklich großartig. Ich werde nie wieder ausziehen.«

Ich lächelte. »Na, sie wird mich auch gar nicht zurückhaben wollen, nach dir. Ich bin sicher, sie ist nie sauberer gewesen.«

»Hin und wieder abzustauben«, erklärte meine Schwester

schnippisch, »macht schon was aus, Verity. Oh, und dein Usambaraveilchen blüht. Weißt du noch, daß du gesagt hast, du könntest es nie ...«

»Wie zum Teufel hast du es zum Blühen gebracht?«

»Ich habe es gegossen.«

»Aha.« Mein Lächeln wurde breiter, und ich fühlte mich lang nicht mehr so einsam. »Das ist also das Geheimnis, ja? Und wie läuft's an der Uni?«

»Nicht ganz so großartig«, gab Alison zu, »aber auch nicht schlecht. Ach übrigens, was ich dich fragen wollte – wie heißt der Mann doch gleich, für den du arbeitest?«

»Peter Quinnell.«

»Ach so, stimmt ja. Dann hab ich das verwechselt.«

»Was denn?«

»Also ich wußte noch, daß er Quinnell heißt, konnte mich aber nicht an den Vornamen erinnern. Und letzte Woche in Waterstones habe ich dieses Buch von einem Mann namens Quinnell gesehen und es gekauft, weil ich dachte, es könnte von deinem Chef sein, weißt du.« Sie holte kurz Luft. »Aber als ich dann nach Hause kam und es mir genauer ansah, merkte ich schon, daß es nicht dein Quinnell sein konnte, weil im Klappentext steht, daß der Autor inzwischen verstorben ist.«

»Aha.« Ich verdaute die Information. »Trotzdem sehr aufmerksam von dir, es zu kaufen.«

»Ja schon, aber ich hätte mir eigentlich denken können, daß dies kein Buch von einem Archäologen sein kann. Es besteht nur aus Fotos, weißt du, so ein Bildband für den Couchtisch. Aber Quinnell ist kein sehr verbreiteter Name, deshalb dachte ich ...«

»Fotos?« unterbrach ich sie. »Heißt der Autor vielleicht Philip Quinnell?«

»Wart mal, ich sehe nach. Ich hab das Buch hier liegen. Ja, stimmt ... Philip. Wer ist das denn?«

»Er war Peters Sohn.«

»Wirklich? Also, seine Fotos sind ganz schön verrückt«,

lautete ihr Urteil. »So komische computermanipulierte Dinger, ganz verzerrt. Aber der Mann selbst sieht toll aus auf dem Foto. Sieht sein Vater auch so gut aus?«

»Peter? Ja, er ist ein sehr gutaussehender Mann.«

»Ist es okay, für ihn zu arbeiten?«

»Ganz wunderbar.«

»Dann muß es Adrian sein.«

Ich runzelte verständnislos die Stirn. »Was?«

»Was dich unglücklich macht. Und streite es nicht ab, weil du mich nie um fünf Uhr morgens anrufen würdest, wenn du nicht unglücklich wärst. Du hast doch nicht wieder was mit ihm, oder?«

»Mit *Adrian*? Du spinnst wohl.«

»Also wer ...?« Sie unterbrach sich und formulierte ihre Frage geschickt um. »Wer ist denn noch so in deinem Ausgrabungsteam?«

Die spanische Inquisition, dachte ich, hätte für jemanden wie Alison gute Verwendung gehabt. Wenn sie einmal einen Verdacht hatte, war sie wie ein Terrier mit einer Ratte: Sie ließ nicht locker.

»Du bist auf der falschen Fährte«, sagte ich und versuchte, überzeugend zu klingen. »Es hat gar nichts mit einem Mann zu tun. Es ist nur ... na ja, wir hatten hier eine Art Krise heute nacht. Die Mutter eines Kollegen hatte einen Herzinfarkt, und wir wissen noch nicht, wie es ihr geht. Die Warterei macht mich nervös, das ist alles.«

»Oh«, sagte meine Schwester.

»Ganz ehrlich.«

»Ich glaub dir ja«, sagte sie.

»Hör zu, ich sollte jetzt besser wieder auflegen, fällt mir ein. Die Leitung frei machen, falls uns jemand benachrichtigen will.«

»Gut. Soll ich das Buch also behalten? Das von Philip Quinnell?«

»O ja, bitte. Ich möchte es gerne sehen.«

Irgend etwas nagte in mir, als ich den Hörer auflegte –

irgendeine kleine Bemerkung, aber ich konnte nicht sagen, was es war. Ich schloß die Augen und ging unser Gespräch in Gedanken noch einmal durch, aber ich kam nicht darauf. Was immer es gewesen sein mochte, es war weg.

Ich seufzte erneut aus tiefstem Herzen. Charlie öffnete ungehalten ein Auge, als ich sie zum hundertstenmal hochhob. »Tut mir leid«, entschuldigte ich mich. »Zeit, wieder eine Runde zu drehen.«

Peters Wohnzimmer kam nicht in Frage, weil dort Adrian noch tief und fest schlief. Aber auf der anderen Seite der Halle bot das feine Wohnzimmer Wärme und Licht und ein glühendes Gasfeuer. Ich zog mir einen Sessel vor den Kamin, streckte die Beine aus und überredete die Katze mit Lockrufen, sich wieder auf mir niederzulassen. Mit einem wenig vertrauensvollen Blick begab sich Charlie auf meinen Schoß und schlief sofort ein, die kleinen scharfen Krallen vorsorglich in den Stoff meiner Jeans gegraben.

Die Zeit schlich dahin.

Ich lehnte den Kopf zurück und zählte die Minuten auf der Kaminuhr mit, einem großen vergoldeten Prunkstück mit einschläferndem Ticken. Eine weitere halbe Stunde war vorüber, als ich plötzlich das helle Licht von Scheinwerfern in der Auffahrt bemerkte und kurz darauf eine Wagentür über dem Geräusch des beständig heulenden Windes zuschlagen hörte. Die Vordertür öffnete und schloß sich. Leichte, gemessene Schritte durchquerten die Eingangshalle und kamen in der Tür hinter mir zum Stehen.

»Mein liebes Mädchen«, sagte Peter Quinnell, und seine tiefe Stimme verriet gedämpfte Überraschung und tiefe Erschöpfung. »Sie sollten längst im Bett sein.«

Ich drehte mich langsam in meinem Sessel um, um die schlummernde Katze nicht wieder zu stören. »Ich konnte nicht schlafen.« Sein Gesicht sieht grau aus, dachte ich, und beängstigend alt, so daß ich mit einigem Zögern fragte: »Wie geht es ihr?«

»Nancy? Sie ruht und wird sich wieder erholen, sagen die

Ärzte, aber das sagen sie immer, nicht wahr?« Er rieb sich mit müder Hand die Sorge von der Stirn und ging zur Hausbar hinüber. »Kann ich Ihnen etwas eingießen? Einen Brandy vielleicht? Das ist eine gute Medizin gegen schlaflose Nächte.«

Er schenkte uns ein, ließ seine lange Gestalt in den Sessel neben mir sinken und starrte einen langen Moment schweigend in den Kamin. »Sie haben das Feuer angemacht«, sagte er schließlich.

»Ja. Mir war kalt.«

»Tatsächlich? Es ist das Haus, nehme ich an. Alte Häuser spüren die Kälte mehr, genau wie alte Menschen.« Er lehnte sich mit halb geschlossenen Augen zurück, und Stille breitete sich aus, bis ich sie mit einem Hüsteln unterbrach.

»David hat Sie also gefunden, ja?«

»Wie?« Er sah mich von der Seite an, offenbar ohne mich zuerst wirklich wahrzunehmen, und schien sich dann zusammenzureißen. »O ja. Ja, er hat mich gefunden. Er ist eine große Hilfe, dieser Junge. Ein guter Sohn. Es würde mich nicht wundern, wenn er die ganze Nacht bei ihr bliebe.«

»Es muß ein furchtbarer Schreck für ihn gewesen sein.« Ich sah in sein Gesicht und verbesserte mich. »Für Sie beide.«

»Ja, und es ist nicht das erste Mal.« Quinnell schwenkte seinen Brandy im Glas und drehte sich wieder dem Feuer zu. »Das ist ihr dritter Anfall, wissen Sie. Sie hat nie auf die Ärzte hören wollen. Seit Jahren schon sagen sie ihr, sie solle sich schonen, sich im Haushalt helfen lassen. Aber sie ist eine sture Frau, diese Nancy Fortune. Sie denkt immer noch, sie kann alles selbst erledigen.«

Er lächelte matt und schüttelte den Kopf. »Wir haben sie früher immer Henny genannt, nach der kleinen roten Henne in der Kindergeschichte. ›Ich kann das selbst tun‹, sagte sie ständig. Und dann machte sie es auch noch verdammt gut, egal, was sie anfaßte. Sie schaffte stets alles, was sie sich vorgenommen hatte.«

Ich hörte den Stolz, der in seinen Worten mitschwang, und warf ihm einen neugierigen Blick zu. »Es muß ein großer Verlust für Sie gewesen sein, als sie Sie verließ.«

»Ein furchtbarer Verlust«, bestätigte er. »Furchtbar. Aber sie hatte ihre Gründe.«

»Davids Vater.«

»Ja.« Er lächelte wieder, ein wenig traurig diesmal. »Ich fürchte, ich habe mich sehr ungnädig verhalten in der ganzen Geschichte. Ich habe es ihr nie ganz verziehen, daß sie von mir wegging, aber mit der Zeit lernte ich, sie zu verstehen. Die Zeit«, erklärte er mir, »macht uns allen das Geschenk, die Dinge im richtigen Verhältnis sehen zu können.«

Natürlich, dachte ich, er hat seitdem noch viel mehr verloren. Seine Frau wahrscheinlich ... sie mußte tot sein, weil Peter sie nie erwähnte. Seinen Sohn. Er hatte sie beide verloren. Wie tragisch.

Ich suchte nach einer passenden Bemerkung, aber mir fiel nichts ein.

Hinter uns in der Halle knarrten auf einmal die Dielen. Meine Schultern versteiften sich in plötzlicher, dummer Angst und entspannten sich dann wieder, als Adrian mit schläfriger Stimme sagte: »Ach, da seid ihr. Ich habe eure Stimmen gehört.«

Er schlurfte zur Hausbar hinüber und strich sich über das zerwühlte Haar, was aber nicht viel nützte. Er sah aus, als hätte er sich gerade mit jemandem im Bett herumgewälzt, seine Füße und seine Brust waren nackt, das Hemd hatte er nur locker übergeworfen, und der oberste Knopf seiner Jeans stand offen.

Quinnell blickte mich mit elegant emporgezogener Augenbrauc an, worauf ich die Situation hastig erklärte, damit er keinen falschen Eindruck bekam. »Er hat mir noch ein wenig Gesellschaft geleistet und ist dann auf dem Sofa eingeschlafen.«

Adrian grinste breit. »Was sie sagen will, ist, daß ich mich anständig benommen habe, auch wenn es im Moment nicht den Anschein hat. Aber wenn Sie mich hier auch gestrandet zurücklassen ...«

Die Augenbraue senkte sich. »Ach so, Ihr Wagen. Ich muß mich wirklich entschuldigen, mein lieber Junge. Ich konnte die Schlüssel zum Range Rover nicht finden. Fabia legt sie immer an den unmöglichsten Stellen ab. Und als ich im Rover selbst nachsehen wollte, stand Ihr Wagen daneben, und die Schlüssel steckten im Zündschloß, daher ...« Er breitete die Hände aus und bat lächelnd um Verzeihung. »Meine Gedanken waren in dem Moment nicht sehr klar.«

Adrian schüttete sich einen Fingerbreit Gin in ein Glas und zuckte großmütig mit den Achseln. »Ist ja kein Schaden entstanden. Für mich jedenfalls nicht. Der arme Brian McMorran hat allerdings einen kleinen Schock erlitten. Sie hätten ihn beinahe überfahren.«

»Habe ich das?« Quinnell zog leicht die Stirn in Falten und versuchte, sich zu erinnern.

»Ja, richtig, jetzt fällt's mir wieder ein, daß da etwas in die Büsche sprang ... das war Brian? Habe ich ihn etwa ernsthaft verletzt?«

Adrian schüttelte den Kopf. »Er ist nur ziemlich erschrocken.«

»Ach so.« Die charmante Stimme klang in meinen Ohren etwas enttäuscht. »Schenken Sie mir doch bitte noch einen Brandy ein, mein Junge.« Er reichte Adrian sein leeres Glas und wandte sich dann mit erwartungsvoller Miene an mich. »Und da ich euch nun schon beide hier habe, seid ihr vielleicht so gut und erzählt mir, was ihr alle heute nacht dort draußen auf dem Feld zu suchen hattet.«

Adrian drehte sich wie in Zeitlupe zu uns um.

Der schwarze Kater Murphy erschien, durch unsere Stimmen angelockt, plötzlich in der Tür. Nach kurzem Zögern tapste er über den Teppich und sprang mit müheloser Leichtigkeit auf die Armlehne von Quinnells Sessel. Sonst rührte sich nichts.

Ich sah Adrian unsicher an, worauf er sich lässig gegen die

Hausbar lehnte und seinem Gesicht einen gespielt verständnislosen Ausdruck gab. »Wie bitte?«

»Nun kommt schon«, sagte Quinnell und nahm den Brandy aus Adrians ausgestreckter Hand entgegen. »Ich bin vielleicht ein alter Mann, aber ich bin noch nicht völlig senil.« Seine Augen wanderten abwartend zwischen uns beiden hin und her. »Also, was hat der Wächter gesagt?«

XX

»Sie ham's ihm gesagt.« Wally Tyler fragte nicht, er traf eine Feststellung. Bedächtig zündete er sich eine Zigarette an und nickte wie ein Weiser aus alter Zeit, der ein Urteil verkündete. »Ist gut so. Wird ihn ein bißchen von Nancy ablenken, hoffentlich.«

Ich setzte mich neben ihn auf die niedrige Steinmauer, die den kleinen vernachlässigten Garten neben dem Haus einfriedete, und sah zu, wie er Stöckchen für Kip warf.

Es war bereits früher Nachmittag, und der Schatten der Sonnenuhr in der Mitte des Gartens zeigte die beschämende Tatsache an, daß ich den halben Tag verschlafen hatte. Allerdings hatte ich auch nicht anders gekonnt. Als ich schließlich irgendwann nach Morgengrauen ins Bett gegangen war, hatte der Schlaf unerbittlich sein Recht gefordert und mich nicht so bald wieder freigegeben. Aber ich bedauerte es ein wenig, einen sicherlich wunderbaren Morgen verpaßt zu haben.

Ohne den Wind wäre es jetzt in der Sonne richtig heiß gewesen, und selbst mein schlichter, nur aus Jeans und T-Shirt bestehender Aufzug schien schon zu warm. Der Frühling war beinahe unmerklich in den Sommer übergegangen. Samstag kommender Woche würden wir schon Juni haben, womit uns aber immerhin noch drei volle Monate der Ausgrabungssaison blieben. Zeit genug, unsere Theorie zu beweisen. Unsere Theorie ... Ich mußte lächeln und rieb mir mit der Hand über die müden Augen. Als ich hier angefangen hatte, hatte ich sie ausschließlich als Peters Theorie betrachtet.

»Ehrlich gesagt«, gestand ich Wally, »war er nicht besonders überrascht, als wir ihm von unserer Unternehmung erzählten. Er hatte sich das meiste schon selbst zusammengereimt.«

»Ja.« Wally nickte. »Hab ich mir gedacht. Hatte schon so ein Gefühl.«

»O Gott«, seufzte ich in gespielter Verzweiflung. »Jetzt sagen Sie mir nicht, daß Sie auch hellsehen können.«

Seine verhutzelten Züge glätteten sich zu einem Lächeln. »Nein, Mädchen. Nur Robbie hat das Gesicht, und er hat es nich von meiner Seite der Familie.«

Kip trottete mit seinem Stöckchen im Maul auf uns zu, und Wally warf es geduldig wieder hinaus in den Garten.

Unerwartet mischte sich eine andere Stimme ein. »Du bringst den Hund noch zum Kotzen, wenn du so weitermachst.« Eine glatte, nicht unangenehme Stimme, aber nicht die, die ich zu hören gehofft hatte. Brian McMorrans Haare schimmerten silbrig in der Sonne, als er auf uns zuschlenderte. Er hatte zwar den schottischen Ausdruck *boak* im Zusammenhang mit dem Hund verwendet, aber ich konnte mir auch ohne Wörterbuch zusammenreimen, was er bedeutete.

»Fort mit dir«, sagte Wally ausdruckslos. »Und nimm nich solche Wörter in den Mund.«

»Ach, sie weiß doch nicht, was *to boak* bedeutet, oder?« Brian sah mich an, um eine Bestätigung zu erhalten, aber ich reagierte nicht. »Siehst du? Natürlich weiß sie es nicht. Sie kann ja mal mit mir und den Jungs auf der *Fleetwing* rausfahren, an einem Tag, an dem das Meer wie eine verdammte Achterbahn ist, dann weiß sie, was es heißt.«

»Das reicht jetzt.« Wallys Augenbrauen senkten sich drohend, und Brian grinste, wobei er wie ein Wolf die Zähne bleckte.

»Schon gut, schon gut. Tut mir leid, wenn ich Sie schockiert habe.« Er sah jedoch nicht wirklich schuldbewußt aus, als er sich neben mich an die Gartenmauer lehnte. »Ich bin«, gestand er mir in vertraulichem Ton, »ein nichtsnutziger Mistkerl, vor dem Sie Wally zweifellos schon gewarnt hat. Zigarette?« Er zog ein zerdrücktes Päckchen aus seinem aufgerollten Hemdsärmel, doch ich schüttelte den Kopf.

»Nein, danke. Ich rauche nicht.«

»Stinkende Sargnägel«, kommentierte Wally. Da er selbst rauchte, schloß ich, daß er nicht von Zigaretten im allgemeinen, sondern von Brians im besonderen sprach. Es war eine ausländische Marke – ich konnte die Schrift auf der Packung nicht entziffern –, und der Rauch stank wirklich erbärmlich zum blauen Himmel hinauf, als er an meiner Nase vorbeizog.

Brian steckte das Päckchen wieder in seinen Hemdsärmel, verschränkte die tätowierten Arme vor der Brust und lehnte den Kopf zurück, um in die strahlende Sonne zu blinzeln.

»Phantastisches Wetter heute«, bemerkte er. »Es wundert mich, daß ihr nicht alle beim Graben auf dem Feld seid, besonders nach dem kleinen Drama, das ihr letzte Nacht dort inszeniert habt.«

»Heut wird nich gearbeitet«, antwortete Wally kurz angebunden. »Peter braucht seinen Schlaf.«

»War die ganze Nacht bei Granny Nan, was?«

»Fast.«

»Dummer alter Kerl.« Brian schüttelte den Kopf. »Eine Herzattacke wirft diese Frau noch nicht um. Sie ist ein zähes altes Mädchen.«

Ich hatte keinen Zweifel daran, daß Wally Brian im stillen zustimmte, aber das würde er natürlich niemals zugeben, also sagte er gar nichts. Er warf einfach weiter Stöckchen für Kip und rauchte vor sich hin, so daß es mir überlassen blieb, den Gesprächsfaden wieder aufzunehmen.

»Wie geht's Robbie?« fragte ich Brian und sah sofort an seiner Miene, daß ich ein heikles Thema angesprochen hatte.

»Ich schätze, er hat keinen Schaden davongetragen, aber das hat er gewiß nicht euch zu verdanken.« Er balancierte die Zigarette zwischen seinen Lippen und blinzelte durch den Qualm hindurch. »Er quengelte gerade bei Jeannie herum, als ich aus dem Haus ging. Will unbedingt nach Berwick fahren, um Granny Nan im Krankenhaus zu besuchen, obwohl ich nicht glaube, daß sie heute schon wieder Besuch haben darf.«

Ich murmelte etwas und dachte an die vergangene Nacht. »War es ihr Herzinfarkt, den er gesehen hat?« fragte ich. »War es das, was ihn das Bewußtsein verlieren ließ?«

Brian nickte. »Er hat es nicht zu dem Zeitpunkt gesehen, als es geschah, weil er auf euren römischen Geist eingestellt war, aber als der Geist verschwand, empfing er die Nachricht wohl klar und überdeutlich. War ein bißchen zuviel für den Jungen, all die Aufregung in einer Nacht. Sein Bewußtsein ist wie ein Sicherungskasten, verstehen Sie. Wenn Sie die Schaltkreise überladen, gehen die Lichter aus.«

Das war, fand ich, ein sehr treffender Vergleich.

»Jedenfalls«, sagte Brian, »wird es nicht wieder vorkommen. Das habe ich Jeannie schon gesagt.« Seine Gesichtsmuskeln entspannten sich wieder. »Sie läßt es heute auch ein wenig langsamer angehen, weil alle bis in die Puppen schlafen. Kein Frühstück zu machen, und das Wohnzimmer kann sie auch nicht saugen, bis Sutton-Clarke sich rührt. Er schläft immer noch, was?«

»Adrian? Ich glaube, ja.« Kip stupste mich am Bein, und ich nahm ihm automatisch den vom Draufbeißen feuchten Stock aus dem Maul und warf ihn in Richtung Sonnenuhr. »Zumindest habe ich nicht gesehen, daß sich irgend etwas im Haus bewegte.«

»Fabia muß aber schon auf sein. Der Range Rover ist weg.«

»Was? Ach so, nein. David hat ihn.«

»Immer noch?« Er nahm überrascht die Zigarette aus dem Mund, und ich fragte mich auf einmal, ob Brian McMorran eine Mutter hatte. Die arme Frau, dachte ich. *Ihr* Sohn würde nicht die ganze Nacht an ihrem Bett wachen, soviel stand fest.

»Das kommt mir verdammt ungelegen«, kommentierte er. »Ich hoffe, er bringt ihn bis zum Tee zurück.«

»Warum?« Wally durchbohrte seinen Schwiegersohn mit einem scharfen Blick. »Wozu brauchst du denn den Range Rover?«

»Muß ein paar Kisten vom Boot entladen, und unser Auto ist zu klein«, erklärte er. »Ich hab Jeannie damals gesagt, wir sollten keinen Importwagen kaufen – die haben nicht genug Platz im Kofferraum –, aber sie meinte, wir würden dadurch ein paar Pfund beim Benzin sparen.«

Ich beeilte mich, Jeannie zu verteidigen. »Und, ist es nicht so?«

»O doch.« Er zeigte ein jungenhaftes Lächeln, das mir zum erstenmal eine Ahnung davon vermittelte, was Jeannie an ihm attraktiv fand. »Aber ich hätte trotzdem lieber einen Rover, Sie etwa nicht?«

Wally wies ihn ruhig darauf hin, daß nicht alle soviel Geld wie Fabia haben konnten.

Brian lachte. »Das gilt vielleicht für dich, alter Mann. Ich habe jedenfalls den Versuch noch nicht aufgegeben.«

Kip, der Wally den Stock zurückgebracht hatte, zog sich hechelnd einen Schritt zurück und hob dann plötzlich seinen schönen Kopf, um an uns vorbei zur Vordertür des Hauses zu sehen. Als er sein inzwischen vertrautes Willkommenswinseln hören ließ und mit dem buschigen Schwanz zu wedeln begann, rutschte mir kurz das Herz in die Magengrube.

Aber diesmal war es nicht der Wächter.

Die Gestalt, die in Hosen, einer weiten Bluse und mit hellblonden, im lauen Wind wippenden Haaren auf uns zukam, war ganz eindeutig kein Gespenst.

Fabia rief uns einen überraschend gutgelaunten Gruß zu und schwang sich über die niedrige Gartenmauer, um nicht den Umweg über die kleine Pforte machen zu müssen. Sie wirkte unverschämt frisch und energiegeladen. Das Privileg der Jugend, dachte ich seufzend. Außerdem hatte sie gut zehn

Stunden geschlafen, im Gegensatz zu meinen sechs. Und sie war nicht die ganze Nacht aufgeblieben und hatte Brandy getrunken und darüber diskutiert, ob das von einem Kind gemurmelte Wort »*nona*« eine ausreichende Begründung für eine Ausgrabung sein konnte.

»Was hast du denn mit Adrian gemacht?« fragte sie mich neugierig. »Er schläft dort drinnen wie ein Toter. Hat noch nicht mal mit der Wimper gezuckt, als das Telefon klingelte; ich mußte aufstehen und selbst rangehen.«

Ich rückte ein Stück, um ihr zwischen mir und Brian Platz auf der Mauer zu machen. »Wir waren ziemlich lange auf letzte Nacht«, erklärte ich gähnend. »Wir haben uns noch mit deinem Großvater unterhalten.«

»Aha.« Sie ließ die Beine baumeln und sah mich freimütig an. »Ihr habt es ihm also erzählt? Das Erlebnis mit unserem Geist?«

»Mehr oder weniger. Er hat sich sogar sehr gefreut, muß ich sagen.«

»Ja, habe ich mir gedacht, daß er sich freuen würde.« Fabia sah zufrieden über das weite grüne Feld, das sich von der Gartenmauer bis zu den Hügeln am Horizont erstreckte. Dann wandte sie ihre Aufmerksamkeit wieder unserer kleinen Gruppe zu, und sie betrachtete Brian abschätzend von oben bis unten. »Du scheinst dich von deinem Beinahe-Unfall erholt zu haben.«

»O ja.« Sein goldener Ohrring blitzte in der Sonne auf, als er grinsend den Kopf zurückwarf. »Es ist schon mehr als ein alter Mann in einem Sportwagen dazu nötig, um mich um die Ecke zu bringen.«

Wally blies einen Rauchkringel gen Himmel und bemerkte trocken, daß es ganz darauf ankomme, welcher alte Mann hinter dem Steuer sitze.

»Ha, ha«, machte Brian. »Jedenfalls, Darling, verspreche ich, deinen Großvater nicht wegen grober Fahrlässigkeit oder so was anzuzeigen, wenn du mir einen kleinen Gefallen tust.«

Fabia beugte sich erwartungsvoll vor. »Sag schon.«

»Leih mir den Range Rover.«

»Kein Problem. Wann brauchst du ihn?«

»Na ja, sobald er zurück ist ...«

»Er ist zurück«, warf Fabia ein. Doch als wir uns alle umdrehten und auf den leeren Kiesstreifen blickten, wo das Fahrzeug hätte stehen sollen, schüttelte sie den Kopf und klärte uns auf. »Nein, er ist nicht hier, aber Davy braucht ihn nicht mehr. Er hat gerade angerufen, um Bescheid zu sagen, daß es seiner Mutter bessergeht und er jetzt im ShipHotel ist. Er hat auch gefragt, ob ich den Range Rover vor heute abend brauche, und ich habe nein gesagt«, gestand sie Brian, »weil ich nicht wußte, daß du ihn brauchst. Aber wir können gemeinsam in die Stadt laufen und ihn holen, wenn du willst.«

»Laufen? Ich denke ja gar nicht daran«, war Brians Antwort. »Wir nehmen mein Auto. Wir sind zu zweit, und jeder kann einen Wagen zurückfahren.« Er schnippte seine Zigarettenkippe in das wuchernde Unkraut zu seinen Füßen und stieß sich von der Mauer ab. »Möchte sonst noch jemand helfen, Kisten zu entladen?«

Ich stand ebenfalls auf, streckte mich und wischte nachlässig etwas Dreck von meinen Jeans. »Nein, danke. Aber ich glaube, ein kleiner Spaziergang würde mir guttun.«

Wally sah mit schiefgelegtem Kopf zu mir auf, und ich erhaschte einen winzigen Schimmer von Belustigung in seinen grauen, von tausend Fältchen umgebenen Augen. Er verbarg ihn gleich wieder und nickte ernsthaft. »Geh nur, Mädchen. Ich bin ganz zufrieden hier.«

Wir verließen den Garten zu dritt, was Kip vor ein kleines Dilemma stellte. So gern der Collie mich begleitete, so wenig angetan war er offenbar von Brian, und selbst meine Erwähnung des Wortes »Spaziergang« konnte ihn seine Abneigung nicht überwinden lassen. Als ich durch die Pforte ging, machte Kip einen Satz nach vorn, zögerte, drehte sich wieder um und ließ sich schließlich zu Wallys Füßen nieder, wo er mit verärgerter Inbrunst auf seinem Stock herumzukauen begann.

Ich vermißte ihn direkt auf meinem Spaziergang.

Weil ich Wally mit seinem wissenden Blick nicht den Gefallen tun wollte, die von ihm erwartete Richtung einzuschlagen, wandte ich mich stolz in die entgegengesetzte. Ich folgte der Straße hinunter in die kleine Schlucht, wo der schmale Fluß in der grünen Kühle murmelte und die Bäume ihre schützenden Arme über den Pfingstrosen und den verblühenden Narzissen ausstreckten. Dann ging ich etwa einen halben Kilometer an niedrigen Mauern, Dornenhecken und üppig wucherndem, grünendem Buschwerk am Straßenrand entlang. Als ich außer Sichtweite von Rosehill war, kehrte ich um und beschritt einen schmalen Fußpfad, der am Flußufer entlangführte.

Hier war es malerisch und friedlich. Außer dem Gurgeln des Wassers an den flacheren Stellen um die Steine herum waren die einzigen Geräusche das Flüstern des Windes hoch oben in den Bäumen und die zwitschernden Rufe von Sperlingen und Buchfinken. Der schwere, süßliche Geruch von wildem Knoblauch umgab mich an einer Biegung, und einmal streifte ich einen Weißdornbusch, der kleine, weiße Blüten zu meinen Füßen herabrieseln ließ.

Der Pfad stellte eine kleine Herausforderung an meine Kletterkünste dar. Alle paar Meter wand er sich in eine neue Richtung, stieg hier an der Wand der Klamm entlang an, fiel dort wieder bis dicht an das murmelnde Gewässer ab und verlor sich an anderen Stellen völlig in einem Gewirr von Stechginster und anderen Büschen. Von einer Eisenbahnbrücke, die einmal den Flußlauf überspannt hatte, waren noch die emporragenden Pfeiler aus Ziegelsteinen als stumme Zeugen vorhanden und verliehen diesem Abschnitt der Schlucht eine etwas unheimliche und verlassene Atmosphäre. Ich war jedoch viel zu sehr damit beschäftigt, über umgefallene Baumstämme zu klettern und zu vermeiden, auf der nassen roten Tonerde des Pfades auszurutschen, um weiter darauf zu achten.

Nach einer Weile führte der Pfad wieder aufwärts und an einer alten, knarrenden, ganz aus Holz gebauten Mühle vorbei, die von Efeu überwuchert war und hinter der ich mich plötzlich auf der Straße wiederfand. Und die Straße brachte mich nach zehn Minuten mühelosen Gehens auf direktem Weg ins Ortszentrum von Eyemouth.

Der Range Rover stand nicht mehr auf dem Parkplatz des Ship Hotels, also mußten Fabia und Brian ihn schon abgeholt haben. Aber David war da – ich fand ihn an der Bar des Pubs.

Er sah rauhbeiniger aus als sonst, seine Augen waren rot umrändert und trüb über dem dunklen Eintagesbart. Als ich ihn so sah, spürte ich einen scharfen Stich im Herzen, den ich jedoch schnell als kollegiale Besorgnis abtat.

»Sie gehören ins Bett«, sagte ich und schwang mich auf den Barhocker neben ihm.

Er brauchte einen Moment, um meine Gegenwart zur Kenntnis zu nehmen, aber schließlich drehte er sich zur Seite und sah mich mit einem undefinierbaren Ausdruck an. Als ich seinem Blick begegnete, mußte ich mir wohl oder übel eingestehen, daß es nicht nur Besorgnis war, was ich fühlte.

Nach einer Weile, die mir wie eine Ewigkeit vorkam, sah er wieder weg und zuckte die Achseln. »Kann nicht schlafen.«

»Na, dann ist das da auch keine große Hilfe, oder?« Ich deutete mit dem Kopf auf den unberührten Kaffeebecher, den er in einer Hand hielt. »Sie brauchen einen Scotch oder so etwas.«

Die blauen Augen verloren ein wenig von ihrer Trübheit. »Ich hatte schon zwei«, sagte er. »Der Kaffee hier ist nur zum Nachspülen.«

»Ach so.«

»Möchten Sie auch einen?«

»Ja, ich hätte nichts dagegen«, nahm ich das Angebot an. »Ich habe letzte Nacht auch nicht viel Schlaf bekommen.«

»Hat Sie ganz schön mitgenommen, was?«

»Der Geist? Ja, allerdings.« Ich wartete, bis er meinen Kaffee bestellt hatte, und sagte dann mit einem beschämten Lächeln: »Ich habe mich nicht mehr so sehr vor der Dunkelheit gefürchtet, seit ich ein Kind war, und damals waren es Vampire, die mir Angst einjagten, keine Geister. Dracula-Filme und dergleichen«, fügte ich hinzu, als er mich neugierig ansah.

»Aha. Na, ich glaube nicht, daß unser Wächter große Ähnlichkeit mit Christopher Lee aufweist, also brauchen Sie sich keine Sorgen zu machen.«

»Es ist nicht so sehr der Geist selbst, der mir angst macht«, erklärte ich, »als vielmehr die Vorstellung von Geistern im allgemeinen.«

»Ja, ich glaube, ich werde in Zukunft auch nachts das Licht anlassen, wenn ich erst einmal dazu gekommen bin, über die ganze Sache nachzudenken.« Er klang erschöpft, und ich wurde daran erinnert, daß in den vergangenen zwölf Stunden noch etwas anderes passiert war, etwas, das ihn viel mehr ängstigte.

Mein Kaffee kam, ich nahm einen Schluck und betrachtete eingehend sein Gesicht über den Rand des Bechers hinweg. »Wie geht es Ihrer Mutter denn nun wirklich?«

»Sie hat das Schlimmste überstanden, das haben sie mir zumindest gesagt. Sie werden sie aber noch eine Weile im Krankenhaus behalten. Nicht, daß sie unbedingt scharf darauf wären«, sagte er mit einem unerwarteten Grinsen. »Wenn sie Beruhigungsmittel bekommen hat, ist es nicht so schlimm, aber ansonsten ist meine Mutter im Krankenhaus *aye crabbit*.«

»*Aye crabbit*?«

»Unerträglich schlecht gelaunt«, übersetzte er. »Haben Sie Ihr Wörterbuch nicht dabei?«

»Nein, hab ich nicht …« Stirnrunzelnd sah ich an mir hinab. »Ich habe noch nicht einmal eine Tasche oder Geld dabei, fürchte ich.«

David versicherte mir, daß seine finanziellen Mittel gerade noch ausreichten, um meinen Kaffee zu bezahlen. Trotzdem war er neugierig geworden. »Was hatten Sie denn eigentlich vor in der Stadt, so ohne Geld und ohne Handtasche, wenn ich fragen darf?«

»Oh, ich weiß nicht.« Ich versuchte ein nonchalantes Schulterzucken, was mir nicht ganz gelang. »Ich wollte nur einen kleinen Spaziergang machen bei dem schönen Wetter.«

Er sah mich einen Augenblick lang prüfend an. »Adrian ist nicht da.«

»Nein, ich weiß. Er hat die Nacht auf Rosehill verbracht.«

»Oh, tatsächlich?« Er wandte den Blick ab, und ich verfluchte mich.

»Auf dem Sofa im Wohnzimmer«, fuhr ich laut und deutlich fort. »Peter hatte seinen Wagen genommen, wissen Sie, und er hatte keine Lust, zu Fuß ins Hotel zurückzugehen.«

»Ist ja auch ein weiter Weg.« Davids Züge entspannten sich zu einem Lächeln, das eine Spur von Spott enthielt.

»Na ja, Adrian ist kein großer Freund von Wanderungen.«

»Ist mir schon aufgefallen.«

Ich sah ihn nun meinerseits neugierig an, während er einen Schluck Kaffee trank. »Sie mögen Adrian nicht besonders, oder?«

»Er ist schon in Ordnung«, räumte David achselzuckend ein. »Aber er ist *sleekit*. Und *das* können Sie später in Ihrem Wörterbuch nachsehen, wenn Sie Lust dazu haben.« Nach einem Moment Schweigen setzte er den Kaffeebecher ab und sah mich direkt an. »Wenn Adrian also oben im Haus ist und Sie kein Geld dabei haben, was zum Teufel machen Sie dann im Ship?«

Es war eine sehr direkte Frage, aber auch eine sehr naheliegende, die mir keine Möglichkeit ließ, einer ehrlichen Antwort unauffällig auszuweichen. Ich rutschte auf meinem Hocker herum und räusperte mich. »Nun, wenn Sie es unbedingt wissen wollen, ich habe mir Sorgen um Sie gemacht. Wir alle haben uns Sorgen gemacht.«

Die blauen Augen wurden sanft. »Tatsächlich, das haben Sie?«

»Ja. Und ich dachte, Sie bräuchten vielleicht jemanden, der … na ja, der Sie ein wenig aufmuntert.«

Er strich sich nachdenklich über sein unrasiertes Kinn. »Es ist keine leichte Aufgabe, mich aufzumuntern, nichts für Zartbesaitete.«

»Ach nein?«

»Nein.« Er sah mich unverwandt einen langen Augenblick an, bis ich sicher war, nie wieder atmen zu können. Dann lächelte er. »Komm, trink das aus«, sagte er und deutete auf meinen Kaffee, »und dann wollen wir mal sehen, was sich machen läßt.«

XXI

Schließlich gingen wir erst einmal hinaus, um frische Luft zu schnappen.

Auf dem Kai vor dem Ship Hotel bückte sich David kurz, um einen Schnürsenkel festzubinden, während ich die Hände in die Hosentaschen vergrub und mich umsah.

Ich hatte den Hafen noch nie gesehen, wenn die Fischfangflotte ausgefahren war. Er wirkte gar nicht verloren, wie ich erwartet hatte, sondern machte den friedlichen und heiteren Eindruck einer Hausfrau, die nach den Mühen des Tages und in Abwesenheit ihrer Familie ein Stündchen für sich gefunden hatte und dieses nun vergnügt allein genoß.

Allerdings war die »Familie« nicht ganz abwesend. Drei Boote waren zurückgeblieben, und vom anderen Ende des Hafens hörte man das tiefe, unablässige Blubbern eines Motors, das mit den schrillen Schreien der Silbermöwen, die über unseren Köpfen kreisten, konkurrierte.

»Welches der Boote gehört Brian?« fragte ich David, der daraufhin den Kopf aus seiner Hockstellung heraus hob und den Blick über das schmale Hafenbecken wandern ließ.

»Das dort«, antwortete er. »Das zweite von hier aus, am Mittelpier.«

Der Mittelpier, schloß ich aus seiner Kopfbewegung, war das lange Stück Kaimauer, das parallel zu dem, auf dem wir standen, verlief, wenn mir auch nicht klar war, warum es Mittelpier hieß, weil es nicht in der Mitte von irgend etwas zu sein schien. Von den drei Booten, die dort festgemacht waren, war Brians das größte – ein leuchtend rot gestrichenes Monster von einem Fischkutter, auf dessen Bug in ordentlich gemalten Lettern der Name *Fleetwing* prangte.

Dennoch kam es mir furchtbar klein vor, wenn ich an das weite Meer dachte, mit dem es zu kämpfen hatte, und das oft viele Tage lang hintereinander. Ich schüttelte einen unwillkürlichen Schauder ab, froh, daß ich kein Fischer war.

David stand auf und lockerte seine Schultern. »Möchtest du eine Runde um den Hafen drehen und dich umsehen? Ich weiß nicht, ob von den Jungs heute jemand auf den Booten arbeitet, aber ...«

»Brian ist vielleicht selbst da«, warf ich ein. »Er und Fabia wollten irgend etwas vom Boot entladen, glaube ich.«

»Deshalb brauchte sie also den Range Rover? Sie war vorhin im Ship und holte die Schlüssel, aber sie sagte nicht, warum.« Er pfiff ein paar Takte einer undefinierbaren Melodie, paßte seinen langen Schritt meinem kürzeren an und nahm meinen Arm, um mich um ein dickes schwarzes Tau herumzudirigieren, das zusammengerollt wie ein Schlange mitten auf dem Kai lag. Ich warf ihm einen fragenden Blick zu.

»Er schmuggelt, nehme ich an?«

Das Pfeifen brach ab, und David grinste. »Arbeitest du für die Zollbehörde?«

»Nein.«

»Es ist besser, vor so etwas Augen und Ohren zu verschließen, besonders an einem Ort wie diesem.« Trotzdem ließ er meine Neugier nicht unbefriedigt. »Unser Brian hat Freunde in einem der Ostseehäfen. Einem polnischen, glaube ich, aber ich bin mir nicht sicher. Seit dem Fall der Berliner Mauer ist es nicht mehr besonders schwer, Waren aus diesem Teil Europas zu bekommen.«

»Wie Peters Wodka«, bemerkte ich.

»Stimmt, der macht den Hauptteil von Brians Ladung aus. Peter stellt ihm die Keller von Rosehill als Zwischenlager zur

Verfügung, bis ein Kumpel von Brian mit seinem Lastwagen vorbeikommt und sie weitertransportiert. Im Gegenzug bekommt Peter jeden Monat die eine oder andere Flasche ab.«

»Und Peter stört sich nicht daran? Daß es illegal ist, meine ich.«

»Och, nein, so ein bißchen Freihandel hat ihn nie gestört, solange es dabei nicht um Drogen oder Waffen geht. Wodka«, bemerkte David trocken, »ist nichts, das Peter in seinem Haus stören würde.«

Ich betrachtete den kleinen Hafen, der friedlich im Sonnenschein dalag und dessen blaues Wasser unschuldig gegen die Kaimauern schwappte, mit neuem Interesse. »Wird hier viel geschmuggelt?«

David schüttelte seinen dunklen Kopf. »Ich weiß es nur von Brian. In den alten Zeiten jedoch – und ich meine die wirklich alten Zeiten, noch vor der Zeit meines Großvaters – hatte fast jeder seine Finger in dem Geschäft drin. Deshalb haben sie die Altstadt auch so verwinkelt gebaut, mit all diesen engen, verschlungenen Gassen. Es ist praktisch unmöglich, einem ortskundigen Schmuggler hinterherzujagen, wenn die Straßen nicht gerade verlaufen. Und dieses Haus dort drüben, Gunsgreen«, er erwärmte sich immer mehr für das Thema, »war früher ein Schmugglerparadies. Es hat unterirdische Gänge und Höhlen zur Lagerung von Ware, und jedes Zimmer hat zwei Türen – eine zum Flur und eine zum Nachbarraum. Man konnte in aller Seelenruhe durch die anderen Zimmer nach draußen entkommen, während die Zollbeamten im Flur standen und gegen die Tür hämmerten. Genial ausgedacht.«

Mir war das Gunsgreen-Haus schon früher aufgefallen. Es stach hervor wie ein Wahrzeichen und stand ein Stück oberhalb des Hafens, dem Ship Hotel direkt gegenüber. Es erinnerte mich an die Häuser, die ich als Kind mit meinen Bauklötzen gebaut hatte – ein hohes, viereckiges, solides Gebäude ohne Verzierungen und Rundungen. Mit seinen gelb gestrichenen Wänden und dem grauen Dach wirkte es äußerlich recht respektabel.

»Paß auf, wo du hintrittst«, warnte mich David und hielt mich mit einer Hand davon ab, über ein weiteres Tau zu stolpern. »Du wirst mich nicht dadurch aufmuntern, daß du im Hafenbecken landest.«

Ich warf einen zweifelnden Blick auf die kalte, graublaue Wasseroberfläche, die trotz der Tatsache, daß gerade Flut war, immer noch einige Meter unter uns lag. Achtsam stieg ich über das Tau hinweg und ließ mich von David die wenigen Meter über die Hafenstraße und auf den Bürgersteig führen, wo das Gehen sicherer war. Ein Stück weiter blieb ich stehen, um die langgestreckte Fischmarkthalle besser betrachten zu können, die dicht an den Hafenrand gebaut war. Sie war rundum fast ganz offen, hatte einen geteerten Boden wie ein Parkplatz und obenauf ein robustes Dach, das auf vierkantigen, hölzernen Pfosten ruhte. Offene Markthallen kamen mir immer unfertig vor – als Kind hatte ich geglaubt, daß die Bauleute die Wände einfach vergessen hätten. Bei dieser war allerdings ein Teil der uns zugewandten Seite mit einer lackierten Blechverkleidung versehen. Vor der Markthalle blockierte ein Kleinlaster fast die ganze Straße, und der Fahrer, der gegen das Fahrerhaus gelehnt dastand und eine Zigarette rauchte, nickte uns höflich zu und sagte »Hey«, als wir vorbeigingen.

»Er wartet auf die Auktion«, erklärte mir David. »Sie fängt erst um vier Uhr an.«

»Welche Auktion?«

Er sah mich mit einem nachsichtigen Blick an, wie ein Lehrer, der es mit einer etwas begriffsstutzigen Schülerin zu tun hat. »Die Fischauktion, Mädchen.«

»Ach so.« Ich sah auf meine Armbanduhr. »Aber es ist doch schon Viertel nach drei.«

»Na und?«

»Na ja, es sind weit und breit keine Boote in Sicht, oder? Und Fische sehe ich auch nirgends.«

Die Fischmarkthalle war tatsächlich völlig leer, so leer, daß ich durch sie hindurch über den Hafen und bis zu der Stelle sehen konnte, wo Brians Boot lag. Aber David dachte gar nicht daran, mir zu sagen, wie das Wunder bewerkstelligt werden würde. Er führte mich an der Halle und an den Gebäuden zu unserer Rechten vorbei, die sich hier und da zu schmalen Gassen öffneten und den Blick auf naßglänzende, verlassene Packhöfe aus Ziegeln und Beton freigaben.

»So«, sagte er, »jetzt können wir wieder auf die andere Seite gehen ... halt, wir sollten lieber diesen Laster vorbeilassen.« Sein starker Arm hielt mich zurück, als ich gerade auf die Straße treten wollte. »Du hast es wohl auf einen Unfall abgesehen, was? Hat deine Mutter dir nicht beigebracht, nach beiden Seiten zu sehen?« Noch ein Laster ratterte an uns vorbei und quetschte sich durch die schmale Straße, dann lockerte sich Davids Griff um meine Schulter. »Gut, komm jetzt.«

Das Stampfen des unsichtbaren Motors war hier am unteren Hafenrand lauter. »Das Kühlhaus«, kommentierte David, als wir dem Geräusch den Rücken kehrten und den langen Mittelpier betraten.

Ich mußte zugeben, daß die Bezeichnung »Mittelpier« entgegen meiner vorherigen Skepsis ganz und gar gerechtfertigt war. Es war tatsächlich ein richtiger Pier, der an beiden Seiten von Wasser umgeben war. Links von uns lag der Hafen mit seinen wenigen Booten, während auf der rechten Seite ein schlammiger Kanal nach Davids Auskunft denselben Fluß führte, an dessen Ufer ich von Rosehill aus entlangspaziert war. Ich wollte ihm zuerst nicht glauben, weil das Wasser hier ganz anders aussah und viel träger und gesetzter dahinfloß.

»Ich würde dir doch keine Lügen erzählen«, sagte David. »Das ist die Eye. Die Stadt hat ihren Namen von diesem kleinen Rinnsal. Unser Hafen wurde um die Mündung der Eye herum gebaut. Paß auf die Netze auf«, fügte er hinzu, als wir auf der Höhe von Brians Boot angelangt waren.

Ich mußte lächeln. »Du klingst wie meine Mutter.« Trotzdem achtete ich darauf, die grüne und orangefarbene Masse aus Netzen, die wie ein großes, schlafendes Ungeheuer am Rand des Piers ausgebreitet lag, zu umgehen.

Auf den ersten Blick schien niemand an Bord der *Fleetwing* zu sein, aber auf Davids Rufen hin tauchte ein kleiner, drahtiger Mann im gelben Fischeroverall an Deck auf und hob eine Hand zum Gruß.

»Hey, Deid-Banes.« Er beugte sich über die Achterreling und sah zu uns herauf. »Hab von deiner Mutter gehört«, sagte er mit starkem schottischen Akzent. »Verdammtes Pech. Ist sie noch in Berwick?«

»Ja. Und glaub ja nicht, daß du das Cottage ausrauben kannst, während sie im Krankenhaus liegt.«

Der andere Mann lachte. »Du hast kein Vertrauen in die Menschheit, Junge. Ich hab gar nicht solche Teerfinger, wie du glaubst. Und ich würde nie deine Mutter beklauen.«

»Du würdest sogar deine eigene beklauen.«

»Stimmt, aber deine Mutter mag ich lieber. Wolltet ihr was Bestimmtes von mir?«

»Wir suchen Brian. Ist er da?«

»Nee.« Immer noch in sich hineinlachend zündete sich der Mann im Overall eine Zigarette an und schüttelte den Kopf. »Er ist weg, unser Käpt'n.«

»Und hat dir das Boot überlassen, ja? Vertrauensseliger Mann.«

»Ja, nun, Mick kann er ja schlecht trauen, also bleibe nur ich.«

David legte fragend den Kopf schräg. »Kenne ich Mick?«

»Der neue Junge aus Liverpool. Den willst du bestimmt nicht kennenlernen, Deid-Banes. Ist ein unangenehmer Kerl.«

»Wirklich, Billy, daß ausgerechnet du das sagst ...«

»Ich meine es todernst.« Der ältere Mann zog heftig an seiner Zigarette, und der Wind trieb ihm den Rauch in die blinzelnden Augen. »Der Junge hat sein halbes Leben im Knast verbracht, und nicht nur wegen Diebstahls. Ich würde dem verdammten Bastard nicht den Rücken zukehren.« Dann erinnerte er sich plötzlich an meine Gegenwart und warf mir ein schiefes Lächeln zu. »'tschuldige, Mädchen. Ich hab meine Manieren ganz vergessen.«

David verschränkte die Arme und sah ihn auffordernd an. »Na, wenn du jetzt schon den Kavalier rauskehrst, könntest du dem Mädchen auch eine kleine Führung durch die *Fleetwing* anbieten und ihr zeigen, wie es auf einem Fischkutter zugeht.«

Der andere zuckte bedauernd die Achseln, die Zigarette zwischen die Zähne geklemmt. »Kann ich heute leider nicht, Deid-Banes. Ich bin gerade am Streichen, und die Farbe ist noch nicht trocken.«

Ich konnte weder Farbeimer an Deck sehen noch den leisesten Farbgeruch wahrnehmen, aber David insistierte nicht weiter. Er gestattete sich lediglich ein kleines Lächeln, als wir uns verabschiedet hatten und weiter den Pier entlanggingen. »Ich wußte genau, daß er nein sagen würde«, gestand er, »aber ich wollte hören, was er sich für eine Ausrede einfallen lassen würde. Er ist ein brillanter Lügner, unser Billy.«

Ich sah neugierig zu ihm auf. »Was bedeutet Deid-Banes eigentlich? Ich meine, ich weiß, daß Wally Sie ... dich manchmal so nennt, aber ...«

»Das ist mein Beiname«, antwortete er. »Eine Art Gemeinde-Spitzname. Viele von den Leuten hier in Eyemouth haben einen Beinamen.«

»Warum?«

»Na ja, sie dienen unter anderem dazu, uns auseinanderzuhalten. Wenn mehr als ein David Fortune in einer kleinen Stadt herumläuft, wird die Sache ein bißchen verwirrend.«

Ich war verblüfft. »Gibt es denn mehr als einen David Fortune hier?«

»Na klar, ich glaube, es gibt vier von uns. Oder sogar fünf?« Er kniff die Augen zusammen und überlegte. »Nein, nur vier. Mein Onkel David und mein Cousin – er ist ein paar Jahre jünger –, und dann gab es noch einen David Fortune, der mit mir zur Schule gegangen ist. Wenn ich die Familiengeschichte zurückverfolgen würde, würde er sich bestimmt auch als Cousin herausstellen. Aber das ist noch gar nichts im Vergleich zu den Dougals«, fügte er hinzu. »Man kann in der Stadt nicht ausspucken, ohne einen Dougal zu treffen.«

»Und wie kommt jemand zu seinem Spitznamen?«

»Och, das ist ganz verschieden. Ich habe als Junge immer nach Sachen gegraben und den Archäologen gespielt, so daß mein Großvater mich ›Deid-Banes‹ – dead bones, tote Knochen – nannte, und das ist mir geblieben. Wenn es nach ihm gegangen wäre, hätte er mich einfach ›Bones‹ genannt, aber es gab schon einen Bones und einen Young Bones in Eyemouth.«

»Aha«, sagte ich.

»Manche Beinamen sind auch etwas obskurer. Es gab zum Beispiel mal einen Deddy, keine Ahnung, woher das kam. Und einen Pamfy, einen Racker und einen Duffs. Von Duffs allerdings weiß ich«, sagte er mit einem breiten Lächeln, »daß er auf einem Fischkutter als Koch gearbeitet hat. Aber alles, was er konnte, waren ›Plum duffs‹, eine Art Pflaumenknödel, also nannten sie ihn Duffs. Seine Tochter hat den gleichen Spitznamen bekommen, und ich glaube, sogar ihr Sohn wird noch manchmal so genannt.«

Ich rümpfte die Nase und sprang über ein weiteres zusammengelegtes Fischernetz. »Frauen bekommen also auch Beinamen?«

»Ja, sicher. Wenn du Duffs geheiratet hättest, wärst du Verity Duffs geworden.«

»O nein, wäre ich nicht«, versicherte ich ihm.

»Das klingt längst nicht so schlimm wie der Beiname meiner Mutter.«

»Wie, Granny Nan?«

Er schüttelte den Kopf. »Granny Nan ist nicht ihr Beiname, Mädchen. So nennt nur Robbie sie – Robbie und noch ein paar andere. Nein, sie haßt ihren Beinamen. Wenn du sie so nennst, läufst du Gefahr, die Zähne eingeschlagen zu bekommen.« Er sah mich an, und sein Lächeln wurde noch breiter. »Und du brauchst mich gar nicht so anzusehen, ich werde ihn dir nicht verraten. Dazu ist mir mein Leben zu lieb.«

»Sie kann ganz schön böse werden, deine Mutter, oder?«

»Das kannst du laut sagen.«

Von seiner Offenheit und unserem unbefangenen Zusammensein ermutigt, wagte ich eine weitere Frage. »Dein Vater war auch Fischer, nicht wahr?«

»Ja, zumindest haben sie mir das erzählt. Ich kann mich nicht richtig an ihn erinnern. Ich habe nur dieses Bild von einem großen Mann in einem Troyerpullover vor mir, der immer nach Fisch roch. Aber vielleicht war das auch gar nicht mein Vater. In unserem Haus rochen alle nach Fisch. Mein Großvater war ein *cadger.*«

»Ah«, nickte ich wissend. »Eine Art reisender Fischhändler, meinst du.«

Wir waren am Ende des Mittelpiers angelangt. Eine scharfe Wendung nach rechts hätte uns über eine schmale Zugbrücke über den Fluß Eye und um die Rettungsbootstation herum zu den hoch aufragenden Mauern von Gunsgreen-Haus geführt. Aber David zog es vor, sich an das feuerrote Geländer am Ende des Piers zu lehnen und mich augenzwinkernd anzusehen.

»Du hast wohl mit dem Wörterbuch unter dem Kopfkissen geschlafen, wie?« fragte er in amüsiertem Ton. »Oder woher weißt du, was ein *cadger* ist?«

»Na ja, neulich mußte ich *ca' canny* nachschlagen, und *cadger* war auf derselben Seite, also habe ich mir das auch gleich gemerkt.«

»*Ca' canny*?«

»Ja. Das heißt aufpassen, vorsichtig sein.«

»Schon klar, ich weiß, was das heißt. Aber warum hast du es nachgeschlagen?«

Ich zuckte die Achseln und lehnte mich ebenfalls an das Geländer. »Wally hat es letzte Woche zu Jeannie gesagt, als sie mit dem Auto losfuhr. Ich weiß nicht, wohin sie fuhr, aber

Wally sagte ›*ca'canny* auf dieser Straße‹ zu ihr. Und ich wollte wissen, was das heißt.«

»Du hättest doch auch fragen können.«

»Ich möchte nicht jedesmal nachfragen. Außerdem«, betonte ich, »klappt es ja ganz gut mit dem Wörterbuch. Schließlich wußte ich, was ein *cadger* ist.«

»Ja, das stimmt.« Er nickte lächelnd und wandte sein Gesicht dann der geschützten Hafeneinfahrt zu. Hin und wieder erfaßte ein starker Windstoß eine hohe Welle und wehte einen Vorhang aus weißer Gischt über die Schutzmauer. Ich konnte den schwachen Salzgeschmack von unserer Position aus wahrnehmen und die reine Frische der kühlen Nordseeluft riechen. Der Geruch nach Fisch war nur ganz schwach, aber bei David schien er Erinnerungen zu wecken. »Er hatte ein kleines Geschäft, mein Großvater, und verkaufte Fisch im Norden, um Edinburgh herum. Dort lebten damals hauptsächlich Bergleute mit großen Familien. Einpfünder waren nichts für sie – sie brauchten mindestens zehn Stück, um all die hungrigen Mäuler zu stopfen. Und das bedeutete Weißfische. Schon mal einen Weißfisch ausgenommen?«

»Nein.«

»Schreckliche Viecher.« Er grinste. »Mein Großvater ging täglich zur Auktion, um seine Kisten mit Weißfischen zu holen, und jeden Tag, wenn ich aus der Schule nach Hause kam, mußte ich helfen, sie auszunehmen und zu filetieren. Nur am Wochenende gab es eine kleine Pause. Dann wurde nicht gefischt, weißt du, und deshalb mußten wir uns erst wieder am Montagnachmittag mit den Weißfischen herumplagen. Aber dann war der Schuppen wieder voll mit Kisten.«

»Auch im Winter?«

»O ja. Nur daß es im Winter so kalt war, daß wir auf einem alten Filetierbrett standen, um die Kälte vom Boden nicht so zu spüren. Wir mußten Lumpen, die mit kochend heißem Wasser getränkt waren, auf unsere Gummistiefel legen, damit uns die Zehen nicht abfroren. Die Finger tauchten wir regelmäßig in Schüsseln mit heißem Wasser, um weiterarbeiten zu können. Gott«, er schauderte bei der Erinnerung, »ich haßte diese Arbeit. Sie war so öde, daß nach der ersten Stunde schon niemand mehr ein Wort sagte. Nur die Fische wurden gezählt. Es waren immer zweihundertsiebenunddreißig Weißfische in einer Kiste«, erklärte er. »Sie haben die Stückzahl jetzt in Gewichteinheiten geändert, aber so viele waren es früher.«

Ich stützte einen Fuß auf das rotgestrichene Geländer und folgte seinem Blick hinaus aufs Meer. »Ist es das, was dich abgeschreckt hat, auch Fischer zu werden?«

»Nein, eigentlich nicht. Man ist für das Meer geboren oder nicht, und ich bin es nicht. Meine Mutter wußte das schon sehr früh. Sie erzählt gern die Geschichte, wie Peter mich im Garten beim Graben erwischte und sofort verkündete, daß ich zum Archäologen geboren sei.«

»Und er behielt recht.«

»Er behält meistens recht.«

Das klang wie eine schlichte Feststellung, und ich schwieg einen Moment und dachte an die Ausgrabung auf Rosehill. An das Verschwinden der Neunten Legion vor vielen, vielen Jahren und an die geisterhafte Erscheinung von letzter Nacht, die möglicherweise *nona* gesagt hatte …

Unter uns glitt geräuschlos etwas Weißes vorbei, und ich sah erschrocken hinunter. Kein Geist, stellte ich beruhigt fest, aber etwas, das fast genauso ungewöhnlich war. »David, sieh mal!«

»Ach ja, der Schwan. Ich habe mich schon gefragt, wo er steckt.«

»Willst du damit sagen, daß er hier lebt? Hier, im Hafen?«

Der Vogel legte den Kopf schräg beim Klang meiner Stimme, und nachdem er mich mit einem runden Auge unsicher betrachtet hatte, wendete er elegant und glitt unter die kleine rote Zugbrücke und in die relative Sicherheit des Kanals zurück.

»Er ist wunderschön«, sagte ich.

»Ja.« David sah zu, wie die majestätische Gestalt unter der Brücke verschwand.

»Hat er eine Gefährtin?«

»Noch nicht. Vor ein paar Jahren war einmal ein Weibchen hier, aber sie blieb nur etwa zwei Wochen. Sie schien sich nicht an das Leben im Hafen gewöhnen zu können.« Er wandte mir sein Gesicht zu und sah mich ohne Verlegenheit an. »Und er hat sich hier niedergelassen, der Junge. Er ist zu alt, um sich an eine neue Umgebung zu gewöhnen.«

Er hatte lediglich den Kopf ein bißchen bewegt, doch der räumliche Abstand zwischen uns schien plötzlich minimal zu sein. Plötzlich wurde mir bewußt, wie nahe er war, wie leicht es wäre, ihn zu berühren, seine Wärme zu spüren ... mit meiner Hand über die kantigen, unrasierten Züge seines Gesichts zu streichen ...

In seinem Blick schimmerte ein Lächeln, als er auf meine Lippen und dann wieder in meine Augen sah. »*Ca'canny* auf dieser Straße«, sagte er sanft.

Aber es war keine Warnung. Nein, erkannte ich mit wachsendem Erstaunen, als ich sah, wie sich das Lächeln von seinen Augen auf seinem Mund ausbreitete, er wollte mich nicht warnen. Er wollte mich herausfordern.

Und ich war schon dabei, auf die Herausforderung einzugehen und ihm mit wild rasendem Puls entgegenzukommen, als plötzlich ein Schatten zwischen uns fiel.

»Hallo«, sagte Adrian. »Dachte ich's mir doch, daß ich euch hier finden würde.«

XXII

Ich war nicht sonderlich begeistert, ihn zu sehen. Das mußte sich deutlich auf meinem Gesicht abgezeichnet haben, als ich mich umdrehte, aber Adrian tat, als bemerke er es nicht. Er spielte wieder die Rolle des mißgünstigen Exliebhabers, und sein Blick war nicht auf mich, sondern auf David gerichtet.

»Mein Gott, du siehst furchtbar aus«, sagte er mit dem ihm typischen Taktgefühl. »Du solltest schleunigst ins Bett gehen.«

Ich bemerkte den Schalk in Davids Augen, als er mich bedeutungsvoll ansah. Er lehnte sich gegen das rote Geländer zurück, verschränkte die Arme vor der breiten Brust und antwortete seelenruhig: »Dafür ist noch genug Zeit.«

Man konnte beinahe das Aufschlagen des hingeworfenen Fehdehandschuhs auf dem Pier hören. Adrian lächelte spöttisch und reckte das Kinn zum Zeichen dafür, daß er begriffen hatte und zum Duell bereit war.

Ich betrachtete ihn finster. »Du siehst selbst nicht gerade allzu frisch aus, weißt du. Oder hast du heute noch nicht in den Spiegel geschaut?«

Adrian, der im Gegensatz zu David jederzeit Wert auf eine gepflegte Erscheinung legte, hatte geduscht und sich rasiert, und Haare und Kleidung sahen so perfekt wie immer aus, aber sein Gesicht wirkte ziemlich mitgenommen. Es hatte die falsche Farbe, und unter seinen blutunterlaufenen Augen zeichneten sich Tränensäcke ab. »Meine liebes Mädchen«, gab er geschickt zurück, »wenn du mich auch die ganze Nacht wachhältst …«

O nein, mein Lieber, damit kommst du nicht durch, dachte ich. Ich neigte ein wenig den Kopf zur Seite und lächelte ihn gefährlich süß an. »Es wundert mich, daß du schon auf bist und herumspazieren kannst, nach all dem, was du gepichelt hast. Peter war richtig besorgt um dich …«

»Ach, tatsächlich?« Adrian grinste und ließ meine Pfeilspitze an sich abprallen. »Ich fand nicht, daß er besonders besorgt aussah, als er mich vor einer Stunde aus dem Wohnzimmer warf. Im Gegenteil«, fügte er hinzu und rieb sich voller Selbstmitleid den Nacken, »ich kann es zwar nicht beweisen, aber ich glaube, der alte Junge hat mir einen Schlag versetzt.«

Das hielt ich für sehr unwahrscheinlich. »Du hast vermutlich nur einen Kater.«

»Ich bekomme nie einen Kater.«

»Gut, was hältst du dann von ein paar rohen Eiern?«

Er warf mir einen vernichtenden Blick zu. »Ich weiß nicht, warum du so auf mir herumhackst, Schätzchen. Ich sehe immer noch sehr viel besser aus als der da« – er deutete mit dem Kinn auf David – »und Peter wiederum sieht noch schlechter aus.«

»Peter«, erinnerte ich ihn, »ist doppelt so alt wie du. Und David hatte eine anstrengende Nacht.«

Adrian hörte auf, sich den Nacken zu reiben, und besann sich plötzlich auf das, was geschehen war. »Oh, sicher. Natürlich. Aber es geht ihr jetzt besser, deiner Mutter, oder? Peter sagte …«

»Es geht ihr gut im Moment«, antwortete David, ehe er stirnrunzelnd nachfragte: »Peter sieht nicht gut aus, hast du gesagt?«

»Ist wohl nur die Erschöpfung, denke ich. Nichts Ernstes. Er schien guter Dinge zu sein, als er mich aufweckte. Sagte, er brauche das Wohnzimmer für sich, um den Bericht für die Universität zu schreiben …«

»O Himmel, morgen ist ja schon Dienstag, stimmt's?« David richtete sich abrupt auf und zog eine Grimasse. »Connelly kommt morgen. Das hatte ich total vergessen. Peter wird meine Aufzeichnungen brauchen ...«

»Peter«, sagte ich fest, »ist kein Dummkopf. Er weiß, wo er deine Aufzeichnungen finden kann, wenn er sie braucht.«

»Ja, aber ...«

»Kein aber. Der Mann macht das schon seit fünfzig Jahren, weißt du. Ich bin sicher, er kommt allein zurecht. Außerdem wärst du ihm sowieso keine große Hilfe in deinem Zustand.«

Er hob die Augenbrauen. »Wäre ich nicht?«

»Na, sieh dich doch an – du schläfst schon fast im Stehen ein. Ich wette, wenn ich dich anstupsen würde, würdest du direkt ins Hafenbecken plumpsen.«

Ein belustigter heller Funke entzündete sich in den müden blauen Augen. »Na, dann komm. Versuch's doch.«

Adrian, der es noch nie hatte leiden können, wenn neckisches Geplänkel ohne ihn stattfand, mischte sich sofort ein. »An deiner Stelle würde ich Verity nicht provozieren. Das ist, als würde man vor einem Stier ein rotes Tuch schwenken. Wenn du nicht aufpaßt, liegst du gleich im Wasser.«

»Och, mich wirft man nicht so leicht um«, entgegnete David. Dann sah er mit einem flüchtigen Augenzwinkern in meine Richtung auf seine Armbanduhr. »Aber wenn du mich ins Wasser stoßen willst, Mädchen, solltest du es besser auf der anderen Seite des Hafens machen, sonst kommen wir zu spät zur Auktion.«

Adrian wurde leicht grün im Gesicht. »Meinst du die Fischauktion?«

»Ja. Sie hat noch nie eine gesehen.«

»Na so etwas.« Das Lächeln, das er zustande brachte, wirkte so gequält, daß ich lachen mußte.

»Du mußt nicht mitkommen, das weißt du.«

»Nein, nein«, wehrte Adrian mit einem gespielt gelangweilten Blick auf meinen schottischen Begleiter ab. »Die

Auktion findet ja in einer offenen Halle statt, dann macht es mir nichts aus.«

»Und du bist wirklich ganz sicher«, hakte ich nach, »daß du *keinen* Kater hast?«

»Ganz sicher. Fischgeruch dreht mir jedesmal den Magen um, ob ich getrunken habe oder nicht. Das weißt du doch.« Sein Ton hatte wieder diese vertrauliche, intime Note angenommen, und als wir zu dritt über den Mittelpier zurückgingen, legte er wie nebenbei seinen Arm um meine Schultern, nicht auf die normale, freundschaftliche Art, sondern mit einer unnachgiebigen, besitzergreifenden Geste.

Ich versteifte mich – ich war noch nie gern als Besitztum behandelt worden –, aber es war schließlich nicht meine Reaktion, die Adrian interessierte. Der männliche Teil der Menschheit, dachte ich mit einem Seufzer, konnte einen wirklich manchmal rasend machen. Als wir an Brians Boot vorbeikamen, dessen Netze ordentlich entlang des Piers aufgerollt waren, tat ich, als würde ich stolpern, und entwand mich geschickt Adrians Umarmung.

Er schien kaum zu bemerken, daß ich ihm entwischte. Mit einem Blick auf den leuchtend roten Schiffsrumpf rieb er sich nachdenklich das Kinn. »Hat jemand Brian heute schon gesehen?«

»Er war vorhin oben beim Haus«, berichtete ich. »Er und Fabia wollten irgendwelche Kisten entladen und wegbringen, glaube ich.«

»Wohin wollten sie sie bringen? Nach Rosehill?«

»Ja, ich denke schon. Warum?«

»Nur so.« Er zuckte die Achseln und schlenderte scheinbar unbekümmert weiter. »Es war nur keiner von beiden zu sehen, als ich aufwachte, und ich fragte mich, wo sie stecken.«

Adrians Problem war, dachte ich ein wenig spöttisch, als ich zusah, wie er ein weiteres Netzknäuel mit der Fußspitze aus dem Weg stieß, daß er keine Konkurrenz ertragen konnte. Er erinnerte mich an einen Revolverhelden aus einem Western, der sich in die Brust wirft und mit drohender

Stimme hervorstößt: »Diese Stadt ist zu klein für uns beide.« Rosehill war auf jeden Fall zu klein für zwei Schürzenjäger wie Adrian und Brian, wenn nur eine Blondine zugegen war ... Es würde ein sehr langer Sommer werden, dachte ich mit einem neuen, schwachen Seufzer.

Adrian hörte ihn und sah mich an. »Was ist los mit dir, Verity? Du klingst wie ein alter Uhu.«

Glücklicherweise umrundeten wir gerade das untere, schmale Ende des hufeisenförmigen Hafenkais und kamen an dem Kühlhaus vorbei, wo das Dröhnen der Motoren jede Unterhaltung unmöglich machte. Als wir schließlich den überdachten Fischmarkt erreichten, hatte Adrian seine Frage längst vergessen.

»Wann, sagtest du, fängt die Auktion an?« fragte er David.

»Um vier Uhr.«

»Aha.« Adrian warf einen skeptischen Blick auf die schattige, leere Halle und die müßig wartenden Lieferwagen. »In zwanzig Minuten also.«

David sah nach der Turmuhr der Auld Kirk und nickte bestätigend. »Ja, stimmt.«

»Mir scheint«, bemerkte Adrian, »es herrscht ein deutlicher Mangel an Fischen.«

»Dir mangelt es an Glauben, das ist dein Problem.« David warf einen zweiten Blick auf die Kirchturmuhr und deutete dann über die Straße auf etwas, das nach einem Café aussah. »Hat jemand Lust auf einen Kaffee oder ...«

»Allerdings, ich könnte ein Pint gebrauchen«, schnitt Adrian ihm das Wort ab und begann, auf die weißen Mauern des Ship Hotels zuzumarschieren, die ein paar Meter weiter an der Hafenstraße lockten.

Der rote Jaguar prangte glänzend und unübersehbar auf dem Hotelparkplatz, und David strich mit einer Hand über die Motorhaube. »Du hast ihn wieder, sehe ich«, sagte er zu Adrian. »Und noch dazu unversehrt. Wirklich ein Wunder.«

»Warum, ist Quinnell ein so schlechter Fahrer?«

David zuckte die Achseln. »Ich habe ihn noch nie fahren sehen.«

Auch ich hatte ihn noch nie am Steuer gesehen, fiel mir auf, jedenfalls nicht vor letzter Nacht. Ich warf David einen ahnungsvollen Seitenblick zu. Er betrachtete immer noch den Sportwagen und pfiff dabei eine muntere kleine Melodie durch die Zähne. »Warum fährt Peter sonst nicht?« fragte ich ihn.

»Nun ja«, antwortete David schlicht, »zunächst mal bräuchte er dazu einen Führerschein, nicht wahr?«

»Was?« Adrian fuhr entsetzt herum und starrte mit bleichem Gesicht auf seinen geliebten Wagen.

Ich sah die Befriedigung in Davids Lächeln, ehe er sich abwandte und mit zusammengekniffenen Augen aufs Meer hinaussah, dessen Wellen in stetem Rhythmus gegen die Hafenmauer schwappten.

»Da kommen sie«, verkündete er und ging über die Straße zum Kai, um besser sehen zu können.

Adrian blickte enttäuscht drein. »Und was wird aus meinem Bier?«

»Geh ruhig«, sagte ich. »Ich möchte zusehen, wie die Boote hereinkommen.«

Einen Augenblick lang schwankte er, aber sein mißgünstiges Wesen behielt die Oberhand. Als der erste Fischkutter in die schmale Hafeneinfahrt einbog, stand Adrian breitbeinig zwischen David und mir auf der Kaimauer. Es kam wie eine Kanonenkugel in den Hafen geschossen, dieses erste Boot, schob eine gischtspritzende Bugwelle vor sich her und wurde von einem großen Schwarm Möwen umkreist, die schreiend und tauchend den Fischabfällen vom Deck hinterherjagten.

Das Boot war klein und hatte nur zwei Männer an Bord, die beide glänzende gelbe Overalls trugen. Obwohl die Flut ihren höchsten Stand erreicht hatte, tanzte das Boot immer noch ein ganzes Stück unterhalb des Kais auf den Wellen, und der Mann an Deck mußte seinen Kopf zurücklegen, um uns sehen zu können. Er wirkte reichlich durchgefroren, sein

Gesicht war von Wind und Salzwasser gerötet, aber er grinste, als er David erkannte. »Hey, Deid-Banes«, rief er und warf ihm die Leine zu, »mach uns mal fest, ja?«

David vertäute die Leine und trat dann zurück, als der Fischer die in die Kaimauer eingelassene Metalleiter hinaufkletterte. Er war kein junger Mann mehr, aber an seinen Armen und Schultern zeichneten sich kräftige Muskeln ab, und seine lächelnden Augen blickten wach und sehr klar. Sie betrachteten mich von oben bis unten, streiften Adrian kurz und richteten sich dann wieder auf David. »Wie geht's deiner Mutter heute?«

David verfiel in breites Schottisch bei dem nun folgenden neuerlichen Bericht über den Gesundheitszustand seiner Mutter, so daß ich einen großen Teil davon nicht mitbekam, aber den älteren Mann schienen seine Erklärungen zufriedenzustellen, denn er nickte zweimal und wandte seine Aufmerksamkeit dann Adrian und mir zu.

David stellte uns vor. »Mein Cousin Danny«, sagte er, als sich die eiskalte Hand des Fischers fest um meine schloß.

»Der bessere Mann in der Familie«, fügte Danny hinzu. Die klugen Augen blickten David tadelnd an. »Beeindruckt man so heutzutage ein Mädchen? Indem man nichtsnutzig am Kai herumhängt?«

David lächelte. »Sie hat noch nie eine Fischauktion gesehen.«

»Ja, das ist natürlich eine aufregende Sache, klar«, entgegnete der Fischer und zwinkerte mir zu. »Von dem Kerl hier wirst du keine Rosen und Süßigkeiten bekommen, Mädchen.«

Noch ehe ich ihm ein Lächeln zur Antwort geben konnte, schlang Adrian einen Arm um meine Schultern und zog mich ein Stück zurück und zur Seite. Allem Anschein nach tat er das nur zu meinem Schutz, denn ein Gabelstapler war mit hohem Tempo von der Hafenstraße über den Kai herangerattert gekommen und nur wenige Zentimeter vor Davids Füßen stehengeblieben. Doch als die Gefahr gebannt war und der Fahrer des Gabelstaplers den Motor abgestellt hatte, ließ Adrian mich trotzdem nicht wieder los. Sein Arm hielt mich fest an seine Seite gedrückt.

Allerdings war seine Demonstration vergebens, denn sowohl David als auch sein Cousin hatten uns inzwischen den Rücken zugekehrt und ließen lange Ketten über den Rand der Kaimauer hinunter. Im nächsten Moment zogen sie sie wieder herauf, und ich sah, daß die Ketten Haken an ihren Enden hatten, die an zwei Seiten in eine blaue Plastikkiste von der Größe eines flachen Wäschekorbs eingehakt worden waren. Die Kiste, die bis zum Rand mit stahlgrauen Fischen gefüllt war, wurde flink von den Haken befreit und auf den Gabelstapler geladen, worauf die Ketten von neuem hinuntergelassen wurden.

Dank Adrian sah ich zuerst nicht viel, aber als ein Boot nach dem anderen in den Hafen kam und sich der Vorgang überall entlang des Kais wiederholte, konnte ich ihn in allen Einzelheiten verfolgen – die Geschwindigkeit und der eingespielte Rhythmus, mit dem die Männer auf den Booten die Fischkisten sortierten und in die Haken der herunterbaumelnden Ketten einhängten, das Klappern und Schleifen der Ketten auf dem nassen Beton und das dumpfe Aufschlagen der blauen und weißen Kisten, wenn sie auf den Gabelstaplern landeten.

Insgesamt brauchten David und sein Cousin weniger als zehn Minuten, um den Fang des Tages auszuladen. Vollbepackt ratterte der Gabelstapler in Richtung Markthalle davon, und unter mir konnte ich schon Wasser aus einem Schlauch spritzen sehen, als einer der Fischer begann, das leere Deck zu säubern.

Die Möwen mit ihren glänzenden harten Räuberaugen kreisten dicht um unsere Köpfe herum und schrien unaufhörlich.

»Verflixt und zugenäht!« fluchte Adrian plötzlich und ließ mich los, um sich mit der Hand an den Nacken zu fassen. Sie war mit etwas Weißem beschmiert, als er sie zurückzog. »Verfluchte Vögel!«

Davids Cousin drehte sich grinsend um. »Haben sie dich erwischt, ja? Hier, damit kannst du dich abwischen«, sagte er und zog einen feuchten Lappen aus seiner Hosentasche. Adrian wischte sich gehorsam Hand und Nacken ab, rümpfte aber die Nase über den fischigen Geruch des Lappens.

»Du gehst doch nur zu einer Fischauktion«, tröstete ihn David, der über Adrians Gesichtsausdruck lachen mußte. »Niemand wird sich daran stören, wenn du wie ein Kabeljau stinkst.«

Hinter uns rief jemand Davids Namen, und als wir uns umdrehten, sahen wir eine junge Frau in der offenen Tür des Pubs vom Ship Hotel stehen. Es war die Kellnerin, die uns vorhin bedient hatte, und sie sah besorgt aus. »Telefon«, rief sie über den Lärm der Ketten und Maschinen hinweg.

Mein erster pessimistischer Gedanke war, daß es ein Anruf aus dem Krankenhaus sein mußte, und David dachte offenbar dasselbe, wie ich aus seiner Miene schloß.

Sein Lachen war verschwunden, und die blauen Augen sahen mich mit einemmal ernüchtert an. »Hört zu«, sagte er und wischte sich die Hände an seiner Jeans ab, »es ist fast vier Uhr. Warum geht ihr beiden nicht schon mal vor? Ich treffe euch dann in der Halle.«

Er war weg, ehe ich antworten konnte, und Adrian gab mir von hinten einen Stups.

»Du hast gehört, was er gesagt hat. Fast vier Uhr.«

Davids Cousin Danny war ebenfalls verschwunden, so daß mir keine andere Wahl blieb, als Adrian zur Hafenstraße und zur Auktionshalle zu folgen, wenn ich nicht wie ein Dummkopf allein am Kai zurückbleiben wollte.

Auf dem Fischmarkt herrschte inzwischen reges Treiben. Junge Männer in Gummistiefeln und fleckigen Pullovern drängten sich geschäftig an uns vorbei, während die Fahrer der Lieferwagen aufmerksam und erwartungsvoll auf den rotgesichtigen Auktionator blickten, der zwischen den Stapeln von Fischkisten herumwühlte und mit seinen leuchtend orangefarbenen Gummihandschuhen flink und routiniert den Fang prüfte. Ein jüngerer Mann an seiner Seite wartete offenbar auf Instruktionen. »Die Seezungen zuerst«, entschied der Auktionator und richtete sich auf, als die Glocke der Auld Kirk viermal schlug.

»Gut, Jungs, fangen wir an!« befahl er. »Vier Uhr!«

Die Käufer drängten sich nacheinander in den mit Blechwänden verkleideten Teil der Markthalle. Er erinnerte mich an eine riesige Garage, nur daß die eine offene Seite auf den Hafen hinausging. Die Auktion war sehr interessant, fand ich, wenn man sich erst einmal an den Geruch gewöhnt hatte. Und wenn ich nicht so in Sorge wegen David und des dummen Telefonanrufs gewesen wäre, hätte ich mich bestimmt sehr gut unterhalten. So allerdings stand ich stocksteif etwas abseits der Menge und versuchte, mich auf das zu konzentrieren, was sich da vor mir abspielte. Doch selbst der nicht gerade für sein Einfühlungsvermögen bekannte Adrian merkte schließlich, daß ich nicht ganz bei der Sache war.

Er sah mich hoffnungsvoll an. »Weißt du, wenn dir langweilig ist, müssen wir nicht bleiben. Ich könnte wirklich ein Bier vertragen ...«

»Mir ist nicht langweilig.«

»Na gut, dann geht es eben nur mir so.«

»Außerdem«, betonte ich, »haben wir versprochen, auf David zu warten.«

»Ach so, natürlich«, antwortete er scheinbar gelassen, vergrub aber die Hände in den Hosentaschen und richtete kämpferisch seinen Oberkörper auf, wie immer, wenn er Streit anfangen wollte. »Und den guten alten David darf man ja auf keinen Fall enttäuschen, nicht wahr?«

Ich flehte den Himmel um Geduld an, biß mir auf die Zunge und begann, von hundert rückwärts zu zählen. Dummen Reden muß man mit Schweigen begegnen, hatte mein Vater immer gesagt. Im Grunde ein weiser Ratschlag, nur daß er bei Adrian meist seine Wirkung verfehlte. Mein Schweigen verschaffte ihm nur die Gelegenheit, weiterzunörgeln.

»Natürlich«, fuhr er fort, »ist es etwas ganz anderes, *mich* zu enttäuschen, nicht wahr? Niemand scheint sich einen Deut darum zu scheren, was *ich* denke oder fühle.«

Stoisch zählte ich weiter: fünfundachtzig, vierundachtzig, dreiundachtzig …

»Bei Fabia habe ich ja noch Verständnis. McMorran ist ein charmanter Teufel, und sie ist fast noch ein Kind. Aber du, meine Liebe«, sagte Adrian in herablassendem Ton, »du erstaunst mich wirklich. Daß ich dich nach all deinen moralischen Vorträgen über professionelles Verhalten unter Kollegen dabei erwischen muß, wie du es praktisch mit unserem Mister Fortune auf dem Mittelpier treibst …«

Das war zuviel. Ich verzählte mich. »Hyperbel.«

»Und was soll das bitte schön heißen?«

»Damit bezeichnet man eine krasse Übertreibung. Du bist ein Meister der Hyperbel«, beschied ich ihn. »Und es am hellen Tag auf dem Mittelpier oder überhaupt einem Pier zu treiben ist wirklich nicht mein Stil.«

»Aber du hast eindeutig lüstern ausgesehen. Versuch nicht, es zu leugnen.«

»Na, und wenn?«

Er sah verletzt aus. »Also, du könntest ruhig etwas Rücksicht auf meine Gefühle nehmen. Wir haben schließlich eine gemeinsame Vergangenheit, du und ich.«

»Wir waren nur drei Monate zusammen.«

»Drei wunderbare Monate.«

Ich warf ihm einen ironischen Seitenblick zu. »Ja, ich bin sicher, daß sie wunderbar für dich waren, zumal du dich nebenher noch mit Sally Jackson getroffen hast.«

Sein Mund klappte zu.

»Und außerdem«, fuhr ich fort, »ist das Jahre her, Adrian. Wie viele Frauen hast du seitdem gehabt? Dreißig? Fünfzig? Bring mich bitte auf den neuesten Stand.«

»Ich will doch nur sagen …«

»Du bist nichts als ein selbstsüchtiger, eitler Mistkerl«, sagte ich grob. »Und noch dazu ein furchtbarer Heuchler. Und jetzt laß mich endlich in Ruhe.«

»Hey«, wollte er mit schmeichelnder Stimme einlenken, aber kaum hob er den Arm, um mich zu berühren, fuhr ich herum, so daß er mitten in der Bewegung erstarrte.

»Und wenn du noch ein einziges Mal diesen Arm um mich legst«, sagte ich gefährlich ruhig, »garantiere ich für nichts mehr.«

»Schon gut, schon gut.« Er trat einen Schritt zurück und hob beide Hände zu einer abwiegelnden Geste. »Meine Güte, ich wollte doch nur ...«

Die Stimme des Auktionators unterbrach ihn, und als ich mich umsah, stellte ich fest, daß alle Augen auf uns gerichtet waren. Adrian guckte verdutzt und senkte die Hand, während ihm eine Erkenntnis dämmerte. »Verdammt, ich glaube, ich habe gerade etwas ersteigert.«

»Komm schon, Junge«, rief der Auktionator, »steh nicht wie festgewachsen da rum, wir haben noch 'ne Menge Fisch unter die Leute zu bringen.«

Entzückt sah ich zu, wie Adrian nach vorn schlurfte, um seinen unerwarteten Kauf abzuholen und zu bezahlen.

Dicht an meinem Ohr sagte eine tiefe Stimme: »Das macht er so schnell nicht wieder.«

Ich drehte mich überrascht um und blickte in Davids Gesicht. »Darauf würde ich mich nicht verlassen. Er lernt nicht immer aus seinen Fehlern.« Dann wurde ich ernst. »War das am Telefon das Krankenhaus?«

»Ja. Meine Mutter macht Schwierigkeiten«, berichtete er vergnügt. Jemand stieß ihn an, und er machte Platz und stellte sich direkt hinter mich, wobei sein Kinn sich nur wenige Zentimeter über meinem Kopf befand. Ich spürte seinen Atem in meinem Haar, als wir zusahen, wie Adrian widerwillig in einer Fischkiste voll Eis herumstocherte. »Du hast ihm einen Korb gegeben, was?«

»So was Ähnliches, ja«, antwortete ich verlegen.

»Also, ich finde, das hat er verdient«, sagte David zustimmend. »Es auf dem verdammten Pier treiben, also wirklich!«

Knallrot drehte ich mich zu ihm um. »Du hast alles gehört!«

»Nur ein paar Worte«, versicherte er mir. »Den Teil mit dem Lüsternsein habe ich nicht ganz mitbekommen.«

Ich wurde noch ein paar Schattierungen röter und wandte mich hastig wieder nach vorn, wo mir auf einmal Adrian mit zwei großen, häßlichen Plattfischen gegenüberstand. Immerhin schien er seinen Sinn für Humor wiedergefunden zu haben. Seine Last in der einen Hand, überreichte er mir mit der anderen feierlich die Schlüssel des Jaguars.

»Und was soll ich damit?«

»Ich scheine gerade eine Pechsträhne zu haben«, antwortete er. »Deshalb wirst du fahren müssen, fürchte ich. Es hat keinen Sinn, das Schicksal herauszufordern.«

»Ich dachte, du bist nicht abergläubisch«, erinnerte ich ihn.

»Vorsicht ist die Mutter der Porzellankiste. Innerhalb der letzten halben Stunde bin ich von einer Möwe vollgekackt worden und habe mir das hier aufgehalst.« Er hielt zur Illustration die beiden Fische hoch. »Und wie du immer zu sagen pflegst, liebe Verity, kommt das Pech gern in dreifacher Gestalt.«

XXIII

Jeannie mußte den Wagen die Auffahrt heraufkommen gehört haben. Sie empfing uns in der Eingangshalle, legte warnend einen Finger auf die Lippen und deutete mit einer dramatischen Kopfbewegung auf die verschlossene Tür zu Peters Wohnzimmer. »Dort drin befindet sich ein Genie bei der Arbeit«, erklärte sie mit gedämpfter Stimme. »Er hat uns unter Androhung der Todesstrafe verboten, ihn zu stören. Kommt mit in die Küche.«

Wir vier schlichen uns wie eine Diebesbande durch die Halle, versuchten, jede knarrende Bodendiele zu vermeiden, und wagten erst wieder in der Sicherheit der warmen kleinen Küche Atem zu holen.

Davids Atemzug ging in einen langen Seufzer und dann in ein Gähnen über, als er sich auf einen Stuhl am Küchentisch fallen ließ. Er stützte sich mit den Füßen ab und kippte den Stuhl nach hinten, um seinen Kopf gegen die Wand lehnen zu können, während er zusah, wie Jeannie den Kessel füllte.

»Das Genie«, sagte er und unterdrückte ein erneutes Gähnen, »ist wahrscheinlich über seinem Werk eingeschlafen.«

»Er ist wacher als du«, verteidigte Jeannie unseren abwesenden Arbeitgeber. »Bis zum Hals in Papieren steckte er, als ich ihm seinen Tee brachte, und es sah nicht so aus, als ob er eine Pause einlegen würde. Er will diesen Bericht unbedingt fertig haben, wenn Doktor Connelly kommt …« Sie brach ab, als hätte sie den Faden verloren, und sog prüfend die Luft ein. »Was riecht hier eigentlich so streng?«

Adrian, der sich gerade einen Stuhl heranziehen wollte, grinste sie gutgelaunt an. »Das werde wohl ich sein«, sagte er und warf das in Zeitungspapier eingewickelte Päckchen mit einer großzügigen Geste auf den Tisch. »Behaupte bloß nicht, daß ich dir nie etwas mitbringe.«

Neugierig entfernte sie das Papier und starrte auf die Fische. »Seezunge!« rief sie begeistert. »Das ist ja wunderbar. Ich kann sie morgen zum Mittagessen machen – dann haben wir etwas Besseres als die Koteletts für unseren Gast.« Sie sah uns drei der Reihe nach an. »Ihr wart wohl auf der Fischauktion, was?«

»Genau.« David rieb sich mit einer Hand die Augen und nickte. Ein drittes Gähnen überkam ihn, aber er versuchte trotzdem, die Worte herauszubringen. »Verity … war noch nie … bei einer …«

»Mein Gott, Davy«, unterbrach ihn Jeannie, »du gähnst, seit du hier reingekommen bist. Wenn du so weitermachst, werde ich auch noch ganz müde.«

»'tschuldigung.« Er machte den Mund wieder zu und sah sie mit treuherzigem Blick an. »Ich kann nicht anders.«

»Er hat heute nacht nicht geschlafen«, warf ich ein.

»Nein?« Jeannies munterer Kopf wirbelte herum, und David duckte sich unter ihrem tadelnden Blick, wobei seine blutunterlaufenen Augen mich eine Spur vorwurfsvoll ansahen.

»Ja, also«, begann er vorsichtig, »ich glaube, ich gehe mal kurz rauf zu den Principia und schaue mir meine Aufzeichnungen an. Es sind da so ein, zwei Informationen im Computer, die Peter bestimmt braucht …

»Hör auf, dich wie ein Dummkopf zu benehmen.« Jeannie, die Hände auf die Hüften gestemmt, fixierte ihn mit strengem Blick. »Du bist genauso schlimm wie deine Mutter, wirklich. Du treibst dich so lange an, bis du zusammenbrichst, und wie willst du dann eine Hilfe für Peter sein?«

»Ich treibe mich gar nicht ...«

»Fort mit dir nach oben«, wies sie ihn unnachgiebig an. »Leg dich hin und schlaf eine Stunde vor dem Abendessen. Du kannst das zweite Gästebett in Veritys Zimmer benutzen – sie wird nichts dagegen haben, oder, Verity?«

Ich genoß es, wie der große Bär von einem Schotten herumkommandiert wurde, und versicherte Jeannie, daß ich nicht das geringste dagegen hatte.

David drehte seinen dunklen Kopf verneinend an der Wand hin und her. »Ich habe keine Zeit, Mädchen. Die Aufzeichnungen ...«

»Adrian kann sich darum kümmern«, wischte Jeannie den Einwand beiseite. »Wenn sie nur aus dem Computer ausgedruckt werden müssen ...«

»Das ist es ja«, fiel Adrian, der es sich auf dem bequemsten Stuhl gemütlich gemacht hatte, ihr schlau ins Wort. »Ich wüßte nicht, welche Aufzeichnungen ich ausdrucken müßte, verstehst du? Da liegt das Problem.«

»Dann druck sie eben alle aus«, entgegnete Jeannie mit bezwingender Logik. »Peter wird schon wissen, was er davon braucht.« Zu David gewandt fügte sie hinzu: »Es steht doch nichts Geheimes in deinen Aufzeichnungen, oder? Irgend etwas, das Peter nicht lesen soll?«

»Nein, aber ...«

»Na also.« Zufrieden sah sie vom einen zum andern. Das Ticken der Uhr an der Wand wurde immer lauter, während sie wartete.

Mit einem resignierten Seufzer ließ David seinen Stuhl nach vorne kippen und erhob sich langsam und schwerfällig. Selbst Adrian, der sich nicht gern etwas befehlen ließ, stand widerspruchslos auf und folgte David zur Tür. Sie ähnelten so sehr zwei kleinen Schuljungen, die zur Strafe auf ihre Zimmer geschickt wurden, daß ich mir ein Grinsen nicht verkneifen konnte. Ich versuchte schnell, es zu verbergen, als David sich noch einmal zu mir umdrehte, aber er sah es doch, und der Blick aus seinen blauen Augen verhieß Rache.

»So«, sagte Jeannie, als die beiden gegangen waren und wir nur noch das dumpfe Geräusch von Davids Schritten auf der Treppe nach oben hörten, »jetzt laß mich mal eben diese Fische aus dem Weg räumen, und dann mache ich uns einen Tee.«

Ich setzte mich auf Adrians noch angewärmten Stuhl und betrachtete Jeannie mit offener Bewunderung. »Ich bin wirklich beeindruckt. Ich glaube, ich habe Adrian noch nie so folgsam erlebt, ohne daß er dafür bestochen worden wäre.« Sie grinste mich über die Schulter hinweg an. »Na, weißt du, ich habe viel Übung in einem Haus voller Männer. Nur daß mein Vater nie auf mich hört. Und Brian macht sowieso, was er will.«

»Ich habe heute nachmittag sein Boot gesehen.«

»Ja? Hast du ihn dazu bringen können, dich herumzuführen?«

Ich schüttelte den Kopf. »Brian selbst war nicht da, nur ein älterer Mann mit weißen Haaren.«

»Billy.« Sie nickte, stellte den Tee zum Ziehen auf die Arbeitsfläche und begann dann, Gemüse für unser Abendessen zu putzen. »Er ist in Ordnung, unser Billy. Nur diesen *sleekit* Kerl aus Liverpool kann ich nicht ausstehen. Brian meinte, man sollte dem Jungen eine Chance geben, versuchen, ihn geradezubiegen oder so. Aber manche Leute«, sagte sie mit Nachdruck, »lassen sich einfach nicht geradebiegen. Sie sind schon krumm geboren.«

Wieder dieser Ausdruck. »Jeannie?«

»Ja?«

»Was bedeutet *sleekit*?« David hatte Adrian vorhin so bezeichnet, fiel mir ein, und gesagt, ich solle das Wort im Wörterbuch nachsehen.

»*Sleekit*?« fragte Jeannie nach und schien zu überlegen. »Also ... wenn man einen Mann *sleekit* nennt, meint man damit, daß er nach außen hin den Charmeur spielt, aber eigentlich ein durchtriebener, unehrlicher Teufel ist.«

»Wie Adrian.«

Ihr Lachen war wunderbar, melodiös und humorvoll. »Genau, er ist ein perfektes Beispiel. Mein Dad kann immer noch nicht glauben, daß du mal mit ihm gegangen bist. Er findet, du bist viel zu intelligent für ihn.«

»Tja, ist schon erstaunlich, wie man sich von einem gutaussehenden Gesicht blenden lassen kann.«

Peter steckte den Kopf zur Tür herein. »Darf ich wagen zu hoffen, daß gerade von mir die Rede ist?«

»Aber ja«, antwortete Jeannie mit schelmischem Lächeln. »Einen besser aussehenden Mann haben wir im ganzen Haus nicht.«

»Meine Liebe«, sagte Peter, »wie freundlich von Ihnen. Erinnern Sie mich daran, Ihnen eine Gehaltserhöhung zu geben.«

»Möchten Sie einen Tee?«

Er lehnte das Angebot höflich ab und wandte sich an mich. »Ich frage mich, Verity, ob Sie vielleicht irgendwo mein rotes Notizbuch gesehen haben?«

»Liegt es nicht auf Ihrem Schreibtisch?«

»Nein.« Er schüttelte den Kopf, die Stirn in tiefe Falten gezogen. »Nein, ich habe überall nachgesehen, wo es sein könnte, aber ich fürchte, ich habe das verflixte Ding verloren.«

»Vielleicht hat es jemand woanders hingelegt und vergessen, es Ihnen zu sagen.« Aber ich wußte selbst, daß das höchst unwahrscheinlich war. Quinnells Schreibtisch war tabu, und niemand im Team würde es wagen, das rote Notizbuch mit seinen Feldaufzeichnungen anzurühren.

»Vielleicht.« Peter klang nicht sehr überzeugt. »Das Problem ist nur leider, daß ich ohne dieses Notizbuch meinen Bericht für Connelly nicht fertigschreiben kann.«

Jeannie legte ihr Gemüsemesser auf dem Brett ab. »Ich dachte, es wird sowieso alles auch in den Computer eingegeben.«

»Ja, normalerweise schon.« Er rieb sich reumütig den Nacken. »Ich fürchte nur, ich bin noch nicht dazu gekommen, meine Notizen vom vergangenen Freitag und Samstag einzugeben.«

Ich ließ meinen Tee stehen und stand auf. »Wenn Sie möchten, werde ich selbst mal nachschauen. Ein zweites Paar Augen sieht manchmal mehr.«

Nachdem ich Quinnells Schreibtisch oben in den Principia ohne Erfolg abgesucht hatte, scheuchte ich Adrian beiseite, um mir den Boden unter Davids Tisch vorzunehmen. »Bist du wirklich *sicher*, daß du es nicht gesehen hast?«

»Ganz sicher.« Geduldig wartete er, bis ich meine Suche beendet hatte. »Soll ich mich ausziehen, zum Beweis, daß ich das Ding nicht in meiner Hose versteckt habe? Würde das helfen?«

»Möglicherweise.« Ich stieß meinen Kopf am Schreibtisch an, als ich rückwärts wieder darunter hervorkroch, und rieb mir beim Aufrichten fluchend die schmerzende Stelle. »Ehrlich, Adrian, ich kann mir nicht vorstellen, wo dieses verdammte Notizbuch hingekommen sein könnte.«

»Vielleicht hat es dein Freund genommen.«

»Wie bitte?«

»Der Wächter.« Er meinte es natürlich nicht ernst. Ich konnte sein hinterhältiges Grinsen sehen, als er sich über die Tastatur von Davids Computer beugte und mit einem Befehl den Laserdrucker mit einem wimmernden Geräusch zum Arbeiten brachte. »Wenn Peter ihn für fähig hält, unsere Computer zu manipulieren, wüßte ich nicht, warum der Geist davor zurückschrecken sollte, Notizbücher zu stehlen. Da fällt mir ein«, sagte er und schlug sich in gespieltem Entsetzen die Hand an die Wange, »meine Kaffeetasse ist seit neuestem auch verschwunden ...« Und er pfiff die Erkennungsmelodie von *Akte X*.

»Danke, du bist mir wirklich eine große Hilfe«, schnaubte ich, während ich mich, die Hände auf die Hüften gestemmt, umsah. »Ich freue mich, daß du die Sache so ernst nimmst.«

Er lehnte sich mit einem selbstzufriedenen Ausdruck zurück. »Ich habe dich gewarnt, oder? Ich habe dir gesagt, daß etwas geschehen wird, Darling. Das Pech kommt in dreifacher Gestalt – erinnerst du dich?« Als ich ihn ignorierte und meine Suche mit doppeltem Elan fortsetzte, seufzte er und stand auf. »Also gut, ich helfe dir suchen. Laß mich nur zuerst noch eine Tasse Kaffee holen. Möchtest du auch eine?«

»Nein, danke.« Ich ging zu dem hohen Ablageschrank aus Stahl an der gegenüberliegenden Wand und zog die oberste Schublade auf, obwohl mir klar war, daß Peters Feldnotizen kaum versehentlich dort abgelegt worden sein konnten. Die Schublade war so gut wie leer. Ich war gerade dabei, sie wieder zu schließen, als ich Adrian zurückkommen hörte. »Du warst aber schnell«, sagte ich zu ihm. »Sag mal, du könntest nicht vielleicht ...«

Ich brachte den Satz nicht zu Ende. Ohne Vorwarnung wurde mir der Griff der Schublade entzogen, und der Ablageschrank wanderte gut dreißig Zentimeter zur Seite, wobei er ein laut kratzendes Geräusch auf dem gestampften Lehmfußboden machte. Erschrocken wirbelte ich zu Adrian herum, aber er war nicht da.

Niemand war da.

Ich versuchte, einen Laut von mir zu geben oder einen Finger zu rühren, *irgend etwas* zu tun, aber ich war wie gelähmt, weil ich wußte, daß ich nicht allein war. Ich kniff die Augen zusammen und preßte meinen Rücken gegen das kalte, unnachgiebige Metall des Schranks, um etwas Festes, Reales zu spüren, während unsichtbare Schritte mit leisem, aber sicherem Tritt auf mich zukamen ... stehenblieben ... und schließlich an mir vorbeigingen. Erst als das Geräusch vollständig verklungen war, wagte ich es, wieder Luft zu holen.

Als ich das Klappern eines Löffels in einem Kaffeebecher vernahm, öffnete ich wieder die Augen. »Du wirst dir den Rücken verrenken, wenn du so was alleine versuchst«, sagte Adrian, der offenbar nichts bemerkt hatte.

Ich leckte mir mit der Zunge über die ausgetrockneten Lippen, um sie überhaupt bewegen zu können. »Was meinst du?«

»Du solltest die Möbel nicht alleine verrücken.« Er deutete auf den Ablageschrank. »Der ist doch zu schwer für dich.«

»Ja, schon, aber ich habe ihn nicht ...«

»Oh, ich sehe, du hast es gefunden«, rief er fröhlich. »Gut gemacht.«

Immer noch wie in Trance blinzelte ich zu der Stelle, wo der Schrank gestanden hatte, um dann wie versteinert auf das große rote Notizbuch zu starren.

Adrian hob es auf und blätterte mit dem Daumen durch die Seiten voller Eselsohren.

»Quinnell muß es auf dem Schrank abgelegt haben, und dann ist jemand dagegengestoßen, und es ist dahintergefallen. Siehst du?« Er reichte mir das Notizbuch und verbarg sein überlegenes Lächeln halb hinter dem Kaffeebecher. »Es ist doch nicht alles ein Werk der Geister.«

Ich hätte Peter die Wahrheit sagen können – *er* hätte mir geglaubt. Aber als ich ihm sein Notizbuch brachte, war er so entzückt und bedankte sich so überschwenglich, daß ich kaum zu Wort kam und die Sache auf sich beruhen ließ. Aber ich leistete ihm nur allzugern noch etwas Gesellschaft in der gemütlichen Atmosphäre seines Wohnzimmers und trank einen Martini-Cocktail, um meine Nerven zu beruhigen.

Falls der Geist tatsächlich an diesem Nachmittag in den Principia umging, so schien er Adrian jedenfalls nicht zu stören, der in einem unerwarteten Anfall von Eifer bis zum Abendessen dort blieb und arbeitete. Er druckte Davids Aufzeichnungen nicht nur einfach aus, wie ich angenommen hatte, sondern nahm sich sogar die Zeit, sie zu ordnen und zusammenzufassen und einen informativen, kurzen Bericht zu verfassen, der an den passenden Stellen mit Graphiken seiner eigenen Untersuchungsergebnisse und meinen Zeichnungen von unseren Fundstücken aus der Römerzeit illustriert war.

Peter, der die Seiten durchblätterte, als wir nach dem Essen noch bei einem Kaffee zusammensaßen, war begeistert.

»Großartig!« lautete sein Urteil. »Ganz ausgezeichnet, mein Junge. Ich wußte, daß uns diese verdammten Computer noch einmal nützlich sein würden. Jetzt müssen wir nur noch Ihren Bericht mit *dem* hier verbinden«, sagte er und wedelte mit einem dicken Bündel seiner handgeschriebenen Notizen, »und dann haben wir alles vollständig beieinander.«

Adrian zog zwar zuerst ein langes Gesicht, aber ich hatte keinen Zweifel daran, daß er auch mit der Überarbeitung spielend fertig werden würde. Er lieferte immer dann die besten Ergebnisse, wenn dabei für ihn persönlich etwas auf dem Spiel stand, und er hatte eindeutig ein persönliches Interesse daran, wie unser morgiger gelehrter Gast über unsere Ausgrabungsstätte urteilen würde. Wenn Doktor Connelly die Ausgrabung auf Rosehill guthieß und seine Genehmigung dafür gab, daß Studenten aus Edinburgh während der Semesterferien dort arbeiten konnten, waren unsere Jobs für diese Saison gesichert. Aber wenn Connelly sich weigerte ... Peter war ein stolzer Mann. Ich konnte selbst nicht einschätzen, wie er reagieren würde.

Die Ungewißheit gab mir das Gefühl, wie der arme Damokles unter seinem Schwert zu sitzen und darauf zu warten, daß der dünne Faden, an dem es aufgehängt war, riß.

Uns allen ging es ähnlich, hatte ich den Eindruck. David, der frisch geduscht, aber immer noch unrasiert war, saß mir schweigend mit gesenktem Kopf und tief in Gedanken gegenüber. Und selbst Fabia, die in recht guter Stimmung nach Hause gekommen war, als wir uns gerade zum Essen hingesetzt hatten, ließ Anzeichen von Ruhelosigkeit erkennen.

»Ich werde ihm helfen«, sagte sie auf einmal, und Peter sah zerstreut von seinen Papieren auf.

»Wem helfen?«

»Adrian. Mit dem Bericht. Ich kann viel schneller tippen als er, er würde eine Ewigkeit dafür brauchen, das alles in den Computer einzugeben.«

»Ah, eine gute Idee«, sagte ihr Großvater mit zustimmendem Nicken.

Adrian teilte diese Meinung erwartungsgemäß und verschwendete keine Zeit mehr damit, seinen Kaffee auszutrinken. Sein Gesicht, als er in Fabias Begleitung aus dem Zimmer ging, erinnerte mich an das eines trägen Katers aus einem Zeichentrickfilm, dem man gerade den Schlüssel zum Käfig des Kanarienvogels gegeben hatte.

David lehnte sich auf seinem Stuhl zurück und verschränkte die Arme vor der Brust, als wartete er auf Instruktionen. »Und was kann ich tun?«

»Du, mein Junge«, sagte Peter mit einem Blick auf seine Armbanduhr, »kannst mich nach Berwick fahren, wenn es dir nichts ausmacht. Ich habe deiner Mutter versprochen, heute abend bei ihr vorbeizuschauen. Wir können den Range Rover nehmen, wenn Fabia noch etwas Benzin im Tank gelassen hat.«

»Ja, na klar.« David schob seinen Stuhl zurück und sah mich an. »Du kannst gerne mitkommen, wenn du möchtest, aber ich muß dich warnen. Meine Mutter haßt es, im Krankenhaus zu liegen, besonders in dem von Berwick.«

Peter bemerkte, daß das Krankenhaus von Berwick seiner Meinung nach sogar ein besonders angenehmes sei.

»Stimmt, aber wenn man dort stirbt, stirbt man in England. Das wäre ein furchtbares Schicksal für eine Schottin. Also hat meine Mutter allen Ärzten und Schwestern die Hölle heiß gemacht, in der Hoffnung, daß sie dann entlassen wird. Und falls sie sie nicht mit einer Betäubungsspritze ruhiggestellt haben«, sagte er an mich gewandt, »weiß ich nicht, ob der Besuch erfreulich für dich wäre.«

Ich lächelte. »Ist schon in Ordnung. Ich sollte sowieso besser hierbleiben. Ich habe selbst bis morgen noch genug zu tun.«

Aber als alle fort waren, fiel mir keine Arbeit ein, die dringend erledigt werden mußte. Ich hatte nicht das Bedürfnis, hinauf zu den Principia zu wandern, vor allem nicht in der Dunkelheit, und wollte auch nicht unbedingt mein Leben riskieren, indem ich Adrian seine Verführungsszene verdarb.

Ich hätte das schmutzige Geschirr aus dem Eßzimmer abgeräumt und abgewaschen, aber Jeannie wollte nichts davon wissen.

Da also mein Versuch, mich nützlich zu machen, fehlgeschlagen war, zog ich mich in das rote Wohnzimmer zurück, in dem Peters Fernseher stand.

Die Katzen wenigstens schienen sich über meine Gesellschaft zu freuen. Sie waren den ganzen Tag über vernachlässigt worden, weil Peter an seinem Bericht gearbeitet hatte, und während des Abendessens hatten sie wie üblich nicht ins Eßzimmer gedurft. Ich fand sie auf dem Sofa, wo sie sich beleidigt umeinandergerollt hatten, um mit fest geschlossenen Augen der Menschheit ihre Verachtung zu demonstrieren. Aber als ich mich neben sie setzte, kam Murphy herüber und ließ sich auf meinem Schoß nieder, und Charlie streckte ihre anmutige Gestalt der Länge nach und schnurrte wie ein Motorboot, während ich auf der Suche nach etwas Sehenswertem durch die Fernsehkanäle zappte.

Die beste Wahl schienen die Neun-Uhr-Nachrichten zu sein, gefolgt von einem angeblich spannenden Film, der sich jedoch als Enttäuschung herausstellte. Es war ein amerikanischer Streifen mit einer verworrenen Handlung und vielen Längen. Die Geschichte war ziemlich an den Haaren herbeigezogen und handelte von einem Mann, der seinen Computer programmiert hatte, den perfekten Mord zu begehen ...

Computer ...

Ich setzte mich kerzengerade auf. *Das* war es gewesen. Das hatte mich letzte Nacht nach meinem Gespräch mit Alison nicht losgelassen. Sie hatte Philip Quinnell erwähnt und daß in dem Buch, das sie gekauft hatte, computermanipulierte Fotos abgebildet seien. Und da er sein Wissen über Fotografie an Fabia weitergegeben hatte, hatte er ihr vermutlich auch einiges über Computer beigebracht. Aber hatte sie genug gelernt, fragte ich mich, um das System hier auf Rosehill zu manipulieren?

Der Abspann des Films wurde gezeigt, und Murphy

gähnte. »Ich weiß«, sagte ich und schaltete den Fernseher aus. »Ich leide schon unter Verfolgungswahn.« Schließlich setzte heutzutage fast jeder Computer bei der Arbeit ein, und nur weil jemand bestimmte Kenntnisse hatte, hieß das noch lange nicht, daß er oder sie diese Kenntnise zum Schaden anderer verwenden würde. Auch wenn ich Fabia nicht besonders mochte, gab mir das noch lange keinen Grund, sie der Sabotage zu verdächtigen.

Ich schlenderte in die Küche und machte mir eine Tasse Tee, und als danach immer noch niemand zurück war, ging ich nach oben, um mich schlafen zu legen. Wenigstens eine von uns, dachte ich, sollte morgen gut ausgeschlafen sein, um es mit Doktor Connelly aufnehmen zu können.

Mein Bett sah irgendwie verändert aus, Decke und Überwurf lagen nicht mehr genau übereinander, so als hätte jemand sie zurückgeschlagen und dann wieder über das Bett gebreitet. Dann ging mir ein Licht auf: David hatte nicht das andere, überzählige Bett für sein Nickerchen benutzt – er hatte sich in meines gelegt. Schließlich konnte er nicht wissen, welches meines war, da beide identisch aussahen, wenn das benutzte Bett gemacht war. Nicht, daß es mir etwas ausmachte, im Gegenteil.

Es bereitete mir ein kleines, sündhaftes Vergnügen zu wissen, daß er in meinem Bett geschlafen hatte, zwischen die Laken zu gleiten, die sein Körper noch vor kurzem erwärmt hatte, und mein Gesicht in das Kissen zu pressen, das noch schwach nach seinem Haar und seinem After-shave roch. Wohlig müde und zufrieden zog ich die Decke bis unters Kinn und machte das Licht aus.

Die am Fußende zusammengerollten Katzen schliefen fest und ruhig. Und falls die Pferde in der Nacht wieder galoppierten, so hörte ich sie diesmal nicht.

XXIV

Vogelgezwitscher weckte mich, als die ersten blassen Sonnenstrahlen über das Fensterbrett krochen und zarte Schattenmuster in mein Zimmer warfen. Lächelnd schob ich die schlafenden Katzen beiseite, stand auf, streckte mich und ging hinüber zum Fenster, um den Tag zu begrüßen. Ich sah hinaus in einen wolkenlosen Himmel, der sich weit über einer Welt aus schimmerndem Grün wölbte; sah den blauen Streifen des Meeres am Horizont, die Pfingstrosen unter den tanzenden Zweigen der Kastanie und Peter, der mit dem Rücken zu mir an der Steinmauer lehnte und über das leere Feld blickte.

Aus der Entfernung betrachtet sah er plötzlich sehr alt aus. Alt und müde und sehr allein.

Ich brauchte nicht lange, um mich anzuziehen und hinunterzugehen. Meine Füße machten kaum ein Geräusch, als ich über den tauglänzenden Rasen auf die Mauer zuging, aber Peter hörte mich trotzdem. Er wandte sich halb um und sah mir mit einem gedankenverlorenen Lächeln entgegen.

»Sie werden sich den Tod holen, meine Liebe, so ohne Pullover.«

»Aber nein. Das ist ein warmes Hemd.« Zum Beweis rieb ich ein Stück des dicken Baumwollstoffes zwischen meinen Fingern. »Außerdem ist es fast Juni. Man sollte um diese Jahreszeit schon aus Prinzip keinen Pullover mehr tragen.«

Peter nahm meinen Widerspruch mit einem nachsichtigen Nicken hin und richtete seinen Blick wieder auf das Feld. Ich stützte mich mit den Ellbogen neben ihn auf die altersschwache Mauer und sah schweigend in die gleiche Richtung. Lange Schatten lagen auf der gegenüberliegenden Seite der grünen Fläche, wo ein anderer Hügel sich mächtig über einem winzigen weißen Bauernhaus erhob, aber sonst flirrte überall die Sonne auf dem sacht im Wind wogenden Gras. Das Feld machte einen heiteren, unberührten Eindruck.

Aber wir wußten beide, daß es nicht so leer war, wie es schien. Der Wächter stand vielleicht in dieser Minute auf der anderen Seite der Mauer und beobachtete uns ...

Ich zog das weite Hemd enger um mich und sah Peter forschend von der Seite an. »Machen Sie sich Sorgen?«

»Hmm?«

»Wegen dieses Essens mit Doktor Connelly.«

Er lächelte kaum merklich. »Er denkt, die Neunte Legion sei nach Palästina gezogen.«

»Verstehe. Aber ...«

»Teile von ihr vielleicht. Das habe ich ihm zugestanden. Teile der Legion, einzelne Einheiten, bestehend aus denen, die nicht umgekommen sind. Aber die Neunte selbst?« Er schüttelte den Kopf. »Sie ist hier. Ich weiß, daß sie hier ist.« Er stieß sich von der Mauer ab und richtete sich seufzend auf. »Ich wünschte nur, wir hätten einen winzigen Beweis. Außer dem Geist, meine ich. Irgendein konkretes Beweisstück, das wir dem alten Connelly vorlegen könnten. Ich hätte die Überzeugungen dieses selbstgefälligen Kerls nur allzugern ein wenig erschüttert.«

Er sagte es humorvoll und ohne Haß, aber ich hörte dennoch den bitteren Unterton in seiner Stimme. Und auf einmal war ich mir sicher, daß Peter seine Ausgrabung durchführen würde, egal, wie Connellys Entscheidung nach dem heutigen Treffen ausfallen sollte. Er jagte nicht nur einem lebenslangen Traum hinterher, sondern auch dem genauso imaginären Lorbeerkranz des geachteten Forschers und Gelehrten, den er als junger Mann getragen hatte und der ihm irgendwann während seiner Laufbahn abhanden gekommen war. Respekt, dachte ich – das ist es, was er will. Respekt und Anerkennung.

Ich stützte grübelnd mein Kinn in eine Hand. »Wir finden sicher etwas, ehe die Ausgrabungssaison vorbei ist. Und außerdem«, fügte ich aufmunternd hinzu, »haben Sie zumindest die Genugtuung, Connelly sagen zu können, daß wir höchstwahrscheinlich eine Vexillatio-Festung gefunden haben, obwohl niemand vermutet hätte, daß sich hier eine befinden könnte.«

»Ja«, stimmte er zu, »die habe ich zumindest. Und Robbie hat mir schon vor einiger Zeit gesagt, daß unser Feld voller Menschen sein wird.«

»Na, sehen Sie«, ich nickte in froher Gewißheit. »Das müssen die Studenten gewesen sein, die er gesehen hat. Also brauchen Sie sich keine Sorgen mehr zu machen. Denn Robbie«, erinnerte ich ihn, »behält immer recht.«

»Ja.« Peters träger Blick wanderte wieder hinaus auf die stille grüne Fläche hinter der Mauer. »Allerdings weiß man bei Robbie nie«, sagte er langsam, »ob das, was er sieht, Schatten der Zukunft oder der Vergangenheit sind.«

»Bemerkenswert.« Doktor Connelly zog sauberlich einen schmalen Graben durch die Mitte seines Kartoffelbreis, drückte ein Stück Butter hinein und versiegelte den Hügel wieder mit chirurgischer Präzision. Er war ein ordentlicher Mann, der sein dünn gewordenes Haar und seinen immer noch dunklen Bart gepflegt kurzgestutzt trug und eine kleine Goldrandbrille auf der Nase hatte. »Wirklich sehr bemerkenswert«, wiederholte er, »daß Sie überhaupt etwas gefunden haben. Eine Vexillatio-Festung, sagen Sie?«

Peter beäugte ihn lauernd wie ein Gladiator, der einem Löwen gegenübersteht. Oder war es eher umgekehrt? fragte ich mich, als ich Peters Gesicht etwas genauer betrachtete.

Doch als er antwortete, tat er es in höflich-kultiviertem Ton und ohne eine Spur von Herablassung. »Wir sind zu diesem Schluß gekommen, ja.«

Connelly kostete einen Bissen Seezunge und schien zu überlegen. »Und Ihre Theorie lautet, daß die Neunte, die *Hispana*, bei ihrem Marsch nach Norden auf diese Festungsanlage stieß, dort ihr Lager aufschlug und dann in einen Kampf verwickelt wurde?«

»Ja.«

»Interessant«, räumte Connelly ein. »Unorthodox, aber interessant.«

Mir gegenüber beugte sich David etwas über den Tisch und übernahm die Rolle des Sprechers. »Wir sind uns ziemlich sicher, daß die Festung aus der Zeit Agricolas stammt, und Agricola hat die Neunte Legion bei seinen Feldzügen bis in den Norden geführt, wie wir wissen. Daher ist es nicht allzu abwegig zu vermuten, daß die Neunte, als sie vierzig Jahre später wieder nach Norden geschickt wurde, ihr Lager an derselben Stelle aufschlug, wo sie schon einmal eine Festung gebaut hatte. Der Platz ist vorteilhaft, liegt nahe an einem Fluß, und die Gräben und Wälle waren höchstwahrscheinlich noch vorhanden.«

Connellys Augen funkelten scharfsinnig durch die Brillengläser hindurch in die Runde. »Und haben Sie Beweise dafür, daß die Legion sich tatsächlich so verhielt?«

Ich sah Adrian an, der zu Fabia hinschielte, und für einen Augenblick herrschte Schweigen am Tisch, ein merkwürdig gespanntes Schweigen, als wartete jeder von uns darauf, daß einer mit den Worten herausplatzte: »Also, es gibt da diesen Geist, wissen Sie, der ein Soldat der *Hispana* gewesen sein könnte ...« Schwerlich ein Beweis für einen so peniblen Mann wie Doktor Connelly. Jemand, der seine Möhren in kleine Würfel schnitt, bevor er sie aß, würde wohl kaum mit Geisterspuk zu überzeugen sein.

Fabia begann etwas trotzig darauf hinzuweisen, daß wir erst kurze Zeit an der Ausgrabungsstätte arbeiteten, aber

Peter unterbrach sie mit seiner wohltönenden Stimme, die nicht im geringsten beschämt klang. »Wir haben keine Beweise.«

»Gar keine?«

»Gar keine.«

»Verstehe.«

Adrians glattes Lächeln zeigte nicht ganz die übliche Selbstgewißheit. »Wir haben jedoch einen kurzen Bericht vorbereitet«, warf er ein, »der einen Überblick darüber gibt, was wir bei den ersten Untersuchungen und Grabungen gefunden haben. Vielleicht möchten Sie einen Blick hineinwerfen ...«

»Ja, ja, selbstverständlich. Ich werde ihn nach dem Essen lesen. Ihnen ist aber doch sicher klar«, sagte er und blinzelte Peter über den Brillenrand hinweg an, »daß der Fund der Festungsanlage ein Problem für Sie darstellen könnte, selbst mit einer offiziellen Genehmigung. Die Ausgrabungsstätte könnte auf die Liste gesetzt werden.«

Was er meinte, war, daß Rosehill als Denkmal des Altertums eingestuft werden könnte, was unserer Ausgrabung ein sofortiges Ende bereiten würde. Schließlich war die Erhaltung einer Stätte das primäre Anliegen der Archäologie, und eine Ausgrabung hatte unvermeidlich immer etwas Zerstörerisches. Wir machten natürlich genaue Aufzeichnungen und veröffentlichten gewissenhaft alles, was wir fanden, aber eine ausgegrabene Stätte konnte nun einmal nicht in ihrem ursprünglichen Zustand wiederhergestellt werden. So hatte etwa Schliemann bei seiner Suche nach Troja mehrere Schichten der alten Stadt darüber zertrümmert.

Deshalb gab es nun Vorschriften, die wichtige Denkmäler – wie römische Festungsanlagen – vor unnötiger Beschädigung bewahren sollten.

»Denn Sie müssen ja nicht nur mich überzeugen«, erklärte Doktor Connelly. »Sie müssen die Vereinigung ›Historisches Schottland‹ auf Ihre Seite bringen, außerdem die der regionalen Archäologen drüben in Newtown Saint Boswells. Und da die Ausgrabungsstätte nicht durch Straßenbau oder andere Bauvorhaben gefährdet ist, kann es gut sein, daß die Ihr Ausgrabungsprojekt verbieten.«

Peter zuckte noch nicht einmal mit der Wimper. »Habe ich eigentlich schon erwähnt«, sagte er gelassen, »daß ich daran denke, ein Schwimmbad bauen zu lassen? Dort drüben auf dem Feld, wie es der Zufall so will.«

Wenn er nur graben durfte, falls eine unmittelbare Gefährdung der Ausgrabungsstätte durch Bauvorhaben oder ähnliches bestand, so würde Peter eben eine solche Gefährdung erfinden.

Doktor Connelly schüttelte den Kopf und seufzte. »Es kann nicht immer alles nach Ihrem Kopf gehen, wissen Sie.«

Aber immerhin las er den Bericht. Wir stellten ihm Peters Wohnzimmer zur Verfügung, damit er ganz ungestört war, und warteten in dem Raum gegenüber. Für mich war es die zermürbendste Stunde seit meinem ersten Vorstellungsgespräch im Britischen Museum. Fabia ging wie ein Tiger im Käfig ständig auf und ab, während Adrian Bilderrahmen geraderückte und Nippes auf dem Kaminsims neu arrangierte. David, der nicht ganz so nervös war, legte Chopin-Etüden auf, lehnte sich zurück und hörte der Musik mit geschlossenen Augen zu. Peter saß einfach nur da und wartete geduldig, eine Hand lag ruhig auf dem Rücken des schwarzen Katers, der auf seinen Knien schlief.

Endlich öffnete sich knarrend die Tür, und Connellys Kopf kam zum Vorschein. Sein Gesichtsausdruck war nachdenklich, aber bemüht neutral. »Gut«, sagte er, »ich würde jetzt gern die Ausgrabungsstätte sehen, wenn es geht. Nur Miss Grey und ich, bitte«, fügte er hinzu, als alle Anstalten machten aufzustehen.

Überrascht sah ich Peter an, der zustimmend nickte.

So ähnlich muß sich ein olympischer Athlet fühlen, auf den sich alle Hoffnungen richten, dachte ich unbehaglich, als ich Doktor Connelly den grasbewachsenen Hang zu den Principia hinaufführte. Ich war sehr bemüht, mich bei meinen Erklärungen nicht zu verheddern, aber es fiel mir schwer, meine Nervosität zu verbergen, und als wir schließlich wieder hinausgingen und uns etwas aus dem Schatten des Gebäudes entgegensprang, fuhr ich erschrocken zusammen.

»Verdammt noch mal!« entfuhr es mir, worauf ich mich schnell entschuldigte. »Es ist nur Kip, unser ... na ja, eigentlich nicht *unser* Collie. Er gehört zu dem Cottage dort unten, am Fuß der Auffahrt.«

»Feiner Kerl«, lobte Connelly den Hund und kraulte ihn freundlich zwischen den gespitzten Ohren, ehe er mich erwartungsvoll ansah. »Sollen wir uns jetzt Ihre Versuchsgräben ansehen?«

Kips Gegenwart machte mich mutiger und weniger befangen. Nach einem etwa zwanzigminütigen Rundgang um das Feld sah ich meinen Begleiter fragend an. »Warum ich?«

»Wie bitte?«

»Warum wollten Sie, daß gerade ich Sie herumführe?«

»Ach so.« Sein Mund verzog sich zu einem nicht unsympathischen Lächeln. »Weil ich zu dem Schluß gekommen bin, daß Sie die einzige sind, von der ich eine ehrliche Antwort erwarten kann.«

»Aber warum?«

»Nun ja, Peter hat hier sehr viel investiert, nicht wahr? Seine Enkelin, vermute ich, möchte nicht, daß ihr Großvater enttäuscht wird. Dieser Vermesser – Sutton-Clarke – ist der Typ, der alles sagen würde, um seinen Job zu retten. Warum sollte er die Gans schlachten, die die goldenen Eier legt? Und der junge Fortune«, schloß er, »würde jederzeit Schwarz für Weiß erklären, wenn Peter ihn darum bäte. Also blieben nur Sie.«

»Oh.«

»Außerdem«, vertraute er mir an, »kenne ich den alten Lazenby, der sich sehr lobend über Ihre Arbeit bei seiner Ausgrabung in Suffolk geäußert hat. Ich habe gehört, daß er Sie in Alexandria dabeihaben möchte.«

»Ja, das habe ich auch gehört.« Aber ich wollte jetzt nicht an Alexandria oder Doktor Lazenby oder an die Entscheidung denken, die ich noch vor dem Ende des Sommers treffen mußte. Ich hob einen Ast auf und schleuderte ihn für Kip über das Gras.

Doktor Connelly blieb stehen. »Es gibt Leute«, sagte er bedächtig, »die Peter Quinnell als verrückt bezeichnen würden. Und Sie müssen zugeben, daß er sich manchmal wie ein Verrückter aufführt. Mir wurde berichtet, daß er nachts auf diesem Feld sitzt und sich mit Geistern unterhält.«

Ich sah ihn scharf an und versuchte, in seinen undurchdringlichen Zügen zu lesen. »Wer hat Ihnen das erzählt?«

»Es ist also wahr?«

»Nein, ist es nicht. Ich habe Peter noch nie bei Dunkelheit hier draußen gesehen«, antwortete ich wahrheitsgemäß. »Da hat Sie jemand falsch informiert.«

Connelly akzeptierte meine Antwort mit einem stoischen Nicken. »Und jetzt sagen Sie mir, Miss Grey, steckt Ihrer fachkundigen Meinung nach wirklich etwas hinter diesem Unsinn mit der Neunten Legion?« Seine Augen hinter den Brillengläsern waren wie harte, glänzende Kieselsteine. »Glauben Sie – sind Sie ehrlich davon überzeugt –, daß wir hier in diesem Moment noch auf etwas anderem als einem befestigten Vexillatio-Lager stehen?«

Sie waren zu unbestechlich, diese Augen, zu durchdringend. Ich wandte den Blick ab.

Kip hatte aufgehört, dem Stock hinterherzujagen, und sprang gerade munter den Hügel hinauf, wo er mit wedelndem Schwanz etwas Unsichtbares begrüßte. Er bellte kurz und blieb plötzlich stehen, wobei er den Kopf schräglegte und noch heftiger mit dem Schwanz wedelte, als würde sich jemand zu ihm herunterbeugen und ihn streicheln.

Langsam drehte ich mich wieder zu Doktor Connelly um und sah ihm ins Gesicht. »Ich war mir noch nie im Leben einer Sache so sicher.«

Er betrachtete mich lange und eingehend, und was er sah,

mußte ihn überzeugt haben, denn am Ende nickte er schicksalsergeben. »Dann muß ich mich Ihrer Überzeugung beugen«, sagte er etwas theatralisch. »Sie sollen meine Studenten für diese Ausgrabungssaison haben. Und Gott stehe uns beiden und unserem Ruf als Wissenschaftler bei, wenn Sie nichts finden.«

XXV

Die folgenden drei Wochen vergingen für mich wie im Flug, sie waren erfüllt von aufgeregter Geschäftigkeit und diesem unbeschreiblichen Kitzel, wie man ihn vor Antritt einer langen Reise empfindet.

Wochenenden und Feiertage kamen und gingen, ohne daß ihnen jemand große Beachtung schenkte. Davids Mutter wurde aus dem Krankenhaus entlassen und überraschte alle, indem sie sich freiwillig nach Saltgreens, dem städtischen Altenheim, begab, um sich dort ein paar Monate zu erholen. Das heißt, sie überraschte alle außer Jeannie.

»Hast du Saltgreens schon einmal gesehen?« fragte Jeannie mich eines Nachmittags schmunzelnd.

»Ist das nicht das moderne Gebäude aus Ziegelsteinen und Glas neben dem Museum?«

»Ja, genau, seine Vorderseite geht zum Hafen hinaus, und schräg gegenüber ist der Parkplatz des Ship Hotels. Man könnte es von außen für eine Luxus-Appartementanlage halten. Es wird ihr dort nicht schlecht ergehen, schätze ich«, kommentierte Jeannie und kehrte mir den Rücken zu, um eine Zwiebel zu hacken. »Und sie macht es auch nur, um endlich ihre Ruhe zu haben.«

»Wie meinst du das?«

»Na ja, auf der einen Seite liegt ihr Davy in den Ohren und sagt, daß er jemanden einstellen werde, der mit ihr im Cottage wohnen soll, damit sie nicht allein ist. Und auf der anderen Seite redet Peter auf sie ein, das Cottage zu verkaufen und sich von ihm eine Wohnung in der Stadt besorgen zu lassen«, erzählte Jeannie. »Aber sie ist eine unabhängige Frau, Davys Mutter, und sie denkt nicht daran, irgend jemandem zur Last zu fallen.«

Eine Frau nach meinem Geschmack, dachte ich beifällig. »Glaubst du, sie wird ihr Cottage verkaufen?«

»Oh, da habe ich so meine Zweifel. Sie wird wahrscheinlich den Sommer über in Saltgreens bleiben und dann zurück nach Hause gehen und sich jemanden zur Gesellschaft suchen. Aber nicht mit Davys Geld. Sie ist eine unabhängige Frau«, wiederholte Jeannie, als wäre es der stolze Refrain einer alten schottischen Ballade. »Was sie auch tut, es wird Nancy Fortunes Entscheidung sein, und es wird auch mit Nancy Fortunes Geld bezahlt werden.«

Robbie, da war ich mir sicher, wußte bereits, wie sich Davids Mutter entscheiden würde, aber er schien viel zu aufgeregt wegen der bevorstehenden Ankunft der Studenten und der damit einhergehenden Vorbereitungen, um seine Zeit mit Wahrsagen zu verschwenden. Den ganzen Morgen über waren er und Kip mir wie Schatten gefolgt und zwischen dem Haus und den Principia hin und her gehüpft. Als wir jetzt zum drittenmal zu den Büros kamen und Robbies fröhliches Geplapper hinter mir ertönte, sah Adrian von seinem Computerbildschirm auf und seufzte entnervt.

»Robbie.«

»Ja, Mister Sutton-Clarke?«

»Weißt du, was ein Obstruktionspolitiker ist?«

»Nein, Mister Sutton-Clarke.«

»Also, wenn du mal groß bist«, schlug Adrian düster vor, »solltest du für das Parlament kandidieren. Du würdest einen fabelhaften Abgeordneten abgeben.«

Robbie entgegnete, daß er lieber der Rettungsbootmannschaft beitreten würde. »Ich finde das Rettungsboot wirklich toll. Unseres saust zwar keine Rampe runter, aber ich finde es trotzdem super.«

»Wie schön für dich.« Adrian sah auf seine Uhr. »Solltest du nicht in der Schule sein?«

»Heute ist Samstag.«

»Ach so.«

»Morgen kommen die Studenten.«

»Was du nicht sagst.«

Doch für Sarkasmus war Robbie der falsche Adressat. »Ja, wirklich«, antwortete der Junge ernsthaft. »Opa und Davy bauen schon die Zelte auf. Werden Sie auch in einem Zelt wohnen, Mister Sutton-Clarke?«

»Nein«, sagte Adrian.

»Möchten Sie denn nicht gern in einem Zelt schlafen?«

»Nein«, sagte Adrian.

Ich lächelte und ging an ihnen vorbei zu meinem Schreibtisch. »Mister Sutton-Clarke würde sein bequemes Bett im Ship Hotel vermissen, Robbie.«

»Mmm.« Adrian schwenkte auf seinem Drehstuhl herum und lehnte sich mit hinter dem Kopf verschränkten Händen zurück. »Nicht zu vergessen die Bar. Weißt du, meine Liebe, wenn du hin und wieder deinen Schreibtisch aufräumen würdest, müßtest du nicht jedesmal ganze Papierberge umherschieben, wenn du etwas brauchst. Was suchst du diesmal?«

Ich sah mich stirnrunzelnd um. »Die Liste mit den Namen der Studenten. Hast du sie gesehen?«

»Nein, aber es ist kein Problem, sie dir neu auszudrucken.« Er klickte eine Datei an, drückte eine Taste, und der Drucker begann zu summen. »Wozu brauchst du sie? Willst du noch einmal zählen, wie viele es sind? Ich glaube, es waren siebzehn ...«

»Achtzehn«, verbesserte ich ihn. »Aber deswegen brauche ich sie nicht. Peter bat mich, die Namen durchzugehen und sie in Dreiergruppen für die Zelte einzuteilen.«

»Ach, das kann ich doch auch machen ...«

»Vergiß es.« Ich riß ihm das Blatt Papier aus der Hand und grinste. »Du würdest sie alle gemischt unterbringen, Jungen und Mädchen zusammen – ich kenne dich doch.«

»Es soll ja schließlich auch eine lehrreiche Erfahrung für sie sein.«

»Was sie lernen und erfahren wollen, ist ihre Sache. Aber schlafen«, sagte ich matronenhaft streng, »werden sie nach Geschlechtern getrennt, mit guter, fester Leinwand zwischen den Zelten.«

»Ich würde gern in einem Zelt wohnen«, warf Robbie ein und nahm seinen ursprünglichen Gedankengang wieder auf. »Davy hat sein eigenes Zelt, haben Sie es schon gesehen? Es ist richtig groß, mit einem Fenster und allem Drum und Dran.«

»Ja, Davy ist ja auch ein Idiot«, erwiderte Adrian und wippte auf seinem Stuhl hin und her.

»Mister Sutton-Clarke macht nur Spaß, Robbie«, versicherte ich dem Jungen, ohne aufzusehen.

»Mister Sutton-Clarke«, sagte Adrian, »meint es ganz ernst. Jemand, der ein schönes breites Bett in einem warmen Zimmer – mit eigener Toilette, möchte ich anmerken – für ein undichtes Zelt auf schlammigem Untergrund und mit Studenten als Nachbarn aufgibt, ist für mich unbestreitbar ein Idiot.«

»Selbst wenn die Mehrzahl dieser Studenten aus attraktiven jungen Frauen besteht?«

»Meine Liebe, was kann man denn schon mit einer attraktiven jungen Frau in einem undichten Zelt *anfangen*? Außerdem glaube ich nicht, daß das der entscheidende Grund für unseren Mister Fortune war.«

Ich ignorierte seinen bedeutungsvollen Blick. »Nein, da hast du recht. Er fand, daß einer von uns für alle Fälle in der Nähe sein sollte, falls die Studenten etwas brauchen.«

»Und die Position des Zeltlagers«, bemerkte Adrian hinterhältig, »ist ja auch so vorteilhaft. Du kannst es von deinem Schlafzimmer aus sehen, nicht wahr? Und umgekehrt.«

Robbie enthob mich einer Antwort. Er umfaßte den Pfosten, der zwei der ehemaligen Boxen und jetzigen Büronischen trennte, und schwang sich daran herum, wobei er

Adrian ansah. »Warum haben sie die Zelte nicht hier oben aufgeschlagen?«

Adrian wußte so gut wie ich, warum das Zeltlager sich dort befand, wo es war, aber nach einem schnellen Blick zu mir gab er Robbie eine etwas kompliziertere Erklärung. »Na ja, der Boden ist auf der anderen Seite der Straße viel ebener, und der Fluß fließt direkt dort vorbei, und es ist ganz wichtig, die Ausgrabungsstätte nicht durch Zeltheringe und offenes Feuer zu gefährden, und ...«

»Ist es, weil der Wächter dort nicht umhergeht?« wollte Robbie wissen.

Adrian verstummte und sah mich hilfesuchend an.

»Manche Menschen mögen keine Geister, Robbie«, erklärte ich. »Peter fand, es sei besser, die Studenten dort unterzubringen, wo der Geist sie aller Wahrscheinlichkeit nach nicht belästigen wird.«

Er dachte darüber nach. »Er würde ihnen nichts tun. Er beobachtet einfach nur so.«

Dem plötzlichen Drang widerstehend, einen hastigen Blick über meine Schulter zu werfen, bündelte ich einen Stapel Notizen und schob ihn in eine Schublade. »Manche Menschen«, antwortete ich ruhig, »werden vielleicht nicht gerne beobachtet.«

Robbie wägte auch diesen Gedanken ab und schien ihn dann als eine der merkwürdigen Kompliziertheiten der Erwachsenenwelt abzutun. Er schwang weiter um seinen Pfosten herum und sah mir bei meiner Arbeit am Schreibtisch zu. »Ich werde Archäologe, wenn ich groß bin«, verkündete er.

Adrian erinnerte ihn nüchtern daran, daß er sich bereits der königlich-nationalen Rettungsbootgesellschaft verschrieben hatte.

»Ich kann beides machen«, behauptete Robbie zuversichtlich. »Die Leute bei der Rettungsbootgesellschaft sind Freiwillige, also kann ich auf dem Rettungsboot fahren *und* Archäologe werden und in einem Zelt wohnen.«

»Ich nehme nicht an«, bemerkte Adrian, »daß du auch noch Computerspezialist werden möchtest?«

»Warum?«

»Weil mein Computer gleich den Geist aufgibt, wenn du weiter so gegen die Wand stößt.«

»Oh. Entschuldigung.«

»Komm her«, forderte ich ihn auf und rückte ein Stück mit meinem Stuhl zur Seite, um Platz für Robbie in meiner Nische zu machen. Ich nahm ein paar der weniger beeindruckenden Topfscherben von dem Regal neben mir, legte sie säuberlich nebeneinander auf meinen Schreibtisch und gab dem Jungen einen Zeichenblock. »Wenn du meine Arbeit tun willst, fangen wir am besten gleich mit deiner Ausbildung an. Mach mir ein paar Zeichnungen von den Scherben, ja?«

Fröhlich kam er der Aufforderung nach. Adrian warf mir von der anderen Seite des Gangs her einen dankbaren Blick zu und konzentrierte sich in der segensreichen Stille wieder auf seinen Bildschirm.

Ich brauchte nicht lange, um die Studenten in Dreiergrüppchen für die Zelte einzuteilen. Zu meiner Erleichterung waren es zwölf junge Frauen und sechs junge Männer, so daß niemand auf meiner Liste übrigblieb. Als ich gerade damit fertig war, die Zeltnummern neben die Namen zu kritzeln, schob mir Robbie stolz seine Zeichnungen hin.

»Fertig«, sagte er.

»Gut gemacht.« Ich betrachtete die Blätter mit ernster Miene. »Und was halten Sie von unseren Fundstücken, Mister McMorran?«

»Sie sind okay.«

»Aber mein lieber Junge«, sagte ich in einer ganz gelungenen Parodie auf Doktor Connelly, »das ist nicht sehr wissenschaftlich.«

Robbie kicherte.

Ich behielt meine Lehrmeisterrolle bei, wählte eine Scherbe und reichte sie ihm, wobei ich ihn über imaginäre

Brillengläser hinweg fixierte. »Nun, was ist beispielsweise Ihr Eindruck von diesem Stück?«

Robbie ging auf das Spiel ein und zog die Stirn auf eine Art in Falten, die sein kleines Gesicht einen Augenblick lang dem Davids sehr ähnlich sehen ließ. Er rieb sich das Kinn, wie er es schon hundertmal bei David gesehen hatte, drehte die Scherbe mehrmals in der Hand herum und blickte noch angestrengter drein. »Es ist eine Scherbe, von einem Topf oder so was.«

»Brillant!« lobte ich.

»Und sie ist rot.«

»Gut beobachtet. Sonst noch etwas?«

»Es hat ihm hier nicht gefallen.«

Das regelmäßige Klacken von Adrians Tastatur verstummte abrupt, und nach einem Moment atemloser Stille gab ich meine Connelly-Imitation auf. »Was hast du gesagt?«

»Der Mann, der diesen Topf benutzt hat«, sagte Robbie und gab mir das winzige Fragment samischer Töpferware zurück, »es hat ihm hier nicht gefallen. Ihm war dauernd kalt, und sein Zahn hat ihm weh getan.«

»Psychometrie.«

Peter sprach das Wort mit seiner wohlklingenden Stimme genüßlich aus und balancierte das schwere Wörterbuch auf einer Hand, während er mit dem Zeigefinger der anderen die Definition verfolgte. Das Licht war durch heraufziehende Wolken trüber geworden, und die roten Wände des Wohnzimmers wirkten stumpf und trostlos, bis Peter eine Lampe einschaltete, um besser lesen zu können. »Ja, Psychometrie, dachte ich es doch. ›Das intuitive Erkennen von Fakten im Zusammenhang mit Gegenständen durch Berühren dieser Gegenstände‹.«

»Wie immer man das nennt, Robbie kann es jedenfalls.« Ich warf den Katzen einen Papierball zum Spielen hin, verschränkte meine Beine zum Schneidersitz und lehnte mich mit einem erschöpften Seufzer gegen das weiche Lederpolster des Sofas zurück. »Er hat natürlich nicht Namen, Rang und Regiment des Mannes heruntergerasselt, und wir können nicht sagen, wie präzise seine Erkenntnisse sind, aber ich dachte, Sie sollten es wissen.«

»Ja, unbedingt.« Er schloß das Wörterbuch und hievte es zurück an seinen Platz im Regal. »Ich bin sicher, daß uns das sehr nützlich sein wird, wenn wir unsere Fundstücke sondieren.«

Ich wußte, was er dachte – ich hatte selbst in den vergangenen Stunden ständig daran gedacht. Durch rein wissenschaftliche Methoden und die fortschreitende Technik konnten wir schon sehr viel über ein Fundstück in Erfahrung bringen. Je nach Erforderlichkeit konnten wir mit einfacheren oder ausgefeilteren Datierungsmethoden die Zeit festlegen, zu der ein Gegenstand hergestellt und benutzt worden war. Wir konnten herausbekommen, an welchem Ort er hergestellt worden war, welche Kultur oder Volksgruppe ihn angefertigt und welche Werkzeuge sie dabei verwendet hatte. Oft sagten uns die Gegenstände auch etwas über ihre Besitzer. Wenn man ein Paar Schuhe untersuchte, konnte man beispielsweise an der Art der Abnutzung erkennen, daß der Besitzer gehumpelt hatte, und ein zerschmetterter Helm konnte in grausamer Deutlichkeit verraten, wie sein Träger zu Tode gekommen war. Aber wie der Mann, der ihn getragen hatte, sich *gefühlt* hatte ... dieses Rätsel war mit den Mitteln der Wissenschaft nicht zu lösen.

Ich beneidete Robbie schrecklich. Da hatte ich Jahre damit verbracht, kleine Stücke und Fragmente aus der Vergangenheit zu untersuchen, sie zu drehen und zu wenden und zu beschwören, mir etwas aus ihrer Zeit zu erzählen. Und dann kam dieser kleine Junge daher, berührte einfach die Scherbe eines Gefäßes und stand sofort mit der Person in Verbindung, die es vor vielen Jahrhunderten in der Hand gehalten hatte. Wie wunderbar, dachte ich sehnsüchtig.

Laut sagte ich: »Ich habe mir überlegt, ein gesondertes Notizbuch zu führen und aufzuschreiben, was Robbie über die Dinge, die wir finden, sagt. Eine Art inoffizielle Dokumentation, wenn Sie so wollen, als Ergänzung zum Fundstücke-Register. Ich weiß, daß die Fachgelehrten über so etwas lächeln würden, aber …«

»Fachgelehrte«, warf Peter ein, »lächeln über alles. Ich halte Ihr Notizbuch für eine sehr vernünftige Idee. Möchten Sie noch einen Drink?«

»Nein, danke.« Meine halb geschlossenen Augen wanderten schuldbewußt zu dem leeren Glas auf dem Couchtisch. »Ein Whisky ist mehr als genug für mich zu dieser Tageszeit. Ich habe jetzt schon das Gefühl, daß Sie mich zum Tee wohl wecken werden müssen.«

»Ja, Whisky hat diesen Effekt«, pflichtete mir Peter mit liebenswürdigem Nicken bei. »Ich persönlich kann das Zeug nicht ausstehen. So etwas zu sagen kommt bei einem Iren zwar einem Landesverrat gleich, ich weiß, aber so ist es nun einmal. Ich bin schon während meiner Zeit in Cambridge zu Wodka übergegangen. Mein Zimmergenosse war ein exzentrischer Kerl, der sich für einen Marxisten hielt und ständig von der Revolution sprach. Er wäre gern nach Rußland gegangen, glaube ich, aber er konnte die Kälte nicht ertragen. *Das Kapital* und der Wodka waren seine einzige Annäherung an den Kommunismus.« Peter lächelte bei der Erinnerung in sich hinein und füllte sein Glas nach. »Symbole«, sagte er, »haben mich schon immer sehr interessiert.« Er ließ sich in seinem gewohnten Sessel nieder, schlug mit lässiger Eleganz die Beine übereinander und sah mich ausgesprochen spitzbübisch an. »Zum Beispiel ist mir nicht entgangen, daß Sie ihren englischen Gin neuerdings gegen kräftigen schottischen Whisky eingetauscht haben.«

Ich schloß die Augen und zog es vor, nicht darauf zu antworten, während ich den kräftigen schottischen Whisky für die aufsteigende Hitze in meinen Wangen verantwortlich machte.

»Wirklich sehr bezeichnend«, fuhr er fort, und am Klang seiner Stimme erkannte ich, daß er jetzt mit den Katzen sprach, als wäre ich gar nicht vorhanden. »Findest du nicht auch, Murphy, mein Junge? Ich frage mich, was ...«

Seine Worte wurden vom rhythmischen Knirschen von Schritten draußen auf dem Kies unterbrochen. Das war nicht Adrian, dachte ich. Ich hatte ihn oben in den Principia zurückgelassen, und diese Schritte kamen aus der entgegengesetzten Richtung. Außerdem waren sie zu schnell für Adrian, zu schwer für Robbie und zu gleichmäßig für Wally, der mit einem charakteristischen Schlurfen ging.

Die Eingangstür schlug zu. Ich öffnete die Augen und vermied es bewußt, Peters Blick zu begegnen, als David in der Tür des Wohnzimmers erschien.

»Hey«, begrüßte uns die tiefe Stimme lebhaft. »Schon wieder am Picheln, ja?«

Peter lächelte ungerührt. »Möchtest du auch einen?«

»Hätte nichts dagegen.« David ging über den abgetretenen Teppich zur Hausbar und bediente sich, worauf er neben mir auf dem Sofa einsank und die Beine ausstreckte. Charlie, die kleine Graugetigerte, begann sofort, seine Schnürsenkel zu attackieren. David nahm mit zufriedener Miene einen Schluck von seinem Whisky und wandte sich dann an Peter. »Also, die Zelte sind aufgebaut, wenn du sie dir ansehen möchtest.«

»Ausgezeichnet. Es sind sechs, nicht wahr?«

Der dunkle Kopf neben mir nickte. »Sechs plus mein Zelt und das große Eßzelt. Die Kühe auf der Nachbarweide schauen inzwischen reichlich verwirrt aus der Wäsche.«

»Gut, gut. Wenn du deinen Whisky ausgetrunken hast, können wir ja ...«

»Himmel, Peter«, sagte David und verdrehte die Augen, »ich habe die vergangenen zwei Wochen bis zu den Ohren in Prüfungen gesteckt, weißt du. Ich mußte dreimal Aufsicht führen und hatte stapelweise Arbeiten zu benoten. Und heute habe ich zwischen dem Lesen und Benoten noch die verdammten Zeltheringe in den Boden geschlagen. Ich bin ziemlich erledigt«, meinte er schließlich. »Kannst du dich nicht von Wally herumführen lassen? Er ist noch da unten.«

Peter sah zwischen Davids erschöpftem Gesicht und meinem hin und her und lächelte vielsagend. Dann hob er sein Glas und leerte es. »Natürlich, mein Junge. Bleib nur hier und ruhe dich aus. Ich werde gehen und mich ausgiebig umsehen.«

Der Raum wirkte plötzlich irgendwie kleiner, als nur noch David und ich und die Katzen darin waren. Oder vielleicht war es auch nur das Sofa, das mir kleiner vorkam, oder David schien größer ...

»Das ist mal wieder mein typisches Pech«, sagte er mit weicher Stimme. »Nun habe ich dich endlich mal für mich allein in diesem Haus und bin verdammt noch mal zu müde, um die Situation auszunutzen.«

Ein angenehmer, kitzelnder Schauer lief mir den Rücken hinunter und setzte sich in meiner Magengrube fest. Eigentlich gab es keinen Grund dafür – nur war mir nicht klar gewesen, daß er es tatsächlich darauf angelegt hatte, mit mir allein zu sein. Seit dem Tag der Fischauktion waren wir beide so beschäftigt gewesen, daß ich ihn kaum zu Gesicht bekommen hatte, und obwohl er sich nicht wieder völlig hinter seine höfliche Distanz zurückgezogen hatte, hatte er mir doch auch keinen Grund zu der Hoffnung gegeben, daß er meine Gefühle erwiderte. Bis jetzt.

Er ließ sich noch tiefer auf dem Sofa herunterrutschen und rollte den Kopf auf dem Lederpolster zur Seite, um mich anzusehen. »Du hast auch was getrunken, stimmt's? Verdammt.«

Diesmal war der angenehme Kitzel so stark, daß ich lächeln mußte. »Ich bin nicht willenlos und leichter rumzukriegen, wenn ich etwas getrunken habe«, versicherte ich ihm. »Nur die Wahrscheinlichkeit, daß ich einschlafe, ist größer.«

»Versuch bloß nicht, mich zu ermutigen.« Seufzend rollte er den Kopf wieder herum und führte sein Glas zum Mund.

»Ah, vielleicht komme ich wieder zu Kräften, wenn ich das hier intus habe.«

Ich war wirklich in schlechter Verfassung, dachte ich. Ich konnte mich überhaupt nicht konzentrieren, wenn er in meiner Nähe war. Meine Sinne spielten schon verrückt, wenn ich nur zusah, wie dieser Mann einen Schluck aus seinem Glas nahm. Sein sauberer Seifengeruch, der sich mit dem scharfen Aroma des Whiskys vermischte, die Art, wie der Stoff seines Arbeitshemds sich um seine Armmuskeln spannte, die widerspenstige schwarze Locke, die ihm immer in die Stirn fiel – all das nahm ich überdeutlich wahr. Und ich spürte das erschreckend überwältigende Bedürfnis, ihn zu berühren. *Höchst unprofessionelles Verhalten, meine Liebe*, schalt ich mich. *Es führt zu nichts, sich mit Kollegen einzulassen.*

Doch als David sich umdrehte, um sich in ganzer Länge auf dem Sofa auszustrecken, flatterten die letzten Reste meiner vernünftigen Vorbehalte zum Fenster hinaus. Er lag auf dem Rücken, hatte seinen Kopf in meinen Schoß gelegt, als ob er dort hingehörte, und sein Glas mit beiden Händen auf seiner Brust abgestellt.

»Und, bist du wieder zu Kräften gekommen?« fragte ich und sah zu ihm hinunter.

Seine Augen schlossen sich. »Ich fürchte nicht.«

Ich betrachtete ihn sehr lange und erkannte den genauen Moment, als sein Herzschlag sich verlangsamte, die Linien der Erschöpfung auf seiner Stirn sich glätteten und sein Atem in den Rhythmus eines tiefen, zufriedenen Schlummers überging.

Dann nahm ich vorsichtig das Glas mit dem restlichen Whisky aus seinen erschlaffenden Händen. »Verdammt«, murmelte ich und trank es aus.

VIERTES PFERD

Something it is which thou hast lost,
Some pleasure from thine early years.

Tennyson, »In Memoriam«, IV

XXVI

»Männer«, bemerkte Davids Mutter zwei Wochen später, »sind wirklich das Letzte. Man sollte sie alle erschießen.«

Sie hatte dabei natürlich Peter im Sinn. Es war Peters Idee gewesen, daß ich in Saltgreens vorbeischauen sollte, um dort ein großes, sperriges, in braunes Papier eingewickeltes Paket abzugeben. »Nichts Zerbrechliches«, hatte er gesagt. »Nur ein paar alte Fotoalben, die Nancy gern haben möchte.«

Um genau zu sein, waren es vier Alben, und zwar die altmodischen, mit Seiten aus einfachem schwarzen Fotokarton und Einbänden aus Kunstleder, das an mehreren Stellen abblätterte und mit üppigen Goldprägungen verziert war. Sie wirkten richtig fehl am Platz in dem modern eingerichteten Gemeinschaftsraum des Saltgreens-Altenheims. Der glänzende Couchtisch aus hellem Kiefernholz vor mir schien ihrem Alter und der von häufiger liebevoller Benutzung zeugenden Schäbigkeit zu spotten.

Ich legte die Alben zu einem ordentlichen Stapel aufeinander. »Peter meinte, Sie hätten sie gerne«, sagte ich zur Erklärung und hörte, wie Davids Mutter in der Kochnische unwillig seufzte.

»Ich wollte sie aus dem Cottage raushaben, habe ich gesagt. Nur da heraus, für den Fall, daß es abbrennt oder jemand einbricht, das war alles. Er hätte Sie deswegen nicht den ganzen Weg hierher schicken müssen.«

»Oh, das macht mir nichts aus. Ich mußte sowieso in die Stadt. Wir haben fast keine Seife mehr.«

»Seife?«

Ich nickte munter. »Unsere achtzehn Studenten duschen schließlich einmal täglich, manchmal sogar mehrmals, wenn sie sich bei der Arbeit besonders schmutzig machen. Peter hat einen Service für die Handtücher angeheuert, aber mit der Seife kommen wir nicht ganz hinterher.«

»Man könnte eigentlich denken, daß sie ihre eigene mitbringen.«

»Manche haben das ja auch«, antwortete ich achselzuckend. »Aber Peter findet, daß er sich auch um solche Kleinigkeiten kümmern sollte. Sie wissen ja, wie er ist. Er würde sie auch ihre Wäsche im Haus waschen lassen, glaube ich, aber Jeannie meinte, das sei zuviel für unsere Maschine.«

»Ja, er hat sich schon immer gern um andere gekümmert«, sagte sie und lächelte in der Erinnerung an frühere Zeiten. »Sind Sie sicher, daß Sie keinen Keks möchten? Sie haben ganz gute diese Woche ... mit Schokoladencreme.«

»Nein, danke.« Ich drehte mich in meinem Sessel um und sah ihr zu, wie sie sich in der kleinen Teeküche zu schaffen machte.

Es war wirklich ein schönes Haus, Saltgreens – ganz anders, als man es von einem städtischen Altenheim erwarten würde. Das Gebäude war neu und von moderner Architektur, aus leuchtendroten Ziegeln gebaut und mit ungewöhnlichen Erkern und Winkeln und vielen großen Fenstern versehen. Die Fenster hier im zweiten Stock boten einen wunderbaren Blick auf Himmel, Meer und Hafen, und das Sonnenlicht, das zwischen großen Hängekörben voller Grünpflanzen schräg hereinfiel, spielte auf den buntgemusterten Sofapolstern und wärmte den gefliesten Fußboden.

Davids Mutter wirkte ganz in ihrem Element, öffnete und schloß Schränke auf der Suche nach Tassen, während sie uns einen löslichen Kaffee bereitete.

»Kann ich Ihnen helfen?« fragte ich.

»Och, Kind, es ist doch nur Nescafé. Den bekomme ich gerade noch hin. Die Ärzte«, sagte sie, als sie die Tassen in den Aufenthaltsraum trug, »haben mir nicht verboten, einen Wasserkessel zu heben.«

Sie hatten ihr jedoch bestimmt die Zigaretten verboten, dachte ich und konnte es mir nicht verkneifen, einen fragenden Blick auf das Päckchen auf dem Sofatisch zu werfen.

»Das sind nicht meine«, sagte sie, als sie sich auf das dick gepolsterte Sofa mir gegenüber setzte. »Sie gehören dem alten Harry aus Zimmer Nummer drei. Auf den Zimmern ist das Rauchen verboten, also läßt er sie hier rumliegen. Aber ich darf mir hin und wieder eine nehmen, wenn es mich danach gelüstet.« Wie zur Demonstration zündete sie sich eine an und lehnte sich mit einer lockeren Behendigkeit gegen die Polster zurück, die keinerlei Verdacht aufkommen ließ, daß es mit ihrer Gesundheit nicht zum besten stand. »Daß ich noch auf den Beinen bin, heißt wohl, daß ich leben soll. Ich werde mir jetzt nicht jedes Vergnügen versagen.«

Sie war wirklich eine dickköpfige Frau, mußte ich mit einem Lächeln einräumen. Und unglaublich attraktiv, obwohl sie über siebzig sein mußte. In ihren rehbraunen Hosen und einem Twinset von gleicher Farbe erinnerte sie mich wieder an einen Filmstar, der in vielen Filmen der vierziger Jahre die eigensinnigen weiblichen Hauptfiguren gespielt hatte und nun mit demselben Flair und derselben Noblesse alt wurde. Kein Wunder, daß Harry aus Zimmer drei nichts dagegen hatte, wenn sie ihm seine Zigaretten stibitzte.

»Es ist nur die eine am Tag«, versicherte sie mir mit einem freundschaftlichen Lächeln. »Ich habe schon immer gern eine zum Kaffee geraucht. Ist Ihnen der lösliche recht?«

»Natürlich, danke.« Zum Beweis nahm ich einen Schluck von dem dampfenden, süßen Nescafé. »Möchten Sie denn, daß ich die Alben wieder mit nach Rosehill nehme?«

»Aber nein. Ich werde schon einen Platz für sie finden. Ich habe einen Toilettentisch in meinem Zimmer und eine kleine abschließbare Vitrine. Irgendwo bringe ich sie schon unter.« Sie strich liebevoll über einen der abgestoßenen Einbände. »Verrückt, worum wir uns Sorgen machen, nicht wahr? Mein Cottage ist bis zum Dach vollgestopft mit Dingen, und ich habe Angst, daß jemand einbricht und ausgerechnet meine alten Schnappschüsse stiehlt.«

Ich erwiderte, daß ich ihre Sorge überhaupt nicht merkwürdig fände. »Schließlich kann man alte Fotos meistens nicht ersetzen. Und es sind Erinnerungen mit ihnen verbunden. Es lohnt sich, sie aufzubewahren.«

»Ja, es lohnt sich, sie aufzubewahren«, echote sie. Sie beugte sich auf dem Sofa vor, um die Asche von ihrer Zigarette abzustreifen, und warf mir einen verschwörerischen Blick zu.« Soll ich Ihnen zeigen, wie Peter aussah, als er noch ein junger Mann war?«

Ich wußte, daß er schon immer gut ausgesehen haben mußte, das sah man auch jetzt noch, wo er in seinen Siebzigern war. Trotzdem war ich nicht auf den Anblick des jungen Peter Quinnell von Anfang Dreißig vorbereitet, der unbekümmert an einem Zaunpfahl lehnte, einen Cockerspaniel zu seinen Füßen.

Seine Haare waren einmal hellblond gewesen, wie ich es vermutet hatte. Und er pflegte zu reiten, nach dem Foto zu urteilen, auf dem er einen dicken, handgestrickten Pullover über Reithosen und Stiefeln trug. Er lachte in die Kamera, und seine lange, schlanke Gestalt hob sich in lässiger Haltung vor dem Zauntor hinter ihm ab. Es war dieselbe träge, mühelose Pose, die er auch heute noch aus Gewohnheit einnahm, doch auf diesem Schnappschuß konnte man die brennende, ruhelose Energie dahinter erahnen, wie bei einem Löwen, der in gelassener, aber wachsamer Haltung über eine windgepeitschte Ebene blickt. Er schien beinahe den Rahmen des Fotos zu sprengen. Jeden Moment, dachte ich gespannt, wird er aus diesem Bild springen, lachend seine goldblonden Haare schütteln und uns alle in ein großartiges Abenteuer führen.

»Er war ein verdammt hübscher Kerl«, sagte Nancy Fortune.

»Ja, das war er.« Ich berührte eine Ecke des Fotos mit dem Finger, als ob ich ganz sichergehen wollte, daß es nicht lebendig war. Es hatte mich schon immer fasziniert herauszufinden, wie Leute, die ich nur als alte Menschen kannte, in jungen Jahren ausgesehen hatten.

Als ich noch ganz klein war, hatten meine Eltern einmal aus irgendeinem Anlaß einen Maskenball veranstaltet. Ich erinnere mich noch genau an den Moment, als der Pirat, von dem ich sicher gewesen war, daß es sich um meinen Vater handelte, aus Versehen seine Maske fallen ließ und die Züge eines völlig Fremden darunter zum Vorschein kamen. Ich hatte das damals für Zauberei gehalten. Alte Fotos anzusehen war für mich so ähnlich. Eine Art Zauberei.

Ich blätterte langsam um und sah Peter in Hockstellung auf einem Feld, wie er sich Notizen machte; Peter, wie er auf einer Trockenmauer saß; Peter, wie er auf einer Gartenbank schlief, den Hut über dem Gesicht, ein aufgeschlagenes Buch mit den Seiten nach unten auf seiner Brust. Nur gut, dachte ich, daß ich ihn erst als alten Mann kennengelernt hatte. Wenn ich damals für ihn gearbeitet hätte, als er so aussah wie auf diesen Fotos, hätte ich mich hoffnungslos in ihn verliebt.

Ich fragte mich gerade, wie Davids Mutter es geschafft hatte, das zu vermeiden, als sie auf ein Foto zeigte und sagte: »Das bin ich«, und ich sah, daß sie es keineswegs vermieden hatte. Die lebenssprühende, dunkelhaarige Frau, die neben Peter in einem Garten vor einem großen Haus stand, sah ihn auf eine Weise an, die alles sagte. *Das könnte ich sein*, dachte ich und fühlte mich Nancy Fortune spontan verbunden. *Das könnte ich sein, die David so ansieht.*

»Und das«, sagte sie und wanderte mit dem Finger auf der Seite weiter, »ist Peters Frau, Elizabeth.«

Eine labile Frau, entschied ich mit bereits voreingenommenem Blick. »Dann ist das wohl ihr gemeinsamer Sohn?«

»Ja. Der junge Philip. Er muß so etwa in Robbies Alter gewesen sein, als ich das Foto gemacht habe. Er war sehr stolz auf dieses Pony. Immer wenn er zu Besuch kam, ging er zuerst in die Ställe.«

Ich sah sie etwas verwirrt an. »Wenn er zu Besuch kam? Wohnte er denn nicht zu Hause?«

»O doch, aber nicht in Schottland. Nicht bei Peter. Philip blieb in Irland, bei seiner Mutter. Elizabeth«, sagte sie, »war nicht ganz gesund. Haben Sie davon gehört?«

»Nein.«

»Manisch-depressiv nannten die Ärzte es. Sie hatte einmal einen schweren Nervenzusammenbruch. Reisen war ihr ein Greuel. Philip kam regelmäßig im August und zu Ostern zu uns, aber Elizabeth' Zustand verschlechterte sich jedesmal, wenn er nicht da war, und Peter wollte den Jungen nicht von seiner Mutter trennen. Das war wohl ein Fehler«, sann sie. »Wenn er bei Peter aufgewachsen wäre, wäre Philip vielleicht anders geworden. Weniger egoistisch.«

Ich dachte an Fabia und war geneigt zu widersprechen. Manche Dinge, überlegte ich, waren einfach angeboren. Wie Jeannie gesagt hatte: Manche Menschen kamen schon krumm auf die Welt. Aber ich behielt meine Meinung für mich und schlug eine neue Seite im Fotoalbum auf. »Ist das hier Philip als Baby?«

Sie warf einen Blick auf das Foto. »Och, nein. Das ist Davy.«

»Wirklich?« Interessiert betrachtete ich das runzelige, schlafende Bündel im Kinderwagen. Das Dumme an Babys war, fand ich, daß sie sich alle ähnlich sahen. Erst ein paar Fotos später konnte ich allmählich Davids Züge in Miniaturform ausmachen – die langen Wimpern, das breite, etwas schräge Lächeln und das kleine Kinn, das schon eigensinnig gereckt war. Und die Haare natürlich. Diese Masse dunkler, wirrer Locken war unverwechselbar.

Er sah seiner Mutter ähnlicher als seinem Vater, entschied ich, in der Annahme, daß es sich bei dem fröhlich lachenden

Mann in Fischerkleidung, der David auf mehreren Schnappschüssen auf dem Arm hielt, um seinen Vater handelte. Ich mochte nicht danach fragen. David hatte mir erzählt, daß sein Vater jung gestorben war, und ich wollte keine schmerzlichen Erinnerungen wecken.

Statt dessen machte ich die scheinbar unverfänglichere Bemerkung, daß David ein hübsches Baby gewesen sei.

»Ja«, stimmte seine Mutter mir zu, »er war schon ein süßer Fratz. Und er hat nichts von seinem hübschen Aussehen verloren, oder?«

Ich hörte den neugierigen, leicht provozierenden Unterton in ihrer Frage und fühlte, wie meine Wangen rot wurden. »Nein, hat er nicht.«

»Ein ehrliches Mädchen.« Sie sah mich wohlwollend an. »So etwas ist selten heutzutage. Kein Wunder, daß Davy eine Schwäche für Sie hat.«

Mittlerweile blutrot, wich ich ihrem Blick aus und tat, als würde ich mich ganz auf die Fotos konzentrieren. »Und wer ist das?« Ich deutete auf einen Schnappschuß, auf dem Peter seinen Arm um eine langbeinige jüngere Frau geschlungen hatte, deren dunkles Haar mit einem buntgemusterten Tuch zurückgebunden waren.

»Das ist Pamela«, sagte Nancy Fortune und beobachtete mich von der Seite. »Sie war mit Davy verheiratet.«

Ich setzte ein möglichst gleichmütiges Gesicht auf und nickte. »Ah ja. Jeannie hat mir erzählt, daß er verheiratet war.«

»Pamela war auch aus London.« Die scharfsinnigen blauen Augen ließen mich nicht los. »Kein übles Mädchen, aber Eyemouth war nichts für sie – sie mochte das ruhige Leben hier nicht. Sie langweilte sich und ließ es an Davy aus. Hat ihm das Herz gebrochen, als sie ging.«

Ich nahm die junge Frau auf dem Bild genauer in Augenschein und erinnerte mich an das, was David an jenem Tag auf dem Mittelpier gesagt hatte, als ich ihn nach der Gefährtin des einsamen Schwans gefragt hatte. Sie hat ihn verlassen, war seine Antwort gewesen. *Sie schien sich nicht an das ruhige Leben im Hafen gewöhnen zu können.*

Davids Mutter las meine Gedanken und lächelte. »Er wird gegen Dämonen gekämpft haben, seit dem Tag, als Sie hier aufgetaucht sind.«

»Na, mir kommt es manchmal eher so vor, als ob er gegen mich ankämpfte«, entgegnete ich.

»Ich glaube, er sagte, Sie seien eine schwierige Frau«, kommentierte sie vergnügt. »Aber wenn ein Mann so etwas sagt, dann meint er damit nur, daß eine Frau einen unabhängigen Geist hat. Ich bin auch eine schwierige Frau«, gestand sie, drückte ihre Zigarette aus und lehnte sich mit zufriedener Miene gegen das Sofapolster. »Aber jetzt erzählen Sie mal – ich bin schon ganz neugierig, und Peter sagt mir nie etwas, aus Angst, ich könnte vor Aufregung tot umfallen – wie geht es mit der Ausgrabung voran?«

Mit der Ausgrabung ging es tatsächlich ganz gut voran. Am Anfang fand ich es ungewohnt, mit so vielen anderen um mich herum auf dem Feld zu arbeiten, aber nun, da beinahe zwei Wochen vergangen waren, konnte ich um die Kurve bei der Dornenhecke biegen, ohne über den Anblick der kleinen Armee in Jeans und T-Shirts erstaunt zu sein, die mit wahrhaft militärischer Disziplin Gräben aushob.

Mir waren zwei der Studentinnen als Assistentinnen für die Fundstücke zugeteilt worden, und zwei junge Männer halfen Adrian bei der Fortführung seiner elektromagnetischen Untersuchungen. Die restlichen vierzehn Studentinnen und Studenten schwangen unter Peters aufmerksamem Blick ihre kleinen Spaten, wie loyale Truppen, die ohne Zögern auf die Befehle ihres Generals reagierten. Und wenn Peter der General war, spann ich die militärische Analogie weiter, dann war David sein Stabsoffizier, der ständig zwischen den Truppen hin und her patrouillierte.

Als ich nun, nach dem Besuch bei Davids Mutter, auf das Haus zuging, konnte ich ihn sogar aus der Entfernung leicht zwischen seinen Schützlingen ausmachen. Inzwischen war mir das kleine, ziehende Gefühl in der Brust, das sich jedesmal einstellte, wenn ich ihn so sah – eine hochgewachsene Gestalt mit sicherem, ruhigem Schritt, die unwillkürlich Aufmerksamkeit auf sich zog –, schon vertraut. Er schlängelte sich gerade durch das Gewimmel von Aktivitäten in der Südwestecke hindurch, doch als er mich auf der Höhe von Rose Cottage die Auffahrt heraufkommen sah, änderte er seine Richtung und kam mir bis zu der niedrigen Steinmauer unter dem raschelnden Blätterbaldachin entgegen.

»Wie ich sehe, konntest du die Krise abwenden«, sagte er und deutete mit dem Kinn auf meine vollgestopften Einkaufstüten. »Jetzt müssen wir zum Duschen wenigstens nicht Jeannies Waschpulver plündern.«

Lächelnd stellte ich die Tüten auf der Mauer ab, um meine Arme für einen Moment auszuruhen. »Du siehst allerdings so aus, als hättest du schon geduscht.«

»Wenn das Lüftchen aus der anderen Richtung wehen würde, würdest du das nicht sagen.« Grinsend lehnte er sich mit den Ellbogen gegen die Mauer, so daß wir beide in dieselbe Richtung blickten und unsere Schultern sich fast berührten. »Die verdammte Hitze ist schuld. Ich weiß, daß wir schon den vierten Juli und damit Sommer haben, aber Himmel! Es kommt mir vor wie an der Costa del Sol.«

Es war wirklich ein heißer Tag. Ich selbst genoß das Wetter sehr, aber ich hatte auch nicht den ganzen Tag auf einem unbeschatteten Feld unter sengender Sonne geschuftet. Davids dunkle Locken ringelten sich feucht um seine Schläfen, und sein Hemd klebte ihm von der schweißtreibenden Arbeit an Brust und Rücken und ließ die Konturen seiner Muskeln erkennen.

»Wie läuft's denn?« fragte ich mit einem Blick auf die teilweise ausgegrabene Feldecke.

»Wir kommen nur langsam voran, fürchte ich.«

»Wegen der Hitze?«

»Indirekt, ja.« Seine Augen funkelten belustigt. »Fabia tauchte nach dem Mittagessen auf – in Shorts.«

»Aha.« Amüsiert beobachtete ich die arbeitenden Studenten. Es war Gegenstand allgemeiner Belustigung, daß Fabia für die jungen Männer im Ausgrabungsteam eine unvermeidliche Ablenkung darstellte. Sie brauchte nur über das Feld zu gehen, um einen ziemlich komischen Slapstick-Effekt hervorzurufen. »Gut, daß ich mit der Seife zurück bin«, sagte ich. »Deine Jungs werden ihre Dusche nötig haben.«

Die tiefblauen Augen ruhten auf mir. »Hast du die Seife in Eyemouth gekauft?«

»Natürlich, wo sonst?«

»Ich dachte schon, daß du bis nach Berwick gelaufen bist. Du warst eine verdammte Ewigkeit weg.«

»Tja, das kann ich erklären.« Ich beugte mich vertraulich weiter über die Mauer. »Ich habe Bilder von dir im Kinderwagen angeschaut.«

Eine Sekunde lang spiegelte sich Erstaunen auf seinem Gesicht, dann dämmerte es ihm. »Du hast meine Mutter besucht.«

»Mmm«, ich nickte. »Peter bat mich, bei ihr vorbeizugehen und ihr ein paar Fotoalben zu bringen, die er aus ihrem Cottage geholt hatte. Sie ließ mich natürlich nicht einfach so wieder gehen – du kennst ja deine Mutter. Ich mußte auf einen Kaffee bleiben.«

»Tatsächlich?« Er richtete sich ein wenig an der Mauer auf und verschränkte die Arme vor der Brust. »Und, wie hat sie sich so benommen?«

Ich umging die Frage mit der Antwort, daß sie bei bester Gesundheit zu sein schien. »Wir haben uns gut miteinander amüsiert und alte Schnappschüsse von Peter, deiner Mutter und dir angeguckt.«

»Sie hat dich bestimmt auf all meine Mängel hingewiesen, oder?«

Ein provozierendes Lächeln spielte um meine Mundwinkel. »Nun, wir sind nicht ganz bis zu den Bildern von dir in der Badewanne gekommen, aber vielleicht beim nächsten Mal ...«

Er lachte. »Freches Stück. Dafür wirst du bezahlen.«

Zufrieden, einen Punkt für mich verbucht zu haben, entgegnete ich: »Ich mag deine Mutter.«

»Sie kann eine liebenswerte Frau sein«, räumte er ein, »wenn sie einem nicht gerade auf den ...«

»Sie hat gesagt«, fiel ich ihm ins Wort, »daß Männer eine Frau gern als schwierig bezeichnen, wenn sie meinen, daß sie einen unabhängigen Geist hat.«

»Ach, tatsächlich?« David lächelte und sah mich mit einem warmen, vertrauten Blick an. »Und was hat meine Mutter noch so gesagt?«

Ich senkte den Kopf und fuhr die Ritzen zwischen den Steinen mit einem Finger nach. »Sie scheint zu glauben«, sagte ich, »daß du eine Schwäche für mich hast.«

»Na großartig«, antwortete er mit einem Achselzucken, »das wird mich lehren, ihr keine Geheimnisse mehr anzuvertrauen.« Er sah wieder zum Feld hin. »Mist.«

»Was ist?«

»Sie haben etwas gefunden.«

Ich grinste. »Das ist ja eine tolle Einstellung für einen Archäologen.«

»Ich gehe mal besser nachsehen, was es ist.« Er seufzte und gab sein schattiges Plätzchen an der Steinmauer auf, um sich langsam in der brütenden Nachmittagshitze über die Wiese zu schleppen. Ich sah ihm lächelnd nach und wollte gerade selbst weitergehen, als ein plötzliches Geräusch mich erstarren ließ.

Hinter der Mauer, keinen Meter von der Stelle entfernt, an der ich stand, krachte es in einem niedrigen Ginsterbusch, und die langen Grashalme neben mir beugten sich und erzitterten, als gemessene Schritte David aus dem Schatten hinaus auf das weite Feld folgten, das wartend in der Sonne dalag.

XXVII

Es war schon ein beeindruckender Sprint, wenn man die Hitze und das Gewicht meiner Einkaufstüten bedachte. Niemand wartete mit einer Stoppuhr in der Hand auf dem Hügel, um meine Zeit zu messen, als ich den Kiesweg hinaufgeflogen kam, aber ich glaube kaum, daß Linford Christie mich in diesem Moment übertroffen hätte.

Ich muß einen entzückenden Anblick geboten haben, als ich atemlos und mit brennendem Gesicht in die Principia getaumelt kam, aber meine beiden Assistentinnen waren viel zu sehr in ihre Arbeit vertieft, um etwas zu bemerken. Und ich selbst war so unendlich erleichtert, sie zu sehen, daß es mir gar nicht in den Sinn kam, verlegen zu werden. Der schlichte Primärinstinkt, Trost und Sicherheit in der Gemeinschaft zu suchen, funktionierte immer noch bestens, denn schon der Umstand, daß ich unter Menschen war, genügte, um beinahe all meine Furcht zu zerstreuen. Der Geist sollte umgehen, wo er wollte, Hauptsache, ich war nicht allein.

Ich holte tief Atem. Mein Pulsschlag beruhigte sich.

Die beiden Studentinnen, die eifrig wie fromme Mönche beim Kopieren der Evangelien über ihre Schreibtische gebeugt dasaßen, hatten immer noch nicht aufgeblickt. Entschlossen stellte ich meine Einkaufstüten ab und ging zu ihnen hinüber, um beim Sortieren und Einordnen der Fundstücke des Tages zu helfen. Es bedurfte schon einer ganz besonderen Einstellung, einer Freude am genauen, sorgfältigen Arbeiten, um diese Aufgabe bewältigen zu können. Jeannie hatte sie, nachdem sie mir einmal zwanzig Minuten lang beim Brüten über Scherben zugesehen hatte, als *fykie* bezeichnet, und als ich das Wort später in meinem zuverlässigen Schottisch-Wörterbuch nachgeschlagen hatte, fand ich es sehr treffend. Ähnlich wie das Putzen von ziseliertem Silber oder das Malen von Miniaturen war auch die Einordnung von Fundstücken eine Aufgabe, die viel Geduld und Fingerspitzengefühl erforderte – sie war eben *fykie* .

Oft dachte ich wehmütig und voller Neid an Kollegen, die jahrhundertealte, versiegelte Gräber aufbrachen, oder an jene Filmhelden, die etwa zwanzig Sekunden im Sand herumkratzten, bevor sie eine wertvolle, mit Edelsteinen besetzte goldene Statue ans Tageslicht zogen, die natürlich am Stück und hervorragend erhalten war.

Fast alles, mit dem ich bei meiner Arbeit bisher in Berührung gekommen war – mit der bemerkenswerten Ausnahme eines kleinen Dolches –, war in Bruchstücken auf meinem Tisch gelandet, mit Erde verkrustet und stumpf und abgenutzt vom Alter.

Die Rosehill-Ausgrabung bildete dabei keine Ausnahme. Jeder neue Tag brachte weitere Tierknochen, Topfscherben und zerbrochene Metallgerätschaften. Und jedes einzelne Stückchen, jedes Fragment, egal, wie unwichtig und nebensächlich es erscheinen mochte, mußte gesäubert, eingeordnet und mit einer Identifikationsnummer versehen werden.

Ich haßte es, die Fundstücke mit Nummern zu beschriften. Meine Hände waren dabei nie ganz ruhig, so daß die Zahlen immer schief gerieten, und überhaupt fand ich diese Arbeit nervtötend langweilig. Es war oft schon schwierig genug, eine kleine Stelle auf einem Artefakt zu finden, auf der man eine Zahl sichtbar anbringen konnte, ohne daß sie sofort ins Auge stach. Dann, nachdem ich eine dünne Schicht durchsichtigen Nagellacks auf die Stelle aufgetragen hatte, um die Oberfläche zu versiegeln, mußte ich mit einem altmodischen

Federhalter und – je nach Farbe des Fundstücks – weißer oder schwarzer Tinte sorgfältig die Nummer in winzigen Ziffern auf die lackierte Stelle auftragen und die Prozedur mit einer zweiten schützenden Nagellackschicht abschließen.

Diese umständliche Vorgehensweise hatte ihren Sinn, wie ich zugeben mußte. Durch die versiegelnden Lackschichten konnten die Ziffern leicht wieder entfernt werden, ohne daß das Artefakt beschädigt wurde, und da meine Schreibkunst erheblich zu wünschen übrig ließ, neigte ich dazu, genauso viele Zahlen wieder zu entfernen, wie ich aufgetragen hatte.

Anschließend mußte die Nummer natürlich in das Fundstückeregister eingetragen werden, zusammen mit den jeweiligen Informationen über das Stück selbst – wo und wann es gefunden wurde und in welchem Zustand, seine Maße und jedes noch so kleinste Detail, das beim Begutachten auffiel. Bei früheren Gelegenheiten hatte ich solche Eintragungen immer per Hand vorgenommen und die einzelnen Blätter in einer Reihe von Ringordnern aufbewahrt. Aber hier auf Rosehill existierte das Fundstückeregister natürlich als Computerdatei mit einheitlichem Format und vorgegebenen Eingabezeilen. Auf diese Weise blieben Reihenfolge und Anordnung gleich, egal, ob ich oder eine meiner Assistentinnen die Eingaben vornahmen, was sehr viel praktischer und ordentlicher war als meine alte Methode.

Das hielt mich allerdings nicht davon ab, hin und wieder handschriftliche Notizen und Skizzen von den Artefakten in mein altmodisches Notizbuch einzutragen, und von Zeit zu Zeit bat ich Fabia, Fotos zur Dokumentation zu machen.

Und jeden Abend, während die Studenten ihre Mahlzeit in dem großen Verpflegungszelt einnahmen, trug ich die Fundstücke des Tages hinunter nach Rose Cottage, um sie Robbie zum »Lesen« vorzulegen.

An diesem Abend hatte ich beschlossen, unser Spiel ohne sein Wissen ein wenig abzuwandeln. Ich setzte mich an den inzwischen so vertraut gewordenen Küchentisch, umgeben vom Duft der Plätzchen im Ofen und den schlafenden Collie zu meinen Füßen, und beobachtete Robbie mit besonderer Spannung, als er die Stücke eines nach dem anderen befühlte. Es war nicht ganz fair, ihn heimlich auf die Probe zu stellen, aber seine Fähigkeiten faszinierten mich und weckten ständig neue Fragen. Mir war klar, daß bestimmte Stücke zu ihm »sprachen«, ihm einen Eindruck von ihrer früheren Form und Verwendung und von den Menschen, denen sie gehört hatten, vermittelten. Aber sagten sie ihm auch etwas über die Zeit, die historische Periode?

Robbie war schließlich noch ein kleiner Junge und hatte folglich das Zeitgefühl eines kleinen Jungen. Er wußte, daß der Wächter Römer war und daß die Römer vor langer Zeit gelebt hatten, aber das hatten in den Augen eines Kindes auch Napoleon oder Churchill. In Robbies Alter waren chronologische Abläufe für mich verwirrend gewesen – mein Vater hatte mehrere Tage gebraucht, um mir zu erklären, warum Kleopatra und Königin Elizabeth I. nie zusammen hatten Tee trinken können.

Doch bei dieser Ausgrabung war der historische Zeitraum ungeheuer wichtig. Die Festung, die wir ausgruben, stammte aus dem späten ersten Jahrhundert, aber was wir wirklich zu finden hofften, nämlich einen Beweis für den Aufenthalt der Neunten Legion in der Festung, mußte aus dem frühen zweiten Jahrhundert stammen. Eine von der Neunten zurückgelassene Topfscherbe müßte etwa vierzig Jahre jünger sein als die, die wir bisher gefunden hatten. Wäre Robbie in der Lage, den Unterschied zu erkennen?

Da ich zu neugierig war, um noch länger auf eine Antwort zu warten, hatte ich mir ein kleines Experiment ausgedacht: Unter die Scherben aus der Römerzeit hatte ich ein Stück eines viktorianischen Blumentopfs gemischt, das Wally im Garten gefunden hatte. Die Lasur war rot und hatte fast dieselbe Farbe wie die antike samische Töpferware, so daß die Stücke für ein ungeübtes Auge beinahe gleich aussahen. Robbie jedoch pickte die untergeschobene Scherbe mit Leichtigkeit heraus. Seine Hand schloß sich kurz darum und öffnete sich sofort wieder.

»Hey, Opa, fühl mal die hier – sie ist heiß!«

Wally am anderen Ende des Tischs sah von seiner Zeitung auf, nahm bereitwillig die Scherbe in die Hand und befühlte sie einen Augenblick, ehe er sie dem Jungen zurückgab. »Ja«, stimmte er zu, »du hast recht.«

Jeannie, die ihren freien Donnerstagabend dazu nutzte, ihre Gebäckvorräte aufzufüllen, drehte sich von der Arbeitsfläche neben dem Herd um, einen Mehlfleck über dem Grübchen in ihrer Wange. »Du lügst doch, du alter Teufel«, beschuldigte sie ihren Vater. »Du fühlst überhaupt nichts.«

»So, tu ich das nich?« fragte Wally herausfordernd. »Was weißt du denn schon, der Junge könnte seine Gabe schließlich auch von mir ham.« Mit einem Augenzwinkern in meine Richtung schüttelte er seine Zeitung aus, zündete sich eine neue Zigarette an und nahm die Lektüre wieder auf.

»Sie fühlen es doch, Miss Grey, oder?« Robbie sah mich mit seinen treuen Augen an, aber nachdem ich die Scherbe pflichtbewußt einen Moment lang in der Hand gehalten hatte, mußte ich zugeben, daß ich leider gar nichts fühlte.

»Ist sie sehr heiß?« fragte ich ihn.

Er legte seinen kleinen dunklen Kopf schräg und überlegte. »Wie eine Teetasse«, entschied er. Er beugte sich über den Tisch und nahm zum Vergleich eine andere Scherbe in die Hand. »Sehen Sie, die hier ist kalt. Das heißt, daß sie richtig ist. Sie gehört zum römischen Teil.«

»Zur Festung.«

»Genau. Aber die heiße gehört zum Haus.«

Ich grübelte eine Minute über diese Aussage nach, bis mir klar wurde, daß Robbie damit eine Zeitunterscheidung getroffen hatte. Als die Römer hier gewesen waren, hatte es keine Gebäude in der Gegend gegeben, aber im viktorianischen Zeitalter krönte bereits ein Haus den Hügel. Eine Scherbe, die zum Haus gehörte, mußte demnach jünger sein als eine, die zur Festung gehörte. Zumindest nahm ich an, daß Robbie das meinte. Ich rutschte unruhig auf meinem Stuhl hin und her und wollte ganz sichergehen. »Meinst du damit, daß sie aus einer späteren Zeit stammt? Aus einer Zeit, als die Römer schon längst wieder weg waren?«

Er sah mich zuerst nur stumm und mit verwirrtem Gesichtsausdruck an. »Weg waren?«

»Ja, nachdem die römischen Soldaten Rosehill verlassen hatten ...«

»Aber sie haben Rosehill nicht verlassen.«

Ich hatte inzwischen gelernt, mir nichts anmerken zu lassen, wenn Robbie mal wieder eine Bombe platzen ließ. Sobald ich zu aufgeregt und interessiert wirkte, gab er sich noch mehr Mühe, doch die gesteigerte Anstrengung schien seine Fähigkeiten eher zu blockieren. Daher hielt ich meinen Blick jetzt fest auf die Maserung der Tischplatte gerichtet und fragte ihn ganz ruhig, was er damit meinte.

»Sie sind nicht weggegangen«, wiederholte er. »Sie sind immer noch hier.«

Mein Gott, dachte ich, wenn er uns zu den sterblichen Überresten führen könnte ... »Wo sind sie genau, Robbie? Weißt du das?«

Sein Schulterzucken besagte, daß die Antwort auf der Hand lag. »Überall.«

Wally legte seine Zeitung raschelnd beiseite und blinzelte seinen Enkel forschend an. »Was meinst du damit, sie sind überall? Willst du sagen, daß Feld ist *stappit fu* mit Leichen?«

Jeannie drehte sich zu mir um und buchstabierte hilfsbereit: »S-t-a-p-p-i-t f-u«, als ich automatisch nach meinem Wörterbuch griff.

Randvoll, bis obenhin mit etwas gefüllt, lautete die Erklärung. Befriedigt klappte ich das Buch zu und richtete meine Aufmerksamkeit wieder auf das Gespräch.

Robbie schüttelte den Kopf. »Nicht mit Leichen.«

»Du weißt schon, was ich mein«, sagte Wally, der ebenso wie ich wußte, daß Robbie die Dinge manchmal etwas zu wörtlich nahm. »Nach all der Zeit in der Erde werden dort keine toten Körper mehr sein, sondern nur Knochen. Trockene Knochen.«

Robbie überlegte mit in die Ferne gerichtetem Blick. »Nein«, sagte er dann, »ich glaube, es gibt keine Knochen dort. Jedenfalls keine Menschenknochen.«

Ich konnte mich nicht mehr zurückhalten und griff ein. »Also die Soldaten, die römischen Soldaten, sind noch hier, aber ihre Körper sind nicht mehr hier.«

Der dunkle Lockenkopf nickte. »Ja.«

»Was ist mit den Körpern passiert, Robbie?«

Auf diese Frage wußte er keine Antwort, aber er wußte, wer uns eine geben konnte. »Ich könnte den Wächter für Sie fragen«, erbot er sich eifrig. »Er wird alles darüber wissen.«

Wally, Jeannie und ich wechselten schnell ein paar Blicke, ohne uns etwas anmerken zu lassen. »Tja, weißt du«, antwortete ich gedehnt, »ich glaube nicht, daß das eine gute Idee wäre.«

»Dad braucht nichts davon zu erfahren.«

Überrascht sah ich ihn an. Wir hatten alle sorgsam darauf geachtet, Robbie nichts von Brians wütendem Verbot, ihn noch einmal mit dem Wächter sprechen zu lassen, zu sagen. Was immer ich von Brian McMorran halten mochte – ich konnte es nicht über mich bringen, ihn in den Augen seines Sohnes als Bösewicht hinzustellen. Doch wir hatten schlichtweg vergessen, daß es absolut unmöglich war, irgendwelche Geheimnisse vor Robbie zu haben, denn wenn er auch nicht die Gedanken seines Vaters lesen konnte, so fing er doch die von uns anderen mit Leichtigkeit auf.

»Also«, sagte Jeannie, »es wäre wirklich nicht in Ordnung, etwas zu tun, was dein Vater nicht gutheißt. Und es zu tun, ohne ihm etwas davon zu sagen, wäre dasselbe wie lügen.«

Robbie schienen diese moralischen Bedenken nicht sonderlich zu belasten. Ich mußte ein Lächeln unterdrücken, als ich versuchte, Jeannies Argumente zu unterstützen. »Außerdem«, wandte ich ein, »bist du beim letztenmal davon krank geworden, weißt du nicht mehr? Wir wollen doch nicht, daß so etwas wieder passiert.«

»Aber er will mit Ihnen sprechen.«

Ich riß die Augen auf. »Mit mir?«

»Ja, klar. Er versucht es manchmal, aber Sie können ihn nicht hören, und dann geht er wieder weg.«

Meine Finger klammerten sich reflexartig um die Teetasse. »Er versucht, mit mir zu sprechen?« wiederholte ich verdattert.

»Er mag Sie«, lautete die Erklärung des Jungen. »Ich glaube ... ich glaube, Sie erinnern ihn an jemanden, Miss Grey. Er sieht Sie manchmal so an, als ob ... na ja, er sieht Sie halt gern an.«

»Verstehe.«

»Er folgt Ihnen nämlich«, fügte Robbie hilfsbereit hinzu. »Damit Sie immer in Sicherheit sind.«

Auch Sicherheit, dachte ich, war ein relativer Begriff. Meine Finger waren immer noch um die leere Teetasse gekrampft. Ich zwang mich, sie zu lösen, und schüttelte sie, um die schmerzhafte Anspannung zu lockern.

Jeannie beobachtete mich nachdenklich. »Es muß an den Haaren liegen«, meinte sie.

»Wie bitte?«

»Die meisten Männer haben eine Schwäche für schönes langes Haar.«

Ich strich befangen meinen Zopf zurück, und Wally warf mir einen scherzhaft bewundernden Blick zu.

»Jetzt ham Sie schon drei«, bemerkte er. »Drei Schatten, die Ihnen folgen. Unseren Robbie, den Hund und ein altes römisches Gespenst.«

»Ich bin kein Schatten«, verteidigte Robbie sich und reckte trotzig das Kinn. »Ich bin ein archäologischer Assistent, stimmt's, Miss Grey?«

»Ja, Robbie, du bist ein sehr guter Assistent.«

»Und Kip ist auch kein Schatten.«

Der Collie unter dem Tisch hob den Kopf, als er seinen

Namen hörte. Er gähnte ausgiebig und sah mich an, wobei sein Schwanz hoffnungsvoll ein paarmal auf den Boden schlug. Wally erhob sich mit einem Pfiff. »Also komm«, forderte er den Hund auf, worauf Kip einen freudigen Satz machte und zur Tür tapste. Wally drückte halb im Gehen seine Zigarette aus und sah mich dabei mit zusammengekniffenen Augen durch den aufsteigenden Rauch hindurch an. »Möchten Sie nich mitkommen, zurück zum Haus? Ich kann die Sachen da für Sie tragen«, sagte er und deutete auf die flache Kiste mit den Topfscherben.

Das war sehr galant von ihm, fand ich – nicht sein Angebot, die Scherben für mich zu tragen, denn die waren kein bißchen schwer, sondern daran zu denken, daß ich an diesem Abend vielleicht nicht gern allein zum Haus zurückgehen wollte. Nicht diese lange Auffahrt hinauf, an deren Rändern sich die Bäume unheimliche Dinge zuflüsterten. Nicht in der Dämmerung, der bald die Dunkelheit folgen würde.

»Danke«, sagte ich, »das wäre wirklich eine große Hilfe.«

»Laß mich das tragen, Opa«, sagte Robbie und griff geschwind nach der Kiste. Aber als er von seinem Stuhl kletterte, hielt Jeannie ihn zurück.

»Du, junger Mann«, sagte sie unnachgiebig, »nimmst jetzt ein Bad, und dann ab ins Bett. Sag Miss Grey gute Nacht.«

Das trotzige Kinn schoß wieder nach vorn, aber Robbie wußte, daß es zwecklos war zu widersprechen. Er gab Wally die Scherben und kam dann zu mir geschlurft, um mich zu umarmen. Als er seine Arme wieder löste, sah er mich dabei hoffnungsvoll an. »Bin ich auch eine große Hilfe für Sie?«

»Eine sehr große Hilfe.«

Und ich meinte es ernst.

Dennoch wünschte ich, als ich mit Wally in der warmen, fast drückenden Abendluft den Hügel hinaufging, daß Robbie mir nicht immer *alles* sagen würde.

»Schlecht geträumt letzte Nacht?« Fabia hielt sich die Kamera vors Auge und nahm die vor ihr liegende Reihe von Topfscherben aus einem neuen Winkel auf.

Ich sah ein wenig zerstreut von meinem Schreibtisch auf. »Nein, warum?«

»Du hast das Licht angelassen.«

»Ach so.« Sie hat es natürlich bemerkt, dachte ich. Fabia kam dieser Tage immer als letzte nach Hause. Ihr Flirt mit Brian hatte sich offenbar etwas abgekühlt, und ich hätte darauf wetten können, daß es sich bei ihrer neuen Liebschaft um einen der Studenten handelte, wenn nicht David mit scharfem Auge über das Zeltlager gewacht hätte. Er war nicht so weit gegangen, eine offizielle Schlafenszeit festzulegen, aber nach ein oder zwei Zwischenfällen gleich zu Anfang hatte er deutlich gemacht, daß es jeder, der am Morgen nicht einsatzfähig war, mit ihm zu tun bekommen würde. Da anscheinend niemand dieses Risiko eingehen wollte, waren die Studenten meist noch vor Mitternacht aus den Pubs zurück und begaben sich unverzüglich in ihre Schlafsäcke. Falls Fabia also von einem jungen Mann abends so lange aufgehalten wurde, konnte man mit einiger Sicherheit davon ausgehen, daß es keiner aus unserem Team war.

Jedenfalls schienen ihr die langen Nächte nichts anhaben zu können. Sie sah besonders hübsch aus an diesem Morgen, die Augen leuchteten vor Lebenslust und jugendlicher Frische, und ihre Bewegungen waren flink und geschmeidig. Ich fühlte mich furchtbar farblos neben ihr.

»Also, ich wollte das Licht gar nicht anlassen«, log ich. »Ich habe gelesen, weißt du, und ...«

»Was hat Peter gesagt, wohin ich als nächstes gehen soll?« unterbrach sie mich. Sie hatte bereits wieder das Interesse verloren und schraubte die Kappe auf die Linse.

Ich versuchte mich an Quinnells genaue Anweisungen beim Frühstück zu erinnern. »Ich glaube, er sagte, sie wollten heute einen neuen Graben an der Stelle, wo die *principia* sein müßten, ausheben, und er möchte, daß du ein Foto machst, ehe sie die Grasnarbe und die oberste Erdschicht abtragen.«

Fabia runzelte die Stirn. »Aber wir sind doch *in* den Principia.«

»Nein, er meint die echten.« Als sie mich immer noch verständnislos ansah, starrte ich ungläubig zurück. »Erzähl mir bloß nicht, du hast als Peter Quinnells Enkelin nie den Grundriß einer römischen Festungsanlage kennengelernt?«

»Na ja, also ...«

»Oh, Fabia!«

»Ich hab's dir doch schon erklärt. Mein Vater haßte dieses ganze Zeug, und Peter geht einfach davon aus, daß ich Bescheid weiß.«

»Dann komm um Himmels willen hierher, damit ich ihn dir aufzeichnen und erklären kann«, sagte ich. Ich zog irgendeinen unwichtigen Brief aus dem Stapel auf meinem Schreibtisch und drehte die unbeschriftete Seite nach oben. »Also, eine durchschnittliche Festungsanlage sah etwa so aus – siehst du? Ein Rechteck mit abgerundeten Ecken, ungefähr wie eine Spielkarte. Außen ein Graben, manchmal sogar ein doppelreihiger Graben, und dann die Wälle mit einem Wachturm an jeder Ecke. So ...« Ich nahm meinen Bleistift und zeichnete ein Viereck genau in die Mitte. »Die *principia*, die Gebäude des Hauptquartiers, befanden sich hier. Und direkt davor verlief die *via principalis*, die Straße, die die beiden Seitentore der Festung miteinander verband.« Ich zeichnete die Tore zur Verdeutlichung ebenfalls ein. »Vom Haupttor führte ebenfalls eine Straße zum Hauptquartier, die *via praetoria*. Und vom Hauptquartier zum hinteren Tor verlief die *via decumana*. Und hier«, erläuterte ich und zeichnete ein neues Viereck links neben den *principia* ein, »befand sich die Kornkammer und vielleicht auch eine Werkstatt. Und auf der anderen Seite des Hauptquartiers stand das *praetorium*.«

»Und was ist das?« fragte Fabia mit einem Funken von

Interesse, der mich hoffen ließ, daß bei ihr noch nicht Hopfen und Malz verloren war.

»Das Haus des Kommandanten. Und das Lazarett war meistens hier an dieser Stelle, und die restlichen Gebäude stellten hauptsächlich Unterkünfte für die Legionäre und Pferdeställe dar.« Ich füllte die freien Stellen über und unter den *principia* säuberlich mit Vierecken aus.

Sie beugte sich über mich, um die Zeichnung genauer zu betrachten. »Das Ganze bestand also im Prinzip aus Soldatenunterkünften, diesen paar wichtigen Gebäuden in der Mitte und drei, vier Straßen dazwischen.«

»Im Prinzip ja«, stimmte ich zu und mußte über ihre Geringschätzung der genialen Effizienz römischer Militäranlagen lächeln.

»Und hier haben wir angefangen zu graben, nicht wahr? Hier unten bei diesem Wachturm?«

»Genau.«

»Dann ...« Sie fuhr den improvisierten Lageplan mit dem Finger bis zur Mitte nach. »Dann wird Peter mit diesem neuen Graben irgendwo hier beginnen.«

»Die Stelle sollte nicht schwer zu finden sein«, versicherte ich ihr. »Halt einfach nach einem Haufen Leute mit Spaten Ausschau.«

Sie nahm meine Zeichnung vom Tisch, steckte sie in eine Tasche ihrer Shorts und sammelte ihre Kameraausrüstung zusammen. Als sie gegangen war, legte ich meinen Bleistift weg und streckte mich, um die Knoten zwischen meinen Schulterblättern zu lösen.

Meine beiden jungen Assistentinnen waren draußen und bedienten den Wasserumlauftank, den Peter hinter dem Gebäude hatte aufstellen lassen. Er bestand aus einem faßähnlichen Behälter, der mit Schläuchen für Ab- und Zufluß versehen war. Dort wurde die ausgegrabene Erde durch so feine Siebe gespült, daß Samen und Insektenteile sowie Fragmente von Töpferware und Knochen darin hängenblieben. Knochen, dachte ich, könnten uns nützlich sein. Ein schönes, vollständiges Skelett in Legionärsrüstung, dem noch ein schottisches Schwert im Schädel steckte …

Aber Robbie hatte gesagt, daß es keine Knochen in unserem Feld gäbe. Was mir merkwürdig vorkam. Wenn der Wächter, wie er behauptete, ein Soldat der Neunten Legion war und die Neunte tatsächlich hier umgekommen war, dann müßten Knochen zu finden sein, und zwar eine ganze Menge.

Schallendes Gelächter drang durch die langgestreckte Rückwand herein, hinter der meine beiden Studentinnen arbeiteten. Ich seufzte und stieß meinen Stuhl zurück. Als leitende Fachkraft für die Fundstücke sollte ich lieber draußen bei ihnen sein, sagte ich mir streng, statt mich hier drin wie ein Feigling zu verkriechen.

Draußen wirkte alles harmlos, das Feld war ein geschäftiger Ameisenhügel unter einem Himmel, an dem sich weiße Wolkenberge und strahlend blaue Abschnitte abwechselten. Ich konnte David unten bei der Straße, in der Nähe der Dornenhecke, erkennen, wo er sich über ein Stück frisch freigelegter Erde beugte, das ein paar Studenten mit Bürsten bearbeiteten. Noch mehr Pfostenlöcher, vermutete ich. Gestern waren sie auf etwas gestoßen, das wie der Umriß eines der Unterkunftsgebäude aussah.

Peter, der hoffte, einen Beweis für die Anwesenheit der Neunten in den *principia* der Festung zu finden, stand wie der Eroberer Cortez höchstpersönlich auf einer kleinen Erhebung in der Mitte unserer sorgfältig abgesteckten Ausgrabungsstätte und dirigierte Fabias Fotografierarbeit.

Sicherlich würde jeder Geist derartige Aktivitäten viel interessanter finden als mein langweiliges Gekritzel und Getippe bei den Einträgen ins Fundstückeregister. Von diesem Gedanken ermutigt, wandte ich dem Feld den Rücken zu und entfernte mich mit einem zögerlichen Schritt von der Stalltür.

Ich blieb stehen. Wartete. Horchte.

Nur der leichte Wind war zu hören, und selbst der säuselte

freundlich vor sich hin und war weder kalt noch bedrohlich. Wieder erklang Gelächter von der anderen Seite des Gebäudes, und ich ging mit entschlosseneren Schritten und durchgedrückten Schultern an der langen Vorderseite unserer Principia entlang. Nur um diese Ecke, redete ich mir gut zu und haßte mich für meine plötzliche Nervosität. Nur um diese Ecke herum, an der schattigen Seitenwand entlang und um noch eine Ecke, und ich würde wieder unter Menschen sein.

Doch ehe ich mich von der sonnigen Seite und dem Blick über das gesamte Feld abkehrte, hielt ich wieder an und horchte erneut auf unsichtbare Schritte. Und erst als ich mich davon überzeugt hatte, daß die einzigen Geräusche die entfernten Stimmen von der Ausgrabungsstelle und ein trillerndes Vogelgezwitscher in den Bäumen vor mir waren – erst dann bog ich um die Ecke.

Ich glaube, ich lächelte sogar ein wenig, als ich in die kräftigen männlichen Arme lief, die im Schatten auf mich warteten.

XXVIII

Ich reagierte wie eine Katze. Blindlings fuhr ich herum, schlug mit erhobenen Händen die Arme weg, die mich festhielten, und baute mich in drohender Haltung vor der Wand auf, bereit zum Kampf.

Als ich sah, wen ich vor mir hatte, ging meine Panik abrupt in Verärgerung über. »Mein Gott, Brian«, schimpfte ich, »Sie haben mich zu Tode erschreckt.«

Als er nicht sofort darauf antwortete, verschränkte ich die Arme abwehrend vor der Brust und versuchte, ein normales Gespräch zu beginnen. »Wann sind Sie zurückgekommen?«

Er ignorierte die Frage und fixierte mich mit einem ausdruckslosen Blick, ohne wie sonst seinen Charme spielen zu lassen. »Sie haben schon wieder meinen Jungen benutzt, stimmt's?«

»Wie bitte?« Verwirrt zog ich die Stirn in Falten.

»Sie lassen ihn Ihre Arbeit für sich tun. Haben Sie vielleicht geglaubt, ich bin zu blöd, um dahinterzukommen?«

Er hatte getrunken. Nun, da meine Sinne wieder normal arbeiteten, konnte ich die leichte Ausdünstung von Bier und Schweiß wahrnehmen, die von seinem T-Shirt und seinen Jeans ausging, und hörte, daß er undeutlich sprach. Der kühne Pirat mit dem flotten Lächeln und dem funkelnden Goldohrring unterm silbergrauen Haar war heute morgen offenbar nicht im Dienst. Der Mann vor mir sah aus wie ein hartgesottener Schurke, die verschlungenen Tätowierungen betonten seine muskulösen Arme, und sein finsterer Blick sollte einschüchtern.

Bei mir bewirkte er jedoch eher das Gegenteil. »Eigentlich dachte ich, Sie wären nicht so blöd, wegen etwas derart Harmlosem ein solches Theater zu machen«, provozierte ich ihn.

Seine Augenbrauen senkten sich bedrohlich. »Hören Sie, ich habe Ihnen doch gesagt ...«

»Robbie wollte uns helfen«, schnitt ich ihm das Wort ab. »Also habe ich ihn gelassen. Ich habe ihn nicht mit hinaus aufs Feld genommen und ihn gezwungen, mit den Toten zu sprechen oder so etwas. Ich habe ihn nur mit einer Handvoll Scherben spielen und mir seine Eindrücke mitteilen lassen. Für ihn ist es wirklich ein Spiel, Brian. Es ist kein Risiko dabei.«

Brian McMorrans braune Augen wurden gefährlich schmal. Mit bemerkenswert ruhigen Händen steckte er sich eine Zigarette zwischen die Lippen, hielt ein Streichholz daran und inhalierte tief. »Und woher wollen Sie wissen«, fragte er kalt, »daß kein Risiko dabei ist? Kennen Sie denn überhaupt die Risiken?«

Ich wußte keine Antwort darauf und breitete nur in einer frustrierten Geste die Hände aus. »Warum sind Sie so strikt dagegen, daß Robbie seine Fähigkeiten *nutzt*, um ...«

»Das bin ich nicht«, fuhr Brian mich an. »Aber er soll sie für sich selbst nutzen, nicht für andere. Es ist seine Gabe, und niemand anders hat ein Recht darauf.«

»Aber er möchte so gerne helfen.«

»Sie nutzen ihn aus.«

»Ich nutze ihn nicht aus«, widersprach ich ruhig. »Ich lasse Robbie nur tun, was er tun möchte.«

»Ach, wirklich?« Er hob die Zigarette an die Lippen und starrte mich unverwandt an, aber als er – immer noch leicht nuschelnd – wieder etwas sagte, klang seine Stimme weniger aufgebracht. »Also gut. Sie können mit den Scherben weitermachen, wenn es ihm soviel Spaß macht, aber das ist alles, verstanden? Wenn ich herausfinde, daß Sie ihn mehr tun lassen als das – und ich finde es heraus, darauf können Sie sich verlassen …«

Na toll, dachte ich und versuchte, mein ungutes Gefühl mit Humor zu vertreiben. *Jetzt sag bloß noch, daß du auch hellsichtig bist.*

Er hörte plötzlich auf zu reden und beobachtete mich. Und dann verzog sich sein Mund unfaßlicherweise zu einem wissenden Lächeln.

»Sind Sie erst jetzt darauf gekommen?« fragte er. Er schnippte die Zigarette weg und kam auf mich zu. Sein Lächeln wurde zu einer raubtierartigen Fratze, als ich instinktiv einen Schritt zurücktrat und gegen die kalte Stallwand stieß.

»Haben Sie Angst, Miss Grey? Wovor? Vor mir?«

»Natürlich nicht.«

»Oh, doch. Ich glaube, Sie haben Angst.« Er blieb nur wenige Zentimeter vor meinem Körper stehen und stützte sich mit beiden Armen rechts und links von mir an der Wand ab, um mich festzunageln. Mit plötzlich auflodderndem Ärger stellte ich fest, daß ich tatsächlich Angst hatte, große Angst. Keine körperliche Angst – denn obwohl er versuchte, mich einzuschüchtern, glaubte ich keine Sekunde, daß er mir auch nur ein Haar krümmen würde. Aber zu wissen, daß er ebenso wie sein Sohn in meine Gedanken eindringen konnte … Bei Robbie hatte ich mich inzwischen daran gewöhnt, aber bei Brian kam es mir wie ein Gewaltakt vor.

»Brian, verschwinden Sie«, sagte ich.

Er lachte leise in sich hinein, beugte sich noch weiter vor, so daß ich seinen Bieratem riechen konnte, und genoß das Gefühl der Überlegenheit. »War das eine Einladung?«

Ich preßte die Lippen aufeinander. Ich hätte ihm mein Knie zwischen die Beine rammen können, aber da es sich nur um Brian handelte, und noch dazu um einen sehr betrunkenen Brian, kam mir das doch ein wenig übertrieben vor. Außerdem hätte ich Jeannie dann einiges zu erklären gehabt.

Die Studentinnen um Hilfe zu rufen kam ebenfalls nicht in Frage – bis sie um die Ecke gelaufen wären, hätte Brian sich schon zurückgezogen und mich wie einen feigen Dummkopf dastehen lassen.

Also hielt ich meine Stellung, so gut ich konnte, und überlegte, was ich tun sollte, als ich jemanden von rechts um das Gebäude herumkommen hörte. Jemanden mit einem schweren Tritt. Einen Mann. David, entschied ich in einer plötzlichen Aufwallung purer Erleichterung.

Doch kaum hatte ich das gedacht, als David selbst mich auch schon widerlegte, indem er pfeifend von links um die Ecke gebogen kam. Er blieb abrupt stehen, als er die Szene vor sich erblickte. »Was zum Teufel ist hier los?«

Brian zuckte mit den Achseln und machte sich noch nicht einmal die Mühe, den Kopf zu wenden. »Wir haben nur ein bißchen Spaß, Deid-Banes.«

»Okay, der Spaß ist jetzt vorbei. Laß sie gehen.«

»Warum sollte ich?«

»Weil ich dir sonst eins überziehe, deshalb.«

Ich konnte David hinter Brians Schulter nicht erkennen, aber obwohl er eindeutig nicht erfreut klang, hörte er sich auch nicht gerade besonders wütend oder aggressiv an. Daher verblüffte es mich völlig, als Brian plötzlich nach hinten gerissen wurde, herumwirbelte und dann wie eine Marionette, deren Fäden man durchgeschnitten hatte, zu meinen Füßen zusammensank.

Ich starrte bestürzt auf ihn herab. »Das hättest du nicht tun sollen, David. Ich kann mich schon alleine ...« Doch ich beendete den Satz nicht. Denn als ich den Kopf hob, um David anzusehen, entdeckte ich, daß er etwa drei Meter von Brian entfernt stand und genauso überrascht dreinblickte wie ich.

Unsere Blicke begegneten sich über die leere, schattige Stelle hinweg, wo Brian eben noch gestanden hatte, und David hob beeindruckt eine Augenbraue. »Teufel auch«, sagte er.

»Aber nein, ich bin sicher, er wird gleich wieder zu sich kommen«, sagte Peter, der mich gesucht hatte und nun halb desinteressiert, halb fröhlich auf Brians am Boden ausgestreckten Körper hinabsah – wie ein Botaniker, der ein gemeines Gartenunkraut betrachtet. »Nein, er atmet ganz normal. Ich bin sicher, wir brauchen uns keine Sorgen zu machen.« Er lächelte David komplizenhaft an. »Womit hast du ihn denn zu Boden geschlagen?«

»Ich habe ihn überhaupt nicht berührt.«

»Nein? Wer dann?« Die länglichen Augen richteten sich neugierig auf mich. »Verity, meine Liebe, Sie verblüffen mich wirklich. Ich hatte ja keine Ahnung ...«

»Ich war es auch nicht«, sagte ich kopfschüttelnd. »Ich weiß, das klingt albern, Peter, aber ich glaube« – ich bat David mit einem hilfesuchenden Blick um Unterstützung – »ich glaube, der Wächter hat das getan.«

Peter reagierte ungeheuer erfreut. »*Mein* Wächter? Mein Legionär von der Neunten?«

»Ja.«

»Guter Mann.« Peter blickte wieder auf Brian hinunter und nickte hochzufrieden. »Gut gemacht. Er erfüllt immer noch seine Pflicht, wie ein ehrenhafter Soldat. Er hat Sie belästigt, was?«

Ich runzelte leicht die Stirn. »Der Wächter?«

»Brian. Ich vermute, er hat sich lächerlich gemacht?«

David mischte sich diplomatisch ein. »Er ist betrunken.«

»Aha.« Peter nickte wieder und blickte sehr fromm und selbstgerecht drein für einen Mann, der selbst öfter angetrunken als nüchtern war. »Ja, das habe ich mir schon gedacht. Jedenfalls«, sagte er darauf gutgelaunt zu mir, »müssen Sie jetzt unbedingt mitkommen und sich ansehen, was wir inzwischen geleistet haben. Ich habe ein gutes Gefühl bei dieser neuen Stelle, an der wir gerade zu graben beginnen.«

Ungläubig blickte ich zwischen seinem Gesicht und dem Mann am Boden hin und her. »Aber ... ich meine, wir können ihn doch nicht einfach hier ...«

»Warum denn nicht? Ich bin sicher, er ist schon an viel unkomfortableren Orten zu Boden gegangen.«

»Wir sollten wenigstens Jeannie Bescheid sagen.«

Peter zögerte, als er die Entschlossenheit in meinem Gesicht sah, seufzte dann und hob die Schultern zu einem Achselzucken, das deutlich ausdrückte, für wie unvernünftig er mich hielt. »Na schön, wenn Sie darauf bestehen, werde ich Jeannie informieren, daß ihr Mann hier oben liegt, und sie entscheiden lassen, was zu tun ist. Aber dann«, sagte er fest, »müssen Sie wirklich kommen und sich ansehen, wie weit wir gekommen sind.«

Als er ging, trat David an meine Seite, und wir sahen gemeinsam zu, wie Peter zum Haus hinunterschlenderte. »Er ist schon ein unglaublicher Kerl.«

Ich murmelte eine vage Antwort, worauf David sich zu mir herunterbeugte und mir forschend ins Gesicht sah. »Alles in Ordnung?«

»Mir geht es gut. Es ist nur …« Ich rieb mir die Arme, um sie zu wärmen, und deutete mit dem Kopf auf den Mann zu meinen Füßen. »Er hat auch das zweite Gesicht, wußtest du das?«

»Was?«

»Der Apfel fällt nicht weit vom Stamm, schätze ich.« Der Schock hatte mich ein bißchen hysterisch gemacht, ich konnte es an meiner Stimme hören.

David sah mich einen Moment lang ernst an und entschied sich dann für barsche Vernunft. »Blödsinn.«

»Es stimmt. Er hat sogar gesagt …«

»Wenn unser lieber Brian das zweite Gesicht hätte«, argumentierte David, »würde er mehr Glück mit seinen Lottozahlen haben. Und würde sich wohl kaum von einem Geist zu Boden schlagen lassen.«

Ich sah immer noch auf die Gestalt am Boden und schlang die Arme fester um mich, während ich darüber nachdachte. »*Kann* ein Geist denn wirklich jemanden schlagen, was glaubst du?«

David lachte. »Was zum Teufel fragst du mich? Ich bin kein Experte auf diesem Gebiet.«

»Ich hätte nur nie geglaubt, daß ein Geist einen Menschen überhaupt berühren könnte, das ist alles.«

»Tja, aber offenbar ... Er beendete den Satz nicht, da der Rest sich von selbst verstand. »Ich erinnere mich an eine Sendung, die ich mal im Fernsehen gesehen habe – über einen Geist in irgendeinem herrschaftlichen Haus in Südengland, der angeblich einer Frau ins Gesicht geschlagen hatte. Hat einen kräftigen, blutigen Striemen hinterlassen, falls dich das beruhigt.«

Aber meine Gedanken waren schon mit etwas anderem beschäftigt. Mit tonloser Stimme sagte ich: »Er folgt mir.«

David zog die Stirn in Falten. »Wer, Brian?«

»Der Wächter. Robbie sagt, er folgt mir manchmal und versucht, mit mir zu sprechen.«

Nach einem erneuten ernsten Blick in mein Gesicht lächelte David und legte beruhigend seine Hände auf meine Schultern. »Also, ich würde mir keine Sorgen machen. Er hat sich nur in dein hübsches Gesicht verguckt.«

»Jeannie denkt, daß es meine Haare sind, die ihm gefallen.«

»Auch möglich.« Die blauen Augen sahen mich aus einem Kranz von Lachfältchen voll Wärme an. »Wie dem auch sei, er will dir bestimmt keinen Schaden zufügen. Der arme Brian ist der beste Beweis dafür.«

Sein Gesichtsausdruck veränderte sich auf einmal, als wäre ihm ein neuer Gedanke gekommen, und noch ehe mir seine Absicht klarwerden konnte, wurde der Griff seiner Hände um meine Schultern fester, und er beugte sich rasch zu mir herab.

Wenn der erste Kuß ein Vorbote für Zukünftiges ist, dachte ich, war ich in ernsthaften Schwierigkeiten. Ich konnte mich nicht erinnern, jemals einen solchen ersten Kuß bekommen zu haben. Er hatte nichts Suchendes oder Zögerliches, er war fest und tief und brachte das Blut in meinen Ohren zum Rauschen. Seltsamerweise schien er meinem

Körper auch jegliche Energie zu entziehen, denn als David mich wieder losließ, hatte ich große Mühe, mich aufrecht zu halten. Es fiel mir schwer, wieder klar zu sehen und regelmäßig zu atmen, und obwohl ich versuchte, meinem Gesicht nichts anmerken zu lassen, verriet mich meine zitternde Stimme. »David, wirklich …«

»Was?«

»Du suchst dir wirklich immer den richtigen Moment aus. Ich meine, wir *stehen* praktisch auf einem Betrunkenen, und meine Studentinnen arbeiten gleich um die Ecke, und Peter könnte jeden Augenblick zurückkommen …«

»Es war nur ein Experiment.«

»Ach, wirklich?«

»Ja. Dein Wächter beschützt dich zwar, aber er ist kein eifersüchtiger Hitzkopf.«

»Und woher weißt du das?«

»Na ja, er hat mich nicht zu Boden geschmettert.« Sein Grinsen war sehr selbstsicher.

»Wahrscheinlich ist er ein schlechter Menschenkenner«, flapste ich zurück und holte tief Atem, um mein immer noch rasendes Herz zu beruhigen. »Außerdem würde ich an deiner Stelle lieber nicht so selbstgefällig gucken … vielleicht hat der Wächter nur gerade nicht aufgepaßt.«

»Du solltest mich nicht so unterschätzen, Mädchen. Ich bin Wissenschaftler.«

Mein Atem stockte erneut. »Und was soll das nun wieder heißen?«

»Das heißt, daß ich mich bei der Überprüfung einer Hypothese niemals auf ein einziges Experiment verlasse.« Als er sich zum zweitenmal über mich beugte, sah ich ein triumphierendes Blitzen in seinen blauen Augen, in diesen lachenden blauen Augen, die auf einmal alles waren, was ich wahrnehmen konnte. Dann sah ich auch sie nicht mehr, und minutenlang kamen all meine Gedanken zum Stillstand.

»Du hörst mir ja schon wieder nicht zu«, sagte Adrian vorwurfsvoll und wirbelte auf seinem Stuhl herum, um mich halb amüsiert, halb verärgert anzusehen.

Ich setzte den Bleistift ab, mit dem ich gedankenverloren auf einem Blatt Papier herumgekritzelt hatte. »Ich höre dir zu.«

»Nein, tust du nicht.«

»Doch.« Tapfer versuchte ich zu raten. »Du hast gesagt, daß du heute einigen Erfolg damit hattest …«

»Ich habe gerade gesagt, daß wir von einer Armee von ein Meter achtzig großen Killerpinguinen angegriffen werden, und da du daraufhin nicht einmal mit der Wimper gezuckt hast, muß ich davon ausgehen, daß du nicht zugehört hast.«

»Ach so.«

»Allerdings, ach so.« Er lehnte sich auf seinem Drehstuhl zurück, zog den Papierkorb unter dem Schreibtisch hervor und stellte seine Füße darauf ab. »Aber ich werde es heute ausnahmsweise mal nicht persönlich nehmen; ich schätze, daß du noch unter dem Eindruck deines morgendlichen Abenteuers stehst.«

Sein Kommentar zielte ganz klar darauf ab, mich auszuhorchen und mehr zu erfahren, und war nicht nur zufällig dahingesagt. Ich seufzte, als ich seinen wissenden Gesichtsausdruck sah. »Wie hast du *das* denn erfahren?«

»Oh, ich weiß vieles.«

»Adrian …«

»Also schön, wenn du darauf bestehst.« Er grinste. »Ich habe die ganze Geschichte von einer deiner Assistentinnen.«

Ich verbarg mein Gesicht in den Händen. »O Gott.«

»Nein, es war die Rothaarige. Die mit den bombastischen …«

»Und was genau hat sie dir gesagt?« wollte ich wissen.

»Nur, daß du Brian k. o. geschlagen hast.«

»Daß *ich* …?«

»Hätte ich dir gar nicht zugetraut, Darling«, sagte er

bewundernd und verschränkte seine langen Finger ineinander. »Aber deine Assistentin behauptet, dein linker Haken sei wirklich nicht zu verachten.«

»Aber sie kann doch gar nicht gesehen haben ...«

»O doch. Offenbar hat sie eure lauten Stimmen gehört und gerade um die Ecke gelugt, um nachzusehen, was los ist, als du Brian zu Boden gestreckt hast.«

Aus einem bestimmten Blickwinkel mochte es tatsächlich so ausgesehen haben, räumte ich ein. »Aber ich habe niemanden gesehen.«

»Nein ... sie ist halt ein höfliches junges Ding, und als sie sah, daß ihr alles so gut im Griff hattet, du und Fortune, wollte sie ihre Nase wahrscheinlich nicht in Dinge stecken, die sie nichts angehen.«

Ich rieb mir die Stirn und schloß die Augen. »Und wie vielen Leuten hat sie deiner Meinung nach schon davon erzählt?«

»Bisher nur mir, soweit ich weiß. Aber natürlich«, fuhr er fort, ehe sich Erleichterung bei mir breitmachte, »konnte ich der Versuchung nicht widerstehen, die Geschichte mit ein paar meiner eigenen Assistenten zu teilen.«

»Oh, Adrian.«

»Sag nicht immer ›oh, Adrian‹. So eine Geschichte *kann* man einfach nicht für sich behalten.«

»Aber jetzt wissen alle davon.«

»Na und, warum auch nicht? Das kann dein Ansehen bei den Studenten nur noch heben, Darling. Meine Jungs fanden dich sowieso schon ziemlich umwerfend – jetzt haben sie geradezu Ehrfurcht vor dir.«

Ich zählte rückwärts von zehn bis eins. »Sehr schmeichelhaft. Aber ich habe Brian nicht geschlagen.«

Adrian hob die Augenbrauen. »Es war doch wohl nicht unser Mister Fortune?«

»Nein, natürlich nicht, sei nicht blöd.«

»Also, wer dann?«

»Du wirst es mir nicht glauben«, warnte ich ihn.

»Doch, werde ich. Wer war es?«
»Robbies Wächter.«
Adrian starrte mich an. »Blödsinn.«
»Siehst du, was hab ich dir gesagt?«
»Geister können keine Menschen niederschlagen.«
»Woher weißt du das?«
»Weil es keine Geister gibt.«
»Brillante Logik, das muß man dir lassen«, lobte ich. »Aber wenn du mir weiter widersprichst, wirst du vielleicht bald eines Besseren belehrt. Der Wächter hat sich nämlich zu meinem Beschützer ernannt. Deshalb ist er auch auf Brian losgegangen.«
»Ach so, natürlich.« Adrian setzte kurz eine verständnisvolle Miene auf und verdrehte dann die Augen gen Himmel. »Bin ich denn der einzige Mensch bei dieser Ausgrabung, der noch alle Tassen im Schrank hat?«
Bevor ihm irgendein höheres Wesen eine Antwort darauf geben konnte, kam Peter wie ein Schauspieler auf sein Stichwort durch die Tür geschritten.
»Pferde!« verkündete er mit seiner volltönenden Stimme.
Adrian sah mich an. »Wie ich gerade sagte ...«
Peter blieb neben meinem Schreibtisch stehen, griff nach meiner rechten Hand und drückte einen flachen, runden Gegenstand aus Metall hinein, von dem der Rost abblätterte.
Seine Augen leuchteten vor Entdeckerfreude, und einen Augenblick lang sah ich nicht den alten Mann aus der Gegenwart vor mir, sondern den Peter Quinnell von den verblichenen Fotos, dem das blonde Haar ins jungenhafte, glücklich lächelnde Gesicht fiel. »Da, meine Liebe«, sagte er, »haben Sie Ihre Pferde.«

XXIX

Nachdem ich es zwei Monate lang nur mit grober Töpferware, Scherben und vereinzelten alten Münzen zu tun gehabt hatte, war das Reinigen dieses kleinen Teilchens eines römischen Pferdegeschirrs für mich so erhebend, als würde ich den Schatz des Priamos polieren.

Ich konnte es kaum erwarten, daß wir mit dem Abendessen fertig wurden, damit ich mich in die Küche zurückziehen, ein Stück alte Zeitung auf dem Tisch ausbreiten und mich wieder an die Arbeit machen konnte, die darin bestand, die häßliche, entstellende, altersbedingte Kruste vorsichtig zu entfernen und die darunterliegende Silberbronze zum Vorschein zu bringen.

Solche Restaurierungsarbeit nahm mich immer ganz in Anspruch. Ich registrierte nur nebenbei, wie Jeannie nach Hause ging und Peter irgendwann hereinschaute, um gute Nacht zu sagen, und als Fabia einige Stunden später heimkam, fand sie mich immer noch völlig vertieft am Küchentisch vor.

»Du bist verrückt«, sagte sie. »Es ist halb zwei Uhr morgens.«

»Wirklich?« Ich sah blinzelnd wie ein kurzsichtiger Uhrmacher auf, und sie schüttelte den Kopf.

»Verrückt«, wiederholte sie, während sie einen Küchenschrank öffnete. »Möchtest du auch einen Kakao? Ich brauche jeden Abend meine Tasse Kakao. Daran ist meine Mutter schuld. Sie hat mir immer einen in mein Kinderzimmer gebracht, und jetzt kann ich ohne das verdammte Zeug nicht einschlafen.«

Fabia erwähnte ihre Mutter fast nie, und wenn sie es tat, dann folgte sie dabei einem bestimmten Muster, wie ich festgestellt hatte: Sie erzählte kurz von einer Erinnerung und ließ das Thema dann gleich wieder fallen, so als würde in ihrem Bewußtsein eine Tür zuschlagen, um sie davor zu bewahren, dieser plötzlich aufgetauchten kleinen Szene weiter nachzugehen. Die kurze Reminiszenz wehte wie ein Blatt durch eine leere Straße und verschwand in der Stille.

Ich nahm ihr Angebot dankend an und beugte mich wieder über meine Arbeit.

Nach einigen Minuten brachte Fabia zwei Becher mit dem dampfenden Getränk zum Tisch und setzte sich mir mit unverhohlener Neugier gegenüber.

»Ist es das, was Peter heute nachmittag gefunden hat?«

»Mm. Eine *phalera*«, erklärte ich und schob die teilweise gereinigte Scheibe außer Reichweite, während ich meinen Kakao schlürfte.

»Was ist das?«

»Nun, so eine Art Verbindungsstück für die Riemen eines Pferdegeschirrs. Siehst du die kleinen Ringe hier auf der Rückseite? Die Lederriemen wurden dort hindurchgeführt.«

»Ah, verstehe.« Sie betrachtete das Fundstück genauer. »Wofür ist dieser kleine Schlitz?«

»Um einen Anhänger daran zu befestigen. Sie ließen kleine Anhänger aus Metall, zum Beispiel in Form eines Wolfskopfs, von diesem Teil des Pferdegeschirrs baumeln. Als Schmuck.«

Fabia warf einen zweifelnden Blick auf das rostige Stück Metall neben meinem Ellbogen und meinte, sie könne sich nicht vorstellen, daß so etwas Häßliches jemals in irgendeiner Weise schmückend gewesen sei. »Aber ich habe auch nicht viel Phantasie. Wenn ich es auf einer Zeichnung sehen würde, wäre es vielleicht etwas anderes ...«

»Es gibt noch etwas Besseres als eine Zeichnung. Ich

könnte mit dir nach London fahren und dir die Ermine Street Guard zeigen.«

»Die was?«

»Eine Theatergruppe in historischen römischen Kostümen. Ihre Reiter sind großartig, voll ausstaffiert mit Waffen und originalgetreu nachgebildeten Sätteln und Geschirren. Wenn diese Burschen auf einen zugaloppieren und all diese silbernen *phalerae* in der Sonne blitzen, kann man sich vorstellen, wie sich die alten Britannier gefühlt haben müssen.«

»Danke, ich glaub es dir auch so«, entgegnete sie. »Von Römern niedergeritten zu werden ist nicht unbedingt das, was ich mir unter einem unterhaltsamen Nachmittag vorstelle.«

»Es ist sogar sehr unterhaltsam.«

»Hatten denn die Britannier keine Pferde, um gegen die Römer zu kämpfen?«

»Streitwagen.«

Sie sah mich erstaunt über den Rand ihres Bechers hinweg an. »Streitwagen? Etwa wie in *Ben Hur*?«

»Hast du in der Schule nichts von Boudicca gehört?«

»Wahrscheinlich schon.«

»Sie war die Königin der Ikener«, führte ich lächelnd aus. »Eine sehr kriegerische Frau, die auch unsere Neunte Legion überrollt hat.«

»Ach ja. Peter hat sie mal erwähnt, glaube ich.«

»Also, wenn du das nächste Mal nach London kommst, solltest du einen kleinen Ausflug zur Westminster Bridge machen, zu der Seite gegenüber den Houses of Parliament. An dieser Ecke steht eine unübersehbare Statue von Königin Boudicca, wie sie auf ihrem Streitwagen in den Kampf stürmt.«

Fabia hielt Streitwagen offenbar nicht für das geeignete Transportmittel auf britischem Grund und Boden. »Die müssen ganz schön durchgeschüttelt worden sein, wenn sie mit ihren Wagen über dieses Gelände ratterten.«

Ich stimmte ihr zu. »Aber irgendwie sind sie damit zurechtgekommen. Selbst die Kaledonier – das ist der Stamm, der nördlich von hier, oben in den Highlands, lebte, hatten dem römischen Geschichtsschreiber Tacitus zufolge schon Streitwagen.«

Sie runzelte die Stirn. »Gab es denn damals hier in Schottland Stämme? Das wußte ich nicht. Ich dachte, sie wären eine einzige große Gruppe gewesen.«

»Nein, sie waren ziemlich zerspalten. Der Stamm, der hier im östlichen Grenzland lebte, hieß ... o Gott, sag nicht, daß ich ihn vergessen habe, ich konnte sie einmal alle auswendig ...« Ich preßte eine Hand an die Schläfe und versuchte, den Namen meinem überfüllten Gedächtnis zu entreißen. »Es waren die Votadini, glaube ich. Ich weiß leider nicht allzu viel über sie, aber das geht allen so. Die Römer haben sich nicht besonders um diesen Teil Schottlands gekümmert, weshalb die meisten Historiker davon ausgehen, daß die Votadini ein friedliches Volk waren und nicht viel Ärger machten.«

Fabia zuckte die Achseln. »Oder sie waren besonders bösartig.« Sie nahm einen Schluck Kakao und bewegte ihn im Mund herum. »Aber die Römer hatten es ja auch nicht anders verdient.«

»Wie meinst du das?«

»Na ja, sie waren schließlich Eindringlinge, oder? Man kann nicht einfach hergehen und das Leben von anderen Menschen zerstören, ohne daß man dafür irgendwie bestraft wird.«

Nur eine Zwanzigjährige, dachte ich, konnte die Geschichte so säuberlich in Schwarz und Weiß, Helden und Bösewichte einteilen. Es stimmte natürlich, daß die Römer für die Votadini Eindringlinge, Fremde gewesen waren, die kein Recht hatten, ihr Land zu besetzen. Andererseits lebten zur damaligen Zeit Römer schon seit achtzig Jahren in Britannien – mindestens zwei Generationen waren in diesem Land aufgewachsen und betrachteten es als ihre Heimat.

Ich hob an, Fabia zu erklären, daß geschichtliche Entwicklungen manchmal etwas komplizierter waren, als es zuerst den Anschein haben mochte, aber sie war nicht in der Stimmung, sich meine Einwände anzuhören.

»Da ist überhaupt nichts Kompliziertes dabei«, unterbrach sie mich in entschiedenem Ton. »Es handelt sich um Gerechtigkeit, ganz schlicht und einfach. Auge um Auge, Zahn um Zahn. Nimm zum Beispiel Robbies Wächter. Er kam hierher, um die Votadini zu töten, stimmt's? Also war es ihr gutes Recht, ihn ebenfalls zu töten.«

Gegen jugendliche Logik kam man mit behutsamen Argumenten einfach nicht an, dachte ich resigniert.

»Na ja, sie haben jedenfalls keine besonders gründliche Arbeit geleistet«, meinte ich schließlich nur, »wenn er immer noch auf dem Feld umgeht.«

Das war als Scherz gedacht, aber Fabia befand sich immer noch auf dem Gerechtigkeitstrip und wägte den Einwurf ernsthaft ab. »Ja, aber das ist doch die schlimmste Rache, oder?« entgegnete sie. »Das Leben eines Feindes zu zerstören, zuzusehen, wie er die Menschen und Dinge, die er am meisten liebt, verliert, und ihn selbst nicht sterben zu lassen.«

Ich sah sie nachdenklich an und hatte das Gefühl, daß sie von sich selbst sprach, von ihrer eigenen Einsamkeit und Verlassenheit nach dem Tod ihres Vaters und dem Verlust des gemeinsamen Lebens mit ihm. Ihre Augen blickten gedankenverloren in die Ferne.

Ich versuchte, Fabia auf andere Gedanken zu bringen, indem ich einen leichteren Ton anschlug. »Dann sollte ich es mir wohl besser nicht mit dir verscherzen«, neckte ich sie, »wenn das deine Vorstellung von Rache ist. Ich möchte nicht gern als Geist enden.«

Sie sah auf und schüttelte ihre Versunkenheit ab. »Was? Ach so. Da würde ich mir mal keine Sorgen machen«, sie lächelte. »Außerdem hätte ich Angst, mich mit dir anzulegen, nach dem, was du mit Brian gemacht hast.«

Ich seufzte. »Ich habe ihn nicht …«

»Es war aber doch ein bißchen übertrieben, findest du nicht? Ich meine, er ist eigentlich ganz harmlos.«

»Aber ich habe ihn ...«

»Bloß gut«, sagte Fabia altklug, »daß *du* ihn geschlagen hast und nicht Davy. Ein Faustschlag von einem Mann richtet doch mehr Schaden an.«

Als ich ihre Worte am nächsten Morgen beim Frühstück Jeannie gegenüber wiederholte, brach diese in schallendes Gelächter aus.

»Sag das mal meinem Brian. Von einer Frau niedergeschlagen zu werden ist die schlimmste Beleidigung überhaupt. Er ging gestern abend in den Pub und gab keine Ruhe, bis er eine gute, ordentliche Männerschlägerei angefangen hatte. Er kam mit einem *keeker* nach Hause. Einem blauen Auge«, übersetzte sie und ersparte mir so die Mühe, das Wort nachzuschlagen. »Und alles wegen dir.«

»Aber ich habe ihn nicht geschlagen«, wiederholte ich ungefähr zum hundertstenmal.

»Ja, klar, du und ich, wir beide wissen das. Aber Brian war viel zu benommen, um sich an irgend etwas genauer zu erinnern. So, hier ist dein Porridge. Ich mach dir auch gleich deine Eier.«

Folgsam nahm ich die Schüssel entgegen, gähnte und zwang mich, die Augen endlich ganz aufzumachen.

Ich war bis drei Uhr früh aufgeblieben, um die *phalera* zu reinigen, und Peter mußte davon gewußt haben, weil er mich ungestört hatte ausschlafen lassen. Jeannie war schon fast mit dem Abwasch fertig, als ich mich endlich nach unten bequemte. Ich wäre am liebsten sofort hinaus aufs Feld gegangen, aber sie ließ mich nicht ohne ein anständiges Frühstück an sich vorbei. Wie die Sphinx in der Sage, dachte ich. Man konnte nicht ungehindert an ihr vorbeikommen, nur daß man statt Rätsel zu lösen zwei Eier mit Toast und Würstchen essen mußte.

»Jeannie«, sagte ich, »kann ich dich mal was fragen?«

»Natürlich.«

»Ist Brian ... ich meine, hat Brian jemals ...« Es war schwierig. »Ist Brian wie Robbie?«

Sie setzte vorsichtig den Teller mit den Eiern vor mir ab und räumte die Porridgeschüssel weg. »Inwiefern wie Robbie?«

»Sieht er Dinge? Hat er ...«

»Die Gabe?« Sie sah mich leicht überrascht an.

»Er hat gestern so etwas zu mir gesagt«, berichtete ich zögernd. »Das heißt, er hat mir erzählt, daß er hellsichtig ist. Aber David hat es bestritten, und ich weiß nicht ... Deshalb wollte ich dich fragen.«

Sie wandte sich ab, aber nicht, ehe ich ihr Lächeln gesehen hatte. »Davy weiß auch nicht alles.«

»Also ist Brian wirklich ...«

»Nicht so wie Robbie«, schränkte sie ein. »Er ist nicht so gut. Er empfängt nur manchmal Bilder, Ahnungen, nichts Genaues. Aber ich schätze, das ist der Grund, weshalb Robbie Brians Gedanken nicht lesen kann. Und weshalb unser alter römischer Geist seinen Scherz mit ihm treiben konnte.«

Ich sah sie verständnislos an. »Was meinst du?«

»Na ja, ich bezweifle, daß er irgend jemanden außer Brian hätte niederstrecken können – Geister laufen doch nicht herum und schlagen Leute k.o., oder? Aber bei jemandem, der das zweite Gesicht hat, ist das was anderes. Er ist verwundbarer. Du hast ja selbst miterlebt, was mit Robbie dort draußen auf dem Feld passiert ist. Es ist einfach zuviel durch sein kleines Gehirn geströmt.«

»Du meinst also, daß der Wächter Brian nur durch die Kraft seines Denkens umgeworfen hat?«

»Ja, durch Denken oder Wünschen. Aber an deiner Stelle«, fuhr sie grinsend fort, »würde ich das Brian nicht gleich auf die Nase binden. Er hat jetzt ziemlichen Respekt vor dir, weißt du, und so soll es auch bleiben.« Sie drehte sich wieder zu ihrer Arbeitsfläche um und begann Gemüse für das Mittagessen zu schnippeln. Nach kurzem Schweigen fügte sie hinzu: »Verity?«

»Ja?«

»Du bist die einzige, die außer mir davon weiß. Du behältst es doch für dich?«

»Natürlich, wenn du es möchtest.«

»Ich meine, ich wäre nicht böse, wenn du es Davy erzählen würdest ...«

Im Flur knarrte eine Holzdiele. »Wenn sie Davy was erzählen würde?« fragte David, ging geradewegs auf die Dose mit dem Gebäck zu und runzelte die Stirn, als er sie leer fand. Zur Entschädigung mopste er ein Stück Toast von meinem Teller und sah erwartungsvoll von einer zur anderen.

Ich holte mit einem Blick Jeannies Einverständnis ein, ehe ich ihm eine Antwort gab. »Daß Brian tatsächlich das zweite Gesicht hat, wie ich gestern sagte. Nicht so klar und deutlich wie Robbie, aber ...«

»Na so was!« unterbrach er mich und wandte sich an Jeannie. »Warum hast du mir nie was davon gesagt?«

»Es soll ein Geheimnis bleiben«, erklärte ich und erzählte ihm, was Jeannies Meinung nach gestern zwischen Brian und dem Wächter passiert war.

»Verstehe«, David nickte zustimmend und beugte sich über meinen Teller, um sein Stück Toast in eines meiner unangetasteten Spiegeleier zu tunken. »Möglich wär's.«

Ein schwerer, dumpfer Schlag ertönte aus der Richtung der Kellertreppe, und Jeannie drehte erschrocken den Kopf zur Tür. »Was zum Teufel war das?«

»Dein Mann«, antwortete David lakonisch. »Sein Kumpel ist endlich mit dem Lieferwagen gekommen, und sie verladen gerade den Wodka.«

»Du solltest nicht so laut darüber sprechen«, sagte Jeannie tadelnd, und man sah ihrem Gesicht an, daß sie von der ganzen Unternehmung nicht viel hielt. »Wir haben schließlich die Studenten auf dem Grundstück, und es würde Peters Ruf schaden, wenn jemand herausfände, was hier vor sich geht.«

David grinste und tat die Warnung mit einem Schulterzucken ab. »Ist doch nur ein bißchen Freihandel. Sei nicht so streng. Och, da fällt mir ein«, sagte er mit einem Blick zu mir, »daß meine Mutter mich gebeten hat, dich zu fragen, ob du ihr einen kleinen Gefallen tun könntest.«

»Natürlich. Was denn für einen?« fragte ich neugierig.

»Das Museum ist dabei, eine neue Ausstellung aufzubauen, und meine Mutter hofft, daß du sie vielleicht mit deiner Expertenmeinung unterstützen könntest, weil du doch am Britischen Museum warst und so.«

»Aber ja, ich würde gerne helfen«, sagte ich. »Wann soll diese neue Ausstellung denn eröffnet werden?«

»Am Wochenende, nicht am kommenden, sondern an dem darauf. An dem ich zufällig auch Geburtstag habe. Möchtest du dieses Würstchen noch?«

Ich schob ihm den Teller hin. »Hast du wirklich in zwei Wochen Geburtstag?«

»Ja. Ganze zweiundzwanzig werde ich dieses Jahr.«

Jeannie lachte. »Lügner! Du wirst siebenunddreißig, genau wie Brian.«

»Ich bin nicht«, sagte David hochnäsig, »genau wie Brian.«

»Nein, du machst viel mehr Arbeit. Hörst du denn nie auf zu essen? Das ist Veritys Frühstück.«

»Verity ist gar nicht so scharf auf ihr Frühstück«, verteidigte er sich. »Wenn ich das hier nicht für sie aufesse, wird sie den ganzen Tag hier herumsitzen, statt zu arbeiten.«

Etwa eine Stunde später mußte ich mir leider eingestehen, daß der kleine Feigling in mir es bei weitem vorgezogen hätte, bei Jeannie in der Küche zu sitzen und kalte Eier zu essen, als hier allein im Fundstückelager Regale abzuschrubben. Nun ja, nicht ganz allein ... meine beiden studentischen Hilfskräfte waren in meinem Büro in der Pferdebox eifrig bei der Arbeit und hackten mit einer Begeisterung auf die Computertastatur ein, die mir unverständlich war. Ich konnte das regelmäßige Klicken der Tasten und ab und zu ein paar Gesprächsfetzen hören, doch im Grunde fühlte ich mich allein.

Zum Teil lag das auch an dem Raum, in dem ich mich befand. Es war sehr ruhig hier und roch etwas muffig, weil es keine Fenster gab. Der Modergeruch, der an alte Bücher erinnerte, die in ihren Einbänden schimmelten, konnte auch durch noch soviel Putzen nicht beseitigt werden. Aber es gab auch angenehme Gerüche. Als sich in den Ställen noch Pferde befunden hatten, war dieser Raum die Sattelkammer gewesen, und hin und wieder stieg mir ein Hauch von Leder von einem schon lange abgelegten Sattel in die Nase und erinnerte mich kurz an vergangene Zeiten, ehe er wieder verflog. Man konnte beinahe hören, wie der Staub sich in den Ecken sammelte.

Dennoch war es an diesem Tag angenehmer, hier drinnen zu arbeiten als im Freien, munterte ich mich auf. Die Sommersonne hatte sich vorübergehend verabschiedet, und ein grauer, melancholischer Himmel war an ihre Stelle getreten, begleitet von dem starken, unablässigen Wind, den ich inzwischen als charakteristisch für diesen Landstrich betrachtete. Ich beneidete David und Peter nicht, die in dem unbarmherzigen Wind in der Erde herumkratzten, und der arme Adrian war schon mehrmals unter Flüchen auf das Wetter hereingestürmt, weil eine Bö wieder mal eines seiner Geräte umgeworfen hatte.

Die Studenten schienen sich nicht zu beklagen und schufteten unverdrossen weiter. Sie hingen wie Kletten am Feldhang und arbeiteten mit tief gesenkten Köpfen in Gruppen an den ausgegrabenen Bodenabschnitten.

Im Fundstückelager hatte ich es wenigstens warm und trocken und mußte nur den unangenehmen Luftzug vermeiden, der wie eine Kältesäule in der Nähe der offenen Tür zu spüren war – eine Folge des starken Windes, ohne Zweifel. Doch es war nicht schwer, ihm aus dem Weg zu gehen.

Ich hatte mich gerade mit Eimer und Schwamm vor ein Regal gehockt, um die unteren Bretter in Angriff zu nehmen, als eine meiner Assistentinnen den Kopf zur Tür hereinsteckte. »Ich dachte, Sie könnten eine Tasse Tee vertragen«, sagte sie freundlich und hielt einen dampfenden Becher in die Höhe.

»Ganz wunderbar. Vielen Dank.«

»Ich stelle ihn einfach hier ab, ja?« Sie setzte den Becher am Ende des langen Arbeitstisches ab und blieb noch einen Moment zögernd in der Tür stehen. »Sollen wir das nicht für Sie machen, Miss Grey?«

»Warum sollten nur Sie sich amüsieren dürfen?« fragte ich zurück. »Außerdem sind Sie viel schneller am Computer als ich, also ist es sinnvoller, daß Sie mit dem weitermachen, was Sie gerade tun.«

»Wenn Sie meinen ...«

»Frieren Sie sich denn nicht zu Tode dort in diesem Zug?« fragte ich und klang zu meiner Bestürzung wie meine eigene Mutter.

Die junge Frau runzelte die Stirn. »Welcher Zug?«

»Der, in dem Sie stehen.«

»Ich spüre gar nichts.«

»Tja, Sie sind eben aus härterem Holz geschnitzt hier oben in Schottland.«

»Ich bin aus Yorkshire, Miss Grey.«

»Noch besser«, sagte ich. »Und ich bin hier völlig zufrieden – Sie müssen nicht so schuldbewußt dreinsehen. Ich *liebe* Saubermachen.« Was natürlich eine krasse Lüge war, aber sie brachte die junge Frau dazu, sich von der Tür zu entfernen.

Als ihre Schritte verklungen waren, warf ich den Schwamm in den Eimer zu meinen Füßen, stand auf und ging summend hinüber zum Tisch, um meinen Tee zu holen.

Die Kältesäule hatte sich bewegt.

Ich war bereits durch sie hindurchgegangen, als mir auffiel, daß die Stelle, an der sie sich jetzt befand, vor zehn Minuten noch ganz warm und zugfrei gewesen war.

So ein Unsinn, schalt ich mich selbst. Ein Luftzug folgt einem nicht durch den Raum ...

»Mein Gott«, hauchte ich, als mir plötzlich ein Licht aufging. Mein Herz machte einen Satz und schlug mir bis zum

Hals, als ich herumwirbelte, um auf die scheinbar leere Stelle hinter mir zu starren. Ich streckte eine zitternde Hand aus, ich mußte es tun, obwohl ich es nicht wollte … und berührte nichts als warme Luft. Mein Nacken kribbelte, und ich fuhr mit ausgestreckter Hand wieder herum und spürte die Kälte.

Hastig trat ich einen Schritt zurück, bevor ich erkannte, wie vergeblich das war. Wenn mir vor drei Monaten jemand gesagt hätte, daß ich einem Geist gegenüberstehen würde, hätte ich lauthals gelacht, doch jetzt hatte ich keinen Zweifel, daß er hier war, direkt vor mir, und vielleicht versuchte, mich zu berühren, versuchte, mit mir zu sprechen …

Das muß aufhören, schrie es stumm in meinem Kopf. *Ich kann so nicht weitermachen, es muß aufhören.*

»Ich kann nicht«, sagte ich laut mit einer heiseren Stimme, die ich kaum als meine eigene erkannte. Ich schloß die Augen bei dem Versuch, mich zu konzentrieren, und stammelte die Worte dann auf latein heraus: »Ich kann dich nicht hören. Es tut mir leid. Ich kann dich weder hören noch sehen – nur der Junge kann das, und ich kann ihn nicht um Hilfe bitten, weil es ihm schadet. Verstehst du?«

Nur Stille antwortete mir. Ich schlang die Arme um mich, um das Zittern zu vertreiben, und meine Stimme wurde zu einem flehenden Flüstern. »Ich weiß, daß du mir etwas sagen willst, aber du mußt einen anderen Weg finden … so geht es nicht. Verstehst du? Du mußt eine andere Möglichkeit finden.«

»Miss Grey?« Die lebendige Stimme an der Tür ließ mich aufschrecken.

Ich wandte mich um. »Ja?«

»Ist alles in Ordnung?« Der Kopf der Studentin lugte erneut um die Ecke, ihr Gesichtsausdruck war wachsam. »Wir haben Ihre Stimme gehört, aber wir wußten nicht, ob Sie etwas zu uns sagten oder …«

»Nein«, antwortete ich, »tut mir leid. Ich habe mit mir selbst geredet.«

»Ach so.« Sie zögerte einen Moment. »Sie klangen nur so anders, wissen Sie.«

»Ja, wahrscheinlich.« Ich zwang mich zu einem Lächeln. »Ich habe lateinisch gesprochen.«

Ihr Blick besagte deutlich, daß sie mich etwas seltsam fand – wahrscheinlich hielt sie mich für einen verschrobenen Blaustrumpf oder schlichtweg für verrückt. Aber sie sagte nichts mehr und zog sich höflich wieder zurück.

Ich atmete tief durch, nahm mit zitternder Hand meinen Teebecher und stürzte zur Tür hinaus, hinaus aus dem Fundstückeraum, hinaus aus den Principia, und überquerte mit langen Schritten, die man gerade noch als Gehen bezeichnen konnte, das Feld.

David bemerkte nichts, als ich am Rand des neuen Grabens bei den Unterkünften auftauchte – er war vergnügt in seine Arbeit vertieft, wie ein kleiner Junge, der mit Eimer und Schaufel am Strand spielt. »Hey«, begrüßte er mich und kniff die Augen gegen den Wind zusammen. »Das wäre doch nicht nötig gewesen.«

»Was?«

»Daß du mir Tee bringst.«

»Ach so. Tue ich auch gar nicht«, versicherte ich ihm, den warmen Becher mit beiden Händen umklammernd. »Es ist mein Tee. Aber du kannst gern etwas abhaben, wenn du möchtest.«

»Ich möchte, danke.« Er nahm mir den Becher ab, hockte sich auf die Fersen und trank. »Unfreundliches Wetter.«

Ich nickte. »Schon Glück gehabt heute?«

»Ja. Wir haben den Umriß einer der Legionärsunterkünfte freigelegt. Ich habe die Jungs Golffähnchen in alle Pfostenvertiefungen stecken lassen, damit Fabia sie fotografieren kann, ehe es regnet.«

»Ja, das sehe ich. Was machst du dann da unten mit deiner Schaufel?«

Er grinste. »Ich wühle nur so ein bißchen herum. Das dunklere Stück hier schien mir interessant zu sein, deshalb wollte ich es mir genauer ansehen. Man weiß nie, was man bei dieser verdammten Ausgrabung finden wird. Hier, du kannst ihn wiederhaben.« Er reichte mir den halbleeren Becher zurück. »Danke.«

Sein dunkler Kopf beugte sich wieder über den Grund des Grabens. Ich sah ihm eine Weile schweigend zu und zog Trost aus seiner Gegenwart, aus seiner ruhigen Stärke. Hier bei David bin ich sicher, dachte ich, und die Worte wurden zu einer beschwichtigenden Litanei, während ich den warmen Tee schlürfte und mich nach und nach entspannte: sicher, vollkommen sicher …

Die Kälte durchdrang mich wie die Schneide eines Messers, und ich fuhr auf. »David.«

»Schon gut«, sagte er erregt, ohne mich anzusehen. »Ich habe es gesehen.«

Ich starrte zuerst verständnislos zu ihm hinunter, ohne seine Bewegungen wirklich wahrzunehmen, bis ich versuchte, mich auf das zu konzentrieren, was er da tat. Er hatte die Schaufel beiseite geworfen und wischte Erdkrümel mit den Fingern weg, um etwas Kleines aus dem Erdreich zu befreien. Dann hob er den Kopf und pfiff über den Graben hinweg einem seiner Studenten zu. »Geh und hol Mister Quinnell, Junge.«

»David, was ist das?« Ich beugte mich über den Graben und versuchte, mit dem Zittern aufzuhören. »Was hast du gefunden?«

Zur Antwort hielt er mir seine ausgestreckte Handfläche hin, und ich sah ein kleines Medaillon an einer zerrissenen Goldkette und auf dem Medaillon die winzige, eingeprägte Gestalt einer Frau, die etwas hielt, das wie ein Schiffsruder aussah.

»Es ist Fortuna«, sagte David.

»Ja, ich weiß.«

Ihr Bild war mir in meiner Laufbahn schon zahllose Male begegnet – eines der ersten Dinge, die ich für Doktor Lazenby bei der Ausgrabung in Suffolk zeichnen sollte, war ein Altar gewesen, den ein namenloser römischer Soldat errichtet hatte und der die Inschrift trug: »Zu Ehren Fortunas, die uns heil nach Hause bringen möge.« Die wenigen Worte hatten mich gerührt, und ich hatte mir gewünscht, den Mann kennenlernen zu können, der sie vor so langer Zeit in Stein gemeißelt hatte.

Sei vorsichtig mit dem, was du dir wünschst, hatte mein Vater oft gesagt, und ich hätte auf ihn hören sollen. Denn als ich dort stand und auf das Bild Fortunas, der Glücks- und Schicksalsgöttin, starrte, wie sie ihr schwankendes Schiff über die Wasser lenkte, war ich mir sicher, daß ich den einstigen Besitzer des goldenen Anhängers bereits getroffen hatte.

XXX

Brian war nicht besonders erfreut, mich zu sehen, als ich die Auffahrt herunterkam und auf das Cottage zuging. Er war gerade dabei, eine unbarmherzige Attacke gegen das Unkraut zu beiden Seiten des Gartenpfades zu führen, und hatte den Kopf tief gegen den Wind gesenkt, der kleine weiße Rauchwölkchen von der Zigarette in seinem Mundwinkel davontrug. Als er mich erblickte, legte er die Harke beiseite und richtete sich kampflustig auf.

Jeannie hatte nicht geflunkert, was das blaue Auge betraf. Es hob sich unschön von seiner gebräunten Wange ab und wurde am unteren Rand noch von einem übel aussehenden Kratzer geziert, an dem getrocknetes Blut klebte. Doch er trug es wie eine Auszeichnung, fand ich, denn er strich sich sogar das silbergraue Haar aus dem Gesicht, damit ich seine Blessur in voller Pracht bewundern konnte.

Er erwartete einen Kommentar von mir, soviel stand fest. Ich blieb ein paar Schritte vor ihm stehen und suchte nach einem angemessenen Kompliment. »Sieht schmerzhaft aus.«

»Nicht Ihr Werk«, gab er kurz angebunden zurück. Er nahm die Zigarette aus dem Mund, und seine Augen verengten sich zu Schlitzen. »Hab ich mir gestern abend im Pub eingehandelt. Mußte ein paar Großmäuler aus Burnmouth in ihre Schranken weisen.«

»Aha.« Ich betrachtete seinen zusammengepreßten Kiefer und die hervortretenden Armmuskeln und sagte wahrheitsgemäß: »Ich vermute, die sehen noch um einiges schlimmer aus als Sie.«

»Allerdings.« Sein Blick wanderte an mir herunter zu dem Notizbuch und dem kleinen, in ein Küchentuch eingeschlagenen Päckchen in meinen Händen. Aber er sagte kein Wort. Er stand einfach nur da, rauchte und wartete auf eine Erklärung, weshalb ich gekommen war.

»Ich würde gern eine Minute mit Robbie sprechen«, sagte ich.

»So?«

»Ja. Wir haben heute morgen beim Graben etwas gefunden, und es könnte etwas Wichtiges sein, deshalb ...«

Er fiel mir mit ausdruckslosem Gesicht ins Wort. »Der Junge ist gerade erst von der Schule nach Hause gekommen«, sagte er. »Er hat seinen Tee noch nicht getrunken.«

»Ja, sicher, ich weiß, aber Jeannie sagte ...« Ich unterbrach mich, weil ich an seiner Miene erkannte, daß Jeannies Wort bei diesem Thema wenig Gewicht für ihn hatte. »Ich bleibe nicht lange, Brian, das verspreche ich. Es ist nur, weil ... na ja, es könnte wirklich wichtig sein, und wir alle sind sehr gespannt, was Robbie dazu sagen wird, und wollten deshalb nicht bis heute abend warten.«

Jeannie hatte mich schon gewarnt, daß die Chancen, Brians Widerstand zu überwinden, schlecht stünden, und als ich ihn jetzt so vor mir sah, schätzte ich sie gleich Null ein.

Er starrte mich lange mit versteinertem Gesicht an, bevor sein Blick wieder zu dem kleinen, eingewickelten Päckchen glitt. »Ist es das?«

»Ja.«

»Lassen Sie mal sehen.«

Ich entfernte das Papier und zeigte ihm den zierlichen Anhänger.

»Ist er aus Gold?« fragte er, ohne ihn zu berühren.

»Ja.«

Mit nachdenklichem Ausdruck sah er plötzlich über meine Schulter hinweg ins Weite. »Als ich so alt war wie Robbie ...

jünger sogar noch, war ich so etwas wie ein Wunderknabe bei den Pferderennen. Mein Vater und seine Kumpel brauchten mir nur einen Wettschein zu zeigen, und ich tippte jedesmal auf den Gewinner. Sie müssen ein verdammtes Vermögen gemacht haben«, sagte er bitter. »Aber ich habe nie einen Penny davon gesehen, genausowenig wie meine Mutter. Mein Vater hat uns verlassen, als ich zehn war.« Er nahm einen tiefen Zug von seiner Zigarette und richtete seinen harten Blick wieder auf mich. »Sie können von mir und meinen Methoden, Geld zu verdienen, halten, was Sie wollen, aber ich habe nie meinen Jungen dazu benutzt, mich zu bereichern. Ich habe es nie getan und werde es auch nie tun. Und ich werde dafür sorgen, daß es auch kein anderer tut.«

»Das verstehe ich. Aber ich dachte, wir wären übereingekommen ...«

»Da hatte ich einen sitzen.«

»Sie haben gesagt, ich könnte Robbie die Sachen zeigen.« Meine Stimme flehte ihn an, Vernunft anzunehmen. »Sie sagten, wenn ich alleine herkäme, könnte ich ...«

»Ich weiß, was ich gesagt habe.« Er schnaubte gereizt und blies Rauch dabei aus. »Also schön, Sie können zehn Minuten mit dem Jungen reden. Aber nur zehn Minuten,verstanden? Ich werde auf die Uhr sehen.«

»Danke.«

Er stapfte durch einen Unkrauthaufen, lehnte die Harke gegen die Hauswand und ging um die Ecke herum zur Küchentür.

Es war seltsam, die Küche zu betreten, wenn Jeannie nicht da war – der gemütliche kleine Raum wirkte viel weniger einladend, aber das konnte auch am trüben Wetter liegen. Brian streifte seine Stiefel ab und rief nach Robbie.

»Wally ist mit dem Hund draußen, stimmt's?« vermutete ich, als ich Kips Stammplatz unter dem Tisch verlassen sah.

Brians Mund verzog sich zur Andeutung eines Lächelns. »Stimmt. Er macht sich rar, wenn ich zu Hause bin.«

Robbie kam hereingehüpft und begrüßte mich überschwenglich. »Hey«, sagte er. »Streitet ihr euch noch, du und Dad?«

Ich lächelte. »Nein.«

»Gut. Haben Sie Dads blaues Auge gesehen?«

»Na, und ob.«

»Sie war sehr beeindruckt«, erzählte Brian seinem Sohn. »Jetzt setz dich hier auf diesen Stuhl, Miss Grey will dir etwas zeigen.«

Robbie kletterte gehorsam auf den Stuhl und bereitete sich auf unser kleines Spiel vor. »Haben Sie die Halskette gefunden?«

Ich hielt mitten im Auspacken inne und starrte ihn an. »Die was?«

»Die Halskette des Wächters.«

Brian, der an der Küchenzeile lehnte und sich noch eine Zigarette anzündete, zeigte mir ein stolzes Vaterlächeln, während ich die letzte Schicht Papier entfernte und Robbie wortlos den goldenen Anhänger mit dem Rest der Kette reichte.

»Ja, das ist sie«, sagte er und nickte. »Hab ich mir gedacht.«

Ich räusperte mich unauffällig. »Bist du sicher, daß sie dem Wächter gehört?«

Wieder nickte er, ohne zu zögern. »Er trägt sie immer.«

»Verstehe.«

»Er legt sie nie ab, weil sie ihr gehörte, wissen Sie.«

Ich spürte das plötzliche Bedürfnis, mich auf etwas Handfestes konzentrieren zu können, und öffnete mein Notizbuch. »Wem gehörte sie?«

Brian mischte sich ein. »Kannst du ihren Namen erkennen, Junge?« An mich gewandt erklärte er: »Er kann manchmal Namen und alles mögliche sehen.«

Robbie betastete den Anhänger und sah angestrengt drein, während er versuchte, die Antwort zu finden. »Er beginnt mit einem ›C‹, glaube ich. C-l … ah, ich kann ihn aufschreiben.« Er nahm meinen Bleistift und malte große Buchstaben in mein Notizbuch.

Ich las den Namen. »Claudia?«

»Genau.«

Brian schnippte seine Asche in das Spülbecken, wo sie leise zischend auftraf. »Und der Name des Wächters, Robbie? Kennst du den auch?«

»Es ist ein langer Name«, sagte Robbie. »Moment.« Er schloß die Augen und sagte lange gar nichts. »Es sind drei Namen. Der mittlere ist ähnlich wie ihrer ...«

»Claudius vielleicht?« fragte ich, und er öffnete die Augen.

»Ja. Und dann kommt Maxi ... Maximus ...«

»Claudius Maximus.« Mit erstaunlich ruhiger Hand schrieb ich den Namen auf. »Und der erste Name?«

»Er beginnt auch mit einem ›C‹. Es ist ... nein, ich kann ihn nicht sehen. Er ist weg. Tut mir leid.«

»Es braucht dir nicht leid zu tun«, antwortete ich. »Du machst das großartig, ganz ausgezeichnet.« Ich sah auf den Namen in meinem Noitzbuch. *C. Claudius Maximus.* Nicht länger ein nebulöser Geist, sondern ein Mensch mit einem Namen. Es war ein seltsames Gefühl.

»Claudia und Claudius«, bemerkte Brian sarkastisch. »Wohl ein Traumpaar, was?«

Sie konnte nicht seine Frau gewesen sein, dachte ich. Jedenfalls nicht seine rechtmäßige Gattin. Ein Legionär durfte nicht heiraten, solange er in der Armee war. Inoffizielle Ehen waren jedoch keine Seltenheit – manche Soldaten hatten ganze Familien in den Dörfern vor ihren befestigten Lagern.

Ich wollte Robbie gerade fragen, ob Claudia die Freundin des Wächters gewesen sei, als mir ein neuer Gedanke kam. Claudia und Claudius. Claudius war der zweite Name des Wächters, hatte Robbie gesagt. Also sein Sippenname. Die Römer benannten ihre Kinder nach einem bestimmten System: Zuerst kam ein individueller Vorname, dann der Sippenname und dann der Familienname. Daher variierten in einer Familie nur die ersten Vornamen. C. Claudius Maximus – nehmen wir an, sein Vorname wäre Caius gewesen – hätte zum Beispiel einen Bruder namens Publius Claudius

Maximus haben können. Doch die Schwestern wurden oft nur bei der weiblichen Form des Sippennamens gerufen. *Claudia*.

»War Claudia ... war sie mit dem Wächter verwandt?«

Robbie schien verwirrt. »Verwandt?«

»Gehörten sie zur selben Familie?«

»Ach so. Ja, sie war seine Schwester.«

Das durchdringende Pfeifen des Kessels ertönte plötzlich, und Brian machte sich daran, den Tee zuzubereiten, wobei er mir einen widerwillig-amüsierten Blick zuwarf. »Eins zu null, für Sie.«

Robbie umklammerte den Anhänger fester mit seiner kleinen Hand. »Sie hatte langes Haar«, sagte er zu mir. »So lang wie Ihres, und es hatte auch die gleiche Farbe.«

Es folgte ein kurzes Schweigen, das Brian mit der Frage unterbrach, die ich selbst nicht zu stellen gewagt hatte. Sie mußte ihm ebenfalls schon länger durch den Kopf gegangen sein, nach dem, was am Vortag passiert war. »Glaubst du, daß Miss Grey den Wächter an seine Schwester erinnert?«

»Ja.« Die Antwort kam wieder ohne Zögern. »Er hat sie sehr gern.«

Ich sah Robbie gespannt an, den Bleistift gezückt. »Und sie war es, die ihm diesen Anhänger ... diese Kette geschenkt hat?«

»Nee, sie hat sie dem anderen Mann geschenkt«, antwortete er. »Als Glücksbringer oder so. Damit ihm nichts Schlimmes passiert.«

»Sie hat sie dem anderen geschenkt?«

»Ja, dem Freund des Wächters.« Robbie sah mich an, als handelte es sich um bekannte Tatsachen. »Dem, den sie heiraten wollte.«

»Aha.«

Brian hob die Augenbrauen. »Meine Güte, das ist ja besser als jede Seifenopfer, besser als *East Enders*.«

Meine zehn Minuten, dachte ich, mußten längst um sein, aber Brian schien zusehends mehr Interesse für unser kleines

Spiel zu entwickeln und machte keine Anstalten, es zu beenden. Er hatte sich mit dem Rücken an die Spüle gelehnt, während er darauf wartete, daß der Tee zog, und sah zu, wie sein Sohn den Anhänger mit dem Kettenstück wie einen Würfel in seiner Handfläche hin und her bewegte.

»Er war auch Soldat«, sagte Robbie nach einer Weile.

»Der Freund des Wächters?«

»Ja. Er war älter und wußte viele Sachen. Er sagte auch, daß das Schiff kommen würde. Er sagte ...« Robbie brach ab, und sein kleines Gesicht wurde traurig. »Aber es kam nicht. Und dann kamen die Pferde, und der Wächter mußte ihn in das Feuer tun.«

Fasziniert beugte ich mich über den Tisch. »Warum, Robbie? Warum mußte er ihn in das Feuer tun?«

Doch der Nebel, durch den er diese Dinge sah, hatte sich zusammengezogen, und Robbie schüttelte den Kopf. »Es tut ihm leid«, sagte er, und ich sah mit Schrecken, daß seine Augen in Tränen schwammen. »Es tut ihm so furchtbar leid. Er hatte ihr versprochen, daß er ihn beschützen würde, aber er konnte es nicht. Er konnte es nicht verhindern.«

Ich sah ihn besorgt an, als eine einzelne Träne ihm die sommersprossige Wange hinablief. »Schon gut, Robbie, du brauchst nicht weiter ...«

»Claudia«, flüsterte er, als hätte er mich nicht gehört, sein Gesicht drückte Verzweiflung aus. »Es tut mir so leid, Claudia.«

»Genug.« Brian warf seine Zigarette in das Becken und stieß sich von der Spüle ab. »Das reicht jetzt, glaube ich.«

Ich nickte zustimmend und streckte die Hand nach dem Anhänger aus, wobei ich den Jungen herzlich anlächelte. »Das war wunderbar, Robbie, du bist uns eine große Hilfe. Ich bringe das jetzt zum Lagerraum für die Fundstücke zurück und ...«

»*Nein*!« stieß er hervor, es war fast ein Schrei, und sogar Brian sah erschrocken aus.

»Hör mal, mein Junge ...«

Robbie ignorierte ihn und sah mich mit flehendem Blick an. »Sie dürfen die Kette nicht in den Lagerraum tun. Sie soll beschützen ... Sie verstehen nicht ...«

»Robbie ...«

»Nein.« Ein schmerzliches Zucken durchfuhr ihn, er kniff die Augen zu und schüttelte einmal den Kopf, wie um seine Gedanken zu ordnen. »Muß mein Versprechen halten ... muß beschützen ...«

»Schluß jetzt.« Brian sah von seinem Sohn zu mir. »Das muß sofort aufhören.«

»Robbie«, sagte ich, »es ist gut, Lieber. Ich bin in Sicherheit. Gib mir jetzt den ...«

Der Junge warf plötzlich seinen Kopf nach hinten, als hätte ihn jemand an den Haaren gezogen, und verdrehte die Augen. »*Periculosa*«, sagte er mit einer hohlen Stimme, die überhaupt nicht wie seine klang. »*Via est periculosa.*«

»Hör sofort auf damit!« Brian pflanzte sich schäumend vor Wut neben mir auf. »Laß den Jungen in Ruhe!«

Verblüfft wollte ich gerade den Mund aufmachen, um meine Unschuld zu beteuern, als Brian herumfuhr und ins Leere schrie: »Hörst du mich, du verdammter Mistkerl? Laß meinen Sohn in Ruhe!«

Die Leere schien mit verblüfftem Schweigen zu antworten. Ein Windstoß rüttelte an den Fensterscheiben, und Robbie, dessen Tränen schon wieder getrocknet und vergessen waren, sah zu seinem Vater auf. »Wen schreist du denn so an, Dad?«

Brian atmete tief durch. »Niemanden, Robbie. Ich hab nur einfach so geschrien.«

»Oh.«

»Gib Miss Grey jetzt die Kette zurück, sei ein braver Junge.«

Robbie reichte mir seelenruhig den Anhänger, den ich mit zitternden Fingern entgegennahm. »Danke.« Meine Hand schloß sich einen Augenblick lang um das kleine geprägte Bild Fortunas, um den Glücksbringer, den ein Geist mir hatte zukommen lassen. Zu meinem Schutz. Und jetzt hatte er mir durch Robbie noch eine Warnung übermittelt: *Via est periculosa* – der Weg ist gefährlich.

Neben mir flammte ein Streichholz auf. Brian zündete sich eine weitere Zigarette an, und unsere Blicke begegneten sich stumm über Robbies Kopf hinweg.

»*Via est periculosa*?« Peter wiederholte die Worte langsam und bedächtig. »Das hat er tatsächlich gesagt?«

»Ja.« Ich lehnte mich auf dem Sofa zurück und kraulte die Ohren der grauen Katze, froh, wieder in dem gemütlich unaufgeräumten Wohnzimmer auf Rosehill zu sitzen, wo Adrian und Fabia sich rechts und links von mir in ihren Sesseln lümmelten und Drinks in den Händen hielten. Ich selbst hatte meinen trockenen Sherry dringend nötig gehabt, und mein Glas war schon halb leer, obwohl ich erst vor einer Viertelstunde gekommen war.

»Wie merkwürdig«, sagte Peter. Er saß wie üblich in seinem Stammsessel, Murphy über seine Knie gebreitet. »Ich möchte wissen, was er damit gemeint hat.«

»Mensch!« sagte Adrian, streckte seine Beine aus und lehnte den Kopf zurück. »Gehen wir das noch einmal durch. Er läßt dich also ein Medaillon mit dem Bildnis Fortunas finden und teilt dir dann mit: ›Dieser Weg ist gefährlich‹. Ich frage mich nur, ob er dich nicht vor einer bestimmten Person warnen will?«

Ich bedachte ihn mit einem entnervten Seitenblick. »Mußt du immer alles lächerlich machen?«

Fabia sah ebenfalls unwillig drein. »Davy ist nicht gefährlich.«

Adrian ließ die Flüssigkeit im Glas kreisen und entgegnete würdevoll, dies hinge ganz und gar vom jeweiligen Standpunkt ab.

Fabia betrachtete Adrian betont lange und kritisch und hob dann ebenfalls ihr Glas. »Deine Augen sind ziemlich grün, nicht wahr? Grün wie der Neid.«

»Wenn du meinst.« Sie maßen sich einen Moment lang mit Blicken, bis Fabia abrupt wegsah.

»*Via est periculosa*«, murmelte Peter wieder gedankenverloren. »Aber *via* kann mehrere Bedeutungen haben, nicht wahr? Es kann ›Straße‹, ›Weg‹ oder ›Methode‹ heißen.«

»›Die Straße ist gefährlich‹?« testete Fabia die erste Möglichkeit. »Das klingt eher wie eine Warnung vor deinen Fahrkünsten, Adrian.«

»Sehr komisch.«

Sie rollte sich in ihrem Sessel zusammen wie eine der Katzen. »Wo steckt Davy eigentlich?«

Adrian zuckte die Achseln. »Spielt immer noch den Oberpfadfinder, draußen auf dem Feld. Er wird schon hereinkommen, wenn er genug davon hat.«

Draußen auf dem Feld …

Ich schloß für einen Moment die Augen und kämpfte gegen eine Vision an, die mich plötzlich überkam – die Vision eines einzelnen römischen Soldaten, der in alle Ewigkeit durch das windgebeugte Gras marschierte, ungehört und ungesehen, und nur die schweigenden Toten zur Gesellschaft hatte. Wie einsam er sein mußte … wie furchtbar einsam. Ich versuchte, das Bild zu vertreiben, aber der Soldat wollte nicht verschwinden. Er schritt weiter und ließ seinen Blick über das Feld schweifen, er glaubte, seine Schwester zu sehen, die dort stand und auf ihn wartete, aber sie war es nicht, es war nicht Claudia. Eine junge Frau mit langem Haar, aber nicht Claudia. Sie sah ihr nur ähnlich genug, um Erinnerungen zu wecken. Konnten Geister sich erinnern? fragte ich mich. Konnten sie lieben?

Ich schlug die Augen auf und erkannte an dem träumerischen Ausdruck auf Peters Gesicht, daß ihm ähnliche Gedanken durch den Kopf gingen.

»Erstaunlich«, lautete sein abschließender Kommentar. »Ganz erstaunlich.«

»Allerdings.« Adrian musterte mich träge. »Brian hat dich danach wohl aus seinem Haus verbannt, nehme ich an?«

»Nein, keineswegs. Er hat sich sehr gut benommen, finde ich. Überhaupt nicht nachtragend.«

Peter hob erstaunt eine Augenbraue. »Meine Liebe, Sie können offenbar Wunder wirken. Zuerst Connelly und jetzt Brian. Sie scheinen ein gutes Händchen im Umgang mit schwierigen Männern zu haben.«

Ich mußte lachen. »Nun, ich hatte viel Übung.«

Adrian warf mir einen scharfen Blick zu. »Paß auf.«

Fabia beugte sich in ihrem Sessel vor. »Hast du den Anhänger noch, Verity? Ich hatte noch gar keine Gelegenheit, ihn mir richtig anzusehen.«

Ich schüttelte den Kopf. »Ich habe ihn einer meiner Studentinnen gegeben, die ihn in den Lagerraum bringen sollte.«

»Vertrauensvolle Seele«, meinte Adrian.

»Die Tür zum Lagerraum ist mit einem Schloß verriegelt«, verteidigte ich mich.

»Ich meinte, weil du ihn einer Studentin anvertraut hast. Es überrascht mich, daß du ihn überhaupt weggegeben hast, nach dem, was Robbie gesagt hat.« Sein Ton klang ironisch. »Wo er dich doch beschützen soll ...«

»Ich fühle mich sicherer«, entgegnete ich schnippisch, »wenn er im Lagerraum eingeschlossen ist, danke für deine Anteilnahme.«

Peter streckte auffordernd seine Hand aus. »Kann ich Ihre Aufzeichnungen noch einmal sehen, meine Liebe? Es gibt da einen Punkt, der mich stutzig gemacht hat.«

»Natürlich. Sie liegen neben Ihnen, auf dem Tisch da.«

»Ah.« Er blätterte eine Seite um und runzelte die Stirn. »Ja, hier ist es. ›Er sagte, daß das Schiff kommen würde‹ ... Das ist die Stelle, die ich meine. ›Das Schiff‹. Ich frage mich wirklich ...« Dann verfiel er in eine Art Trance, sagte nichts mehr, trank nur noch und starrte auf das Muster des Teppichs.

Archäologen, dachte ich, waren wirklich ein seltsamer Schlag. David trieb sich immer noch draußen auf dem Feld herum, ungeachtet des unerbittlichen Windes und des drohenden Regens, weil er seine Arbeit nicht unterbrechen wollte, und Peter saß hier und hatte die Welt um sich herum völlig vergessen, weil er so sehr damit beschäftigt war, die Vergangenheit in Gedanken wieder aufleben zu lassen.

Keiner von beiden erschien zum Abendessen.

David blieb draußen, bis es dunkel wurde, kam dann herein, schnappte sich einen Teller voll Essen und trug ihn hinauf in die Principia. Er brachte auch Peter einen Teller ins Wohnzimmer, aber als ich später dort vorbeischaute, bemerkte ich, daß das Essen nicht angerührt worden war, Fleisch und Gemüse kalt und unappetitlich herumstanden. Peter, der ganz in seine eigene Welt versunken war, schien das nicht zu stören. Murphy lag immer noch auf seinem Schoß, und die Wodkaflasche war so gut wie leer. Beim Klang meiner Stimme kehrte er in die Gegenwart zurück.

»Was ist?« fragte er.

»Gute Nacht«, wiederholte ich.

»Sie wollen doch nicht schon zu Bett gehen?«

»Nun ja, es ist fast halb zwölf«, sagte ich mit einem Blick auf meine Uhr, »und ich war gestern nacht lange auf.«

»Ach so.« Er klang so enttäuscht, daß ich zögerte.

»Ich meine, ich könnte natürlich noch ein Weilchen aufbleiben, wenn Sie Gesellschaft möchten.«

»Nein, nein.« Er wehrte das Angebot mit einer tragischen Geste ab. »Nein, ich bin ganz zufrieden hier allein.«

»Wenn ich's mir recht überlege«, sagte ich entschiedener, mit einem Blick in sein Gesicht, »könnte ich eigentlich noch eine Tasse Kaffee vertragen.«

»Sie müssen wirklich nicht …«

»Oder vielleicht einen Drink.«

Er strahlte mich erfreut an. »Also, wenn Sie darauf bestehen. Ich habe nämlich die ganze Zeit über das Schicksal der *Hispana* nachgedacht, wissen Sie, und bin dabei auf eine sehr interessante Theorie gestoßen …«

XXXI

»Hat Peter schon immer so getrunken?« fragte ich Davids Mutter am Mittwoch darauf.

»Wie getrunken?«

»Na ja, solche *Mengen.*«

Nancy Fortune lächelte und trat mit dem Hammer in der Hand einen Schritt zurück, um zu überprüfen, ob das Bild gerade hing. Wir waren allein im Zwischengeschoß des Eyemouth-Museums, einem großen, hellen Raum, in dem die Sonderausstellungen präsentiert wurden. »Ja, er ist dem Wodka sehr zugetan«, räumte sie ein, »aber er kann auch viel vertragen, das konnte er schon immer. Sie werden ihn nie lallend oder torkelnd antreffen. Und er trinkt selten allein. Wenn er *das* tut«, sagte sie warnend, »bedeutet es, daß er tief in seine Gedankenwelt versunken ist, und dann muß man aufpassen, denn wenn er mit Nachdenken fertig ist …«

»Redet er«, ergänzte ich und rieb mir noch im nachhinein die Stirn. »Ja, ich weiß. Er hat mich letzte Woche bis zum Morgengrauen wachgehalten.«

»Mit einer neuen Theorie, stimmt's?« Ihre klaren Augen drückten Mitgefühl aus. »Er liebt es, seine Theorien mit jemandem von A bis Z durchzusprechen. Früher mußte ich immer den Großteil über mich ergehen lassen. Er rief mich zu jeder Tages- und Nachtzeit an, wenn er eine Idee hatte, noch bis vor wenigen Jahren, aber nach meinem ersten Herzinfarkt hörte er damit auf. Jetzt erzählt er mir gar nichts mehr, aus Angst, es könnte mich aufregen. Und Davy ist genauso schlimm.« Sie hämmerte mit großem Nachdruck einen weiteren Nagel in die Wand. »Wenn Sie und Robbie nicht wären, hätte ich überhaupt keine Ahnung mehr, was da oben auf Rosehill vor sich geht.«

Ich konnte die leichte Verärgerung in ihrer Stimme hören. Schon die ganze Zeit hatte ich mich gefragt, warum sie nie zu Besuch kam oder warum Peter und David sie anscheinend nicht auf Rosehill sehen wollten. David liebte seine Mutter, Peter lag ungeheuer viel an ihr, und ihr Interesse an unserer Arbeit war offensichtlich. Ich lehnte mich nachdenklich mit dem Rücken an die Wand. »Warum kommen Sie nicht einfach mal herauf und sehen sich die Ausgrabung an? Ich führe Sie gern herum und zeige Ihnen, wie weit wir gekommen sind.«

Sie zog die Mundwinkel nach unten. »Dann würde Peter einen Herzinfarkt bekommen, aus lauter Sorge, daß mich der Spaziergang überanstrengen könnte. Nein, ehe dieser Dummkopf von einem Doktor mich nicht für gesund genug erklärt, eine ganze Meile im Spurt zurückzulegen, werde ich auf Rosehill nicht willkommen sein.« Sie hielt das zweite Bild an die Wand und drehte sich halb zu mir um. »Nun, wie sieht das aus?«

»Sehr gut.«

Die Hängung war wirklich gut, was mich ungeheuer erleichterte. Ich hatte die Leiterin des Museums am Morgen nur kurz gesprochen, aber sie erwartete offenbar Großes von der »beratenden Expertin«, die Davids Mutter mitgebracht hatte, und ich versuchte mein Bestes, um ihre Erwartungen nicht zu enttäuschen. Gemälde und andere großformatige Ausstellungsstücke waren leider nicht meine Stärke. Ich kannte mich gut mit historischen Fundstücken, frühgeschichtlichen Artefakten aus – wußte, wie man sie am besten zur Geltung bringt, wie man sie beleuchtet und so weiter –, aber was die Ausstellungsgestaltung im großen Rahmen betraf, da war ich normalerweise verloren.

Trotzdem hatte ich mich ganz wacker geschlagen. Der ungeordnete Haufen von Fotos und langen, reichgeschmückten Gewändern, mit dem wir vor ein paar Stunden begonnen hatten, war schon zu einem recht professionell aussehenden Überblick über die »Geschichte der Woche der Heringskönigin« gediehen.

Die Woche der Heringskönigin war nämlich, wie Nancy mich informierte, *das* große Ereignis des Sommers in Eyemouth.

Nach allem, was ich gehört hatte, war die Wahl einer jungen Einheimischen zur diesjährigen Heringskönigin ein wirklich sehenswertes Ereignis – die Königin und ihre Begleiterinnen trugen farbenfrohe Gewänder und Schärpen, und das ganze Ritual wurde von fröhlichen, tagelang andauernden Festivitäten begleitet. Davids Mutter hatte sich redlich bemüht, so gut wie möglich zu beschreiben, was sich in der besagten Woche abspielen würde, mir dann aber geraten, lieber Jeannie zu fragen. »Jeannie war selbst einmal Heringskönigin, sie kann Ihnen alles darüber erzählen. Das war ihr Kleid, das violette dort. Ich kann mich noch daran erinnern, wie ihre Mutter es für sie nähte.«

Im Britischen Museum hatte ich es mit vielen wunderbaren Exponaten zu tun gehabt – antiken Mosaiken, alter römischer Glaskunst, seltenen, unbezahlbaren Stücken. Doch das erhebende Gefühl, das ich empfunden hatte, wenn ich sie in ihren Schaukästen anordnete, war nichts im Vergleich zu der Befriedigung, die es mir verschaffte, dieses eine Heringskönigingewand – ein furchtbares, mit Rüschen überladenes Ding aus dunkelviolettem Taft – sorgsam an seinem Platz in der Ausstellung zu arrangieren.

Heimatmuseen, fand ich, hatten gegenüber ihren größeren Brüdern den Vorteil, daß sie eine persönlichere und freundlichere Atmosphäre besaßen. Ich gehörte zwar nicht nach Eyemouth, wie die Einheimischen sagen würden, aber als ich in diesem kleinen Fischermuseum stand, wo Nancy Fortunes muntere Erzählungen mich wie eine frische Brise an der See umgaben, Jeannies Kleid auf einem Ständer in der Ecke hing und die ganze Vergangenheit der Gemeinde um mich herum versammelt war, spürte ich ein seltsames Gefühl der Zugehörigkeit.

Es wärmte mich wie eine gemütliche Wolldecke, und ich kuschelte mich einen Moment tief in sie hinein, ehe mein Realitätssinn mich zwang, sie wieder abzulegen. *Du bist nur den Sommer über hier*, ermahnte ich mich. Wenn die Ausgrabungssaison vorbei sein und das Feldteam sich für die Wintermonate, in denen die Arbeit im Freien unmöglich war, auflösen würde, mußte ich nach Hause zurückkehren. Und dann? Nun, es gab ja immer noch Doktor Lazenbys neue Ausgrabung in Alexandria. Ich konnte ihm nicht ewig ausweichen, früher oder später würde er mich aufspüren, und ich würde dem guten Mann eine Antwort geben müssen. *Alexandria.* Ich seufzte. Aber schließlich hatte ich meine feste Stellung im Britischen Museum aufgegeben, weil ich Abwechslung wollte, neue Abenteuer, neue ...

»... etwas frische Luft schnappen«, unterbrach Nancy Fortune meine Gedanken.

Ich sah auf. »Wie bitte?«

Sie lächelte über meine Unaufmerksamkeit. »Das ist der beste Beweis. Ich sagte gerade, daß wir schon zu lange hier drin eingesperrt sind, vier Stunden ohne Pause sind bei dieser Arbeit einfach zuviel. Hätten Sie Lust auf einen kleinen Spaziergang?«

Als wir nach draußen in die Sonne traten, hieß ich den frischen Wind, an den ich mich mittlerweile gewöhnt hatte, beinahe willkommen. Jetzt im Hochsommer waren die Straßen regelrecht überlaufen, und im Hafen hinter uns wimmelte es vor Aktivität, da man dort schon vollauf mit den Vorbereitungen für das Fest der Heringskönigin beschäftigt war. Deshalb schlugen wir die andere Richtung ein, durchquerten die Ortsmitte und kamen schließlich an der Bantry heraus – der glatt geteerten Promenade, die vom Hafen direkt zum Strand führte.

Auch hier waren Menschen, jedoch nicht in Massen, und

das Geräusch ihrer Stimmen wurde vom Getöse der Brandung übertönt. Die Flut kam mit hohen Wellen herangerollt, die sich donnernd an der Hafenmauer brachen. Das Schauspiel stellte offenbar eine zu große Versuchung für ein kleines Mädchen dar, das am Ende der Kaimauer spielte. Lachend sprang sie immer wieder durch die überspülte Stelle zwischen Mauer und Hafenpromenade und forderte die Wellen heraus, wobei sie gründlich durchnäßt wurde.

Unter uns erstreckte sich der Strand, der mit jeder Minute schmaler wurde, in einem sichelförmigen Bogen bis zu den blutroten Klippen. Dort thronte hoch über der Bucht die Ruine der Festung von Eyemouth – Davids Lieblingsplatz in seiner Kindheit.

Ich stieß einen glücklichen kleinen Seufzer aus und stützte meine Arme auf die glatte Mauer, die sich in Taillenhöhe die Promenade entlangzog. »Was für ein schöner Tag«, sagte ich.

Davids Mutter lächelte. »Das klingt, als seien Sie nicht besonders scharf darauf, zurückzugehen.«

Einen Augenblick lang dachte ich, sie meine London damit und habe meine Gedanken gelesen, aber dann wurde mir klar, daß sie nur von Rosehill und meiner Arbeit dort sprach.

»Peter hat gesagt, ich solle mir den Tag frei nehmen«, antwortete ich. »Er findet, ich sehe in letzter Zeit so müde aus.«

»Kein Wunder, wenn er Sie nächtelang mit seinen Theorien wachhält.«

Mein Gewissen und meine Sympathie für Peter brachten mich dazu, ihn zu verteidigen. »Es war aber wirklich eine interessante Theorie. Möchten Sie sie hören?«

»Wenn Sie glauben, daß mein Herz sie verkraften kann«, spottete sie und lehnte sich neben mich an die Mauer.

»Ich denke schon. Also, wie Sie wissen, haben wir dieses goldene Medaillon mit dem Bild Fortunas darauf gefunden.«

»Ja, Robbie hat mir davon erzählt.«

»Gut, aber selbst Robbie kennt nicht die ganze Geschichte«, sagte ich und berichtete ihr alles von Anfang an, bis ich bei Peters Theorie angelangt war: »Und als ich von Rose

Cottage zurück war und ihm alles erzählt hatte, versank Peter tief in seine Gedankenwelt, wie Sie es vorhin ausgedrückt haben.« Ich grinste. »Er dachte sich durch eine ganze Flasche Wodka hindurch.«

»Das ist nichts Ungewöhnliches bei ihm. Aber ich wette, daß ein paar geniale Ideen dabei herauskamen.«

»Nun, er glaubt, der Grund, weshalb wir noch keine Überreste von Leichen gefunden haben, liegt darin, daß die Männer verbrannt wurden. Dazu paßt auch, daß Rosehill ursprünglich ›Rogue's Hill‹ hieß, was von dem lateinischen Wort *rogus* für ›Scheiterhaufen‹ herrühren könnte.«

»Und das paßt wiederum zu Robbies Aussage, daß der Wächter seinen Freund ins Feuer gelegt hat«, stimmte sie zu. »Aber es müßten doch Tausende von Männern gewesen sein.«

»Ja, schon, aber ... Vielleicht sollte ich noch einmal von vorne beginnen, so wie Peter es getan hat. Wir vermuten, daß die Neunte auf ihrem Marsch nach Norden ihr Lager auf Rosehill, innerhalb der Einfriedung der alten Vexillatio-Festung aus der Zeit Agricolas aufschlug, deren Gebäude inzwischen wahrscheinlich verschwunden waren. Soweit alles klar?«

»Ja.«

»Einer der Gründe, weshalb Agricola diese Stelle ursprünglich ausgewählt hatte, war der Hafen«, fuhr ich fort. »Die römische Flotte mußte mit Schiffen landen können, die die Legionen auf ihrem Marsch nach Norden mit Proviant, Waffen und Werkzeugen versorgten.«

Die entscheidende Rolle, die die römische Kriegsflotte bei der Eroberung Britanniens gespielt hatte, wurde allzu häufig übersehen. Auch ich war zu sehr auf das Festland und die Ausgrabung festgelegt gewesen und hatte nicht an die Möglichkeit von Schiffen gedacht, bis Peter über Robbies Aussage gestolpert war.

»Robbie erwähnte ein Schiff, das nicht kam«, erklärte ich. »Und Peter denkt, daß es sich um ein Versorgungsschiff gehandelt haben könnte. Wenn die Männer von diesem Schiff abhängig waren, weil sie in ihrem Fort belagert oder angegriffen wurden ...«

Sie nickte. »Richtig, sie könnten krank geworden oder verhungert sein.«

»Oder sie haben vielleicht sogar gemeutert. Die Neunte Legion«, bemerkte ich, »war berüchtigt für ihre Meutereien, soweit ich mich erinnere. Jedenfalls waren sie wahrscheinlich nicht in der Lage, ihren Angreifern lange zu widerstehen, als es zur letzten Schlacht kam.«

Sie räumte ein, daß die Theorie plausibel klang. »Was wurde aus den Überlebenden?«

»Das ist immer noch ein Rätsel. Aber wir wissen, daß der Wächter geblieben ist.« Die Gischt spritzte mir ein paar kalte Tropfen ins Gesicht. Sie hingen wie Tränen an meiner Wange und schmeckten ebenso salzig.

»Liebe und Ehre«, sagte Nancy Fortune, »ergeben eine vertrackte Kombination. Wenn er seiner Schwester wirklich versprochen hatte, ihren Geliebten vor Schaden zu bewahren, kann es gut sein, daß er glaubte, nicht mehr nach Hause zurückkehren zu können, weil sie ihm sein Versagen nicht verzeihen würde.«

»Vielleicht war er auch selbst tödlich verwundet, wer weiß?« warf ich ein.

»Er weiß es, darauf möchte ich wetten.«

Wir dachten beide eine Weile schweigend darüber nach, bis sie sagte: »Wirklich zu schade, daß ihr Robbie nicht einsetzen könnt.«

»Ja, finde ich auch, aber nach all dem, was passiert ist ...« Ich schüttelte bedauernd den Kopf. »Nein, es ist einfach zu riskant. Und ich bin noch nicht einmal so sicher, ob Robbie uns die Beweise für eine Masseneinäscherung liefern könnte – nach Asche und verkohlten Knochenresten zu suchen, die über das ganze Feld verstreut sind, wäre eine mörderisch schwierige Aufgabe. Trotzdem denke ich, daß wir mit ausreichend Geduld beim Graben früher oder später auf Beweise stoßen werden.«

Der unablässige Wind riß an meinen Haaren, doch ich spürte auf einmal die Wärme ihres Blicks auf meinem Gesicht. »Sie glauben also an Peters Theorien.«

»Ja, das tue ich. Aber es ist auch schwer, ihm nicht zu glauben, oder? Er hat diese Art, einen anzusehen und seine Erklärungen vorzutragen, daß man sich gar nicht mehr vorstellen kann, wie es anders hätte gewesen sein können. Wissen Sie, was ich meine?«

Ein verstehendes Lächeln verlieh ihren Zügen eine ungeahnte Sanftheit. »Ja, das sagt Davy auch immer.«

Ich schwieg einen Moment nachdenklich und kaute auf meiner Unterlippe. Dann sagte ich zögernd: »Sie sind sich sehr ähnlich, Peter und David, nicht wahr?«

»Sehr«, bestätigte sie.

Unsere Blicke begegneten sich für den Bruchteil einer Sekunde, dann wandte ich mich wieder ab. Misch dich nicht in fremde Angelegenheiten, sagte ich mir. Auch wenn ich einen Verdacht hatte und viele Fragen stellen wollte, gingen mich die Antworten im Grunde nichts an.

Ich lenkte mich ab, indem ich die heranrollenden Wellen betrachtete und zusah, wie sich weiße Schaumkronen auf ihnen bildeten, ehe sie sich auf dem nassen Sand zu Tode stürzten. Sie erinnerten wirklich an die Mähnen wild herangaloppierender Pferde, dachte ich, genau wie Peter gesagt hatte. Die Pferde des irischen Meeresgottes, die kamen, um die Toten zu holen.

Davids Mutter beobachtete mich von der Seite, und nach einer langen Pause sagte sie schlicht: »Er weiß es nicht.«

Ich sah sie an. »Wie bitte?«

»Davy. Er weiß nicht, wer sein wirklicher Vater ist. Das fragst du dich doch, oder?« Sie lächelte über mein schuldbewußtes Schweigen und fuhr mit dem Du fort. »Ich schäme mich nicht, es dir zu sagen, Mädchen. Du hast mehr Recht darauf, es zu erfahren, als sonst irgend jemand, und wenn du nicht weißt, warum«, sagte sie und erstickte meinen Protest im Keim, »dann bist du doch nicht so klug, wie ich dich eingeschätzt habe.« Ihr Blick war forschend, aber freundlich. »Du bist mir sehr ähnlich, Verity Grey. Und wenn du damals, vor all diesen Jahren, für Peter Quinnell gearbeitet hättest ...«

»Wenn ich damals für Peter gearbeitet hätte«, gestand ich ihr ehrlich, »hätte ich mich in ihn verliebt.«

»Ja. Das hättest du. Und ich *war* in ihn verliebt, sehr sogar. Er war natürlich verheiratet zu der Zeit.«

»Aber nicht glücklich.«

»Nein, nicht glücklich. Aber so war es nun einmal.« Sie tat das Unabänderliche mit einem Schulterzucken ab und sah hinaus aufs Meer.

»Konnte er sich nicht ...« Ich räusperte mich verlegen. »Ich meine, eine Geisteskrankheit galt doch sicher auch damals schon als Scheidungsgrund.«

»Sicher«, antwortete sie. »Aber da war auch noch Philip, mußt du bedenken.«

»Ja, schon, aber ...«

»Philip hatte uns entdeckt«, sagte sie langsam. »Eines Tages, durch Zufall. Etwas von der Krankheit seiner Mutter war auch auf ihn übergegangen, und als er mich mit Peter sah, drehte er durch. Es war schrecklich für Peter – Philip hat ihm nie verziehen. An allem, was später in seinem Leben schiefging, gab er seinem Vater die Schuld. Am Tod seiner Mutter, seiner eigenen gescheiterten Ehe, seinen Geldproblemen, einfach an allem.« Sie schüttelte den Kopf. »Philip hatte wirklich ein Talent zum Haß.«

»Um so mehr Grund für Peter, die beiden zu verlassen«, lautete mein Kommentar.

»Vielleicht. Aber Peter liebte den Jungen, ich sah, welchen Schmerz ihm ihr Zerwürfnis bereitete. Und ich wollte nicht, daß er sich innerlich zerrissen fühlte. Ich wußte, er hätte sich von Elizabeth scheiden lassen, wenn er erfahren hätte, daß ich von ihm schwanger war.«

Ich blinzelte sie erstaunt an. »Wenn er ...«

»Er hätte darauf bestanden, mich zu heiraten«, sagte sie.

»Um sich um mich zu kümmern, für mich zu sorgen. So ist er nun einmal. Und ich hätte es gehaßt.«

»Aber Sie … du liebtest ihn doch.«

Sie sah in die Ferne, und ich merkte, daß sie nach den richtigen Worten suchte, um es mir zu erklären. »Liebe und Ehe waren damals zwei ganz verschiedene Dinge für mich. Zu heiraten bedeutete, sich festzulegen, sich ganz an einen Mann zu binden, die eigene Unabhängigkeit zu verlieren. Sosehr ich Peter liebte – und ich habe ihn furchtbar geliebt –, liebte ich mich selbst doch noch mehr«, sagte sie. Wieder blitzte das kleine Lächeln auf.«Ich war noch jung damals.«

Eine Möwe stieß direkt vor mir herab und ließ sich dicht über dem Wasser vom Wind tragen. »Aber du hast dann trotzdem geheiratet.«

»Ja, auf dem Papier. Billy Fortune war ein alter Freund, eine gute Seele. Es war sein Vorschlag – um meinen Ruf zu retten und dem Jungen einen Namen zu geben. Wir wollten die Ehe zwei Jahre bestehen lassen und uns dann scheiden lassen, aber Billy starb noch vorher.« Ihre Stimme war so erstaunlich ruhig, dachte ich. Als würde sie mir die Geschichte einer anderen Frau erzählen und nicht ihre eigene. »Der arme Billy«, sagte sie. »Peter mochte ihn nie besonders. Konnte nicht verstehen, warum ich einen Fischer heiraten wollte.«

Ich bemühte mich, alles richtig zu verstehen. »Peter … Peter weiß also nichts davon?«

Sie schüttelte den Kopf. »Nachdem Billy gestorben war, zog er Davy praktisch mit auf – er konnte nicht anders. Aber für Peter ist Davy der Sohn von Billy Fortune.«

»Und David hat auch keine Ahnung.«

»Genau.«

»Aber warum …?«

»Warum ich es dir dann erzähle?« Die klaren blauen Augen, die denen ihres Sohnes so ähnlich waren, sahen mich durchdringend an. »Weil David, wie du selbst gesagt hast, seinem Vater sehr ähnlich ist. Und du, Mädchen, bist wie ich eine schwierige Frau.«

»Hmm, na ja, aber ...«

»Ich habe mich für einen bestimmten Weg entschieden, will ich damit sagen. Ich bin diesen Weg gegangen, und nun, wo ich alt bin, sehe ich, daß es nicht unbedingt der beste Weg war.«

Die Silbermöwe stieß einen Schrei aus, und Nancy Fortune folgte dem Flug ihres Schattens mit grüblerischem Blick, sah zu, wie er über die Wellen glitt, die mit solcher Macht heranrollten, daß sie den Sand aufwühlten und den schmalen Strandstreifen unter der Brandung begruben.

»Aber es ist doch nicht zu spät, oder?« wagte ich einzuwenden. »Ich meine, du und Peter, ihr seid doch jetzt beide allein und wohnt am selben Ort, und wenn ihr wolltet ...«

Sie schüttelte wieder energisch den Kopf, und zum erstenmal, seit ich sie kennengelernt hatte, spiegelten ihre Züge ihr wahres Alter wider. »Es gibt kein Zurück.« Weit draußen vor der Hafeneinfahrt schüttelten die Pferde des Meeresgottes ihre lockigen Mähnen und stürmten mit der unvermeidlichen Flut herein. Nancy Fortune stand ganz ruhig da und sah sie herankommen. »Das Leben geht weiter«, sagte sie sanft, »man kann die Zeit nicht zurückdrehen. Man bekommt nur *eine* Chance, die richtige Entscheidung zu treffen.«

XXXII

Das Zelt war im Inneren viel geräumiger und gemütlicher, als ich es mir vorgestellt hatte. Man konnte aufrecht darin stehen, in einer Ecke stand ein Feldbett und auf der anderen Seite sogar ein kleiner Schreibtisch aus Holz, der natürlich von Papierstapeln bedeckt war. Durch die Eingangsklappen, die zum Lüften zurückgebunden worden waren, drangen die schräg fallenden Strahlen der Morgensonne herein, und der herbe Geruch von Leder und sich erwärmender Zeltleinwand vermischte sich angenehm mit den schwächeren Düften von Seife und After-shave.

David, der sich gerade die Schnürsenkel zuband, sah kurz auf und fragte: »Hab ich heute morgen zwei Köpfe?«

»Wieso?«

»Du starrst mich schon die ganze Zeit so an, seit du hereingekommen bist.« Er stand auf, stopfte sich sein Hemd in die khakifarbenen Shorts und grinste frech. »Oder bin ich einfach nur so unwiderstehlich?«

Er sah tatsächlich ziemlich unwiderstehlich aus, wie er so frisch geduscht vor mir stand, die Haare feucht und zerzaust wie die eines Jungen. Es juckte mir in den Fingern, ihm durch die Locken zu fahren und sie zu glätten, aber ich reagierte auf seine Frage nur mit einem unverbindlichen Lächeln und sah mich anerkennend im Zelt um.

»Das ist wirklich ein prima Zelt.«

»Ja. Gibt einem ein richtiges Safarigefühl, findest du nicht auch? Ich wache jeden Morgen mit dem Drang auf, hinauszugehen und auf irgend etwas zu schießen. Andererseits«, gab er zu bedenken, »muß mich dieser Drang ja eigentlich zwangsläufig überkommen, wo ich doch täglich mit Adrian zusammenarbeite – ob mit Zelt oder ohne.«

Ich lachte. »Adrian ist gar nicht so übel.«

»Nein?« Er zog seine Armbanduhr an und tat, als würde er darüber nachdenken. »Na, vielleicht hast du recht. Aber sein Mundwerk bringt mich noch mal dazu, daß mir die Hand ausrutscht.«

»Er wird immer furchtbar sarkastisch, wenn er beim Flirten den kürzeren zieht.«

»Tatsächlich?«

»Er ist nicht hinter mir her, falls du das denkst«, klärte ich ihn auf, »er ist bis über beide Ohren in Fabia verschossen.«

David grinste wieder, diesmal noch breiter. »Wirklich? Der arme Kerl. Dann sollten er und Brian vielleicht einen Club aufmachen und gemeinsam ihren Kummer im Bier ertränken. Sie hat nämlich ein neues Opfer in ihren Fängen. Einen von diesen Tauchsportverrückten, die hier Urlaub machen.«

Ich hatte selbst schon einen ähnlichen Verdacht gehabt, Fabia aber nie mit jemandem zusammen gesehen. Ich fragte mich, woher David seine Information hatte – er verließ Rosehill zur Zeit fast nie, weil er ganz von der Ausgrabung in Anspruch genommen war. »Du scheinst ja ganz gut Bescheid zu wissen.«

»Oh, ich weiß alles über alle«, antwortete er verschmitzt. »Besonders seit meine Mutter in Saltgreens sitzt und den ganzen Tag aus dem Fenster schaut. Wirklich erstaunlich, was sie so alles sieht.«

»Zu schade, daß du nicht mehr im Ship wohnst«, neckte ich ihn. »Dann könnte sie auch ein Auge auf dich haben.«

»Nein, es ist besser, daß ich hier bin.« Das Leuchten in seinen Augen hatte etwas eindeutig Zweideutiges. »Es gibt ein paar Dinge«, sagte er, »die ich nicht unbedingt vor den Augen meiner Mutter tun möchte.«

»Zum Beispiel?«

Er lachte, nahm mein Gesicht zwischen seine Hände und zeigte es mir.

»Oh«, machte ich, als ich wieder Luft bekam. »*Diese* Dinge.«

»Und andere. Aber die muß ich dir ein anderes Mal demonstrieren. Im Moment sind wir nämlich spät dran.«

Als wir die Küche von Rosehill House betraten, fanden wir dort Robbie, der ungeduldig auf einem Stuhl herumschaukelte. »Ich warte schon ganz, ganz lange«, beschwerte er sich. »Du hast zehn Uhr gesagt, und jetzt ist es schon elf vorbei.«

David entschuldigte sich. »Aber wir kommen nicht zu spät, ich verspreche es dir.«

Jeannie wandte sich lächelnd vom Herd ab. »Seid ihr sicher, daß es euch nichts ausmacht? Brian hat gesagt, er trifft sich mit euch am Hafen, sobald die Boote zurück sind.«

Die Fischerflotte war an diesem Morgen nach Saint Abb's, wo auch das Cottage von Davids Mutter lag, aufgebrochen, um die diesjährige Heringskönigin abzuholen und sie mit angemessener Eskorte die Küste entlang nach Eyemouth zu geleiten. David hatte mir erklärt, daß es immer so gemacht wurde – die Heringskönigin wurde zuerst mit dem Auto nach Saint Abb's gefahren, wo sie von der gesamten Fischerflotte in Empfang genommen wurde. Ihre Rückkehr war für die Flut am Nachmittag angesetzt. Dann würde die Krönungszeremonie mit viel Prunk und Pomp im Gunsgreen-Haus, direkt beim Hafen, abgehalten werden.

Robbie war jedoch mehr auf die Wettspiele für Kinder versessen, die immer vor der Krönungszeremonie abgehalten wurden. Jeannie wäre selbst mit ihm dorthin gegangen, wenn sie nicht seit dem Frühstück von heftigen Kopfschmerzen geplagt worden wäre, und da Brian nach Saint Abb's gefahren war und Wally das Haus schon im Morgengrauen verlassen hatte, um bei den Vorbereitungen in der Stadt zu helfen, blieben nur David und ich als Begleitung.

»Natürlich macht es uns nichts aus«, antwortete David. »Nach den Wettspielen nehmen wir Robbie mit ins Museum und zeigen ihm das tolle Kleid, das *du* als Heringskönigin getragen hast.«

»Untersteh dich, sonst zwinge ich dich, es selbst zu tragen«, drohte sie. »All diese violetten Petticoats ... und erst die *Rüschen*!«

»Das war halt damals Mode«, tröstete ich sie. »Ich hatte mal ein Brautmädchenkleid im gleichen Stil.«

Als sie mir entgegenhielt, daß mein Kleid aber nicht in aller Öffentlichkeit zur Schau gestellt worden war, zuckte ich die Achseln. »Dafür war ich ja auch keine Königin. Nach welchen Kriterien wird die Heringskönigin überhaupt ausgewählt?«

»Schönheit«, sagte Jeannie mit todernster Miene, aber David ließ ihr das nicht durchgehen.

»Waren es zu deiner Zeit nicht Zeugnisnoten?« fragte er.

»Was heißt ›zu meiner Zeit‹? Bin ich etwa ein Fossil oder so was? Wer von uns beiden wird denn hier siebenunddreißig?«

David schüttelte den Kopf. »Erst morgen. Heute bin ich noch ein junger Mann.«

Robbie schnappte sich seinen Ärmel und zog ihn zur Tür. »Komm jetzt endlich«, sagte er. »Wir verpassen sonst noch alles.«

Peter und die meisten Studenten waren schon vor uns in die Stadt gegangen, wohl eher von dem Treiben in den Pubs angelockt als von dem dringenden Wunsch beseelt, der Krönung der Heringskönigin beizuwohnen. Fabia hatte einigen der jungen Männer versprochen, innerhalb einer Stunde nachzukommen, aber sie schien sich wie üblich zu verspäten. Als wir durch die Vorhalle gingen, war sie gerade am Telefonieren.

»... im Keller, ja. Morgen? Aber morgen ist Sonntag, sind

Sie denn ...? Ach so, ja, in Ordnung«, sagte sie und wandte sich beim Geräusch unserer Schritte halb um. »Okay, mache ich. Vielen Dank.«

Sie legte mit einer leicht schuldbewußten Miene auf, und David grinste sie an.

»Du bestellst doch wohl nicht schon wieder Nachschub für dein Fotolabor, oder?« fragte er.

Sie wollte es gerade leugnen, besann sich dann aber eines Besseren. »Doch, ich brauche neues Material. Und Peter hat gesagt, ich kann mir alles für meine Dunkelkammer bestellen, was ich möchte.« Sie warf ihren blonden Schopf zurück und griff nach den Schlüsseln des Range Rovers. »Seid ihr unterwegs zu diesem Heringskönigin-Tamtam?«

»Genau. Wie wär's, wenn du uns mitnimmst? Wir wollten eigentlich zu Fuß gehen, aber Robbie hat es ziemlich eilig, und ich habe keine Lust, den ganzen Weg zu rennen.«

»Bei deinen Beinen?« Aus Gewohnheit flirtend warf sie einen Blick auf seine Oberschenkel und Waden. »Das dürfte dir doch gar nichts ausmachen. Aber klar, ich kann euch mitnehmen, wenn ihr wollt.«

Sie setzte uns vor dem Museum ab, wo eine lärmende Schar von Kindern mit beängstigender Energie umhertobte und den gesamten kleinen Platz eingenommen hatte. David und ich stellten uns an den Rand zu den Eltern, die den Marktplatz umringten und gebührenden Abstand von dem Treiben in der Mitte hielten.

Als ich zusah, wie Robbie sich mit fliegenden Locken und leuchtenden Augen unter die anderen mischte und mit ihnen zu spielen begann, schoß mir der Gedanke durch den Kopf, daß unser Kind – Davids und meines – ihm wahrscheinlich recht ähnlich sehen würde. Dann wurde mir erst bewußt, was ich da gerade gedacht hatte, und ich spürte, wie mir wieder die Röte ins Gesicht stieg.

»Wink meiner Mutter zu«, sagte David und hob die Hand zur gegenüberliegenden Ecke des Platzes, wo die Fenster von Saltgreens den blauen Himmel widerspiegelten.

»Wo ist sie denn?« fragte ich. »Ich kann sie nicht sehen.«

»Ich auch nicht. Aber sie ist bestimmt irgendwo da oben. Das Schauspiel läßt sie sich bestimmt nicht entgehen.«

Lächelnd winkte ich den vielen Fenstern zu, dann fragte ich David: »Aber wenn die Kinderwettspiele bei Gunsgreen stattfinden sollen, was machen wir dann hier?«

»Wir warten auf die Pfeifer.«

Ich strahlte. »Etwa Dudelsackpfeifer?«

»Du magst sie wohl, was?« Er lachte über meine Reaktion. »Na, du wirst nicht mehr lange warten müssen. Sie kommen um zwölf Uhr und führen die Kinder mit Musik am Wasser entlang auf die andere Seite des Hafens.«

»Eine Dudelsackkapelle«, wiederholte ich voller Begeisterung. »Können wir auch mitgehen?«

»Klar. Du kannst auch bei den Wettkämpfen mitmachen und alles. Und wenn du ein ganz braves Mädchen bist«, versprach er, »kaufe ich dir hinterher ein Eis.« Er nahm meine Hand und verschränkte seine Finger mit meinen, und sein sanftes Lächeln wärmte mir das Herz.

Unbeschreiblich glücklich reckte ich den Kopf den Dudelsackklängen entgegen, die die Ankunft der Kapelle ankündigten.

So von allen Pflichten entbunden, ohne Sorgen und ohne Geister in meiner Nähe, fühlte ich mich an diesem strahlend sonnigen Tag jünger als Robbie. Ich war kaum zu halten vor guter Laune, als wir den Pfeifern hinunter zum Hafen folgten und über den Mittelpier zu der ebenen Rasenfläche spazierten, die sich vom Gunsgreen-Haus bis zum Wasser erstreckte.

Überall wimmelte es vor Menschen. Die Menge ebbte und flutete um uns herum wie ein bunter Gezeitenstrom. David hielt immer noch meine Hand und führte mich geschickt durch den Strom hindurch zu einer Stelle, wo wir stehenbleiben und den Wettspielen zusehen konnten. Zwischendurch trat eine Highland-Tanzgruppe auf, die mit ihren wirbelnden Schottenröcken und der Musik, die allen in die Beine ging, noch zusätzlich für Stimmung sorgte. Ich konnte mich nicht erinnern, wann ich das letzte Mal soviel Spaß gehabt hatte.

David schien sich ebenfalls gut zu amüsieren, auch wenn er mit kritischem Blick Robbies Mittagessen beäugte, das die Stadt gratis an die Kinder austeilte. »Wir bekamen damals nur durchgeweichte Fleischpastete und alten Apfelkuchen«, beschwerte er sich. »Diese Bälger werden heutzutage viel zu sehr verwöhnt.«

Ich merkte gar nicht, wie schnell die Zeit verging. Als die ersten Fischkutter durch die Hafeneinfahrt pflügten, mußte ich auf meine Uhr sehen, um mich davon zu überzeugen, daß es tatsächlich schon Nachmittag war.

David nahm Robbie an seine andere Hand, und wir drei ließen uns mit der Menge treiben und sahen zu, wie die Heringskönigin auf der kleinen roten Brücke am Ende des Mittelpiers abgesetzt wurde. Sie war ein hübsches Mädchen mit frischem Gesicht und blonden Haaren, und ihr Kleid, obgleich es ebenfalls violett war, stellte eine deutliche Verbesserung gegenüber Jeannies dar.

Robbie ließ die Krönungszeremonie mit ihren langweiligen Reden eine Zeitlang ungeduldig über sich ergehen, bis er David schließlich am Ärmel zupfte. »Davy, Dad hält nach mir Ausschau.«

»Ja? Und wo ist dein Dad gerade?«

»Irgendwo da drüben.« Robbie deutete über den Hafen in Richtung der Fischauktionshalle.

»Gut, dann gehen wir jetzt und suchen ihn.« David sah mich entschuldigend an. »Du kannst ja hier warten, wenn du möchtest, ich bin gleich wieder da.«

»Nein, schon gut«, antwortete ich, »ich komme mit.«

Brian McMorran, der ruhig im Schatten der Fischauktionshalle wartete, schien nicht besonders intensiv nach seinem Sohn zu suchen, aber wenn Vater und Sohn beide das zweite Gesicht hatten, überlegte ich, war es wahrscheinlich ganz leicht, sich auch in großen Menschenmengen zu finden.

»Hey, Dad!« rief Robbie und hüpfte auf ihn zu. »Hast du die Heringskönigin gesehen?«

»Na klar.«

»War Mum auch so hübsch, als sie Heringskönigin war?«

»Deine Mutter war die hübscheste Heringskönigin aller Zeiten«, sagte Brian im Brustton der Überzeugung. Er lehnte sich mit einer Schulter an einen Pfosten und sah von David zu mir. »Ihr habt also gut auf meinen Jungen aufgepaßt, ihr zwei?«

»Verity brauchst du nicht zu fragen«, entgegnete David. »Sie benimmt sich heute, als wäre sie ungefähr so alt wie Robbie, und ist genauso schwer im Zaum zu halten. Ich mußte ständig aufpassen, daß mir die beiden nicht abhauen.«

Brians Haltung lockerte sich, und er zündete sich lächelnd eine Zigarette an. »Einen von den Rangen nehm ich dir jetzt ab. Ich hab noch ein paar Stunden Zeit, bevor ich wieder los muß.«

David sah über das Hafenbecken zu dem glänzenden, rotweißen Bug der *Fleetwing*. »Fährst du heute abend mit ihr hinaus?«

»Ich hab's jedenfalls vor«, antwortete Brian und schnippte das Streichholz in das dunkle Wasser. »Mir fehlt zur Zeit noch ein Mann, aber das wird sich bald wieder ändern.«

David runzelte die Stirn. »Wer fehlt denn?«

»Mick.« Der Junge aus Liverpool, den niemand leiden konnte, erinnerte ich mich. Brian zuckte ohne Bedauern mit den Schultern. »Er ist heute morgen auf unseren Koch losgegangen. Ich mußte Mick rausschmeißen, sonst hätte Billy ihn umgebracht.« Er zog an seiner Zigarette und blies Rauch durch Mund und Nase aus. »Macht aber nichts, ich kenne einen Jungen, der seinen Platz einnehmen wird, so daß wir mit ein bißchen Glück noch ein paar gute Fangtage haben werden, ehe das Wetter umschlägt. Die Front, die sich da unten im Süden zusammenbraut, hat sich bisher nicht bewegt, hängt nur da und richtet keinen Schaden an.«

Ich sah ihn besorgt an. »Zieht da etwa ein Sturm herauf?«

»Schon möglich«, sagte Brian. »Er könnte nach Norden kommen oder auch nicht. Schwer zu sagen. Warum, haben Sie Angst, die *Fleetwing* könnte kieloben treiben?« Er betrachtete mich spöttisch und blies einen schwebenden Rauchkringel aus. »Seit den Zeiten des großen Unglücks hat sich viel getan – wir haben heute Sonar- und Radargeräte, alles mögliche. Sobald eine Sturmwolke auch nur rülpst, hab ich den Wetterdienst am Funkgerät, der mich vor ihr warnt.«

»Und wenn du doch überrascht würdest«, sagte Robbie, »würde ich mit den Männern vom Rettungsboot kommen und dich holen. Ich habe ihnen nämlich genau zugesehen.«

»So, hast du das?« Brians Blick wurde weich, als er in das emporgereckte Gesicht seines Sohns sah.

»Also«, fragte David, »wen von den beiden willst du jetzt?«

»Hä?«

»Du hast gesagt, du würdest mir einen von beiden abnehmen«, erklärte David, der zwischen Robbie und mir stand, »aber du hast nicht gesagt, wen du haben willst.«

»Ach so. Ich nehm den hier«, antwortete Brian und legte seinem Sohn eine Hand auf die schmale Schulter. »Er macht weniger Ärger.«

»Gut, dann verschwinden wir jetzt. Wir wollen noch den letzten Teil der Krönung mitbekommen.« David griff wie ein verliebter Teenager nach meiner Hand und führte mich, unmelodiös vor sich hin pfeifend, zurück zum Mittelpier. »Guck mal, da ist dein Schwan. Was er wohl von diesem ganzen Trubel hier hält?«

Ich ging nicht darauf ein. »Weißt du«, sagte ich mit gespielt nachdenklichem Ausdruck, »ich überlege mir gerade, was beleidigender war – daß du mich Brian angeboten hast, oder daß er mich abgelehnt hat.«

»Ja, nun, wenn ich geglaubt hätte, daß er dich nehmen würde, hätte ich ihn nicht gefragt.«

»Ich meine, ich will ja hier nicht die Schwierige spielen, aber ...«

Aus dem unmusikalischen Pfeifen wurde ein Glucksen. »Vielleicht mag ich schwierige Frauen ja.«

»Sag das nicht zu laut«, forderte ich ihn heraus, »sonst wirst du herausfinden, wie schwierig …«

»Achtung«, unterbrach er mich und hielt mich mit einem Arm zurück, als ein junger Mann sich über die Reling der *Fleetwing* schwang und direkt vor uns auf dem Pier landete.

Er sah aus wie ein ganz normaler junger Mann, hatte kurzgeschnittene rotblonde Haare und ein längliches Gesicht, das weder hübsch noch häßlich war. Aber irgend etwas in seinen Augen gab mir ein ungutes Gefühl. Ich brauchte nicht erst seinen Liverpooler Akzent zu hören, um zu wissen, daß es sich um den Jungen handelte, den Brians Maat Billy hatte umbringen wollen. »Habe ich Sie erschreckt?« fragte er und rückte den Seesack auf seiner Schulter zurecht. »Tut mir leid.«

»Nichts passiert«, sagte David. »Aber paß das nächste Mal auf, wo du deine Füße hinsetzt, Junge.«

»Mach ich.« Das Lächeln, mit dem er David ansah, hatte fast etwas Bösartiges, und ich war froh, als er an uns vorbei den Pier hinunterging. Ich blickte ihm nach, bis er außer Sicht war.

»Und das, vermute ich, war der berüchtigte Mick«, bemerkte ich schließlich.

»Genau.« David hob vielsagend eine Augenbraue. »Anscheinend hat er seine Sachen vom Schiff geholt. Oder Brian gründlich ausgeraubt.«

Das gefiel mir nicht. »Sollten wir Brian nicht Bescheid sagen, was meinst du?«

»Das hätte nicht viel Sinn. Brian kann schlecht zur Polizei gehen und einen Diebstahl anzeigen, oder? Ein Blick unter Deck, und er hätte das Boot voller Zollbeamter«, meinte David grinsend. »Komm, wir verpassen noch die Krönung.«

Die Krönungszeremonie war tatsächlich schon zu Ende, als wir bei Gunsgreen ankamen. Die Heringskönigin bestieg gerade eine von zwei geschmückten Pferden gezogene Kutsche, während die Dudelsackpfeifer wieder zu spielen begannen und sich an der Spitze ihres Festzuges in Marsch setzten.

David sah mich belustigt an, weil ich den Hals reckte und hin und her hüpfte. »Wenn ich gewußt hätte, daß du dir so viel aus Dudelsackmusik machst, hätte ich Unterricht genommen.«

»Es sind weniger die Dudelsäcke«, gestand ich, »als vielmehr die Kilts.«

»Wirklich? Meine Mutter findet, daß der Kilt den meisten Männer heutzutage nicht steht. Sie sagt, sie hätten nicht mehr den knackigen Hintern dafür.« Ich konnte mir gut vorstellen, daß Nancy eine solche Bemerkung gemacht hatte, obwohl man David nicht gerade vorwerfen konnte, in dieser Hinsicht mangelhaft ausgestattet zu sein. Er sah meinen Blick und grinste breit. »Ich werde meinen heute abend zu dem *ceilidh* tragen, wenn du möchtest.«

»Welches Muster hat denn euer Tartan?«

»Es gibt keinen Fortune-Tartan. Ich trage den Hunting Stewart«, erklärte er. »Sozusagen ein Allzweck-Karo für die, deren Familien kein eigenes haben.«

Eigentlich war er ja auch kein Fortune, fiel mir wieder ein. Nicht im strengen Sinn der Blutsverwandtschaft jedenfalls. Was hatten wohl die Anglo-Iren anstelle ihres eigenen Schottenkaros? fragte ich mich. Was war das Zeichen der Quinnell-Familie?

»Du machst es schon wieder.«

»Was?«

»Du starrst mich so komisch an.«

»Ach so, Entschuldigung« Nichts in seinem Gesicht erinnerte an Peter, fand ich. Gar nichts. Außer vielleicht diese selbstsichere, ruhige Art, einem in die Augen zu sehen.

»Wenn du mich weiter so anschaust«, neckte er, »schaffen wir es nicht mehr zum *ceilidh*.«

Ich lächelte. »Und du wirfst dem armen Adrian vor, eitel zu sein.«

»Das hat nichts mit Eitelkeit zu tun, aber ich bin schließlich kein Heiliger«, sagte er, legte einen Arm um meine Taille und zog mich an sich.

»Vorsicht«, sagte ich, als er sich über mich beugte. »Deine Mutter könnte gerade aus dem Fenster sehen.«

David machte eine ziemlich unhöfliche Bemerkung über seine Mutter und küßte mich trotzdem.

Die Stimme, die hinter uns ertönte, gehörte zwar nicht Nancy Fortune, aber sie ließ uns dennoch wie zwei schuldbewußte Schulkinder auseinanderfahren.

»Verity, meine Liebe«, sagte Peter mit seiner wohlklingenden Bühnenstimme, die mühelos die Musik übertönte, »Sie haben wirklich einen unmöglichen Geschmack, was Männer angeht.«

XXXIII

»Nein wirklich«, fuhr er fort und streifte David mit einem kritischen Blick, »ich finde, Sie haben etwas Besseres verdient. Ein Schotte ist zwar schon eine gelinde Verbesserung gegenüber einem Engländer, zugegeben, aber was Sie wirklich brauchen, meine Liebe, ist ein charmanter Ire.«

David grinste. »Hinweg mit den Iren!«

»Lach du nur. Wenn ich dreißig Jahre jünger wäre, mein Lieber, würde ich dich leicht aus dem Rennen werfen.« Mit einem liebenswürdigen Lächeln, das seine Worte unterstrich, stellte er sich an meine Seite, die Hände hinter dem Rücken verschränkt. »Nun«, sagte er und wippte auf den Fersen, »wie gefällt Ihnen der heutige Tag?«

Ich versicherte ihm, daß ich mich bisher prächtig amüsiert hatte. »Wir waren die ganze Zeit über hier beim Fest. Es wundert mich, daß wir Ihnen nicht schon vorher begegnet sind.«

»Ich hatte ein gutes Versteck«, antwortete Peter mit einem vertraulichen Seitenblick. »Die jungen Leute haben mich etwas erschöpft, fürchte ich, deshalb bin ich ihnen entwischt und habe Nancy besucht. Wir haben Kaffee getrunken und eine feine Partie Schach gespielt. Und von ihrem Zimmer aus kann man alles überblicken, wissen Sie, ohne daß man sich in die Menge begeben muß. Sie hat ein wunderbares Panoramafenster.«

David zwinkerte mir zu. »Was hab ich dir gesagt? Meine Mutter ist eine regelrechte Spionin.«

»Schließlich muß sie sich ja mit irgend etwas beschäftigen«, entgegnete ich, »da ihr beide euch standhaft weigert, ihr vom Fortgang der Ausgrabung zu berichten.«

Die beiden Männer starrten mich an. »Mein liebes Mädchen ...«, begann Peter, aber ich ließ ihn nicht ausreden.

»Sie sehnt sich danach zu erfahren, was wir auf Rosehill tun. Und ich muß sagen, ich finde es furchtbar, sie so auszuschließen.«

Peter nahm einen neuen Anlauf. »Aber ihre Ärzte ...«

»... sind Dummköpfe«, ergänzte ich grob. »Sie ist doch nicht aus Porzellan. Ich glaube sogar, daß die Enttäuschung darüber, ausgeschlossen zu werden, ihr mehr schadet, als das bißchen Aufregung wegen ein paar Informationen.«

David sah Peter lächelnd über meinen Kopf hinweg an. »Da könnte sie recht haben.«

»Vielleicht«, antwortete Peter, »aber sie kennt deine Mutter nicht, mein Junge. Wenn man anfängt, Nancy etwas zu erzählen, gibt sie sich damit noch lange nicht zufrieden. Sie würde hinaus aufs Feld wollen. Nur, um sich einen besseren Eindruck verschaffen zu können, würde sie sagen. Und kaum würde ich ihr den Rücken zukehren, hätte sie schon eine Schaufel in der Hand ...«

»Sie könnte mit mir zusammenarbeiten«, schlug ich vor. »Meine Arbeit ist nicht anstrengend. Und bestimmt nicht ermüdender, als die, die sie für das Museum leistet.«

»Sie arbeitet nur an zwei Nachmittagen die Woche im Museum«, gab David zu bedenken. »Wenn wir sie hinauf nach Rosehill ließen, wäre sie von früh bis spät dort.«

»Ich finde nur, daß ihr beide nicht sehr nett zu ihr seid.« Ich sagte nichts weiter, merkte aber, wie ich meine Kiefer aufeinanderpreßte, als ich mich abwandte, um den vorbeiziehenden Festzug der Heringskönigin zu beobachten. David und Peter wechselten erneut Blicke über meinen Kopf hinweg.

»Jetzt hat sie es uns aber gegeben.«

»Allerdings.«

»Vielleicht … vielleicht sollten wir deiner Mutter einen Besuch abstatten, wenn das hier« – Peter deutete mit dem Kinn auf die Parade – »vorbei ist. Sie wird zwar für heute genug von meiner Gesellschaft haben, sich aber bestimmt freuen, euch beide zu sehen.«

Doch als wir eine halbe Stunde später in Saltgreens an ihre Tür klopften, war Nancy Fotune nicht in ihrem Zimmer.

Eine Krankenschwester, die geschäftig vorübereilen wollte, blieb gerade mal lange genug stehen, um uns aufzuklären. »Oh, sie wollte unbedingt über das Wochenende nach Hause. Sagte, sie habe genug von den Menschenmassen, und bei dem *ceilidh* heute abend würde es bestimmt laut werden. Außerdem wollte sie irgendwelche Sachen aus ihrem Cottage holen.«

»Tatsächlich?« Über Davids Gesicht legte sich ein resignierter Ausdruck. »Sie hat das Auto genommen, stimmt's? Das weiße vom Parkplatz vorm Ship Hotel?«

»Ja. Es stotterte zuerst ein wenig beim Anlassen, aber sie war sicher, daß der Motor keine Probleme mehr machen würde, wenn er erst einmal liefe.« Die Schwester lächelte breit. »Sie ist ganz schön *thrawn*, Ihre Mutter, nicht wahr?«

Das mußte ich nachschlagen. Mein Wörterbuch, das inzwischen voller Eselsohren war, informierte mich, daß mit *thrawn* Personen bezeichnet wurden, die sehr eigenwillig und dickköpfig waren, und David bestätigte, daß dieses Attribut den Charakter seiner Mutter ausgezeichnet zusammenfasse. »Du solltest ein Sternchen neben dieses Wort machen«, riet er mir und tippte mit dem Finger darauf. »Wichtige Vokabel für dich.«

»Und warum, bitte schön?«

Er grinste. »Weil du es diesen Sommer wahrscheinlich noch oft von mir zu hören bekommen wirst. Meine Mutter ist nicht die einzige Frau hier, die ganz schön *thrawn* ist.«

Peter nahm die Neuigkeit von Nancys Abwesenheit weniger unbeschwert auf. Er hielt die Krankenschwester am Arm fest, die Stirn besorgt in Falten gezogen. »Aber glauben Sie … ich meine, wird sie dort oben zurecht kommen? Ganz allein?«

»Och, ganz bestimmt.« Die Schwester lächelte zuversichtlich. »Sie hat doch Telefon in ihrem Cottage, nicht wahr? Und ihre Medizin hat sie auch. Es wird ihr guttun, eine Weile hier herauszukommen – sie gehört nicht zu den Leuten, die den ganzen Tag vor dem Fernseher sitzen können.«

Ich fühlte mich bestätigt, bemühte mich aber, nicht allzu selbstzufrieden auszusehen, als wir wieder vor die Tür von Saltgreens traten und in das helle Sonnenlicht blinzelten. Peters Augen gewöhnten sich als erste an die Helligkeit und richteten sich auf die strahlendweißen Wände des Ship Hotels.

»Wie sieht es aus«, fragte er, »hat jemand Lust auf ein Gläschen?«

Ich hätte nichts gegen ein halbes Pint einzuwenden gehabt, aber ein Blick auf meine Armbanduhr sagte mir, daß ich keine Zeit mehr hatte. »Wenn ich rechtzeitig zum *ceilidh* heute abend fertig sein will, sollte ich jetzt nach Hause gehen. Ich will noch baden und mir die Haare waschen, und da heute Samstag ist, könnte ich mal meine Schwester anrufen und fragen, wie es ihr so geht.«

»Ah ja, Ihre Schwester Alison«, sagte Peter. Er hatte wirklich ein unglaubliches Namensgedächtnis, stellte ich fest.

»Ja, genau. Aber ihr beide könnt ja ...«

»Sie ist im gleichen Alter wie Fabia, nicht wahr?«

Ich nickte.

»Ja? O je. Sehr mutig von Ihnen, ihr Ihre Wohnung zur Verfügung zu stellen.«

»Sie kennen Alison nicht. Sie hält Putzen für eine angenehme Freizeitbeschäftigung. Wahrscheinlich werde ich meine Wohnung nicht wiedererkennen, wenn ich zurückkomme.«

Doch plötzlich erschien mir allein der Gedanke, in meine Wohnung zurückzukehren, unerfreulich und deprimierend. Ich schob ihn schnell beiseite, murmelte einen Abschiedsgruß und machte mich die Hafenstraße entlang auf den Heimweg.

»Oh«, sagte meine Schwester, »beinahe hätte ich es vergessen. Howard hat angerufen.«

»Howard?«

»Vom Museum. Er sagte, du wüßtest, wer er ist.«

»Ach, natürlich, *Howard.*« Mein alter Freund und ehemaliger Kollege, der Experte für historische Töpferware, der mir seine Meinung über unsere Fundstücke mitgeteilt hatte. »Was wollte er denn?«

»Nur deine Telefonnummer in Schottland. Er sagte, du hättest sie ihm schon einmal gegeben, aber er hat den Zettel, auf dem sie stand, verloren.«

»Und, hast du sie ihm gegeben?«

»Natürlich nicht.« Alisons Ton war knapp und pragmatisch. »Er hätte schließlich auch irgend so ein Psychopath sein können. Weiß man heutzutage nie. Nein, ich habe mir seine Nummer notiert und versprochen, sie an dich weiterzugeben. Hast du etwas zum Schreiben da?«

Ich klemmte den Hörer zwischen Ohr und Schulter und schrieb mir die Nummer auf. »Alles klar, danke. War sonst noch was? Nein? Gut, dann muß ich jetzt wirklich Schluß machen und mir ein Bad einlaufen lassen …«

»Du hast wohl eine heiße Verabredung heute abend?«

»Ja, habe ich tatsächlich.«

Kurzes Schweigen. »Aber nicht mit Adrian?«

»Nein.«

»Gut. Mit wem dann?«

»So was Neugieriges.«

»Weich mir nicht aus.«

»Mit einem dunkelhaarigen, gutaussehenden Schotten. Im Kilt«, fügte ich hinzu.

Wieder Schweigen. »Du machst Witze.«

»Nein. Er nimmt mich zu einem *ceilidh* mit.«

»Einem was?«

»Einem *ceilidh*. Das ist so eine Art Tanzabend.«

»Ich weiß, was das ist«, sagte Alison. »Ich wundere mich nur, daß du zu so was gehst. Du kannst doch gar nicht tanzen.«

»Kann ich wohl.«

»Na, dann solltest du lieber ein paar Fotos machen lassen«, riet sie mir, »sonst glaube ich es nie. Und wenn du schon dabei bist, kannst du auch ein Bild von deinem geheimnisvollen Verehrer im Kilt mitschicken.«

»Glaubst du mir den etwa auch nicht?«

»Doch, natürlich. Aber ich habe eine kleine Schwäche für Männer im Kilt«, gestand meine Schwester. Sie seufzte. »Ich habe *Braveheart* fünfmal hintereinander gesehen.«

Ich lachte, wünschte ihr noch einen schönen Abend und legte auf. Dann zögerte ich kurz, ehe ich wieder zum Hörer griff und Howards Nummer wählte. Er war nicht da. Ich hinterließ ihm die Nummer von Rosehill auf dem Anrufbeantworter und ging im Bewußtsein, meine Pflicht getan zu haben, hinauf, um mein Bad zu nehmen.

Der *ceilidh* war ein voller Erfolg. Zumindest war das mein Gesamteindruck von diesem Abend, der sich aus einem Reigen von geröteten Gesichtern, wildem Gelächter und ausgelassener Musik, die so laut war, daß sie in meiner Brust wie Donner widerhallte, zusammensetzte. Ich tanzte, bis ich völlig außer Atem war, bis mein Kopf sich seltsam leicht anfühlte, der Raum sich drehte und meine Beine mich nicht länger tragen konnten.

Doch Davids Arme hielten mich umfaßt, seine Schultern fühlten sich fest und warm unter meinen Händen an, und die hellen Lichter an den Wänden wirbelten hinter seinem dunklen Kopf vorbei. Die Musik wurde langsamer, ich konnte wieder atmen. Die Tanzfläche war voller Menschen, aber ich hatte nur Augen für David.

Ich hätte es natürlich auf den Kilt schieben können. Er sah wirklich umwerfend aus in den grün-blauen Karos des Hunting-Stewart-Tartans und dem weißen Hemd, das ihm feucht am Rücken klebte und dessen Ärmel er bis über seinen Bizeps aufgerollt hatte. Nur ein Schotte, ob Highlander oder nicht, konnte einen Kilt so tragen, als wäre er damit geboren worden. Mir kam es so vor, als seien der Stolz und die wilde Leidenschaft seiner Vorfahren in David wieder ungehindert zum Vorschein getreten, sobald er seine Hosen mit diesem Stück karierten Wolltuchs vertauscht hatte. Er schien aus einer anderen Zeit zu sein, nicht mehr aus diesem Jahrhundert, und in seinem Blick schimmerte hin und wieder das siegesgewisse Funkeln eines Kriegers auf.

Ja, ich hätte meine Verzückung allein auf den Kilt schieben können, aber das wäre nicht ganz ehrlich gewesen. Es war der Mann selbst, der mich in seinen Bann zog, und nicht sein Aufzug.

David hörte auf, sich zu drehen, und die blauen Augen lächelten mich an. Er strich mir eine Strähne aus dem Gesicht, die sich aus meiner geflochtenen Frisur gelöst hatte, und bewegte lautlos die Lippen.

»Was?«

Dann verstand ich ihn. »Zu viele Menschen.«

»Welche Menschen?« fragte ich, und das Lächeln breitete sich auf seinem ganzen Gesicht aus.

»Komm mit«, sagte er und zog mich zur Tür. »Laß uns ein wenig frische Luft schnappen.«

Die Nacht war klar und warm, der Wind hatte sich ausnahmsweise einmal gelegt. Das Wasser im Hafen lag glatt wie Glas unter einem Mond, an dem nur noch ein kleiner Streifen fehlte, um ihn voll zu machen. Die *Fleetwing* war mit der letzten Flut hinausgefahren, und an ihrer Stelle trieb ein kleiner, heller Fleck auf dem Wasser. Ich hielt ihn zuerst für eine Spiegelung des Mondlichts ... bis er Gestalt annahm, sich bewegte, aufrichtete und seinen langen Hals suchend in die Dunkelheit streckte. Der Schwan.

»David.« Ich blieb stehen und faßte ihn am Arm. »Sieh mal.« Ein zweiter Schwan löste sich aus dem Schatten der Kaimauer und schwamm mit elegant gebogenem Hals und eingefalteten Flügeln auf den ersten zu, berührte ihn kurz und glitt mit ihm zusammen davon. »O David, sieh nur – er hat eine Gefährtin gefunden.«

David sah ihnen nach und sagte nichts. Nach einer Weile zeigte sich ein verhaltenes Lächeln auf seinem Gesicht, er wandte sich vom Hafen ab und zog mich weiter, wobei sein Arm warm auf meinen Schultern ruhte.

Ich achtete nicht darauf, welche Richtung wir einschlugen, es war mir egal, wohin wir gingen, solange ich bei David war. Auf einmal endete der gepflasterte Weg, und der Boden wurde unebener. Ich konnte das Meer jetzt unter uns hören und sah Gischt gegen die Felsen schlagen.

Ich riß mich mit Mühe aus meiner träumerischen Stimmung und sah mich um. »Wo sind wir?«

»Auf der ehemaligen Festung von Eyemouth.«

Natürlich, dachte ich, wir befanden uns auf der felsigen Landzunge, die hinaus ins Meer ragte, auf den roten, mit langem Gras bewachsenen Klippen. Davids Platz, an den er sich als Kind zum Nachdenken zurückgezogen hatte.

Man brauchte nicht viel Phantasie, um sich vorstellen zu können, daß dort einmal eine Festung gestanden hatte – einige der Felsen ragten steil wie ehemaliges Mauerwerk in die Höhe. »Paß auf, tritt nicht in das Haggis-Loch«, warnte mich David, als er mir über einen mit Grasbüscheln bestandenen Erdhügel half.

»Ein Haggis«, sagte ich unbeeindruckt, »ist nichts als eine Wurst im Schafsmagen.«

»Na, wart's ab«, entgegnete er mit unbewegter Miene, »wenn du erst einmal auf einen getreten bist, sagst du das nicht mehr. Bösartige kleine Dinger.«

Ich seufzte, machte einen Schritt über das angebliche Haggis-Loch hinweg und ließ mich neben ihm im Schutz einer Felswand nieder.

Wir lagen eher, als daß wir saßen, unsere Rücken in das weiche Gras des Hangs geschmiegt. Ich lehnte den Kopf zurück und sah in die glitzernde Ewigkeit des Sternenhimmels hinauf.

David schwieg lange und lag einfach nur da, die Hände hinterm Kopf verschränkt. Plötzlich sagte er: »Verity.«

»Ja?«

»Wie wirst du dich wegen Lazenbys Job-Angebot entscheiden?«

Ich rollte meinen Kopf zur Seite, um ihn anzusehen. »Was?«

»Du weißt, was ich meine. Alexandria.«

»Woher weißt du davon?«

»Adrian hat es mir erzählt.«

Ich machte mir im Geist eine Notiz, Adrian bei unserer nächsten Begegnung eine Ohrfeige zu verpassen, und wies David darauf hin, daß mir bis jetzt überhaupt noch kein Job angeboten worden war. »Lazenby hat mich noch nicht angerufen und gefragt ...«

»Aber wenn er dich fragt«, unterbrach mich David ruhig. »Was wirst du ihm antworten?«

Ich betrachtete einen Moment lang nachdenklich sein Profil, ehe ich antwortete: »Wenn er mich vor zwei Monaten gefragt hätte, hätte ich wahrscheinlich zugesagt.«

»Und jetzt?«

»Jetzt bin ich mir nicht mehr so sicher.« Ich zuckte die Achseln und beschäftigte meine Finger mit einem Grasbüschel.

»Und warum?«

Ich warf die Grashalme weg und seufzte. »Hör zu, ich bin nie besonders gut im Reden bei so etwas ...«

Er lächelte über meine Ausdrucksweise. »Kommt wohl oft vor, was?«

»Nein.« Die Antwort entfuhr mir einfach, und da ich sie nicht zurücknehmen konnte, schluckte ich und blieb dabei. »Nein, es kommt überhaupt nicht oft vor. Und es war noch nie so wie ... » Ich stolperte, als er sich langsam aufrichtete und mich ansah. »Ich meine, ich habe noch nie so etwas gefühlt wie ...« Ich brach wieder ab und gab es auf.

Er sah mich lange schweigend an, seine Augen schimmerten beunruhigend silbrig im Mondlicht. Dann stand er auf und streckte eine Hand aus. »Zeit, zurückzugehen.«

»David ...«

»Wie gesagt, ich bin kein Heiliger. Ich kann hier nicht einfach so liegen bleiben, ohne dich anzufassen«, sagte er bemüht ruhig. »Und sosehr ich diesen Platz auch mag, würde ich es doch vorziehen, wenn unser erstes Mal in einem Bett stattfindet, falls es dir nichts ausmacht.«

Ich dachte an sein Feldbett und die beiden Einzelbetten in meinem Zimmer auf Rosehill und an all die Menschen, die ständig um uns herum waren, und schüttelte den Kopf, im Begriff zu widersprechen. »Aber David ...«

»Auf manche Dinge«, sagte er, »lohnt es sich zu warten.«

Von der Klippe führte ein Pfad hinunter zum Platz mit den Wohnwagen, wo plärrende Radiomusik von den gedämpften Stimmen eines streitenden Paares abgelöst wurde, als wir vorbeigingen. David hielt meine Hand fest und pfiff leise vor sich hin, offenbar mit sich und der Welt zufrieden. Als wir die letzten beiden Wohnwagenreihen passierten, verlangsamte sich sein Schritt auf einmal, und das Pfeifen verstummte. »Siehst du«, flüsterte er, »was hab ich dir gesagt?«

Zwei Gestalten standen eng umschlungen vor dem hintersten Wohnwagen. Den Mann konnte ich nicht erkennen, aber die Frau, die er küßte, war eindeutig Fabia. Selbst aus dieser Entfernung war jeder Irrtum ausgeschlossen.

David stupste mich weiter. »Siehst du? Meine Mutter hat immer recht.«

»Pech für den armen Adrian.«

»Ja. Aber ich schätze, er wird sich von der Rothaarigen trösten lassen, mit der er beim *ceilidh* die ganze Zeit geflirtet hat.«

»Oh, das habe ich gar nicht mitbekommen. Hatte er Erfolg?«

»Ich glaube schon. Hast du wirklich nichts bemerkt?« Er hob verwundert eine schwarze Augenbraue. »War doch ganz schön offensichtlich.«

Tatsächlich hätte die gesamte königliche Famile neben uns einen Schottentanz aufführen können, ohne daß ich es mitbekommen hätte. Aber das sagte ich ihm nicht.

Er nahm nicht den Weg zum Hafen zurück, sondern führte

mich einen Hügel hinauf, an einer Ansammlung dunkler Häuser vorbei und wieder auf die Straße, die uns nach Rosehill bringen würde.

Ich achtete nicht besonders auf unseren Heimweg. Kaum hatten wir die Schnellstraße am Ortsrand von Eyemouth überquert, befanden wir uns auch schon auf der Auffahrt nach Rosehill, die wir in einvernehmlichem Schweigen hinaufgingen. Die Fenster von Rose Cottage lagen im Dunkeln, und oben im Haupthaus brannte nur noch das Licht über der Eingangstür. Falls Peter vor uns nach Hause gekommen war, hatte er sich bereits zu Bett begeben.

David gab mir keinen Gutenachtkuß an der Tür. Er folgte mir in die Eingangshalle und die geschwungene Steintreppe hinauf, und als ich mitten in meinem Schlafzimmer stand, war er immer noch hinter mir und setzte die Katze vor die Tür.

»David«, fragte ich leise, »was machst du da?«

Der Blick, den er mir über die Schulter zuwarf, besagte deutlich, daß er die Frage für überflüssig hielt. »Ich schließe die Tür ab.«

Ich hörte, wie der Schlüssel im Schloß herumgedreht wurde. Dann kam er auf mich zu, und mir fehlten plötzlich die Worte, ich war so nervös, wie seit Jahren nicht mehr. Ich zitterte sogar ein wenig, als er mein Haar berührte, den Zopf löste und die langen Strähnen über meine Schultern breitete. »Ist es dir recht?« fragte er mich sanft.

Ich brachte ein Lächeln zustande. »Hast du nicht gesagt: ›Auf manche Dinge lohnt es sich zu warten‹ oder so ähnlich?«

»Mein Gott, Frau, ich warte doch jetzt schon seit einer halben Stunde!«

Ich konnte gerade noch sein Grinsen im Halbdunkeln erkennen. Dann umfaßte er mein Gesicht mit seinen Händen und küßte mich, und für lange Zeit versank alles andere um uns herum.

XXXIV

Die Pferde weckten mich in der dunklen Stunde vor Morgengrauen. Ihr Schnauben und Stampfen donnerte an meinem Fenster vorbei und wurde von dem verlassenen Feld und dem Wind verschluckt, der in der Kastanie heulte wie ein an- und abschwellender Klagegesang.

Ich erwachte mit einem Schaudern und zwang mich, die Augenlider zu öffnen, momentan verwirrt von dem warmen Gewicht um meine Taille und den ruhigen, tiefen Atemzügen neben mir auf dem Kissen. Dann fiel mir alles wieder ein.

»David.«

Er rührte sich bei dem geflüsterten Klang seines Namens und drückte sein Gesicht in meine Haare. »Mmm?«

»Hast du das gehört?«

Aber es war offensichtlich, daß er nichts gehört hatte. Im Halbschlaf zog er mich enger an sich, als wollte er mich mit dem Schild seines starken Körpers beschützen. »Was es auch ist«, murmelter er beruhigend, »es muß zuerst an mir vorbei. Schlaf weiter.«

Ich schloß die Augen, legte meine Wange an seine Schulter und spürte, wie alle Angst aus mir herausströmte, während sein starker, regelmäßiger Herzschlag das Pfeifen des Windes übertönte.

Es hätte eine Minute oder auch ein ganzes Leben vergangen sein können, als ich plötzlich Jeannies Stimme hörte, die meinen Namen rief. Sie klang sehr nah, dachte ich schläfrig. Gut, daß David die Tür verschlossen hatte, denn sonst …

»Komm, Verity, Zeit aufzuwachen.« Jeannie rüttelte mich am Arm, und ich schlug schuldbewußt die Augen auf und sah mit verschwommenem Blick in ihr Gesicht. Sie schüttelte den Kopf, jedoch weder schockiert noch tadelnd, und ging hinüber zum Fenster, um die Vorhänge aufzuziehen. »Meine Güte! Du schläfst ja wie eine Tote.«

Das warme Gewicht auf meinem Bauch bewegte sich, und ich sah, daß es Murphy war, der sich gerade auf die Seite rollte und seine Klauen spielerisch an der Bettdecke wetzte. Er hatte sich von der Demütigung, letzte Nacht aus dem Zimmer geworfen worden zu sein, noch nicht wieder erholt und starrte mich mit eisiger Verachtung an. Neben mir war das Bett leer und kalt.

»Es ist neun Uhr«, sagte Jeannie geschäftig. »Peter meinte, ich solle dich um neun wecken.«

Ich schloß die Augen wieder und ließ meinen Kopf zurück ins Kissen fallen. »An einem Sonntag?«

»Er wollte nicht, daß du all die Aufregung verpaßt.«

»Sehr nett von ihm«, murmelte ich. Dann drangen ihre Worte vollständig in mein Bewußtsein. »Welche Aufregung?«

»Schaust du denn nie die Nachrichten an?« fragte sie. »Sie haben gestern den ganzen Tag darüber berichtet – über den großen Sturm unten am Ärmelkanal.«

»Ach ja, Brian hat gestern so etwas gesagt …« Ich versuchte angestrengt, mich an den genauen Wortlaut zu erinnern. »Ein Sturmtief, das aber nur dort sitzt und sich nicht bewegt, oder.«

»Ja, nun, jetzt hat es sich bewegt. Hörst du nicht, wie der Wind sich verändert hat? Der Sturm wird gegen Mittag hier sein, denke ich.«

»Der Sturm kommt hierher?« Ich riß die Augen weit auf und stützte mich auf die Ellbogen. »Mein Gott, die Ausgrabung … wir müssen die Gräben abdecken …«

»Ist alles schon erledigt«, beruhigte sie mich. »David, Peter und Dad haben sich schon vor dem Frühstück darum gekümmert. Sie bringen die Studenten gerade in den Ställen unter, für den Fall, daß die Zelte dem Sturm nicht standhalten.«

»Ist denn überhaupt genug Platz in den Ställen?«

»Im Gemeinschaftsraum schon. Peter hätte sie natürlich in seinem eigenen Wohnzimmer untergebracht, aber David überzeugte ihn, daß das Blödsinn sei. Es ist ja nur für eine Nacht, und sie werden viel mehr Spaß haben, wenn wir alten Leute nicht um sie herum sind.«

»Zweifellos.« Ich betrachtete die tanzenden Sonnenflecken auf den Wänden meines Zimmers und den Streifen blauen Himmels, der neben der Krone der Kastanie leuchtete. »Glaubst du, es wird ein schlimmer Sturm werden?«

Jeannie nickte. »Brian hat das Boot heute morgen um halb drei zurückgebracht, und es gibt nicht viel, das meinen Brian vorsichtig werden läßt. Ach übrigens«, fiel ihr ein, als sie schon fast zur Tür hinaus war, »du weißt doch noch, daß Davy heute Geburtstag hat?«

Als ob mich jemand daran erinnern müßte, dachte ich und streckte meine müden Glieder unter der Bettdecke. In der Hoffnung, daß Jeannie die leichte Röte auf meinen Wangen nicht bemerken würde, nickte ich scheinbar gleichgültig. »Er wird siebenunddreißig, stimmt's?«

»Stimmt. Nicht, daß man es ihm anmerkt.« Sie lächelte nachsichtig. »Er ist den ganzen Morgen so energiegeladen herumgesprungen wie ein Junge in Robbies Alter.«

Woher er diese Energie schon wieder hatte, war mir schleierhaft. Ich selbst fühlte mich angenehm faul und träge und brauchte allein zwanzig Minuten, um mich anzuziehen und mir die Zähne zu putzen. Meine Finger waren so ungeschickt beim Haareflechten, daß ich es schließlich ganz aufgab. Der Wind griff nach meinen losen Strähnen, als ich nach draußen trat, und wehte sie mir peitschend ins Gesicht.

Beinahe wäre ich mit Adrians rotem Jaguar zusammengestoßen, der in einem schrägen Winkel nur ein paar Schritte vom Haus entfernt geparkt war, den Schlüssel noch im Zündschloß. Adrian war seit unserer Nachtwache auf dem Feld immer äußerst sorgsam mit seinen Schlüsseln umgegangen, und seine Parktechnik war normalerweise auch besser, aber als ich ihn ein paar Minuten später in den Principia entdeckte, verstand ich den Grund für seine Nachlässigkeit. Er erinnerte mich an eine Bühnenleiche – totenbleich und theatralisch mit ausgestreckten Armen über den Schreibtisch drapiert.

»Lange Nacht, was?« fragte ich.

»Du hast ja keine Ahnung.«

»Was machst du dann schon hier?«

Er hob den Kopf, stützte ihn mit einer Hand ab und öffnete halb ein Auge. »Heringskönigin.«

»Wie bitte?«

»Die verdammte Heringskönigin ist schuld«, erklärte er. »Menschenmassen, die sich unter meinem Fenster vorbeiwälzen. Ausgeschlossen, bei dem Radau zu schlafen.«

Im Moment war niemand sonst zu sehen, also schenkte ich mir erst einmal einen Becher Kaffee ein und ließ mich auf meinem Stuhl nieder. »Wo sind die anderen?«

Adrian zuckte die Achseln. »Ich habe nicht die geringste Ahnung, aber sie kommen bestimmt gleich wieder. Den ganzen Morgen geht das schon so – rein, raus, rein, raus –, jedesmal, wenn ich gerade wieder eingenickt bin.«

»Sehr rücksichtslos von ihnen«, bedauerte ich ihn.

Als er die Ironie in meiner Stimme hörte, öffnete Adrian beide Augen, um mich mißtrauisch zu betrachten. »Du siehst selbst etwas mitgenommen aus, meine Liebe.«

»Tatsächlich?«

»Mmm. Fast so mitgenommen wie unser Mister Fortune. Er ist ...«

»Adrian«, unterbrach ich ihn, »wie lange sitzt du schon hier?«

Er sah auf seine Uhr. »Etwa anderthalb Stunden. Warum?«

Stirnrunzelnd sah ich in meine Schreibtischschublade und schob einen Kugelschreiber beiseite, um das kleine Goldmedaillon in meiner Stiftablage besser betrachten zu können.

Der Fortuna-Anhänger. »Du hast nicht zufällig mitbekommen, wer das hier hineingelegt hat?«

Er blinzelte, als ich den Anhänger emporhielt. »Wart mal ... es könnte dieser Römer-Typ gewesen sein. Ziemlich großer Kerl ... ein bißchen durchsichtig allerdings ...«

»Hör auf.«

Mein Ton ernüchterte ihn. »Darling, ich scherze nur.«

»Tu's nicht. Nicht darüber.«

»Also gut, ich habe niemanden gesehen, der das in deinen Schreibtisch gelegt hat«, sagte er. »Aber das muß nichts heißen. Selbst ich habe Schwierigkeiten, mit geschlossenen Augen zu sehen – eine ganze Diebesbande hätte das Fundstückelager ausräumen können, ohne daß es mir aufgefallen wäre.«

Es mußte eine meiner Studentinnen gewesen sein, sagte ich mir. Sie hatten beide einen Schlüssel zum Lagerraum. Es hätte natürlich auch Peter oder David gewesen sein können, aber weshalb ...

»Hier kommt der Wachhund«, verkündete Adrian. »Frag ihn doch.«

Kip kam energiegeladen wie immer durch den offenen Türbogen hereingesprungen, jagte durch den Gang zwischen den Schreibtischen auf mich zu, begrüßte mich kurz und hüpfte dann zurück zu Wally und Peter, die ein Bündel Schlafsäcke hereinmanövrierten.

»Du meine Güte«, sagte Peter, als er mich erblickte. »Sie gehören ins Bett, Verity.«

Als ich ihn daran erinnerte, daß Jeannie mich auf seine eigene Anordnung hin geweckt hatte, tat Peter die Bemerkung auf seine charmant-widersprüchliche Art ab.

»Ja, ich weiß«, sagte er geduldig, »aber da hatte ich Sie doch noch nicht *gesehen*, meine Liebe. Sie hätten wissen sollen, daß ich Sie wieder ins Bett schicken würde, sobald ich Ihrer ansichtig würde.«

»Na, jetzt bin ich jedenfalls auf.« Ich lächelte zum Zeichen, daß ich ihm nicht böse war, und hielt den goldenen Anhänger in die Höhe. »Sie haben nicht zufällig dies in meine Schreibtischschublade getan?«

»Nein, aber ich denke, David hat ihn dort hineingelegt.«

»David?«

Peter nickte. »Er hat ihn auf seinem Schreibtisch gefunden, und da niemand von uns die Schlüssel zum Lagerraum dabeihatte, muß er gedacht haben, daß Ihr Schreibtisch der sicherste Ort dafür sei. Recht nachlässig von den Studenten«, bemerkte er. »Ich sollte mal ein ernstes Wörtchen mit ihnen über Sicherheitsvorkehrungen reden.«

»Man kann gar nicht vorsichtig genug sein«, kommentierte Wally. Er hatte die Schlafsäcke zu einem Haufen an der Wand aufgestapelt und zündete sich nun schnaufend eine Zigarette an. »Heute morgen erst hab ich einen von diesen diebischen Highlandern aus dem Haus schleichen sehen, muß man sich mal vorstellen.«

Peters Augenbrauen hoben sich. »Bei Gott, tatsächlich? Er trug einen Kilt, ja?«

»Genau. Sie sollten besser ihr Viehzeug zählen.«

Peter, der kein Vieh besaß, das er zählen konnte, nahm den Ratschlag mit ernstem Nicken entgegen, sein Gesicht völlig unbewegt. Wenn ich seine Augen nicht gesehen hätte, wäre ich darauf hereingefallen. Wally dagegen machte sich gar nicht erst die Mühe, ernst zu bleiben. Er zog breit grinsend an seiner Zigarette und zwinkerte mir derart auffällig zu, daß Adrian mich mit schmalen Augen fixierte.

»So«, sagte Peter und wandte seine Aufmerksamkeit dem Gemeinschaftsraum zu, »vielleicht sollten wir die Feldbetten auch hier heraufbringen? Was hältst du davon, Davy?« fragte er David, der sich gerade mit einer weiteren Ladung Schlafsäcke durch die Tür zwängte.

»Was soll ich wovon halten?«

»Feldbetten heraufzubringen.«

»Großer Gott, nein«, meinte David abwehrend. »Es sind Studenten, Peter – sie schlafen *gern* auf dem Fußboden.« Er ließ seinen Armvoll Schlafsäcke auf den Boden fallen und begrüßte mich mit einem Lächeln, das den ganzen Raum erwärmte. »Morgen.«

»Guten Morgen.«

Peter wollte gerade mit Unschuldsmiene eine zweideutige Bemerkung machen, und Adrian, der ahnte, daß ihm etwas entgangen war, sah mich weiter finster an, als mich ausgerechnet Fabias Erscheinen aus der Verlegenheit rettete. Sie bot eine willkommene Ablenkung, wie sie durch die Stalltür getänzelt kam, das blonde Haar vom heftig zunehmenden Wind attraktiv zerzaust. Adrians Augen wanderten von mir zu Fabia wie eine Kompaßnadel, die sich unweigerlich auf den magnetischen Nordpol richtet.

Sie schien es jedoch nicht zu bemerken, denn sie war auf der Suche nach David. »Deine Mutter hat gerade angerufen«, berichtete sie. »Sie sagt, sie hat Probleme mit dem Auto und bittet dich, zu ihrem Cottage zu kommen und sie abzuholen.«

»Was, jetzt? Jetzt gleich?«

Fabia nickte. »Sie klang nicht sehr versessen darauf, bei dem Sturm allein dort oben zu bleiben.«

»Unsinn«, sagte Peter. »Nancy liebt Stürme, wenn ich mich recht entsinne. Besonders solche mit Blitz und Donner.«

David lächelte. »Trotzdem sollte ich meine Mutter besser nicht warten lassen, wenn sie mich schon mal um Hilfe bittet.«

»Du kannst den Range Rover nehmen, wenn du möchtest«, bot Fabia an.

»Gut, danke.« Er streckte auffordernd die Hand aus. »Dann gib mir die Schlüssel, und ich mach mich auf den Weg.«

Brian kam im selben Moment zur Tür herein, als David hinausging, und schüttelte sich unter der plötzlichen Bö, die das Gebäude erzittern ließ. »Himmel«, sagte er und beugte sich schützend über die Streichholzflamme, mit der er seine Zigarette anzündete. »Hier oben ist es schlimmer als unten am Hafen.«

Peter sah ihn teilnahmsvoll an. »Was macht das Boot?«

»Oh, das Boot ist in Sicherheit«, antwortete Brian. »Aber der arme Billy ist nervlich ein Wrack. Wir hatten heute morgen die verdammte Zollbehörde an Bord, und Billy hat sich fast in die Hosen gemacht. Gut, daß wir nur ein paar Stunden lang draußen waren – das Boot war vollkommen sauber. Und die letzte Ladung ist sicher hier oben verstaut, wo sie niemand …« Er brach plötzlich ab, und sein Kopf schnellte herum.

Ich kannte diesen Ausdruck auf seinem Gesicht, dachte ich – dieses seltsam lauschende Starren. Ich hatte es schon bei Robbie gesehen.

Fabia schluckte ahnungsvoll unter seinem stieren Blick. »Was ist?«

»Du dummes Stück«, sagte er langsam. »Du dummes, hinterhältiges Miststück.«

Adrian erhob sich in Beschützerpose. »Brian …«

»Und ich habe gedacht, Mick hätte uns verpfiffen«, sagte Brian, ohne sich um Adrian zu kümmern, die Augen weiter fest auf Fabia gerichtet. »Aber du warst es, die die Zollbeamten auf die *Fleetwing* gehetzt hat.« Er schien sich ganz sicher zu sein, und ich dachte an die wenigen Worte von Fabias Telefonat, die ich am Vortag in der Eingangshalle mitgehört hatte. *Morgen früh,* hatte sie gesagt. Hatte sie da gerade die Zollbehörde angerufen und den Beamten den Tip gegeben, Brians Boot zu inspizieren? Aber warum?

Brian hatte eine Vermutung. »Du warst wohl sauer auf mich, weil ich deinen Freund gefeuert habe, was?«

»Ihren Freund …?« Adrian runzelte verständnislos die Stirn.

»Klar. Sie und der junge Mick stecken schon seit über einem Monat zusammen. Wir beide«, klärte er Adrian auf, »hatten ausgedient, weil wir ihr nicht mehr nützlich sein konnten.«

Der Sturm zog herauf. Ich konnte sein Herannahen in der drückenden Schwüle spüren, die sich über uns gelegt hatte. Peter, der an der Wand lehnte, schüttelte sanft den Kopf. »Aber Brian, mein lieber Junge, das scheint doch kaum …«

»Ich habe sie nicht wegen Mick angerufen«, reagierte Fabia auf Brians Vorwurf. »Ich wollte nicht, daß sie dein blödes Boot durchsuchen, ich wollte, daß sie hierher nach Rosehill kommen.« Ihre Augen hatten einen seltsamen Ausdruck, als sie sich umdrehte, um Peter anzusehen. »Und sie werden kommen, damit du es weißt, sie sind wahrscheinlich gerade unterwegs hierher. Sie werden alles finden, was du unten im Keller gelagert hast. Ich sehe schon die Schlagzeilen vor mir, ha.« Ihre Stimme spie Gift und Galle. »Was wird wohl Connelly sagen, wenn er erfährt, daß du die Ausgrabung als Tarnung für deine Schmuggelei mißbraucht hast?«

In Peters Augen lag eine furchtbare Traurigkeit, er erinnerte mich an eine Darstellung Gottes, der den Fall eines Engels mit ansehen muß. »Fabia, warum nur?«

»Weil ich dich leiden sehen will.«

»Fabia!« platzte Adrian schockiert heraus, worauf sie wütend zu ihm herumwirbelte.

»Du weißt gar nichts«, schrie sie ihn an. »Du hast keine Ahnung. Er hat meinen Vater umgebracht, verstehst du? Er hat ihm das Leben zur Hölle gemacht und ihn dann umgebracht.«

Peter schien vor meinen Augen zu altern, sein Gesicht fiel unter dem Gewicht schmerzhafter Erinnerungen ein. »Fabia«, versuchte er zu erklären, »dein Vater war krank ...«

»War er nicht.«

»Er war krank, aber ich habe ihn geliebt.«

»Lügner!« zischte sie. »Du hast Daddy nie so sehr geliebt wie deine heilige Arbeit, deinen Ruf als Wissenschaftler. Er hat es mir gesagt.« Sie blickte mit haßerfüllten Augen auf ihren betroffen dastehenden Großvater. »Er hat mir alles gesagt.«

Die Lichter an der Decke flackerten, und ich merkte plötzlich, wie dunkel es draußen geworden war – um uns herum wurde es finstere Nacht, ehe die Glühbirnen warm zu leuchten begannen. Dann explodierte der Himmel, und der Sturm ging mit voller Wucht auf uns nieder.

XXXV

Jeannie, die mit einem regennassen Windstoß in den Gemeinschaftsraum geweht kam, schien die Spannung kaum zu bemerken. Ihre Aufmerksamkeit galt allein Brian. »Wo ist Robbie?«

Brian vergaß das gerade stattfindende Drama und wandte sich ihr zu: »Wieso, ist er nicht bei dir?« Sie schüttelte den Kopf. »Ich dachte, er wäre unten am Hafen bei dir.«

Direkt über unseren Köpfen krachte ein Donner, und Kip kroch winselnd unter meinen Stuhl. Ich hatte ihn völlig vergessen, doch jetzt tastete ich nach seinem Kopf und streichelte ihn beruhigend.

»Also gut.« Brian warf seine Zigarettenkippe auf den Boden und drückte sie mit dem Absatz aus. »Ich gehe los und suche ihn. Hast du bei all seinen Freunden angerufen?«

»Konnte ich nicht«, antwortete sie. »Wegen des Sturms, verstehst du? Die Leitung ist schon seit dem Frühstück tot.«

»Das kann nicht sein«, widersprach Adrian. »Fortunes Mutter hat vor kurzem erst von ihrem Cottage aus angerufen.«

Aber Jeannie ließ sich nicht beirren. »Ganz unmöglich. Ich hab's bestimmt alle zehn Minuten versucht.«

»Aber Fabia hat doch gesagt ...«

In Sekundenschnelle ging ich im Geist all die merkwürdigen Dinge durch, die Fabia gesagt hatte, und fügte ihre Worte zusammen wie die Teile eines Puzzlespiels. Das Bild, das dabei entstand, gefiel mir ganz und gar nicht.

Vor allem erinnerte ich mich an ihre Bemerkung, die perfekte Rache an einem Feind sei, ihm alles zu nehmen, was er liebte, ihn selbst aber weiterleben zu lassen. Alles, was Peter liebte, woran sein Herz hing ... seine Arbeit natürlich, seinen guten Ruf. Sie hatte bereits versucht, ihm das zu nehmen. Und was die Menschen betraf, die er liebte ... mein Verstand sperrte sich, wollte den Gedanken nicht zu Ende denken, aber ich zwang mich dazu.

Wenn Fabia, wie sie gesagt hatte, alles wußte, was ihr Vater gewußt hatte – dann wußte sie auch von Peter und Nancy. Wollte sie Nancy irgendwie Schaden zufügen? Und mußte dafür zuerst David aus dem Weg schaffen, indem sie den Telefonanruf erfand und ihn allein auf den Weg nach Saint Abb's schickte?

Der Sturm nahm zu und heulte wie ein Tier, er schlug mit den Fäusten gegen die erschauernden Wände, während ich wie im Krampf eine Faust ballte. *Der Weg. Die Straße.*

Die Straße ist gefährlich.

»O Gott«, stieß ich aus, als mein Verdacht zur Gewißheit wurde.

Ich fuhr herum und starrte auf das kleine Goldmedaillon, das auf einem meiner Papierstapel lag. Der Fortuna-Anhänger. Er habe heute morgen auf Davids Schreibtisch gelegen, hatte Peter gesagt. Auf *Davids* Schreibtisch.

Wie konnte ich nur so dumm gewesen sein und denken, daß die Warnung mir galt? Es war David, den der Wächter hatte warnen wollen, David, der die Kette mit dem Anhänger auch als erster gefunden hatte, und zwar nicht durch Zufall. Was hatte Robbie gesagt? *Sie soll beschützen. Sie verstehen nicht ...*

Und jetzt, wo es zu spät war, verstand ich.

Ich verstand, warum Fabia sich mit dem gemeinen, unangenehmen Mick eingelassen hatte. Wie Brian richtig bemerkt hatte, hielt Fabias Interesse an Männern immer nur so lange an, wie sie ihr nützlich waren. Und Mick war ihr im Moment äußerst nützlich. Sie brauchte einen gewalttätigen, gewissenlosen Mann, der ihr half zu zerstören, was ihr Großvater liebte. Sie brauchte einen Mann, der fähig war zu morden.

Dieser Mann, dessen war ich mir sicher, befand sich nun irgendwo in der Nähe von Saint Abb's, wo Nancy Fortune – eine alte Frau mit einem schwachen Herzen – allein und ohne Schutz in ihrem Cottage den Sturm abwartete. Und wo David, der nichts von der Gefahr ahnte, in Kürze in einen Hinterhalt laufen würde.

Plötzlich hörte ich meine eigene Stimme »Nein!« schreien und bemerkte flüchtig, wie mich jemand am Arm festhalten wollte, aber ich stieß ihn weg und war zur Stalltür hinaus, ehe mich jemand aufhalten konnte. Kip bellte mir nach, und ich glaubte, Adrian meinen Namen rufen zu hören, aber seine Stimme wurde sofort wieder von dem Tosen um mich herum verschluckt. Ich rannte wie verrückt, der Regen peitschte mir in die Augen, und der erbarmungslose Wind machte das Atmen schwer.

Der Jaguar sprang röhrend beim ersten Drehen des Zündschlüssels an. Kies spritzte auf, als ich das Lenkrad herumriß und die Auffahrt in einem Tempo hinunterjagte, das jeder Geschwindigkeitsvorschrift spottete.

Die Studenten hatten ihre Zelte verlassen, als der strömende Regen einsetzte, und hasteten gerade rufend und lachend mit über die Köpfe gezogenen Jacken auf das sichere Rosehill zu. Ich fuhr einen Bogen um sie herum, wobei ein Kotflügel den steinernen Torpfosten mit einem häßlichen schabenden Geräusch streifte. Aber ich ging nicht vom Gas, und zwei der Studenten waren gezwungen, einen Satz zur Seite zu machen.

Ich achtete kaum darauf, denn ich war viel zu sehr mit Beten beschäftigt. »Bitte, bitte«, flüsterte ich der Naturgewalt zu, die gegen die Windschutzscheibe schlug. »Bitte mach, daß ich unrecht habe.«

Der Regen fiel so dicht, daß ich kaum etwas sehen konnte, zumal auch noch die Fenster beschlugen, aber ich raste wie im Blindflug weiter, passierte das Dorf Coldingham und nahm die Hügel und Kurven mit quietschenden Reifen und durch aufwirbelnde Schotterfontänen.

Ich biß mir auf die Unterlippe, bis sie blutig schmeckte, und umfaßte das Lenkrad in wilder Entschlossenheit noch fester. »Bitte, laß mich nicht zu spät kommen.«

Doch als ich durch das Moor von Coldingham fuhr, sah ich durch die von den Scheibenwischern geteilte Wasserflut auf einmal, was ich längst befürchtet hatte.

Offenbar hatte er die Kontrolle über den Range Rover verloren, der sich daraufhin überschlagen hatte und auf dem eingedrückten Dach liegengeblieben war. Eine Seitentür lag abgerissen und völlig zerbeult in dem reißenden Fluß, der einmal die Straße gewesen war. Was von der Windschutzscheibe noch übrig war, bestand nur noch aus weißen Splittern, wie geborstenes Eis auf einem See. Nirgendwo war ein Lebenszeichen zu erkennen.

Der Jaguar kam ins Schleudern, als ich abrupt auf das Bremspedal trat, und ich riß meine Hände vors Gesicht. Als ich sie nach einer Weile wieder herunternahm, waren sie naß. Der Wagen war gegen ein Geländer auf der anderen Straßenseite geprallt und dort zum Stehen gekommen, direkt gegenüber dem verunglückten Range Rover. Ich konnte sehen, daß die Sitze leer waren. Nach einigem Fummeln am Türgriff taumelte ich heraus und ließ mich vom Sturm über die Straße wehen.

»David!« schrie ich voller Panik, die Hände in dem vergeblichen Versuch, gegen den Wind anzuschreien, zu einem Trichter an den Mund gelegt. Er war nicht mehr im Range Rover. Ich schnitt mir die Hände an dem zerbeulten Blech auf, als ich den Wagen nach ihm durchsuchte, aber er war nicht da. Schluchzend und vor Schock und Schmerz zitternd verließ ich die Unfallstelle und stolperte durch das dichte Dorngestrüpp am Straßenrand. »David«, rief ich wieder, aber der Sturm erstickte mein Rufen. Ich ließ mich verzweifelt zu Boden sinken.

An meinen Haaren strömte das Wasser in Bächen herab, und meine Hände hinterließen blutige Spuren auf den bereits durchweichten Kleidern, die mir am Körper klebten. Der Wind schnitt wie eine eisige Klinge durch mich hindurch. Ich erschauerte.

Auf einmal hörte ich undeutlich eine tiefe Stimme rufen. Hoffnungsvoll hob ich das Gesicht und sah mich um. Aber es war nicht David. Es war nicht David.

Es war niemand. Ein zuckender Blitz erhellte das leere Moor und die vom Wind niedergedrückten Dornbüsche. Doch als der Donner polternd verklang, vernahm ich wieder die Stimme, die merkwürdig hohl tönte, so als würde jemand versuchen, mich aus großer Entfernung zu erreichen. »Claudia.«

Die schwachen Umrisse eines Mannes nahmen unsicher vor dem silbrigen Regenvorhang Gestalt an, um sich gleich darauf wieder aufzulösen. Als ich mir die Regentropfen aus den Augen blinzelte, schien er eine neue, gewaltige Anstrengung zu unternehmen, und der Schemen erschien wieder vor mir, deutlicher diesmal. Dunkle Augen, die nicht ganz menschlich waren, blickten mich sanft an.

Der Umriß eines Arms oder einer Hand hob sich, als wollte er mich berühren, und diesmal konnte ich die Anstrengung regelrecht sehen, ich sah, wie er darum kämpfte, die Worte zu formen. »*Non lacrimas, Claudia.*«

Weine nicht.

Ich spürte einen eisigen Hauch auf meiner Wange, als er versuchte, meine Tränen wegzuwischen, und dann glaubte ich, den Schatten lächeln zu sehen. »*Non lacrimas*«, wiederholte er und löste sich im Regen auf.

Aus Furcht, mich zu bewegen, starrte ich weiter auf die Stelle, wo ich ihn gesehen hatte, ungeachtet des brüllenden Sturms und des düsteren, bewegten Himmels. Wieder teilte ein Blitz die Wolken und beleuchtete die unebene Fläche vor mir, und auf einmal entrang sich mir ein Schluchzer schierer Erleichterung.

Ein Mann kam über das Moor gelaufen.

Er wirkte ungeheuer groß, ein starker Riese, der mit mühelosem Schritt Farn- und Dorngestrüpp überwand. Es war, als hätte jemand eine Sanduhr umgedreht, so daß die Zeit rückwärts lief und ich wieder in dem Bus nach Eyemouth saß und ihn zum erstenmal sah, wie er über das wilde Moor auf mich zukam.

Er trug etwas auf den Armen, das in einen leuchtend gelben Regenmantel gewickelt war, irgendein Tier mit leblos baumelnden Beinen.

Ich sah, wie er stehenblieb, sich gegen den Sturm aufrichtete und auf den Jaguar starrte, dessen rote Motorhaube in das Straßengeländer verkeilt war. Dann drehte er sich zur Seite und sah mich neben dem Wrack des Range Rovers im Gras hocken, und noch ehe ich meine Stimme wiederfand, um ihn zu rufen, begann er zu laufen.

Ich wollte ihn nie wieder loslassen. Wir saßen warm und sicher im Inneren des Jaguars und tropften auf die Ledersitze, aber meine Hände hatten sich an sein nasses Hemd geklammert und wollten sich nicht von ihm lösen.

David hatte sich mit seiner freien Hand Adrians Autotelefon geschnappt, um seine Mutter anzurufen und zu hören, ob sie in Sicherheit war. Jetzt rollte er mich sanft ein Stückchen zur Seite, um das Telefon wieder auf die Konsole zu legen. Wir hockten beide dicht zusammengedrängt auf dem Beifahrersitz, aber das schien ihm nichts auszumachen. Er zog an einem Hebel und schob den Sitz zurück, um mehr Platz für seine Beine zu haben, dann legte er die Arme um mich und drückte mich an seine Brust.

Das Bündel, das er mitgebracht hatte, lehnte neben uns auf dem Fahrersitz. Der kleine Kopf war zur Seite gerollt, und ich streckte eine Hand aus, um eine nasse schwarze Locke aus Robbies blassem Gesicht zu streichen. Er war unverletzt, atmete normal und schlief, eingehüllt in Davids Regenmantel, den Schlaf des Gerechten.

Zum Glück, dachte ich. Denn die Worte, die ich zu David gesagt hatte, als wir uns draußen im Regen aneinandergeklammert hatten, waren nicht für die Ohren Dritter bestimmt, schon gar nicht für die eines Achtjährigen.

»Bist du sicher, daß es ihm gutgeht?« fragte ich.

»Ja. Aber wie ein so kleiner Junge es den ganzen Weg hier raus geschafft hat ...« David zog den weiten Regenmantel enger um Robbies Schultern und nahm dann meine Hand sachte vom Gesicht des Kindes. »Du weckst ihn noch auf, wenn du so weitermachst.«

Ich ließ ihn in Ruhe und lehnte mich wieder gegen Davids Brust. »Es ist nur, weil er so blaß aussieht.«

»Dabei bin ich derjenige, der blaß sein sollte. Ich habe ihn fast überfahren. Der Junge ist direkt vor mir über die Straße gerannt – hat mich beinahe zu Tode erschreckt. Ich konnte gerade noch erkennen, daß es Robbie war, ehe ich den Rover zur Seite riß und mich überschlug, und nachdem ich mich aus dem Schlamassel befreit hatte, bin ich ihm sofort nachgelaufen. Ich konnte ihn bei diesem Sturm ja nicht allein draußen im Moor herumlaufen lassen«, erklärte er. Ich fühlte, wie sein Kinn mein Haar streifte, als er seinen Blick wieder auf den schlafenden Jungen richtete. »Zuerst wollte ich ihm am liebsten eine Ohrfeige verpassen, muß ich gestehen. Ich hätte bei dem Ausweichmanöver umkommen können.«

Seine Stimme wurde leise, und er blickte durch das beschlagene Fenster über das Moor, das sich bis nach Saint Abb's erstreckte.

»Ich hätte umkommen können«, wiederholte er.

Ich drückte ihn noch fester an mich.

So gut ich konnte, hatte ich versucht zu erklären, was geschehen war, aber meine Erklärungen waren lückenhaft geblieben. Ich hatte die Geschehnisse wirr und unzusammenhängend herausgesprudelt, wobei ich zwischen Fabia und dem Fortuna-Anhänger hin und hergesprungen war.

Später würde ich David alles noch einmal der Reihe nach berichten müssen, sagte ich mir.

Aber nicht jetzt. Nicht jetzt. Wir würden noch genug Zeit zum Reden haben, wenn wir erst wieder heil auf Rosehill angekommen wären.

»David?«

»Ja?«

»Ich glaube, ich habe die Wagenschlüssel verloren.«

Er lachte. »Keine Sorge. Wie es aussieht, würden sie uns sowieso nicht viel nützen. Wir stecken nämlich ganz hübsch in diesem Geländer fest.«

Ich sah zerknirscht auf die zerdrückte Motorhaube des Jaguars, aber David strich mir durchs Haar und hielt mich fest, während der böige Wind am Wagen rüttelte. »Es wird alles wieder gut«, beruhigte er mich. »Und wie ich meine Mutter kenne, ist Rettung schon unterwegs.«

Er hatte den Satz kaum zu Ende gesprochen, als Blaulicht hinter uns aufleuchtete und Sirenengeheul das Tosen des Sturms übertönte.

REQUIESCAT

… and trust
With faith that comes of self-control,
The truths that never can be proved
Until we close with all we loved

Tennyson, »In Memoriam«, CXXX

XXXVI

Der Sturm war zur Teezeit vorübergezogen, aber der Himmel blieb grau und trübe und lag schwer über den durchweichten Feldern und den tropfenden Dachfirsten von Rosehill.

»Kann um Himmels willen jemand das Licht anmachen«, sagte Peter, streckte sich in seinem zerknautschten Ledersessel aus, nahm seinen halb geleerten Drink in die eine Hand und legte die andere auf Murphys schwarzen Rücken. »Ich habe für heute genug von dunklen Schatten.«

Ich griff nach dem Schalter einer Lampe, und die roten Wände strahlten ein warmes Licht wider. Charlie, die kleine Graue, bewegte sich unruhig auf meinem Schoß und kniff die Augen in dem plötzlichen Licht zusammen, bevor sie ihr kleines Gesicht mit einem leisen Schnurren zwischen meinen Beinen vergrub. Sie und ich, dachte ich, waren hier die Außenseiterinnen – zwei geduldete weibliche Wesen in einer Männerrunde. Aber schließlich war dieser Raum in seiner ganzen Art auch ein Männerzimmer. Wally, der in einer Ecke saß, die Füße hochgelegt und die Augen gegen den aufsteigenden Rauch seiner Zigarette halb geschlossen, sah ganz so aus, als ob er hier hereingehörte. Ebenso David, der sich neben mir auf dem alten, abgenutzten Ledersofa lümmelte und einen Arm lässig um meine Schultern geschlungen hatte, während er mit dem anderen Robbie an sich drückte.

Robbie, inzwischen hellwach, ließ keine negativen Auswirkungen seines morgendlichen Abenteuers erkennen. Er konnte sich überhaupt nicht daran erinnern, Rosehill verlassen zu haben und querfeldein über das Coldingham-Moor gelaufen zu sein – ein Marsch, der nach Davids Schätzung mindestens zweieinhalb Stunden gedauert haben mußte. Noch konnte er uns genau erklären, warum er losgelaufen und was sein Ziel gewesen war. »Der Wächter brauchte mich«, war die einzige Erklärung, die wir aus ihm herausbekommen konnten.

Ich hatte den Verdacht, daß der Wächter mangels eigener Körperlichkeit Robbie auch dazu benutzt hatte, das Fortuna-Medaillon aus dem Lagerraum zu holen und es auf Davids Schreibtisch zu legen. Aber Robbie konnte sich genausowenig entsinnen, in den Principia gewesen zu sein. Seine Erinnerung an die Ereignisse des Tages war bestenfalls verschwommen.

»War ich wirklich in Mister Sutton-Clarkes Auto?«

»Allerdings warst du das.« Adrian, der zusammengesunken in einem Sessel außerhalb des Lichtkegels der Lampe saß, spülte eine weitere Kopfschmerztablette mit einem Schluck puren Gin herunter. »Die Wasserflecken auf den Sitzen sind der beste Beweis dafür.«

Adrian hatte alles in allem beachtliche Haltung bewahrt, stellte ich fest. Als wir mit dem Jaguar im Schlepptau auf Rosehill angekommen waren, war ich auf einen hysterischen Anfall gefaßt gewesen, aber er hatte nur einen trauernden Blick auf die Kratzer und Beulen geworfen, einmal aufgeseufzt und dann zu David gesagt: »Na, wenigstens bist *du* noch heil. Das ist doch immerhin etwas.« Und mit diesem bemerkenswerten Kommentar hatte er sich umgedreht und war zurück ins Haus gegangen.

David hatte mich mit hochgezogenen Augenbrauen angesehen. »Was war das denn?«

»Ein Anfang«, hatte ich geantwortet und mich lächelnd bei ihm eingehakt.

Ich wußte, Adrian hatte es als eine Art Friedensangebot gemeint, als Geste der Versöhnung und des Einverständnisses. Ich glaubte zwar nicht, daß er und David jemals dicke Freunde werden würden, wenn ich mir die beiden unterschiedlichen Männer von meinem Platz in dem gemütlichen Wohnzimmer aus jetzt so betrachtete; andererseits hatte ich an diesem Tag schon seltsamere Dinge erlebt. Ich hielt nichts mehr für ausgeschlossen.

Das Tröstliche an der Vergangenheit war für mich immer gewesen, daß sie sich in vorhersehbaren Mustern wiederholte, daß man wußte, welche Folgen und Ergebnisse man unter bestimmten Umständen erwarten konnte. Doch heute, hier auf Rosehill, hatte sich der Wagen der Vergangenheit von seiner Deichsel gelöst, und die Gegenwart galoppierte weiter wie ein durchgegangenes Pferd, das noch sein Geschirr trug, aber keine Last mehr zog und von niemandem gezügelt werden konnte.

Und so saß Adrian, der mir sonst schon einen Vortrag hielt, wenn ich auch nur die Beifahrertür zu fest zuwarf, nun friedlich in seinem Sessel und hielt den Mund. Und Wally, der aus seinem Haß auf Brian nie einen Hehl gemacht hatte, konnte die Taten seines Schwiegersohns auf einmal gar nicht genug loben.

Brians Benehmen war ebenfalls ein Beispiel für das Durchbrechen alter Verhaltensmuster, dachte ich bei mir. Der selbstsüchtige und eingebildete Brian, der nur seinen Launen folgte und für persönlichen Gewinn und Vergnügen lebte, hatte heute seinen eigenen Hals riskiert, um Peters Ansehen zu retten. Sobald er gehört hatte, daß Robbie in Sicherheit war, hatte er begonnen, den Keller auszuräumen und alles Belastende verschwinden zu lassen. Als der Sturm gerade am schlimmsten war, hatte er die Wodka- und Zigarettenkisten in drei separaten Fuhren von Rosehill House zu ihrem neuen Versteck in der Stadt gefahren. »Und nach all dieser Mühe« beschwerte sich Wally bei uns, »sind die verdammten Zollbeamten noch nich ma gekommen.«

Aber für den Fall, daß sie doch noch kommen sollten, war das Haus jetzt jedenfalls sauber. Peters Ruf und Glaubwürdigkeit würden keinen Schaden nehmen, es würde keine Skandaltitel und keine vernichtende Strafanzeige geben. Die einzige Nachricht in den Klatschspalten würde lauten, daß Peter Quinnells Enkelin, die immer noch unter dem Selbstmord ihres Vaters litt, sich zur therapeutischen Behandlung in eine Privatklink begeben hatte.

»Also war es Fabia«, sagte David, »die an unseren Computern herummanipuliert und die geheimnisvollen Störungen herbeigeführt hat.«

»Und die Peters Notizbuch verschwinden ließ«, fügte ich hinzu. »Und Connelly von unserer Geisterjagd auf dem Feld in jener Nacht erzählte und behauptete, es sei alles Peters Idee gewesen. Ich glaube, sie hätte alles getan, um die Ausgrabung zu einem Mißerfolg werden zu lassen.«

Peter erinnerte mich sanft daran, daß er und nicht die Ausgrabung das eigentliche Ziel von Fabias Sabotageakten gewesen sei. »Am Ende läuft alles darauf hinaus«, sagte er, »daß sie mich in Mißkredit bringen wollte, mich – wie sie sagte – leiden sehen wollte.«

Hätte sie ihn jetzt sehen können, dachte ich, wäre sie wohl zufrieden gewesen. Die tiefen Furchen, die der Schmerz in sein klassisch geschnittenes Gesicht gegraben hatte, waren deutlich zu sehen. Trotzdem war Peter konsequent in seinen Handlungen geblieben, wie mir aufgefallen war. Traurig, aber ungebeugt hatte er den Nachmittag damit zugebracht, Drinks auszuteilen und Trost zu spenden, mit Anwälten zu telefonieren und sich um alles zu kümmern. Es lag, wie Nancy Fortune gesagt hatte, einfach in seiner Natur, für andere zu sorgen.

»Um Himmels willen«, sagte ich plötzlich, als mir etwas einfiel. »Deine Mutter!«

David sah mich erstaunt an. »Wessen Mutter?«

»Deine. Wir haben sie ganz vergessen. Sie sitzt bestimmt immer noch in ihrem Cottage und wartet darauf, daß wir sie abholen, oder?«

»Ja, schon«, antwortete David achselzuckend. »Aber ich

kann nichts unternehmen, bevor Jeannie und Brian nicht zurück sind – ich habe kein Auto.«

Peter betrachtete ihn nachdenklich. »Ich denke wirklich, mein Junge, daß es besser wäre, jemand anderen deine Mutter abholen zu lassen. Du hattest heute nicht viel Glück mit geliehenen Wagen.«

David schwenkte abwehrend sein Glas. »Ich war es nicht, der den Jaguar in einen Zaun gesetzt hat.«

»Nein, aber wegen dir ist Verity überhaupt erst losgerast«, entgegnete Peter mit unfehlbarer Logik. »Und deshalb ...«

Robbie mischte sich ein und sah David vorwurfsvoll an. »Du hast die Kette nicht genommen«, sagte er, als ob das alles erklärte. »Du hättest sie nämlich tragen sollen.«

Von allen Seiten belagert, leerte David mit einem schwachen Lächeln sein Whiskyglas. »Okay, aber wenn du das nächste Mal mit deinem Wächter sprichst, Robbie, könntest du ihm sagen, daß kein gewissenhafter Archäologe Fundstücke mit sich rumträgt.«

»Warum nicht?« fragte Robbie.

»Weil wir sie kaputtmachen oder zerstören würden«, erklärte Peter. »Wir sollten Dinge überhaupt nur ausgraben, wenn wir sie auch richtig aufbewahren und für andere ausstellen können.« Er schwieg einen Moment und schien über etwas nachzugrübeln. »Kann er uns wirklich hören, wenn wir mit ihm sprechen? Der Wächter, meine ich.«

Robbie nickte. »Er kann Sie sehen und alles. Aber Sie müssen lateinisch mit ihm sprechen, sonst versteht er Sie nicht. *Ich* kann ›hallo‹ auf lateinisch sagen«, verkündete er stolz.

»Sehr gut«, sagte Peter zerstreut und schon wieder tief in Gedanken. Das Knirschen von Reifen auf dem Kies brachte ihn zurück, und er hob erwartungsvoll den Kopf. »Ah, das müssen Jeannie und Brian sein.«

Jeannie sah froh und erleichtert aus, die ganze Sache hinter sich zu haben. »Es war gar nicht so schlimm«, sagte sie. »Wir sollten ihn nur identifizieren.«

»Wozu wir allerdings eine Weile brauchten, um ganz

sicherzugehen, bei all den Verbänden um seinen Kopf«, ergänzte Brian. »Womit zum Teufel hat deine Mutter bloß zugeschlagen?«

»Mit ihrem Teekessel«, antwortete David. »Ihrem berühmt-berüchtigten Kupferkessel.«

Peter lächelte verstohlen. »Und ich möchte vermuten, daß er zu dem Zeitpunkt gut gefüllt war.«

Brian zuckte zusammen. »Autsch.«

»Wird die Polizei genug Beweise haben«, fragte Adrian, »um ihn vor Gericht bringen zu können?«

»Aber ja.« Brian nickte.

»Was macht Sie so sicher?«

»Nun, unter anderem die Tatsache«, sagte Brian und lehnte sich mit nachdenklichem Ausdruck in seinem Sessel zurück, »daß die Polizei kistenweise Schwarzmarktzigaretten und -wodka in Micks Wohnwagen finden wird.«

David grinste ihn an. »Nein, Brian, das ist nicht dein Ernst.«

»Und ob. Der verdammte Bastard verdient ein wenig mehr, als den blinkenden Teekessel deiner Mutter aufs Auge zu bekommen.«

Peter hörte plötzlich auf, seinen Wodka im Glas kreisen zu lassen, und sah Jeannie entschuldigend an. »Ich bitte Sie nur ungern, meine Liebe, weil Sie gerade erst zurückgekommen sind, aber würde es Ihnen etwas ausmachen, nach Saint Abb's zu fahren und Nancy zu holen?«

»Aber nein, natürlich nicht.« Sie nahm die Autoschlüssel vom Tisch und streckte die andere Hand in Richtung Sofa aus. »Komm mit, Robbie, wir holen Granny Nan.«

»Und bringen Sie sie nicht nach Saltgreens, sondern hierher«, fügte Peter hinzu. »Zum Abendessen. Es wird höchste Zeit, daß sie sich hier mal umsieht.«

Soviel zu Peters konsequentem Verhalten, dachte ich. Selbst Jeannie starrte ihn einen Augenblick lang überrascht an, ehe sich ein wunderschönes Lächeln auf ihrem Gesicht ausbreitete. »Allerdings«, sagte sie, »da haben Sie wohl recht.«

»Ob ich wohl eine Mitfahrgelegenheit bekommen könnte?« fragte Adrian, erhob sich und streckte sich träge. »Ich habe nämlich auch eine Verabredung zum Abendessen, mit einer ziemlich umwerfenden Rothaarigen.«

Ich warf ihm einen mißtrauischen Blick zu. »Eine meiner beiden Assistentinnen hat auch rote Haare.«

»Tatsächlich? Was für ein Zufall.«

»Mmm. Sorg nur dafür, daß sie morgen nicht zu spät zur Arbeit kommt, ja?«

»Meine liebe Verity«, entgegnete er, »sehe ich etwa so aus, als würde ich eine unschuldige Studentin verführen?«

Allgemeines Schweigen antwortete ihm, aber seine Bemerkung brachte Peter auf einen neuen Gedanken. »Die Studenten«, überlegte er laut. »Ich muß nachsehen, ob sie alles haben, was sie brauchen. Wir werden die Zelte wohl nicht vor morgen nachmittag wieder aufstellen können, aber ...«

»Ja, gut«, sagte David, sich ebenfalls streckend, »Wally und ich können ja jetzt mal hinuntergehen und den Schaden begutachten.«

Brian ging mit ihnen, und ich blieb als einzige mit den Katzen zurück, was mir auch ganz recht war, da ich keine Eile hatte, mich in neue Aktivitäten zu stürzen.

Das Klingeln des Telefons in der Eingangshalle brachte mich schließlich doch dazu, mich vom Sofa zu erheben. Seufzend nahm ich den Hörer ab und wünschte, daß Ding wäre wenigstens bis zum Abendessen noch außer Betrieb geblieben.

»Verity?« Eine Stimme, die ich kannte. »Ich bin's, Howard. Du bist nicht gerade leicht zu erreichen, weißt du das? Ich versuche es schon seit *Tagen*«, jammerte er. »Deine Schwester hält mich, glaube ich, inzwischen für eine Art Psychopathen.«

Ich mußte lacheln. »Ja, kann sein. Alison spielt gern die Beschützerin.«

»Beschützerin ist ja wohl eine glatte Untertreibung«, sagte Howard. »Lieber würde ich es mit einem Rottweiler aufnehmen.«

»Sie hat mir aber ausgerichtet, daß du angerufen hast«, verteidigte ich meine Schwester.

»Nun, das will ich hoffen. Ich habe ihr gesagt, daß es verdammt wichtig ist.«

»Was ist denn so wichtig?«

»Ich fühle mich schon die ganze Woche wie ein Vollidiot.«

»Howard«, warnte ich ihn.

»Was? Ach so, entschuldige. Ich komme schon zur Sache. Du erinnerst dich doch an die Fotos, die du mir vor einer Weile geschickt hast – die von den samischen Scherben?«

»Ja, natürlich.«

»Ja.« Er hüstelte. »Die Sache ist die, ich habe vergangenen Freitag meinen Schreibtisch aufgeräumt … du weißt ja, wie er nach einiger Zeit immer aussieht, und die Kollegen fingen schon an zu *tuscheln* … und jedenfalls habe ich den Umschlag gefunden, in dem du diese Fotos geschickt hast, und wollte ihn gerade zerreißen, als ich bemerkte, daß da noch ein Foto drinsteckte. Es hatte sich irgendwie zwischen der Papprückseite und dem Rand verfangen, und ich hatte es einfach nicht gesehen …«

»Howard«, unterbrach ich ihn erneut. »Was möchtest du mir sagen?«

»Ich hatte dir doch geantwortet, daß die Scherben alle aus der Zeit Agricolas stammen, nicht wahr?«

»Und, tun sie das nicht?«

»Doch, die ich gesehen habe natürlich schon. Aber diese letzte, Darling … die auf dem Foto, das ich noch nicht gesehen hatte, ist etwas ganz anderes.«

Ich erinnerte mich an die eine Scherbe, die mir jünger vorgekommen war als die anderen, und drückte den Hörer hoffnungsvoll fester ans Ohr. »Inwiefern?«

»Das Muster am Rand ist sehr charakteristisch, weißt du, und … nun, ich müßte die Scherbe selbstverständlich in natura sehen, ehe ich sie genau datieren kann, aber sie ist mit Sicherheit nicht vor 115 nach Christus hergestellt worden.«

Mein Herz machte einen kleinen Freudensprung. »Und du bist dir ganz sicher?«

»Es ist mein Fachgebiet«, erinnerte er mich knapp.

»Nicht vor 115?«

»Keinesfalls.«

Ich strahlte, obwohl er mich nicht sehen konnte. »O Howard, das ist eine großartige Neuigkeit.«

»Ich hoffe, es hilft euch weiter.«

»Und ob, du hast ja keine Ahnung, wie sehr.«

»Du schuldest mir immer noch fünf Pfund«, sagte er. »Soweit ich mich erinnere, ging die Wette darum, ob ihr ein Marschlager finden würdet, und nach allem, was man hier hört, habt ihr eine ganze Menge mehr gefunden.«

Er meinte natürlich das Ausgrabungsteam, aber ich bezog die Bemerkung automatisch auch auf David und mich. »Ja«, antwortete ich. »Ja, das haben wir.«

»So, so«, sagte Howard.

»Was?«

»Nichts. Hör zu, schick mir die Scherbe doch morgen gleich mit der Post zu, ja?«

»Mach ich.«

»Und meine fünf Pfund.«

»Und deine fünf Pfund«, versprach ich. »Und, Howard?«

»Ja?«

»Falls du mit Doktor Lazenby sprichst ...«

»Ja?«

»Würdest du ihm bitte sagen, daß ich nicht an Alexandria interessiert bin?«

Kurzes Schweigen. »Bist du krank?«

»Nein, ich bin vollkommen gesund. Und vollkommen glücklich hier.«

Ich fühlte mich beinahe lächerlich glücklich, als ich auflegte. Seltsam, dachte ich, wie Gutes und Schlechtes oft zugleich geschahen, als ob eine unsichtbare Macht nach einem Gleichgewicht strebte. Peter hatte trotz seiner äußerlichen Gefaßtheit heute gelitten, wie kein Mensch zu leiden verdiente. Doch nun sollte er nach all dem, was er durchgemacht hatte, erfahren, daß Rosehill zweimal belagert gewesen war – nicht nur während der Feldzüge Agricolas, sondern noch einmal zu einem späteren Zeitpunkt, nach dem Jahr 115, also um die Zeit, als die Neunte Legion, die *Hispana* zu ihrem fatalen Marsch nach Norden aufgebrochen war.

Die Scherbe war zwar noch kein ausreichend konkreter Beweis, aber sie genügte, um dem archäologischen Establishment einigen Respekt für Peter Quinnell abzunötigen. Selbst diejenigen, die über seine Theorien spotteten, konnten ihn nun nicht länger als verrückt bezeichnen.

Obwohl er auch nicht *ganz* normal war, dachte ich liebevoll, als ich hinausging, um ihn zu suchen.

Er stand allein auf dem Feld – mit seinem im Wind wehenden weißen Haar und seiner stolz gereckten, markanten Kinnlinie sah er aus wie eine Gestalt aus einer Tragödie. Wie König Lear, der mit den Elementen ringt, nur daß die Elemente inzwischen ziemlich zahm geworden waren und Peter, auch wenn er einen großartigen Lear abgegeben hätte, doch zum Glück nur Peter war. Er sah sich um, als ich näher kam, und lächelte wehmütig.

»Und da sage noch jemand, die Götter hören uns nicht.«

»Wie bitte?«

»Ich habe gerade über die Wahrheit nachgegrübelt, meine Liebe«, sagte er. »Und schon sind Sie da. Im Lateinischen ist die Wahrheit weiblich, nicht wahr? *Veritas*. Verity.« Mein Name klang dank seiner melodiösen Aussprache wie eine Zeile aus einem uralten Lied. »Die Wahrheit liegt irgendwo hier in diesem Feld vergraben. Doch wenn ich sie nicht beweisen kann, darf ich sie dann trotzdem Wahrheit nennen?«

Ich dachte über die Frage nach. »Tja, ich kann den Wächter auch nicht sehen und habe keinerlei wissenschaftlichen Beweis für seine Existenz, und dennoch weiß ich, daß es ihn gibt.«

»Ah, aber Sie haben ihn schon gesehen, nicht wahr? Wenn

auch nur schemenhaft, aber Sie haben ihn gesehen. Wohingegen ich ...« Seine Worte verklangen traurig im unsteten Wind.

»Wohingegen Sie eine Topfscherbe haben, die aus der letzten Periode von Trajans Regierung stammt«, sagte ich und mußte lächeln, als er sich umwandte und mich anstarrte.

»Wie bitte? Was habe ich?«

Ich wiederholte, was ich gesagt hatte, und erzählte ihm von Howards Anruf. »Er sagt, er gibt uns gern eine genauere Datierung, wenn wir ihm die Scherbe nach London schicken.«

»Meine Güte.« Er starrte mich noch einen Moment lang an und erdrückte mich dann fast in seiner Umarmung. »Das ist wunderbar, meine Liebe! Das ist absolut ...«

Das Zuschlagen einer Wagentür war auf der Auffahrt zu hören, und Robbie kam mit Kip im Gefolge durch das wehende Gras auf uns zugerannt. »Wir haben Granny Nan mitgebracht. Sie zieht sich nur andere Schuhe an, sagte sie, und kommt dann zu uns raus.«

»Wunderbar«, sagte Peter.

Der Collie strich schwanzwedelnd an uns vorbei, und Robbie deutete mit dem Kopf auf das Feld. »Sie haben ihn gefunden, stimmt's?«

Ich folgte seinem Blick und sah nichts. »Wen meinst du, Robbie? Den Wächter? Wo ist er?«

»Genau da, wo Kip ist.«

Keine vier Meter vor uns.

Peter sah ebenfalls angestrengt in die Richtung. »Armer Kerl«, meinte er. »Ich hatte gehofft, er würde nach dem, was er heute getan hat, etwas Frieden finden. Schließlich hat er seine Aufgabe erfüllt und Ruhe verdient.«

Robie zog die sommersprossige Nase kraus und sah zu Peter auf. »Er will nicht ruhen«, sagte er. »Er will sich um uns kümmern.«

»Tatsächlich, will er das?« sagte Peter mit einem verhaltenen Lächeln. »Nun, ich denke, das kann ich verstehen.«

Auch ich konnte es verstehen. Während der Gedanke,

beobachtet zu werden, mich früher erschreckt hatte, fand ich die Gegenwart des Wächters jetzt tröstlich und beruhigend. Außerdem war ich froh zu wissen, daß er heute seine Schuld hatte begleichen können, indem er dem Mann, den seine »Claudia« liebte, das Leben rettete. Und er würde uns hier auf Rosehill auch weiterhin beschützen, er würde dafür sorgen, daß uns kein Unglück geschah. Die Schattenpferde konnten galoppieren, soviel sie wollten, sie würden nicht in unsere Nähe gelangen, solange der Wächter auf dem Feld patrouillierte.

Kip setzte sich auf einmal auf die Hinterläufe und gab ein freudiges kleines Jaulen von sich, den Kopf abwartend nach oben gerichtet. Und dann, als hätte ihm jemand ein Zeichen gegeben, sprang er auf und lief der älteren Frau entgegen, die hinter uns aus dem Haus kam. Robbie drehte sich um und sagte: »Granny Nan kommt.« Auch ich wandte mich um und winkte, weshalb ich mir zuerst nicht ganz sicher war, Peter richtig verstanden zu haben.

Er sprach ruhig und sehr leise, und was er sagte, war nicht für mich bestimmt.

Er sprach mit dem Wächter. »Danke«, sagte er schlicht in seinem schönen, kultivierten Latein. »Danke, daß du meinen Sohn gerettet hast.«

Dann senkte er den Kopf, aber nicht bevor ich einen schnellen Blick auf seine weisen und müden Augen werfen konnte und die Gewißheit hatte, daß er Bescheid wußte. Als er wieder aufsah, lag statt der Traurigkeit ein warmes Lächeln auf seinem Gesicht, und er streckte die Hände aus, um Davids Mutter zu begrüßen.

David saß am Ufer des Flüßchens Eye und sah den Schwänen zu. Im Hafenbecken mußte es ihnen während des Sturms zu rauh geworden sein, so daß sie flußaufwärts geschwommen waren, auf der Suche nach ruhigeren Gewässern. Jetzt ließen sie sich unter den Bäumen treiben, schneeweiß und königlich, die Köpfe bescheiden gesenkt.

Ich breitete meinen Anorak auf dem nassen Gras aus und setzte mich neben ihn.

»Deine Mutter ist hier.«

»Ja?«

»Mmm. Peter führt sie gerade herum.«

»Dann werden wir heute wohl lange auf unser Essen warten müssen.«

Ich lächelte. »Jeannie hat gesagt, um acht.«

David sah auf seine Armbanduhr und lehnte sich wieder entspannt zurück. »Zeit genug.«

»Wie ich sehe, hast du dein Zelt schon wieder aufgebaut.«

»Ja. Der Rest wird nicht viel Arbeit machen, es ist kaum Schaden entstanden. Morgen früh werde ich ein paar der Studenten bitten, mir ein bißchen zur Hand zu gehen.«

Ich nickte und schlang die Arme um meine Knie. Ich hätte ihm eigentlich von Howards Entdeckung erzählen sollen, aber dann hätten wir wieder nur über die Ausgrabung gesprochen, und ich wollte jetzt *nicht* über die Ausgrabung sprechen. Lieber beobachtete ich das Schwanenpaar, das im seichten Uferwasser trieb. »Sie sind wunderschön, nicht wahr?«

»Ja.«

»Ich bin froh, daß sie jetzt zu zweit sind. Der eine sah so einsam aus allein.«

David lächelte, ohne mich anzusehen. »Er wird nie wieder einsam sein. Schwäne paaren sich fürs Leben. Sie hat ihn jetzt am Hals.«

So wie ich David Fortune am Hals hatte, dachte ich glücklich und betrachtete sein inzwischen vertrautes Profil – die tiefen Lachfältchen um seine Augen, die dichten, schwarzen Wimpern, die seine Wangenknochen fast berührten, die feste, unnachgiebige Kinnlinie und die Nase, die von der Seite gesehen nicht ganz gerade war, so als hätte sie ihm einmal jemand bei einer Schlägerei gebrochen. Eines Tages würde ich ihn danach fragen, nahm ich mir vor. Eines Tages, wenn wir in dem roten Wohnzimmer auf Rosehill sitzen und Peter und

Nancy dabei zusehen würden, wie sie ihr erstes Enkelkind hätschelten, würde ich meinen Mann fragen, wie er seine Nase gebrochen hatte.

Aber bis dahin konnte ich warten – ich hatte keine Eile. Wie die Schwäne hatte ich einen Partner fürs Leben gefunden.

David, dessen Gedanken offenbar in die gleiche Richtung gingen, drehte sich zu mir um und sah mich mit seinen blauen Augen voll Wärme an.

»Weißt du, daß in Eyemouth eine Frau, die sich verheiratet, auch den Beinamen ihres Mannes übernimmt? Verity Deid-Banes«, ließ er sich die Kombination genüßlich auf der Zunge zergehen und grinste dabei. »Hört sich richtig gut an.«

»David ...«

»Natürlich könnten sie dich auch einfach Davys Verity nennen.«

Da meine Meinung bei dieser Entscheidung offenbar nicht gefragt war, stützte ich das Kinn auf die Knie und lächelte ihn mit schräggeneigtem Kopf nachsichtig an. »Ah ja?«

»Ja. Davys Verity«, wiederholte er mit einem nachdrücklichen, zufriedenen Nicken. »So wird man dich nennen.«

Soviel zu meiner Unabhängigkeit, dachte ich. Trotzdem gab ich mich noch nicht geschlagen. »Ich bin nicht Davys Verity«, belehrte ich ihn.

Aber mein Protest prallte an ihm ab. Er lachte nur und rollte sich auf die Seite, um nach mir zu greifen, seine große Hand in meinem Haar zu vergraben und mich zu sich herunterzuziehen. »Zum Teufel, bist du doch«, sagte er.

Und er bewies es mir.

Anmerkung der Autorin

Dieses Buch hätte nicht ohne den fachkundigen Rat und Beistand meines ganz persönlichen »Archäologenteams« entstehen können: In Schottland waren das Pat Storey und Dr. Bill Finlayson von der Universität Edinburgh; in Kanada Dr. James Barrett und insbesondere Heather Henderson, die mir von Anfang an mit Rat und Tat zur Seite stand und obendrein so freundlich war, mein Manuskript auf sachliche Fehler durchzusehen. Vielen Dank.